SPARTACUS

BEN KANE

SPARTACUS

– O GLADIADOR –

AGIR

EDITORA NOVA FRONTEIRA S.A.
Rua Nova Jerusalém, 345 – Bonsucesso – 21042-235
Rio de Janeiro – RJ – Brasil
Tel.: (21) 3882-8200 – Fax: (21)3882-8212/8313

CIP-Brasil. Catalogação na Publicação
Sindicato Nacional dos Editores de Livros, RJ

K24s Kane, Ben, 1970-
Spartacus: o gladiador / Ben Kane; tradução Carolina Caires Coelho. – 1. ed. - Rio de Janeiro: Agir, 2014.
(Spartacus; 1)

Tradução de: Spartacus, the gladiator
ISBN 978-85-220-1502-3

1. Ficção histórica irlandesa. I. Coelho, Carolina Caires. II. Título. III. Série.

CDD: 828.99153
14-14368 CDU: 821.111(41)-3

Ao meu irmão Stephen

República Italiana no século I a.C.
ALPES
GÁLIA CISALPINA
Rio Pó
Modena
ITÁLIA
Pisa
Apeninos
ETRÚRIA
PICENO
ILÍRIA
Mar Adriático
CÓRSEGA
Roma
LÁCIO
SÂMNIO
Via Appia
Cápua
Venosa
Via Appia
CAMPÂNIA
Brindisi
Tarento
Pompeia
LUCÂNIA
Metaponto
SARDENHA
Thurii
Via Annia
Mar Tirreno
Messina
Rhegium
Mar Jônico
SICÍLIA
MAR MEDITERRÂNEO
ÁFRICA
0 50 100 150 200 milhas
0 100 200 300 km

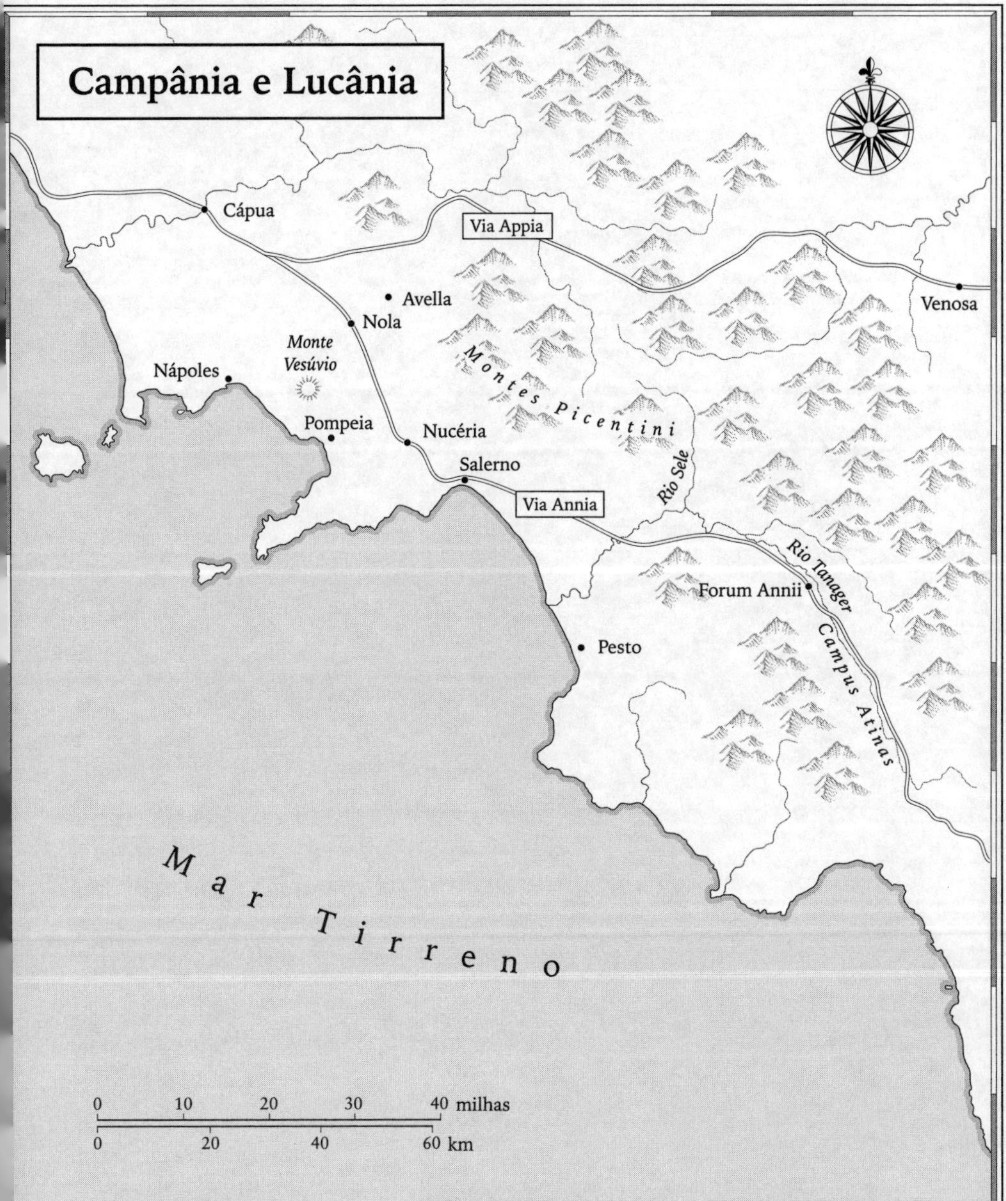

Campânia e Lucânia
Cápua
Via Appia
Venosa
Avella
Nola
Monte Vesúvio
Nápoles
Montes Picentini
Pompeia
Nucéria
Salerno
Rio Sele
Via Annia
Rio Tanager
Forum Annii
Campus Atinas
Pesto
Mar Tirreno
0 10 20 30 40 milhas
0 20 40 60 km

CAPÍTULO I

Sudeste da Trácia, outono de 74 a.C.

Quando o vilarejo apareceu no topo de um monte distante, uma grande alegria tomou conta dele. A estrada de Bitínia foi longa. Seus pés estavam cheios de bolhas, os músculos das pernas doíam e o peso da armadura machucava suas costas. O vento frio soprava por suas orelhas, e ele se amaldiçoou por não ter comprado uma touca de pelos no vilarejo pelo qual passara dois dias antes. Sempre se arranjara bem com um revestimento de feltro e, quando necessário, um capacete de bronze, e não um *alopekis* comum de pele de raposa. Naquele clima ruim, porém, talvez roupas quentes fossem mais importantes do que peças de combate. Mas, pelos deuses, ele ansiava dormir sob um teto confortável, longe das mudanças no clima. A viagem do campo romano de onde ele havia sido dispensado levara mais de seis semanas, e o inverno se aproximava depressa. Deveria ter demorado só metade do tempo, mas seu cavalo ficara manco apenas dois dias depois da partida. Desde então, não pôde mais cavalgar. O animal só conseguia carregar o escudo e os equipamentos; mais do que isso acabaria por piorar sua situação.

— Se eu tivesse montado em você, teria lhe mandado aos deuses há muito tempo — disse, puxando as rédeas que direcionavam o garanhão branco que mancava atrás dele. — Mas você já me serviu muito todos esses anos, não é? — E sorriu quando o animal relinchou para ele. — Não, não tenho mais nenhuma maçã. Mas você será alimentado em breve. Estamos quase em casa, graças ao Cavaleiro.

Casa. Parecia não ser verdade. O que isso significava depois de tanto tempo? Ver o pai seria a melhor coisa em estar de volta, ainda que ele já estivesse idoso. O viajante passara uma década fora, lutando por Roma. Um poder detestado por muitos trácios, no entanto, ao qual muitos serviam mesmo assim. Ele havia servido por bons motivos. "Para aprender como eles são e aí, um dia, poder combatê-los de novo. A ideia do pai foi boa." O ato mais difícil de sua vida tinha sido obedecer às ordens dos mesmos soldados contra os quais ele lutara — homens que talvez tenham matado seu irmão e que certamente tinham conquistado sua terra. Mas tinha valido a pena. Ele adquirira muitas informações com aqueles desgraçados. Aprendera como treinar os homens sem misericórdia, até que eles passassem a lutar como unidade. Como era essencial obedecer a ordens, mesmo no ápice da batalha. Como os soldados eram treinados para se manterem firmes nas situações mais extremas. "Disciplina", pensou ele. Disciplina e organização eram as chaves.

Não era apenas o desejo de aprender sobre eles que fazia você deixar seu vilarejo, mas também seu gosto pelo combate. Depois de ser derrotado, seu grupo fora acuado. Não havia a menor possibilidade de lutar contra alguém, muito menos Roma. Você é um guerreiro que segue o deus cavaleiro. Você ama a guerra. Derramar sangue. Matar. Unir-se aos romanos lhe deu a oportunidade de participar de campanhas sem fim. Apesar de tudo o que tem feito a seu povo, ainda assim, você sentiu prazer por lutar ao lado deles.

"Já estou cansado disso. É hora de me assentar. Encontrar uma mulher. Começar uma família." Ele sorriu. Antes, desprezava tais ideias. Agora, elas se tornavam atraentes. Durante seu tempo com as legiões, vira coisas que deixariam qualquer homem de cabelos brancos. Acostumara-se a elas — no calor da batalha, ele havia agido da mesma maneira, mas saquear campos e vilarejos desprotegidos, e ver mulheres sendo estupradas e crianças mortas não eram coisas que conseguia aceitar com naturalidade.

— Planejar como levar a luta a Roma vai me bastar por um tempo. A hora da guerra chegará de novo — disse ele ao garanhão. — Enquanto isso, preciso de uma boa mulher da Trácia com quem eu possa fazer muitos filhos.

O cavalo mordiscou o cotovelo dele, sempre à espera de um petisco.

— Se quiser um pouco de cevada, mexa-se — disse ele, com um resmungo carinhoso. — Não vou parar para lhe dar comida tão perto do vilarejo.

Mais acima e à esquerda, algo rolou de uma rocha, e ele blasfemou por ter se distraído. O fato de não ter encontrado ninguém no caminho aquele dia não significava que estava seguro. Ainda assim, os deuses sorriram para ele durante toda a viagem a partir de Bitínia. Era uma época em que a maioria dos trácios evitava o clima ruim e lubrificava e guardava as armas para se preparar para a campanha seguinte. Para um viajante solitário, aquela era a melhor época para se deslocar. "Tive sorte de não ter encontrado bandido algum até aqui. Esses estão muito próximos de meu vilarejo. Que não haja muitos deles." Fingindo coçar os ombros e mexer o pescoço, ele olhou rapidamente para os dois lados. Três homens, talvez quatro, o observavam de seus esconderijos nas ladeiras tomadas por rochas do caminho. Como era comum na Trácia, eles pareciam armados com lanças. Olhou para o capacete de bronze que estava preso à bagagem na anca do garanhão, e decidiu não pegá-lo. Poucos peltastas conseguiam acertar a cabeça de um homem. Quanto ao escudo, bem, ele conseguiria alcançá-lo enquanto as primeiras lanças ainda estivessem no ar. Se fosse atingido, sua armadura provavelmente o protegeria. Tentar soltar a lança de ataque levaria muito tempo. Ele lutaria com eles para poder empunhar sua sica, a espada curva trácia que mantinha presa no cinto dourado. Eram possibilidades aceitáveis, concluiu. Desde que os salteadores não fossem especialistas no ataque. "Grande Cavaleiro, olhai por mim com a espada em punho."

— Sei que vocês estão aí — disse ele. — Apareçam.

Ouviu-se uma risada repentina. A cerca de trinta passos dali, um dos bandidos se levantou. Olhos cruéis, em um rosto magro cheio de cicatrizes, observavam o viajante. Sua capa de lã bordada estava aberta, revelando uma túnica puída que descia até as coxas. Usava uma touca suja de pelo de raposa. Tinha pernas esqueléticas e as botas de couro de bezerro eram velhas. Na mão esquerda, ele empunhava uma típica pelta, um escudo em forma de lua crescente, e atrás deste, uma lança extra; na direita, havia outra lança leve, pronta para ser atirada.

Não usava armadura, e, à exceção das lanças, tinha apenas uma adaga no cinto, como o viajante notou. Ótimo. Os comparsas dele não estarão mais bem-armados.

— Que belo garanhão você tem aí — disse o bandido. — Pena que esteja manco.

— Está. Se não estivesse, vocês, bando de lixo, não teriam me visto.

— Mas está, e você está a pé e sozinho — disse uma segunda pessoa, rindo.

O viajante olhou para cima. O segundo homem era mais velho do que o primeiro, com um semblante mais marcado e cabelos grisalhos. Sua roupa de tecido grosso era igualmente puída, porém seu olhar atento era intenso. Mesmo sendo pobre, seu escudo redondo era bem-feito, e a lança que segurava parecia ter sido bem usada. Ele era o mais perigoso. O líder.

— Vocês querem o garanhão, creio eu.

— Rá! — Um terceiro homem apareceu. Era maior do que seus comparsas; tinha braços e pernas musculosos e, em vez de lanças, levava uma pelta grande e uma clava assustadora. — Queremos tudo. Cavalo, equipamento e armas. E seu dinheiro, se tiver.

— Queremos até a sua comida!

O quarto bandido era esquelético, com o rosto magro, abatido, e um aspecto doente. Não levava um escudo, mas três lanças leves.

— E se eu lhes der tudo isso, vocês me deixarão seguir caminho? — Sua respiração saiu branca no ar frio.

— Claro — disse o primeiro homem. Os olhos inexpressivos e as risadinhas dos companheiros mostravam que ele mentia.

O viajante não se deu o trabalho de responder. Virou-se, murmurando "Fique!" ao garanhão. Quando passou a mão por baixo do grande escudo circular e soltou a alavanca que o mantinha preso, escutou uma lança passando por cima de sua cabeça. Outra foi lançada em um arco mais baixo. Acertou a terra entre os cascos do cavalo, fazendo o animal se agitar.

— Calma — pediu ele. — Você já passou por isso muitas vezes. — Acalmado pela voz, o cavalo se aquietou.

— Oeagrus, pare, seu tolo! — gritou o líder. — Se ferir esse animal, acabo com você.

"Ótimo. Sem lanças. O garanhão é muito valioso." De costas para o cavalo e erguendo o escudo, ele se virou. O bandido magricela estava atrás dele agora, porém, não arriscaria mais nenhuma lança. Nem os outros. Empunhando a sica, ele sorriu de modo ameaçador.

— Vocês terão que descer aqui para brigar comigo.

— Justo — resmungou o primeiro homem.

Usando os calcanhares como freios, desceu a ladeira. Os dois comparsas o seguiram. Atrás dele, o viajante percebeu que o terceiro homem também descia. O garanhão mostrou os dentes e relinchou, desafiador. "Que ele ouse se aproximar."

Quando os três chegaram ao chão, discutiram por um momento.

— Estão prontos? — perguntou ele, sarcástico.

— Seu desgraçado — rosnou o líder. — Ainda será tão arrogante quando eu cortar as suas bolas e enfiá-las goela abaixo?

— Pelo menos vai conseguir encontrar as minhas. Duvido que algum de vocês, otários, tenha bolas.

O homenzarrão ficou furioso. Berrando, ele atacou, pelta e clava empunhados.

O viajante deu alguns passos à frente. Posicionando a perna esquerda atrás do escudo, preparou-se. Segurou a sica com mais força. "Isto precisa ser rápido, ou os outros se aproximarão de mim também."

Felizmente, o bandido era tão inábil quanto era confiante. Ao acertar o oponente com o escudo, desferiu um golpe na direção da cabeça deste. O viajante, afastando-se com o impacto do ataque, abaixou a cabeça. Girando com a sica, ele cortou o tendão esquerdo do bandido, que deu um grito estridente e caiu no chão. Este ainda teve o reflexo de erguer a pelta, mas o viajante a derrubou com o escudo e acertou seu pescoço. O bandido morreu engasgado no próprio sangue.

Ele puxou a lâmina e empurrou o corpo para trás.

— Quem é o próximo?

O líder sussurrou uma ordem ao homem esquelético antes de ele e o bandido que usava touca cercarem a vítima.

O garanhão alardeou em desafio novamente, e o viajante percebeu que ele se erguia nas patas traseiras. Deu um passo adiante, saindo do caminho do animal. Um instante depois, ouviu-se um grito abafado, o *tum-tum* de cascos esmagando ossos, e então o barulho de um corpo caindo ao chão.

— Meu cavalo pode estar manco, mas ainda tem um gênio difícil — disse ele, com calma. — Os miolos de seu amigo provavelmente estão decorando a estrada. Acertei?

Os dois bandidos que sobraram se entreolharam, chocados.

— Nem pense em fugir! — alertou o líder. — Oeagrus era filho da minha irmã. Quero vingar a morte dele.

Sem se intimidar, o viajante abaixou o escudo, expondo o pescoço. "Que isso faça um deles agir."

O homem com a touca de pele de raposa contraiu a mandíbula.

— Que se dane se a fera for atingida — disse ele, jogando a lança.

O viajante não saiu do caminho. Simplesmente ergueu o escudo, deixando que ela batesse diretamente na madeira e no couro. A ponta afiada de ferro perfurou a superfície do escudo, atravessando uns dois dedos, mas não o feriu. Com um movimento do braço esquerdo, ele lançou o objeto inutilizado em direção ao bandido, que se afastou para não ser atingido. O que este não esperava era que o viajante surgisse apenas alguns passos atrás do escudo voador. Quando o bandido lançou a segunda lança contra o oponente, ela foi bloqueada com violência.

Mantendo o ímpeto de avançar, o viajante acertou o adversário com o punho esquerdo. A cabeça do homem foi lançada para trás com a força do golpe, e ele mal viu a sica enquanto esta era cravada em sua pele, na junção do pescoço com o torso. Espirrando sangue para todos os lados, e parecendo pouco surpreso, caiu de lado na estrada. Com o ritmo de seus batimentos cardíacos se tornando cada vez mais lento, uma mancha vermelha inundou o chão ao redor dele. "Três vencidos, o último, porém, é o mais perigoso."

O viajante se virou depressa, esperando que o líder tentasse acertar suas costas. O movimento impediu que ele fosse ferido com gravidade, e a lança passou perto dos anéis de sua armadura e voou pelos ares, fazendo o criminoso cambalear. Um golpe com as costas da mão no rosto deste fez com que caísse sentado, perdendo a arma no meio do caminho.

Ele olhou para o viajante, aterrorizado.

— Tenho uma esposa. Uma fa-família pa-para manter — gaguejou ele.

— Você devia ter pensado nisso antes de me emboscar — foi a resposta.

O bandido gritou quando a sica cortou sua barriga, expondo as vísceras. Soluçando de dor, esperou pelo golpe mortal. Que não veio. Ele permaneceu ali, impotente, perdendo a consciência.

Alguns instantes depois, abriu os olhos. O assassino o observava impassivo.

— Não me deixe morrer aqui — implorou ele. — Nem mesmo Kotys faria isso com um homem.

— Kotys? — Não obteve resposta, então o viajante chutou a vítima. — Você pretendia cortar as minhas bolas e enfiá-las goela abaixo, lembra?

Ele engoliu em seco, agoniado.

— Por-por favor.

— Muito bem. — Ele ergueu a sica.

— Quem é você, em nome de Deus? — conseguiu sussurrar o homem.

— Só um viajante cansado com um cavalo manco.

A lâmina desceu, e os olhos do bandido se arregalaram pela última vez.

Ariadne puxou os cabelos para trás e enfiou com cuidado alguns grampos de ossos nas longas madeixas pretas, prendendo-os. Sentada em um banco de três pernas a uma mesa de madeira baixa, virou o espelho de bronze para que capturasse a luz que entrava pela porta aberta da cabana. O pedaço moldado de metal dourado era seu único luxo, e usá-lo de vez em quando servia para fazer com que ela se lembrasse de quem era. Era um daqueles dias. Para a grande maioria das pessoas no vilarejo, ela não era uma mulher, uma conhecida nem amiga. Era a sacerdotisa de Dionísio, e respeitada como tal. Na maior parte do tempo, Ariadne se sentia satisfeita com esse prestígio. Depois de uma criação difícil, sua posição elevada era melhor do que ela já tinha sonhado ser possível. No entanto, isso não significava que não tinha necessidades ou desejos. "Qual é o problema de desejar um homem? Um marido?" Ela contraiu os lábios. Atualmente, a única pessoa que demonstrava interesse por ela era Kotys, o rei dos medos. Não era de surpreender que o interesse dele afastasse outros possíveis pretendentes. Aqueles que entravam no caminho de Kotys costumavam acabar mortos — era o que se dizia. "Não que alguém tivesse aparecido antes dele", pensou com amargura. Na verdade, homens corajosos o bastante para cortejar uma sacerdotisa eram raros.

Ariadne não queria nem gostava dos avanços lascivos de Kotys, mas não se sentia capaz de impedi-los. Ele não havia tentado nada físico, ela, porém, tinha certeza de que isso se devia a seu status conhecido — e à cobra venenosa que mantinha em um cesto perto da cama. Sua situação era complicada pelo fato de que ela precisava permanecer no vilarejo. Havia chegado ali por ordens dos sacerdotes em Kabyle, a única cidade da Trácia, que ficava mais ao nordeste. Apesar das circunstâncias extraordinárias, ela estava ali para ficar. Se voltasse a Kabyle, Ariadne certamente estaria presa a atividades domésticas no templo principal pelo resto da vida.

Não havia dúvida a respeito de voltar para sua família. Apesar de amar a mãe e de rezar por ela todos os dias, Ariadne nutria dois sentimentos pelo pai. Ódio era o primeiro, e ira, o segundo. Suas emoções tinham origem na infância violenta. Toda a sua vida tinha sido à base de surras, humilhação e coisas piores nas mãos do pai. Ele, guerreiro do grupo Odrysai, a destratava porque ela — sua única filha — não era um homem. Durante os muitos anos de tristeza, a única maneira de escapar dos sentimentos ruins era rezar para Dionísio, o deus da intoxicação e do êxtase ritualístico. Só quando entrava em contato com ele, conseguia sentir um pouco de paz interior, um estado que ainda prevalecia. Até hoje, Ariadne acreditava que Dionísio a havia ajudado a sobreviver aos abusos intermináveis.

Não conseguia pensar em nenhuma maneira de escapar do pai que não fosse pelo casamento. Ela não tinha para onde ir. Então, em seu 13° aniversário, as coisas mudaram por completo. Em uma intervenção surpreendente, a mãe oprimida de Ariadne convencera o pai a permitir que a filha fosse ao templo de Dionísio em Kabyle para se candidatar a sacerdotisa. Ali, sua determinação impressionou os sacerdotes, que permitiram sua permanência. Mais de uma década depois, ela ainda estava ali, sem vontade de ir para casa. A menos, claro, que fosse para matar o pai, o que não faria sentido. Ainda que a posição de Ariadne a diferenciasse das mulheres comuns, um patricídio só a levaria a um caminho.

Não, sua melhor opção seria enfrentar a atenção dispensada por Kotys — "Dionísio, fazei com que alguma beldade chame a atenção dele em breve" — e estabelecer-se ali. Havia apenas seis meses ela chegara ao principal vilarejo dos medos. Não fazia muito tempo. Ariadne levantou o queixo. Havia outra opção, claro. Se Kotys fosse destituído, um homem melhor tomaria seu lugar. Ela já estava ali por tempo suficiente para perceber o descontentamento crescente com as ordens dele. Rhesus, o rei anterior, e Andriscus, seu filho, não tinham deixado saudade, mas Sitalkes, um nobre que poderia tê-los substituído, era uma figura popular. Eles tomavam cuidado para não falarem perto dos guarda-costas de Kotys, mas muitos guerreiros falavam com saudosismo sobre Sitalkes e seus dois filhos; um deles fora morto em batalha contra os romanos e outro havia partido para servir aos conquistadores como mercenário e nunca mais voltou.

"Se ao menos alguém tomasse a dianteira e aproveitasse a raiva latente que eles têm de Kotys", pensou Ariadne. Uma luta curta e certeira e o idiota desapareceria para sempre. Ela se amaldiçoou por ter nascido mulher, e aquela não foi a primeira vez. "Ninguém me seguiria." Ela observou a reação familiar no espelho de bronze à sua frente. Um rosto em formato de coração, com um nariz reto e maçãs do rosto altas, emoldurado por longas madeixas escuras. Um queixo determinado. Pele branca e leitosa, muito inadequada para o sol forte que banhava a Trácia todo verão. Um desenho de pontos tatuado nos dois braços. Ombros magros, mas musculosos. Seios pequenos. "O que Kotys vê em mim?", perguntou-se ela. "Não sou bela. Interessante, talvez, mas não bela." Como sempre, a mesma resposta ocorreu a Ariadne. "Ele vê meu espírito selvagem e, por ser um rei, quer tomá-lo para si." Era a mesma determinação que já havia lhe causado problemas durante o treinamento, e que também a ajudara a se tornar uma sacerdotisa mais cedo do que o esperado. Ariadne valorizava muito sua natureza tempestuosa. Graças a ela, podia entrar em transes dos mênades facilmente e chegar à zona em que era possível encontrar Dionísio e saber seus desejos. "Meu espírito não pertence a nenhum homem", pensava Ariadne com determinação. "Apenas ao deus."

Levantando-se, ela caminhou até a cama simples, com um cobertor sobre uma camada grossa de palha em um canto da cabana. Todos no vilarejo usavam esse tipo de cobertor. Os trácios eram conhecidos por sua austeridade, e ela não era exceção. Ariadne vestiu a capa vermelho-escura de lã. Além de marcar sua posição na vida, servia como um disfarce à noite. Ela pegou o cesto que ficava aos pés da cama e o levou ao ouvido. Nenhum som. Ela não se surpreendeu. A serpente ali dentro não gostava do clima frio do outono, e tudo o que Ariadne podia fazer era tirá-la de seu torpor de vez em quando e enrolá-la em seu pescoço antes de realizar um rito no templo. Felizmente, essa tática simples era suficiente para surpreender os moradores do vilarejo. No entanto, para Ariadne, a serpente era apenas uma ferramenta para manter seu ar de mistério. Respeitava a criatura, e até a temia um pouco, porém, havia sido exaustivamente treinada para lidar com ela e com outras de sua espécie em Kabyle.

Com o cesto embaixo do braço, ela saiu. Como a maioria dos outros no vilarejo, sua cabana de um cômodo tinha sido construída com uma série de galhos entrelaçados, sobre os quais havia uma camada grossa de barro. O forro era coberto por uma mistura de palha e lama, com uma abertura na ponta para que a fumaça da fogueira saísse. Nos fundos da cabana, ficava parte da muralha que cercava os aposentos de Kotys. Era uma proteção dentro do muro externo ao redor do vilarejo, reforçando a posição elevada do rei e servindo como defesa interna. Havia mais cabanas dos dois lados, cada uma cercada por uma paliçada que guardava os animais dos moradores. As moradias seguiam os caminhos amplos que dividiam o grande vilarejo. Como os montes de esterco e as pilhas de dejetos, elas tinham se transformado ao longo de séculos de habitação. Ariadne sentia-se grata por sua cabana estar a uma distância razoável de qualquer um desses amontoados necessários, porém fedidos.

Ela seguiu o caminho em direção ao centro do vilarejo, retribuindo os cumprimentos respeitosos daqueles que encontrava com um sorriso discreto ou um meneio de cabeça. Mulheres com bebês colados ao seio e idosos pediam sua bênção ou seu conselho, enquanto o restante, menos os guerreiros mais corajosos, costumavam evitar seu olhar. As crianças se dividiam em dois tipos: aquelas que sentiam medo dela e as que pediam para ver a serpente. As do primeiro tipo eram mais numerosas do que as do segundo. Pouca coisa atenuava a solidão na vida de Ariadne. Ela afastou a melancolia. O deus enviaria a ela um homem, se julgasse adequado. Se não fosse adequado, ela continuaria a servi-lo com lealdade, como prometera durante a iniciação.

A multidão diante dela se afastou, revelando um grupo de guerreiros muito bem-vestidos. Ariadne sentiu certo desânimo. Não era apenas a vanglória dos homens que mostrava quem eram. As túnicas de mangas compridas, vermelhas com listras brancas verticais, capacetes complexos em bronze e proteções de perna prateadas mostravam toda a imponência e a importância, assim como suas lanças bem-feitas, as espadas *kopis* e as adagas compridas e curvas. Ariadne blasfemou em voz baixa. Se havia tantos guarda-costas por perto, Kotys não devia estar longe. Ao olhar para a esquerda, cumprimentou uma senhora cujo marido enfermo ela havia tratado recentemente.

Ariadne escutou vários elogios a Dionísio. Sorrindo, ela se aproximou da cabana da mulher, ficando de costas para o caminho. Com um pouco de sorte, os guerreiros não a teriam visto. Talvez nem estivessem à sua procura.

— Sacerdotisa!

Ariadne blasfemou. Continuou escutando o que a senhora dizia, mas quando a voz a chamou de novo, estava logo atrás dela.

— Sacerdotisa.

O viajante não se demorou na cena onde fora emboscado. Obviamente, os bandidos não tinham nada que valesse a pena levar. Ele só precisou limpar a sica, puxar a lança que havia atingido seu escudo e prendê-lo ao dorso do cavalo. Deixou os corpos onde tinham caído e partiu em direção ao vilarejo. A essa altura, teriam sorte se chegassem antes do anoitecer. Aquele contratempo não merecia ser analisado. As nuvens amarelas prometiam que a neve chegaria cedo. Ele estava com sorte, no entanto. Não sabia se era a adrenalina pulsando nas veias do animal ou uma intervenção do Grande Cavaleiro, o garanhão, porém, agora parecia mover a pata manca com mais facilidade. Eles progrediram bem, avistando o vilarejo quando os primeiros flocos começaram a cair.

Balidos altos cortavam o ar, e o viajante olhou para cima. Auxiliado por dois cães, um menino pequeno pastoreava um bando de carneiros e bodes pelo caminho à frente.

— Não somos os únicos à procura de abrigo — disse ele ao cavalo. Pararam, abrindo espaço para que o garoto guiasse os animais pelo caminho cheio de pedras. — O tempo está fechando. Você está certo em ir para casa agora — disse ele, em tom amistoso.

O menino não fez nenhum gesto que indicasse que desceria a ladeira.

— Quem é você? — perguntou ele, desconfiado.

— Meu nome é Peiros — mentiu o viajante. Mesmo tão perto de casa, ainda não sentia vontade de revelar sua verdadeira identidade.

— Nunca ouvi falar de você — foi a resposta desdenhosa.

— Você provavelmente ainda engatinhava sobre um tapete de pele de urso aos pés de sua mãe quando deixei o vilarejo.

Um pouco da prudência desapareceu dos olhos do garoto.

— Talvez.

Ele começou a levar os últimos carneiros e bodes pelo caminho com gritos agudos e movimentos dos braços. Os cães corriam de um lado a outro, cuidando para que não houvesse retardatários. O viajante observou, e quando o bando todo desceu em segurança, ele começou a caminhar ao lado do jovem pastor. "O que poderei descobrir?"

— Como está Rhesus? — perguntou.

— Rhesus? O antigo rei?

— Sim.

— Ele morreu há quatro anos. Uma praga tirou sua vida.

— O filho dele, Andriscus, deveria ser o rei, então.

O menino olhou para ele com escárnio.

— Você realmente esteve fora. Andriscus também morreu. — Ele olhou ao redor com atenção e sussurrou: — Foi assassinado, como Sitalkes. — O menino viu o brilho de susto nos olhos do viajante. — Eu sei, foi terrível. Meu pai diz que o Grande Cavaleiro vai castigar Kotys um dia, mas, por enquanto, precisamos viver com ele.

— Kotys matou Sitalkes?

— Sim — respondeu o menino, incisivo.

— E agora ele é o rei?

Ele assentiu com a cabeça.

— Entendo.

Fez-se um silêncio, que o garoto não ousou romper. Não admitiria, mas o viajante sisudo o assustava. Um momento depois, o homem parou.

— Você pode seguir. — Ele fez um gesto para o garanhão. — Não devo fazer com que ele ande por muito tempo com a pata ruim. Vejo você no vilarejo.

Assentindo aliviado, o menino voltou a levar o bando pelo caminho. O viajante esperou um pouco para fechar os olhos. A culpa pesava em sua consciência. "Se ao menos eu estivesse aqui, as coisas poderiam ter sido diferentes." Ele não deixou a sensação durar muito. "Ou talvez não. Eu também estaria morto. A decisão do pai de me mandar embora foi boa." De certo modo, ele sabia que Sitalkes não teria mudado o que aconteceu. No entanto, era impossível negar a tristeza que sentiu ao saber do assassinato do pai. Pensou em Sitalkes e em como o vira pela última vez: forte, de costas eretas, saudável. "Descanse em paz." Ele só queria ir para casa. Para que sua interação com os inimigos mais detestados terminasse. Saber que o pai estava morto era bem ruim, e, se fosse verdade que ele fora assassinado, não haveria recepção calorosa. Não haveria descanso. Contudo, pensar em se afastar do vilarejo e voltar pelo mesmo caminho não era uma opção. Era preciso fazer vingança. A honra dele exigia. Além disso, para onde iria? Voltaria a atuar com as legiões? "Claro que não." Estava na hora de voltar, independentemente da recepção que recebesse. "Não questiono sua vontade, Grande Cavaleiro. Porém, peço que me proteja, como sempre fez, e me ajude a punir o assassino de meu pai." O fato de isso significar matar o rei não diminuía sua determinação.

— Vamos — disse ele ao garanhão. — Vamos procurar um abrigo e comida.

Ariadne virou-se devagar.

— Polles. Que surpresa.

Ela não tentou disfarçar a frieza na voz. Polles podia ser o campeão de Kotys, mas também era um valentão arrogante que abusava de sua posição de autoridade.

— O rei deseja falar com você.

Apesar da aparente cortesia, isso foi uma ordem. "Como ele ousa?" Ariadne forçou o rosto a permanecer calmo.

— Mas falamos ontem mesmo.

Os lábios finos de Polles se contraíram imitando um sorriso. Tudo nele, desde sua beleza aos longos cabelos pretos e músculos brilhosos, mostrava sua vaidade.

— Mesmo assim, ele deseja... ter o prazer de sua companhia mais uma vez.

Ariadne notou a leve, porém proposital, demora na resposta. A julgar pelas risadas dos outros guerreiros, eles também tinham percebido. "Desgraçados sujos", ela pensou. "Iguais a seu mestre."

— Quando?

— Agora — respondeu ele, com um tom surpreso.

— Onde está o rei?

Polles fez um gesto lânguido para trás.

— Na área central das reuniões.

"Onde as pessoas podem vê-lo."

— Chegarei em um minuto.

— Kotys nos mandou acompanhá-la até ele. Imediatamente. — disse Polles, franzindo o cenho.

— Pode ser que ele tenha feito isso, mas estou ocupada. — Ariadne apontou para a senhora. — Não está vendo?

Polles ficou corado pela irritação.

— Eu...

— Os desejos do rei são mais importantes do que o trabalho do deus Dionísio? — perguntou Ariadne, erguendo a tampa do cesto.

— Não, claro que não — respondeu Polles, afastando-se.

— Ótimo. — Ariadne deu as costas para ele.

Ela ouviu sussurros irritados.

— Não sei o que devem dizer ao rei. Digam que não conseguimos encontrá-la. Digam que ela está em transe. Inventem qualquer coisa! — ordenou Polles.

Ariadne escutou pés se arrastando e sorriu discretamente. No entanto, em pouco tempo a conversa com a senhora acabou. O que não era surpreendente. Ter o protegido do rei a poucos passos, lançando olhares ferinos às duas, seria de intimidar qualquer um. Sussurrando uma bênção à mulher, Ariadne olhou para Polles.

— Estou pronta.

Impaciente, ele fez um gesto para que ela passasse entre os guerreiros. Eles se uniram com destreza e Polles caminhou à frente, gritando com todos os tolos que se colocavam no seu caminho. Não demorou muito para que chegassem à grande área que formava o centro do vilarejo. Era um espaço quase circular, cercado por dezenas de cabanas. Hordas de mulheres cochichavam enquanto levavam para casa as roupas lavadas no rio. Muitas crianças brincavam ou brigavam umas com as outras na terra, enquanto vira-latas magricelas saltitavam alegres ao redor delas, tomando o lugar com seus latidos estridentes. A fumaça escapava pelo telhado de uma forja num lado; o bater de um martelo em uma bigorna era ouvido dali de dentro. Diversos homens esperavam do lado de fora, com armas estragadas nas mãos. Havia tendas de madeira vendendo peças de metal, peles e alimentos básicos, como grãos, galinhas e sal, uma hospedaria pobre e três templos — a Dionísio, ao Deus Cavaleiro e à Deusa Mãe. Apenas isso.

Como os seus companheiros trácios, os medos não eram uma raça que dependia do comércio para viver. Seu território tinha poucos recursos naturais. A agricultura fornecia pouco mais do que o necessário para a subsistência; por isso, eles haviam se transformado em guerreiros cujo único propósito era fazer guerra, na terra ou fora dela. As pessoas testemunhavam isso: eles eram, em sua maioria, guerreiros muito fortes. A maioria tinha cabelos ruivos ou castanhos, pele morena. De idades diversas, de rapazotes a velhos, todos tinham a mesma atitude confiante. Vestidos com túnicas plissadas de manga curta, com cores que variavam do vermelho e verde ao marrom e creme, eles calçavam sandálias ou sapatos de couro com as pontas viradas para cima. Muitos usavam o tão comum *alopekis*, a touca de pele de raposa com as laterais compridas para cobrir as orelhas. Homens mais ricos ostentavam torques de bronze ou de ouro no pescoço. Uma espada ou adaga — às vezes ambas — podia ser vista no cinto de todos os homens. Eles se reuniam em grupos, gabando-se de suas façanhas e planejando futuras caçadas.

Polles e seus homens atraíam a atenção de todos na vizinhança. Ariadne sentiu o peso dos olhares dos que passavam conforme avançaram em direção ao templo de Dionísio, uma construção maior do que a maioria, com um pilar de pedra de cada lado da entrada. Ela também escutou o burburinho e detestou isso. Eles eram corajosos o bastante para entrarem numa batalha, mas não para se imporem ao rei de quem se ressentiam. Isso fazia com que ela se sentisse muito sozinha.

O rei a aguardava perto das portas do templo. Estava acompanhado de seus guarda-costas, e uma horda de guerreiros estava à sua frente. Era uma imagem forte. Apesar de ter quase cinquenta anos, Kotys parecia ser dez anos mais jovem. Os cabelos pretos e ondulados não tinham nem indícios de fios grisalhos, e havia poucas rugas em seu rosto, sagaz como o de uma raposa. Por cima da túnica roxa que descia até os joelhos, Kotys usava um corselete de ferro com aros de ouro e peitorais do mesmo metal precioso. Tecidos em camadas protegiam sua genitália, e armaduras de prata cobriam as partes inferiores das pernas. Ele levava uma espada *machaira* de cabo de ébano, que permanecia dentro de uma bainha com tachas no cinto dourado. Usava uma gálea na cabeça, para mostrar sua condição de rei.

Enquanto Polles e seus homens passavam pela multidão, Kotys observava Ariadne.

— Sacerdotisa! Finalmente nos dá a honra da sua presença — disse ele.

— Vim o mais rápido possível, majestade. — Ariadne não deu mais explicações.

— Excelente. — Kotys fez um gesto autoritário e seus acompanhantes se afastaram. Com relutância, ela deu um passo à frente, e depois mais alguns. Ariadne percebeu que Polles sorria. Ela virou a cabeça para olhá-lo. Kotys notou o gesto e acenou novamente. Com isso, os guarda-costas recuaram cerca de vinte passos para a forja.

— Perdoe a falta de modos de Polles — disse o rei. — Ele não sabe resolver pendências.

"Então, por que o enviou?"

— Compreendo — murmurou ela, forçando-se a esconder a raiva.

— Ótimo. — Uma palavra era o máximo da simpatia de Kotys. — Seria fácil fazer arranjos mais adequados — disse ele, bruscamente.

— E quais seriam? — Ariadne arqueou as sobrancelhas.

— Jante comigo em meus aposentos uma noite dessas. Não haveria a necessidade da presença de Polles, nem de acompanhantes.

— Receio que isso não seja possível — respondeu Ariadne, com frieza.

— Está se esquecendo de quem sou? — perguntou Kotys, franzindo o cenho.

— Claro que não, majestade. — Ariadne olhou para baixo fingindo modéstia. — Mas à noite é o melhor momento para entrar em comunhão com o deus — mentiu.

— Isso não pode acontecer todas as noites — resmungou ele.

— Não, os sonhos acontecem de vez em quando. Dionísio é misterioso, como deve imaginar.

Ele assentiu.

— O Deus Cavaleiro também é.

— Por sua natureza instável, devo sempre estar pronta para recebê-lo. Passar uma noite longe do templo está fora de cogitação. Agora, se me dá licença, devo orar ao deus. — Apesar de seu coração bater forte dentro do peito, Ariadne fez uma reverência e sorriu com doçura a Kotys, antes de passar por ele.

Para seu espanto, ele a segurou pelo braço. Ela soltou o cesto, mas infelizmente a tampa permaneceu nele.

— Está me machucando!

— Acha que isso dói? — Kotys riu e aproximou o rosto ao dela. — Saiba disso, *vadia*. Brinque comigo por sua conta e risco. Não tolerarei isso para sempre. Lembre-se de que também sou um sacerdote. Você *irá* para a minha cama de um jeito ou de outro. E logo. — De repente, ele a soltou, e Ariadne se afastou, abatida.

Ela daria qualquer coisa para que um raio caísse do céu e o acertasse, matando-o. Claro que nada disso aconteceu. Ela podia ser a representante de uma divindade, mas Kotys também o era. Em uma situação assim, ela era impotente. Kabyle, com seu poderoso conselho de sacerdotes, estava longe, muito longe. Não que eles chegassem a intervir. Como comandante dos medos e sacerdote do deus cavaleiro, Kotys era quem detinha todo o poder. Ela conseguiu fazer uma breve reverência. O rei apertou os lábios com sarcasmo, divertindo-se.

— Voltaremos a nos falar — disse ele, com voz rouca. — Em breve.

Com as mãos trêmulas, Ariadne levou o cesto às portas do templo, onde o colocou. Ergueu a barra pesada que mantinha o portal fechado, deixando a luz entrar no interior escuro. Assim que Kotys se foi, ela suspirou. Sentiu os joelhos fraquejarem e caminhou até um dos bancos que ficavam encostados nas paredes laterais. Com os olhos fechados, Ariadne inspirou profundamente e manteve o ar preso enquanto contava as batidas do coração. No quatro, soltou o ar aos poucos. "Dionísio, me ajude", implorou ela. "Por favor." Continuou a respirar de modo lento. Finalmente, uma leve sensação de calma tomou conta dela, e um pouco da tensão saiu de seus ombros. Contudo, o medo persistente permaneceu em seu estômago. Seria preciso muito mais do que orações para impedir Kotys de tomar as suas providências. Ela se sentia impotente.

Um pigarrear interrompeu seus pensamentos.

Ariadne virou a cabeça. A figura na porta era delineada pela luz do sol, e ela não conseguiu ver quem era. O pânico tomou seu corpo antes que ela retomasse o controle. Kotys ou Polles não seriam tão educados.

— Quem é você?

— Meu nome é Berisades — respondeu alguém, com voz respeitosa. — Sou um comerciante.

A postura profissional de Ariadne entrou em cena.

— Entre — orientou ela, caminhando em direção a ele.

Berisades era um homem baixo no fim da meia-idade com barba bem-aparada e olhos intensos e inteligentes.

— Você andou pela estrada — disse ela, olhando para a túnica verde e para a calça larga do homem, que estavam cobertas de poeira.

— Vim do leste. Foi uma longa viagem, mas conseguimos realizá-la sem muitas perdas. Queria agradecer ao deus imediatamente. — Berisades deu um tapa na bolsa pendurada em seu cinto, que fez barulho.

Ariadne levou o comerciante em direção ao altar de pedra. Atrás dele, sobre um plinto, havia uma estátua grande e pintada de Dionísio. Em uma das mãos, o deus barbado segurava uma vinha, e na outra, uma taça. As ondas se chocavam a seus pés, mostrando-o sobre a água. Havia um touro entalhado com o rosto de um homem em um dos lados e um grupo de sátiros no outro. A seus pés, havia buquês de folhas secas, vasos de argila em miniatura cheios de vinho e pequenas estátuas. A luz reluzia nas peças de âmbar e vidro. Havia conchas de mariscos afiladas, redondas e, as mais raras de todas, pintadas.

Ajoelhando-se, Berisades colocou sua bolsa entre as outras oferendas.

Ariadne se retirou, deixando-o com suas devoções. Ela se lembrou de Kotys de repente e ficou desanimada. Não conseguia imaginar uma maneira de escapar dele, e o desespero a dominou. Achando que a meditação ajudaria, ela fechou os olhos e tentou entrar em um estado calmo que costumava lhe ajudar a se conectar aos desejos do deus. Não conseguiu, pois à sua mente só vieram imagens de Kotys tocando-a em sua cama.

— Como eles a chamam, senhora? — A voz de Berisades estava próxima.

Com grande alívio, ela voltou ao presente.

— Ariadne.

— Você não estava aqui quando vim da última vez.

— Não, cheguei aqui há seis meses.

Ele assentiu.

— Eu lembro que, na época, o velho sacerdote não estava muito bem. Ainda assim, você é jovem e saudável. Sem dúvida ficará aqui por muitos anos, para alegrar os olhos de todo viajante agradecido que queira prestar respeito.

— Você é muito gentil — murmurou Ariadne, retraindo-se por dentro. "Se soubesse a verdade."

— Não demorará muito até que o próximo peregrino chegue.

— Não? — Ariadne mal estava ouvindo. Estava de novo preocupada com Kotys.

— Ontem encontrei um guerreiro que estava voltando para cá. Ele poderia ter vindo conosco, mas seu cavalo está manco. Parece que passou anos com os romanos. Ele quer agradecer aos deuses por seu retorno em segurança. Um homem calado, mas que se expressou bem.

— É mesmo? — perguntou Ariadne, de modo vago. Tinha pouco interesse no retorno de outro homem do grupo que atuara como mercenário para os romanos.

Berisades percebeu que a mente dela estava em outro lugar.

— Meus agradecimentos, senhora — murmurou ele, retirando-se.

Ariadne abriu um sorriso para ele. No entanto, por dentro, ela gritava.

Ao subir o monte para o assentamento cercado, lembranças antigas retornaram. Dias quentes de verões passados nadando com outros garotos no rio caudaloso que corria por um lado do vilarejo. Selar os cavalos fortes que serviam de montaria para os guerreiros mais abastados. A caça de veados, porcos selvagens e lobos na juventude, entre os picos que se assomam adiante. Ser consagrado guerreiro depois de matar o primeiro homem aos 16 anos. Ajoelhar-se no arvoredo sagrado no topo de uma montanha próxima, pedindo orientação ao Deus Cavaleiro. As horas de sua vida que ele havia despendido desejando que a mãe não tivesse morrido no parto de sua irmã, um bebê que permaneceu por menos de um mês neste mundo. O dia em que recebeu a notícia de que Roma tinha invadido a Trácia. Ter ido para a guerra contra suas legiões com o pai, Sitalkes, o irmão Maron e o resto do grupo. A primeira vitória gloriosa, e as amargas derrotas que vieram depois. A morte agonizante de Maron, uma semana depois de ser atingido na barriga por uma espada romana, um gládio. As vãs tentativas de superar o maquinário de guerra romano. Emboscadas nos montes. Ataques noturnos. Envenenamento dos rios. União com outros grupos por traição ou por ganância, ou ambas.

— Nós, trácios, não mudamos nunca, não é? — perguntou ele ao garanhão. — Não importa o que pode ser melhor para a Trácia. Nós lutamos contra todos, até contra os nossos. Principalmente contra os nossos. Unir-se para lutar contra um inimigo comum, como Roma? De jeito nenhum! — Sua risada rouca foi curta e irritada. A primeira parte da tarefa para a qual seu pai o designara (servir com as legiões de romanos) tinha sido completada. Ele havia previsto um período de vida relativamente normal antes de tentar a segunda parte, aquela de tentar unificar os grupos. Não era para ser. A nuvem negra da guerra com sua base sangrenta ainda não o havia alcançado. Porém, ele não tentava ignorar a adrenalina. Na verdade, gostava dela. "Kotys matou meu pai. Desgraçado traidor. Vai morrer, e logo."

Acostumado tanto a momentos de silêncio quanto de falatório, o cavalo seguia atrás dele.

Dois sentinelas armados com escudos e lanças estavam ao lado dos enormes portões do assentamento. Eles olharam para o homem semicerrando os olhos, cochichando um com o outro conforme ele se aproximava. Poucos viajantes chegavam tão tarde, com um clima tão ruim. Menos ainda tinham armadura ou capacete de metal. Apesar de o garanhão do recém-chegado estar manco, era bem forte. E também era branco — a cor valorizada pelos reis.

— Pare!

Ele parou, erguendo a mão esquerda em um gesto de paz. "Deixe-me entrar sem muitas perguntas."

— A noite está difícil — disse ele. — Depois de demonstrar respeito pelo Deus Cavaleiro, é uma noite para se passar diante da fogueira com uma taça de vinho.

— Você fala a nossa língua? — perguntou o guarda mais velho, surpreso.

— Claro. — Ele riu. — Sou medo, como você.

— É mesmo? Não saberia diferenciar você de um monte de bosta de cachorro — resmungou o segundo sentinela.

— Nem eu — acrescentou o companheiro em um tom um pouco mais civilizado.

— Talvez não, mas eu nasci e fui criado neste vilarejo. — Ele franziu o cenho diante dos olhares irritados. — Esta é a melhor recepção que posso esperar depois de quase uma década longe? — Ele estava prestes a dizer que seu nome era Peiros, mas o primeiro guarda falou antes.

— Quem é você? — Ele olhou para os braços do recém-chegado, percebendo, pela primeira vez, as gotículas de sangue, e voltou a se concentrar no rosto. — Espere um pouco. Conheço você. Spartacus?

"Droga!"

— Isso mesmo — respondeu ele brevemente, passando a mão pela lâmina da espada.

Um sorriso incrédulo tomou o rosto do homem mais velho.

— Por todos os deuses, por que não disse? Sou Lycurgus. Sitalkes e eu cavalgávamos juntos. — Ele lançou um olhar de advertência para o outro guarda.

— Eu me lembro de você — disse Spartacus, com um meneio de cabeça amável. O olhar que lançou ao segundo sentinela foi bem menos simpático. Assustado, o guerreiro teve um interesse repentino pela terra entre seus pés.

— As coisas mudaram desde que você saiu de casa — disse Lycurgus, desanimado. — Seu pai...

— Eu sei — interrompeu Spartacus, de modo ríspido. — Morreu.

— Sim.

Ele não se conteve.

— Pelo que sei, morreu em circunstâncias suspeitas.

Lycurgus olhou para seu companheiro.

— Nós dois não tivemos nada a ver com isso. Você deve conversar com Polles.

— Polles?

— O guarda-costas principal do rei. — O desgosto na voz de Lycurgus era evidente.

— Mas e Getas, Seuthes e Medokos? Eles ainda estão vivos? — perguntou Spartacus, casualmente.

— Ah, estão. Perderam o prestígio, mas mantêm as coisas no lugar para que Kotys os deixem em paz. — Consciente do rumo perigoso da conversa, Lycurgus lambeu os lábios. — Você está...

Spartacus agiu como se não tivesse escutado.

— Estou cansado. Passei semanas na estrada. Tudo o que quero é comida quente na barriga e beber com meus velhos amigos. O rei pode esperar até amanhã. Ainda não precisa saber que voltei. — "E quando souber, se os deuses permitirem, será tarde demais. Agora que esses dois sabem quem sou, preciso agir de uma vez. Getas e os outros ajudarão." — Não é pedir muito, é?

— É-é claro que não — gaguejou Lycurgus. Olhou para seu companheiro. — Ele não dirá nada a ninguém.

— Ninguém — alertou Spartacus. Ao perceber o súbito tom frio na voz dele, os dois guardas assentiram amedrontados.

— Ótimo. — Puxando parte da capa sobre o lado inferior do rosto, o recém-chegado partiu sem dizer mais nada.

— Seu maldito idiota — disse Lycurgus assim que ele se distanciou. — Spartacus é um dos guerreiros mais mortais que nosso povo já viu! Agradeça por ele estar de bom humor. *Não* queira vê-lo irritado.

— O que ele está planejando?

— Não sei — respondeu Lycurgus. — Não quero saber. Se alguém perguntar, nós não o reconhecemos. Entendido?

CAPÍTULO II

O humor de Ariadne piorava. O ritual diário de queimar incenso e fazer meditação não trouxera a ela nada além de uma sequência de imagens separadas, irritantes. A maioria delas continha Kotys nu sobre uma casa. Outras também envolviam Polles, o que a revoltava. As mais surpreendentes — e perigosas — eram aquelas nas quais ela se defendia do rei com uma faca ou uma serpente. "De que adiantaria matá-lo?", pensou sem esperança. "Eu teria que fugir do vilarejo para não ser morta pelos guarda-costas dele. Para onde eu iria? Kabyle?" Ariadne não conseguia pensar em nenhum outro lugar, no entanto, afastou o pensamento. Os sacerdotes na cidade não abrigariam uma regicida. Ela estava presa. Sozinha e sem ninguém para ajudá-la.

Tomada pela tristeza, ela fechou o templo e seguiu para sua cabana. O céu estava repleto de nuvens ameaçando uma nevasca, e ela queria estar na segurança de sua casa antes que a neve começasse a cair. O assentamento não era perigoso para a maioria, mas Kotys podia muito bem ter colocado alguns de seus guerreiros à espreita. Enquanto corria na direção da viela que a levaria para casa, Ariadne viu um homem entrando pelo portão principal. Nunca o vira antes, mas sua carruagem lenta e decidida lhe chamou a atenção. Ele tinha estatura média, cabelos castanhos curtos e usava armadura e calça vermelha justa. Um cinto de soldado romano envolvia a cintura, dele pendiam uma sica e uma adaga. O capacete de bronze que ele segurava tinha uma crista curvada, e o garanhão branco e manco que o seguia com certeza também era trácio.

Cumprimentou em voz baixa um grupo de guerreiros que estava ali perto. Ariadne reconheceu três deles: Getas, Seuthes e Medokos. Ao ouvir a voz do outro, Getas virou a cabeça. Franziu o cenho, e então, com olhares animados, ele e seus companheiros se aproximaram do recém-chegado.

"Então esse é o viajante que Berisades encontrou", pensou Ariadne. "Deve ser bem-quisto já que não foi esquecido em sua ausência." Ela continuou andando. Chegar em casa era mais importante do que observar desconhecidos. Talvez Dionísio a visitasse naquela noite, para lhe dar um pouco de esperança. Ela se consolou com essa ideia. Um momento depois, escutou uma risada alta e característica que vinha da viela. Ao reconhecer a voz de Polles, Ariadne reagiu sem pensar. Rapidamente afastou-se da entrada do beco para espiar pela lateral. Espiando pelo canto, viu o contorno de pelo menos três homens a poucos passos. A postura preguiçosa não combinava com as armas em suas mãos. Sentindo-se assustada, Ariadne se recostou na parede fria da casa. Kotys fora fiel à sua palavra. Os guarda-costas estavam ali para pegá-la. "Maldito!" Fugir deles para chegar à cabana por outro caminho apenas prolongaria o inevitável. Naquele instante, a impotência que ela sentiu quando o pai estava prestes a atacá-la sexualmente voltou a tomar conta dela. Concentrou-se em seu estômago como se nunca tivesse saído dali, uma mistura ácida de náusea e nojo de si mesma.

Sua indecisão pareceu durar uma eternidade, porém, na verdade, foi o tempo de alguns batimentos cardíacos. Sem saber para onde ir, Ariadne atravessou o pátio central. Foi então que viu um segundo grupo de guerreiros seguindo em sua direção, saídos do templo. Abaixando a cabeça em uma tentativa patética de não ser vista, ela mudou de direção. Só havia um lugar por onde seguir. Para o portão principal. Não importava se estava muito frio, nevando ou que fosse perigoso passar dos limites do vilarejo. Precisava fugir de Kotys, e não importava como.

— Sacerdotisa! — chamou alguém atrás dela.

Ariadne soluçou e acelerou o passo. Só precisava chegar ao portão. Os guardas do lado de fora não ousariam detê-la e a tempestade iminente a atingiria. O que ela estava fazendo era loucura, porém, naquele exato momento, Ariadne não se importou. A morte era melhor do que passar de novo pelo que sofrera na infância. Olhou para trás e ficou feliz ao ver que os guerreiros estavam afastados demais para impedi-la de fugir. Com outras pessoas por perto, aquela pequena vitória não seria negada.

Totalmente absorvida pela situação, Ariadne não estava prestando atenção para onde ia. Trombou com alguém. Foram os braços fortes da pessoa que evitaram que caísse de costas. Ela olhou para cima e viu um par de olhos acinzentados e sorridentes. Era o homem que havia acabado de chegar com o garanhão manco. Ariadne hesitou. De perto, ele era muito bonito.

— Peço desculpas. Não tenho o costume de derrubar mulheres atraentes.

— Nã-não, foi minha culpa — disse ela.

Ao perceber as tatuagens e a capa vermelha que marcavam a condição dela, ele a soltou.

— Sinto muito, sacerdotisa, não quis desrespeitá-la. Por que está correndo?

— Eu... — Ariadne olhou para trás. Os guerreiros estavam a menos de vinte passos. — Tenho que ir. Sair do vilarejo.

— Nestas condições, sacerdotisa? — Ele parecia assustado. — Vai acabar morrendo. Se isso não acontecer, os lobos a pegarão.

— Pode ser — disse Ariadne —, mas vou mesmo assim. — Ela tentou passar.

Ele esticou o braço, impedindo-a.

— O que você fez? — perguntou ele, assentindo para o grupo que se aproximava.

— O que eu fiz? Nada! — Ela riu com amargura e tentou se afastar de novo, mas o braço dele não se moveu, parecia uma barra de ferro. Ariadne não teve forças, nem vontade, de lutar.

— Algo me diz que aquele grupo não está vindo falar sobre o clima. Quem são eles?

— Homens de Kotys — respondeu ela.

— De Kotys? — "Não penso nele há anos, mas agora todo mundo diz o seu nome."

— O rei.

Ele curvou o lábio.

— O *rei*. Então, você entrou no caminho dele, pelo visto?

— Recusar-me a me deitar com ele pode ser considerado entrar no caminho dele? — rebateu ela. — Se for, então sim, foi o que fiz. Agora me solte.

Ele abaixou o braço.

— Então eles estão vindo para levá-la a Kotys, mas você não quer?

— Sim. Morro, mas não permito que aquele desgraçado me estupre. — Ariadne olhou dentro dos olhos dele e ficou surpresa com o que viu. Além de raiva, havia admiração. E ódio, mas não por ela.

— Não se mexa. — Soltando a rédea do cavalo, ele se colocou diante dela.

— O que você está fazendo? — perguntou ela.

— Os homens podem agir assim na guerra, mas não em tempos de paz, no meu vilarejo — disse ele. — Pensei que tudo isso tivesse ficado para trás. — "Pensei que voltaria para casa sem descobrir que meu pai foi morto por um homem a quem ele já chamou de amigo."

Ariadne observou, assustada, quando os guerreiros chegaram, quatro homens bem-armados com expressão séria e atitude decidida.

— Muito bem — disse o primeiro. — Estamos em débito por você ter detido essa mulher.

— Eu não a detive — respondeu ele. — Nós trombamos e eu a impedi de cair.

— Não importa como fez isso. — Revelando os dentes podres, o olhar lascivo do homem era mais ameaçador do que simpático. — Ela teria fugido se não fosse por você. Agradecemos. Agora, saia da frente.

— Por quê? O que ela fez?

— Isso não é da sua conta — resmungou o guarda.

— Ela é uma sacerdotisa. Não é uma criminosa qualquer. Não é o tipo de pessoa a quem se deve maltratar, a menos que queiram irritar um deus. Não concorda? — Sua voz era baixa, porém, ameaçadora.

O guerreiro hesitou, surpreso.

— Veja, amigo, estamos apenas cumprindo ordens. O rei quer vê-la. Então, faça-nos o favor de sair daqui, está bem?

Ele olhou para Ariadne.

— Você quer ir com estes homens?

— Você não tem que fazer isso — sussurrou ela, sem acreditar no que via e ouvia.

Ele não entendeu o que ela tinha dito.

— Sim ou não?

Ariadne olhou para os quatro guarda-costas e estremeceu.

— E então?

— Não — respondeu ela. No mesmo instante, a culpa tomou conta dela. "Por que você o envolveu nisso"

Ele deu de ombros.

— Vocês escutaram. Ela não vai.

— Qual é o seu nome, idiota? — o primeiro guerreiro quis saber, erguendo a lança. — Gosto de saber o nome de um homem antes de matá-lo.

Ele ignorou a pergunta. Pegando a espada, ele a apontou diretamente para o rosto do homem.

— Está pronto para morrer? Porque é isso o que vai acontecer agora.

Mesmo à luz fraca, foi possível ver o guerreiro empalidecer. Ele olhou para os companheiros, que não pareciam nada felizes.

— Vamos acabar com isso? — rosnou ele, dando um passo na direção dos homens.

Ariadne não conseguia acreditar no que estava vendo. A confiança do guarda-costas diminuiu visivelmente.

— Não temos nada contra você — murmurou ele.

— Nem eu contra vocês, mas não vou ver uma sacerdotisa ser levada sem uma boa explicação — disse ele, e continuou avançando. — Acredito que pessoas como ela devem ser veneradas. Não podemos tratá-las como escravos fugidios.

Erguendo a ponta da lança, o guerreiro se afastou. Os companheiros fizeram o mesmo.

— Isto não acaba aqui — murmurou o primeiro homem.

— Eu ficaria desapontado se acabasse. — Ele observou os homens se afastarem.

— Gostaria que você não tivesse feito isso. Foi como assinar sua sentença de morte — disse Ariadne com frieza, ignorando a surpresa diante da reação dos guerreiros.

— Um simples agradecimento bastaria — respondeu ele, em voz baixa.

— Não quero mais uma morte em minha consciência — disse ela, corando.

— Eu decido o meu destino, não você — resmungou ele. — Que tipo de homem eu seria se permitisse que um bando de bandidos levasse uma sacerdotisa? — "Foi uma atitude precipitada do começo ao fim. Graças ao Cavaleiro ninguém me reconheceu."

— Um homem inteligente — rebateu ela.

— Você é bem temperamental, não? Estou vendo que não quer minha ajuda, vou parar por aqui. O portão ainda está aberto. — Ele pegou a rédea e estalou a língua para o cavalo. — Vamos. Vou levá-lo ao estábulo e lhe dar comida. E uma melhor companhia, se possível.

— Espere — pediu Ariadne, detestando o medo que sentia, que ressurgira ao pensar que ele partiria.

Ele ergueu uma sobrancelha, o que o deixava ainda mais atraente.

— Foi nobre de sua parte intervir. Obrigada.

— De nada. Houve mais alguma coisa? — Ele ia se afastando novamente.

— Os homens do rei não deixarão as coisas como estão, você sabe. Eles agem como bem entendem.

— Percebi. Mas eles terão que lidar comigo primeiro. O vilarejo é um lugar grande para procurar um homem. — Ele fez um meneio de cabeça, despedindo-se.

— Fique um pouco — pediu. Andar pela noite agora parecia totalmente assustador, assim como esperar pela volta dos guerreiros de Kotys sozinha.

— Era o que eu ia fazer, até você decidir ser grosseira.

— Peço desculpas — respondeu ela, com a voz embargada. — Só não queria vê-lo ferido, só isso.

— Sua preocupação é amável — disse ele, de modo mais suave —, mas deixe que eu me preocupe com esse tipo de coisa.

— Tudo bem. — Ariadne se sentiu envergonhada, mas continuou mesmo assim. — Por favor, me acompanhe até em casa. Tenho um pequeno abrigo onde você pode deixar seu cavalo.

— É longe? — Ele apontou para o garanhão. — Como deve ter visto, ele está manco.

— Fica a algumas centenas de passos. Siga-me. — Com o coração acelerado, Ariadne foi na frente. Já estava totalmente escuro e os caminhos, vazios. Apenas um cachorro ou outro passava, deixando-lhes muito espaço. Ela percebeu que o homem observava cada sombra e ficou aliviada quando ele pareceu relaxar um pouco.

Ariadne também ficou contente por ver que não havia ninguém perto de sua casa. Polles e seus homens ainda estavam nas vielas ou, mais provável, tinham voltado com os companheiros até onde ficava o rei.

Depois de encher um balde com a água de um poço próximo, ela o deixou ajeitando o cavalo. Correu para dentro, percebendo, ao acender a lamparina, que suas mãos tremiam. Tentando se recompor, ela se sentou em um banquinho de três pernas. Sua situação havia melhorado de alguma forma? Na verdade, ela tinha acabado de trocar alguns perigos por outros. Ele podia ser um guerreiro destemido, porém, não podia lutar com todos os homens de Kotys e esperar vencê-los. Apesar de seu pessimismo, ela não conseguia negar que sentia prazer com aquilo. Ele não tinha nenhuma obrigação de ajudá-la. A maioria dos homens sensatos teria tomado o caminho oposto ao ver os guarda-costas do rei. No entanto, arriscando a própria vida, ele a salvara.

Estranhamente, Ariadne sentiu uma ponta de esperança. Ele devia saber os riscos que enfrentavam, contudo, mesmo assim, permaneceu calmo, tranquilo. Era sinal de que tinha um plano.

Ela sorriu quando ele entrou, fechando a porta.

— Seu cavalo recebeu água e comida?

— Recebeu — respondeu ele, parecendo satisfeito.

— Você se importa muito com ele.

— Sim. Ele tem estado embaixo de mim ou ao meu lado por mais de cinco anos de guerra constante.

— É muito tempo de batalha.

— É sim. É por isso que vim para casa. Para pendurar minha espada e descansar por um tempo. Em vez disso, fiz o oposto. — Ele entortou a boca. — Para ser sincero, não estou muito surpreso. O Cavaleiro costuma fazer isso comigo. E ele sabe mais do que eu.

— Mesmo assim, sinto muito — desculpou-se Ariadne, sentindo-se ainda pior.

— Já falamos sobre isso — retrucou ele, em tom de reprovação. — Foi minha decisão intervir. — "Foi minha decisão entrar no vilarejo, mesmo depois de ser reconhecido."

— Foi — concordou ela. E então: — Nem sei seu nome.

— Nem eu o seu — respondeu ele, sorrindo.

— Ariadne. — Seu rosto corou quando falou.

— É um prazer conhecê-la. Sou Spartacus.

Ela franziu a testa. O nome lhe era familiar, mas não sabia de onde.

— Há quanto tempo esteve longe?

— Oito anos, mais ou menos. Você não está aqui há tanto tempo.

— Não. Seis meses.

— Quando Kotys começou a incomodá-la?

— Praticamente desde que cheguei aqui. Consegui mantê-lo afastado até agora, mas hoje, por algum motivo, ele se cansou. Disse que queria jantar comigo, mas era apenas uma desculpa. Para ele...

— Consigo imaginar — interrompeu ele. — Eu sabia que aquele filho da puta era um assassino, mas estuprador também? O mundo se tornará um lugar melhor quando ele morrer. — "E, se o Cavaleiro permitir, minha espada vai pôr fim à vida nojenta dele."

— Então os boatos são verdadeiros?

— Ah, sim — respondeu ele, com amargura. — Quando Rhesus, o último rei, morreu, Kotys matou o filho dele, o herdeiro. Sitalkes, meu pai, deve ter tentado intervir, já que também foi morto.

— Seu pai foi morto? — O coração de Ariadne se entristeceu por ele. — Como você descobriu isso?

— Conheci um garoto que cuida de rebanhos a uns três quilômetros daqui. Foi bem fácil fazer com que falasse. Eu não sabia se devia acreditar nisso, mas um dos guardas era um velho amigo de meu pai e confirmou a história. Assim como os amigos com quem falei brevemente.

— Sinto muito. — Ela esticou o braço para tocá-lo, porém, de repente, ao perceber o que fazia, deteve-se.

Ele franziu ainda mais o cenho.

— Mas Kotys e Polles, sejam quem forem, se arrependerão muito em breve.

Ariadne prendeu a respiração.

— O que você vai fazer?

— Fiquei sabendo que Kotys é muito malquisto. Que a maioria dos guerreiros não gosta dele e que apenas seus guarda-costas são realmente leais. Quantos eles são? Uma centena, mais ou menos?

Ainda sem acreditar no que estava ouvindo, Ariadne assentiu.

— Se conseguir convencer sessenta ou setenta homens a me seguirem, vamos pegá-los.

Ela viu a confiança nos olhos acinzentados dele, e seu coração se encheu de esperança. "Obrigada, Dionísio!"

— É por isso que tenho rezado.

Ele ergueu as sobrancelhas.

— Você também tem planejado derrubar um rei?

— Como assim? Ele não passa de um tirano.

— Você é mal-humorada, não? — Ele a olhou com aprovação, e ela sentiu um frio na barriga. — Então, vai ajudar?

— De todas as maneiras que puder. Consultarei o deus, mas não tenho dúvidas de que ele desejaria que Kotys fosse retirado do poder.

— Ótimo. Com sua permissão, direi aos guerreiros exatamente isso.

Ela se sobressaltou.

— Você vai embora?

— Ainda não. Ficarei até por volta da meia-noite. Se Polles e seus homens ainda não apareceram, só voltarão de manhã. Vou descansar até lá. O dia foi longo.

Ariadne o flagrou olhando para o armário onde ela guardava os mantimentos.

— Desculpe. Você deve estar faminto depois da viagem.

— Um pouco.

— Vou buscar alguma coisa. — Consciente de que ele a observava o tempo todo, Ariadne preparou um prato com pão e queijo de cabra. Acrescentou uma colher de mingau de cevada frio que pegou de uma panela escurecida de ferro. — Fora a água, é tudo o que tenho.

— É o suficiente — disse ele, agarrando o prato com ansiedade.

Ariadne caminhou até a porta enquanto ele comia. Recostando a orelha em muitos lugares das paredes, apurou. Nada além do habitual coro de cães latindo. Foi um alívio. Sem saber o que fazer, ela encontrou um cobertor extra e o jogou para ele. Viu que ele olhava para a cama.

— Nem se anime. Pode descansar no chão.

— Claro. — Ele pareceu se divertir. — Não esperava mais do que isso.

Desconcertada com a confiança demonstrada por ele — seria soberba? —, ela se deitou na cama sem tirar as roupas e se cobriu com os cobertores.

— Durma bem. — Ele caminhou pelo cômodo, apagando todas as lamparinas a óleo, deixando apenas uma acesa. Estendeu o manto perto da porta, tirou a espada e a colocou ao lado. Então, apoiando as costas na parede, puxou a capa ao redor do corpo e fechou os olhos.

Quase no mesmo instante, Ariadne começou a observá-lo. O tremular da chama da lamparina deixava parte dos traços de Spartacus na sombra, conferindo-lhe uma aparência misteriosa. Seus cabelos eram curtos, como o corte dos militares romanos. Uma cicatriz clara corria por seu nariz afilado até o lado esquerdo do rosto. A barba por fazer cobria a mandíbula quadrada. Era um rosto atraente, como ela já havia notado. "Sério, também", pensou, mas não via crueldade ali, nenhuma semelhança com Polles ou Kotys.

"Será possível que ele tenha sido enviado por Dionísio?", perguntou-se. Era tentador pensar que sim. Se ele não tivesse aparecido, ela estaria morrendo em virtude dos ferimentos causados pela queda de um dos precipícios que margeavam a estrada para longe do vilarejo. Ela ofereceu uma oração de agradecimento a seu deus. Feito isso, relaxou na cama. Estava na hora de descansar o máximo que conseguisse. Amanhã seria outro dia.

A dez passos dali, Spartacus estava em comunhão com sua divindade preferida, o Deus Cavaleiro Trácio. Aquele cujo nome não podia ser dito. "Peço que mantenha seu escudo e sua espada sobre nós. Deixe os guerreiros me ouvirem quando eu os chamar." Era um pedido sincero. Por anos, a vida de Spartacus não passara de lutar, matar e aprender sobre as táticas de batalha dos romanos. Nas últimas duas horas, as coisas tinham mudado mais do que ele imaginara ser possível. A esperança que tinha de ser recebido com alegria havia desaparecido. Agora, buscava vingar o assassinato do pai. Ele era um regicida em potencial. Spartacus suspirou longamente. Assim agiam os deuses. Com o passar dos anos, ele aprendera a aceitar os golpes que a vida lhe dava, esse, porém, era mais difícil do que a maioria. "Como sempre, me submeto à sua vontade, Grande Cavaleiro." Olhou rapidamente para Ariadne, e sua expressão séria se suavizou. Nem tudo o que lhe acontecera desde seu retorno tinha sido ruim.

Ariadne despertou de um sonho excitante no qual Spartacus a envolvera em seus braços. Sentou-se chocada, segurando o cobertor sobre o peito. Ele estava perto da porta, embainhando a espada.

— Dormiu bem?

— E-eu acho que sim — murmurou ela, detestando o fato de estar corada e com o coração acelerado.

— Você é linda.

Assustada, ela o olhou.

— O que você disse?

— Você ouviu. A mulher mais bonita que já vi neste vilarejo, se me permite dizer.

— Então está acostumado a compará-las? — perguntou ela, usando o sarcasmo para disfarçar seu embaraço.

— Claro — respondeu ele, sorrindo. — Todo homem está.

Desarmada pela honestidade e mais satisfeita do que nunca, Ariadne apontou para a porta.

— Você escutou alguma coisa?

— Não, nada. Preciso ir.

A realidade da situação voltou, e ela sentiu o estômago revirar.

— Entendo. Como saberei o que aconteceu?

— Você vai escutar a briga. Logo ficará óbvio quem venceu.

O terror fez Ariadne se sentir sufocada. Queria pedir que Spartacus não partisse, mas sabia que isso não adiantaria. Tudo nele agora exalava determinação. E ela permitiu a si mesma tirar força disso.

— Que os deuses o protejam.

— O Cavaleiro tem sido bom comigo durante todos esses anos. Acredito que continuará a sê-lo. — Olhou para ela com os olhos acinzentados e sorriu. — Depois, gostaria de conhecê-la melhor.

Por um momento, a língua de Ariadne não obedeceu.

— Eu... eu gostaria de fazer isso também — disse ela.

— Se as coisas não derem certo...

— Não diga isso — sussurrou ela. Imagens de Kotys encheram sua mente.

— Nada é certo — disse ele. — Se isso acontecer, pegue meu cavalo e parta. Apesar de estar manco, você é leve e ele pode carregá-la. Com tudo o que está acontecendo, ninguém vai notar a sua ausência por um dia, pelo menos. Você poderá chegar ao próximo vilarejo e procurar um santuário ali.

"De que isso servirá?", Ariadne sentiu vontade de gritar. Entretanto, o que fez foi balançar a cabeça, consentindo em silêncio.

Ele levantou a barra que fechava a porta.

— Coloque isto de novo quando eu sair.

— Farei isso.

— Descanse mais, se puder.

Ela firmou o queixo.

— Não.

Ele estava na porta, mas se virou.

— Não?

— Rezarei para Dionísio para que você seja bem-sucedido. E pela morte de Kotys — acrescentou.

Os olhos dele brilharam.

— Obrigado. — Saiu sem dizer mais nada.

"Deuses, como ela é forte. E atraente também." Tirando Ariadne de seus pensamentos, deixou sua visão se ajustar à escuridão. Com todos os sentidos apurados, observou a passagem. Depois de alguns instantes, relaxou. Não tinha ninguém ali. Até mesmo os cães tinham ido dormir. Com a mão na espada, ele partiu em meio à escuridão. Oito anos de ausência não o impediram de chegar à casa de Getas sem errar o caminho. Havia crescido ali e conhecia todos os caminhos e vielas do vilarejo como a palma da mão. O brilho amarelo da lamparina entre frestas na parede o guiou, e ele bateu de leve no portal.

— Getas?

A conversa abafada do lado de dentro diminuiu. Ele escutou passos se aproximando.

— Quem é?

— Spartacus.

Ouviu-se um barulho quando a barra que servia de tranca foi erguida, e então a porta foi aberta, revelando um homem magricela com uma grande cabeleira de fios ruivos desgrenhados. Ele sorriu.

— Entre, entre.

Spartacus passou pela soleira. O interior da cabana retangular parecia com a da maioria das cabanas do vilarejo. Havia uma fogueira acesa em uma pira localizada na parede dos fundos. Ramos de ervas pendiam das vigas do teto. As ferramentas estavam amontoadas de qualquer jeito em um canto; tigelas, panelas e vasilhas em outro. Havia uma prateleira de armas na entrada, tomada por lanças, dardos e espadas. À esquerda da fogueira, estavam duas crianças pequenas sob um cobertor. Uma mulher de cabelos pretos estava deitada ao lado delas, e observava os movimentos dele. Getas levou Spartacus ao banco diante do fogo, onde três guerreiros vestidos com túnicas de mangas compridas estavam sentados. Todos eles se levantaram, sorrindo, quando ele se aproximou.

— Spartacus! Há quanto tempo! — exclamou um homem alto com a cabeça raspada. — Graças aos deuses você voltou.

— Seuthes! — Spartacus retribuiu o abraço antes de cumprimentar os outros dois da mesma maneira. — Medokos. Olynthus. Senti sua falta.

— E nós a sua — respondeu Medokos, um homem barrigudo com barba grossa. Olynthus, que era mais velho do que todos eles, murmurou concordando.

— Sente-se — pediu Getas, balançando uma jarra de argila. — Vamos beber.

Ele serviu o vinho nas taças erguidas. Com o braço direito erguido, brindou a todos eles.

— Ao Cavaleiro, por trazer Spartacus para casa.

— Ao Cavaleiro! — Todos eles tomaram um bom gole.

— Ao fim da tirania de Kotys! — disse Seuthes. — Que ele apodreça logo no inferno.

— Polles também — acrescentou Getas.

— E muitos dos outros lixos que os seguem — emendou Medokos.

Eles beberam mais vinho. Getas voltou a encher as taças de todos.

— Sejamos claros — pediu Spartacus. — Isso sobre o que estamos falando coloca todos nós em grande perigo. — Olhou para a mulher e as crianças. — Vocês compreendem?

— Sabemos dos perigos, Spartacus — disse Getas, com firmeza. — E ainda queremos fazer parte disso.

— Ótimo. Preciso conversar com todos os guerreiros que vocês três consideram confiáveis. Quantos vocês acham que são? — Ele observou os rostos com atenção. Tudo dependia dessa difícil reunião que ele desejara realizar mais cedo. "Que isso seja o suficiente, Grande Cavaleiro, ou todos morreremos."

— Dezenove homens disseram "Sim" — disse Getas.

— Dezesseis — acrescentou Seuthes.

— Doze — informou Medokos, demonstrando irritação. — Um deles me atrasou por pelo menos uma hora. Insistiu em beber em sua homenagem.

Spartacus sorriu.

— Você fez bem. — Ele olhou para Olynthus, que sempre foi um tanto disperso. Provavelmente isso se devia ao ferimento que sofrera durante uma caçada e que o deixara manco da perna direita. Sabendo que o grupo de amigos de Olynthus costumava zombar deste, Spartacus sempre fora simpático, incluindo-o em todas as suas explorações na juventude. Mesmo assim, ele conhecia menos Olynthus do que os outros.

— Vinte — respondeu ele, vendo um sorriso surgir no rosto de Spartacus.

— Sessenta e sete guerreiros, incluindo nós, somos 72. Acho que é um bom número. — Ele cerrou os punhos, que estavam escondidos em seu colo. — E vocês estão comigo?

— Quando acha que devemos fazer isso? — perguntou Getas, numa espécie de resposta.

Spartacus sorriu.

— Sempre precipitado, Getas! — Ele olhou para os outros.

— Estou com você — disse Seuthes.

— Eu também — murmurou Medokos.

— Certo. — A resposta de Olynthus foi um pouco mais lenta do que a dos outros, mas a adrenalina pulsava com tanta intensidade que Spartacus mal notou.

— Excelente. Vocês mandaram os homens se reunirem para que eu possa conversar com eles?

— Sim, em três casas — respondeu Seuthes. — Vamos levá-lo a eles, um por um.

Getas parecia um pinto no lixo.

— Quando atacaremos o rei?

— Precisamos fazer isso amanhã.

Medokos ergueu as sobrancelhas.

— Já?

— Sim. Você sabe como as pessoas agem com os boatos, imagine com algo assim. Melhor atacar enquanto a coisa estiver quente. — Ele ignorou a surpresa nos olhos dos homens. — Podemos fazer isso!

— Como é bom ter você de volta. Sitalkes ficaria orgulhoso — disse Getas, sorrindo de orelha a orelha. — Que o dia amanheça logo!

A tensão diminuiu enquanto todos riam de seu entusiasmo.

Spartacus permitiu que eles aproveitassem a sensação por um momento. E então, disse:

— Melhor irmos. Há muitos homens que precisam escutar o que tenho a dizer.

— Verdade — disse Getas. — Que o Cavaleiro nos proteja.

Durante as horas seguintes, Spartacus moveu-se incansavelmente pelo vilarejo com seus quatro amigos. Ficou muito contente com a boa recepção dispensada a ele em todos os cantos. O nível de descontentamento com o governo de Kotys mostrou-se enorme, e as palavras dele caíram em solo fértil. Os homens se lembravam com carinho de seu pai e de seu irmão, e lamentavam as duas mortes, principalmente a de Sitalkes, que foi envenenado em um banquete realizado por Kotys. Eles se desculparam por não terem vingado a morte dele, e juraram lealdade eterna a Spartacus. Cada um deles jurou que acabaria com o rei, Polles e seus seguidores de diversas maneiras desagradáveis. Os guerreiros pareceram adorar o plano de Spartacus de atacar a propriedade real ao amanhecer, quando a maioria dos guarda-costas estaria dormindo.

— Os planos simples são os melhores — assegurou ele a todos. — Nada pode dar errado.

Quando terminou, Spartacus pensou em voltar para a casa de Ariadne para dormir. A ideia era atraente, mas ele a deixou de lado. Não havia motivo para prejudicá-la mais do que ele já tinha feito. Ao contar seu plano a tantos guerreiros, ele se sujeitou à traição. Mas não poderia ser de outra forma. Se não fizesse nada, Kotys tomaria conhecimento de sua presença no vilarejo no dia seguinte. Não havia como o rei não agir. Spartacus firmou sua decisão. "Tudo dará certo. Tem que dar. Amanhã, ao pôr do sol, serei o novo governante de Medo." Não parecia possível. Apesar de ele ter pensado nisso no tempo em que passou fora, não se tratava de algo que ele acreditava que um dia se concretizaria. Rhesus, o antigo rei, e Andriscus, seu filho, eram homens populares e corajosos. Ele franziu o cenho. "Eles morreram, como meu pai. Kotys precisa pagar por isso com a vida. Se conseguir, isso me tornará rei. Que seja. Serei um líder melhor do que o cachorro que atualmente ocupa o trono. Serei capaz de liderar o grupo contra Roma mais depressa." Mais um pensamento agradável cruzou sua mente. "E Ariadne?" Ele sorriu. "Veremos."

Ele voltou em silêncio para a casa de Getas, acenando em despedida para os outros, um a um. Em segurança do lado de dentro, o amigo entregou a ele um cobertor extra. Spartacus fez um meneio de cabeça como agradecimento. Deitou-se sem se despir, tomando o cuidado de deixar a espada por perto.

Getas foi para a cama com a esposa, que agora já estava dormindo.

Spartacus fechou os olhos. Tanta coisa havia acontecido naquele dia que ele esperava permanecer acordado até a hora de se levantar, que seria quando o galo de Getas começasse a cantar. Ao que parece, o animal era muito pontual, começava o coro da manhã uma hora antes de o sol nascer todos os dias. No entanto, Spartacus estava mais cansado do que percebera. Deitado, ele mergulhou em um sono sem sonhos.

Acordou com o barulho de madeira sendo quebrada. Muitos anos de combate fizeram com que ele se sobressaltasse, pegando a espada. O pouco tempo de descanso e o fato de ter tropeçado ao se levantar o impediram de empunhar a espada com sucesso. Meia dúzia de homens atravessou o que restava da porta, empunhando clavas. Eles se aproximaram dele e de Getas, que havia pegado um espeto em chamas da lareira, como lobos que cercam um veado.

— Que diabos está acontecendo? — balbuciou Getas. — O que vocês querem?

Spartacus, no fundo, sabia o que aquilo significava. "Alguém nos traiu." Um dos homens acertou um golpe de clava em sua cabeça. As estrelas que brilharam diante de seus olhos foram acompanhadas por uma onda forte de dor. Ele caiu no chão como um saco de pedras. Conforme mais golpes foram desferidos, ele percebeu, vagamente, que a esposa e os filhos de Getas gritavam ao fundo. A ira tomou sua consciência, mas Spartacus não conseguiu fazer mais nada além de se encolher em posição fetal para tentar escapar das agressões.

— Parem — gritou alguém, finalmente. — Vocês vão matá-lo.

Os guerreiros se afastaram com relutância.

Spartacus precisou fazer muito esforço para se mexer, mas conseguiu se levantar.

— Getas? — chamou.

— Estou bem.

Ele olhou para o guerreiro bonitão que parecia estar no comando.

— Seu desgraçado! Você deve ser Polles.

Ele fez uma reverência sarcástica.

— A seu dispor.

— Se você encostar um dedo na mulher ou nos pequenos, eu....

— Vai fazer o quê? — interrompeu Polles com uma risada cruel. Seus homens riram.

— Corto suas bolas e forço você a comê-las — vociferou Spartacus. — Isso antes de matá-lo.

— Gostaria de ver você tentando. — Polles deu um passo à frente e o chutou no estômago, fazendo com que se encolhesse. — Para a sua sorte, o rei não quer que eles sejam feridos. Pelo menos, ainda não. — Ele riu.

Spartacus esticou o braço sem forças, tentando segurar Polles pelo tornozelo. O homem, porém, apenas se afastou.

— Todo mundo achou que você estivesse morto.

— Está claro que não estou.

— Mas logo estará. Você planejava matar o rei, não é?

— Você deve saber tudo sobre assassinato — disse Spartacus. — Seu desgraçado.

Polles riu.

— Então, ficou sabendo sobre seu pai?

Spartacus respondeu lançando a ele um olhar tomado de ódio.

— Quem é o rato? Quem lhe contou?

Polles olhou para seus homens.

— Devo contar a ele agora ou deixá-lo matutando por um tempo?

— Deixe até ele descobrir — sugeriu um dos guerreiros, de modo cruel. — Quero ver a cara dele quando descobrir.

— Boa ideia — elogiou Polles.

— Ao inferno, todos vocês — sussurrou Spartacus. Agora, ele se lembrava da demora de Olynthus para responder à sua pergunta. Olynthus. Ele era o traidor, com certeza.

— O que você vai fazer com eles? — perguntou a esposa de Getas, com a voz trêmula.

— O que você acha? — devolveu Polles. — Estes dois e a outra sem-vergonha responsável serão amarrados diante de todo o povo e torturados. Quando Kotys estiver satisfeito, acreditando que todos os conspiradores foram identificados, vai cortar o pescoço deles. Os outros simplesmente serão executados.

Gritando de ódio, ela se lançou na direção de Polles, entretanto o guerreiro que cuidava dela colocou o pé à sua frente. A mulher de Getas tropeçou e caiu no chão, ao lado de Spartacus. Não tentou se levantar, nem mesmo quando os filhos começaram a gritar. Soluços baixos tomavam seu corpo magro.

Spartacus foi inundado por uma fúria impotente.

— Ariadne?

— Então foi você que a protegeu no portão. Imaginei que tinha sido — disse Polles. — Quando os procedimentos do dia forem concluídos, Kotys fará um banquete de comemoração. Ele se deitará com ela depois. Ela será a sua nova esposa.

O rosto de Spartacus se contorceu de ódio, e ele tentou se levantar. O golpe forte de uma clava o levou ao chão de novo. Percebeu vagamente que foi carregado para fora, onde uma multidão havia se reunido. As pessoas estavam tristes, mas nenhuma interveio. "Eles devem ter atacado as cabanas de Seuthes e Medokos ao mesmo tempo", pensou Spartacus com amargura.

E então, a escuridão o dominou.

Quando Ariadne acordou, olhou diretamente para o local onde Spartacus havia se sentado. A decepção pela ausência dele e a culpa por se sentir assim a invadiram. Voltou à realidade no instante seguinte ao ver a luz do dia entrando pelas frestas do teto. O dia já estava quase todo claro. Ela tinha dormido demais. Blasfemando, levantou-se e caminhou até a porta. Por que a briga não a despertou? Na maior parte do tempo, tinha o sono leve. "Talvez não tenha havido briga. Será que eles foram traídos?" Pensar naquilo fez Ariadne se sentir enjoada. "Por favor, não."

Vestiu a capa por cima dos ombros, pegou o cesto no qual mantinha a cobra, destrancou a porta e saiu. Ao contrário do habitual, o caminho estava deserto, mas Ariadne conseguiu escutar o barulho cada vez mais alto de uma multidão, um barulho que vinha da área central de reuniões. O suor frio desceu por suas costas enquanto ela caminhava devagar em direção àquele som. Seus pés estavam pesados como chumbo. Algo tinha dado errado. Spartacus fracassara. Ela sentia em seu corpo.

Reunindo coragem, saiu da viela. Praticamente todo mundo do vilarejo parecia estar ali. Não estavam contentes. Os murmúrios irritados de quem permanecia ali deixavam claro que, independentemente do que havia acontecido no centro, não tinha sido algo comum. O medo de Ariadne aumentava todas as vezes em que escutava o nome de Spartacus sendo bradado. Outros nomes estavam sendo ditos; ela, porém, não os entendeu. Começou a avançar em meio à multidão. As pessoas logo abriam caminho quando viam quem queria passar, e não demorou muito para que ela chegasse à frente da multidão. Seus joelhos quase fraquejaram quando viu. O exército completo de guarda-costas do rei formava um quadrado malfeito ao redor de três estruturas de madeira, e sobre cada uma delas, um homem tinha sido amarrado de barriga para baixo. Polles esperava atrás deles, segurando um chicote. Kotys estava ao lado dele, com um sorriso discreto nos lábios. Na retaguarda, três guerreiros estavam ajoelhados na terra, com cordas no pescoço. Eles tinham sido agredidos e sangravam, o que já denunciava a história.

— Quem são eles? — sussurrou Ariadne a uma mulher ao lado dela.

— Spartacus, o filho de Sitalkes. Getas e Seuthes, seus amigos, e os homens que tinham jurado lealdade a eles.

"Quem são os outros?", Ariadne sentiu vontade de gritar. "Onde estão Olynthus e Medokos?" Contudo, ela não teve mais tempo para pensar no horror das consequências do fato de Spartacus ter sido traído por dois de seus companheiros, pois Kotys deu um passo à frente, sorrindo.

— Sacerdotisa, é uma honra contar com sua presença. Fico feliz que você testemunhará isto.

Ariadne desviou o olhar, enojada. Era a única maneira que tinha de resistir. "Dionísio, ajude-nos, por favor", implorou em silêncio. "Farei qualquer coisa. Qualquer coisa."

Kotys fez um gesto a Polles, e este disse:

— Diante de vocês, há três traidores que planejavam derrubar o rei. Saibam que um deles não está aqui. Foi morto quando meus homens foram prendê-lo.

Spartacus havia acabado de recobrar a consciência. "Honro sua morte, Medokos", pensou. "Pelo menos, você morreu bem."

— Juntos, esses lixos convenceram mais de sessenta guerreiros — Polles acenou com nojo para os homens amarrados atrás dele —, para que se unissem à causa perdida. Graças ao Cavaleiro, Kotys foi alertado do perigo. Ele deve isso à lealdade de um guerreiro em quem Spartacus, o tolo, confiou totalmente.

Os guarda-costas gritaram e riram.

Spartacus levantou a cabeça com dificuldade. Viu Getas e Seuthes fazendo o mesmo.

— Dê um passo à frente, Medokos — ordenou Polles, triunfante.

Spartacus foi tomado por uma completa incredulidade quando Medokos surgiu em meio às pessoas para ser ovacionado. "Então Olynthus está morto. Perdoe-me, irmão, por julgá-lo mal."

— Como você pôde? — gritou Getas. — Seu monte de merda!

— Você vai para o inferno! — completou Seuthes.

Spartacus olhou para Medokos com ódio.

Seu ex-amigo se retraiu, mas se colocou ao lado de Kotys, que lhe deu um tapinha no ombro.

— Sua lealdade não será esquecida.

Ariadne começou a rogar pragas em voz baixa para Medokos. "Que ele fique cego. Que a doença arranque a carne de seus ossos. Que um raio o parta ou um cavalo o derrube e ele morra." Sabia que se quisesse fugir, precisava fazê-lo naquele momento, mas não conseguiu se mexer. No mínimo, Spartacus e seus companheiros mereciam que alguém fosse testemunha de seu terrível destino.

— Continue, Polles — ordenou o rei.

— Os traidores serão açoitados primeiro. Quarenta chicotadas para cada homem. — Apontou para as ferramentas sobre a mesa ao lado dele, com um sorriso maligno. — Depois disso, a tortura de verdade começará. Quando terminarmos, cortarei o pescoço deles e passarei aos outros vagabundos. — Ele olhou para Kotys.

— Por sorte, seus miseráveis — disse o rei —, o grupo não pode perder tantos guerreiros. Assim, decidi que um a cada seis morrerá. Dez homens, reunidos. O resto jurará lealdade eterna a mim e oferecerá garantia dessa nova aliança.

A multidão se revoltou, e as pessoas avançaram na direção dos guarda-costas, que usaram as pontas das lanças para restabelecer o controle. A ira de Ariadne não tinha limites. Ela precisou se conter para não atacar o rei e tentar matá-lo. "Dionísio, ajude-me, por favor."

— Comece por Spartacus — ordenou Kotys.

Ariadne poderia fechar os olhos, mas não poderia tampar os ouvidos para evitar acompanhar o horror. Um ruído sibilante foi ouvido quando o chicote ressoou no ar. Em seguida, o estalo ao entrar em contato com a carne de Spartacus. Por último — e o pior de tudo —, veio o gemido contido. Em poucos instantes, Polles desferiu mais um ataque. E mais um. E mais outro. Era insuportável. Para não gritar, Ariadne mordeu os lábios por dentro. Não demorou muito para sentir o gosto metálico do sangue, porém, em vez de parar de se morder, fincou os dentes ainda mais. De certo modo, a dor agonizante que encheu sua mente tornou mais fácil testemunhar o sofrimento do guerreiro.

Depois de contar vinte chibatadas, Spartacus sentiu que sua força diminuía. Estava irado, mas não surpreso. Durante esse tempo com as legiões, vira soldados sendo açoitados diversas vezes. Com quarenta chibatadas, ele estaria semiconsciente, com as costas em carne viva. Se Polles tivesse que ir além disso, Spartacus não saberia de mais nada depois de sessenta chibatadas. A partir daquele ponto, poderia morrer em decorrência dos ferimentos. Pensar nisso o fez sorrir com amargura. Kotys não desejaria que ele morresse apanhando. Acabaria com cinquenta açoites, e só então a verdadeira dor começaria. Ele vira a mesa coberta de ferramentas do trabalho: as pinças, sondas e lâminas serrilhadas, o braseiro brilhante. No entanto, mesmo assim, sua experiência não parecia real. Parecia uma completa aberração. "Açoitado e torturado até a morte em meu próprio vilarejo. Que... irônico."

Spartacus não escutou o que o sentinela ao portão disse.

Kotys, Polles, Ariadne e quem assistia ao espetáculo sangrento também não perceberam.

Foi quando a fila de homens tomou o muro que as pessoas começaram a notar. Cabeças começaram a se virar. Os homens faziam perguntas a respeito uns dos outros. Alguns até se afastaram e falaram com os recém-chegados. Ariadne virou a cabeça, mas a multidão a impediu de ver o que havia ali. Por fim, até mesmo o rei se deu conta de que algo estava acontecendo e ordenou que Polles parasse.

Com um olhar de decepção, o homem obedeceu.

Prendendo a respiração, Spartacus se recostou na estrutura de madeira. Ele não sabia por que Polles havia parado. Entretanto, o intervalo era bom. Daria a ele a chance de recuperar um pouco da força. Permitiria que aguentasse mais dor quando o sofrimento recomeçasse. Viu Ariadne olhando para ele, e a expressão de agonia no rosto dela pesou em sua consciência. Ele tentou sorrir para acalmá-la, mas só conseguiu fazer uma careta. "Grande Cavaleiro, proteja-a, pelo menos."

— Deixem que eles se aproximem — gritou Kotys.

Fez-se uma breve pausa quando os guarda-costas tiraram as pessoas da frente para abrir um caminho que levasse ao portão. Spartacus estreitou os olhos para ver quem, ou o quê, interrompera a punição.

A primeira pessoa que apareceu foi um homem atarracado, de cabeça raspada, vestindo uma capa verde puída. Do seu cinto, pendia um gládio embainhado. O recém-chegado também parecia saber usá-lo. “Parece um soldado romano”, pensou Spartacus. Assim como os oito homens igualmente armados que o seguiam. Com rostos sérios e membros cobertos por cicatrizes, eles deviam ser legionários veteranos. Os homens com roupas gastas que vinham atrás, acorrentados uns aos outros pelo pescoço, eram outra questão. Até mesmo uma criança perceberia que eram escravos. Eram de diferentes nacionalidades: alguns eram trácios, outros pareciam pônticos ou citas. Dois homens vinham na retaguarda, guiando três mulas.

“Comerciante de escravos desgraçado”, pensou Spartacus, irritado. Homens como esses — urubus humanos — tinham vindo com todos os exércitos nos quais ele já havia servido. Costumavam trazer prisioneiros capturados pelos legionários, mas não se abstinham de prender pessoas fracas ou tolas nas quais conseguissem pôr as mãos. Homens, mulheres, crianças... pegavam todos. Nas últimas décadas, o apetite de Roma pelos escravos havia se tornado insaciável. Entretanto, esse indivíduo não era um comerciante normal de escravos. Só tinha homens, o que significava que seus clientes em potencial eram donos de fazendas ou de minas. Spartacus fechou os olhos e tentou descansar. Aquilo não tinha nada a ver com ele.

— Já está a uma boa distância — gritou Polles quando o recém-chegado estava a poucos passos de Kotys. — Faça uma reverência ao rei.

Imediatamente, os outros obedeceram.

— Meu nome é Phortis. Sou comerciante — disse ele em um trácio sofrível. — Venho em paz.

— Ótimo — disse Kotys, amargo. — Nove de vocês não causariam tamanha impressão em meus guarda-costas.

— De fato, Majestade. — O sorriso de Phortis era maldoso.

— Por que está aqui?

— Meu mestre na Itália me enviou em busca de escravos, Majestade.

— Compreendo. Escravos para agricultura e coisas assim, certo?

— Não, Majestade. Quero homens que consigam lutar na arena, como... — Phortis fez uma pausa, à procura da palavra certa antes de recorrer ao latim — gladiadores.

Isso chamou a atenção de Spartacus. Já tinha visto prisioneiros de guerra romanos sendo forçados a lutar uns contra os outros até a morte para divertir milhares de legionários, que torciam por eles. A selvageria desses combates era mitigada pelo fato de que os vitoriosos ganhavam a liberdade na maioria dos casos. Spartacus duvidava que fosse assim na Itália. Mudando de posição na grade, ele estremeceu quando ondas novas de dor da carne viva de suas costas irradiaram pelo corpo. Fechou os olhos de novo, respirando em meio à dor.

— Gladiadores? — perguntou Kotys, franzindo o cenho.

— Sim, Majestade — respondeu Phortis, em trácio. — Lutadores habilidosos de diversas classes que entrem em batalha uns contra os outros diante de uma multidão, até que um saia vencedor. É um espetáculo de primeira classe. A prática é muito popular entre meu povo.

— Vocês só usam escravos? Como eles podem divertir? — perguntou Kotys, de modo sarcástico.

— Não é tão simples, Majestade. Os prisioneiros de guerra e os criminosos também são bons candidatos. — Phortis fez um meneio de cabeça em direção a seus capturados. — Também não há nada de errado em usar escravos, se souber escolher bem. Os citas são selvagens, e os pônticos brigam como ratos acuados. Mas os melhores são os trácios. Todos sabem que seu povo é o mais preparado para a guerra no mundo. Na Itália, dizemos que os trácios são "piores do que neve", e que se o grupo se reunisse, vocês conquistariam todas as raças do mundo. — Ele sorriu com os gritos de aprovação das pessoas próximas.

— Palavras bajuladoras de um romano — interrompeu Kotys, sarcástico. — Então você está à procura de escravos para comprar?

— Sim, Majestade — respondeu Phortis, com um tom modesto. — Prisioneiros que seus guerreiros podem ter capturado durante perseguições em outros grupos, coisas assim. — Olhou para Spartacus e para seus companheiros e depois afastou o olhar.

Kotys percebeu o interesse dele.

— Esses gladiadores vivem por muito tempo?

Phortis voltou a observar Spartacus, admirando-o. Então, olhou para Seuthes e Getas e emitiu um som desdenhoso.

— Não, Majestade. Apenas uma parte deles sobrevive por mais de um ano. O resto é logo vencido. Feridos e humilhados na arena, eles são executados diante de uma multidão que quer o sangue deles. No final, seus corpos são arrastados para fora. Todos os pescoços são cortados para que tenhamos a certeza de que nenhum está se fingindo de morto, e os cadáveres são jogados em uma vala comunitária.

Ariadne não se conteve. Emitiu um gemido de horror.

— Você não gosta dessa ideia, não é? — perguntou Kotys, cercando-a como uma serpente prestes a dar o bote.

Ela não disse nada, o que revelou a ele tudo o que queria saber.

— Imagine Spartacus e seus amigos — Kotys prolongou as palavras — em uma arena com milhares de romanos pedindo que morram. A centenas de quilômetros de casa, eles estariam totalmente sozinhos. Abandonados à própria sorte. Não consigo pensar em uma morte pior.

"Nem eu", pensou Ariadne, escutando os gritos das esposas de Seuthes e Getas cortarem o ar. "Seu maldito filho da puta."

A adrenalina correu pelas veias de Spartacus, que abriu os olhos. "Lutar para divertir uma horda de romanos nojentos soa melhor do que o que Kotys planejou para mim." Olhou para Seuthes e Getas e tomou coragem. Não havia nem sinal de medo no rosto deles, apenas uma ira fria e calculada.

— Como, exatamente, eles são executados? — perguntou Kotys, de modo lascivo.

— De diversas formas. Uma das mais comuns é o perdedor ter que se ajoelhar e erguer o queixo para expor o pescoço. Então, o vencedor da luta o acerta assim. — Phortis imitou o movimento da espada entrando na base da garganta. — A lâmina desce pela cavidade do peito, dilacerando meia dúzia de artérias importantes. Mata instantaneamente.

"Uma morte rápida e honrosa", pensou Spartacus.

A imagem descrita por Phortis e o sangue em sua boca fizeram Ariadne sentir-se zonza. Balançando de um lado a outro, ela se esforçou para manter o equilíbrio.

Kotys ficou encantado ao vê-la tão abalada.

— O que você me dá por essas criaturas? — perguntou a Phortis.

"Dionísio, ajude Spartacus", implorou Ariadne. Alguns gritos irados ressoaram, mas ninguém ousou se aproximar dos guarda-costas do rei. Ela se sentiu extremamente desanimada.

— Eles não parecem valer muito, Majestade — respondeu Phortis, semicerrando os olhos.

— As aparências enganam — disse Kotys. — Spartacus, o primeiro, acabou de voltar de anos de serviço com suas legiões, por isso deve ter alguma habilidade. Na juventude, foi um dos melhores guerreiros do vilarejo. Os outros também são homens fortes, veteranos de muitas campanhas.

— É mesmo, Majestade? — dissimulou Phortis, desinteressado.

— Não brinque comigo! — O rosto de Kotys estava vermelho de raiva. — Lembre-se de que você e seus homens só estão vivos graças a mim. Com um estalar de dedos, meus guerreiros acabarão com vocês. — Ele olhou para os guarda-costas mais próximos, que sorriam e tocavam suas armas.

— Perdoe-me, Majestade — disse Phortis, depressa. — Não pretendia ofender.

A carranca de Kotys se desfez um pouco.

— Spartacus é o material que você procura. Assim como os dois amigos dele.

— De fato, Majestade — concordou. Olhou rapidamente para o rei. — E os outros?

— Não estão à venda. São apenas os três.

Para a surpresa de Ariadne, um pouco de esperança se misturou ao desespero. Poderia resultar algo bom dessa situação?

— Posso saber o porquê?

— Eles estavam planejando me derrubar.

Phortis não demonstrou surpresa.

— O que quer por eles, Majestade? Mil moedas de prata?

— Você tem coragem, vou admitir! Você realmente acha que eu daria esses três montes de merda por uma ninharia?

— Claro que não, Majestade — respondeu Phortis. — O que me diz de 1.500 moedas?

— Duas mil e quinhentas ou nada. Sei tão bem quanto você que os escravos trácios valem o dobro do preço de qualquer outra raça.

Phortis nem pestanejou. Fez um gesto a Spartacus e aos outros.

— Posso...?

— Fique à vontade. Para a sua sorte, apenas o primeiro apanhou. Escapou por pouco. Meu guerreiro estava só começando a se aquecer quando você chegou.

Spartacus ergueu a cabeça da estrutura de madeira e lançou a Phortis um olhar pesaroso. O comerciante o ignorou e passou a estudar suas costas. — Sua Majestade tem razão. Não há ferimentos graves. — Ele passou a examinar os outros dois, tocando seus músculos e examinando os dentes como faria com um cavalo. Emitiu um som de aprovação ao ver a cabeça raspada de Seuthes. — Seu inimigo não pode agarrá-lo pelos cabelos, não é? — Seuthes fechou a cara e não respondeu.

Phortis se voltou para o rei.

— É um preço justo, Majestade.

Quando Kotys sorriu triunfante, Phortis rosnou uma ordem, e um de seus homens foi correndo para onde estavam as mulas. Voltou trazendo duas bolsas.

— Deve ter mais do que o suficiente aqui — disse Phortis.

Kotys fez um gesto para que Polles se aproximasse. Sem cerimônia, o homem virou as bolsas no chão e, com a ajuda de outro guerreiro, contou as moedas de prata.

— Está tudo aqui — murmurou ele, por fim.

— Ótimo — disse Kotys. — Então, fechamos o acordo. Soltem eles. — Ele lançou um olhar triunfante e maligno a Ariadne. Não fazia ideia de que o coração dela batia ansioso. Finalmente, ela tinha um plano, nascido do desespero. Ou seria Dionísio enfim intervindo? Ariadne não sabia mais. Talvez sua tática não funcionasse, porém, era melhor do que não fazer nada.

"Pelo menos, não vou morrer hoje." Spartacus reuniu toda a força que lhe restava. Quando as últimas amarras foram cortadas, ele conseguiu ficar de pé, com os joelhos trêmulos, mas não caiu ao chão. "E Ariadne?" Olhou para onde ela estava. Criou coragem. Inexplicavelmente, a expressão dela não era mais de desespero, e sim de determinação. "Ela vai conseguir sobreviver."

— Venham aqui — rosnou Phortis. — Vocês são meus agora.

Spartacus e seus amigos caminharam em direção a ele e permitiram que os homens do comerciante prendessem coleiras de ferro em seus pescoços. Por ali, eles seriam presos aos outros escravos por uma corrente. A humilhação foi completada com os grilhões presos nos tornozelos. Não davam a menor possibilidade de fuga. "Isso leva à arena. Pelo menos lá terei uma chance de sobreviver", disse Spartacus a si mesmo. Esse destino era mil vezes melhor em relação ao que Kotys lhe oferecia. O coração mais uma vez ficou apertado, cheio de culpa. O que aconteceria com Ariadne? A obstinação a levaria só até certo ponto.

— Tem algum outro homem como estes, Majestade? — quis saber Phortis.

— Não é um momento bom do ano para termos prisioneiros — respondeu Kotys. — A melhor época é o verão, quando atacamos outros grupos.

— Eu disse isso ao meu senhor, Majestade, mas ele não deu atenção. A essa altura, terei sorte se não pegar neve nas montanhas que levam de volta a Ilíria. Com sua permissão?

— Pode ir — resmungou o rei. Ele já estava se virando para Ariadne.

Spartacus cerrou os punhos, sentindo-se mais impotente do que nunca.

Mesmo totalmente aterrorizada, Ariadne sabia que precisava agir naquele momento. Passando o sangue para o canto da boca, começou a falar com a voz mais corajosa:

— Como sacerdotisa fiel, rogo a Dionísio, o Todo-Poderoso, o deus da intoxicação e da mania, a testemunhar minha praga ao rei de Medo.

Um silêncio repentino abateu as pessoas que observavam. Polles e os outros guarda-costas entreolharam-se com nervosismo. Até mesmo Phortis e seus homens pararam o que estavam fazendo. O rosto de Kotys ficou pálido, mas ele não ousou detê-la.

— Ninguém ama um tirano ou um assassino, Kotys. Rogo a você uma morte precoce e violenta. Rogo para que morra lenta e dolorosamente, com a lâmina de um inimigo fincada em suas entranhas. — Ariadne parou, apreciando sua força. Dionísio havia voltado a ela! — Seus momentos finais serão repletos de sofrimento, e quando sua alma miserável deixar o corpo, os portões do paraíso dos guerreiros estarão fechados. As mênades de Dionísio levarão você para baixo, para o submundo. Ali, por toda a eternidade, arrancarão pedaços de sua carne e os darão ao deus. — Feliz com a expressão de choque de Kotys, ela espirrou os perdigotos de sangue no rosto dele. — Por fim, marco você como um dos escolhidos de Dionísio.

As pessoas que observavam se assustaram e murmuraram. A maioria delas estava petrificada, como se tivesse visto uma aparição divina. Os olhos do rei estavam tomados pelo horror. Ele permaneceu de pé, calado, com as marcas vermelhas escorrendo por suas faces, e Ariadne virou-se para Spartacus.

— Sou a esposa deste homem. Vou acompanhá-lo ao cativeiro — anunciou com voz autoritária.

— Esposa? — perguntou Polles, movendo-se para bloquear a passagem dela.

— Isso mesmo. Trocamos votos ontem à noite — mentiu ela. Segurou o tecido de sua capa até os punhos doerem. "Deixe-me passar!"

— Também consumimos o casamento — disse Spartacus. — Depois de tantos anos em campanha, não consegui mais esperar.

Ariadne corou quando as pessoas ao redor riram.

Kotys estava boquiaberto, tomado pela humilhação, e Ariadne sentiu um fio de esperança. Nenhum rei desejaria uma mulher que tivesse entregado a virgindade a outro.

— É o desejo de Dionísio que eu vá com Spartacus para o exílio — gritou ela.

— Dionísio! Dionísio! Dionísio! — Os moradores bradaram e abafaram todos os outros sons.

Visivelmente furioso, Polles deu um passo para o lado. Ariadne apressou-se para ficar ao lado de Spartacus.

Phortis deu de ombros. Não discutiria com a porta-voz de um deus nem com centenas de trácios enfurecidos.

— Mais uma boca para alimentar não deve ser problema.

— Tem certeza de que quer fazer isso? — perguntou Spartacus baixinho.

— Veja a minha alternativa. — Com um leve meneio de cabeça, Ariadne indicou Kotys.

— Compreendo.

— Viajarei para a Itália, e veremos o que o destino nos reserva lá — explicou ela, tentando ignorar os novos medos que a invadiam. Entretanto, por um lado, ela estava satisfeita. "Posso ficar com ele... pelo menos, por enquanto."

Spartacus também estava contente.

— Assim, você não ficará sozinha.

CAPÍTULO III

Cápua, Itália

— Mostre-me de novo, Paccius — pediu Carbo, oferecendo um gládio.

Recusando-se a aceitá-lo, o porteiro — um samnita grande com fartos cabelos pretos e enrolados — olhava para trás, ansioso, na direção das portas abertas do *tablinum*, a área principal da recepção.

— Devemos parar, jovem mestre. Uma coisa era brincar de lutar com espadas de madeira na infância, mas você tem 16 anos agora, é quase um homem. Não posso usar uma espada de verdade, a menos que seu pai dê a ordem. Se ele me flagrar mostrando a você como usar uma de suas armas...

— Ele não vai ver — disse Carbo, rapidamente. — Passará o dia todo fora. Minha mãe também demorará horas para voltar, e as outras pessoas que estão por aqui são escravos da cozinha. Dei a cada uma delas uma moeda para não abrirem a boca. Pare de se preocupar. Nosso segredo está seguro.

— Se tem certeza... — disse Paccius, contrariado.

— Tenho — rebateu Carbo.

Paccius não sabia por que o pai de Carbo não estava ali. A situação financeira de Jovian era desesperadora. Carbo percebera que as coisas tinham degringolado quando Jovian não conseguiu pagar seu financiamento no trimestre passado. Corriam agora o risco de perder a fazenda, a casa em Cápua e todas as propriedades, incluindo os escravos. Carbo só sabia do drama enfrentado pela família porque havia escutado uma conversa preocupada dos pais na noite anterior. Jovian estava depositando toda a sua esperança na obtenção de uma licença de permanência. Furioso com a própria impotência, Carbo lançou a espada de novo, pelo cabo.

— Segure!

Sem poder reclamar, Paccius segurou com força o cabo de osso.

— Segure-a assim. Lembre-se, é preciso muita força para enfiá-la na barriga de um homem. Assim. — Ele mexeu o braço direito com força e de modo calculado, posicionando de novo ao lado do corpo. Repetiu o movimento diversas vezes. — Está claro?

— Sim, acho que sim.

— Deixe-me ver você fazendo isso — disse Paccius, devolvendo o gládio.

Concentrando-se, Carbo segurou a espada no lado direito. Com um grunhido, imitou o movimento de Paccius, imaginando que enfiava a lâmina nas entranhas de um guerreiro pôntico ou de um pirata ciliciano. Assim como o ex-líder Sertorius, na Ibéria, eles eram os principais inimigos de Roma. Melhor ainda, ele imaginou, seria enterrá-la na carne do maior devedor de seu pai, fosse quem fosse.

— Assim?

Paccius contraiu os lábios, aprovando.

— Assim está melhor. Faça de novo.

Carbo obedeceu com disposição, movendo a arma para a frente e para trás em uma série de golpes.

— Vá com calma. Conserve sua energia. Acertar seu oponente na barriga uma vez é o suficiente para derrubá-lo. Poucos homens conseguem ficar de pé depois de metade de suas tripas serem dilaceradas. — Contrariando o rosto para imitar uma expressão de dor, Paccius levou a mão ao abdome e fingiu que caía ao chão. — É essa a beleza dessa arma — continuou ele. — Quando usada com um ótimo escudo, como o *scutum*, por uma fileira de soldados unidos, torna-se quase invencível.

— Foi assim que seu povo foi derrotado.

Paccius fez uma careta.

— É um dos motivos, sim.

Carbo havia passado a infância ouvindo as histórias de Paccius a respeito da Guerra Social, quando os últimos samnitas independentes tinham sido arrasados por Roma. Sabia como os vencidos ainda se irritavam. Paccius já tinha sido um guerreiro habilidoso entre seu povo. Agora, não passava de um escravo. Quando eles viviam na fazenda da família, a 16 quilômetros de Cápua, ele era o capataz. Depois que se mudaram para a cidade, passou a ser o porteiro e o guarda. Paccius também era a pessoa a quem Carbo levava seus problemas, e ele se repreendeu por lembrar aquela história antiga e dolorosa.

— Também quero aprender a usar um escudo — disse ele, mudando de assunto. — Vá buscar um.

Paccius começou a reclamar de novo, mas pensou melhor. Resmungando baixinho, entrou no pátio.

Carbo enfiou uma das mãos na fonte que enfeitava o centro do pequeno quintal. Passou água no rosto diversas vezes, refrescando-se. Tocando as várias marcas que cobriam suas faces, franziu o cenho. Grande parte de seu bom humor desapareceu. "Por que as cicatrizes não ficam em meu peito ou em minhas costas?" Era fácil dizer a si mesmo que tinha sorte por estar vivo — afinal, mais de um terço das pessoas que contraíam varíola morriam, enquanto outras ficavam cegas —, mas entrar na fase adulta parecendo uma aberração era algo totalmente diferente. O problema só piorava com o fato de que a maioria das pessoas que ele considerava suas amigas agora não queria ficar perto dele. E que mulher um dia o desejaria? A mãe de Carbo vivia dizendo que ele não devia se preocupar com isso, que um acordo seria feito com uma família adequada, no entanto isso diminuía muito pouco a raiva que sentia de si mesmo. Enquanto alguns de seus conhecidos já dormiam com meninas disponíveis — filhas de mercadores, por exemplo —, Carbo tinha dificuldade até para entrar em um bordel e escolher uma prostituta.

Além de se masturbar, outra maneira de se aliviar sexualmente era deitar-se com as escravas do pai. Duas ou três delas eram razoavelmente bonitas. Por serem de condição inferior, elas não podiam se recusar quando Carbo dava a ordem para que dormissem com ele. Durante os meses desde sua recuperação da varíola, ele usara esse poder algumas vezes. O sexo tinha sido um alívio, mas era difícil para ele ignorar a aversão disfarçada que elas demonstravam por sua aparência. Ele queria que alguém o aceitasse como era. Hesitou. "Pare de pensar em si mesmo. Os problemas do pai são bem mais importantes."

— Aí está você! — gritou ele, feliz por esquecer os problemas relacionados ao pai. O samnita trazia um *scutum* que Jovian usara durante seu serviço militar anos antes. Carbo estendeu a mão, interessado.

Paccius não o entregou a ele.

— Firme — disse ele. — Saber tudo sobre suas armas e seus equipamentos é tão importante quanto aprender a usá-los.

"Ele sabe bem." Carbo assentiu com relutância.

— Muito bem.

Paccius deu um tapa na borda de metal que cobria as duas pontas do escudo.

— Para que serve isto?

— Em cima, para proteger contra os golpes de espada, e embaixo, para impedir o desgaste pelo contato com o solo.

— Ótimo. E isto? — Paccius apontou para a parte central de ferro.

— É decorativo, mas também é uma arma. — Carbo ergueu o punho esquerdo. — Se você o empurrar na direção do rosto de um inimigo, ele vai se inclinar para trás ou para o lado, expondo o pescoço. — Ele completou com um golpe do gládio. — Mais um homem cai. — Ele olhou para Paccius com orgulho.

— Bom saber que às vezes você presta atenção ao que digo — foi o único comentário do samnita. — Vamos começar com o básico: como segurar o escudo corretamente. — Ele virou o *scutum* e o ofereceu para o outro.

Carbo suspirou. Sua impaciência não o levaria a lugar nenhum. Se quisesse aprender com a experiência de Paccius, teria que fazer as coisas do jeito dele. Segurou o cabo horizontalmente.

— E agora?

Finalmente, Paccius sorriu.

— Segure-a no alto, de modo que eu mal consiga ver seus olhos. Posicione a espada apontada para a frente, a partir do lado direito, pronta para ser usada.

Carbo obedeceu. Sua pulsação acelerou e os sons da vida normal diminuíram. Apesar da calma do ambiente, conseguia imaginar a si mesmo em um campo de batalha, com companheiros dos dois lados. A imagem desapareceu depois de alguns instantes. Carbo franziu o cenho. Era muito improvável que isso acontecesse. Desde que tinham se mudado para a cidade, quatro anos antes, seu pai afirmava que a melhor carreira para ele não era trabalhar na terra, o que seus ancestrais tinham feito por gerações, nem entrar para o exército, o sonho de Carbo, mas, sim, a política.

— Os dias de cidadão do campo acabaram, a queda no preço dos grãos pelo *latifundia* da Sicília e do Egito fez isso. — Jovian sempre lamentava as mudanças na agricultura que tinham feito com que fazendas familiares fossem destruídas por grandes propriedades dos nobres. — O irmão de sua mãe, Alfenus Varus, por outro lado, está fazendo seu nome em Roma. É um novo homem, mas olhe para ele: um dos principais advogados da região. Ele também gosta de você. Com a ajuda dos deuses, pode ser que ele o coloque sob suas asas.

"Um advogado", pensou Carbo com amargura. Não conseguia imaginar nada pior. Treinar com Paccius podia acabar sendo o único treinamento militar que receberia. Sem pestanejar, decidiu absorver cada palavra que saísse da boca do samnita.

Antes de Paccius tentar ensinar as sutilezas do treinamento com armas, ele fez Carbo correr ao redor do pátio retangular mais de vinte vezes, carregando o gládio e o escudo. Quando terminou, o samnita passou a lhe mostrar como se mover em combate, tanto sozinho quanto em formação. Enfatizava constantemente a necessidade de manter-se na linha e perto dos companheiros.

— Você pode pensar diferente, mas vencer uma batalha não envolve heroísmo individual. Tem a ver com disciplina, pura e simplesmente — explicou. — É isso o que diferencia o soldado romano da grande maioria de seus oponentes, e é o principal motivo pelo qual as legiões têm sido bem-sucedidas nos últimos duzentos anos. — Ele fez uma careta. — Muitas pessoas podem se beneficiar de uma disciplina maior.

Carbo redobrou os esforços, imaginando a si mesmo no meio de qualquer um dos exércitos que haviam derrotado os outros grupos étnicos na Itália: os poderosos cartagineses e os orgulhosos gregos. Mas, no fundo, esse prazer era constantemente diminuído por saber que tudo era um exercício de fantasia. As dívidas do pai eram o que importava no momento. Contudo, ainda assim ele não conseguia parar de se imaginar como soldado. As histórias marciais de Paccius o instigavam desde a infância.

— Melhor pararmos agora — disse Paccius, olhando para o céu.

Carbo não pôde discutir. Seus braços ardiam e seu corpo estava coberto de suor. Apesar de ainda estar claro, o sol já havia descido ao nível do telhado vermelho da casa. Não demoraria muito para que sua mãe voltasse e, logo depois, o pai.

— Tudo bem. — Ele sorriu para agradecer. — Pode me ensinar mais amanhã.

— Você está levando isso a sério, não?

— Sim, quero ser soldado, não importa o que meu pai disser.

Paccius mordeu o lábio, pensando.

— O que foi? — perguntou Carbo, curioso.

— A melhor maneira de aprimorar o condicionamento físico de modo geral seria usar equipamento adequado para treino, não estes. — Paccius levantou o gládio e o escudo sem dificuldade. — Novos recrutas para as legiões usam espadas de madeira e escudos de vime duas vezes mais pesados que as peças originais. Claro que não podemos praticar com eles aqui. Mas fora de Cápua seria outra coisa.

— Você está se referindo à planície ao norte? — Este era usado de modo parecido ao Campus Martius, em Roma, onde os jovens da cidade, nobres ou não, praticavam vários tipos de atividades atléticas. — Não podemos ir lá. Alguém nos veria. Seria apenas uma questão de tempo até que meu pai soubesse.

— Eu estava pensando no campo ao sul, onde o lixo da cidade é descartado. Ninguém vai nos perturbar em um lugar como aquele — explicou Paccius, com um sorrisinho.

— Boa ideia. E posso dizer ao pai que você vai me ensinar a atirar lanças e discos na área de treinamento ao norte. Ele não se oporia a isso.

— Conheço um comerciante que pode me vender o equipamento. — Paccius se virou para partir.

— Espere — hesitou Carbo. — Obrigado.

— De nada. Espere até amanhã — alertou Paccius. — Pode ser que não se sinta da mesma maneira depois de uma hora no *palus*.

— Vou me sentir, sim — prometeu Carbo. — Isso vai além de sua obrigação de escravo.

— Bem... — O samnita pigarreou. — Tenho cuidado de você todos esses anos. Parece idiota parar agora.

Surpreso pelo nó que sentiu na garganta, Carbo assentiu.

— Ótimo. Amanhã de manhã, então?

— Amanhã de manhã — concordou Paccius. E afastou-se sem dizer mais nada.

Uma rajada de vento soprou pelo pátio, e Carbo estremeceu, de súbito tomando consciência do suor que cobria sua pele. Estava na hora de tomar um banho e trocar de roupa. Pensando na tarefa de seu pai naquele dia, ele suspirou. "Júpiter, Maior e Melhor, ajude-nos, por favor."

Carbo abordou Jovian assim que este chegou. Seu pai era um homem baixo com cabelos pretos ralos e um rosto gentil, que nos últimos dias andava marcado pela preocupação. Carbo se esqueceu de tudo aquilo ao explicar seu plano. Para seu alívio, o pai não fez qualquer objeção à ideia de Paccius treiná-lo no uso do disco e da lança. Mas a culpa logo substituiu a alegria do jovem. Não surpreendia que não enfrentasse resistência. O semblante de Jovian estava pálido de cansaço — ou apreensão.

Carbo estava prestes a perguntar o que havia acontecido, quando a mãe interveio.

— Esse treinamento tirará você de casa. Nesses últimos seis meses, você quase não saiu — disse ela, com um sorriso encorajador.

Carbo murmurou um obrigado, mas o ânimo tinha desaparecido. Ele se virou e viu Jovian dizendo as palavras "três dias" e "Marcus Licinius Crassus", sem emitir som, para sua mãe. Seria esse o prazo para o pagamento da dívida? Seria Crassus, o homem mais rico da República, o grande credor de seu pai? Carbo não sabia, mas a julgar pela expressão séria de Jovian, e pelas lágrimas que surgiram nos olhos da mãe, não havia outra conclusão a se tirar. Os pais não lhe deram mais nenhuma informação e o jovem passou a noite insone, pensando em como poderia ajudar. Não conseguiu pensar em nada, o que não era surpreendente. Aos 16 anos, ainda sem trabalho ou profissão, ele tinha pouco a oferecer a alguém. A frustração de Carbo com isso aumentava pelo fato de que a carreira que o pai lhe havia escolhido — a de advogado — era muito bem-remunerada. Assim, poderia levar anos, mas ele receberia muito mais como advogado do que como soldado.

Na manhã seguinte, Jovian partiu cedo, dizendo, mais uma vez, que passaria o dia todo fora. A mãe de Carbo estava de cama, sentindo-se indisposta. Depois de verem como ela estava, ele e Paccius seguiram para a cidade. A casa modesta da família ficava em uma área próspera perto do fórum. Preocupado com a própria aparência, como sempre, e mais irritado do que nunca, Carbo encarava as pessoas que tomavam as ruas estreitas. Sentia falta da calma do campo, onde passara a infância. Poucas pessoas, além de Paccius, notaram sua fúria. Os vendedores de vinho, pão, carne fresca e legumes estavam mais preocupados em gritar para os transeuntes mais receptivos. Os comerciantes — ferreiros, carpinteiros, oleiros, vendedores de tecido e fabricantes de carroças — trabalhavam em suas oficinas, ocupados demais para ficarem observando quem passava.

Onde havia espaço, os malabaristas e acrobatas alongavam seus músculos, preparando-se para começar o entretenimento. Um encantador de serpentes estava sentado com as pernas cruzadas e a flauta na mão, apontando para seu cesto e descrevendo as serpentes mais venenosas imagináveis. Ainda era cedo, por isso, as portas entre as lojas abertas que serviam de entrada para os cômodos do andar de cima não estavam tomadas pelas prostitutas que costumavam ficar ali, oferecendo seus serviços. Apenas os leprosos, escabrosos e mutilados perturbavam Carbo. A presença deles o ajudou a abrir um sorriso sarcástico. Havia pessoas mais feias do que ele.

Paccius o levou a um estabelecimento lúgubre perto do portão sul. A animação do rapaz aumentou conforme observou o que estava à venda. Em vez dos alimentos de sempre, além das peças de ferro e dos produtos domésticos, o lugar vendia armas. Prateleiras de madeira do lado de fora expunham dezenas de espadas, principalmente *gladii*; Carbo também viu a curva distinta de pelo menos uma sica trácia e, ao lado dela, diversas espadas gaulesas compridas. Muitos dardos e lanças estavam encostados nas paredes da loja; havia escudos de diversos tamanhos e formas amontoados de qualquer jeito nas laterais.

Com o dinheiro dado a ele por Carbo, Paccius entrou para conversar com o proprietário. Saiu um tempo depois com dois grandes escudos de vime. Embaixo de um dos braço, levava duas *gladii* de madeira.

— Não podemos levá-los para casa — observou Carbo. — Meu pai perceberia o que estamos fazendo.

— Está tudo certo. Por uma taxa, podemos deixar o equipamento na loja e pegá-lo todas as manhãs.

A esperteza de Paccius o fez sorrir. Mas sua ira voltou em seguida. A menos que seu pai conseguisse um novo financiamento, eles teriam três dias, nada mais. Três dias para quê? Ele não queria imaginar.

Paccius o levou para longe dos limites do sul de Cápua, passando por uma área aberta tomada por pilhas de objetos descartados e dejeto humano. Havia esqueletos de mulas, de cães e até de homens espalhados por ali, e a carne apodrecida aumentava o fedor forte que tomava o lugar. Não era de surpreender que a área fosse deserta. Nem mesmo os mendigos que passavam por ali todos os dias para vasculhar os montes de lixo malcheiroso permaneciam, a menos que não tivessem alternativa. A pele de Carbo se arrepiou de medo. "Pelos deuses, será que teremos que vasculhar o lixo aqui?", pensou, olhando para as formas escuras de corvos que se ocupavam bicando olhos e buracos nos corpos. Os primos deles, os urubus, sobrevoavam sozinhos ou em duplas, à procura das melhores partes.

Paccius parou perto do que sobrou de uma árvore morta; os galhos dela se estendiam como garras.

— Este será seu ponto. Começaremos por aqui.

Carbo conhecia o suficiente a respeito de treinamento de gladiadores para entender que o tronco estreito e retorcido serviria como poste para que ele desferisse ataques com a espada. Sorriu, imaginando que aquilo não era uma árvore, mas Marcus Licinius Crassus, amarrado a uma viga.

— O que quer que eu faça?

Com a habilidade de um veterano, Paccius mostrou a ele como se aproximar da árvore com o escudo em punho.

— Trate-a com respeito, como se fosse um guerreiro inimigo que quer matá-lo. Movimente-se devagar, apoiado nos calcanhares. Abaixe a cabeça de modo que só seus olhos fiquem visíveis e mantenha a espada perto do corpo. Quando estiver próximo, mire na barriga ou no coração. — Ele apontou para uma abertura escurecida no centro do tronco, onde alguma doença havia corroído o núcleo da árvore. — Afaste-se, vá para o lado direito e depois para o esquerdo. Faça isso até eu dizer para parar.

Imitando o que Paccius fizera, Carbo avançou com confiança em direção ao "inimigo". Assim que pôde, acertou o gládio no buraco. Seu braço sofreu com o impacto da madeira firme, e ele afastou a lâmina pesada. De repente, ele partiu de novo, cortando os dois lados da árvore morta como vingança. Pedaços de madeira e de casca podre voaram, e Carbo redobrou os esforços. Ao contar vinte ataques, Crassus já tinha morrido, despedaçado. O braço direito do jovem também já estava começando a se cansar. Ele olhou de modo questionador para Paccius.

— Eu mandei você parar?

— Não.

— Então continue — disse o samnita.

Com a cara fechada, Carbo obedeceu. Aquilo não era o que ele estava esperando; era muito diferente de segurar um gládio de verdade, como fizera no dia anterior. E seu alvo era apenas uma árvore, não o homem que tinha a fortuna de sua família na palma da mão. Em pouco tempo, os músculos do braço ardiam, e ele estava ofegante. O orgulho que ainda lhe restava não permitiria que olhasse para Paccius.

— Já chega.

Aliviado, ele deixou o gládio cair. Sem avisar, Paccius avançou e bateu o escudo no de Carbo. Este deu um pulo para trás, afastando-se da arma. Com um grunhido, o samnita avançou, com a espada em punho.

— Então, é isso o que você faria em uma batalha de verdade? Largaria o gládio e ficaria totalmente indefeso? É o melhor exemplo de estupidez que já vi.

— Mas isso não é real. Só estamos praticando — defendeu-se Carbo.

O escravo partiu para cima dele de novo, ameaçador, desferindo uma série brutal de cortes em seu escudo. Um dos ataques acabou acertando a lateral de sua cabeça, fazendo com que visse estrelas devido à dor. Ele se esforçou para se manter firme. Por fim, o samnita parou.

— Entende agora por que nunca deve soltar sua arma? — perguntou ele.

— Sim — murmurou Carbo, ressentido. Para seu alívio, Paccius não prosseguiu com a repreensão. — Pegue-a. Voltaremos mais tarde. Está na hora de começar a cuidar de seu condicionamento físico. — Ele viu o olhar questionador de Carbo e riu. — Está vendo aquela árvore? — perguntou ele, apontando ao longe.

Carbo apertou os olhos, e viu uma faia a cerca de oitocentos passos.

— Sim.

— Quero que corra até lá e volte. — Fez uma leve pausa. — Cinco vezes, carregando gládio e o escudo. Sem parar.

Carbo sentiu vontade de dizer a Paccius para enfiar a espada de madeira naquele lugar. "Estou aqui para aprender." Ele assentiu com firmeza.

— Comece, então! O que está esperando?

Começando a se dar conta de onde tinha se metido, Carbo saiu em disparada.

Várias horas se passaram, durante as quais o samnita permitiu que Carbo fizesse três intervalos para recuperar o fôlego, beber um pouco de água e nada mais. Depois de correr por oito quilômetros, Paccius o colocou para atacar o tronco de novo, porém, num ritmo mais lento. Em seguida, vieram mais flexões de braço, alongamento e corrida; depois, mais trabalho com a espada e o escudo. Quando o samnita declarou, por fim, que já tinham feito o suficiente para aquele dia, Carbo estava prestes a cair de cansaço. Contudo, não admitiria isso de jeito nenhum.

— Como eu me saí? — perguntou ele, determinado.

Paccius olhou para ele com desconfiança.

— Quer elogio no primeiro dia? De jeito nenhum. Você seria morto nos primeiros instantes de qualquer batalha.

Carbo hesitou.

Paccius deu um tapa em suas costas.

— Não desanime. Eu diria a mesma coisa de qualquer recruta cru. Para ser sincero, você mostrou muito mais interesse do que a maioria.

O jovem sorriu. Aquilo era um grande elogio. E então seu sorriso desapareceu. "Será que meu pai conseguiu alguma coisa?"

— O que foi? — perguntou o samnita. — Você passou o dia muito preocupado.

— Não é nada — respondeu ele.

Paccius ergueu as sobrancelhas.

"Não posso contar a ele." Carbo olhou para o sol.

— É melhor voltarmos.

— Não devemos despertar a suspeita de seus pais — concordou o samnita.

Carbo resmungou concordando, mas sua mente já se ocupava em descobrir o que havia acontecido com o pai. Não poderia continuar sem saber.

Eles caminharam em silêncio. Em pouco tempo, chegaram à última parte da Via Appia antes de entrarem na cidade. Como sempre, a estrada estava tomada pelo trânsito em ambas as direções. Carroças resistentes repletas de feno ou de leguminosas passavam, levadas por pares de bois impassivos. Os agricultores caminhavam ao lado, murmurando incentivos e, de vez em quando, usando açoites. Os comerciantes caminhavam diante de suas carroças, que estavam repletas de produtos para venda: vidrarias samianas vermelhas, frascos contendo vinho ou azeite e montes de tecido. Ao lado, ficavam os guarda-costas: grupos de homens barbados e com aparência ameaçadora carregando lanças, clavas e espadas. O trabalho deles era proteger a mercadoria que atravessava a estrada à sua frente. Uma fileira de escravos, uns presos aos outros por uma corrente no pescoço, caminhava atrás de seu senhor e dos capatazes armados. Mensageiros oficiais a cavalo passavam entre bandos de carneiros levados para abate. Um grupo de legionários passou por ali, com os escudos nas costas. Entoavam brados, que seu *optio* decidia ignorar.

Uma fúria tomou conta de Carbo. Aquele era o tipo de camaradagem que desejava, mas nunca teria. Ideias malucas lhe ocorreram. Talvez devesse fugir e entrar para o exército? Sua consciência o chamou à realidade no mesmo instante. "Você não pode abandonar sua família em uma situação tão precária." Ele estava desesperado para ajudar de alguma forma, e o salário anual de um legionário não seria nem de longe suficiente para pagar as dívidas da família. Frustrado, chutou uma pedra solta pelo caminho. Ela voou longe e bateu no boleto de um cavalo nervoso à frente. Erguendo-se assustado, o animal quase derrubou seu cavaleiro, um homem de meia-idade de rosto corado. Foram ouvidos palavrões e Carbo logo passou a olhar para a paisagem à sua direita. "Uma pena que não seja Crassus. Uma pena que ele não tenha caído e quebrado o pescoço."

— Que sorte você não ter sido visto, não é? — disse Paccius quando o homem retomou o controle do animal. — Acredito que se ele tivesse visto, teria batido em você com o chicote. Tem certeza de que não quer me dizer o que há com você?

Carbo balançou a cabeça. Não podia suportar a ideia de Paccius arranjar um novo senhor, de nunca mais vê-lo de novo. O samnita deu de ombros.

— Você é quem sabe.

Eles passaram por baixo de um enorme arco que formava a entrada sul de Cápua. Havia diversos outros portões como aquele nos muros altos de pedra que cercavam a cidade. As defesas não eram usadas desde a segunda guerra com Cartago, quando os políticos da região haviam decidido desertar a causa de Hannibal. O castigo imposto por Roma tinha sido severo: até aquele dia, a cidade fora comandada diretamente por um pretor, e seus habitantes ainda não tinham retomado os direitos civis concedidos ao resto da população italiana. "Direitos civis?", pensou Carbo, ressentido. Será que terei alguns logo?

Um pouco depois, eles chegaram à casa de sua família. Haviam acabado de atravessar o átrio quando ouviram gritos.

— Carbo!

"Pelos deuses, ele devia estar à nossa espera. Júpiter, permita que sejam boas notícias."

Jovian estava de pé na porta de seu escritório, uma sala decorada com simplicidade localizada ao fundo do quintal. Carbo não gostava muito dali. Não havia espadas nem equipamentos militares, apenas estantes com bustos de famosos oradores romanos e gregos, homens que havia muito tinham morrido, cujos nomes seu pai já lhe dissera, mas que ele se recusava a lembrar. Carbo sentiu — e se ressentiu — os olhares semicerrados dos bustos para ele assim que entrou.

Jovian analisava um pergaminho. Quando o filho se aproximou, deixou que o objeto se fechasse, e suspirou.

— Onde você estava?

— Treinando com Paccius, pai. — Jovian lançou a ele um olhar inexpressivo. — Com o disco e os dardos, está lembrado?

— Ah, sim. Bem, espero que tenha se divertido. Não haverá muito disso a partir de agora.

O coração de Carbo se acelerou.

— Por que não?

— Você provavelmente percebeu que tenho andado bem preocupado ultimamente.

— Sim.

— Você sabe por que nos mudamos para Cápua quatro anos atrás?

A mente de Carbo foi tomada pelas lembranças felizes da antiga casa da família, uma vila de tamanho razoável na propriedade deles.

— Não exatamente.

— Eu não conseguiria manter uma propriedade tão grande. — A vergonha tomou os olhos azuis de Jovian.

— Como assim? — perguntou o jovem, sem entender.

— Tudo se baseia em um pouco mais do que o preço do grão egípcio. Está um absurdo! Não sei como um agricultor italiano consegue aguentar. Custa mais cultivar trigo aqui do que importá-lo de um local a centenas de quilômetros. — Jovian suspirou. — Eu tentei me convencer, ano após ano, de que as coisas melhorariam, de que as colheitas no Egito fracassariam, de que os deuses ouviriam minhas preces. Fiz grandes empréstimos para manter a fazenda em funcionamento. E o que aconteceu? O preço do grão caiu ainda mais. Nos últimos 12 meses não tivemos renda digna, e não há sinal de que isso mudará.

— Então... — começou Carbo, com receio.

— Estamos arruinados, Carbo. Arruinados. Meu maior credor é um político em Roma. Marcus Licinius Crassus. Você já ouviu falar dele?

— Sim. — "Então eu ouvi certo."

— De acordo com o agente dele, com quem negocio, a paciência de Crassus acabou. Não é tão surpreendente, creio eu. Já faz mais de três meses que não faço um pagamento. — Jovian contraiu a mandíbula. — O que não consigo perdoar é Crassus não aceitar apenas a fazenda e a vila, ele também quer esta casa.

Carbo sentiu um entorpecimento pelo corpo.

— Você ouviu o que eu disse? — A voz do pai soava como se atravessasse um longo túnel. — Fomos despejados, Carbo.

"Maldito Crassus!" Ele teve dificuldade para controlar a raiva.

— Despejados?

— Esta casa não é mais nossa — explicou o pai, com calma. — Vamos para Roma. Warus vai nos receber por um tempo. — Seus lábios tremeram. — Pelo menos, espero que ele nos receba, quando aparecermos à porta dele sem avisar.

Carbo sentiu uma onda de culpa.

— Sinto muito — murmurou ele.

— Pelo quê?

— Porque tenho pensado em fugir e treinar com Paccius. Eu devia tê-lo ajudado.

— Pelos deuses do céu, isso não é sua culpa, garoto — gritou Jovian.

— O que acontecerá com os escravos?

— Crassus é dono de tudo agora, menos de nossos objetos pessoais. Os escravos irão com a casa. — A tristeza tomou conta do pai. — Sei quanto Paccius é importante para você.

— Deve haver algo que possa ser feito! — disse Carbo, enfurecido.

— Já consultei todos os agiotas da cidade.

— Não, quero dizer, não pode falar diretamente com Crassus?

— Seria mais fácil subir aos portões de Hades e acertar um golpe na cabeça do Cérbero. — Ele notou que o filho não compreendia. — Crassus é a personificação da simpatia e da alegria quando empresta dinheiro. Mas quando decide cobrar uma dívida, torna-se o próprio demônio.

— Maldito — rosnou Carbo. — Eu poderia dar-lhe uma lição.

— Não aceito esse tipo de coisa. — A voz de Jovian foi firme. — Somos cidadãos que respeitam as leis. Além disso, Crassus não fez nada de errado. Você entende?

Carbo não respondeu.

— Carbo?

— Sim, pai — disse ele, controlando o ressentimento.

— Então, vamos — disse Jovian. — Arrume suas coisas. Precisamos sair da casa amanhã, e a viagem até Roma será demorada.

Carbo foi para seu quarto, onde deu socos no travesseiro até sentir dor. Não conseguia acreditar. Seu mundo havia acabado de virar do avesso. A partir de agora, ele e a família dependeriam da caridade de seu tio. Podia existir algo pior? Varus era gentil à sua maneira, mas também era pomposo e tinha tendência a ser autoritário. Carbo já conseguia imaginar seu tom de voz dominador, e os anos de lições entediantes que teria de aguentar até se tornar advogado. No calor do momento, decidiu fugir. Tinha suas economias, um pequeno saco de denários guardado dentro de um jarro de argila embaixo da cama. Com aquele dinheiro, poderia comprar um cômodo para si em algum lugar de Cápua, e conseguiria se sustentar enquanto procurasse trabalho. Não sabia que tipo de trabalho; a ideia, no entanto, era muito mais interessante do que sofrer em Roma. "Sou melhor do que isso."

Em meio a toda a incerteza, uma coisa estava clara em sua mente. Um dia, de alguma maneira, ele se vingaria de Crassus.

CAPÍTULO IV

Muitas semanas depois...
A costa da Ilíria

O sol ainda nascia quando a coluna chegou ao porto lotado. A maioria das embarcações visíveis era de barcos mercadores amplos ou botes de pesca, mas ao fim do cais via-se o contorno inconfundível de um trirreme romano. Não era estranho que ocupasse o melhor ponto e metade da área para descarga de produtos. No entanto, a presença da embarcação de guerra não causava problemas. Para os comerciantes e marinheiros do local, ela era bem-vinda. Até mesmo o boato de sua existência ajudaria a afastar os corsários cilicianos que infestavam as águas da região. Sem a proteção do trirreme, eles corriam o risco de perder seus produtos, seus escravos e até a vida para a pirataria.

Gaivotas sobrevoavam e mergulhavam, os olhos fixos na presa que era levada à costa pelos pescadores da região. Elas ignoravam os homens que tinham acabado de chegar. Por sua vez, Phortis, o homem no comando, não prestava atenção às aves. Seu único interesse era encontrar um navio que levasse seu grupo à Itália. Observou os 15 capturados com atenção. Adoraria poder levar mais pelo Adriático, contudo, uma vida no comércio de escravos o havia ensinado a não ser ganancioso. Quinze eram o suficiente. Trácios, citas e pônticos eram excelentes gladiadores, mas, por todos os deuses, eram muito escorregadios. Não eram confiáveis. Eram perigosos. Consequentemente, cada um dos novos escravos tinha correntes no pescoço, além dos punhos e dos tornozelos presos. Os oito guardas de Phortis eram ex-soldados muito fortes. Se ele mandasse, cortariam o pescoço de um homem ou o jogariam do barco sem pestanejar.

Lembrando-se da última vez em que dera tal ordem a um guarda, Phortis fez uma careta. Essas perdas eram ruins, porém ainda assim eram frequentes. Ao longo dos anos, ele vira muitos homens abandonarem toda a razão quando percebiam, finalmente, o destino temeroso que os esperava. Às vezes, ocorria quando atravessavam as montanhas da Trácia para a Ilíria, e em outras, quando o Adriático preenchia o horizonte do Ocidente. Era comum acontecer quando tinham que embarcar e navegar para a Itália. Mas não nesta viagem. Até agora, os homens que trouxe naquela ocasião tinham permanecido razoavelmente calmos, dando pouco trabalho. Só a curta passagem marítima continuava a mesma. Com isso, atravessar logo os Apeninos os levaria ao ludo, à escola de gladiadores, em Cápua.

Lá, Lentulus Batiatus, o *lanista*, estaria esperando. Um treinador que aceitava apenas o melhor. Phortis suspirou. Batiatus era o único motivo pelo qual eles tinham ido à Ásia Menor em busca de gladiadores adequados; a maioria dos lanistas estava feliz comprando escravos no mercado local, na Itália. Não Batiatus. Pensando na bolsa pesada que receberia quando voltassem, Phortis relaxou. Seus esforços seriam recompensados. Apesar de Batiatus ser um mestre exigente, ele pagava bem.

Phortis voltou a olhar para os homens que tinha capturado e trazido nos dois meses anteriores. Havia um quarteto de citas: barbados, tatuados que ele mantivera separados desde o primeiro dia. Isso não os impedira de tentar conversar uns com os outros na língua gutural quando surgia oportunidade. Claro que Phortis já tinha visto tudo isso antes. Eles não planejavam mais assassinato e fuga — pelo menos não uns com os outros. A surra que o último flagrado sussurrando levara havia mantido os outros infelizes calados por dias.

Phortis havia comprado os três homens pônticos de um comerciante de cabelos lisos na fronteira da Ilíria com a Trácia. Renegados, aparentemente, que tinham feito parte do exército de Mitrídatese e foram capturados por trácios que lutavam por Roma. Phortis não sabia o que havia de verdade nessa história, tampouco se importava. As cicatrizes nos peitos e nos braços dos guerreiros, e a sua atitude combativa, falavam por si. Eram lutadores, e era isso o que Batiatus queria.

Ele observou os oito homens que restavam. Como sempre, este grupo, a maioria dos capturados, era formado por trácios. Os mais afeitos à guerra entre todos os povos que Roma vira. Durões, inteligentes e teimosos. Guerreiros naturais, eles eram excelentes em emboscadas e em combate corpo a corpo. Sempre prontos para lutar até a morte. Inimigos amargos. Tinha sorte, Phortis pensou, que a maioria dos trácios tivesse acabado em Roma. Agora, eles ofereciam grande parte do material para os jogos entre gladiadores.

Quando o maior dos trácios, um guerreiros de cabelos pretos, percebeu que Phortis estava olhando, encarou-o de volta. Phortis fingiu não ver. Uma surra nesse estágio teria pouca serventia. Era importante não acabar com o ânimo dos escravos. Se o tolo aprendesse a controlar a raiva, sobreviveria às primeiras semanas do treinamento intenso. Um homem um pouco inteligente conseguia durar um ano no ludo. Se o trácio fosse sortudo, além de esperto, poderia viver até três anos, quando receberia o direito de ter a *rudis*, a espada de madeira que simbolizava a liberdade. E, se os deuses sorrissem para ele, atingiria a marca de cinco anos como gladiador e receberia sua alforria. Phortis concluiu que o homem de cabelos pretos parecia forte o bastante para fazer isso. Assim como o guerreiro baixo e musculoso com tatuagens no peito. E o resto? Analisou o grupo. Era possível que eles não durassem muito. Poucos aguentavam.

Ele olhou para o trácio mais comum, um homem baixo com cabelos castanhos curtos e olhos acinzentados. Era estranho, Phortis pensou, que ele soubesse o nome do homem. Em geral, não se preocupava com tais detalhes. No entanto, tudo havia acontecido no vilarejo de Medo, onde ele havia comprado outros dois homens. Kotys, o rei do grupo, havia acusado o trio de planejar sua queda, o que era bom para Phortis. Assim como o resto de suas novas aquisições, a culpa dos três homens — ou a inocência — era irrelevante.

Percebeu Spartacus olhando para o pequeno grupo de mulheres que estava a poucos passos dali. Sorriu com desdém. Como alguns dos outros presos, a esposa de Spartacus o seguira até o cativeiro. Não era algo incomum. A outra opção, ficar sozinha sem a proteção de um homem, era pior. Uma figura esguia e alheia, Ariadne estava mais controlada do que suas companheiras, que choravam e gritavam quando Phortis e os guardas as atacavam à noite. Mas nenhuma lutava. Fazia parte do acordo tácito ao acompanhar os escravos. Phortis sentiu seu pênis latejar ao pensar em Ariadne. Ela era admirável, e não bonita. No entanto, tinha um quê de indomada, de exótica. Isso era o mais atraente. Ele, porém, não a tocara. Nem seus homens. Para dizer a verdade, Phortis não tinha coragem. Quem poderia se esquecer da praga que ela rogara a Kotys? Além disso, a mulher levava consigo uma serpente venenosa. Quem ousaria tentar transar como uma criatura assim?

No entanto, Spartacus não parecia nem um pouco especial. "Espere até ele ser ferido ou, melhor ainda, morto na arena", pensou Phortis. "Veremos se a vaca é forte mesmo."

Spartacus observou Phortis com raiva. Sua pechincha com o capitão de uma embarcação mercante parecia estar chegando ao fim com sucesso.

— Pronto. Vamos a um só lugar agora, a Itália. — A culpa que ele sentira pela morte de Olynthus e dos outros dez condenados a morrer estava mais pesada do que nunca. "Que Kotys vá para o inferno."

— A menos que o barco afunde, e todos morramos afogados. — Getas olhou para o mar brilhante com tristeza. Ele se estendia pelo horizonte a oeste. — O clima nesta época do ano é muito imprevisível. Uma tempestade poderia nos atingir a qualquer momento.

— Poderia. E não há nada que possamos fazer além de pedir proteção aos deuses — respondeu Spartacus. — Acostume-se a essa ideia.

Mergulhado em tristeza, Getas não percebeu a irritação do outro.

— Nunca estive em um maldito barco — continuou.

— Então prepare-se para vomitar várias vezes nos próximos dois dias. Não é preciso que o tempo esteja ruim para causar enjoo — alertou Seuthes. — Só de estar no barco, ele vem. Não se sabe para que lado o barco vai se mexer de um momento para o outro. Para cima, para baixo, para a frente, para trás, lateralmente. Sempre muda.

— Obrigado — disse Getas. — Mal posso esperar.

Spartacus também não queria isso. Já estivera em barcos quando servia nas legiões, mas sempre por algumas horas, o tempo necessário para cruzar a Ásia Menor da costa sudeste da Trácia. "É a menor das minhas preocupações." Ao ver Ariadne se aproximar, ele forçou um sorriso.

— Esposa.

— Marido — respondeu ela, séria.

Como estavam acorrentados uns aos outros, Getas e Seuthes não puderam dar privacidade a Spartacus e Ariadne desde que saíram do vilarejo. Mas, por gentileza, haviam adotado o hábito de dar um passo para trás. Foi o que fizeram naquele momento, e começaram a conversar um com o outro em voz baixa. Spartacus sentiu, de novo, gratidão por eles.

— Está pronto para a viagem? — perguntou ela.

— De certo modo.

Ela franziu o cenho, desconfiando do motivo da discrição dele, mas não quis perguntar.

— É o sentido de sairmos de Ilíria. Não por mim, entende? Estou em paz com meu destino — explicou Spartacus. — Mas me preocupo com você. Quando eu morrer, você ficará sozinha. Além de ser uma estrangeira em uma terra repleta de malditos romanos, Phortis tentará pegá-la a todo momento. Já reparei como olha para você. Não seria melhor reconsiderar? Não seria melhor que você ficasse aqui?

— Foi minha escolha acompanhar você. Não se lembra do que Kotys teria feito comigo? — Ariadne se sentiu mal só de pensar. — Partir com você era a minha melhor opção! Para onde mais eu poderia ter ido? De volta a Kabyle e para os sacerdotes velhos de lá? Ou para o desgraçado do meu pai? E quanto a Phortis... ah! O imbecil vai ganhar uma serpente na cara se tentar qualquer coisa. Não, meu lugar é aqui, ao seu lado. — Esperando que seu discurso fosse convincente, Ariadne esticou a mão e tocou o braço dele. — É o que Dionísio desejaria — mentiu ela.

Ele olhou profundamente para ela.

— Você viu isso?

— Não, não é isso. — O olhar dela era de quem não se arrependia. — Mas não posso acreditar que o deus quisesse que eu permanecesse ali, para que Kotys se aproveitasse de mim. Qual seria o motivo? Pelo menos, dessa maneira, posso levar a palavra dele para a Itália. A religião dele tem sido reprimida ali há gerações. Serei uma nova emissária para ele.

Spartacus pensou por um momento. Não tinha como detê-la. Para dizer a verdade, ele estava feliz por ela acompanhá-lo.

— Ótimo.

Ariadne enviou uma oração para Dionísio em silêncio: "Perdoe-me. Não pretendo usar seu nome em vão. Certamente, o melhor para mim é viajar com Spartacus. Farei o máximo que puder para cuidar de seus devotos e para ganhar novos convertidos." "Covarde", gritava sua consciência. "Você só está tentando salvar sua pele."

Desde a travessia do Adriático, eles caminharam por quase uma semana. Spartacus não esperava encontrar as terras férteis da Itália e seus campos com todas as plantações que se podia imaginar. Tamanha fartura era notada, isso sem levar em conta os cestos de pão da Sicília e do Egito. "Não é à toa que os malditos conseguem formar exércitos tão grandes", pensou ele, com amargura. O fornecimento de alimentos dos romanos era garantido, diferentemente do de seu povo, que vivia em uma terra pobre. Contudo, apesar de toda a fertilidade da Itália, o caminho estreito da montanha que os havia levado pelos Apeninos tinha sido bom, porque fizera com que ele se lembrasse da Trácia. E ele vira a paisagem mais linda: montes íngremes, rios e rochedos habitados apenas por aves de rapina. Eles não encontraram ninguém pelo caminho, à exceção de alguns pastores.

Algumas horas antes, a coluna enfim havia saído das montanhas e entrado em uma estrada ampla e pavimentada, a Via Appia. Ela levava do sudeste em direção à cidade de Cápua, e seus muros enormes tomavam o horizonte. Diante dela, no entanto, talvez a quatrocentos passos, ficava uma construção retangular separada. Era parcialmente iluminada pelos raios do sol que se punha, dando a ela uma aparência escura e taciturna.

— Chegamos, caros senhores — disse Phortis, sarcástico, gesticulando. — A primeira vista de seu novo lar.

Todos os presos viraram a cabeça para olhar.

— Parece uma maldita fortaleza — disse Getas, com desprezo.

De algum modo, Phortis escutou aquelas palavras.

— Parabéns! Você não é tão burro quanto parece — respondeu ele em trácio. — É exatamente o que é. Os muros têm três passos de largura, e só existe uma entrada, protegida noite e dia pelos melhores homens de Batiatus. Com duzentos lixos como você ali dentro, o que mais seria de se esperar? Espero que gostem, porque depois de entrarem, só poderão sair quando forem para a arena. Ou... quando seu cadáver for levado à pilha de descarte mais próxima.

Phortis olhou para os sete prisioneiros não trácios, que olhavam para ele sem entender.

— A viagem termina logo! — gritou ele em latim, e apontou. — Ludo! Ludo! — Sorriu quando os homens começaram a cochichar com desagrado.

— O que ele disse no começo? — perguntou Seuthes a Getas, que tinha noções de latim. O outro sussurrou no ouvido dele, e a expressão de Seuthes foi de ira. — Que se dane — resmungou ele. — Salivando sobre nós como se fôssemos gado a caminho do abatedouro.

— Mas é o que somos — respondeu Getas, sério. — A diferença é que são as aves carniceiras que se alimentarão de nós quando morrermos, não as pessoas.

Phortis passou por todos eles, procurando alguém em quem pudesse usar o açoite, e os dois se calaram.

Spartacus, que também tinha entendido, olhava fixamente para a estrada. Mentalmente, ele se alertava para nunca dizer nada a cinquenta passos de Phortis. O homem entendia trácio muito mais do que deixava transparecer e tinha excelente audição. Só relaxou quando o capuano retomou o lugar à frente da coluna. Mas quando voltou a si, os olhos de Spartacus se focaram no ludo. Continuou olhando para ele conforme se aproximavam. Parecia inexpugnável. Não havia dúvidas de que o era também por dentro. Aos poucos, o som de vozes e o ruído familiar do choque de arma contra arma ressoaram no ar. Spartacus contraiu a mandíbula. As batalhas que ele lutasse a partir de agora seriam muito menores em proporção do que ele estava acostumado. De acordo com Phortis, a maioria provavelmente seria de um contra um, o que não significava que ele as encararia de modo diferente. Na verdade, Spartacus pensou, ele empenharia o dobro de força. O dobro de velocidade. O dobro de brutalidade. Com apenas um objetivo. Vencer. Sua vida toda se resumiria a isso a partir daquele momento. Vencer.

Seria isso ou a morte, o que não interessava.

Spartacus não costumava se preocupar consigo mesmo, mas agora não tinha a ver só com ele. Tinha que cuidar de Getas e Seuthes. E o mais importante de tudo: havia Ariadne. Spartacus não fazia ideia de como cuidaria dela. Ouvira um rumor de que os melhores gladiadores ganhavam bastante dinheiro, o que esperava que fosse verdade.

Garantir que Ariadne tivesse muito dinheiro significaria que se, ou quando, ele fosse morto, ela teria recursos para sobreviver sozinha.

"Permita-me isto, pelo menos, ó Grande Cavaleiro."

Carbo se remexeu, tentando encontrar uma posição confortável. Era impossível. O colchão imundo de palha sob seu corpo era muito velho. Repleto de percevejos. Seu cobertor tinha mais furos do que uma rede de pescar. Ratos andavam de um lado para o outro pelo chão, à procura de comida. Ele havia esvaziado o balde que ficava à beira de sua cama na noite anterior, mas este ainda cheirava a urina e fezes. Como não tinha dinheiro para comprar combustível para o pequeno braseiro que ficava no canto, o quarto estava congelante. Quarto? Carbo fez uma careta. Aquilo mal podia ser considerado um quarto.

A acomodação mais barata que fora capaz de encontrar ficava no topo de uma *insula* de cinco andares, ou um prédio de apartamentos. Não havia janelas, e ele raramente usava sua lamparina a óleo; assim, a única luz do local entrava pelas frestas das telhas. Carbo olhou ao redor dos patéticos limites de seu domínio. Podia ser chamado de sótão, talvez. Tinha apenas dez passos por seis, e um telhado diagonal que o impossibilitava ficar de pé. A porta não trancava, e as paredes eram tão finas que ele conseguia escutar todos os sons feitos pela vizinha, uma megera de olhos úmidos que não parava de tossir.

A velha bruxa estava tossindo agora, como tossira a noite toda, engasgando até Carbo acreditar que ela havia vomitado. Ele teve vontade de ir à casa dela e esganá-la. No entanto, apenas afundou a cabeça sobre a espécie de travesseiro e colocou uma das mãos sobre a orelha livre. Não adiantava muito. "Deuses do céu. Devo me levantar e sair." Devido ao barulho, Carbo havia dormido muito pouco. Pensou que agora que estava de pé ele conseguiria descansar. Por que sair, afinal? Estava tão frio lá fora. É claro que não eram esses os únicos motivos para Carbo se acomodar, totalmente vestido, embaixo do cobertor. Não tinha dinheiro, não tinha emprego. Não tinha para onde ir. Nenhuma perspectiva. Uma fúria inútil tomou conta dele. Desde que fugira, as coisas tinham ido de mal a pior.

Manteve a cabeça baixa por muitos dias, e então voltou para a casa de sua família. As únicas pessoas que ele viu além de alguns dos escravos domésticos foram um homem com cara de intrometido que vestia uma toga e diversos trabalhadores. Sua tentativa de falar com o agente de Crassus tinha sido ignorada, assim como seu pedido para falar com Paccius. Certo — e abismado — de que seus pais tinham partido, Carbo havia começado a procurar trabalho. Não demorou muito a perceber que seu plano tinha sido um erro desastroso. A maioria dos comerciantes que abordara olhava para sua túnica bem-feita e para suas mãos macias e ria na sua cara. Alguns ofereceram trabalho, mas por um salário tão baixo que Carbo havia dito onde eles podiam enfiar as ofertas ruins. Infelizmente, suas economias não tinham durado muito. O custo de vida era muito mais alto do que ele imaginara. Seus poucos amigos o ajudaram como puderam, dando-lhe comida e dinheiro, porém, mesmo a boa vontade deles já começava a acabar.

Carbo rangeu os dentes com raiva. O que ele ou sua família tinham feito para irritar tanto os deuses? Ele fora a todos os grandes templos em busca de orientação. Não obtivera nenhuma resposta. Nenhuma. Até mesmo o adivinho a quem Carbo dera suas últimas moedas no dia anterior tinha sido inútil, dizendo que ele logo se casaria com a filha de um comerciante rico.

— Charlatão de uma figa — murmurou Carbo. — Vou encontrá-lo e reaver meu dinheiro. — Pensar em casamento fez com que ele se lembrasse da mãe. "Deuses, ela deve estar preocupada comigo. Meu pai também." Entretanto, seu orgulho não permitiria que lhes escrevesse uma carta. "Avisarei quando as coisas melhorarem. Quando eu estiver ganhando dinheiro."

Uma nova onda de tosse tomou a velha da casa ao lado, e ele desistiu de tentar descansar. Qualquer coisa era melhor do que aquela tortura. Levantando-se, fechou a capa em um dos ombros com o último item de valor que possuía, um broche de prata que sua mãe lhe dera um ano antes, quando ele recebeu a toga. Carbo passou os dedos sobre ele, e em silêncio pediu ajuda a Júpiter e a Fortuna. Sentindo-se um pouco melhor, caminhou em direção às escadas. Talvez sua sorte mudasse hoje. Talvez os deuses o ajudassem, finalmente. Se não, talvez ele pudesse encontrar uma maneira de entrar para o exército. Isso pelo menos seria melhor do que voltar com o rabo entre as pernas para a família em Roma. Sua barriga roncou, fazendo com que se lembrasse de que havia comido muito pouco nos últimos três dias. Carbo começou a pensar. Talvez pudesse roubar um pão da panificadora ao lado.

★ ★ ★

Todos olharam para a coluna quando esta passou sob a passagem em arco de pedra e entrou no grande pátio pontuado por pilares. Não poderia ser diferente. Phortis os levara diretamente para o meio da área circular de treinamento, forçando os gladiadores a saírem do caminho. Nenhum deles pareceu insatisfeito com a interrupção no treinamento. Pelo contrário. Os lutadores se reuniram ao redor dos recém-chegados. Foram ouvidos insultos e vaias em diversas línguas; e as reações passaram a ser de uivos e cantadas quando Ariadne e as outras mulheres foram vistas. Fazendo o melhor que podia para ignorar o abuso, Spartacus memorizou o rosto dos mais barulhentos. Um trácio gordo com um longo rabo de cavalo. Um gaulês magricela que não tinha os dentes de cima. Um núbio com uma argola de ouro na orelha. "Vou cuidar desses idiotas."

Ariadne, que havia se misturado às mulheres, mantinha os olhos firmes no chão de areia. Até os homens saberem que ela acompanhava Spartacus, quanto menos atenção atraísse, melhor.

— Calem-se, seus imbecis — gritou Phortis. Olhou para os arqueiros na varanda do primeiro andar, que cercava o pátio. — Você aí! Diga a Batiatus que voltei. Rápido! — Quando um dos guardas partiu, ele se virou para seus 15 prisioneiros. — Em fila! Em fila! Virados para lá — disse ele. — Batiatus vai querer ver que tipo de homens trouxe para ele.

Spartacus, Getas e Seuthes estavam próximos do final da coluna, por isso se viram à esquerda da fila. Enquanto esperavam por Batiatus, os gladiadores aglomerados aproveitaram a oportunidade, gritando e fazendo comentários jocosos a torto e a direito.

— Ei, rapaz novo!

Em vez de reagir, Spartacus observou as dezenas de rostos sérios dispostos à sua frente: eram gauleses, trácios e alemães em sua maioria, mas também havia gregos, egípcios e núbios. Havia três tipos básicos de gladiadores que ele conseguia distinguir. Trácios, como ele, vestidos com um tapa-sexo e um grande cinto de couro, com um capacete típico, de crista, para proteger a cabeça. Os mais sortudos ali usavam proteções para as pernas. Todos carregavam versões de madeira da sica. Misturados aos outros estavam dezenas de gauleses de cabelos desgrenhados e peito nu, com calça e cinto. Empunhando lanças de madeira ou espadas longas, eles pareciam ser tão fortes quanto diziam os boatos. Também havia homens que ele não reconheceu, com capacetes de três cristas e placas de metal protegendo o peito.

— Rapaz novo! Estou falando com você!

Spartacus sentiu que Getas o cutucava.

— É aquele idiota grandão à esquerda, com a cicatriz na boca. — Spartacus olhou para os dois lados, observando um gaulês grande com cabelos loiros compridos. Seu rosto havia sido desfigurado pelo corte de uma espada que teria matado a maioria dos homens. O resultado foi uma cicatriz roxa e feia que ia desde o olho direito até o lado esquerdo do queixo. Por milagre, o nariz fora poupado, mas os lábios tinham sido cortados pela metade. "Alguém os havia costurado, o trabalho, porém, não foi bem-feito", pensou Spartacus. Quando o grandalhão falava, um dos lados do rosto se movia independentemente do outro.

— Está falando comigo? — perguntou Spartacus.

— Isso mesmo — resmungou o gaulês. Passou a língua pelos lábios marcados. — Verei você mais tarde no banho. Você poderá me chupar.

Ouviu-se uma onda de risos, e Phortis sorriu.

Spartacus esperou até que o barulho diminuísse um pouco.

— Chupar um bastardo feio como você? Você não teria essa sorte. — Ele riu. — Como acabamos de nos conhecer, serei simpático. Mas da próxima vez que sequer olhar para mim, mandarei você para Hades. Entendeu?

Irritado com as risadas depois da resposta de Spartacus, o gaulês deu um passo à frente.

— Seu maldito trácio imundo — xingou ele.

Phortis moveu-se com o açoite empunhado.

— Volte! — vociferou ele. Quando o gaulês obedeceu, ele se aproximou de Spartacus. — A menos que seja solicitado, mantenha essa boca nojenta fechada! — Perdigotos voaram de sua boca e foram parar no rosto de Spartacus, que teve o bom senso de não se limpar.

— Phortis. Você voltou. — A voz não era alta, mas sua autoridade acabou com o barulho. — Bem-vindo.

A expressão maligna de Phortis se desfez quando este se virou.

— Obrigado, senhor. — Ele fez uma reverência ao homem atarracado que surgiu na varanda do andar de cima.

— Está tendo problemas com os novos "recrutas"? — Os olhos de Batiatus já percorriam os prisioneiros, avaliando-os. Spartacus fez questão de não olhar para o lanista. Intuitivamente, seus companheiros o imitaram. Não havia motivo para chamar a atenção de Batiatus tão cedo.

— Problema nenhum, senhor. Apenas as piadinhas de sempre. Sabe como é.

— De fato, sei. — Olhando para o fim da fila, Batiatus observou o capuano. — Sua viagem foi bem-sucedida?

— Acredito que sim, senhor. Não tive que pagar os olhos da cara por nenhum desses vagabundos, mas são todos homens fortes que parecem capazes de cuidar de si mesmos. Estou otimista que o senhor concordará com minhas escolhas.

— Conte-me sobre eles.

Spartacus observou os gladiadores que os estudavam na lateral enquanto Phortis exaltava cada uma de suas aquisições. Quem eram os líderes, os homens contra os quais ele lutaria mais cedo ou mais tarde? Não muito longe do homem que havia gritado com ele, Spartacus viu outro gaulês, um homem enorme com músculos protuberantes e um olhar arrogante no rosto grande e belo. "Aquele maldito é um deles. Espero que não seja tão habilidoso quanto é grande." Continuou observando. Um momento depois, olhou para um alemão de nariz quebrado, quase tão grande quanto o gaulês. Ele não parecia muito notável, mas os dois homens ao seu lado eram totalmente diferentes. "Ele é um líder. Os dois são seus guarda-costas." Spartacus não viu mais nenhum como o primeiro par que observara, mas sabia que haveria muitos guerreiros que se considerariam superiores a ele, um recém-chegado inferior.

Phortis terminou suas descrições.

— Claro que só saberemos quando eles lutarem, mas parece que você escolheu bem — disse Batiatus.

— Obrigado, senhor. — O capuano sorriu.

— Leve-os para fazer o juramento, depois tire as correntes e os acomode. Não há motivo para perder mais tempo de treinamento do que o necessário, não é? — Com um meneio de cabeça, Batiatus desapareceu.

— Então, o bastardo vive no ludo? — sussurrou Getas.

— Parece que sim — respondeu Spartacus, olhando para o resto do primeiro andar. — O arsenal e a enfermaria parecem ficar lá também. Nós, pobres coitados, ficamos aqui embaixo. — Com um movimento da cabeça, ele indicou as fileiras de celas que corriam sob os três lados do pórtico.

— Escutem o que digo, seus miseráveis de merda — gritou Phortis. — Está na hora de vocês jurarem união à sua nova *família*: os gladiadores que estão vendo ao seu redor. — Ele repetiu as palavras em trácio e em grego. — Entenderam?

Um dos citas, um homem com uma vasta barba preta, deu um passo à frente.

— E se nós... nos recusarmos a fazer o juramento?

Phortis estalou os dedos, e um arqueiro na varanda ergueu o arco.

— Sua jornada termina. Aqui. Agora. Certo?

O cita resmungou algo e deu um passo para trás.

— Mais alguém? Não? — Phortis riu. — Imaginei que não. Repitam comigo, então, as palavras do *sacramentum gladiatorum*, o juramento mais sagrado que qualquer um de vocês, seus lixos, fará na vida!

Um forte silêncio tomou o ludo. Olhando ao redor, Spartacus percebeu que os lutadores organizados respeitavam o que Phortis estava prestes a dizer. Todos eles tinham passado pelo mesmo ritual. No mundo brutal do ludo, isso dava um propósito à vida deles.

— Vocês juram aguentar ser queimados e presos em correntes?

Houve uma demora.

— Sim — murmuraram os 15 homens.

— Vocês juram aceitar ser agredidos e açoitados?

— Sim.

— Vocês se comprometem com Batiatus, de corpo e alma, sem pedir nada em troca? Vocês juram enfrentar a morte pela espada, pela lança... — Aqui, Phortis parou — ... ou de qualquer modo que o lanista considere adequado?

Não houve resposta.

Ariadne ficou tensa. Ela não fazia ideia de que o juramento do gladiador era tão forte.

Não viu Spartacus rangendo os dentes. “De corpo e alma?”

— Respondam! Se não responderem, os arqueiros começarão a agir. Quando eu contar até três — vociferou Phortis. — Um.

Spartacus olhou para Getas e Seuthes.

— Não faz sentido morrer por algumas palavras, não é? — sussurrou ele.

Os dois concordaram com um meneio de cabeça.

— Dois — rosnou Phortis.

— Sim — gritaram os 15 homens.

— Mais alto!

— SIM!

— Ótimo. Bem-vindos à nossa família. — O sorriso de Phortis lembrava a Spartacus um rosnado de lobo. Levando a mão dentro da túnica, ele tirou uma corrente, na qual havia um conjunto de chaves pendurado. — Hora de libertar vocês, vagabundos. Livres! — Rindo da própria piada, ele começou a abrir a corrente de ferro que envolvia o pescoço de cada homem. Quando chegou a vez de Spartacus, eles se entreolharam.

"Matarei você um dia", pensou Spartacus. Falando baixo, ele perguntou:

— Onde dormimos?

— Deem uma olhada por aí. Algumas das celas estão vazias. Quem chegar primeiro, entra primeiro — explicou o capuano.

— Quando comemos? — perguntou Getas.

— Logo cedo, e quando o treinamento terminar, em cerca de meia hora. É uma boa dieta também. — Phortis percebeu o interesse deles e riu. — Mingau de cevada duas vezes por dia, e o máximo de água que conseguirem beber.

— Eu... — protestou Seuthes.

— Sim? — O tom de Phortis era calmo, mas seus olhos estavam tomados de ira.

Seuthes afastou o olhar.

— Descansem o máximo que puderem. Amanhã os treinadores decidirão quais de vocês lutarão por cada um deles — disse Phortis. Fechou a cara ao ver que eles não tinham compreendido. — Vocês, malditos idiotas, precisam aprender um pouco de latim ou simplesmente não entenderão as coisas. Desta única vez, vou explicar. Existem três tipos básicos de gladiadores: o gaulês, o samnita e... — ele parou para cuspir no chão — o trácio. — Ao dizer isso, ele caminhou até o homem seguinte.

— Veja se conseguem celas próximas para nós — disse Spartacus a seus companheiros. Esfregando o pescoço, ele se dirigiu ao grupo de mulheres. Dera apenas alguns passos quando foi atacado violentamente por trás. Ele tombou e caiu de joelhos. Sabia quem era o agressor sem precisar olhar. Essa luta precisava ser travada naquele momento. Se ele a evitasse, sua vida no ludo seria duas vezes mais difícil. No entanto, ele não tinha arma alguma, e o outro provavelmente tinha. Instintivamente, seus dedos rasparam na areia, e ele pegou o máximo de grãos que conseguiu. Spartacus ficou de pé e se virou.

— Você me empurrou? — rosnou ele.

— Empurrei. — O gaulês com os lábios estraçalhados deu de ombros. Ele apontou com o pedaço de ferro que levava na mão direita. — Eu estava direcionando você na direção da sala de banhos. — Ele olhou para os dois lados, e seus dois companheiros sorriram com malícia.

Spartacus concentrou-se na arma improvisada do líder, que provavelmente tinha sido roubada da forja. Não ficou surpreso que um de seus oponentes estivesse armado. Qualquer guerreiro com um pouco de esperteza estaria. Aqueles que estavam desarmados ou que eram fracos demais acabariam como seguidores, ou pedaços de carne para homens como o gaulês diante dele. Spartacus não fazia ideia da chance que tinha contra os três, mas não se submeteria. Não podia.

— É mesmo? — disse ele, delicadamente, dando um passo à frente. — Bem, não preciso de um banho agora.

Os lábios do gaulês se mexeram, e ele coçou a genitália.

— Quem falou em banho?

Seus companheiros riram.

Agachando-se, Spartacus deu mais um passo. Precisava chegar o mais perto possível.

— Você com certeza precisa se lavar. Seu fedor é pior do que o de um porco!

Gritando de raiva, o gaulês moveu a adaga improvisada na direção da barriga de Spartacus.

Spartacus girou o braço direito e abriu a mão, deixando a areia voar. No mesmo instante, se virou, afastando-se. Ouviu um grito quando os olhos do gaulês receberam a areia, e Spartacus girou, dando um soco em seu rosto. O gaulês cambaleou, e Spartacus desferiu mais golpes, derrubando o homem no chão. Ao perceber um movimento atrás de si, deu um meio-giro, mas um punho acertou a lateral de sua cabeça. Spartacus sentiu mil agulhadas no cérebro. Seus joelhos fraquejaram, e precisou se controlar e se esforçar para não cair em cima do gaulês. Alguém segurou seus braços, puxando-os para trás, tentando contê-lo. Ele jogou a cabeça para trás, acertando o agressor no nariz. Sentiu o barulho de uma cartilagem se rompendo e escutou o grito do homem, que caiu. Desesperadamente, olhou para os dois lados. Onde estava o terceiro infeliz? Percebeu tarde demais um movimento vindo em sua direção pela esquerda. O brilho do metal na mão do oponente deixou claro a Spartacus que ele corria perigo mortal. Tarde demais, lento demais, ele tentou se safar. Preparou-se para a dor quando a adaga penetrou sua carne. Por um milagre, no entanto, o golpe não o acertou. Seuthes se lançou à frente, derrubando o terceiro gaulês de costas.

Enquanto Seuthes desferia socos no rosto e no peito do homem, Spartacus procurava o gaulês da cicatriz e seu companheiro. Para seu alívio, Getas estava atacando o segundo homem, enquanto o agressor original ainda blasfemava e tentava limpar os olhos. Rapidamente, Spartacus pegou o pedaço afiado de ferro que estava aos seus pés. Ao olhar de rabo de olho para os arqueiros, percebeu que, apesar de eles terem notado a briga, não iriam intervir. Ainda. "Sem dúvida isso é rotineiro", pensou ele.

— Não os matem, mas façam um trabalho decente — disse ele. — Vou ao banheiro.

Sem esperar que Getas ou Seuthes respondessem, ele andou até o gaulês. Segurou seu braço direito e o torceu por trás das costas. Encostou a adaga em sua garganta.

— Caminhe — ordenou ele. — Ande ou enfiarei isto tão fundo que vai sair do outro lado.

O gaulês obedeceu e caminhou tenso na direção para onde ele havia apontado alguns instantes antes.

— O que você vai fazer? — rosnou ele.

Spartacus raspou o ferro na pele do gaulês até o sangue escorrer pelo pescoço.

— Cale a boca. — Atrás dele, escutou seus companheiros gritando palavrões enquanto chutavam e cuspiam nos outros dois. Spartacus sorriu satisfeito. A atenção dos arqueiros estava totalmente voltada para o confronto. Exatamente como queria. — Ande. Mais depressa — ordenou.

Ao ver vapor saindo de duas janelas gradeadas, Spartacus caminhou em direção à porta mais próxima. Enfiou ali o gaulês, longe da vista dos guardas. A sala quente na qual entraram era quadrada, com azulejos do chão ao teto. Desenhos coloridos de peixes, monstros do mar e de Netuno cobriam as paredes. Um banco baixo corria pela extensão da sala; estava coberto por montes de roupas, deixadas ali pelos gladiadores que ocupavam os banheiros do outro lado. O ar era tomado pelo cheiro pungente de óleos aromáticos. O único outro ocupante do cômodo era um homem baixo, seminu, de pele escura e cabelos pretos. Arregalou os olhos, surpreso, ao ver os dois entrando daquela forma.

"Ótimo", pensou Spartacus. "Quero uma testemunha para contar o que viu."

— Então, era aqui que você ia me trazer, não é?

Tenso e amedrontado, o gaulês assentiu.

— Para chupar você? — perguntou Spartacus, com raiva.

— Sim.

— Isso não vai acontecer, vai? — Spartacus torceu o braço do homem, pressionando-o nas costas, fazendo-o gemer de dor.

— Não!

— Infelizmente, não tenho tempo para fazer você sofrer. Vamos ter que parar por aqui, seu monte de merda.

Puxando o pedaço de ferro, Spartacus o enfiou no pescoço do gaulês com toda a sua força. Ouviu-se um som de engasgo e o sangue manchou a mão de Spartacus. Ele puxou o ferro, e o líquido vermelho veio em seguida, espirrando no chão.

Tentando falar, o gaulês deu um ou dois passos trôpegos, mas caiu de cara no azulejo. Um rio vermelho logo começou a se formar ao redor de seu corpo, que convulsionava.

— Quem é você? — Ainda com a arma cheia de sangue na mão, Spartacus olhou para o homem negro.

— Meu nome é Re-Restio. Sou da Ibéria.

— Compreendo. Bem, sou Spartacus, o trácio. Se você não tinha percebido, acabei de chegar. E esta é a minha resposta para qualquer um que queira me foder. — Ele apontou para o gaulês. — Procure dizer a todos os homens do ludo o que acabou de ver. Entendido?

— Sim.

— Não diga nada a Phortis, nem aos guardas. Não quero que tenha o mesmo destino deste idiota.

— Meus lábios estão se-selados.

— Então, estamos entendidos. — Limpando o ferro na túnica do gaulês, Spartacus o enfiou na cintura de sua roupa e saiu. Assoviando sem ritmo, ele olhou para a varanda. Os guardas dali não demonstravam interesse no que estava acontecendo. Também não viu Phortis. "Ótimo. Isso provavelmente quer dizer que escapei ileso." Em seguida, procurou Getas e Seuthes. Os dois conversavam com Ariadne. O que estavam fazendo, claro, era protegê-la até que ele voltasse. Ela caminhou na direção dele ao vê-lo; ele, porém, fez um sinal para que ela esperasse.

— Onde estão os dois gauleses?

— Voltaram para o buraco que chamam de casa — respondeu Seuthes, com um sorriso.

— Um deles ganhou um braço quebrado, e eu acrescentei umas costelas quebradas ao nariz que você quebrou do outro — disse Getas. — E o feioso?

— Vai ficar no banheiro até que alguém o arraste de lá.

Os olhos de Ariadne estavam tomados de terror.

— Ele está...?

— Morto. Sim, está — respondeu Spartacus. — Era a única solução. Se o deixasse viver, todo mundo neste maldito lugar me consideraria... nos consideraria — disse ele, apontando para Getas e Seuthes — alvos fáceis. Assim, eles ficarão sabendo que não somos.

Ariadne assentiu. Matar o gaulês servia para mais de um propósito. Spartacus não poderia cuidar dela o tempo inteiro. Era importante que todos os gladiadores soubessem que ela estava com alguém com quem não podiam mexer. O cadáver no banheiro deixaria essa mensagem bem clara.

CAPÍTULO V

Não demorou muito para o corpo do gaulês ser encontrado. Dois alemães foram os próximos a entrar na sala de banho. Eles saíram gritando a plenos pulmões. Os passos ressoavam nos degraus quando um grupo de guardas desceu para ver o que havia acontecido. Uma horda de guerreiros se reuniu para ver o gaulês morto ser retirado. Uma larga trilha de sangue marcava o chão durante todo o caminho até o banheiro. Spartacus observou a movimentação da porta da cela que havia tomado para si e para Ariadne. Ficou satisfeito ao ver que nenhum dos guardas parecia surpreso com o que encontraram. Restio também cumprira seu papel. Spartacus já estava ganhando muitos olhares dos guerreiros no pátio. A maioria era respeitosa, mas alguns eram de ira ou de desafio. Ele ignorou todos. Sem dúvida, menos homens agora tentariam se meter com ele. Tentou imaginar como Phortis reagiria. A menos que Restio o enganasse, não haveria relato de testemunhas para o capuano. Só lhe restaria contar com os boatos que percorressem o ludo. Isso poderia fazer o capuano agir. Os assassinatos nos banhos ou nos banheiros deviam ser comuns. Era o tipo de coisa que mantinha a ordem natural do ludo.

E assim foi. O olhar odioso que Phortis logo lançava a Spartacus mostrava, claramente, que ele soubera de seu envolvimento, mas o capuano não fez nada. Meia hora se passou, e o treinamento dos gladiadores terminou naquele dia. Um pouco depois, o gongo que anunciava o jantar tocou. Spartacus caminhou de modo decidido pelo pátio com Ariadne, como se estivesse saindo de casa para comer.

Getas e Seuthes estavam logo atrás deles. Encaminharam-se à área de alimentação, formada por conjuntos de bancos e mesas dos dois lados das portas da cozinha. Uma fila de homens atravessava os portais. Através do vapor ali dentro, Spartacus viu um grande caldeirão sobre uma mesa com tigelas e montes de colheres de madeira. Atrás dela, havia um escravo, com uma concha na mão, e Phortis, observando tudo como um corvo de olhos marejados. Quatro guardas estavam presentes, para evitar qualquer problema.

Eles entraram no fim da fila. Os guerreiros logo à frente olharam ao redor. Um ou dois fizeram um meneio de cabeça para cumprimentar Spartacus, e este retribuiu. Ninguém falou com ele nem com seus companheiros, o que, para ele, era ótimo. O primeiro dia e a primeira noite no ludo haviam servido para estabelecer a independência dele, afirmando que não precisava da amizade dos outros. Dissera isso a Getas e Seuthes. Em silêncio, eles caminharam até a cozinha.

— Aqui está ele. O novo *latro*. — A voz de Phortis era sarcástica. — Cuidado, ou vocês podem ser apunhalados pelas costas.

Ao ouvirem aquilo, muitos gladiadores ficaram olhando. Alguns riram. Ninguém disse nada.

— Não sou um bandido — disse Spartacus, em voz alta.

— É mesmo? — perguntou Phortis.

— É.

— Então, você não sabe nada sobre o corpo no banheiro, não é? Do infeliz feio que morreu com um buraco no pescoço?

— Não sei do que está falando.

— Não foi isso que ouvi.

Spartacus ergueu os ombros de modo expressivo.

— Acredite no que quiser. Os homens gostam de fofocar. Quase toda essa história é bobagem. Você tem alguma prova?

— Não preciso de provas para fazer justiça, seu infeliz — berrou Phortis. — Digamos apenas que qualquer homem que consiga dominar aquele gaulês enorme deve ser um bom lutador. Esperarei de você grandes feitos na arena.

"Maldito!" Spartacus não imaginara a possibilidade de o capuano não fazer nada, mesmo que soubesse.

Phortis ainda não tinha terminado.

— Como um lixo como você acabou com um rabo de saia de alta classe, hein?

Os homens olharam de novo. Comentários carregados de desejo foram feitos entre eles enquanto observavam a aparência exótica de Ariadne.

— Sou um guerreiro medo, e Ariadne é minha esposa — disse Spartacus, com um sorriso calmo. No entanto, por dentro, ele fervilhava. Sentiu vontade de atacar o capuano e fazê-lo engolir os dentes. Porém, manteve o controle. Mataria Phortis, sem dúvida, mas os quatro guardas o matariam também. Uma maneira idiota de morrer.

— Seu rei contou uma história diferente. Disse que você está mentindo, que é um filho da puta traidor que planejava derrubá-lo.

Spartacus sentiu o músculo de sua mandíbula ficar tenso.

— Não me surpreende — respondeu.

"Kotys sempre foi um traste covarde."

— O quê? Não escutei.

— Kotys diria uma coisa dessas — gritou Spartacus. — Ele foi um líder fraco. Minha simples existência era uma ameaça à autoridade dele. Vender-me como escravo foi uma solução perfeita.

— Então, se não estivesse aqui, teria adquirido o poder sobre Medo? — Phortis olhou para o escravo que estava servindo o mingau de cevada, que riu. — Você ouviu isso? Temos um rei entre nós!

Alguns gladiadores riram. Um, o enorme gaulês de olhar arrogante que Spartacus vira antes, deu um passo à frente e os encarou. De cabelo loiro, bigode e vestindo apenas uma calça estampada, ele era o epítome de um guerreiro de sua terra. Seis guerreiros se uniram a ele. O gaulês fez uma reverência exagerada.

— Venha e tome meu lugar, Majestade. Se assim desejar.

Phortis riu.

"Deuses do céu. Uma briga com ele e seus amigos é a última coisa de que eu — nós — precisamos no momento."

— Você estava aqui antes, amigo — respondeu Spartacus, olhando nos olhos do homenzarrão. — Assim como todos à minha frente. Esperarei a minha vez.

— Está com medo de brigar?

— Não. Mas não vou me atracar com você hoje. Não quando Phortis está tentando armar isso — disse Spartacus, torcendo para que o gaulês fosse tão esperto quanto era forte.

— Vamos, Crixus! Dance ao som da música do ventríloquo — gritou alguém.

Os outros gladiadores riram, divertindo-se, e Phortis fez uma careta.

Crixus não ignorou os comentários maldosos, nem a expressão do capuano.

— Outro dia, então — disse ele. Lançando um olhar irado a Phortis, pegou uma tigela da pilha sobre a mesa e estendeu o braço. — Encha. Até a boca!

O escravo da cozinha apressou-se a obedecer.

Crixus pegou um pão e se afastou, e o próximo da fila tomou seu lugar.

Getas soltou um longo suspiro de alívio.

— Graças ao Cavaleiro. O sujeito é grande como Hércules.

— Até mesmo Hércules tinha suas fraquezas — disse Spartacus. — Aquele gaulês não é popular. A maioria dos guerreiros pareceu gostar de rir dele. Arrisco dizer que os seis que ficaram ao lado dele são os únicos apoiadores.

— Ainda assim, são quatro a mais do que nós — observou Seuthes.

— Verdade. Precisamos evitar brigar com eles agora — disse Spartacus, pensando no alemão grande de nariz quebrado. Quantos homens eram leais a ele? Será que ele era tão brigão quanto Crixus? E os samnitas? Spartacus esperava que não. Não conseguiria levar todas as lutas como levara aquela com o gaulês feio.

Havia muito em que pensar enquanto eles comiam.

Spartacus ainda estava pensativo quando ele e os outros voltaram para suas celas. A maior parte de sua câmara, que media pouco mais de dez por dez passos, era ocupada por dois colchões de palha um ao lado do outro. Não havia mobília. Na verdade, os únicos objetos à vista eram os pertences de Ariadne: duas estátuas pequenas de Dionísio e o cesto de vime dentro do qual ficava sua serpente. As paredes de concreto eram cobertas por indecências ou pichações, arte de ocupantes anteriores. Havia mofo nos cantos, o que dava ao cômodo um cheiro desagradável.

— Pronto. Lar — disse Ariadne, alegremente. — Pelo menos será quando eu organizá-lo.

Spartacus resmungou em resposta. Ao olhar de repente para o cesto, seu coração se acelerou. A tampa não estava mais no lugar.

— Veja! — Chutando a tampa, ele olhou dentro do cesto. — Pelos deuses do céu! Ela sumiu. — Deu um passo para o centro do cômodo.

— Calma. — Ariadne o acalmou. — Ela não deve ter ido longe. A menos que... — E ela olhou para a fresta embaixo da porta. — Dionísio, não permita que ela tenha saído — sussurrou ela. "Preciso dela para me proteger!"

Spartacus não ouviu. Ele tirou a túnica e a colocou sobre o braço esquerdo. Levantou o primeiro colchão com muito cuidado, e olhou por baixo. Nada. Puxou o saco cheio de palha para o lado mais distante da sala, onde o encostou na parede. Retornou e levantou a ponta do segundo colchão.

— Ali está ela! — gritou Ariadne, apontando para o animal todo enrolado. — Deixe-me pegá-la.

Mas Spartacus chegou antes dela. Tirando o colchão do caminho, ele jogou a túnica sobre a serpente e avançou para segurá-la por detrás da cabeça.

— Peguei você — disse ele.

— O que você está fazendo? Você a detesta! — Ariadne ergueu o cesto para que ele pudesse colocar a serpente ali dentro.

Spartacus esperou até que ela fechasse o cesto com a tampa de novo.

— Detesto. Mas não existe nada igual a enfrentar seus medos. Se você achar que o demônio está atrás de você, vire-se e o enfrente, como dizem. — Ele passou a mão na testa e sorriu.

— Você podia ter sido picado. Deixe-me pegá-la da próxima vez — disse Ariadne, irritada por ele ter tido a coragem de tocar seu bem mais sagrado. Também estava assustada com o que podia ter acontecido.

— Próxima vez? Se você tivesse fechado o cesto direito, nós não estaríamos tendo esta conversa — respondeu ele, provocando-a.

— Deixe-me em paz! — rebateu ela, corando de raiva e embaraço.

Ao ver como ela estava irritada, Spartacus decidiu ignorá-la.

O mal-estar entre eles permaneceu no ar como um cheiro ruim, e eles se recolheram em silêncio. Spartacus apagou a lamparina e deitou-se ao lado de Ariadne. Estavam próximos o bastante para se tocarem, mas não o fizeram. Nem conversaram. Depois de alguns instantes, Spartacus se virou e, sem querer, roçou a perna na dela. Ela se virou para ele antes que pudesse se desculpar.

— Este casamento é apenas uma desculpa conveniente, você entende? Não venha com ideias.

Ela viu, à meia luz, que ele contraiu os lábios.

— Eu a toquei sem querer. E nunca pensei que nosso "casamento" seria diferente disso.

Ariadne sentiu-se irada por decepcionar-se com o fato de ele não levar a discussão adiante. "Estou agindo como uma criança", pensou ela. Mas não conseguiu se desculpar. O último homem que a havia tocado tinha sido seu pai. "Que ele apodreça no inferno." Uma onda de ódio em relação a todos os homens surgiu em seu peito. "Você afirma que quer um marido, mas na verdade não permite que ninguém se aproxime." Ela tinha muito medo para permitir. "Pare. Existem homens decentes no mundo, homens que não agem como meu pai agiu. Spartacus é um deles." Se não fosse, ela refletiu com uma certa culpa, por que iria querer que ele a tocasse?

Spartacus olhou para o contorno do corpo dela, e viu seu peito subir e descer a cada respiração. "Por que esta mulher é tão arredia?" De repente, ele sorriu. "Mas, ainda assim, ainda é muito atraente. Talvez ela ceda, por fim." Depois de pensar isso, fechou os olhos e adormeceu.

Quando começou a roncar baixinho, Ariadne relaxou. A lua saiu de trás das nuvens que a cobriam antes, e o cômodo foi tomado por uma fraca luz amarela. Spartacus não se mexeu, e Ariadne ficou chocada ao se ver observando-o discretamente. Sentiu uma onda de prazer com o que viu. Havia poucas linhas de expressão nos cantos de seus olhos, que ela não havia notado antes, e alguns fios de cabelo brancos entre os outros. A cicatriz em seu nariz e em sua face tinha pequenos pontos dos dois lados, marcando os locais onde as suturas haviam sido feitas. Seu rosto, seu pescoço e seus braços eram mais escuros do que a pele que normalmente permanecia coberta pela túnica. Tudo nele, desde seu queixo firme aos músculos fortes, era sinal de força. Ariadne considerava isso muito tranquilizador, e quando uma imagem inevitavelmente cruzou sua mente, ela conseguiu afastá-la com facilidade.

Para sua surpresa, o sono não estava vindo.

Pela segunda vez, sonhou que estava nos braços de Spartacus.

Carbo bebeu o resto do vinho e olhou para o fundo do copo, esperando ter uma inspiração. Não teve. Olhando ao redor na taverna abafada, fez um careta. Não encontraria inspiração ali, tampouco. O local estava repleto de homens de pouco valor: homens malnutridos e magricelas, e, Carbo tinha certeza, com forte tendência ao crime. As únicas mulheres presentes eram algumas garçonetes sem alguns dentes e cabelos desgrenhados e três prostitutas com aspecto doentio. A única distração no lugar era o vinho, o mais barato que Carbo encontrara. Não tinha um gosto tão ruim, levando-se em conta a provável procedência. Depois de alguns copos, ele até passou a gostar do sabor.

— Mais um?

Carbo se virou e encontrou o dono da taberna à sua frente. Olhou para as quatro moedas de bronze em cima do balcão ao lado de sua mão esquerda. Eram tudo o que sobrara dos dois denários que Paccius lhe havia entregado. Ele concordou, arrotando lentamente. Pelo menos tivera o bom senso de pagar seu aluguel primeiro.

— Por que não?

Em um piscar de olhos, seu copo de argila voltou a ser cheio; uma das moedas também desapareceu.

Carbo assentiu em agradecimento antes de tomar um grande gole. Pensou em seu dia pela milésima vez. O que dera errado? O plano de ficar perto de sua antiga casa a princípio tinha parecido bom. Excelente, na verdade. Queria ver Paccius, trocar uma palavra com a única pessoa no mundo que ainda tinha tempo para ele. Isso dera certo. O samnita havia aparecido pouco antes do meio-dia, saindo da casa para cumprir uma tarefa. Carbo o alcançou na rua seguinte, e eles tinham caminhado até o fórum de Cápua juntos.

Naturalmente, Paccius não tinha nenhuma notícia dos pais dele, mas pôde contar a Carbo sobre tudo o que estava acontecendo. Que seu novo senhor, o agente de Crassus, não parecia muito ruim — por enquanto. Carbo sentiu-se alegre pelo samnita, e pelos outros escravos da casa, de quem ele gostava. Mas ficou arrasado quando Paccius colocou as duas moedas de prata em sua mão.

— Você precisa delas mais do que eu — dissera ele. Para a vergonha sem fim de Carbo, ele aceitou as moedas. Dizer adeus a Paccius foi ainda mais dolorido do que da primeira vez, quando saiu de casa antes de seus pais acordarem. "Peguei dinheiro de um de meus escravos." Sua tentativa de entrar para o exército também tinha sido desastrosa. O centurião com quem ele havia conversado exigiu uma prova de que tinha 17 anos. Carbo gaguejou, dizendo que seu aniversário não estava muito longe.

O oficial disse gentilmente para ele voltar com a papelada no momento certo. Claro que não seria possível, já que seu pai estava com todos os documentos da família. "É tudo culpa do maldito Crassus." Ele virou o copo e o bateu com força no balcão de madeira.

Ao escutar o impacto, o dono do local voltou a aparecer.

— Mais um?

— Por que não? — rosnou Carbo. — Não tenho mais nada a fazer. Um instante depois, ele tinha mais um copo cheio de vinho e apenas duas moedas. Um pouco depois, só uma moeda e, em seguida, nenhuma. Carbo estava destituído mais uma vez. Antes de conseguir pensar nesse detalhe ruim, uma das prostitutas se aproximou e tentou se sentar em seu joelho. Carbo a afastou, irritado.

— Mesmo que eu quisesse, não tenho dinheiro.

— Você tem isso — ronronou ela, apontando para o broche na capa dele com a unha torta e suja. — Transo com você todas as noites durante uma semana se me der isto. Talvez até duas semanas, se você for bom. — Ela riu da própria piada.

— Esta peça vale mais do que a sua vida, sua meretriz doente — resmungou Carbo. — Deixe-me em paz.

Ela franziu o cenho.

— Quem disse que eu conseguiria transar com você? Essas cicatrizes afastariam qualquer um.

Carbo ergueu a mão, e ela se afastou, fazendo bico. No entanto, foi uma vitória triste. Assim que a prostituta se aproximou das amigas, começou a zombar e a apontar para ele.

— Pena você não ser um homem, caso contrário eu acabaria com você — resmungou ele, fazendo um gesto obsceno. Elas gritaram furiosas. Levantando-se com dificuldade, Carbo seguiu em direção à porta. "Quando minha sorte mudará?", refletiu ele com amargura. Ganhar dinheiro parecia impossível. Abriu a porta e saiu, trôpego. A rajada de vento frio que o atingiu lhe devolveu um pouco a razão. "Vou me sentir melhor depois de uma boa noite de sono." Tentando manter esse pensamento, ele passou por um caminho estreito e sem pavimentação. Apesar de estar tomado quase por uma completa escuridão, ele sabia o caminho de volta. Não era longe.

Um instante depois, a prostituta a quem Carbo havia rejeitado saiu correndo da taberna. Estava acompanhada por um homem mal-encarado. Os dois caminharam na direção dele.

A primeira coisa que Carbo percebeu foi o golpe pesado em sua nuca. A luz que explodiu em seus olhos veio acompanhada por uma onda de dor aguda, e ele desabou como um saco de areia. Caindo de cara na lama, sentiu o cheiro e o gosto ruins, mas estava fraco demais para reagir ou para conter os dedos que vasculhavam sua túnica à procura de uma bolsa. "Malditos!"

— Não perca seu tempo — disse a mulher, com uma voz estridente. — Ele não tem dinheiro, apenas o broche sobre o qual falei.

— Mas vale a pena checar — disse o homem. — Nunca se sabe o que se pode encontrar.

Carbo sentiu que estava sendo virado para o lado, e uma mão tocava seu ombro esquerdo.

— Não, não — balbuciou ele quando o tecido foi rasgado. Sua recompensa por ter falado foi um bofetão no rosto, que fez sua cabeça bater de novo na mistura de lama e dejetos humanos. Zonzo, atordoado, Carbo perdeu a força.

— Devo cortar sua garganta?

— Pode cortar — respondeu a mulher. — Para o caso de ele ter nos visto.

"Sei quem vocês são e os matarei se tiver a oportunidade", Carbo quis dizer, mas sua tentativa acabou se tornando um murmúrio ininteligível. Quando seu queixo foi erguido, ele ficou tenso à espera da lâmina. "Que maneira horrorosa de morrer."

Uma janela foi aberta, rangendo. Um instante depois, uma chuva de urina e fezes caiu sobre os três. A mulher gritou.

— Que Hades leve sua alma! — gritou o homem. — Que filho da puta fez isso?

— Fui eu, Ambrosius, o veterano — respondeu alguém. — E agora, vou sair com três de meus escravos. Estamos armados com espadas e lanças.

Carbo sentiu o peso em seu peito ser aliviado quando o valentão se afastou.

— Chega. Não vou morrer apenas para matar este idiota.

— Deixe-o — murmurou a mulher. — Ele deve morrer de qualquer modo.

Vagamente, Carbo escutou os passos se afastando. Tentou se mexer, mas seus membros pareciam não lhe obedecer. Ouviu uma porta se abrir e, então, o brilho alaranjado de uma lamparina a óleo adentrou a escuridão.

Um rosto preocupado e ruborizado surgiu à sua frente.

— Você está vivo?

— Acho que sim. Minha cabeça dói demais.

— Acredito que sim — respondeu Ambrosius. — Escutei o barulho do golpe de dentro do meu quarto. — Carbo tentou se sentar, mas Ambrosius o empurrou para que permanecesse deitado. — Espere. — Passou os dedos na lateral da cabeça e na nuca de Carbo. — Não sinto nada quebrado. Você vai ficar bem — disse ele, com satisfação. — Segure minha mão.

Carbo obedeceu, e sentiu-se ser erguido. A lama fez um barulho quando ele foi levantado, e suas narinas foram de novo tomadas pelo odor fétido de toda a sujeira que o envolvia. Não se importou.

— Eles levaram meu broche. Era a única coisa de valor que eu tinha. — Ele fez um movimento, como se quisesse ir atrás dos ladrões. — Preciso pegá-lo de volta.

O braço forte de Ambrosius o impediu.

— Eu não faria isso. Fique feliz por não ter um rasgo na base de seu pescoço.

Seu escravo assentiu, concordando.

A realidade tomou conta de Carbo. Era melhor estar no meio da merda, mas vivo, do que estar morto.

— Certo. Obrigado pela ajuda.

— Não se preocupe. — Ambrosius enrugou o nariz e deu um passo para trás. — Pelos deuses, você está fedendo. Tem banheiro em casa?

O orgulho de Carbo falou mais alto.

— Sim, sim — mentiu ele.

— Ótimo. Entenda que não posso acompanhá-lo — disse Ambrosius. — Quanto ao meu escravo, só tenho ele... — Envergonhado, ele se calou.

— Está tudo bem. Você fez mais do que a maioria das pessoas faria, saindo na rua no meio da noite. Conseguirei encontrar o caminho de volta. — "Para onde?", pensou ele com raiva.

— Tome isto. — Ambrosius entregou a ele a lamparina e seu gládio enferrujado. — Terá mais chance de sucesso com estes objetos.

— Mas...

— Eu insisto. Se quiser, devolva-os a mim de manhã. Minha casa é aquela ao lado do açougue. Como sabe, meu nome é Ambrosius.

— Obrigado — agradeceu Carbo, aceitando a lamparina e a espada. — Voltarei amanhã.

— Excelente! Minha esposa não terá motivos para reclamar se eu convidá-lo para um copo de vinho.

Deixando Ambrosius e seu escravo voltarem para dentro, Carbo partiu. O fim do breve contato com uma pessoa decente alimentou a ira que sentia. Agora, ele teria que voltar a seu cômodo, onde ninguém se importava se ele estava vivo ou morto. Onde a velha o manteria acordado a noite toda com sua tosse. E não podia nem mesmo tomar um banho antes de se deitar. O local não tinha água corrente, por isso ele teria que dormir imundo até a manhã, quando seria seguro sair e os banhos públicos estariam abertos. Carbo queria que o casal que o atacou aparecesse de novo. "Eu cortaria os dois em pedacinhos."

Claro que nada aconteceu. Ele continuou caminhando.

Então, na luz trêmula lançada pela lamparina, algo chamou sua atenção. Ele parou e olhou para a parede de gesso à esquerda. Nela, alguém havia rabiscado uma série de desenhos rudimentares. Inclinou-se e viu um par de pequenos desenhos, quase infantis, representando dois homens lutando um contra o outro e, dos dois lados, conjuntos de letras cursivas. Leu os nomes dos gladiadores e os elogios feitos a eles. "Hilarus, o trácio, nunca foi derrotado, saiu vitorioso em 15 lutas, e Attilius, o samnita, o mais forte de seu grupo, assassino de quatro homens." A esperança e uma certa excitação se misturaram no coração de Carbo. Ainda lhe restava um caminho. Podia ser um caminho tomado pelos mais baixos, por criminosos, por prisioneiros de guerra e escravos, mas, às vezes, por um cidadão. Ele podia se tornar um auctorato, um gladiador. Se tivesse sucesso, as recompensas financeiras poderiam ser grandes.

A ideia o deixou animado. Apesar de tudo o que havia acontecido naquele dia, parecia um sinal dos deuses.

Spartacus despertou antes do alvorecer por causa do frio. Seu cobertor havia escorregado no meio da noite. Puxando-o até o queixo, ele treinou o ouvido para os barulhos do começo da manhã, que vinham de fora. O cacarejo estridente de um galo na horta do ludo, que ele vira do lado de fora dos muros grossos. O bater da ponta de uma espada nas barras das celas dos gladiadores. A voz anasalada de Phortis acordando-os. O som dos pés dos homens no chão de concreto. Gargantas pigarreando. O barulho característico de cuspes. E além do ludo, onde ficava o mercado de Cápua, o burburinho da vida normal: as vozes de padeiros, açougueiros e outros comerciantes. Da Via Appia, próxima dali, vinham os gritos de boas-vindas aos viajantes, o ranger de carroças misturado às passadas de bois e o relincho irritado de mulas. Era algo muito comum e muito parecido com a Trácia. Spartacus detestava tudo aquilo. Odiava. "A liberdade estava tão perto", pensou com amargura, "e tão longe." Em outro mundo. Quem imaginaria que depois de anos servindo aos romanos, ele acabaria como a escória? "Um maldito gladiador." Ele pensou em Kotys e fez uma careta. "Pelo menos, estou vivo."

Clack, clack, clack. Bem naquele momento, a arma de Porthis bateu nas barras da janela de sua cela. Em seguida, ouviu-se o som metálico de uma chave destrancando a porta.

— Saia de cima de sua mulher, latro! Venha para fora enquanto o mingau está quente.

— Maldito romano imundo. — O sussurro de Spartacus foi um reflexo.

— Você me ouviu, latro?

— Sim, ouvi. — Ele se sentou.

— Ótimo. Hoje, veremos que tipo de guerreiro você será. — Phortis se afastou.

Spartacus fez uma careta.

— Sobre ontem à noite... — começou Ariadne.

Ele a olhou e percebeu que ela desejava fazer as pazes.

— Eu não devia ter respondido daquela forma — disse ele. — Apesar de ter pegado a criatura, eu ainda estava assustado.

— Eu devo pedir desculpas. É a minha serpente, e é minha responsabilidade mantê-la dentro do cesto. — Ela fez uma pausa, sem jeito. — Então, peço desculpas.

— Vamos esquecer isso e seguir em frente.

— Tudo bem. — Sentindo-se melhor, ela sorriu.

— Você fica muito melhor assim do que com a cara emburrada.

"Ele gosta de mim!" Feliz, mas também envergonhada, Ariadne procurou pensar no que diria.

— Acha que eles o tomarão como que tipo de guerreiro? — perguntou ela.

— Trácio, acredito — respondeu Spartacus, levantando-se. — Vou descobrir em breve. O que você vai fazer hoje?

— A primeira coisa será limpar este quarto direito. Só os deuses sabem quando isso aconteceu pela última vez — disse ela, em tom de reprovação. — Depois, quero encontrar algo que sirva de altar para minhas estátuas. Se conseguir, também vou conversar com as mulheres que vivem aqui. Para saber como é a vida aqui.

— Tome cuidado. Mantenha distância dos banheiros e banhos, a menos que esteja acompanhada por muitas mulheres — alertou ele.

— Não se preocupe. — Ela apontou para o cesto. — Ela vai comigo para todo lugar.

— Ótimo.

Ela assentiu.

— Cuide-se.

A mudança repentina dela fez Spartacus sorrir.

— Pode deixar.

Ele abriu a porta e saiu.

Desconcertada, Ariadne ficou aliviada por ele não ter percebido seu rosto corado.

Os recém-chegados mal tinham acabado de comer o mingau quando, acompanhados por Phortis, os treinadores que supervisionavam as diferentes classes de guerreiros chegaram à procura deles. Cada um dos três homens de meia-idade e rosto sério estava armado com uma clava, um açoite ou ambos. Todos eles eram ex-gladiadores que tinham ganhado a liberdade do jeito mais difícil, vencendo a rudis.

Levados para o pátio, sob o coro de gritos de outros internos, os 15 homens foram alinhados lado a lado. Spartacus, Getas e Seuthes estavam no fim da fila, longe de Phortis, que começou os trabalhos. Fez diversas perguntas ao primeiro homem, um dos guerreiros pônticos, exigindo saber sua idade, sua antiga ocupação e sua experiência em combates. Os treinadores escutaram com atenção às perguntas feitas num latim sofrível. Em pouco tempo, o homem recebeu a ordem de se aproximar daquele que lhe ensinaria coisas como a um trácio. O prisioneiro seguinte foi escolhido para lutar como um gaulês, e o seguinte, como um samnita. Aos poucos, Phortis foi avançando na fila. Os outros trácios sorriram quando foram escolhidos para atuar na arena representando seu povo. Ao ouvir isso, as expectativas de Spartacus cresceram. Haveria orgulho em lutar como fizera na vida real.

— Ah. O latro — disse Phortis. Ele sorriu quando Spartacus ficou sério. — Este é um trácio também — explicou ele aos treinadores. — Idade?

— Trinta.

— Ocupação?

— Sou guerreiro desde os 16 anos. Foi quando matei meu primeiro homem — explicou Spartacus. — Ele era um pouco parecido com você.

— Rá! Você é um assassino de verdade, não? — Phortis ergueu a sobrancelha, rindo. — Você também tem experiência militar?

— Já lutei em todas as campanhas desde que cheguei à fase adulta. Em oito delas, servi aos romanos como cavaleiro. Já perdi a conta das lutas e disputas nas quais me envolvi, e já participei de pelo menos seis grandes batalhas.

— Matou algum homem? — perguntou um dos treinadores.

Spartacus olhou nos olhos dele.

— Perdi a conta depois de vinte. Pelo menos metade deles eram romanos.

O treinador resmungou, evasivo.

— Não acredito em você — desafiou Phortis.

— É verdade. Quantos você matou? — questionou Spartacus. Ficou contente quando Phortis balançou um punho diante de seus olhos. Também viu o sorriso no rosto de dois treinadores. "Ótimo. Peguei você, seu puto infeliz."

— Já matei muitos, seu insolente! Homens mais cascas-grossas do que você!

"É mesmo? Duvido."

— Ele se dará bem como trácio. Vou ficar com ele — disse o treinador baixo com barba bem-desenhada. Seus companheiros murmuraram concordando.

— Não, não vai — respondeu Phortis. — Ele não vai lutar como trácio.

— Por que não?

— Porque Batiatus disse que não — respondeu Phortis, satisfeito. — O cachorro é arrogante demais. Vai agir de modo inadequado. A mesma coisa se aplica a seus dois amigos.

— Fico com ele, então. Com os outros também — disse o terceiro treinador, que parecia um gaulês.

Phortis deu de ombros.

— Tudo bem.

O treinador não ouviu nenhum protesto e olhou para Spartacus, Getas e Seuthes.

— Venham aqui.

Spartacus não conseguiu se controlar.

— Mas...

Em um piscar de olhos, Phortis havia puxado a clava curta de seu cinto. Com um movimento forte, golpeou a cabeça de Spartacus.

— Obedeça!

Cego de dor, Spartacus ainda assim conseguiu dar um passo à frente. Porém, foi impedido, por Getas e Seuthes, de atacar Phortis. Eles o seguraram pelos braços.

— Deixe passar — chiou Getas. — Ele vai matar você.

Phortis observava ansiosamente.

"Atacá-lo dará ao cão o que ele quer." Spartacus respirou fundo e relaxou.

— Certo, lutarei como um gaulês.

— Você ouve seus amigos. Que bom. — No entanto, Phortis não soube esconder sua decepção. — Continue assim e pode ser que sobreviva. — Ele olhou para os treinadores. — Deixarei vocês cuidando disso. Tenho certeza de que têm muito a ensinar a esses filhos da puta.

Amarantus, o instrutor de Spartacus, era um gaulês de uns quarenta verões. Apesar de ter nascido um guerreiro livre, ele lhes contou como decidiu servir como treinador depois de ganhar sua rudis. Sua primeira ordem foi para que os quatro homens escolhidos lutassem uns contra os outros com escudos pesados e espadas de madeira. Colocou Spartacus contra um dos citas, e Getas e Seuthes um contra o outro.

— Lutem até um ser desarmado ou receber um ferimento "mortal" — gritou ele. O oponente de Spartacus era forte e resistente, mas não tinha a mesma habilidade que ele. Em pouco tempo, Spartacus havia derrubado a espada da mão do cita e encostado a ponta da sua na garganta dele. Amarantus assentiu satisfeito e permitiu que eles descansassem enquanto os amigos de Spartacus continuavam como dois possuídos. Seuthes venceu, fazendo Getas tropeçar e o "finalizando" com um golpe no peito.

— Isso me mostra se vocês são bons ou não com armas — declarou Amarantus. — Agora, vamos ver se têm condicionamento físico ou se são os fracotes que parecem ser. — Ele mexeu o braço, indicando o perímetro do pátio. — Vinte voltas, correndo. Quem parar antes disso ganha dez chicotadas. Se parar uma segunda vez, darei vinte. Uma terceira vez, trinta. Entendido?

Enquanto Spartacus corria, observou os gladiadores que também treinavam. O pátio estava repleto de homens correndo como eles ou lutando. Outros levantavam peso. Mais alguns usavam lanças e espadas de madeira ou atacavam vigas fincadas no chão. Um infeliz estava sendo açoitado por seu treinador irado, sendo observado pelos companheiros.

Spartacus estava contente porque a viagem para a Trácia não havia lhe cansado muito. Apesar de a comida não ser muito boa, ele havia perdido pouco peso e preparo físico. Vinte voltas estavam dentro de sua capacidade, e da de Getas e Seuthes também. O cita também tinha bom preparo. Amarantus resmungou satisfeito quando eles se aproximaram, com os rostos pingando de suor.

Carbo havia chegado a seu cômodo sem problemas. A sensação foi de vingança quando seus passos no chão de madeira rangente acordaram a vizinha. A sensação boa logo desapareceu quando a tosse começou, mas Carbo estava exausto e sua cabeça doía demais para insultá-la. Sem se importar com a imundície pastosa que cobria seus cabelos, costas e pernas, ele se ajeitou no colchão e se cobriu com o cobertor puído. Algum tempo depois, adormeceu. Felizmente, não teve sonhos.

Acordou com o frio de mais um dia cinzento e permaneceu deitado, com dor de cabeça, perguntando-se se a vida de gladiador seria a melhor escolha. Pensara naquilo por muito tempo, imaginando que não seria durão o suficiente para o mundo brutal do ludo. No entanto, Carbo não conseguia vislumbrar outro caminho. Por fim, o mau cheiro que cobria seu corpo todo fez com que agisse. Nos banhos públicos duas ruas acima, conseguiu esmolar o preço da entrada com um senhor gentil. Carbo nunca foi muito afeito a banhos, nem valorizara o fato de ter crescido com o luxo de ter água corrente em casa. Quando se limpou, o problema da túnica e das roupas de baixo sujas se tornou muito maior. Vestido com o pano de se secar fornecido pelo funcionário da casa de banho, Carbo foi para a rua, onde lavou as roupas na fonte pública que ficava ao lado. Já vestido com as roupas encharcadas, encarou quem zombava dele. Em seguida, foi à casa de Ambrosius, e devolveu a lamparina e o gládio ao mesmo escravo que ajudara a salvá-lo na noite anterior. Recusando o convite para entrar e conhecer o veterano, Carbo seguiu direto para o ludo da cidade, que ficava ao norte da fronteira.

Agora que havia chegado aos portões, sua coragem ameaçava abandoná-lo. Ficou ali calado, olhando para as grossas barras de metal que cruzavam as portas de madeira e as muralhas altas. O ludo parecia uma prisão. Do lado de dentro, ele escutava gritos e o bater de armas. Era bem assustador.

— O que você quer?

Carbo olhou para o guarda, um homem moreno que levava uma lança e um escudo. Um capacete puído escondia a maior parte de seu rosto, tornando a pergunta ainda mais intimidadora.

— Vim oferecer meus serviços como auctorato.

— Você? Um auctorato? — As três palavras escondiam um forte desdém.

Carbo manteve o olhar firme.

— Sim.

— Sabe usar uma espada ou lança?

— Uma espada, sim.

— É mesmo? — perguntou o guarda, sarcástico.

— Sim, é verdade, seu idiota — rebateu Carbo. Apesar de todos os seus fracassos, era muito superior àquele homem na escala social. — Exijo falar com o lanista.

O guarda hesitou diante de tamanha determinação.

— De que me importa se você quer morrer? — Ele bateu na madeira com as falanges. — Abra!

Com um ranger alto, um dos portões começou a se abrir.

Carbo sentiu o estômago embrulhar, mas se manteve firme.

"Fique comigo, Júpiter, Grande e Melhor de todos."

CAPÍTULO VI

Com um rangido alto, o portão principal do ludo se abriu. Isso foi o bastante para atrair a atenção da maioria dos gladiadores. Os treinadores também não ficaram imunes. Um guarda se aproximou, seguido por um homem alto em uma túnica que já tinha sido bela. Assim que entraram, o portão foi fechado com uma batida forte.

— Alguém à procura de guerreiros? — pensou alto Getas.

— Não — respondeu Spartacus. — É só um garoto. Não deve ter mais de 18 anos.

— Veja como ele se comporta. Deve ser de uma boa família.

— As roupas dele estão encharcadas — observou Spartacus. — Que estranho.

O jovem foi levado escada acima, para os aposentos de Batiatus. Teorias divergentes sobre o motivo de sua visita ao ludo corriam entre os gladiadores em posição.

— Voltem ao trabalho — ordenou Amarantus. — Mexam-se, seus preguiçosos. Não temos o dia todo.

— Atenção! — A voz de Phortis ressoou como uma chicotada.

Spartacus olhou para cima e viu o capuano na varanda ao lado do homem que fora levado para cima. O jovem tinha a pele amarelada, e um rosto magro e cheio de marcas.

— Esse jovem se chama Carbo — disse Phortis. — Ele perguntou a Batiatus se pode entrar no ludo como um auctorato.

— Parece que ele ainda não desmamou! — gritou um guerreiro.

— Esse rapaz é muito pequeno — gritou outro. — Ele se partiria em dois se fosse atingido com força.

Carbo ouviu comentários irônicos pelo pátio e corou de raiva.

— Por que ele está aqui? Ele fodeu a amante do pai? — perguntou Crixus.

Um burburinho de interesse substituiu o riso do gladiador. Era raro, mas não impossível, que um cidadão se unisse ao grupo para ganhar dinheiro. Alguns se uniam pela emoção, pelo gosto do perigo que nunca poderiam experimentar em outras situações. A maioria, no entanto, entrava no ludo sob uma nuvem negra. Às vezes, era porque tinham infringido a lei de certo modo, mas, com frequência, eram as dívidas de jogo que os levavam até ali.

Acima deles, Phortis riu.

— Não foi isso. Ou, pelo menos, é o que ele diz. Eu não quis perguntar mais do que ele me disse.

— O que é, então? — perguntou Crixus. — Perdeu todo o dinheiro em corridas de carroça?

Carbo se irritou.

— Não é da sua maldita conta.

— Um assunto delicado, não? — rebateu Crixus, encarando-o.

— Vá se danar — respondeu Carbo.

— Desça aqui e diga isso de novo — gritou Crixus. Devido ao pedido de Carbo para entrar no ludo, a enorme diferença de status entre eles significava muito pouco, e ele sabia disso.

Carbo blasfemou em voz baixa.

"Por que não fiquei de boca fechada? Acabei de irritar um cara grande como Hércules. Mesmo que, por milagre, eu vença, ele vai querer me matar."

— Antes de aceitá-lo, Batiatus deseja julgar a habilidade de Carbo com as armas — disse Phortis em voz alta. — Preciso de um voluntário que lute um ou dois *rounds* com ele. — Ele sorriu ao escutar a reação dos homens diante de suas palavras. — Com espadas de madeira. Sei como vocês são. Caso contrário, Carbo passaria seu primeiro mês aqui na enfermaria. Quem está interessado?

Pelo menos metade dos homens no pátio deu um passo à frente com as mãos levantadas. Spartacus olhou para eles, divertindo-se. Derrotar um nobre, principalmente um nobre encharcado e abatido, era a última coisa que passava por sua cabeça. No entanto, para a maioria, a ideia era bem atraente, mesmo que fosse apenas com uma arma de lâmina cega.

Phortis olhou para baixo em silêncio, observando os guerreiros.

Crixus estava ocupado sussurrando para todos os gauleses próximos.

— Para trás! Abaixem as mãos! Esta luta é minha. — Com olhares ressentidos, alguns de seus compatriotas obedeceram. Cansados de se oporem, outros gladiadores fizeram a mesma coisa, mas muitos o ignoraram.

— Parece que alguns querem lutar mais do que os outros — disse Phortis, lançando um olhar sarcástico a Carbo.

— Tudo bem — disse Carbo. — Não me importo. — E ele de fato não se importava. Não tinha mais ideias, apenas uma: passar no teste para ser aceito.

— Nesse caso — disse Phortis, com um tom suave —, você não se importará se... — Ele olhou para Crixus antes de seguir em frente, apontando para Spartacus. — ...um recém-chegado ainda não testado na arena tiver a honra de recebe-lo no ludo?

Carbo observou o trácio. Apesar dos comentários depreciativos, Spartacus tinha um corpo robusto, e parecia saber se portar. Carbo sentiu o estômago revirar.

— Vamos acabar logo com isso — disse ele, tentando parecer confiante.

Spartacus conseguia sentir a ira de Crixus a vinte passos dele. A raiva correu por suas veias. Phortis havia feito isso de propósito, não para ver Carbo apanhar, mas para colocar o gaulês contra ele — como se isso fosse necessário, depois do que acontecera na noite anterior. Contraiu a mandíbula. Não havia nada que pudesse fazer sobre isso agora.

— Aonde devo ir?

— Siga-me — disse Amarantus, e caminhou para o centro do pátio. Os guerreiros já estavam reunidos ali. Spartacus e seus companheiros o acompanharam, assim como o cita. Eles passaram pelas pessoas e foram até as cordas na altura da cintura que formavam o perímetro da área.

— Entre — disse Amarantus, erguendo a corda.

Quando Spartacus entrou no pátio, sentiu uma pontada de ansiedade. Uma luta era sempre uma luta.

— Quem vai apoiar Carbo? — perguntou alguém. — O rapaz parece fraco, mas não teria entrado aqui se não conseguisse se cuidar.

Olhando ao redor, Spartacus reconheceu Restio, que o vira matar o gaulês. "Então ele é um apostador também."

— Quais são os números? — perguntou um alemão.

— Vinte contra um.

— Vale a aposta. — O sorriso do alemão foi maligno. — Aposte cinco denários.

Começou um burburinho, e todos apostavam ainda mais no recém-chegado. A negociação de Restio só foi interrompida pela chegada de Phortis e Carbo no quadrado. O capuano tinha duas espadas embaixo do braço. Mandando Carbo tirar a túnica e as sandálias, ele posicionou os dois a dez passos de distância um do outro.

Spartacus olhou com seriedade para Carbo, que, surpreendentemente, ficou encarando-o.

Quem observava via o peito e os braços definidos do romano.

— Tem certeza em relação à aposta? — perguntou o alemão.

— Em comparação a Spartacus, ele parece uma galinha desgovernada — disse Restio, com desenvoltura. — Espere e veja.

Em seguida, Phortis jogou uma arma para cada um: para Spartacus, um gládio, e para Carbo, uma sica. Spartacus segurou a arma como se fosse uma namorada, desejando receber a outra espada. Desacostumado com o peso da sica de madeira, Carbo mexeu a sua, de um lado para o outro. "Pena que não treinei mais com Paccius."

— Capacetes e escudos! — ordenou Phortis.

Houve um breve intervalo até os dois escravos aparecerem. Um deles levava um *scutum*, enquanto o outro tinha um escudo pequeno e quadrado e um capacete frígio. Um foi em direção a Spartacus, e o outro, a Carbo. Entregaram os itens e caminharam para um lugar seguro.

Phortis olhou para a varanda, onde Batiatus aguardava o início do combate. Um silêncio tenso tomou conta do pátio.

— A luta terminará quando um homem for desarmado ou reconhecer a derrota — explicou o lanista. — Comecem!

Phortis saiu do caminho, e Spartacus foi na direção do oponente, trotando.

Naquele momento, Ariadne escutara o que estava acontecendo. Usando um banco como apoio, ela espiou pela janela do cômodo. "Que termine logo", pediu ela. "Proteja Spartacus."

Carbo tinha noção de que não deveria enfrentar o ataque de Spartacus de frente e, com um ágil movimento dos pés, foi para o lado. Instantaneamente, foram ouvidos gritos. Spartacus se virou e foi atrás dele a uma velocidade mortal. Alcançou-o em seis passadas. Batendo o escudo no do outro, lançou o gládio diretamente no rosto de Carbo. A cabeça do romano virou para o lado, e a ponta da espada de madeira passou pela lateral de seu capacete.

A reação rápida de Carbo surpreendeu a todos, principalmente Spartacus. Apesar de Carbo ter se retraído, usou a lateral do escudo, levando a ponta de sua arma à barriga de Spartacus. O trácio se curvou de dor, mas foi rápido ao usar o escudo e recuar. Mesmo assim, Carbo o atacou como um cão ataca um rato. Desferiu uma série de golpes, mirando a cabeça de Spartacus. "Talvez eu possa vencer!"

— Não! — gritou Ariadne, horrorizada. Era fácil pensar que o ataque era real.

Alguns homens começaram a torcer por Carbo.

— Quais serão as apostas para o romano agora? — perguntou o samnita.

Restio retomou a pose de apostador.

— O recruta está perdendo seu tempo. Todo mundo sabe que os crânios dos trácios são incrivelmente fortes. Spartacus provavelmente nem percebeu que o Carbo está batendo nele. — Ele sorriu quando os homens ao seu redor caíram na gargalhada.

Spartacus não escutou a conversa. Estava concentrado em recuperar o fôlego, que fora roubado pelo primeiro golpe de Carbo. Assim que o ataque do jovem romano se tornava mais lento, Spartacus atacava como uma serpente. Rápido e letal. "Acabe com isso de uma vez por todas."

Ao se dar conta de que seu ataque estava tendo pouco efeito, Carbo abaixou o braço direito. Tentando repetir o sucesso de antes, fez um movimento em direção ao abdome de Spartacus. Mas dessa vez, o trácio estava preparado: com um forte toque lateral do escudo, afastou a arma de Carbo. No mesmo instante, Spartacus atacou a cabeça do rapaz. Seu gládio bateu e produziu um som alto e metálico, e Carbo tombou para trás, com a visão turva e um grande amassado no capacete de bronze.

"Tome isso, seu idiota", pensou Spartacus.

Muitos dos gladiadores gritaram. Ariadne se uniu a eles.

Carbo ajeitou o capacete e balançou os ombros. "O que em Hades eu deveria fazer agora?" Não havia como derrotar Spartacus. "Mas ainda assim posso impressionar Batiatus."

— Acabou — anunciou Restio, satisfeito. — Por que se incomodar com técnicas quando a força bruta resolverá?

Spartacus partiu em direção ao oponente.

— Está pronto para se entregar?

Carbo ergueu a espada e o escudo com determinação.

— Não — respondeu ele, com a voz abafada pelo capacete. "Júpiter, me ajude."

— Não seja tolo — resmungou Spartacus baixinho.

— Que se dane. — Carbo também não se afastou, nem largou a arma. Em vez disso, deslizou os pés descalços na areia, movendo-se em direção a Spartacus com o mesmo ânimo que mostrara antes. No entanto, não tinha noção de como o trácio era perigoso.

Lançando-se para a frente, Spartacus afastou Carbo com a mesma facilidade com que espantaria uma mosca. Ao abaixar o ombro direito, bateu o escudo no do outro, e Carbo caiu no chão. Spartacus avançou e apontou a espada para a ponta do capacete de Carbo.

— Desista!

Carbo balançou a cabeça. "Batiatus precisa ver que não sou covarde."

— O que ele está fazendo? — perguntou Restio. — O tolo quer morrer?

Spartacus suspeitou do motivo de ele não se entregar. "O orgulho não permite. Às vezes, a morte é melhor do que a desonra."

— Desista! — repetiu ele.

Mais uma vez, Carbo balançou a cabeça, recusando-se.

— Acabe com o idiota! — gritou Crixus.

— *Iugula! Iugula!* — gritaram muitos dos gladiadores. — Mate-o!

Spartacus olhou para a varanda. Não havia mais sinal de Batiatus. Phortis apenas deu de ombros. Não se importava se Carbo viveria ou não.

O rugido de "*Iugula*" cresceu até os muros do ludo tremerem.

Spartacus olhou ao redor e viu o desejo de sangue dos guerreiros. Sentiu a mesma coisa. A decisão era dele. Sua força e a proximidade do ataque significavam que, mesmo com uma espada de madeira,

Carbo corria grande risco de morrer. Seu coração endureceu. "É minha culpa? O tolo tivera duas chances, e recusou ambas." Se não seguisse adiante agora, os outros gladiadores o veriam como fraco. "Afinal, ele é só um maldito romano." Com um rosnado, Spartacus afastou o braço direito.

De repente, Carbo notou que talvez tivesse levado as coisas longe demais. Contraiu a mandíbula aceitando seu destino com amargura.

— Não — sussurrou Ariadne. — Não pode matar um homem desarmado.

— *Iugula! Iugula!*

Com o olho esquerdo fechado, Spartacus mirou na parte funda na base do pescoço de Carbo. Se enfiasse a espada de madeira com força ali, *mataria* o romano. "Que seja."

— Espere! — berrou Batiatus em meio à gritaria.

Spartacus quase não escutou. Apenas tentou se controlar. Confuso, estreitou os olhos na direção do lanista.

— O que você acha que está fazendo?

— Ele não se rende — respondeu Spartacus. — E Phortis não disse que eu não podia...

Batiatus aproximou-se do capuano.

— Idiota! Saio da varanda por um minuto e é isso o que acontece? Por que não encerrou a disputa? Carbo lutou bem o bastante para um *tiro*, um novato. Pode ser inexperiente, mas não vai me servir se estiver morto, não é?

— Não, senhor — murmurou Phortis. Lançou um olhar vingativo a Spartacus.

— Afaste-se dele — ordenou Batiatus.

Spartacus obedeceu.

Ariadne sentiu uma onda de alívio. O romano viveria. Ela olhou para Spartacus de novo, sentindo-se surpresa e um pouco temerosa. "Pelos deuses, ele é corajoso."

O romano se sentou devagar. "Obrigado, Júpiter."

— Não achei que você lutaria tão bem, Carbo. Mas sua inexperiência também ficou clara. Você tem muito a aprender — disse o lanista. — A primeira coisa é que será bem-sucedido se for brigar pensando que vai morrer, terá sucesso. — Ele sorriu com as gargalhadas que causou.

Carbo assentiu. Com esforço, tirou o capacete.

— Volte amanhã. Você receberá por ter entrado, e pode começar a treinar de uma vez. Meu advogado terá providenciado o contrato até lá. — Batiatus se virou e foi embora.

— A diversão acabou. Voltem ao treinamento! — gritou Phortis. Olhou de novo para Spartacus, mas o trácio o ignorou.

Carbo disse:

— Você ia me matar.

— Claro que ia, idiota. O que espera que eu faça se você não se rende? Que tente lhe convencer com uma conversa?

Carbo corou.

— Não. — "Não existe misericórdia neste mundo."

— Você foi um tolo por não ter se rendido quando eu o derrubei — disse Spartacus com seriedade, sentindo uma pontada de remorso. "Ele é só um garoto."

— Agora eu entendo. Eu estava tentando... — Carbo hesitou.

— Morrer? Não precisa vir aqui. Por que não se joga na frente de carroças numa corrida? Ou de uma ponte, num maldito rio?

— Não é isso. Eu queria provar a Batiatus que sou corajoso — explicou Carbo.

— É? — perguntou Spartacus. — Bem, você conseguiu. Mostrou muita habilidade também.

Carbo piscou, surpreso.

— Habilidade? — repetiu.

— Foi o que eu disse. Por que não usá-la?

Carbo olhou para Spartacus, que não desviou o olhar, e viu que ele não estava brincando. Ergueu o queixo.

— Certo. Vou usá-la.

— Ótimo. — "O romano teve humildade e também coragem", pensou Spartacus. Apesar do fato de a animosidade de Crixus e de Phortis em relação a ele ter aumentado, ficou feliz por não ter matado Carbo. — Fique de boca fechada. Escute o seu treinador. Observe homens como Crixus, o gaulês grandão. Aprenda a lutar. Se conseguir fazer isso, *pode ser* que ainda esteja vivo em seis meses. É tudo o que qualquer um de nós pode esperar.

— Obrigado.

Spartacus caminhou de volta para onde Getas e Seuthes estavam com Amarantus. De soslaio, percebeu que os outros gladiadores olhavam para ele com aprovação. "Excelente." Ao estar disposto a matar Carbo, ele havia feito a coisa certa.

Sem saber da política, Carbo olhou ao redor, procurando Phortis. Precisava perguntar se já podia ficar. Não fazia sentido voltar para seu cômodo, para onde o aluguel venceria de novo em uma semana. Poderia usar o dinheiro da admissão para pagá-lo, mas seria um desperdício. Ali, com um contrato, ele tinha direito a cama e comida. Porém, seria difícil. Alguns guerreiros já lançavam olhares lascivos para ele. Carbo ajeitou os ombros. "Que se danem. Vou ficar."

Ariadne também notou os olhares favoráveis lançados a Spartacus. Ficou surpresa com o orgulho que sentiu de repente. Seu marido estava fazendo um nome para si. "Sem dúvida este foi seu principal motivo de ele estar disposto a matar Carbo", pensou. O novo status dele tornaria a vida no ludo mais segura para ela também. Então, Ariadne viu Phortis olhando para ela, e seus medos voltaram. Ela estaria mais protegida dos gladiadores, pelo menos.

Nos dias que se seguiram, dois outros gladiadores brigaram com Spartacus. Ele havia partido para o ataque mortal nas duas brigas e surrou um dos homens, um núbio, até este ficar inconsciente, e o outro, um alemão forte, até este pedir misericórdia. Depois disso, foi como se Spartacus tivesse passado em algum tipo de teste. Os guerreiros começaram a abrir caminho para ele. Logo depois, ele foi abordado por vários trácios, que se aproximaram oferecendo aliança. A aproximação deles foi muito bem-vinda. Spartacus havia percebido que a sobrevivência e o status no ludo dependiam do pertencimento a um grupo. Os desagregados do ludo, um grupo com homens de diversas nacionalidades, eram os únicos que não tinham um líder. Com Oenomaus, os alemães se organizaram em um bloco. Os samnitas eram leais ao carismático, mas perigoso Gavius. Até mesmo os brigões gauleses tinham Crixus, Castus e Gannicus. Três facções em vez de uma, porém todas eram mais fortes do que os dez grupos ou mais de trácios que tinham se formado aos poucos.

Assim, Spartacus ficou contente com a lealdade dos guerreiros. Saber que eles o tinham como líder lhe dava uma boa sensação, como quando ele recrutara grupos de guerra na Trácia. Era só um começo, mas, ainda assim, um começo. Certamente era melhor do que esperar para ser morto na arena. Apesar de a notícia de que Ariadne era uma sacerdotisa fazer com que os homens a olhassem com mais reverência, isso não significava que ela estaria segura. O número maior de aliados era um sinal de que ele poderia cuidar para que ela fosse vigiada com mais atenção. Também significava que Crixus, que ainda queria briga, manteria distância. Spartacus sabia que estava postergando o inevitável, mas quando fosse o momento de atacar o grande gaulês, ele queria que fosse do seu jeito.

— Normalmente, o general que escolhe o campo de batalha vence a luta — costumava dizer seu pai. Assim, Spartacus se esforçava no treinamento, correndo pelo pátio e levantando peso muito depois de Amarantus tê-lo liberado. Apesar de Getas e Seuthes resmungarem, eles também se mantinham firmes no regime.

Uma noite, Spartacus ficou contente de encerrar as atividades. Graças às nuvens escuras e ameaçadoras que tomavam o céu, estava escurecendo mais cedo do que o normal. Um vento frio de outono soprava no pátio, penetrando sua túnica com facilidade. O suor que cobria seu corpo esfriava assim que se formava. Spartacus não queria ficar resfriado por causa de algumas voltas extras.

— Vamos parar por hoje — disse ele.

— Graças ao Cavaleiro — suspirou Getas, com o rosto vermelho. — Achei que você nunca diria isso.

— Para o banho? — perguntou Seuthes.

— Para onde mais? — Spartacus liderou o caminho.

Quando se aproximaram das portas dos banheiros, viu Carbo recolhido às sombras. O jovem romano estava vivendo no ludo, mas Spartacus não vira onde. Logo percebeu que Carbo não estava bem. Tinha um olho roxo, um corte no lábio inferior, e sua túnica tinha sido rasgada no ombro direito. A pele por baixo estava muito marcada. "Pobre infeliz."

— Venha aqui.

Carbo olhou para o lado, surpreso.

— Eu?

— Sim.

Carbo mancou pelo pátio, claramente sentindo dor.

— O que foi? — Ele esfregou as marcas escuras sob os olhos com uma das mãos. A outra permaneceu sob a túnica.

— Não está dormindo direito? É difícil aqui, não?

— Não estou reclamando — respondeu ele, sucinto.

— Sei que não está. Mas a questão é que você está sendo perturbado por homens maiores e mais fortes do que você.

Os olhos de Carbo brilharam e então mostrou a mão escondida sob a túnica. Nela, ele segurava um ferro.

— O próximo bastardo que se aproximar vai ganhar isto no peito.

— Você vai morrer, garoto. — Spartacus deu um passo adiante. — Por que não se une a mim?

Carbo ficou desconfiado.

— Por que você me pediria isso?

— Porque precisamos de bons guerreiros. — "Deixe o garoto manter seu orgulho." Spartacus sorriu e ergueu a túnica para mostrar a marca feita pela espada de Carbo. — E você, sem dúvidas é um.

Carbo sentiu suas preocupações diminuírem um pouco. Aquele homem durão tinha um certo respeito por ele, afinal.

— Eu gostaria de me unir a você.

— Ótimo. Vá ao banheiro, limpe-se. Pode ficar com Getas e Seuthes por enquanto. — Ele percebeu a desconfiança do rapaz. — Nenhum deles vai machucar você. Não é do feitio deles.

Carbo suspirou aliviado. Ele vinha dormindo — na verdade, cochilando —, na cela de Restio. Apesar de o ibérico não ter tentado nenhum abuso sexual, como outros fizeram, Carbo não confiava nele. Também não sabia o que pensar sobre Spartacus. Aquela oferta, no entanto, era melhor do que a de qualquer outra pessoa.

— Obrigado.

Spartacus esboçou um sorriso quando eles entraram no banheiro. "Mais um entra para o nosso grupo."

— Pelos deuses, saia de cima de mim! — murmurou Spartacus. Acordando ab-ruptamente, ele se sentou. Tirou a grossa túnica de lã e a jogou no chão. Não viu nada. Blasfemando, saltou para o canto mais distante da cela, onde olhou dentro do cesto de vime. Estava fechado. Proferiu mais uma maldição.

— O que você está fazendo?

Ele não respondeu.

Ariadne abriu um dos olhos, e depois o outro. "Pelos deuses, ele é bonito nu."

— O que foi?

— Nada. Volte a dormir — disse ele, voltando ao colchão.

A tensão em sua voz a assustou.

— Spartacus?

Ele não olhou para ela.

— Foi um sonho?

Ele assentiu.

— Um pesadelo? — perguntou ela, intuitivamente.

— Acho que sim. Não deve ser nada.

— Pode me contar. Talvez eu consiga interpretá-lo.

Silêncio.

Ariadne esperou.

Por fim, virando a cabeça, Spartacus a encarou.

— Você está preocupado.

— Sim. Foi terrível.

Ela arqueou as sobrancelhas como se fizesse uma pergunta.

— Você não vai esquecer esse assunto enquanto não descobrir, não é? — perguntou ele. — Estou começando a conhecer seu jeito.

— É mesmo? — O sorriso de Ariadne desapareceu quando olhou para o cesto. — Você sonhou com uma serpente.

Ele olhou para ela assustado.

— Sim.

— O que ela estava fazendo?

Spartacus levou as mãos ao pescoço e à mandíbula, envolvendo-os.

— A maldita estava enrolada aqui. Olhava dentro dos meus olhos.

— E você achou que era a minha serpente?

— Você se esqueceu daquela noite? — perguntou ele. — Gostaria que ela tivesse escapado dessa vez também. — Ele fez um gesto exagerado para o cesto.

— Você odeia a criatura — disse Ariadne, com calma. — Por que diabos ia querer que ela se enrolasse em seu pescoço?

— Porque, se isso tivesse acontecido, meu sonho não teria importância alguma. Agora... tudo parece um mau agouro. Uma mensagem dos deuses. E não é nada boa. — Spartacus fez o sinal contra o mal.

— Do que mais você consegue se lembrar? — Ariadne manteve a voz calma, contudo, por dentro, seu coração começava a acelerar. "Isso não é muito bom."

— Hum. — Os olhos acinzentados voltaram a ganhar foco. — Eu estava em um lugar deserto, com pouca coisa além de pedras ao redor. Talvez fosse o topo de uma montanha.

— Por que diz isso?

— Eu não conseguia ver nada além do céu ao meu redor, e o ar estava rarefeito, como na altitude.

— Eu estava com você? Ou Getas e Seuthes?

Ele franziu o cenho, concentrando-se.

— Não, eu estava sozinho.

— Mais alguma coisa?

Fez-se uma pausa.

— Eu estava carregando uma espada.

— De que tipo?

Os dedos da mão direita de Spartacus se fecharam e voltaram a se abrir.

— Era uma sica.

— Tem certeza? — perguntou Ariadne.

Ele assentiu.

"A visão só pode ter sido enviada pelos deuses." Ariadne se levantou em silêncio. Vestiu o roupão. Caminhando em direção ao local onde ficavam as imagens de Dionísio, ela se ajoelhou. Seus lábios começaram a se mover em oração. "Coloco-me em suas mãos como sempre, ó Grande. Peço uma explicação para o sonho de meu marido." Ela não recebeu uma resposta imediata, o que não a preocupava nem a surpreendia. Passou a respirar profundamente, preparando-se para entrar no estado de transe que sempre guiava sua compreensão a respeito das coisas arcanas.

Spartacus a observou com uma mistura de reverência e de suspeita. Ela havia colocado a única lamparina a óleo diante de dois pequenos entalhes. Os dois tinham uma imagem de Dionísio. Um deles o mostrava como um jovem sem barba cercado por mênades extasiadas, com suas mulheres como seguidoras; elas erguiam as mãos a ele em oferenda. A segunda estátua era de duas figuras, a primeira, uma divindade de barba e madura, vestida com uma longa túnica e com uma peça de pele sobre os ombros. A hera envolvia todo o seu corpo. A mão direita de Dionísio segurava a da outra figura, um senhor majestoso, que levava um cetro na mão esquerda. "Hades."

Spartacus estremeceu. Ficaria mais feliz sem uma representação do deus do submundo em seu quarto. Conseguia ver as mênades oferecendo carne fresca para Dionísio comer, mas ver Hades sempre o deixava perturbado. Mas, ainda assim, ele não tinha nada a ver com os modos de Ariadne. Com seus hábitos. Fazia parte de quem ela era. Como sempre, Spartacus não rezou para Dionísio, mas para sua divindade preferida, o Cavaleiro. Ao terminar o próprio pedido, Spartacus observou Ariadne num silêncio respeitoso.

O tempo passou.

Ele sabia que não devia interrompê-la. Ocupou-se de seus pensamentos, imaginando o sentido que o sonho podia ter. Ao fundo, percebeu que Phortis destrancava a porta e fazia suas provocações de sempre. Por fim — Spartacus não teve certeza de quanto tempo tinha se passado —, percebeu que Ariadne o observava.

— Você viu alguma coisa que possa explicar meu pesadelo?

Ela balançou a cabeça com pesar. "Também não consigo pensar em nada positivo para dizer."

— Entendo. — O terror que Spartacus sentiu quando a serpente se enrolou em seu pescoço voltara. Um momento antes, sua barriga estava roncando. Agora, ardia sem parar. "Então terminarei meus dias aqui, como um brinquedo para os romanos." Suspirando, ele vestiu a roupa de baixo, a túnica e, sobre eles, uma manta de lã. — Você vem? — perguntou ele, sem olhar para ela.

— Spartacus.

Ele olhou para Ariadne.

— Tente não se preocupar. Pode ser que seja revelado depois. — "Grande Dionísio, não falhe comigo. Eu imploro."

— Ou pode ser que não — respondeu ele, com amargura. — Posso ser morto a qualquer momento.

Ela se retraiu como se algo a tivesse atingido. "Não permita que o sonho dele tenha a ver com isso. A vida dele não pode acabar ainda. Pode?"

— Desculpe — disse Spartacus, sentindo remorso no mesmo instante. Não era preciso dizer a ela sobre os perigos que ele enfrentava.

— Também peço desculpas. — Ele se moveu na direção de Ariadne, mas, como sempre, foi impedido pela mão erguida dela. — Deixe-me. Devo tentar entrar em contato com o deus uma segunda vez.

— Mas já? — protestou Spartacus. — Não é muito cansativo?

— Eu avaliarei isso. — Sua resposta foi mais seca do que ela pretendia que fosse, porém, precisava daquilo para manter o controle. "Tenho que descobrir algo positivo para animá-lo."

Spartacus abaixou a cabeça, escondendo a preocupação. "Deixe-a. Não sou o senhor dela. Concentre-se nas horas que virão", pensou. Convencendo a si mesmo de que aquele sonho ruim seria esquecido antes do pôr do sol, Spartacus caminhou em direção à porta. Como em todos os dias desde sua captura, aquele era só mais um a suportar.

No entanto, a expressão de Ariadne permaneceu preocupada por muito tempo depois.

No fim do dia, Spartacus ainda não havia se esquecido da serpente, mas conseguira não pensar demais naquilo. Amarantus tinha sido o principal responsável por isso, por ter exaurido ele e os outros três no treinamento. O gaulês havia deixado de tratá-los como novatos. Em vez disso, concentrava-se em aumentar o condicionamento físico deles. Quando o sol se pôs, Amarantus havia terminado a rotina daquele dia. Começara a falar sobre truques de gladiadores, de coisas desconhecidas a um soldado.

— Quando estiver prestes a lutar, vá antes à prateleira de armas. As melhores lâminas são escolhidas primeiro. Na arena, fique de costas para o sol para que ele não o cegue. Ignore qualquer insulto que vier da multidão, mas reconheça elogios ou incentivos. Tente obter a ajuda dos espectadores. Faça movimentos rápidos durante o ataque, se puder. Ferir levemente seu oponente é um modo de divertir.

Spartacus não gostava de ouvir aquelas coisas, mas prestou atenção. Amarantus não chegou aonde estava por ser tolo.

Contudo, Getas estava contrariado.

— Por que preciso tentar divertir os filhos da puta? — perguntou ele. — Eles estão lá para me ver lutar e morrer, só isso.

O sorriso de Amarantus foi uma reação de cansaço.

— Lembre-se de que sua sobrevivência pode depender não apenas da boa vontade do *editor* — disse ele. — Os homens que organizam essas coisas estão sempre prontos para agradar a plateia. Se você os irritou e não tiver a sorte de vencer, não se decepcione se eles pedirem sua morte. *Iugula!* — Imitando o gesto que significava a morte para o gladiador derrotado, ele passou o polegar em riste pelo pescoço. Spartacus hesitou, imaginando a dor de uma serpente apertando-o ali. — Mas se eles gostarem de você, farão o contrário. — Puxando a ponta da túnica, Amarantus acenou para a varanda, como se quisesse chamar a atenção de Batiatus. — *Mitte!* Solte-o!

— Malditos romanos — disse Getas, irritado.

— Acredite ou não, é sua escolha — disse Amarantus, dando de ombros.

— É assim que a vida é agora. Se quiser sobreviver, preste atenção — sussurrou Spartacus. — Pense em como seria idiota morrer porque se recusou a seguir um conselho. Seria como não pensar em suas táticas antes de uma batalha.

Getas assentiu, irritado.

A lição de Amarantus terminou logo depois, e ele os dispensou. Outros treinadores estavam fazendo a mesma coisa. No pátio, os homens tiravam seus capacetes ensopados de suor, bebiam água e faziam alongamento para relaxar os músculos cansados. Conversa fiada, gritos e histórias inventadas tomavam o ambiente. Um vendedor ambulante de alimentos que havia recebido permissão para entrar ali vendia salsichas apimentadas, pedaços de carne assada e pães pequenos e frescos. Já havia fila para o banheiro. Era o momento mais silencioso do dia, quando Phortis não estava ausente ou em reunião com Batiatus, tratando de negócios. Até mesmo os guardas ficavam mais relaxados, conversando em duplas ou em trios na varanda.

Durante esse período, outro grupo de trácios se aproximou de Spartacus. Ele e seus companheiros se prepararam imediatamente para uma luta. Em vez de brigar, contudo, os guerreiros só queriam se unir a ele. Satisfeito, Spartacus aceitou. Agora, contava com quase trinta homens. Não era o mesmo número de guerreiros que Oenomaus tinha, mas estava se aproximando do tamanho de outras facções no ludo. Spartacus olhou ao redor no pátio, e viu diversos outros gladiadores o observando, claramente insatisfeitos por a posição dele ter se fortalecido. Crixus, em especial, parecia bem descontente. "Não posso baixar a guarda nem por um momento", pensou Spartacus. Apesar de seus novos seguidores, não seria muito difícil matá-lo.

Irritado por seu bom humor não ter durado muito, Spartacus seguiu para sua cela. A expressão séria de Ariadne chamou sua atenção quando ele entrou.

— Tentei o dia todo. Não consegui ver nada — disse ela, suavemente. — Sinto muito. — Afastando da mente imagens da serpente ao redor de seu pescoço, Spartacus assentiu.

— Obrigado por tentar. — "Fique ao meu lado, Grande Cavaleiro."

* * *

Uma tarde, depois que o treinamento havia terminado, Carbo se encaminhou ao aposento que dividia com Getas e Seuthes. Os exercícios daquele dia tinham sido especialmente puxados, e ele só queria se deitar um pouco. Os dois trácios estavam ocupados conversando com Spartacus, mas Carbo não se preocupou e entrou assim mesmo. Todos os guerreiros do ludo já sabiam a qual facção ele pertencia, e não o perturbavam. Arrumar briga com ele era o mesmo que criar problemas com todos os homens que seguiam Spartacus. Sentia-se imensamente agradecido pela segurança que recebia, sem a qual certamente já teriam abusado dele diversas vezes. Secando o suor da testa, ele se deitou no colchão de palha que servia como sua cama. Antes, Carbo ria de colchões como aquele, mas, agora, parecia o máximo do luxo. Fechou os olhos e logo pegou no sono.

Algum tempo depois, um som o acordou. Ele se levantou, pegando um pedaço de ferro que servia como sua arma de defesa pessoal. No entanto, em vez de ver alguém ameaçando sua tranquilidade, viu uma jovem escrava segurando um balde na porta. Então levou a mão livre aos lábios.

— Des-desculpe! Vim aqui para fazer a limpeza. Não sabia que havia alguém aqui. — Abaixando a cabeça, ela se virou para ir embora.

— Espere.

Ela olhou ao redor timidamente. Carbo ficou surpreso ao perceber que ela não reagiu mal à sua aparência. Ele a observou com grande interesse.

— Você é grega?

Ela assentiu.

Era comum que as mulheres gregas prendessem os cabelos no topo da cabeça. Essa menina não fazia isso. Mechas de seus longos cabelos escuros caíam ao redor do rosto até os ombros, escondendo-a do mundo. Ela era muito atraente, tinha um rosto de formato delicado, redondo. Os olhos castanhos temerosos observavam Carbo sob sobrancelhas levemente arqueadas. O nariz tipicamente grego não era muito afilado, e ele teve a impressão de ter visto uma covinha na bochecha esquerda. Carbo sentiu a genitália latejar ao olhar para o corpo dela, para os seios cheios sob o tecido do vestido.

— Não vi você antes. Está aqui há muito tempo?

— Não. Só dois dias.

— Deve ser por isso que não notei você.

Ela o encarou.

— Eu sei quem você é.

— Sabe?

— Você é o Carbo, o auctorato. Um dos homens de Spartacus.

— Como sabe disso?

Ela deu de ombros.

— Todo mundo conhece você.

Carbo sentiu orgulho de si mesmo. E considerou a garota extremamente atraente.

— Qual é o seu nome?

— Chloris.

— Seu latim é bom — disse ele, sem jeito.

— Sim, eu tive uma professora particular... — Ela hesitou, e então disse: — Antes.

— Antes de se tornar escrava?

— Sim. Meu pai era um rico comerciante em Atenas. Depois que a minha mãe morreu, ele passou a me levar em suas viagens para comprar produtos. — Ela sorriu. — Eu viajei muito com ele.

— Piratas?

Chloris fez uma careta.

— Sim. Meu pai foi morto no primeiro ataque e fui feita prisioneira. Fui vendida a um comerciante romano de escravos, em Delfos, que me levou a Cápua, onde Phortis me comprou.

Carbo balançou a cabeça sem acreditar na aleatoriedade da vida.

— Em outra vida, poderíamos nos conhecer na sociedade, em suas visitas à Itália.

— Chloris!

Ela se apressou.

— Preciso ir.

— Quem a está chamando?

— Amatokos. É um dos trácios.

— Sei quem é. — "Um dos melhores guerreiros de Spartacus." — Ele é seu...

— Sim, preciso de alguém para me proteger aqui.

Carbo franziu o cenho quando ela saiu do cômodo. Havia perdido toda a vontade de descansar.

CAPÍTULO VII

O pesadelo se tornou parte da vida de Spartacus, voltando a ocorrer uma vez por semana, aproximadamente. Por mais que tentasse não pensar nele, não conseguia tirá-lo por completo da cabeça. Frustrava-se tentando descobrir o sentido, mas não voltou a perguntar a Ariadne. Chegara à conclusão de que provavelmente significava que ele morreria na arena. Frustrado pela incapacidade de mudar tal destino, fez o melhor que pôde para esconder suas preocupações. Ariadne sabia que Spartacus ainda estava tendo o mesmo sonho — ele a despertava todas as vezes com o mal-estar que sentia. As coisas pioraram com o fato de, certa noite, ele ter interpretado um toque dela, com a intenção de acalmá-lo, como algo mais e ter tentado corresponder. Ariadne se afastou como se ele tivesse jogado uma tigela de água escaldante sobre seu corpo. O pedido de desculpas dele, no mesmo instante, não conseguiu melhorar as coisas, só fez com que ela resmungasse uma blasfêmia. Foram necessários dias para que ela se acalmasse. Ele não voltou a tentar mais nada com ela. As lembranças que ele tinha dos estupros em seu período com as legiões eram horríveis. Se Ariadne não consentisse, nada aconteceria. E, ainda assim, a frustração pelo desejo não satisfeito era menos irritante do que o sonho da serpente. Entretanto, Spartacus não queria fazer mais nada em relação a isso. Se Ariadne tivesse alguma explicação para o sonho, contaria. Irritado por achar que esses dois aspectos de sua vida podiam não levar a nada, Spartacus tocou a vida adiante exatamente como estava. Treinava com afinco. Aproximava-se de seus seguidores. Existia.

O ritmo de vida nos meses subsequentes não se alterou. Pesadelos. Treinamento. Recrutamento de homens para a sua causa. Lutas. Pressionado por Phortis, Amarantus começou a colocá-lo em combates individuais na arena local. Venceu os primeiros com facilidade, e o gaulês reagiu recrutando-o para lutar contra oponentes mais habilidosos, em geral dos ludos de Roma. Spartacus os venceu também, aprendendo com cada um deles a ganhar a aprovação da multidão desde o primeiro momento em que entrava no círculo de areia, o mundo do gladiador. A cada vitória, o número de seguidores no ludo aumentava. Seu status também foi melhorado pelos esforços de Ariadne. Ela havia começado a aceitar ofertas a Dionísio e a fazer pedidos ao deus em nome de diversas pessoas dali.

Os sucessos de Spartacus o levaram ao caminho inevitável de ser forçado a lutar com chance de morrer. Seu oponente era um alemão forte e robusto que pertencia a outro lanista. A luta foi dura, mas Spartacus venceu. A esperança de Phortis de que ele morresse na arena tinha sido firmemente descartada por Batiatus, que ficou feliz com o sucesso de seu novo guerreiro e com o dinheiro ganho como resultado da vitória. A grande mudança na situação de Spartacus se tornou evidente com o tamanho da bolsa que ele recebeu depois, e pelo olhar de aprovação de Batiatus. Em vez de se sentir feliz, ele sentiu um ressentimento cada vez maior em relação ao lanista. "Não sou um boi de leilão, para ser exposto sempre que você quiser." Sua raiva aumentou ainda mais com a lembrança que tinha de toda a luta, cuja importância não tinha sido o fato de ele ter enfiado a lâmina no pescoço do oponente, mas, sim, o grito da multidão sedenta de sangue que veio depois. Apesar de conhecer a adrenalina sentida ao matar um homem, e de uma parte dele sentir prazer com essa sensação, Spartacus odiava a maneira com que pessoas desconhecidas pagavam para vê-lo cometer o ato e gostarem disso indiretamente. "Que os desgraçados desçam para a arena e façam isso eles mesmos", pensou, com raiva. "Aposto que poucos conseguiriam ferir a carne de outro homem como eu consigo." Ele olhou para os guardas. "Assim como eu poderia matar todos vocês."

A partir daquele momento, a lembrança que Spartacus tinha da serpente era intercalada com a de um sonho constante com a liberdade. Por mais impossível que parecesse, essa ideia não o deixava.

* * *

A vida de Carbo havia melhorado, sem dúvida. Ganhara as duas primeiras lutas e, com elas, pequenas quantias de dinheiro, que guardou com cuidado. Esses passos o encorajavam imensamente. Se os deuses o mantivessem livre de ferimentos ou da morte, ele economizaria até ter uma quantia decente para enviar a seu pai. Às vezes, ele sonhava em se vingar de Crassus. Era apenas uma fantasia, mas era agradável, mesmo assim. Lidar com a atração que sentia por Chloris era mais difícil. Ele não conseguia parar de olhar para ela sempre que podia, e se ressentia de Amatokos, o robusto amante dela. Mas, ainda assim, era prática comum que as escravas no ludo se unissem a um gladiador. Sem um guardião, elas se tornavam alvo de todos os guerreiros em busca de sexo. Não era de se espantar que Batiatus não se importasse nem um pouco com as violações. Se as mulheres ficassem grávidas, nove meses depois ele teria um menino que podia ser criado para ser gladiador ou uma menina que poderia ser vendida no mercado de escravos quando tivesse idade suficiente. Saber disso não diminuía a frustração de Carbo. Ele tentara conversar com Chloris, mas Amatokos sempre estava de olho, e ele teve a sorte de escapar de uma surra do trácio, certa vez.

Carbo não tinha certeza, mas havia algo no modo como Chloris furtivamente retribuía os olhares que lhe diziam que não deveria desistir. No entanto, quando Amatokos estava por perto, nada acontecia. O guerreiro era forte, rápido e já havia vencido mais de seis lutas na arena, incluindo um confronto mortal. Diante disso, a única coisa que Carbo podia fazer era se dedicar ao treinamento, além de rezar para os deuses. Apesar de sua frustração, ele considerava as artes marciais gratificantes — mais, tinha certeza, do que o estudo da advocacia. Se não pudesse ser soldado, então seria gladiador. E um gladiador muito bom.

Certa noite, bem tarde, um mensageiro chegou para ver Batiatus. Albinus, um dos políticos mais velhos em Cápua, estava atuando como anfitrião de ninguém menos do que Marcus Licinius Crassus, um pretor conhecido como o homem mais rico de Roma. Ao que parecia, Crassus havia expressado interesse em visitar o ludo de Batiatus. Ansioso para impressionar, Albinus havia oferecido ao lanista uma quantia alta para participar de uma luta especial em um treinamento realizado durante a visita de Crassus. Os boatos diziam que seria um combate até a morte. Naturalmente, os dois gladiadores tinham que ser escolhidos. Na manhã seguinte, todo o pátio estava tomado por grupos de guerreiros ansiosos, que cochichavam sem parar. Todos faziam a mesma pergunta: quem seriam os dois homens?

Batiatus, Phortis e os treinadores passaram pelo pátio enquanto os gladiadores tomavam o café da manhã. A maioria dos homens comia seu mingau devagar enquanto lançava olhares furtivos ao grupo. Spartacus, recusando-se a ser intimidado, procurou comer todo o conteúdo em sua tigela enquanto conversava animadamente com Getas, Seuthes e Carbo. De vez em quando se virava para trás casualmente, e olhava para o jovem romano. Sob sua proteção, o ânimo de Carbo pela vida havia retornado. Ele estava se tornando um guerreiro habilidoso. Parecia leal também. "Que estranho ter um romano me seguindo."

— Você acha mesmo que Crassus virá aqui? — perguntou Carbo.

— Parece que sim — respondeu Spartacus.

Carbo blasfemou.

— Eu adoraria ter alguns momentos a sós com ele.

— Por que diz isso? Já conhece o homem?

— Não. — Rapidamente, Carbo contou sua história.

— Não me surpreende que você queira dar uma lição nele. — Spartacus pensou em Kotys. "O que eu faria com você, seu filho da puta..."

Carbo suspirou.

— Não significa que não terei a chance de me vingar um dia.

— Não terá — resmungou Spartacus. "E nem eu." — Acostume-se a isso.

Ao perceber o tom determinado na voz do trácio, Carbo calou-se. "Ainda assim, eu adoraria acabar com a vida de Crassus."

Phortis começou a chamar os nomes. "Não escolheu nenhum recruta", reparou Spartacus. Aquela luta tinha que impressionar e, assim, gladiadores experientes seriam mais adequados. Não demorou muito para que o capuano escolhesse cinco homens: dois alemães, dois trácios e um gaulês. Spartacus também percebeu que os guerreiros mais bem-sucedidos, indivíduos como Oenomaus e Crixus, não tinham sido escolhidos. Batiatus queria fazer um bom show, mas não arriscaria perder um de seus melhores gladiadores. "Eu sou um deles?", perguntou-se Spartacus. Ele não tinha, nem de longe, a estatura de alguém como Crixus, com mais de trinta vitórias em sua trajetória.

Os escolhidos permaneceram desanimados perto de Batiatus e Phortis.

— Estes são suficientes, senhor?

Batiatus esfregou o queixo.

— Não. Quero mais um.

Spartacus ficou tenso. Podia sentir o olhar de Phortis nele.

— Spartacus!

Ele olhou para Getas, e então para Seuthes. Os dois abriram e fecharam a boca, como peixes fora da água. Carbo também estava assustado.

— Spartacus! Venha aqui!

Ele se levantou para se unir aos outros guerreiros. Não olhou para nenhum deles.

Batiatus se aproximou, com Phortis à sua diereita, e os guerreiros a alguns passos dele.

— Conte-me a respeito de cada um.

Os treinadores conversaram com o lanista. Phortis fez alguns comentários. Os outros guerreiros observaram de seus bancos, Crixus destacando-se entre eles.

— Este não vai lutar bem. Não tem confiança suficiente — disse Batiatus, dispensando o gaulês.

Aparentando alívio, o homem voltou correndo para a segurança de seus companheiros.

Outros dois também foram dispensados, e restaram um alemão forte, um trácio de cabelos pretos e Spartacus, o último candidato. A tensão aumentou muito, e os três se entreolharam, assustados. Spartacus contraiu a mandíbula. O oponente, seja lá qual fosse, seria difícil de vencer. Spartacus os vira treinando, e soube que na última luta de um deles, um gaulês muito mais experiente de outro ludo foi derrotado.

Batiatus andou de um lado para o outro, estudando o trio.

— Quero os detalhes deles de novo — ordenou.

Os treinadores obedeceram.

Spartacus olhou para um ponto fixo à sua frente. "É esse o meu sonho?", perguntou-se. "Respire. Continue respirando."

— Um gaulês, mas dois trácios — observou Batiatus. — Por que isso não me surpreende?

Phortis riu.

— Porque eles são brigões, senhor?

— Provavelmente — respondeu Batiatus, com um sorriso. Ele olhou para o guerreiro de cabelos escuros. — Devo escolher você?

— Não, senhor — murmurou o trácio, com um forte sotaque latino. — Eu... novo recruta. Não sou... suficiente bom... guerreiro.

— Não foi o que me disseram — retrucou Batiatus, virando-se para um dos treinadores, que assentiu com vigor. — Parece que você é um dos melhores tirões que apareceram nos últimos anos. Além disso, fiquei sabendo que seu povo não está muito bem com os medos, o povo dele. — Ele virou a cabeça para Spartacus. — Acho que você seria um candidato excelente para esta luta. — O trácio não disse nada e Batiatus sorriu. — O gato comeu sua língua?

Ele permaneceu calado, e Batiatus se virou para Spartacus.

— E você? Deve participar?

— Não — respondeu Spartacus, com firmeza.

— Por que não?

— Porque seria um total desperdício de minhas habilidades, senhor.

Batiatus ergueu a sobrancelha.

— Como assim?

— Se eu matar esse homem depressa, e existe uma boa possibilidade de isso acontecer, o senhor perderá de qualquer maneira um excelente gladiador. Mas, se por acaso eu for morto, o senhor nunca terá a chance de ver o tipo de guerreiro que poderei ser.

— Palavras inteligentes. Palavras confiantes — disse Batiatus. — Mas, ainda assim, como pode acreditar que acho que você derrotará um desses dois homens? Os dois são corajosos, são guerreiros habilidosos.

— O que o senhor acredita é assunto seu, senhor — respondeu Spartacus, com o olhar firme. — Mas em minhas lutas anteriores no ludo mal fui testado. — Atrás de Batiatus, ele viu Phortis rindo. Spartacus o olhou com ódio. "Se os deuses permitirem, vou acabar com você um dia, seu bastardo."

Batiatus escutou a risada do capuano.

— Qual é a graça?

— O cachorro está mentindo, senhor! É um gladiador muito habilidoso, mas não chega ao nível de Crixus, por exemplo.

— Como sabe?

— Por causa do jeito como luta — respondeu Phortis. — Ele venceu todos os confrontos, mas não com excelência.

— É fácil ser contido. Só fiz o que precisava ser feito para vencer — disse Spartacus, confiante. Olhou para o capuano com escárnio. "Por que eu me daria o trabalho de me esforçar por um filho da puta como você?"

A veia no pescoço de Phortis inchou.

— Seu maldito...

— Já basta — disse Batiatus. Seu olhar se tornou calculado. — Ele pode estar mentindo, mas pode não estar. Por que se espantar com o fato de um homem na situação dele ter feito apenas o mínimo? Provavelmente, é o que muitos deles fazem.

Phortis se calou, dando a Spartacus uma sensação de satisfação, que desapareceu quando Batiatus olhou para ele, para o alemão e, então, para o trácio de cabelos pretos. Spartacus não desviou o olhar. Apesar do aparente capricho dos deuses, ele enfrentaria seu destino como um homem. Ao mesmo tempo, era difícil não acreditar que o sonho com a serpente estava relacionado àquilo.

Batiatus ficou diante do alemão, que não olhava em seus olhos, algo que não o surpreendia. Aquilo foi o bastante para o lanista.

— Suma — disse ele. — Covarde. — O alemão obedeceu, e Batiatus voltou sua atenção para o trácio de cabelos pretos. — Você vai lutar. Na verdade, acho que será um adversário digno para Spartacus.

O homem assentiu.

Spartacus esperou ser dispensado. "Só porque a serpente estava enrolada em meu pescoço, não significa que eu não possa matá-la", disse ele a si mesmo. "Sim, eu precisaria da ajuda do Cavaleiro, mas não seria algo impossível."

— Vamos! Prepare-se! — gritou Phortis para o trácio de cabelos pretos. — A luta começa ao meio-dia.

Quando o guerreiro se afastou, Batiatus direcionou o olhar frio para Spartacus.

— Se você sobreviver a esta luta, é melhor me impressionar a partir de agora. Se eu não ficar satisfeito, marcarei uma luta com Crixus. Até a morte. Não me importa quanto dinheiro você ganhou até agora. Entendido?

— Sim. — De certo modo, Spartacus percebeu que a risada cheia de sarcasmo que escutou era de Crixus.

— Idiota insolente! Sim, *senhor* — rosnou Phortis.

Spartacus contraiu a mandíbula.

— Sim, senhor.

— Ótimo, agora suma, antes que acabe por testar a boa vontade de Batiatus ainda mais.

"Boa vontade?", pensou Spartacus com amargura. No entanto, manteve a boca fechada. Responder só lhe renderia uma chicotada, que seria a última coisa de que precisava. Tinha que estar em ótimas condições para derrotar o guerreiro de cabelos pretos.

Um pouco antes de Albinus chegar com seu convidado ilustre, os guerreiros foram forçados a voltar para os alojamentos. Apesar de Carbo não ter se surpreendido — por que dar a quase duzentos homens perigosos acesso à nobreza? —, a ordem o enfureceu. Quando estivesse dentro da cela, não teria como atingir Crassus. Os gladiadores também ficaram irritados com a ordem, mas Phortis já esperava tal reação. Utilizando todos os guardas, armados com arcos, ele mandou todos voltarem para os alojamentos. Os indivíduos mais relutantes foram incentivados com golpes de seu chicote. Muitas ofensas foram feitas ao capuano conforme ele trancava uma porta atrás da outra. Objetos — moedas, copos e lamparinas — eram jogados das janelas das celas. Os insultos e as ofensas não fizeram diferença. Em poucos instantes, o pátio estava vazio.

A área circular de assentos que tomava uma ponta do pátio parecia imensa. Comportava com conforto quinhentas pessoas. "Serem as únicas pessoas a ocupar a área reforçará a extravagância do gesto de Albinus ao seu convidado", pensou Carbo. Batiatus sabia fazer um grande espetáculo, porém, a arena de Cápua era ainda mais impressionante. A enorme construção circular foi erguida com enormes pedras, decorada com estátuas dos deuses e se destacava das construções residenciais vizinhas. Carbo não sabia quantos cidadãos se reuniam para ver os confrontos de gladiadores, mas imaginava serem milhares. Nas visitas frequentes que fizera ao local, nunca imaginou que um dia ele lutaria no círculo de areia. Entretanto, esse dia se aproximava depressa. Seu treinamento estava quase no fim. Carbo estava ansioso por isso. Seu período como novato medroso estava quase acabado.

Em pouco tempo, Spartacus e o trácio de cabelos pretos apareceram. Carbo observou os dois com atenção. Com nervosismo. Spartacus tinha apenas uma proteção de perna, contra duas do oponente, mas fazia pouca diferença, já que sua proteção de peito e o *scutum* eram muito mais eficientes do que o capacete, a *manica*, a proteção de braço, e o pequeno escudo quadrado. Os dois se entreolharam com cautela enquanto os treinadores sussurravam em seu ouvido. Phortis estava mais atrás, observando. Não havia sinal de Batiatus. Ele não podia aparecer antes de os visitantes ilustres chegarem.

Carbo ficou nauseado com aquela tensão. Desde que Spartacus passara a protegê-lo, ele tinha visto o guerreiro treinar muitas vezes. Era bom. Muito bom. Contudo, o outro trácio também era. Carbo sentiu-se culpado por sua preocupação ser, apenas em parte, em relação a Spartacus. Se o guerreiro de cabelos pretos saísse vitorioso, Carbo tinha grande chance de perder a proteção da qual gozara nos meses anteriores. Se isso acontecesse, a vida se tornaria tão perigosa quanto era na arena. Carbo não tinha a intenção de voltar ao que enfrentara nos dias ruins após sua chegada ao ludo. Spartacus tinha que vencer.

Batiatus apareceu quando Albinus e seu grupo chegaram. Vestia sua melhor toga, os cabelos estavam untados. A recepção profusa e aduladora que recebeu deixou Spartacus enojado. Observou Albinus, um homem atarracado e orgulhoso, com cabelos pomposos, e seu convidado, Crassus, cujos ombros eram tão largos quanto era gordo seu anfitrião. O belo rosto de Crassus exibia uma expressão levemente presunçosa. Ele se sentou no meio da fileira da frente — o local de maior prestígio — sem simpatia, reclamando da pedra dura. Batiatus desculpou-se e sussurrou uma ordem a Phortis, que voltou um minuto depois com uma almofada fofa. Isso, de certa forma, amoleceu Crassus. Com os lábios contraídos, ele se sentou. Albinus, preocupado, sentou-se ao lado dele. Recebeu a companhia de Batiatus, enquanto os outros — oficiais de baixo escalão e guarda-costas — sentaram-se nas fileiras mais altas.

Carbo não conseguia parar de olhar para Crassus. "Ele parece ser tão arrogante quanto pensei. Idiota."

Spartacus também o observava. "Parece que filho da puta não caga há uma semana." Desviou o olhar antes que o homem percebesse. "Não perca o foco. Mantenha a calma." Spartacus se lembrou de como o olhar frio de Ariadne havia desaparecido de seu rosto quando soube que ele fora escolhido para a luta. Ele se lembrou do que ela dissera.

— *Não* tem a ver com seu sonho. *Não pode ser*.

Por não ser um *munus* organizado, não havia nada da pompa comum do espetáculo público. Não havia grupos de trompetistas marchando pela arena, tocando sem parar. Nenhuma plataforma levada por escravos com estátuas pintadas de deuses sendo homenageados aquele dia. Nenhuma exibição dos prêmios oferecidos aos vitoriosos: folhas de palma e bolsas de couro deixadas em travessas de prata. Quando Spartacus e seu companheiro, armados, atravessaram o espaço para ficar diante de Batiatus e dos outros, um único trompete soou.

Na mente de Carbo, isso tornava o confronto mais banal, porém, muito mais assustador.

Foi quando Batiatus se levantou. Ele falava com animação, descrevendo o trácio de cabelos pretos em termos elogiosos. Enfatizou as vitórias dele até o momento. Com um sinal de Phortis, o trácio levantou os braços e se virou, de modo que Albinus e Crassus pudessem admirar seu corpo musculoso. O lanista fez a mesma coisa com Spartacus.

Os gladiadores assoviaram e gritaram para os dois homens a plenos pulmões. O barulho se tornou ensurdecedor no ludo.

Assistindo de sua cela, Ariadne prendia a respiração. Apesar do que sentia, admirava o corpo de Spartacus, mas aquela era a última situação na qual escolheria vê-lo exibido. "Você preferiria que ele estivesse em sua cama, então?" Ela afastou o pensamento inquietante.

Encerradas as preliminares, Phortis caminhou até a areia. Ele agiria como o *summa rudis*, o juiz do confronto. Pediu aos dois guerreiros que ficassem a 15 passos de distância um do outro antes de olhar para Batiatus. O lanista assentiu e Phortis fez um sinal ao trompetista. Uma série curta de notas soou, e o capuano saiu do caminho.

Spartacus não se lançou à frente como em sua luta contra Carbo. Em vez disso, partiu na direção do guerreiro, pisando na areia em silêncio. Movendo-se com a graça de um dançarino, seu oponente fez o mesmo. Spartacus não estava preparado para a velocidade e a habilidade do guerreiro. Quando seu oponente estava a dez passos, este começou a correr de repente. Avançando como um lobo perseguindo um veado, lançou a sica no rosto de Spartacus, que não teve tempo para levantar seu *scutum*. Desesperadamente, ele inclinou a cabeça para o lado. A lâmina do guerreiro passou de raspão por sua bochecha esquerda.

Spartacus rugiu de raiva, mas seu oponente já havia partido, aproveitando o momento para se virar e escapar do perigo. O movimento colocou o guerreiro atrás dele. Spartacus se voltou para receber o ataque seguinte, outro golpe no rosto, que conseguiu impedir com o escudo. Seu revide, um ataque que teria acabado com o guerreiro, não atingiu o alvo. Ofegantes, eles se distanciaram um do outro.

Crassus inclinou-se para a frente e sussurrou no ouvido de Albinus. Quando terminou, o político corpulento assentiu a Batiatus.

— Um começo impressionante.

— Obrigado, senhor — agradeceu o lanista.

Na areia, e alheios aos espectadores, Spartacus e o guerreiro andavam em círculo, encarando um ao outro.

De repente, Spartacus desferiu um ataque contra seu oponente. Usando uma técnica de correr com o escudo à frente do corpo, seguido por um golpe forte com o gládio, fez o guerreiro recuar na arena. Este não teve opção. Ninguém poderia enfrentar tamanha investida. A tática de Spartacus funcionou. Em pouco tempo, um dos pés do guerreiro escorregou e ele tombou, caindo de costas.

Spartacus gritou em triunfo. Com o gládio empunhado, ele se preparou para acabar com o guerreiro indefeso. Não pensou em Batiatus nem em Crassus, nem se eles queriam que ele matasse o outro tão depressa. Estava em modo batalha, quando a única coisa que importava era acabar com o oponente o mais rápido possível.

Contudo, a batalha não tinha terminado.

Desesperado, o guerreiro ergueu o braço esquerdo. Balançando o escudo como um disco, bateu a ponta de metal no joelho direito de Spartacus.

O impacto fez Spartacus hesitar. Berrando de dor, ele abaixou a ponta da espada, dando uma chance ao oponente. O guerreiro rolou e se levantou, lançando um contra-ataque sem perder tempo, uma sequência de golpes da lâmina direcionados ao rosto desprotegido de Spartacus, que só conseguiu levantar o escudo e impedir os golpes do outro. E então o guerreiro mudou de tática. Girando com a graça de uma mênade em êxtase, virou-se para as costas de Spartacus de novo. Com grande habilidade, baixou a sica em um arco, passando por trás do braço de Spartacus que segurava o escudo. Sangue espirrou. O grito de Spartacus foi uma combinação de choque, dor e ira.

Albinus e Crassus gritaram admirados.

— *Iugula! Iugula!* — gritaram muitos dos gladiadores.

Ariadne fechou os olhos, mas o grito de morte ainda ecoava em seus ouvidos. Fortalecendo-se, ela olhou para a arena de novo. "Dionísio, não desista dele."

"Pelos deuses do céu, não pode terminar assim", pensou Carbo, rezando em desespero.

Um sorriso nervoso surgiu no rosto do guerreiro de cabelos pretos quando ele se aproximou de novo. Spartacus gritou, mostrando que estava longe de ser derrotado. Seu oponente deu início a um novo ataque, adiantando-se com a sica como uma criança cutuca um caranguejo com um graveto. Protegeu-se facilmente dos golpes fracos de Spartacus com seu escudo.

"Bastardo inteligente", pensou Spartacus. "Está analisando quanta força ainda tenho no braço ferido." Virou-se para poder ver o ferimento comprido e raso. Não parecia ter afetado músculos ou tendões, mas ele já estava tendo dificuldade para segurar o escudo.

Quando Spartacus olhou para a frente, a lâmina do guerreiro passou. Ele se afastou, mas ainda assim ganhou um corte feio na bochecha direita. Soltou um gemido involuntário de dor. "Cavaleiro, me ajude! Posso perder fácil."

O guerreiro também pensou a mesma coisa. Abriu um sorrisinho. Só precisava manter-se afastado e continuar atacando.

Spartacus blasfemou baixinho. Seu oponente estava acabando com ele. Graças ao ferimento no braço, não demoraria muito para este derrubá-lo. Mas ainda não havia terminado. Sua vida ainda estava em risco. Precisava cuidar de Ariadne.

Soltando um feroz grito de guerra, Spartacus se lançou à frente. Com um esforço enorme, manteve o escudo alto. Golpeou o guerreiro diversas vezes com o gládio, e o homem se defendia desesperadamente com o pequeno escudo. Era um plano arriscado, porém, Spartacus não tinha muito tempo até sua força se esgotar.

Ao sétimo ou oitavo golpe de sua espada no escudo do guerreiro, conseguiu atravessar a proteção de couro. Ela rompeu a madeira por baixo e a atravessou. O guerreiro arregalou os olhos, surpreso por não ter sido atingido. Deu um passo para trás, e Spartacus viu ali uma oportunidade de ouro. Após desprender a arma, ele a enfiou no escudo do outro de novo. E mais uma vez. Depois de alguns instantes, o escudo se despedaçou, e o guerreiro foi forçado a deixá-lo de lado. Mostrando-se assustado, ele recuou ainda mais.

Spartacus precisou parar para tomar o fôlego. A dor em seu braço vinha em ondas, alastrando-se para trás de seu ombro. Não conseguia manter o escudo alto o bastante para proteger seu pescoço. Mesmo assim, não podia deixar de atacar. Contraindo a mandíbula, correu em direção ao guerreiro como um animal selvagem. Os golpes com o gládio foram tão fortes que seu oponente não conseguiu revidar. Precisou de toda a habilidade que tinha apenas para evitar a lâmina de ferro de Spartacus.

Felizmente, a sorte do guerreiro acabou antes da força de Spartacus. Sua espada acertou a lateral da barriga do homem de cabelos pretos, atravessou seus músculos fortes e ressurgiu com a ponta vermelha do outro lado. Ouviu-se o barulho da lâmina saindo da carne ensanguentada do seu oponente, que gritava de dor. Com sangue escorrendo da ferida, este deu um passo para trás, com a sica pendurada nos dedos fracos. Quando Spartacus avançou de novo, houve pouca resistência. Com mais dois golpes, o guerreiro soltou a arma. Spartacus não parou, afastando o outro da espada curva e de qualquer chance de redenção.

O guerreiro estava desarmado, e a manica na mão direita era sua única defesa. Seu ferimento era muito sério; por isso, ele parecia desesperado para recuperar a sica. No entanto, Spartacus recebeu cada tentativa com uma ira incontida, e a cada momento que passava, o guerreiro ficava mais fraco. Spartacus não perdeu tempo. Brincar com um oponente podia ser divertido para alguns, mas não para ele. A luta já havia durado tempo demais. Precisava cuidar de seu braço. Era hora de acabar com aquilo.

Batendo com o escudo no peito do adversário, Spartacus o acertou na coxa esquerda. Quando a lâmina foi puxada, o guerreiro caiu na areia. Não tentou se levantar.

Um grito alto vindo da maioria das celas mostrava que os gladiadores aprovavam o resultado.

Ariadne fechou os olhos e se recostou, aliviada, nas barras da janela.

"Graças a todos os deuses", pensou Carbo.

Ao olhar para o oponente sem defesa e sangrando, Spartacus sentiu um frio na espinha. O guerreiro pertencia ao seu povo, e ele estava prestes a matá-lo — seguindo uma ordem de quem ele odiava. Romanos. "Neste momento, é assim que tem de ser", disse a si mesmo, determinado. Olhou para Batiatus, que olhou para Albinus e Crassus em dúvida.

— Você ainda deseja que seja uma luta até a morte?

— Eu disse algo para mudar isso? — perguntou Crassus, num tom ácido.

Batiatus corou.

— Não.

— Então, o perdedor deve morrer.

— Será como meu ilustre convidado quer — disse Albinus pomposamente. — Também será de acordo com a fortuna que lhe paguei — completou.

— Sim, senhor. — Batiatus logo retomou a pose. — Seria um prazer para mim perguntar se Crassus deseja fazer o gesto.

Crassus passou a língua pelos lábios, como uma serpente.

— Muito bem. — Olhando para Spartacus, ele passou o polegar da mão direita pelo pescoço. — *Iugula!* — ordenou ele.

Em uníssono, os gladiadores presos repetiram o grito. Batiam os pés no chão das celas. Colheres nas barras das janelas. O barulho era muito alto. Spartacus não ficou surpreso ao ver que os internos aprovavam sua vitória. Sua vontade de matar havia aumentado tanto com a intensidade da luta que agora o guerreiro de cabelos pretos tinha que pagar o preço. Como este teria feito se a situação fosse inversa.

— Levante-se — disse ele.

Gemendo, o guerreiro de cabelos pretos conseguiu se sentar. Levou a mão ao nó da proteção de queixo e soltou o capacete, que caiu ao chão sem fazer barulho. Ele se esforçou de novo para se colocar de joelhos. Spartacus inclinou a cabeça em respeito.

— Você lutou bem. Foi por pouco. Mas o Cavaleiro decidiu ajudar a mim, não a você.

— Sim — respondeu o guerreiro, gemendo de dor. Levantou a cabeça, expondo o pescoço. — Seja rápido.

— Serei — prometeu Spartacus. Olhou para o céu. — Ofereço a vida deste homem a você, Grande Cavaleiro.

Sem demora, mirou e desceu o gládio na parte funda na base do pescoço do guerreiro. Os olhos do homem se arregalaram com choque quando o ferro afiado correu por sua pele e pelos tecidos nas camadas abaixo. Um minuto depois, ele estava morto. Enfiada com muita força, a lâmina havia cortado as principais artérias de seu coração. Com um movimento delicado, Spartacus puxou o gládio. Um arco grosso de sangue espirrou enquanto o corpo do guerreiro caía sem vida para o lado. Ele se convulsionou por um tempo, criando uma grande mancha vermelha ao seu redor.

Crassus começou a bater palmas lentamente, em admiração. Batiatus, Phortis e os outros que assistiam fizeram o mesmo. Assim como os gladiadores, que gritavam das janelas dos cômodos.

Alheio à reação, Spartacus olhou para o corpo e para o vermelho forte que coloria a areia. "Poderia ter sido eu", pensou. "E então, os idiotas romanos estariam aplaudindo o outro e eu estaria morto diante deles. Que se fodam todos eles."

Sentindo que alguém o observava, ele olhou para a frente.

— Venha aqui! — chamou Crassus.

Seu tom de voz fez Spartacus segurar com mais força o cabo de seu gládio.

— Eu?

— Não posso estar falando com ele, não é? — Crassus apontou para o guerreiro morto. Olhou para Albinus e Batiatus, que riam.

"Bastardo arrogante." Spartacus deu um passo à frente.

"Vamos", pensou Carbo. "Mate o desgraçado!"

— Arqueiros! — gritou Phortis.

Spartacus ficou paralisado. Sem virar a cabeça, viu quatro arcos na varanda mirados nele. Devia haver pelo menos mais seis a dez fora de seu campo de visão. Se Phortis desse a ordem, ele seria morto. O capuano queria que ele continuasse andando, mas Spartacus não se mexeu. Seu ato tinha sido de revolta, mas já havia terminado.

— Solte a espada! — ordenou Phortis.

— O quê? Isto? — Spartacus ergueu a arma. Ficou contente ao ver Batiatus retrair-se levemente. Nem o capuano nem Crassus reagiram. Ficou surpreso com a calma do político.

— Solte — rosnou Phortis. — A menos que queira morrer engasgado com uma dúzia de flechas!

Spartacus abriu os dedos e deixou o gládio ensanguentado cair no chão.

— Feliz agora?

As narinas de Phortis se alargaram. Ele olhou para Batiatus, que inclinou a cabeça. O capuano engoliu a raiva.

— Aproxime-se!

Spartacus obedeceu.

— Já está perto o bastante! — gritou Phortis quando Spartacus estava a dez passos dele.

"Que os deuses acabem com todos eles! Estou sendo tratado como um animal selvagem." Spartacus não conseguia parar de encarar Phortis, que sorria.

— Você briga bem — elogiou Crassus. — Para um selvagem.

— Selvagem? — perguntou Spartacus.

— Sim.

— De onde eu venho, não forçamos os homens a matarem uns aos outros para o divertimento de... — Ele deu ênfase às últimas palavras — ...visitas importantes.

Batiatus se levantou do assento.

— Como ousa? — Ele balançava o braço furiosamente. — Guardas, quero que este homem seja amarrado ao poste e receba cinquenta chicotadas.

— Pare — disse Crassus.

Chocado, Batiatus olhou para seu convidado.

— Senhor?

— Você ouviu o que eu disse. Pare com isso. Afinal, o escravo tem razão.

Com um olhar confuso, Batiatus voltou a se sentar.

— Apesar de os trácios não realizarem lutas de gladiadores, eles são bárbaros. São chamados de bandidos até mesmo por outros bandidos — disse Crassus, divertindo-se. — Soube que, a cada cinco anos, a nobreza geta escolhe um dos seus para servir de mensageiro aos deuses. Ele é enviado pelos outros, que o lançam para cima e deixam que caia nas lanças de seus camaradas. — Batiatus e Albinus fizeram uma careta, assustados, Crassus, contudo, sorriu. — E os triballi acham normal que os filhos sacrifiquem seus pais aos deuses. São atos de pessoas civilizadas, não é?

Spartacus franziu o cenho.

— Não estou certo?

— Está — admitiu Spartacus, relutante.

— Você está surpreso com o tanto que sei sobre sua raça.

Ele assentiu.

— Você é um homem orgulhoso — disse Crassus.

Spartacus não respondeu.

— Você se sente irritado por ser um escravo? Um gladiador?

— Sim. — Ele disse aquilo sem conseguir se conter. — Claro que sim. — Spartacus olhou para Phortis com raiva. O lábio do capuano se curvou. — Eu não devia estar aqui.

— É exatamente isso o que todo homem diz — disse Batiatus.

Albinus e Phortis riram.

"Filhos da puta", pensou Spartacus.

Crassus sorriu educadamente, mas manteve a atenção voltada para Spartacus.

— Como aconteceu?

Spartacus piscou surpreso com a pergunta.

— Eu voltei a meu vilarejo depois de lutar com as legiões...

— Você lutou por Roma?

— Sim. Por oito anos. Quando cheguei em casa, descobri que o herdeiro por direito ao trono tinha sido assassinado pelo homem que agora se autointitula rei dos Medos. E também o meu pai. Imediatamente planejei derrubar o usurpador, mas fui traído.

— Por quem?

— Um amigo.

— Não surpreende que se sinta amargurado. E o que teria feito se tivesse atingido seu objetivo?

Spartacus hesitou, olhando para Crassus, tentando decidir se deveria se calar. Mas estava irritado demais para parar.

— Depois de matar Kotys e seus comparsas, eu teria feito planos para liderar meu grupo contra Roma de novo.

Crassus arqueou uma sobrancelha.

— E qual teria sido seu objetivo?

— Expulsar as legiões de nossas terras. Para sempre.

— Para sempre?

— Sim.

— Você deve conhecer pouco de Roma e de sua história — disse Crassus, divertindo-se. — Mesmo que você tivesse sido bem-sucedido, nossos exércitos teriam voltado para se vingar. Sempre voltam.

— Vocês levaram os legionários à guerra? — perguntou Spartacus.

Pela primeira vez, a confiança de Crassus não foi a mesma.

— Não para fora do país.

— Para onde, então?

— Contra meu povo, em uma guerra civil.

"Não surpreende que você tenha feito isso", pensou Carbo. "Você não tem piedade de ninguém."

— Pensei que eu fosse o selvagem... — disse Spartacus.

— Isso já é demais — protestou Batiatus.

— Fique calado! Ainda estou conversando com este... — Crassus hesitou — gladiador. — Acrescentou: — Pelo menos, ele não acha necessário lamber meu traseiro.

Batiatus corou e desviou o olhar. Ao lado dele, Albinus se remexeu, indignado.

Encorajado por aquela pequena vitória, Spartacus logo continuou.

— Eu teria unificado os grupos. O que Roma tem feito quanto a isso? — Ficou contente com o sinal de medo nos olhos de Albinus e de Batiatus. Phortis se eriçou, mas não ousou falar enquanto Crassus, seu superior, ainda estava ali. Um homem que não demonstrava apreensão com as palavras de Spartacus. "Não é um soldado de carreira, mas tem coragem. Será que ele poderia liderar um exército, como eu?"

— Você coloca muita coisa em risco ao me revelar isso. Com uma única palavra dita por mim, você será um homem morto — disse Crassus, ignorando o susto de Batiatus.

Spartacus se repreendeu em silêncio por permitir que sua raiva falasse mais alto. Olhou para a areia. "Grande Cavaleiro, peço sua ajuda mais uma vez."

— Mas não darei a ordem. — Crassus inclinou a cabeça ao lanista, que sorriu agradecido. — Por quê? Porque é mais fácil que o céu caia do que você liderar um exército contra Roma. Olhe para você! Reduzido a lutar para agradar aos outros. — Sorriu com malícia. — Você não passa de um animal de exibição, sujeitado a realizar a mesma dança primitiva sempre que ordenarmos.

Spartacus abaixou ainda mais o olhar, como se estivesse se submetendo. Mas por dentro, ardia de ódio.

— É tudo o que sou, sim — disse ele. "Ou o que você pensa. Se me der meia oportunidade, vou mostrar como as coisas são."

Crassus se virou, satisfeito.

— Depois de tanto sangue, sinto a necessidade de beber um pouco de vinho. — Batiatus ficou de pé, prometendo um ambiente agradável no luxo modesto de seus aposentos. — Ótimo — disse Crassus —, e se tiver outros guerreiros de qualidade similar, podemos fazer negócios. Vou querer aquele trácio, mas precisarei de pelo menos mais vinte para meu *munus*.

Spartacus estava prestando atenção, mas Phortis o notou.

— Suma daqui. Cuide desse ferimento.

A última coisa que escutou foi Batiatus perguntando:

— Todos os confrontos serão até a morte?

Crassus respondeu em voz alta.

— Naturalmente. Preciso impressionar.

De sua cela, Carbo blasfemava e cuspia na direção de Crassus. "Grande Júpiter, coloque-me cara a cara com ele um dia, por favor."

Spartacus se dirigiu à enfermaria. Seus pensamentos não paravam. O desdém de Crassus havia deixado claro, mais do que nunca, a trivialidade de sua existência. Se fosse forçado, em breve, a realizar outra luta até a morte, qual seria o motivo para moldar um sucessor e tentar uma posição de respeito entre os gladiadores no ludo? Ele não passava de um brinquedo. Um brinquedo dos romanos.

Uma fúria incontrolável tomou conta dele. Spartacus reconheceu e aceitou a emoção forte. Era como havia se sentido ao ir para a guerra com os medos contra Roma, havia muito tempo. Como se sentira ao planejar derrubar Kotys. Dessa vez, ele só tinha cerca de trinta homens, que o seguiriam, mas isso já não importava.

Ele viu a serpente enrolada em seu pescoço, mas afastou a imagem assustadora.

Alguma coisa precisava ser feita.

De algum modo, ele tinha que conquistar sua liberdade.

CAPÍTULO VIII

Assim que as portas das celas foram destrancadas, Ariadne correu à procura de Spartacus. Como sombras muito fiéis, Getas e Seuthes a seguiram. Estavam tão preocupados quanto ela. Ariadne encontrou o marido na enfermaria, que ficava ao lado do necrotério. Procurou não pensar na coincidência da proximidade. "Ele venceu. Está vivo", pensou. "Mas até quando terá essa sorte?", perguntou-se logo em seguida. "E se o sonho dele significar que sua morte é iminente?"

Ariadne conseguiu sorrir ao entrar na sala clara, mobiliada com diversas macas e uma mesa de cirurgia coberta por manchas secas de sangue. Prateleiras tomavam as paredes, repletas de frascos, ganchos, espátulas e bisturis. Frascos de remédio de um tom azul-escuro estavam organizados em fileiras ao lado dos instrumentos de metal.

O cirurgião, um grego de ombros caídos e idade indeterminada, estava agachado à frente de Spartacus, tampando a vista da porta.

— Fique parado — disse ele, despejando o conteúdo de um frasco sobre o corte. — *Acetum* — disse ele, satisfeito, quando Spartacus gemeu de dor. — Arde muito.

— Mais do que muito, eu diria — respondeu Spartacus, sarcástico.

— Mas é excelente para prevenir gangrenas e infecções — observou o cirurgião. — Então, essa dor vale a pena.

— A dor não é nada — disse Spartacus. — Qual é a gravidade do ferimento?

Ariadne se controlou para não gritar. Sentiu a pulsação na base do pescoço. "Dionísio, fique com ele", pediu.

— Deixe-me ver. — Pegando uma pinça da bandeja ao seu lado, o cirurgião começou a examinar o corte. Mexeu e remexeu, e Ariadne viu Spartacus cerrar o punho. Sentiu muita pena dele, mas não disse nada. Estava preocupada demais.

— Não é profundo — disse o cirurgião logo depois. — A lâmina atravessou a pele e o tecido subcutâneo, mas o músculo embaixo não foi danificado. Você teve sorte. Colocarei suturas ao longo do ferimento. Deve cicatrizar dentro de duas semanas. Você poderá lutar de novo daqui a um mês.

— Ótimo — disse Spartacus. — Batiatus ficará muito feliz.

O cirurgião foi à estante mais próxima e, ao fazer isso, percebeu a presença de Ariadne.

— Ah, você tem uma visita!

Ela se aproximou. De perto, o sangue do corte raso no rosto dele era assustador. Sem perceber, ela esticou a mão para tocar o rosto dele.

— Você está bem?

Ele sorriu.

— Vou ficar bem.

Eles se entreolharam, e então, Spartacus esticou o braço para segurar a mão dela.

Ariadne mordeu o lábio, mas não se mexeu. Sentiu um calor estranho, mas bom na barriga. Ele ficaria bem. “Obrigada, Dionísio.”

O cirurgião chegou com uma bacia repleta de grampos de metal e a magia do momento desapareceu, como uma pena carregada pelo vento.

— Haverá muito tempo para isso depois. Agora, ele precisa que este ferimento seja fechado, antes que micróbios penetrem. Deixe-nos em paz.

Os lábios de Spartacus tremeram.

— Você ouviu. Encontrarei você em nossa cela daqui a pouco.

— Sim. — Relutante em se afastar de Spartacus, Ariadne deu um passo para trás. Permaneceu à porta até o cirurgião fazer um gesto irritado para que saísse. Sentindo-se feliz como não se sentia há muito tempo, Ariadne caminhou em direção aos banheiros. Era um bom momento do dia para se lavar. Os gladiadores costumavam se lavar à noite, quando o dia de trabalho terminava. Getas e Seuthes confeririam se o espaço estava vazio, e então ela poderia relaxar.

"E pensar em Spartacus", pensou, com uma pontada de prazer e de culpa.

Ela sorriu para os dois trácios quando eles entraram. No momento, a vida estava boa.

— Vai se limpar para dar a ele a transa da vitória, não é?

Ariadne se virou horrorizada ao ver Phortis a poucos passos dela, com seis guardas atrás dele. Vários deles levavam cordas. O capuano estalou os dedos.

— Vocês sabem o que fazer. — Sorrindo, os homens passaram por ela e entraram nos banheiros.

Tarde demais, Ariadne se arrependeu por não ter levado consigo a serpente. Pensou que se ausentaria da cela por apenas alguns instantes.

— O-o que você está fazendo? — Ela olhou ao redor, procurando desesperadamente Carbo ou qualquer trácio aliado de Spartacus. Não conseguiu encontrar nenhum.

Ao perceber o que ela estava fazendo, Phortis agiu depressa. Aproximou-se e olhou bem em seu rosto. Seu hálito era fétido, e Ariadne se retraiu.

— O que foi? Só queria que nós dois passássemos um tempo juntos sem o monte de merda do seu marido.

Ela tentou fugir, mas Phortis a prendeu contra a parede. Levou uma das mãos imediatamente à genitália dela. Suspirando de desejo, manteve a mão ali.

— Delícia — sussurrou no ouvido dela. — Que delícia.

Ariadne mordeu o pescoço dele.

Com um grito de dor, Phortis se afastou. Ela conseguiu ver o sangue saindo das marcas de seus dentes antes de ele acertar um bofetão em seu rosto com toda a força. Meio aturdida, ela sentiu os joelhos fraquejarem, mas Phortis a abraçou pelos ombros e a levou porta adentro, fechando-a com o pé.

Sem conseguir enxergar direito, Ariadne viu Getas e Seuthes deitados lado a lado, amarrados. Os dois tinham hematomas e cortes no rosto devido ao ataque que tinham sofrido. Os guardas maliciosos estavam diante deles. "Foi tudo planejado", pensou ela. Em seguida, Phortis a jogou no chão. Ariadne bateu a cabeça e sentiu uma dor forte. Não estava totalmente consciente quando o capuano rasgou as roupas dela e tirou as próprias. Lembranças antigas e assustadoras de seu pai foram despertadas quando ele se ajoelhou e ela percebeu a ereção dele.

— Não! — murmurou Ariadne. — Por favor, não.

— Isso quer dizer que você quer, sua vadia — rosnou Phortis. — Vocês são todas iguais!

— Não — disse ela, gritando o mais alto que conseguiu. "Dionísio, me ajude!"

— Deixe-a em paz, seu maldito! — gritou Getas.

Um dos guardas o chutou na barriga, e Phortis deu mais um tapa no rosto de Ariadne.

Ela voltou a bater a cabeça no chão, e não conseguiu impedir que ele abrisse suas pernas. Ele se mexeu para se encaixar em cima dela, e ela sentiu o membro rígido em contato com sua genitália.

— Anseio por este momento desde que a vi pela primeira vez. — Então, ele se inclinou para beijá-la. Ariadne fechou os olhos quando o capuano forçou a língua para dentro de sua boca. Ela tentou, com toda a força, morder o pedaço de carne, mas sua mandíbula estava fraca. Logo depois, o terror aumentou quando Phortis avançou e tentou penetrá-la.

A náusea e o nojo tomaram conta de Ariadne profundamente — como acontecera muitas vezes na infância. De repente, ela sentiu uma vontade muito forte de vomitar. Engasgou. Phortis se retraiu, e então ela vomitou. Pequenas gotas de vômito cobriram o rosto dele.

"Gostaria que você morresse afogado em meu vômito, seu filho da puta."

Phortis usou a manga da túnica para tirar a maior parte do vômito e voltou a se inclinar sobre ela.

— Sua vadia imunda! Isso só aumentou meu apetite. — Com um grunhido profundo, ele a penetrou e começou os movimentos de vaivém.

Ariadne gritou de susto e de dor. Não se surpreendeu quando olhou para a frente e viu o rosto do pai e não o de Phortis. Viu o mesmo desejo nos traços dele. O mesmo brilho em seus olhos frios e mortos. Escutou os mesmos sons animalescos de prazer saindo de seus lábios.

— Odeio você — disse ela. — Sempre odiei e sempre odiarei.

— Hã?

Ela hesitou. Phortis havia reaparecido.

— Rogo uma praga sobre sua cabeça infeliz — disse ela. — Que as mênades de Dionísio assombrem todos os seus passos. Quando você tropeçar, elas tomarão você e estraçalharão sua carne. Não sobrará nada de você além de uma caveira sorridente e um monte de pedaços de ossos. — Ariadne viu o medo surgindo nos olhos de Phortis, sentiu que ele murchava dentro dela. Então ela deu uma risada como a de uma louca. — Você diz ser homem? Pois não passa de um porco manco!

Dessa vez, foi Phortis quem se recolheu. A revolta de Ariadne não durou mais do que aquele momento. Ele levantou a mão para acertá-la de novo. Ela fechou os olhos, e se preparou para a dor que viria.

— Phortis!

Ariadne sentiu o capuano ficar tenso. Ele não concretizou a agressão.

— Phortis, onde você está, maldito? Crassus está prestes a partir. Ainda temos muito o que discutir. — Batiatus parecia irritado.

Phortis segurou o queixo de Ariadne e a forçou a olhar nos olhos dele.

— Você está com sorte, sua vagabunda. Da próxima vez, não será assim. E não pense que não haverá uma próxima vez! Observarei você de manhã até a noite. Spartacus e o grupinho ridículo dele não podem cuidar de você o dia todo. Uma mordaça em sua boca a impedirá de lançar seu veneno. E, se por acaso morrer engasgada em seu vômito enquanto te fodo, ninguém ficaria mais feliz com isso do que eu!

— Phortis! — gritou Batiatus.

— Estou indo, senhor! — Ajeitando as roupas, o capuano se levantou. Olhou para os guardas. — Desamarrem esses dois. Sigam-me quando eu encontrar Batiatus. — Olhando mais uma vez com ódio para Ariadne, ele se foi.

Tomada pela dor, vergonha e terror, Ariadne se entregou ao esquecimento que ameaçava vencê-la.

Quando acordou, parecia que alguém havia martelado sua cabeça. Uma pulsação fraca e constante domivava suas pálpebras. Ela abriu os olhos e sentiu uma onda de náusea. Sentiu ânsia de vômito e alguém — o cirurgião? — a rolou para o lado, encostando a ponta fria de uma vasilha em seus lábios.

— Deixe sair. Deixe sair tudo.

Depois de um instante, ficou claro que não havia mais nada em seu estômago. A vasilha foi retirada, e ela voltou a ser deitada de costas.

— Spartacus — gemeu ela.

— Estou aqui — disse ele delicadamente.

Ela abriu os olhos e o encontrou a poucos passos, atrás do cirurgião.

— Graças aos deuses — disse ela.

O sorriso dele devia ter sido reconfortante, mas a preocupação estava clara em seu rosto quando ele se virou para o grego.

— E então?

— Não senti nenhum osso quebrado no crânio dela, mas é muito cedo para saber se terá sequelas permanentes — disse o cirurgião. — Ela precisa ficar de cama durante, pelo menos, um dia e uma noite.

"Sequelas permanentes?", pensou Ariadne, surpresa. Sua visão estava um pouco embaçada e a dor de cabeça era muito forte, mas ela conseguia sentir a força voltando.

— Por quanto tempo fiquei inconsciente?

— Bastante. Phortis é um animal! — respondeu o médico. Ele entregou a Spartacus um frasco de vidro. — Ela deve tomar um gole de hora em hora. Venha me chamar se piorar. Verei como ela está mais tarde. — Com isso, ele se retirou.

— Pelos deuses. — Ariadne, finalmente, reconheceu o interior de sua cela. — Você me trouxe para cá?

— Sim, depois de Getas me procurar gritando como um louco. Ele me contou o que aconteceu. — A vergonha tomou o rosto de Spartacus, e ele abaixou a cabeça. — Sinto muito. Fracassei. Não devia ter deixado você ali.

— Você estava cuidando de seu braço — disse ela. — Como saberia que Phortis pretendia me atacar naquele momento? Getas e Seuthes também não têm culpa. — Ela sentiu uma onda de pânico. — Você não fez nada com eles, não é?

A fúria que Spartacus sentia transformou seu semblante. Algo primitivo. Foi muito assustador.

— Ainda não — disse ele. — Mas eles pagarão, não tenha a menor dúvida.

— Não. — Procurando ganhar forças, Ariadne segurou o braço dele. — Você não pode fazer isso. Eles estavam apenas seguindo a sua ordem de conferirem os banheiros antes que eu entrasse. Phortis mandou seis homens amarrarem os dois enquanto me atacava.

— E daí? — perguntou ele. — Ainda assim, eles podiam tê-la defendido.

— Getas e Seuthes não são deuses, são homens. Assim como você. Também são seus seguidores mais leais. E são seus amigos. — Vendo que ele se retraía, Ariadne passou a falar de modo mais gentil. — A consciência de terem fracassado fará com que os dois tenham ainda mais determinação para não cometerem o mesmo erro de novo.

Ele assentiu lentamente.

— Eles juraram morrer a deixar que algo aconteça a você de novo.

— Então, perdoe os dois — pediu ela.

— Preciso me perdoar antes. — Spartacus soltou um suspiro. — Depois, acho que poderei dar uma segunda chance aos idiotas. — Ele abaixou as sobrancelhas. — Quanto àquele bastardo do Phortis, morrerá gritando pela mãe em breve.

— Ótimo. Quero vê-lo sofrer também. Mas...

— Eu sei. — O arrependimento substituiu a fúria. — Não haverá vingança rápida. Ele vai estar atento. Assim como procurará outra oportunidade de... — Spartacus contraiu a mandíbula. — Ele chegou a... — perguntou ele, sem olhar para ela. — Getas e Seuthes não conseguiram ver, mas eles escutaram...

A emoção deu um nó na garganta de Ariadne, mas ela conseguiu falar. Spartacus merecia saber.

— Sim, por pouco tempo.

— Que animal desgraçado! Que filho da puta! — As veias no pescoço de Spartacus incharam. — Vou cortar o pênis dele e enfiá-lo goela abaixo!

— Estou viva. Vou me recuperar — disse ela, esquecendo sua dor por um momento. — Não é a primeira vez que isso acontece.

Ele ficou boquiaberto.

— Quem? Quando? Como?

Ela não conseguiu olhar para ele.

— Meu pai. Durante toda a minha infância. Só parou quando me mudei para Kabyle.

— Sinto muito — disse ele, acariciando a mão dela. — Eu não sabia.

— Ninguém sabe. Você é a primeira pessoa a quem conto. — Ela olhou para ele rapidamente antes de a vergonha fazer com que afastasse o olhar de novo.

— Que monstro faz isso?! — Spartacus ergueu o punho direito e o cerrou até a mão ficar pálida. — Se esse desgraçado estivesse aqui, faria com que ele pagasse! — Voltou a olhar para Ariadne. Viu um pouco de sofrimento nos olhos dela. — Não vamos falar sobre ele nem sobre Phortis.

— Não — sussurrou ela. — Apenas segure a minha mão, por favor.

— Claro. — Ele apertou os dedos dela.

Mais calma, ela fechou os olhos.

Spartacus a observou adormecer profundamente. Sozinho com seus pensamentos de novo, imaginou que matava Phortis e o pai de Ariadne. Apesar de sua grande vontade de se vingar, sabia que matar o capuano seria muito mais difícil do que antes. Porthis tomaria muito cuidado, a partir daquele momento, para não ficar desprotegido. Ainda assim, Spartacus estava mais preocupado com novas tentativas dele de estuprar Ariadne. Fez um juramento ao Cavaleiro. Isso não podia acontecer. Não aconteceria.

Mesmo jurando, Spartacus sentiu certa dúvida. Apesar de muitos homens serem leais a ele, ele não era onipotente. Por mais que tentasse garantir a proteção de Ariadne, Spartacus não podia assegurar-se de que depois de um mês ou um ano não surgiria a oportunidade para o capuano voltar a atacar. E atacaria sim. Getas contou sobre a ameaça que ele fez a Ariadne.

"Não sou o único pedaço de carne a ser observado lutando e morrendo", pensou com amargura.

A raiva tomou conta de Spartacus de novo. Sentiu vontade de pular e socar a parede, mas Ariadne ainda segurava seus dedos. Olhou para ela com carinho. "Não posso permitir que o destino seja ruim para ela", prometeu a si mesmo. "Não permitirei." Além de matá-la ou cometer suicídio com ela, que não eram opções que Spartacus considerava, só havia um caminho a seguir. O caminho no qual ele pensou depois de sua luta diante de Crassus.

"Vou escapar deste inferno", decidiu. "E vou levar Ariadne e todos os gladiadores que me seguirem! Os trácios que me foram prometidos virão, e com a bênção do Cavaleiro, outros virão também. Phortis será o primeiro a morrer antes de sairmos. Batiatus também, se eu conseguir. É uma pena que Crassus não esteja aqui. Eu acabaria com aquele cretino também."

Finalmente, Spartacus esboçou um sorriso.

Era bom ter um plano, finalmente.

No mesmo instante, ele se lembrou do sonho da serpente enrolada em seu pescoço. De repente, sentiu muito frio. Ele seria morto na fuga? A frustração que vinha sentindo diante da incapacidade de Ariadne explicar o sentido do sonho aumentava. O lapso em sua decisão foi momentâneo. Respirou fundo. A morte seria um fim melhor e mais atraente do que esperar Phortis tomar uma decisão. Se ela viesse, seria uma morte de guerreiro. E Ariadne também lutaria.

Eles teriam um fim adequado a qualquer trácio, homem ou mulher.

Ariadne só despertou totalmente no dia seguinte. Spartacus ficou muito aliviado ao ver que ela parecia bem melhor. Até mesmo o médico ficou satisfeito com a melhora dela, concordando em deixá-la ir para o lado de fora, ao sol, e não ficar presa à cama.

— Não vou me esconder — disse ela. — Quero que aquele animal do Phortis veja que não pode acabar com meu espírito... nem mesmo com meu corpo.

— Se você está certa disso... — disse Spartacus, impressionado com a coragem e a determinação demonstradas por ela.

— Estou.

Delicadamente, ele a ajudou a sair do cômodo. Getas e Seuthes já estavam esperando. Assim como Carbo. Eles a levaram a um banquinho, e os trácios permaneceram dos dois lados dela, atentos como cães de guarda. Carbo sorriu para ela, tentando não pensar em como se sentiria se algo assim acontecesse com Chloris.

Spartacus lançou aos amigos um olhar questionador.

— Nós morreremos antes de alguém encostar a mão dela — jurou Getas.

— Você também nos ouvirá gritando seu nome — murmurou Seuthes.

— Ninguém vai causar nenhum mal a ela — prometeu Carbo. — Eu juro.

— Ótimo — disse Spartacus, satisfeito. — E o outro assunto que discutimos? — Agora que estava prestes a agir conforme sua decisão, queria uma garantia final.

Carbo nem sequer havia pensado em fugir do ludo — por que pensaria nisso com as coisas indo tão bem? Mas se Spartacus ia liderar a fuga, ele teria que segui-lo. Era um dos homens trácios agora, querendo ou não. Se não permanecesse leal, nunca seria capaz de erguer a cabeça com orgulho de novo. Carbo detestava admitir isso, mas também havia outro motivo. Sem Spartacus, ele mais uma vez se tornaria presa fácil dos guerreiros predadores que continuariam no ludo.

— Estamos todos nessa com você, assim como os outros. Somos 32.

— Até a morte — acrescentou Getas.

Os olhos de Spartacus brilharam. "É isso o que quero ouvir." Ele não tinha muita certeza em relação a Carbo, mas não acreditava que o jovem romano fosse um delator.

— Sobre o que vocês estão falando? — perguntou Ariadne.

Spartacus se agachou ao lado dela, e os outros saíram para que eles pudessem conversar a sós. Falando baixo, ele explicou o que havia decidido fazer na noite anterior.

— Vou falar com os outros líderes hoje. — Ficou contente quando ela assentiu em aprovação.

— Precisamos fazer algo — concordou ela. — Pedirei a Dionísio que cuide de você.

— Obrigado. — Quando Spartacus ficou de pé, voltou a ver a serpente enroscando-se em seu pescoço. "Tenho que fazer isso, custe o que custar."

— Qual é o problema?

— Nada. — Ele ficou surpreso por ela ter percebido.

"Mentiroso."

— Com quem você vai falar primeiro?

— Oenomaus — respondeu Spartacus imediatamente. — É ele quem tem mais seguidores.

— Se ele aceitar, outros acompanharão — disse ela, pensando alto.

— Sim, é o que espero.

— Como pretende convencê-lo?

— Vou encontrar uma maneira.

Ariadne percebeu uma leve incerteza na voz dele. Olhou nos olhos dele por bastante tempo.

— Você sonhou com a serpente de novo?

Ele assentiu, relutante. "Ela vê demais."

Por um instante, Ariadne pensou em mentir, em dizer a ele que Dionísio havia mostrado uma explicação para aquela visão. No entanto, decidiu não fazer isso, pois não queria enfurecer o deus. Podia acabar deixando as coisas piores do que estavam.

— E você acha que isso pode significar a sua morte?

— A morte de nós dois — respondeu ele rapidamente.

Ariadne olhou para ele. Os barulhos das atividades no pátio diminuíram conforme eles foram se concentrando um no outro. Até mesmo Getas e Seuthes, que estavam a poucos passos dali, pareciam menos reais.

— Se as coisas derem errado, não poderei deixá-la com aquele animal. Eu, ou um de nós, terá que acabar com tudo primeiro.

Ela segurou a mão dele.

— Eu não desejaria destino diferente. Vamos ficar juntos, vivos ou mortos.

Ele sorriu.

— Que assim seja.

Ariadne observou enquanto Spartacus se afastava sozinho. Ela fez um meneio de cabeça quando Getas, Seuthes e Carbo retomaram suas posições, contudo, por dentro, as dúvidas ainda a atormentavam. Depois do que havia acontecido no dia anterior, era fácil demais pensar no pior significado para o sonho dele. "Dionísio, ajude-o", rezou. "Sempre fui sua serva fiel. Não abandone a mim nem a meu marido agora."

Spartacus foi diretamente a Oenomaus, que estava sentado a uma mesa, comendo com seus homens. A certeza que sentira na noite anterior ainda se fazia presente, mas ele não tinha ideia se o alemão — ou qualquer pessoa que fosse — concordaria com ele. Nunca havia falado com Oenomaus, e seu plano beirava a loucura. "Grande Cavaleiro, fique a meu lado. Peço que guie meu caminho."

Spartacus estava a dez passos de Oenomaus quando um homem de peito inchado, com cabelos compridos e uma barba cheia ficou de pé e bloqueou o caminho. Diversos outros se aproximaram dele, com as mãos dentro das túnicas, sobre as armas escondidas.

— Pare bem aí — rosnou o primeiro homem em um latim sofrível. — O que quer?

Spartacus levantou as mãos em um cumprimento de paz.

— Nada de mais. Apenas quero conversar com Oenomaus.

— Que se dane. Ele não quer falar com você.

Spartacus olhou além do grandalhão.

— Oenomaus!

O alemão virou a cabeça.

— Quem disse meu nome?

— Eu — respondeu Spartacus. Ele olhou para o homem barbado em seu caminho. — Seu amigo educado aqui disse que você não conversaria comigo.

— Educado? Ele? — Oenomaus esboçou um leve sorriso. — Mas ele tem razão. Por que eu me importaria em falar com alguém como você?

— O que tenho a dizer pode ser de seu interesse.

— Foi você quem lutou diante de Crassus?

— Sim.

— A maioria dos homens teria caído com o ferimento que você sofreu. Você se saiu bem.

— Obrigado.

Oenomaus apontou para o banco diante da mesa.

— Sente-se.

Os homens que estavam diante de Spartacus abriram caminho.

Passando pelo alemão, Spartacus seguiu adiante. Olhou ao redor quando se sentou, observando se algum dos guardas parecia interessado. Para seu alívio, não estavam nem sequer olhando para ele. Phortis não estava por perto. Era mais um motivo para agir depressa.

— E então, o que você quer? — perguntou Oenomaus seco.

"Ele é direto. Ótimo." Spartacus olhou para os guerreiros dos dois lados.

— O que tenho a dizer é particular.

— Eles são os homens em quem mais confio — respondeu Oenomaus. — Fale o que quer ou desapareça.

— Ótimo. — Spartacus se inclinou. — Vou fugir do ludo com meus seguidores. Gostaria de saber se quer se unir a mim.

Todos ao redor ficaram chocados. Oenomaus foi o primeiro a se recuperar.

— O que você disse?

Spartacus olhou depressa ao redor. Ainda não havia sinal de Phortis. Calmamente, repetiu o que tinha dito.

— Você não me conhece e nem sabe do que sou capaz. Como pode ter certeza de que não vou me virar e contar a Batiatus o que você está planejando? — perguntou o alemão.

— Não tenho — respondeu Spartacus, dando de ombros. — Mas pela minha experiência, um homem que lidera mais de cinquenta não costuma ser um rato.

Oenomaus parecia satisfeito.

— Você tem razão em relação a isso. Continue.

Spartacus aproveitou a chance.

— Somos duzentos homens no ludo. Batiatus tem o quê? Trinta, 35? — Ele uniu as mãos em concha para que ninguém visse. — Se muitos de nós nos unirmos, eles não têm como nos impedir de fugir.

Oenomaus olhou para a varanda acima.

— Os guardas são bem-armados. Muitos homens morreriam antes de chegarmos às armas.

— Provavelmente — respondeu Spartacus. — Não é melhor do que morrer na arena, aos gritos de uma multidão romana?

— Alguns diriam que não, principalmente se sobreviveram um ano ou dois dentro destes limites. — Os olhos de Oenomaus eram astutos. — Se a mulher deles estivesse sofrendo ameaça de Phortis, claro, eles poderiam ter outra opinião.

— Não é o motivo pelo qual quero fugir.

— Não?

— Quando matei aquele guerreiro ontem, vi a reação de Batiatus e a de Crassus. Para eles, não passei de uma atração de circo. Crassus disse isso.

— Acha que não sei disso? Nós lutamos. Às vezes, nos ferimos. Às vezes, morremos. Um pequeno prêmio em dinheiro nos é dado de vez em quando. Os melhores de nós têm uma mulher. Não é muito diferente de ser um guerreiro em uma guerra qualquer.

"Você não pensa?", Spartacus sentiu vontade de gritar. Conseguiu se controlar. Seria a maneira mais certa de virar o alemão contra ele. Ele falou baixo, de modo assertivo.

— Ao fugir, recuperaríamos não apenas nossa independência e o direito de determinar nosso destino, mas nosso orgulho. Nosso orgulho!

Oenomaus passou um dedo pelos lábios, pensativo.

Spartacus esperou. Não devia ter sido tão incisivo.

— É arriscado. Muito arriscado — disse Oenomaus um instante depois. — Quem mais está nessa com você?

"Os riscos são altos demais para mentir", pensou Spartacus.

— Você é a primeira pessoa que procurei.

— Então, ninguém mais aceitou?

— Tenho 31 homens que me seguirão até a morte.

— Certamente eles morrerão se não houver mais homens com eles — respondeu Oenomaus.

— Então, não vai se unir a mim?

— Se conseguir convencer mais alguém, podemos voltar a nos falar. — Oenomaus fez um gesto indicando que a conversa tinha acabado.

Spartacus olhou para o céu. "É só isso?", gritou por dentro.

O bruto barbado que havia tentado impedi-lo de falar com Oenomaus já estava perto dele.

— Hora de ir embora.

Furioso, Spartacus permaneceu onde estava. Não havia motivo para fazer escândalo. Isso poderia estragar a base de qualquer ponte que pudesse ter acabado de construir.

Oenomaus virou-se para falar com um de seus homens.

— Vamos — resmungou o alemão barbado. Pousou uma mão no braço de Spartacus.

— Não me toque — reagiu Spartacus. Ficou contente ao ver sua ordem sendo obedecida.

Tinha dado alguns passos quando uma lembrança lhe ocorreu. Por que não havia pensado nisso antes? Virou-se, assustando o homem barbado.

— Espere. Preciso falar com Oenomaus de novo.

— De jeito nenhum. Você teve sua chance. — Ele esticou os braços para segurar a túnica de Spartacus.

Spartacus se retraiu, desviou, e então avançou para dar um murro no plexo solar do outro. Usou toda a força que tinha. O homem barbado abriu a boca, surpreso, quando o ar saiu de seus pulmões, e caiu de joelhos como um touro aturdido.

Ouviu-se uma comoção instantânea. Bancos caíram ao chão. Doze alemães se levantaram. As armas brilhavam ao serem erguidas, e Spartacus sabia que tinha um instante para falar antes de ser atingido.

— Oenomaus! Sinto muito por ter acertado seu homem, mas ele não me deu atenção. Tenho mais uma coisa a dizer.

Para sua surpresa e alívio, Oenomaus ergueu a mão. Seus homens se contiveram. Ele ergueu uma sobrancelha.

— É melhor que seja algo bom.

— E é — prometeu Spartacus. — Quando Crassus subiu as escadas ontem, o ouvi dizer que precisava de vinte guerreiros habilidosos para um munus. Parecia disposto a comprá-los aqui.

— Não tem nada demais nisso — disse Oenomaus. Seus homens deram um passo à frente em direção a Spartacus e, dessa vez, seu líder não os impediu.

— Eles devem lutar até a morte. — Mais uma vez, conseguiu a atenção de todos. O que Spartacus não disse — não precisou dizer —, é que pelo menos metade dos homens seria alemã.

— Você está mentindo!

Spartacus olhou diretamente nos olhos de Oenomaus.

— Juro no túmulo de minha mãe, por Dionísio e pelo Grande Cavaleiro, que não estou.

Oenomaus franziu o cenho.

Spartacus fez mais uma oração, pedindo ajuda aos deuses.

— Quem lideraria essa empreitada?

"Mais uma pergunta difícil", pensou Spartacus. Graças ao Cavaleiro, ele tinha formulado a resposta com antecedência.

— Ninguém. Nós dois cuidaremos de nossos próprios seguidores. A mesma coisa se aplicará aos outros, se quiserem participar.

Oenomaus resmungou.

— Para onde iríamos?

— Não sei ainda. Mas um dos meus homens é o novo auctorato. Conhece a região e pode nos dar algumas ideias. — "Pronto, fiz o meu melhor."

Fez-se um longo silêncio.

Então, Oenomaus o olhou com lascívia. Mostrou todos os dentes, como um lobo.

— Conte conosco. — Ele piscou aos homens que estavam perto dele, e como uma matilha que acabara de ver uma presa mais fácil de pegar, rosnaram concordando.

O coração de Spartacus se acelerou. Assentiu brevemente, como se não quisesse mais nada.

— Ótimo.

— Você pode convencer os outros a se unirem a nós?

Ele abriu um sorriso confiante ao alemão.

— Deixe-os comigo.

— Mantenha-me informado.

— Pode deixar. Não diga nada a ninguém. — Spartacus viu um movimento pelo canto do olho. Ao olhar depressa para lá, viu que se tratava de Phortis. "Merda!" Ele disse o nome do capuano, sem emitir som.

Oenomaus piscou para mostrar que havia compreendido.

Spartacus chutou o alemão barbado.

— Diga para este idiota olhar por onde pisa.

— Vá se foder — gritou Oenomaus.

Spartacus afastou-se devagar, como se estivesse irritado por ter sido atacado. Os alemães o insultaram quando se retirou. Quando Spartacus olhou de novo, Phortis estava sorrindo devido à aparente animosidade entre ele e Oenomaus. "Ele mordeu a isca. Ótimo."

Encorajado pelo sucesso de logo cedo, Spartacus passou o resto do dia abordando os outros no ludo. Quando Gavius, o guerreiro atarracado que liderava mais de quarenta samnitas, soube do envolvimento de Oenomaus, foi rápido em oferecer seu apoio, assim como a maioria dos trácios. Spartacus não teve a mesma sorte com Castus e Gannicus, que lideraram dois grupos separados de gauleses. Nenhum deles parecia capaz de delatá-lo, porém, os dois não conseguiam deixar de lado a suspeita em relação às outras facções, muito menos um do outro. Ele não fez nenhum esforço para conversar com os outros guerreiros. Eram pessoas de muitas nacionalidades diferentes. Também não tentou convencer Crixus. O homenzarrão o acompanhou com o olhar pelo pátio e mostrou a possível reação.

Irritado com seus fracassos, ele conversou com Getas e Seuthes. Carbo permaneceu ao fundo, sentindo-se honrado por ter sido incluído.

— Talvez devêssemos esquecer os gauleses — disse Getas, franzindo o cenho. — Eles são caras que causam problemas na maior parte das vezes.

Seuthes riu.

— Ele não está errado.

— Sim, mas são guerreiros temidos — observou Spartacus. — Quando estivermos fora, estaremos totalmente sozinhos, sem amigos. Todos se colocarão contra nós. Pensem nisso. — "Se formos bem-sucedidos, para onde iremos?" Sentiu uma onda de esperança. "Eu poderia voltar à Trácia. Encontrar Kotys."

— É verdade — disse Getas, com melancolia.

— Cinquenta gauleses fariam enorme diferença em nosso poder de ataque — admitiu Seuthes. — Mas você não conseguiu convencê-los, e Crixus não é acessível. O que mais podemos fazer?

Spartacus franziu o cenho.

— Precisa haver uma maneira de contornarmos esse obstáculo.

— Eles o seguiriam se você os derrotasse individualmente em combates? — perguntou Carbo, de repente.

— Hum? — Seuthes passou atrás dele. — Você quer que Spartacus vença três guerreiros excelentes, um atrás do outro? Por que você não faz isso, seu tolo?

Corando, Carbo se calou.

— Acho que você tem razão. — Spartacus ignorou a expressão de choque de Getas e Seuthes, e a confusão de Carbo. — Claro que não quero lutar contra os três. Mesmo que eu vencesse, provavelmente passaria um mês na enfermaria. Nem Castus nem Gannicus se uniriam a nós só porque o outro se uniu.

— Claro que não. Eles se odeiam — disse Getas.

— Mas se eu derrotasse Crixus e este se unisse a nós, pode ser que os outros dois mudem de ideia.

— Você enlouqueceu? — perguntou Seuthes. — Seu braço não está curado. E o cara é um monstro.

— Deixe as coisas como estão — aconselhou Getas. — Podemos fazer isso sem os gauleses.

— Podemos? — Spartacus inclinou a cabeça para os guardas de patrulha. — Pensem nos problemas que esses bastardos podem causar nos primeiro minutos. Já vimos ataques realizados por uma série de setas antes. A mesma coisa poderia acontecer aqui.

Um silêncio pesado caiu sobre eles, e Carbo se arrependeu por não ter mantido a boca fechada. Todos tinham visto os guardas praticando no quintal. A maioria deles conseguia acertar um alvo com seis flechas em menos de sessenta batimentos cardíacos.

"Se há um momento certo de lutar contra Crixus, o momento é este", pensou Spartacus. Até então, ele evitara confrontos porque teriam sido inúteis. Mas agora havia muito a se ganhar. Se quase todos os homens do ludo participassem da fuga, teriam uma chance muito maior de obter sucesso. Ele sentia que eles deviam lutar, e, fazendo isso, sabia que era também por querer ser visto como o homem que unira os gladiadores. Independentemente do que acontecesse quando escapassem, *isso* não seria esquecido.

— Qual é a pior coisa que pode acontecer? Crixus pode quebrar algumas de minhas costelas — ele disse, brincando.

Getas abriu a boca para protestar, mas voltou a fechá-la.

— Quando?

— Pela manhã — respondeu Spartacus. — Depois de uma boa noite de sono.

— Mas... — disse Carbo, passando a ficar preocupado.

— Pode deixar — avisou Seuthes. — Já vi esse olhar dele muitas vezes.

— Você está arriscando a sua vida.

— E é a minha escolha — rebateu Spartacus.

Carbo abaixou a cabeça. "E se ele fracassar?", pensou, angustiado. "E se Crixus matá-lo? Não terei ninguém para me proteger." A culpa por ser tão egoísta o sufocou. No entanto, ele não podia evitar.

CAPÍTULO IX

No dia seguinte, Spartacus não se preocupou em tomar o café da manhã. Estar de estômago vazio podia lhe dar uma vantagem em relação a Crixus. Até mesmo um pequeno detalhe como aquele podia representar a diferença entre o fracasso e o sucesso. Antes de sair da cela, ele havia se aquecido passando óleo nos músculos. Sentou-se com Getas, Seuthes, Carbo e seis outros trácios, observando o gaulês e seus companheiros comendo mingau. "Coma quanto sua barriga aguentar, seu porco."

Spartacus ficou surpreso por Ariadne não ter se oposto à sua decisão. Ele não sabia se a reação dela tinha a ver com o que passara nas mãos de Phortis. De qualquer modo, foi um alívio. Com os pensamentos voltados o tempo todo para a fuga, era bom não ter mais uma preocupação. Já era ruim o bastante o fato de o sonho com a serpente ter se repetido naquela noite. Incomodado, Spartacus afastou da mente a imagem na qual era estrangulado por Crixus, não pela serpente.

— Desejem-me sorte — disse ele. O medo estampado no rosto de todos lhe mostrou que acreditavam que ele poderia fracassar. Sua determinação se intensificou. — Vamos — disse ele, assumindo a liderança.

Os outros se apressaram em segui-lo. Todo mundo conhecia seu papel. Eles já tinham falado sobre cuidar para que os homens de Crixus não interviessem. Sentindo uma onda de adrenalina e as palmas das mãos úmidas pela ansiedade de lutar, Spartacus acenou tristemente para Getas e Seuthes, que protegeriam Ariadne. Então, ele se aproximou de onde Crixus estava.

Os aliados do gaulês ficaram de pé, mas Crixus não se levantou. Olhou para Spartacus.

— O que diabos você quer?

"Guie meu caminho, Grande Cavaleiro."

— Tenho uma proposta a fazer.

Crixus curvou os lábios.

— Por que acha que eu me interessaria?

— Porque você só precisa concordar se eu derrotá-lo em um combate simples, sem armas.

— Fale.

Erguendo as mãos em sinal de paz, Spartacus se aproximou.

— Muitos de nós estão planejando fugir do ludo — disse ele, em voz baixa. — Quero que você venha conosco.

O rosto de Crixus foi tomado por um misto de emoções. Incredulidade. Susto. Inveja. Raiva.

— Como? Com você como líder?

— Não. Cada guerreiro segue o homem por quem tem lealdade.

— Quem já se uniu?

— Oenomaus, Gavius e quase todos os trácios. Cerca de 120 homens.

— Castus? Gannicus?

Spartacus balançou a cabeça, dizendo que não.

— É de se entender — zombou Crixus. — Quem ia querer se unir a um monte de selvagens?

Seus homens riram.

— Foi o que pensei que diria — respondeu Spartacus, à altura. — Sua resposta mudaria se eu o vencesse em uma luta?

— Se isso acontecer, sigo você para dentro de uma vala. — A risada de Crixus vinha de dentro da sua barriga.

— Não pedirei que faça isso. Lutaremos até que um de nós se renda, certo?

— Parece bom. Desejo isso há muito tempo — rosnou Crixus, pondo-se de pé. Ele balançou os braços. — Saiam da frente!

Quando os gauleses mais próximos obedeceram, Spartacus correu na direção de Crixus. Cobriu a distância entre eles em dois segundos. Crixus não teve tempo de reagir quando Spartacus deu uma cabeçada em sua barriga. Ouviu-se um suspiro quando o gaulês perdeu o fôlego. Eles caíram na areia embolados. Spartacus estava por cima e conseguiu se levantar. Surpreendido ou não, Crixus era muito perigoso. Já estava tentando envolvê-lo com seus braços fortes. Se isso acontecesse, a luta terminaria.

Afastando os braços de Crixus, Spartacus se distanciou, rolando. Teve tempo de dar um murro na genitália do gaulês antes de este se levantar. Um gemido alto indicou que havia acertado o ponto. Spartacus se agachou, pensando se acabaria levando um chute na cabeça, mas Crixus já estava se sentando. A fúria tomou seu belo rosto.

— Seu trácio maldito! A luta ainda não havia começado!

— Não há juiz aqui. Tampouco regras — disse Spartacus. Ele queria irritar Crixus. Um homem irritado tinha maior probabilidade de cometer erros.

Getas e Seuthes gritaram para incentivar seu líder.

— Então é assim? Vou arrancar seus malditos olhos — gritou Crixus. — Você vai se render em pouco tempo.

Seus homens gritaram aprovando.

— Você acha? Venha e tente!

Furioso, Crixus avançou como um porco selvagem e eles se entrelaçaram como dois amantes. Pela primeira vez, Spartacus sentiu-se alegre por ter aprendido golpes de luta corporal com um mercenário grego com quem havia servido em Bitínia. Crixus era muito mais forte do que ele. A habilidade de Spartacus — e o óleo que cobria sua pele — foram o que o salvaram da derrota nos momentos seguintes. Eles rolaram de um lado para o outro, braços travados, rostos contorcidos em caretas. Inclinando-se, Crixus mirou um joelho na genitália de Spartacus, mas este conseguiu impedir o golpe com a coxa erguida.

— Suas bolas ainda estão doloridas? — perguntou Spartacus.

— Não tanto quanto as suas ficarão quando eu as alcançar! — Com um movimento brusco, Crixus derrubou Spartacus de lado. Sem equilíbrio, este tombou e caiu. Crixus foi para cima dele como um animal furioso, dando socos que causaram ondas de dor por todo o corpo de Spartacus. Tentando ignorar a dor, ele chutou a barriga musculosa de Crixus. Segurando o gaulês pelos ombros, Spartacus o jogou para o lado.

Inacreditavelmente, Crixus se levantou mais depressa do que Spartacus. Ele ainda estava de joelhos quando o gaulês avançou e acertou um bofetão em seu rosto. Spartacus sentiu seu nariz se abrir como uma ameixa madura, e escutou quando os tecidos foram rompidos. Lançado de volta à areia pela intensidade do golpe, ele berrou de dor. Parando apenas para chutar Spartacus algumas vezes, Crixus foi para cima dele de novo. Seus dedos partiram como garras em direção ao rosto de Spartacus.

— Vou arrancar seus malditos olhos!

Spartacus estava cego por causa do sangue e totalmente tomado pela dor. Também sabia que se Crixus enfiasse os polegares em suas órbitas oculares, tudo estaria acabado. Ele já havia usado a tática algumas vezes, e ela era extremamente eficaz. Spartacus tentou imaginar se Crixus pararia depois de arrancar seus olhos. Provavelmente não. A ideia de passar a vida cego ou de morrer naquele momento encheu Spartacus de desespero.

Passando os braços por dentro dos de Crixus, Spartacus os afastou para os lados com toda a força. Como não esperava aquele ataque, Crixus caiu em cima dele. Spartacus enfiou os dentes na primeira parte do corpo do gaulês que conseguiu. Foi o nariz. Mordeu com o máximo de força que pôde, balançando a cabeça como um cachorro faz com um rato. Percebeu, vagamente, os gritos de Crixus e os socos fracos que aplicava em seu abdome desprotegido, mas não soltou. "Tome isto, seu imbecil!"

De alguma maneira, a razão adentrou a névoa vermelha que tomou a consciência de Spartacus. "Se eu arrancar metade do nariz dele, o desgraçado nunca vai se unir a nós." Abriu a boca, e Crixus se jogou para trás, espirrando sangue. Spartacus se virou para o lado e se esforçou para se livrar das garras do outro. Não houve resistência. Levantou-se e limpou o sangue dos olhos. A três passos dele, Crixus estava se levantando, segurando o nariz machucado.

— Vou matar você! — vociferou ele.

Aquela era sua melhor oportunidade. Apesar da ameaça, Crixus estava sentindo muita dor. Spartacus girou e se movimentou de um lado para o outro, mirando socos na barriga do gaulês. Crixus os bloqueou e desferiu alguns golpes fortes com a mão livre. Spartacus deixou que um o acertasse, e gritou de dor. Mais um veio em seguida, acertando seu braço ferido. A dor foi forte e a visão de Spartacus ficou turva por um momento. "Vamos!" Balançando a cabeça, ele permaneceu onde estava. O castigo tinha que ser tolerado. Conseguindo manter-se livre dos socos de Crixus no instante depois, ele envolveu o gaulês com os dois braços. Aguentando todo o peso do outro no lado direito do quadril e ignorando a dor em seu ferimento, Spartacus o lançou à areia.

Crixus caiu de cara, e foi a vez de Spartacus pular em cima dele. Sentado sobre as costas do gaulês, ele bateu o braço direito no pescoço do outro. Ao segurar a mão direita dele com a esquerda, prendeu Crixus. Conforme apertava o braço, sufocando-o, bloqueando a passagem do ar. Crixus emitiu um som horroroso, e seus braços se debateram, tentando agarrar Spartacus. Suas tentativas foram vãs, e não foi preciso mais do que alguns segundos para que sua força começasse se esvair. A pele de sua nuca ficou vermelha.

Spartacus tentou imaginar como estava o rosto de Crixus.

Ainda assim, o gaulês não desistiu.

"Seu bastardo imbecil", pensou Spartacus. Olhou rapidamente para os lados. Os rostos dos gauleses que observavam estavam pálidos, tomados pelo horror, enquanto os de seus homens estavam tomados pelo triunfo. "Matar o touro velho não vai nos ajudar!" Pelos deuses do céu, ele não tinha pensado nessa possibilidade. "Mas não posso permitir que ele viva. Ele vai tentar me matar assim que puder." Com habilidade, Spartacus apertou o braço ainda mais. "Escolha sua morte, então. Terei que convencer Castus e Gannicus de outro modo."

Então, a mão esquerda de Crixus ergueu-se sem força. O dedo indicador estava voltado para cima, apelando por misericórdia. Spartacus não acreditou no que estava vendo, não confiou em Crixus nem mesmo naquele momento.

— Você se rende? — gritou ele.

O outro ergueu o dedo um pouco mais, e em seguida o braço caiu flácido na areia.

— Solte-o! — gritou um gaulês.

— Você o matou! — gritou outro.

Com muito cuidado, Spartacus soltou o pescoço de Crixus. O corpo do gaulês relaxou e não se mexeu. "Grande Cavaleiro, mantenha-o vivo!" Spartacus virou o oponente de barriga para cima. Ficou assustado com a aparência de Crixus. O seu rosto tinha um tom roxo assustador. Sangue não parava de sair do ferimento feio do nariz, que estava coberto de areia. Os olhos estavam vidrados e as partes brancas tinham se tornado vermelhas. A língua inchada saía entre os lábios grossos como linguiças, e havia um círculo vermelho ao redor do pescoço dele, marcando a área onde o braço de Spartacus havia apertado.

— Peguem um pouco de água! — gritou Spartacus. Deu um tapa no rosto de Crixus.

Não houve reação de início, mas, um minuto depois, o gaulês tossiu fracamente.

Spartacus sentiu vontade de comemorar.

Alguém — Spartacus ficou levemente surpreso por ser Restio, o apostador, porque este não estava presente no começo — entregou a ele um odre com água, que ele virou na cabeça de Crixus.

Os olhos do gaulês conseguiram voltar a focalizar. Ele tossiu de novo e esfregou o pescoço.

— Muito dolorido, eu diria — disse Spartacus, ao perceber que a ferida na parte de trás de seu braço direito sangrava. — Você deveria ter desistido antes. É teimoso como uma mula.

— Nunca perdi uma luta — disse Crixus, surpreso. Sua voz tinha um novo timbre, mais grave.

— Para tudo existe uma primeira vez — respondeu Spartacus, ainda tentando adivinhar qual seria a reação do gaulês. — Não sei bem como consegui.

— Sendo o filho da puta mais nojento da Itália — respondeu Crixus, tocando o nariz de leve.

— Foi a luta mais difícil que já enfrentei — disse Spartacus. Não sabia ao certo se era verdade; isso, no entanto, não tinha importância. O importante era fazer Crixus honrar sua palavra. — Você parece o Hércules.

— Hércules não perdia — resmungou Crixus, irritado.

O coração de Spartacus bateu um pouco mais depressa, e ele se inclinou.

— A respeito de minha proposta — disse baixinho.

Restio cutucou o gaulês ao lado dele.

— Sobre o que ele está falando?

Foi ignorado.

— Sou um homem de palavra. Perdi a luta, então eu e meu grupo vamos nos unir a vocês — respondeu Crixus.

— Ótimo. — "Não consigo confiar nem um pouco nele", pensou Spartacus. "Mas, pelo menos, o desgraçado concordou em nos acompanhar." Ao perceber o silêncio, olhou ao redor. Não se espantou com o fato de todos os olhos, até os dos guardas, estarem voltados para eles. Phortis estava a cerca de vinte metros. — Estamos sendo observados. Ajam de acordo — sussurrou Spartacus. — Agora, você vai aprender a não insultar meu povo! — gritou ele. — Cuidado com o que diz da próxima vez. Entendeu?

— Entendi — murmurou Crixus furiosamente. Ele foi até muito convincente, e Spartacus fez um meneio de cabeça a seus homens. — Vamos.

Ficou satisfeito quando percebeu que Phortis, aparentemente furioso, virou-se e voltou a conversar com um dos treinadores. Com sorte, o capuano consideraria a briga apenas um desentendimento entre dois de seus melhores gladiadores.

Agora, só precisava convencer os outros gauleses a participar da fuga.

Preocupado, Spartacus não percebeu Restio se afastar da multidão.

Em vez de procurar o médico para cuidar de seu ferimento, Spartacus foi direto aos banheiros. Vira Castus e Gannicus entrarem ali com um grupo de seus homens.

— Carbo, venha comigo — ordenou ele quando chegaram à porta. — Vocês todos, fiquem aqui.

Carbo ficou feliz por ser escolhido, mas sentiu o estômago revirar de tensão. "A coisa pode acabar ficando feia."

— Quando sairmos, qual será o melhor caminho a seguir? — A atenção de Spartacus já estava voltada para os homens dentro do vestiário. Eles abriram caminho, e Spartacus sorriu, consciente de que o sangue cobria grande parte de seu rosto, e sua aparência devia estar terrível. Não havia sinal dos líderes gauleses, o que significava que já tinham entrado na área de azulejos.

"Posso ser útil para ele! Conheço a região toda", pensou Carbo.

— No que está pensando?

— Um lugar seguro. Difícil de alcançar. Facilmente defensível. Uma montanha ou talvez uma floresta. — "Quando estivermos lá, podemos decidir o que fazer."

— Vesúvio.

Spartacus olhou para ele sem entender.

— O pico plano que é visível a sul deste ponto. Os declives mais baixos são ocupados por animais, mas poucas pessoas vão ao topo. É um dos locais de descanso de Vulcan.

Uma lembrança incomodou Spartacus, mas, com impaciência, ele a afastou.

— Parece perfeito. E a área ao redor?

— Em sua maior parte, é tomada por latifúndios. — Ele percebeu o interesse de Spartacus. — Eles seriam boas escolhas.

— Ótimo. — Spartacus fez um gesto para que ele se aproximasse. — Castus e Gannicus precisam ser convencidos de que se unir a nós é uma boa ideia. É nosso papel convencê-los a respeito de Vesúvio. Acha que pode fazer isso?

— Sim — disse Carbo, confiante, pois não era um bom momento para ser indeciso.

Spartacus o segurou pelo braço.

— Siga-me.

Ignorando os olhares curiosos dos outros gladiadores no banheiro, os dois entraram no frigidário. A sala fria estava vazia, por isso foram ao caldário, que estava lotado. Conversas animadas e fofocas tomavam o ambiente. Os homens se espalhavam pelo piso ou na água morna, aproveitando o calor. Aquela era uma das poucas indulgências na vida dos gladiadores. Castus, um homem baixo de cabelos ruivos, estava em um dos cantos da piscina com diversos seguidores enquanto Gannicus, com seu rosto redondo e jovial, ocupava o outro canto com seu grupo. Um ignorava o outro.

Spartacus caminhou até o ponto que marcava a metade da piscina de modo que os dois líderes pudessem vê-lo.

Todas as conversas pararam.

Spartacus lançou um olhar lascivo. O sangue havia corrido de seu nariz para a boca, deixando os dentes vermelhos. “Ele é um tipo de demônio enlouquecido”, pensou Carbo, com um arrepio de medo.

— Vocês acham que estou feio? — Spartacus olhou para Castus e depois para Gannicus. — Pois então, deem uma olhada em Crixus quando o virem de novo.

— Por que, em nome de Hades, você brigou com ele? — perguntou Castus.

— Para trazer o tolo à realidade.

— Realidade? O Crixus? — Gannicus deu um tapa na lateral da cabeça. — Não existe grande chance de isso acontecer. — Riu, mas não havia bom humor em seus olhos.

— Minha tática funcionou.

No silêncio que se seguiu, Carbo viu os dois líderes se inclinarem para a frente com interesse. Olhou para Spartacus, percebendo que sua demora em voltar a falar era proposital.

— Crixus concordou em se unir a mim e a Oenomaus — disse ele, finalmente.

— E você quer que também o acompanhemos — disse Gannicus. — É por isso que está aqui.

— Sim.

— O que você fará se nos recusarmos? — perguntou Castus.

— Mato os dois.

Carbo olhou para Spartacus. "O que ele está fazendo? Há pelo menos vinte gauleses aqui."

As narinas de Castus se alargaram.

— Você ousa nos ameaçar diante de nossos homens?

— Poderíamos matar você aqui mesmo — ameaçou Gannicus. Seus olhos brilharam, e vários gauleses deram um passo na direção deles.

Spartacus nem sequer virou a cabeça, e Carbo ficou surpreso com sua calma. Este estava controlando uma forte vontade de urinar.

— Matar-nos seria fácil. Soube disso quando entrei — revelou Spartacus. — Mas só vim com Carbo porque *sei* que vocês não vão querer perder essa oportunidade. — Fez uma pausa. — Vocês sabiam que Crassus vai comprar vinte gladiadores de Batiatus? Para lutar combates mortais?

— O quê? — gritou Castus. Apesar de ser pequeno, ele era um dos principais guerreiros no ludo. Gannicus também não ficou feliz. Sua expressão foi imitada por muitos dos homens ao redor da piscina.

— Pergunte a qualquer um dos guardas.

— Supondo que isso seja verdade — começou Castus —, por que isso faria com que nos uníssemos a você? Não temos armas, e todos os homens de Batiatus têm arcos. Seria uma matança.

— Não, não seria! — respondeu Spartacus, com desdém. — O que trinta guardas podem fazer se quase duzentos gladiadores os atacarem? Danem-se eles! Nós *vamos* conseguir.

Castus e Gannicus se entreolharam. Carbo percebeu que nenhum dos dois queria tomar a iniciativa. Contudo, o murmúrio que se iniciara entre os homens tinha que ser respondido. Ele sentiu Spartacus cutucá-lo.

— Agora é a sua chance. — disse alto Spartacus: — Escutem o novo auctorato. Ele é da região.

Carbo pigarreou.

— Há uma montanha enorme não muito longe daqui. Chama-se Vesúvio. Tem o topo chato e difícil de escalar. Seria um bom lugar para nos escondermos. A terra ao redor é ocupada por grandes fazendas, onde poderíamos pegar alimentos e equipamentos.

— E mulheres! — gritou um gaulês.

Carbo hesitou. Não havia pensado nisso, e não soube como responder.

Spartacus soube. Não tinha sido seu plano, mas era imperativo que Castus e Gannicus lhe dessem apoio.

— Haverá muitas mulheres. Avantajadas. Magras. Escravas do campo. Escravas domésticas. Mais mulheres do que vocês serão capazes de foder!

Os homens escutaram aquelas palavras e comemoraram.

— Bem, sendo assim — disse Gannicus, inclinando-se para a frente —, fica difícil recusar.

Seus homens começaram a comemorar.

"Sim!" Spartacus olhou para Castus, que deu de ombros.

— Tenho certeza de que meu grupo não gostaria de perder essa chance. Gostariam, rapazes?

Os muros tremeram com os gritos de muitos homens em uníssono.

Spartacus ergueu as mãos e, para surpresa de Carbo, o barulho diminuiu no mesmo instante.

— Se Batiatus ou Phortis souberem qualquer coisa a respeito disso, estaremos todos perdidos.

— Meus rapazes sabem manter a boca fechada — disse Gannicus.

— Os meus também. — Os olhos de Castus fizeram Carbo pensar em olhos de serpente. — Quem não fechar a boca, acabará com o pescoço cortado.

— Excelente. Vamos nos falar depois, antes de nos recolhermos à noite.

— Quando agiremos? — perguntou Castus.

O cômodo ficou em silêncio absoluto.

— Não há motivo para esperar — respondeu Spartacus. — Amanhã ou depois de amanhã.

— Você é rápido — observou Castus.

— É perigoso demais demorar a agir. Sempre tem algum rato dentro do celeiro.

— Sei o que quer dizer — disse Castus. — Eu voto em amanhã.

— Eu também — disse Gannicus.

— Não vou questionar. Assim que eles entregarem as armas para o treinamento, então — respondeu Spartacus, com um sorriso tenso. "Obrigado, Grande Cavaleiro!"

Carbo esperou até estarem do lado de fora para falar.

— Você prometeu a eles estupro indiscriminado!

— Claro que prometi.

— Isso é uma barbaridade!

Spartacus parou.

— Você não precisa vir se não quiser, garoto.

O coração de Carbo bateu acelerado. Não queria ficar para trás.

— Não, eu vou — disse ele.

— Ótimo. Da próxima vez que eu quiser conselhos sobre táticas, pedirei a você.

Carbo corou e não disse mais nada.

— Se isso lhe consola, eu também não gosto disso. Mas vai acontecer de qualquer modo, não importa o que façamos. Não vou incentivar, mas a guerra é assim. Só usei a ideia para virar a maré ao nosso favor. Se não tivesse feito isso, Castus e Gannicus poderiam muito bem ter se recusado a me acompanhar. — Spartacus apoiou a mão no ombro dele. — A *nos* acompanhar.

— Compreendo — disse Carbo, sentindo-se melhor.

Spartacus sorriu.

— Ótimo.

As horas seguintes foram as mais longas da vida de Spartacus. Não queria treinar nem correr ao redor do pátio. Na verdade, desejava estar fora dos muros que o cercavam. Respirando o ar fresco. Olhando para o Vesúvio. Imaginou-se até voltando para a Trácia. Entretanto, teve que se contentar com sua imaginação. E se esforçou para não pensar no sonho com a serpente.

Esperou até o treinamento acabar para falar com os citas que tinham viajado com ele de Ilíria. Apesar de não ser amigo deles, Spartacus não queria que os quatro ficassem sem saber do que aconteceria no dia seguinte. Ele se aproximou deles durante a refeição da noite. Para sua surpresa, os guerreiros tatuados o receberam com gestos simpáticos. Spartacus não sabia se eles tinham aprendido latim suficiente para entender suas palavras, mas a reação deles, que resmungavam animadamente, mostrou que compreendiam tudo.

Depois do jantar, Spartacus conseguiu conversar brevemente com Oenomaus e Crixus antes de Phortis começar a ordenar que os gladiadores voltassem a suas celas muito mais cedo do que o normal. Protestos e ofensas tomaram o local. O motivo da atitude do capuano, que gritava sem parar, eram os três corpos que tinham sido encontrados nos banheiros. Claramente, alguns homens tinham deixado Castus e Gannicus preocupados.

Spartacus só conseguiu lançar um olhar cheio de significado na direção de Oenomaus, Gavius e Crixus. Ficou um pouco aliviado com os sorrisos firmes que eles abriram em resposta, mas não houvera tempo para discutir o papel de cada um quando tudo começasse. "Eles terão que esperar por minhas ordens", pensou, rezando para que os cinco outros líderes concordassem. Se um deles ou mais discordassem, poderia ser desastroso.

Ariadne correu até ele quando Spartacus entrou.

— O que está acontecendo?

— Muita coisa. Quase todo mundo está dentro. Devemos ser, ao todo, cerca de 180. — Sorriu para ela. — Mais do que o suficiente.

— E os outros?

— Nós não os envolvemos. Os riscos são altos demais. Eles não têm grandes líderes; falam línguas diferentes. Sobra muito espaço para mal-entendidos.

— Isso é inteligente de sua parte. Quando vai ser?

— Pela manhã, quando eles distribuírem as armas para o treino. Não há motivo para esperar.

— Isso é verdade. Aproveitemos o dia — disse Ariadne, apesar de estar com muito medo. "Proteja todos nós, ó Grande Dionísio. Permita que escapemos em segurança."

— Quando começar, você deve ficar aqui até que eu a chame— disse Spartacus. — Entendido?

— Eu...

— Não, Ariadne! Será muito perigoso.

Ao ver seu olhar decidido, ela assentiu.

— Tudo bem.

— Amanhã à noite, estaremos sentados ao redor de uma fogueira, aproveitando nossa primeira noite de liberdade — disse Spartacus, confiante, recusando-se a imaginar outro resultado.

Ariadne achou que iria vomitar. "E se tudo der errado?"

— Você não está contente? — "Viu alguma coisa?", ele queria perguntar.

— Mal posso esperar — disse ela. "Que os deuses permitam que tudo corra bem."

Spartacus não perguntou por que ela estava preocupadaa. "Se eu tiver que morrer amanhã, não quero saber."

Na manhã seguinte, o canto familiar do galo foi muito bem-vindo. "A espera está quase no fim." Ao se virar no colchão, Spartacus viu Ariadne olhando para ele.

— Está pronto?

— Sim. — Observou o rosto dela para descobrir o que estava acontecendo. — Você viu alguma coisa?

— Não, nada — disse ela delicadamente. "Minhas preocupações me deixam inquieta. Mas, ainda assim, tenho que mostrar a você hoje um rosto mais confiante." — E você?

— Não me lembro de ter sonhado com nada, graças ao Cavaleiro. — Seus lábios tremeram. — Passei a maior parte da noite acordado. Dormi um pouco antes de o maldito galo começar a cantar. Mas fiquei contente. Não sabia mais o que fazer para matar o tempo.

— Sinto a mesma coisa. — "Só quando estivermos fora daqui vou acreditar que os deuses ainda estão conosco."

— Se eu for morto...

— Não fale assim. — Os olhos dela ficaram marejados no mesmo instante.

— É tolice não pensar na possibilidade de morrer. Se Getas e Seuthes não forem assassinados, cuidarão de você. Se isso não der certo, use o dinheiro que está em minha bolsa para ir para a costa leste. Pegue um barco para Ilíria, e volte para a Trácia.

— Para Kotys e as boas-vindas que ele me dará? — respondeu Ariadne, mais irritada do que pretendia. — Não, obrigada. Usarei minha serpente.

— Você é uma verdadeira trácia — disse ele respeitosamente. — Tenho orgulho de tê-la como minha esposa.

O rosto todo de Ariadne ficou corado.

Clack, clack, clack. A espada de Phortis bateu nas barras das celas do outro lado do pátio.

— Acordem, desgraçados. Mais um belo dia começou.

Spartacus levantou-se da cama. Vestindo a túnica, esperou pacientemente o capuano chegar perto de sua janela.

— Tire seu pau de dentro de sua mulher, latro! Está na hora de acordar.

Ariadne estremeceu. O homem era maldoso. Tinha menos sangue frio do que sua serpente, mas, à sua maneira, era igualmente venenoso.

Spartacus não deu a Phortis a satisfação de responder à altura.

— Meu café da manhã está pronto? — gritou ele.

Os guerreiros das celas próximas começaram a rir.

— Considere-se sortudo por ter algo para comer — rebateu Phortis. Ele destrancou a porta e seguiu adiante.

— Que os deuses cuidem de você — sussurrou Ariadne.

— Obrigado. — Spartacus abriu para ela um sorriso que não condizia com seu estômago embrulhado. "Fique do meu lado, Grande Cavaleiro." Empurrando o portal, ele entrou no pátio. Ao seu redor, dezenas de outros gladiadores saíam de suas celas. A manhã estava fria. O céu emoldurado pelos muros altos do ludo estava totalmente aberto, sem nuvens. Spartacus o admirou. Sentiu algo bom.

— Está com fome?

Spartacus virou-se e viu Restio encostado na parede. O rosto do ibério estava pálido, e ele tinha olheiras profundas.

— Você está péssimo. Não dormiu?

— Não preguei os olhos — respondeu. — E você?

— Não foi tão ruim — mentiu Spartacus. Restio era um dos poucos homens que não tinham sido informados a respeito da tentativa de fuga. "Por que se importaria em saber se dormi?" Spartacus se lembrou de algo, mas Carbo, Getas e Seuthes se aproximaram e ele deixou o pensamento de lado. — Vamos — disse ele a Restio. — Um pouco de mingau fará com que se sinta melhor.

No pátio, Spartacus sentiu-se intranquilo. A varanda acima deles estava pontuada por guardas. Olhou de soslaio para Restio, que parecia não estar preocupado. Não se surpreendeu por Carbo não ter notado, mas Getas e Seuthes já estavam franzindo o cenho.

— Quase todos os montes de merda que Batiatus emprega estão aqui — sussurrou Getas no ouvido dele. — E há mais homens no portão do que o normal.

Spartacus resmungou. "Alguém contou a Batiatus ou a Phortis."

Eles entraram na fila para pegar o mingau. Oenomaus estava no começo da fila com seus escudeiros. Um deles começou a conversar com Restio sobre dinheiro.

Spartacus se aproximou de Oenomaus, aliviado por ver que o ibério não podia mais ouvir o que ele estava dizendo.

— Viu que temos companhia? — respondeu o alemão.

— Vi.

— O que você acha?

— Não sei ao certo. Não podemos fazer mais nada, de qualquer modo. Vamos comer e ver o que acontece.

Com um olhar normal, Oenomaus virou-se de costas.

Spartacus franziu o cenho. Os alemães ainda estavam do seu lado? Os homens de Oenomaus o cercaram, impedindo que a conversa continuasse.

— Você viu o Crixus?

— Está ali — disse Getas, fazendo um meneio de cabeça para os bancos mais afastados.

Spartacus estava prestes a sair da fila quando algo fez com que ele se virasse para trás. Phortis olhava para ele com fúria. "Definitivamente, há algo estranho." Em vez de se aproximar de Crixus, caminhou com o resto de seu grupo.

— Veja, é o latro! Veio pegar mingau? — gritou Phortis.

Em silêncio, Spartacus pegou uma tigela e a levantou.

Phortis se inclinou e a pegou antes que o escravo da cozinha sequer levantasse a concha da panela.

— Eu fico com isso — disse ele. Pigarreando, cuspiu bastante catarro na tigela. — Encha — ordenou ele. Logo depois, entregou a tigela quente a Spartacus. — Felicitações.

O sangue de Spartacus pulsou em seus ouvidos, e todos os outros sons desapareceram. Estava tão irritado que seu mundo se tornou um túnel estreito à sua frente. No fundo estava Phortis, sorrindo, movendo os lábios em insultos. Spartacus sentiu que sua boca se entortava. "Seria fácil demais jogar a tigela na cara dele, pular a mesa e acabar com o idiota."

Ele se forçou a piscar, e voltou à realidade.

— Obrigado. — Sem olhar para o capuano, esticou o braço e pegou a tigela. Não viu os dois guardas na varanda atrás dele abaixarem os arcos, nem o olhar de decepção no rosto de Restio.

— Covarde desgraçado — resmungou Phortis.

"Veremos." Por fora, Spartacus não demonstrou irritação. Ele se afastou e se sentou ao lado de quatro citas, que olharam para ele com ansiedade. Carbo, Getas e Seuthes se acomodaram ao lado. A mesa estava longe das de Crixus e Oenomaus, ele não ousou se aproximar deles. Pelo canto dos olhos, percebeu que Phortis ainda o observava. Spartacus enfiou a colher na parte de cima do mingau e enfiou na boca, engolindo o líquido grosso sem sequer sentir o gosto.

— Por que ele fez isso? — Estranhamente, Restio havia se aproximado dele de novo.

— O fodido gosta de me irritar. — "Por que você quer saber, afinal?"

— Por quê?

— Ele tentou estuprar Ariadne uma vez — disse Spartacus. — Se eu apanhar até ficar inconsciente, não conseguirei impedi-lo quando ele tentar de novo. — "Provavelmente, isso frustraria a tentativa de fuga antes de sequer começarmos. Se os trácios saíssem de cena, será que os outros líderes arriscariam a vida de seus homens? Duvido."

— Bastardo nojento — disse Restio, em solidariedade.

Spartacus comeu mais um pouco do mingau de cima. Quando Phortis se distraiu, ele virou o resto na areia a seus pés. Os nervos de Spartacus estavam à flor da pele, acabando com seu apetite. Ignorando a tentativa de Restio de bater papo, permaneceu em silêncio até o café da manhã deixar de ser servido.

"Hora de os treinadores aparecerem, e de a sala na qual ficam as armas de prática ser aberta." Depois de muito tempo, nada aconteceu. Levando a panela vazia de mingau, o escravo entrou na cozinha. Phortis não estava à vista. "É só um atraso." Ainda assim, Spartacus percebeu sua preocupação refletida no rosto de muitos gladiadores.

Passou um tempo sem olhar para os guardas. Sentado embaixo do passadiço, só conseguia ver os guardas de um dos lados da varanda. Ao olhar para cima, o coração de Spartacus parou. Por que eles posicionaram as flechas nos arcos para serem atiradas? Eles não eram os únicos agindo de modo estranho. Spartacus sentiu a bile no fundo da garganta. "Com certeza fomos traídos."

De repente, as coisas começaram a acontecer bem depressa.

Batiatus surgiu na varanda, com Phortis ao seu lado. Os rostos dos dois estavam sérios. Frios.

Spartacus cerrou os punhos. Não recuaria agora. "Mesmo que os alemães e os gauleses não se unam a nós." Ficou tenso, preparando-se para se levantar e gritar para os trácios correrem para as escadas.

Percebeu um leve movimento pelo canto do olho. Quando virou para a esquerda, se assustou ao ver um dos citas pulando sobre a mesa na direção dele. Não teve tempo de se mexer. O guerreiro barbado se jogou sobre ele, e os dois caíram para trás, na areia. No mesmo instante, Spartacus sentiu algo acertar o cita nas costas. O homem gemeu de dor e caiu. "Ele morreu?" Spartacus escutou gritos e percebeu que uma briga acontecia acima de onde estava.

Ab-ruptamente, o corpo foi arrancado de cima dele. Getas e outro cita apareceram. O guerreiro ofereceu a mão a ele.

— Rápido! Vamos agora. Rápido!

Spartacus se levantou.

— O que diabos aconteceu? — gritou ele. O guerreiro que havia pulado em cima dele estava a seus pés. Havia um ferro comprido ao lado de seu corpo. Restio estava ao lado dele, com uma arma parecida fincada no peito. Sua boca estava entreaberta, e dela escorria sangue. A expressão em seu rosto era de surpresa.

— O ibérico quer... matar você — grunhiu o segundo cita. — Meu amigo parar ele. Levou... a espada que seria sua. Quando os outros ver... eles atacar os guardas. Precisamos ir!

— O quê? — "Por que Restio tentaria me matar?" No entanto, Spartacus não podia negar o que seus olhos lhe diziam. Ele se ajoelhou ao lado de Restio. — Você nos entregou? — O ibérico não respondeu. A fúria tomou conta de Spartacus, e ele mexeu a base da lança de ferro de um lado para o outro.

Um grito de dor animalesco escapou da garganta de Restio.

— Você contou a Batiatus?

Ele assentiu vagamente.

— Em nome de todos os deuses, por quê?

— Ninguém me chamou para ir junto — sussurrou Restio. — Mas Batiatus me prometeu liberdade. Eu me tornaria um dos apostadores oficiais na arena.

— Por isso, você estava disposto a me matar? — perguntou Spartacus.

O rosto de Restio ficou mais sério.

— Precisamos ir! — A voz de Seuthes foi um alerta.

— Spartacus! — gritou Carbo. Qualquer dúvida que ele tinha sobre se unir à tentativa de fuga desaparecera. Os guardas estavam atirando flechas indiscriminadamente em homens que ele conhecia e de quem gostava. "Malditos!"

— Não existe homem pior do que aquele que trai um companheiro — disse Spartacus, pensando em Medokos. — E só existe um castigo para um lixo assim. — Apoiando as duas mãos no pedaço de ferro, ele o empurrou até o fim.

Os olhos de Restio se arregalaram e sua boca se abriu ainda mais. Um último suspiro saiu de seus pulmões, e ele caiu na areia, morto.

Spartacus ficou de pé, torcendo para não ter começado a agir tarde demais. Getas, Seuthes e os três citas estavam ao redor dele para protegê-lo, mas todo o pátio era um caos. Os gladiadores corriam de um lado para o outro, gritando uns com os outros sem propósito. Flechas partiam de cima, acertando homens aleatoriamente. Das celas, vinham os gritos das mulheres que observavam. "Ariadne!"

— Chloris — disse Carbo, assustado.

— Amatokos cuidará dela — vociferou Spartacus. — Veja os dois lances de escada. — Ele ficou surpreso ao ver Gavius e os outros três líderes gauleses na base de uma delas, mandando seus guerreiros para o primeiro andar, para os equipamentos mais importantes. Mas a outra estava vazia. "Era de se esperar. Meus compatriotas não agirão a menos que haja alguém para liderá-los."

Spartacus olhou para o portão, tomado de horror. Já havia uma pilha grande de cadáveres cravados de flechas diante dele. Os oito guardas estavam ali observando. Com seis homens ao redor dele, Oenomaus estava de pé no centro, gritando palavras de incentivo aos seus seguidores. Muitos dos guardas na varanda também estavam concentrando seus esforços naquela área crítica, por isso poucos estavam preparados para obedecer. "É uma maldita matança. Precisamos pegar as armas, caso contrário não teremos chance."

— Sigam-me! — gritou ele para os homens ao seu redor. E então, repetindo seu grito em trácio, saiu da proteção do passadiço. Atravessou o pátio em disparada, em direção à segunda escada, percebendo que os guerreiros corriam para se unir a ele. Gritos abafados eram ouvidos à medida que alguns homens eram atingidos pelas flechas dos guardas.

— Ali está ele! — berrou Phortis. — Tragam-no aqui!

Rangendo os dentes, Spartacus acelerou o ritmo. Ao conseguir abrigo, sentiu um pouco de alívio. Ele também foi incentivado pelo grupo, rostos determinados que o cercavam. Além de Carbo, Getas, Seuthes e os três citas, havia cerca de trinta trácios.

— Precisamos subir, depressa e com decisão. Estamos em número suficiente para atacar os guardas. Quando alguns de nós estivermos armados, teremos mais chance. Saibam que não peço a nenhum homem que faça o que eu mesmo não faria. Guiarei o caminho. — gritou Spartacus. "Cuide de mim, Grande Cavaleiro." — Quem vai me seguir? — Ele sentiu muito orgulho quando todos os homens ali gritaram em incentivo.

— Você não deve ir na frente — disse Getas.

— Você é muito importante — acrescentou Carbo.

— Ele... certo — disse um dos citas. — Se você morrer... nós... perdidos.

Para surpresa de Spartacus, os outros guerreiros concordaram.

Quando Spartacus saiu do caminho, o cita e seus companheiros tomaram as escadas. Foram seguidos por Carbo, Getas, Seuthes e uma horda de trácios.

Spartacus teve outra chance de avaliar a situação. O que viu o encheu de medo. Oenomaus estava de pé perto do portão, mas sozinho. Grupos de alemães estavam à vista sob o passadiço; às vezes, um ou dois deles seguiam na frente pelo líder, mas não davam mais de dez passos sem serem interceptados. Crixus e Gavius pareciam ter tomado a outra escada, mas Castus e Gannicus permaneceram embaixo. Os olhos arregalados e a expressão desesperada mostravam a Spartacus que eles tinham tido pouco sucesso na varanda acima. "Preciso conversar com eles. Deve haver algo que possamos fazer." Abaixando-se o máximo que pôde, Spartacus correu até onde os dois estavam.

— Meus homens estão sendo massacrados lá em cima! — gritou Castus.

— O mesmo acontecerá com os seus — disse Gannicus. — Há mais flechas guardadas atrás dos malditos guardas. Eles sabiam exatamente o que ia acontecer.

— Foi o Restio.

— O ibérico? — perguntou Castus.

— Sim. Ele morreu. Esqueça-o — disse Spartacus. — Precisamos de outro plano.

— Não me diga!

— Sem escudos ou espadas, nossos homens podem fazer muito pouco... apenas morrer onde estão — disse Gannicus. — Qual é o seu plano agora?

Spartacus olhou ao redor no pátio. A areia estava tomada pelos feridos e moribundos. Alguns gritavam pedindo uma ajuda que não viria. Outros blasfemavam ou chamavam pelas mães. A maioria estava imóvel. Menos flechas estavam sendo lançadas, mas as que voavam eram mais certeiras. Um núbio caiu, gritando sua inocência, atingido na barriga. Mais dois alemães tentaram se unir a Oenomaus, que havia encontrado um escudo e uma espada e, heroicamente, atacava os guardas no portão. Permaneceu sozinho — seus homens foram derrubados muito antes de se aproximarem.

"Estamos perdidos." Spartacus quase não tinha mais esperança quando viu o escravo aterrorizado que havia servido o café da manhã espiando de dentro da cozinha. De repente, ele se lembrou de algo importante.

— Há armas lá dentro!

Castus olhou para ele.

— Onde?

— Na cozinha! Facas. Espetos de carne.

— Por Belenos, você tem razão! — gritou Gannicus.

"Hora de assumir o controle."

— A tentativa de pegar as armas está sendo em vão. Vamos parar agora — disse Spartacus.

— Alguém terá que ficar no final dos dois lances de escada — disse Castus. — Assim que perceber o que está acontecendo, Batiatus mandará os guardas nos deterem.

— Verdade. Levarei um grupo para a cozinha para pegarmos o que conseguirmos. O resto pode carregar mesas para bloquear as escadas. A madeira lhes dará proteção também.

— Faremos isso — disse Gannicus.

— Assim que meus homens estiverem armados, atacaremos o portão. — Afastando-se, Spartacus gritou: — Vocês ouvirão quando ele for aberto.

Aparentando mais determinação, Castus sorriu.

— Até lá!

— Até lá! — Spartacus voltou para onde seus homens estavam. A essa altura, a base da escada estava tomada por guerreiros feridos. Passou por eles e começou a subir, escorregando nos degraus cobertos de sangue. Ao chegar ao primeiro andar, viu pouca coisa além de uma massa de trácios atacando os guardas. Corpos — atingidos por flechas ou com cortes profundos de espada — se espalhavam pelo chão.

— Voltem! — ele gritou em trácio e em latim. — Voltem!

Carbo virou a cabeça, e Spartacus fez um gesto pedindo urgência.

— Venham! Tenho outro plano!

Para seu alívio, Carbo o escutou. Compreendeu a ordem e a transmitiu aos companheiros.

Minutos depois, Carbo e os outros se retiraram. Gritos de triunfo foram ouvidos conforme os guardas cantavam vitória. Spartacus desceu a escada à frente dos guerreiros e ficou satisfeito ao encontrar seis gauleses, no fim da escada, carregando mesas. Quando os últimos homens — dois deles citas — saíram da escada, Spartacus sorriu. Seguindo sua orientação, quatro das mesas foram postas de lado contra a entrada da escada, bloqueando-a por completo.

— Segurem as mesas aí! — gritou Spartacus. — O resto deve me seguir até a cozinha.

Sem explicar nada, ele atravessou o pátio. Mesmo sem as flechas vindas de cima, foi perigoso. Graças ao número de mortos e feridos, quase não havia onde pisar na areia. Contudo, ao olhar para trás rapidamente, Spartacus viu que tinha bastante apoio. Carbo, Getas e Seuthes estavam bem atrás dele. "Os guardas não podem derrubar todos eles."

— Encontrem qualquer coisa que sirva como arma — gritou quando eles entraram na cozinha, com os olhos arregalados, ofegantes. Aterrorizado, o menino do mingau se encolheu em um canto. Como animais atacando uma presa, os gladiadores pegaram o que conseguiram encontrar: cutelos de lâmina grande, facas mais finas e espetos de ferro grossos. Alguns até chegaram a pegar pilões pesados de madeira usados para amassar a cevada.

— Para o portão! — girou Spartacus e correu para fora. — Depressa!

Ele viu Oenomaus embaixo do passadiço, perto dali. Não se espantou por ele ter recuado. "É um milagre ele ainda estar vivo." O rosto do alemão se iluminou quando viu Spartacus e seus homens correndo. Bradando, ele disparou para se unir a eles. Uma horda de homens o seguiu.

Spartacus se concentrou nos guardas que protegiam o portão. Pareciam petrificados. "Finalmente, viramos o jogo."

— Preparem-se para Hades, seus malditos! O balseiro os aguarda — gritou ele.

Dois guardas saíram correndo de uma vez. Liderados por Carbo, Getas e Seuthes, seis gladiadores que estavam atrás de Spartacus se separaram do grupo e dispararam como cães loucos. Os dois desapareceram, gritando, sob uma série de golpes. Os outros guardas, que ficaram no portão, eram mais fortes do que aqueles que tinham fugido. Quatro deles se agruparam, formando uma proteção com os escudos enquanto companheiros atrás disparavam flechas em arcos baixos. Spartacus sentiu, mas não viu, várias delas passando e acertando os guerreiros atrás dele. Seu coração batia acelerado, mas ele não hesitou. A dez passos dos guardas, ergueu o cutelo. Com a outra mão, segurou uma panela grande e pesada.

— Pela Trácia! — gritou, a plenos pulmões. — Pela Trácia!

Não poderia ter escolhido palavras melhores.

Um rugido ameaçador e forte — os *titanismos* — tomou o ar ao redor de Spartacus quando os guerreiros responderam ao seu grito de guerra. Com o rosto distorcido pela fúria, eles atacaram em massa a parede-escudo dos guardas. Dois gladiadores foram feridos por espadas na barriga, mas o impacto fez com que seus inimigos recuassem diversos passos; dois dos guardas tombaram e caíram. Foram virados na areia e talhados como pedaços de carne.

Spartacus estava de frente para um dos guardas que tinham se mantido de pé, um homem de olhos pequenos a quem ele conhecia e de quem não gostava. Em pânico, o homem cometeu o erro básico de balançar o gládio acima da cabeça de Spartacus.

Faíscas voaram quando Spartacus deteve o golpe com a panela de metal.

— Tome isto — disse ele, batendo o cutelo de lado no rosto do guarda. A lâmina afiada abriu a carne com facilidade. Devido à força da ira de Spartacus, ela quebrou dentes, cortou metade da língua e arrancou a outra bochecha. Uma explosão de sangue veio em seguida, espalhando gotículas vermelhas pelo ar. Emitindo um urro indescritível de dor, o guarda caiu no chão. "Morreu."

Spartacus soltou a panela e pegou a espada do morto. Saltando o monte de pessoas que gritavam, ele se lançou a um dos guardas com um arco. O arqueiro assustado ficou desesperado, tentando engatilhar uma flecha no arco. Foi a última coisa que fez. Com um golpe do cutelo, Spartacus jogou a arma dele longe. Em seguida, apunhalou o homem no peito com tanta força que o gládio o prendeu à madeira do portão.

Ofegante, Spartacus olhou para os lados. Não viu nenhum guarda vivo, apenas um monte de gladiadores sorridentes e cobertos de sangue. Getas estava a dois passos. "Onde está Seuthes?", perguntou-se. Não havia tempo para procurar.

— Abram o portão! Saiam na estrada, mantenham-se longe do alcance das flechas. Esperem por nós lá — vociferou Spartacus. — Castus! Gannicus! Gavius! Oenomaus! A entrada está segura. — Em meio ao barulho, ouviu seu chamando sendo respondido. "Ótimo. Pelo menos alguns deles vão escapar. Ainda não sabemos se eu e Ariadne conseguiremos." — Getas, venha comigo. — Spartacus segurou um dos citas pelo braço. — Preciso pegar a minha esposa. Você vem?

Ficou contente quando o homem assentiu no mesmo instante.

— Meu amigo ir também. Nós proteger você — rosnou o cita. Um grunhido forte do segundo homem confirmou a promessa.

Spartacus virou-se e pegou o gládio. O corpo sem vida do guarda escorregou pelo portão, espalhando um rastro vermelho pela madeira.

— Sigam-me! — Empurrando as pessoas, ele correu para sua cela. Nunca sentira antes tamanha necessidade de agir depressa. Assim que os homens que seguravam as mesas à base das escadas deixassem seus postos, os guardas entrariam no pátio. Se ele, Getas e os citas não resgatassem Ariadne bem depressa, todos eles seriam mortos.

O que fez seu coração parar não foi uma horda de guardas, mas sim ver Phortis indo em direção à sua cela, com uma espada em punho. "Ele vai matá-la."

— Não! — gritou Spartacus. Porém, estava longe demais. Longe demais para fazer algo além de assistir.

Phortis chegou à porta. Segurando a maçaneta com a mão esquerda, ele a abriu.

— Onde está o seu homem agora, sua puta?

Houve um silêncio, e então algo fino e preto foi lançado de dentro da cela, no rosto de Phortis, que se assustou. O capuano soltou um berro, e tombou para trás, com as mãos no pescoço. Sua espada caiu no chão.

"A serpente! Ela jogou a maldita serpente nele!" Spartacus estava exultante quando alcançou Phortis, que havia caído de joelhos. Seu rosto já estava roxo e a língua inchada saía entre os lábios escuros. Spartacus pisou e cuspiu no capuano. "Bem feito para você."

— Cuide da porta — ordenou a Getas. Ele se desviou da serpente, que estava com a cabeça erguida em uma postura ameaçadora, e entrou na cela. — Ariadne?

— Spartacus! — Ela se lançou aos braços dele, soluçando.

— Está tudo bem. Estou aqui. Phortis está morrendo.

— O que aconteceu? Deu tudo errado.

— Agora não — disse ele. — Precisamos sair daqui.

— Claro. — Rapidamente, ela pegou uma trouxa e uma cesta de vime da cama. — Estou pronta.

"Pelos deuses, ela é corajosa." Segurando sua mão, ele a levou para fora. Ficou aliviado ao ver que, apesar de os guardas terem aparecido no pátio, estes não sabiam muito bem o que fazer. Segurando as mesas, Crixus e o restante de seus homens montavam uma ação de retaguarda, permitindo que mais gladiadores escapassem. "O tempo ainda é essencial."

— Espere. — disse Ariadne.

— Ariadne!

Soltando-se, ela começou a falar com a serpente em voz baixa e calma. Quando o réptil se aproximou alguns passos, ela jogou um pano sobre ela e a segurou por trás da cabeça. Enfiando-a no cesto, olhou para Spartacus, satisfeita.

— Não posso deixá-la. Ela salvou a minha vida.

— Vamos!

Eles correram com Getas e os citas, passaram pelo corpo de Phortis e deram a volta até o portão em vez de atravessar o pátio. Spartacus estava prestes a gritar para Crixus se afastar quando o gaulês se virou e o viu.

— Onde está Gavius? — perguntou Spartacus.

— Morto. O resto dos homens dele se separaram.

Spartacus escondeu a decepção.

— Então, está na hora de irmos. — Rapidamente, ele guiou Ariadne para a rua, que estava tomada de gladiadores. Entre eles, estavam Castus e Gannicus. Ele viu o rosto de Carbo ali e o de Amatokos e Chloris também. "Bem menos do que cem. São poucos." — Todos os homens armados, para a frente! Quando Crixus e seus rapazes saírem, quero um ataque falso aos guardas. Mostrem a eles que estamos falando sério. Vou fazer com que se lembrem de que Batiatus não tem poder fora do ludo. Certo?

Eles gritaram concordando. Armados ou não, a ira dos gladiadores era imensa. Spartacus sentiu o mesmo, mas se acalmou.

Eles esperaram dos dois lados do portão quando os gauleses se retiraram em direção a eles.

— Crixus! Diga a seus homens para se dividirem quando você sair — ordenou Spartacus. — Vamos fazer os malditos recuarem.

Crixus gritou algo em galês.

Com disposição, os gladiadores que cercavam Spartacus deram um passo à frente.

— Esperem! — Ele ergueu o gládio. — Esperem!

Eles obedeceram.

Crixus e seus homens recuaram e saíram do ludo.

Por instinto, os guardas passaram a avançar mais lentamente.

Os gauleses se separaram, abrindo um corredor no meio.

— Vamos mostrar que arrancaremos o coração deles! — vociferou Spartacus. — Agora! — Ele se lançou à frente, e foi seguido por uma grande massa de gladiadores.

Os guardas olharam para eles e pararam. E então começaram a recuar em conjunto para o interior do ludo.

Spartacus queria ir atrás deles. No entanto, em vez disso, agiu mais lentamente e parou.

— Parem — ordenou ele. — Eles já estão bem assustados. Voltem para a rua! — Olhando para trás, Spartacus começou a se afastar, indo para o portão. Na varanda, viu Batiatus xingando homens. "Pode berrar o quanto quiser, seu maldito. Eles têm noção, não morrerão sem necessidade." Em duplas ou trios, os gladiadores que ficaram observaram os colegas em fuga recuarem. "Tiveram sua chance", pensou.

— Fechem os portões. Os cachorros não ousarão abri-los de novo por um tempo.

Os quatro outros líderes estavam à espera dele. Eles trocaram um olhar breve e assustado.

— Para que lado? — perguntou Oenomaus.

— Carbo? — chamou Spartacus.

— Vesúvio fica para aquele lado. — Carbo apontou com confiança rua abaixo. — Se dermos a volta pelos muros, podemos chegar à estrada que leva ao sul da cidade.

— Ótimo — disse Spartacus.

Oenomaus já estava dando ordens aos seus homens. Os três gauleses faziam o mesmo.

Spartacus olhou para Ariadne, que assentiu, mostrando estar pronta.

Cerca de vinte homens esperavam seu comando. A maioria era trácia, mas Carbo estava entre eles. Ele também viu um grego e dois núbios. Outra mulher além de Chloris. E, claro, os dois citas que faltavam. "Nem sei os nomes deles."

Ele olhou ao redor.

— Onde está o Seuthes?

Getas ficou sério.

— Ele não conseguiu.

— O que aconteceu?

— Um dos guardas no portão se fingiu de morto e apunhalou Seuthes por trás. — Getas levou a mão à genitália. — Seuthes não teve chance. Perdeu muito sangue, e eu vi tudo. — Seu rosto foi tomado pelo pesar.

Spartacus olhou para o portão. "Descanse em paz, irmão." E então, em voz alta, disse:

— Hora de partir.

Ele se adiantou. Ariadne correu ao lado dele. Atrás dos dois estavam Getas, Carbo e seus homens. Logo depois vieram os homens que faltavam.

Na horta, o galo cantou de novo.

Spartacus esqueceu sua tristeza por um momento. Pelo menos, nunca mais teria que escutar aquela maldita ave.

CAPÍTULO X

Marcus Licinius Crassus saiu pelas grandes portas de bronze que emolduravam a entrada para a Cúria, a construção onde o Senado se reunia, e onde ele havia passado a manhã escutando debates. Grupos e mais grupos de senadores vestindo togas também estavam saindo. Quando via Crassus, a maioria tomava o cuidado de liberar respeitosamente o caminho. Muitos sorriam; a maioria murmurava um cumprimento respeitoso também. Com a expressão afável, Crassus respondia a cada cumprimento, por mais inferior que fosse o político. "Uma palavra simpática hoje pode trazer um novo amigo amanhã." Como sempre, seus esforços renderam muitos frutos. Durante o trajeto até a escadaria da Cúria, ele recebera a promessa de dois votos a seu favor na eleição para decidir a posse de escravos, a preferência na compra de uma mina de prata recém-descoberta na Ibéria e um pedido por mais tempo de alguém cuja dívida com ele venceria na semana seguinte. Ao ver Pompeu Magno ali perto, acompanhado apenas por seus seguidores mais próximos, Crassus vangloriou a si mesmo. "Você deve ter voltado a Roma em uma breve visita para aproveitar a adulação do Senado por conta de suas supostas vitórias na Ibéria e, no entanto,ainda é um bobo arrogante. Observe e aprenda, Pompeu. É assim que se alcança o sucesso político."

Crassus se irritara com Pompeu desde que a estrela deste começara a se destacar numa ascensão meteórica. O motivo inicial era simples. Crassus tivera muito mais dificuldades para chegar ao topo. Entre seus ancestrais, devia haver aqueles que atuavam como censores, diplomatas e *pontifex maximus*, o sacerdote de mais alto escalão em Roma, mas isso não havia impedido que as fortunas familiares de Crassus diminuíssem durante o reinado de Mário I, e então, de Cina. As coisas para quem havia apoiado Sula ficaram muito difíceis durante anos. "Não foi você que perdeu seu pai e um irmão nas proscrições", pensou Crassus, olhando para Pompeu com raiva, "não foi você que fugiu da Itália com vários seguidores e escravos, e viveu em uma caverna por oito meses, como bicho. Não, você conseguiu se esquivar dos malditos marianos. Entretanto, mesmo quando reuniu três legiões quando Sula voltou, e mesmo com suas vitórias na África desde então, você não foi o homem cujas forças venceram a batalha no canal de Colline; que, com um toque de mestre, levou Sula ao poder de novo. *Fui eu!*"

Crassus lançou um sorriso forçado e falso a Pompeu, que reagiu de modo parecido. Como uma chuva de outono, os dois tinham que aceitar a presença um do outro no palco principal. Isso não significava que tinham de gostar um do outro, porém, era importante que se mantivessem a postura. Que fossem simpáticos, mesmo quando a verdade fosse bem diferente. "A política é assim", pensou Crassus. "É um modo de vida no qual nasci, Pompeu *Magno*, enquanto você não passa de um provinciano pretensioso." Olhou torto para um grupo de veteranos do exército que aguardava Pompeu. Todos começaram a gritar quando o viram. Crassus ficou incomodado. Poucos de seus ex-soldados o procuravam para elogiá-lo; isso, no entanto, acontecia com Pompeu o tempo todo.

— Veja o babaca! Com todos os seus títulos militares, Pompeu tem feito um trabalho muito ruim ajudando Sertorius na Ibéria. Três malditos anos, até agora — disse uma voz estridente em seu ouvido.

Assustado, Crassus olhou ao redor. Ao reconhecer Saenius, seu maior domo, relaxou. Poucas pessoas conheciam seu modo de pensar como Saenius. Vinte anos de trabalho dedicado fizeram Crassus confiar naquele latino magro e afeminado como em mais ninguém.

— Sim, a campanha tem sido longa demais — respondeu ele, ácido.

— Parece que está terminando agora porque Perperna assassinou Sertorius e assumiu o controle das forças marianas. Todos estão cientes de que Perperna não sabia organizar um grupo de caça, muito menos um exército. Se não tivesse sido por isso, o tolo do Pompeu passaria o resto da vida na Ibéria — disse Saenius. — Você já teria terminado isso há muito tempo.

— Gostaria de pensar assim — disse Crassus, modestamente, e acrescentou: — Eu deveria ter recebido o comando desde o começo.

— Claro que deveria.

O discreto major não mencionou o motivo pelo qual o Senado havia mudado o comando, mas Crassus pensou sobre isso mesmo assim. "Eu não tinha o exército que Pompeu tinha na época. O Senado não conseguiu negar ao idiota seu pedido de ser enviado a Ibéria." Crassus não admitiria a ninguém, nem mesmo a Saenius, mas quando a próxima oportunidade de avanço militar sério surgiu, ele precisou aproveitá-la. Precisou ser totalmente brutal.

Os romanos gostavam de políticos tranquilos, amigos de todos. Respeitavam aqueles que mantinham a casa aberta, que serviam as pessoas e que doavam um décimo de tudo o que tinham a Hércules. Crassus sabia que possuía todas aquelas qualidades, mas ainda não tinha recebido as grandes vantagens que Roma podia dar a um de seus cidadãos, como acontecera com Pompeu.

Um triunfo.

E a adoração pública, que, como a primavera depois do inverno, sempre vinha.

Crassus não conseguiu evitar a inveja ao ver os veteranos saudarem Pompeu, que reagia com graciosos meneios de cabeça. Mandando Saenius seguir adiante, ele se preparou para entrar no Fórum.

Foi então que um homem a cavalo chegou pelo caminho de pedras. As pessoas gritaram indignadas ao saírem do caminho para não serem atingidas. O olhar de Crassus se fixou em quem estava chegando como o de um gavião. "O que, em nome de Hades, está havendo?" Puxando as rédeas, o cavaleiro parou no Grecóstase, a área de espera reservada para dignitários que queriam contato com o Senado. Ao descer da montaria, caminhou em direção à Cúria.

— Onde estão os cônsules? — gritou. — Ainda estão lá dentro?

O grupo de senadores se afastou do homem, que tinha a barba por fazer e vestia uma túnica encharcada de suor. Um corredor se abriu diante do mensageiro e, blasfemando, ele subiu os degraus correndo. "Parece exausto", pensou Crassus. "E assustado. Deve estar trazendo notícias urgentes." Crassus entrou no caminho do homem, forçando-o a parar de repente.

— Acredito que eles ainda estejam lá dentro — disse ele, com delicadeza.

Foi preciso um instante para suas palavras serem compreendidas. Então, o outro o encarou com seus olhos azuis.

— Agradeço, senhor — disse ele, e passou.

Virando-se, Crassus o acompanhou.

— De onde você é?

— Cápua.

— E traz notícias importantes de lá?

— Sim, senhor — respondeu ele, rapidamente.

— O que aconteceu?

Os olhos azuis se voltaram para ele de novo.

— Não acho que importa se você souber primeiro. Um grupo de gladiadores fugiu do ludo em Cápua.

Crassus ficou interessado.

— Do ludo? Eu sei onde fica. Muitos escaparam?

— Cerca de setenta.

— Isso não terá grandes consequências — observou Crassus. — Não é um assunto que preocupará os cônsules em Roma, certo?

O homem o olhou com nervosismo, mas decidido.

— Eu diria o contrário, senhor. No dia, nós, o povo de Cápua, mandamos um grupo de mais de duzentos homens atrás dos malditos. Um assunto simples de lidar, o senhor diria. Mas nossos homens foram praticamente aniquilados. Menos de um quarto voltou para casa.

Crassus ficou surpreso.

— Que curioso — disse ele, casualmente.

Com um ar satisfeito, o mensageiro fez um movimento para se afastar.

Crassus pareceu se lembrar de algo.

— Espere. Por acaso você sabe os nomes dos fugitivos?

O homem se virou. Fez o sinal contra o mal.

— Parece que o líder se chama Spartacus.

— Spartacus? — repetiu Crassus, chocado.

— Sim, senhor. Ele é da Trácia.

— Quem se importa com o nome do desgraçado? — resmungou o senador, que havia escutado. — Entre e conte aos cônsules. Em breve, eles organização tropas para matar todos eles.

— Sim, eles farão isso — disse Crassus. — Cápua não precisa se preocupar. Roma vai se vingar.

Com um meneio de cabeça como agradecimento, o homem saiu dali.

"O gladiador que vi lutar tem mais coragem do que pensei. Pena eu não ter ordenado a morte dele quando pude." Crassus tirou o assunto da cabeça. Algumas centenas de legionários sob o comando de um dos pretores resolveriam isso. Ele tinha assuntos mais importantes com os quais se preocupar.

De pé à beira do precipício, Spartacus olhou para baixo. Estreitou os olhos diante da claridade do abismo, viu algumas águias e urubus voando quase à mesma altura vertiginosa. Acima, um céu turquesa, tomado por um sol quente de primavera. Abaixo, a vista era estupenda. Um carpete denso de olmos, pinheiros, faia e morangueiros descia pelo Vesúvio. Ele soltou um longo suspiro. "Ninguém vive aqui além de aves de rapina, animais selvagens... e nós. Sou realmente um bandido agora, Phortis."

Spartacus olhou para o gradiente lá embaixo. Ali, a terra mudava. Uma rede complexa de fazendas, lembrando um padrão disforme, estendia-se pela planície campaniana até onde o olhos alcançavam. Havia inúmeras vinhas. Entre elas, espalhavam-se vastos campos de trigo novo. Além dali, a mais de trinta quilômetros, Cápua e o ludo. A oeste e sudeste, havia as cidades de Neapolis e Pompeia, e o mar. A Via Annia, uma pequena estrada que ligava Roma ao sul, situava-se a leste de Vesúvio, com a cidade de Nuceria. Além delas, as montanhas Picentini, uma alta cadeia de picos que serviria de refúgio, se preciso.

Lembranças dos acontecimentos de três dias atrás encheram a mente de Spartacus. Não fora uma surpresa para ele nem para os outros gladiadores que um grupo grande tivesse sido enviado imediatamente de Cápua para capturá-los. Arrogantes e certos de seu sucesso, os veteranos e os homens do vilarejo foram alvos fáceis. Os gladiadores partiram para cima deles como aparições. Apenas uma parte da milícia heterogênea havia escapado para contar a história. Apesar disso, o mau humor de Spartacus aumentou. A questão não terminaria ali. "Roma não funciona assim. Nunca." A mensagem já teria chegado ao Senado, em Roma. Os planos de mais uma investida estariam sendo feitos.

Ele olhou ao redor para a enorme cratera formada pelo topo das montanhas. Seus muros em volta eram cobertos por vinhas selvagens, e o espaço verde era tomado pela vegetação; juníperos retorcidos mais altos do que arbustos de oliveira, mirto e sávia. Várias piscinas grandes ofereciam muita água da chuva para beber. O acampamento dos gladiadores se estendia ao longo de uma área ampla. Comportava cerca de dez tendas — montadas no dia anterior — e o mesmo número de abrigos de madeira improvisados. Spartacus fez uma careta. "Setenta e três de nós fugiram do ludo. Sem levar em conta as mulheres, são 69 guerreiros. Pouco mais de um terço dos homens de Batiatus. Não é um grupo muito grande." Seu instinto respondeu de uma vez. "O Senado não nos encarará dessa maneira. Não apenas nos equipamos com as armas dos gladiadores daquele vagão que estava indo a Nola, como também vencemos uma força militar." Se havia o momento certo de ir para Trácia, era agora. Ariadne havia mencionado essa possibilidade, mas, até então, Spartacus resistira. Não admitira, mas gostava de ver homens o seguindo. Gostava de ser um líder. Se partisse para Trácia, apenas alguns leais seguidores o seguiriam.

Um homem perto dos abrigos ergueu a mão em um cumprimento, e Spartacus retribuiu o gesto. "Pelo menos, novos recrutas estão começando a chegar." Por enquanto, eram apenas alguns escravos do campo. O número tinha que crescer, e depressa. Se não aumentasse, quaisquer tropas acabariam com eles como alguém que dá um tapa em uma mosca. Spartacus cerrou o punho. Mesmo que os números aumentassem, que diferença faria? Eram necessárias semanas — *não, meses* — de treinamento para transformar homens acostumados a puxar um arado em soldados que podiam enfrentar legionários romanos. Teriam sorte se ao menos uma parte desse tempo fosse dedicada a eles. Ao ver Crixus brigando com um de seus companheiros, a frustração de Spartacus ficou ainda maior.

Qualquer sinal de união entre os gladiadores havia se dissolvido quando chegaram ao Vesúvio. Como óleo e vinagre, os grupos diferentes tinham se reagrupado sob o comando dos líderes de antes. Também acampavam distantes uns dos outros: três grupos de gauleses; os alemães sob o comando de Oenomaus e os trácios e outras nacionalidades com Spartacus. A separação física havia intensificado ainda mais as diferenças entre eles. Desde o início, Spartacus tivera dificuldade para conseguir sentinelas em número suficiente. Não era de surpreender que seus homens não estivessem muito contentes por ficar de guarda enquanto os outros relaxavam. "Mas pelo menos eles seguem as ordens dadas", pensou.

Entusiasmados com a liberdade recém-conquistada, Crixus, Castus e Gannicus riram na cara dele quando trouxe o assunto à baila na noite anterior.

— Estamos livres agora! Relaxe e aproveite, está bem? — disse Gannicus. Castus simplesmente deu de ombros e apontou para seus homens, que tomavam o vinho roubado dos mortos da emboscada.

— Por que precisamos de sentinelas? — perguntou Crixus. — Veja o que fizemos com aqueles malditos de Cápua! Ninguém chegará perto de nós em tão pouco tempo. A menos que queiram cometer suicídio, claro. — Ele sorriu para seus incentivadores, que gargalharam em aprovação.

Spartacus precisou de todo o seu autocontrole para não pular em cima de Crixus e esmurrá-lo. Não fez nada. Apesar de os líderes gauleses serem irritantes, mal-organizados e com tendência à embriaguez, eles e seus homens representavam uma parte considerável — e vital — de suas forças. Havia 25 gauleses, entre eles uma mulher. Spartacus não podia abrir mão deles. Com a recente chegada de alguns escravos do campo, ele tinha 29 homens e duas mulheres, incluindo Ariadne e ele próprio. Mas, se a situação se tornasse uma briga de verdade, ele só poderia contar com os 17 seguidores que eram gladiadores. Oenomaus tinha seguidores a mais do que o total de gauleses: 26 homens e duas mulheres, mas a aliança com os alemães dava a Spartacus o grupo mais forte até então.

Felizmente, Oenomaus também tinha mais noção da situação do que os outros. Ele havia escutado as reclamações de Spartacus a respeito dos sentinelas e imediatamente concordou que seus homens dividiriam a tarefa. Entretanto, sua boa-vontade havia parado por aí. Quando Spartacus mencionou os possíveis embates, Oenomaus franziu o cenho.

— Já tivemos isso o suficiente naquele maldito ludo. — O argumento de Spartacus a respeito de enfrentar legionários fora recebido com indiferença. — Trataremos dessa questão quando chegar o momento certo — dissera o alemão.

"Quando chegar o momento." Uma sensação de mau presságio tomou Spartacus e ele olhou para a planície campaniana. Os caminhos que ele via eram pequenos como os laços do vestido de uma boneca, mas ainda conseguia distinguir as formas de vagões e de bois. Por enquanto. Da mesma forma como era certo o amadurecimento do trigo no fim do verão, um dia ele veria a forma de um exército romano marchando em direção ao Vesúvio. Mesmo que só englobasse mil homens, seria como aqueles com quem Spartacus se acostumara durante a conquista da Trácia. Sentinelas e escaramuçadores à frente. Cavalaria e em seguida a infantaria. Os observadores de campo e seus equipamentos, com o comandante e seus guarda-costas logo atrás. Mais cavalaria. Os oficiais de alto escalão com seus acompanhantes. A retaguarda. E depois deles, as pessoas que vinham depois de todos os exércitos desde sempre: prostitutas, comerciantes de todos os tipos, profetas, trapaceiros, animadores e traficantes de escravos. Talvez até o homem indicado para o lugar de Phortis, enviado por Batiatus para levar de volta os infelizes capturados vivos.

"Não estarei entre eles. Nem Ariadne", pensou Spartacus, com tristeza. A morte era bem mais atraente do que voltar ao cativeiro, principalmente se fosse obtida ao atacar o máximo de legionários possível. Apesar de o pensamento atraí-lo, era impossível negar que era fútil. "Por que simplesmente não ir embora?"

— Foi com esta montanha que você sonhou?

A voz de Ariadne perto dele o fez se sobressaltar.

— Você chegou para me assustar! — murmurou ele, um tanto envergonhado. Observou o ambiente ao redor com mais atenção. Sob o efeito da adrenalina dos eventos ocorridos desde a fuga, não tivera a chance de reconsiderar seu sonho. — Possivelmente. Sem dúvida é afastada o bastante.

— E você tem uma sica. — Ela deu um tapinha na arma embainhada pendurada na faixa de couro trespassada na cintura.

— Verdade. — Ele estava feliz por encontrar uma espada trácia com o grupo que encontraram na estrada de Cápua.

— Você está num lugar bem alto.

— Sim, mas não estou sozinho. — Ele apontou para o campo abaixo.

— Nem tudo em um sonho precisa ser exato.

Spartacus sentiu o estômago revirar e observou o rosto dela à procura de pistas. Ela passava grande parte de seu tempo orando para Dionísio. Talvez suas preces tivessem sido finalmente atendidas.

— Você já entendeu o que eu vi? — Ele percebeu que Ariadne parecia arrependida e, de novo, sentiu a serpente enrolada em seu pescoço. "Ela representa os soldados enviados por Roma? Ou o destino que me espera se eu tentar voltar à Trácia?" Olhou para o céu implorando por uma resposta. "Que fim pretende nos dar, Grande Cavaleiro?"

— Pode ser que não seja o que você pensa.

— É difícil pensar que não. — Passando a mão pela barriga, Spartacus mudou de assunto. — Pretendo encher a barriga com carne. Pode ser qualquer carne. De boi. De porco. De carneiro. Até de bode. Precisamos de alguns objetos também, principalmente de cobertores e couro para fazer sandálias. Vou me reunir com os homens e procurar uma fazenda de fácil acesso para invadirmos. Levarei todos, menos Getas. Ele ficará aqui com você.

Ariadne sabia que não devia perguntar se iria. Como sacerdotisa, seu valor para os gladiadores era incalculável. Além disso, não queria assistir à matança e aos estupros inerentes à expedição.

Spartacus se colocou ao lado de Carbo e eles desceram a trilha pela floresta. Atheas e Taxacis, os dois citas, o seguiram em silêncio, quase sem tocar nos arbustos enquanto passavam. Atheas tinha a barba preta e cheia, já Taxacis tinha um nariz grande como uma linguiça amassada. Desde a fuga do ludo, os dois tinham se tornado suas sombras. Chegavam até a dormir perto da tenda dele, como dois cães leais. Spartacus não sabia por que os habilidosos guerreiros tinham decidido se tornar seus guarda-costas, mas se sentia mais tranquilo graças a eles. Getas não poderia fazer tudo sozinho. Se tivesse que lutar primeiro com os temidos citas, qualquer gladiador insatisfeito pensaria duas vezes antes de tentar matá-lo.

Olhou de soslaio para Carbo. Com tudo o que vinha acontecendo desde a fuga, não houvera oportunidade de conversar com o jovem romano. Era a chance de despertar a lealdade de Carbo mais uma vez. No ludo, ele ainda não havia sido testado, mas isso estava prestes a mudar.

— Com sorte, essa pequena empreitada nos garantirá alguns carneiros ou até bois. Nada como carne assada na fogueira, não é?

— Meu estômago já está roncando — admitiu Carbo. E ficou sério. — Alguém será morto?

— Espero que não. Vamos ter de enfrentar os escravos dos campos e qualquer dono idiota deles.

— Não estava me referindo a um de nós.

Spartacus lhe lançou um olhar penetrante.

— Acredito que haverá algumas perdas, sim. Não se surpreenda quando os gladiadores fugidios se vingarem de algumas das pessoas que os trataram como animais.

— Pensei que vocês estivessem à procura de comida.

— Estamos — respondeu Spartacus. — E se matarmos um ou dois romanos, será uma vantagem a mais.

— Isso não está certo! — As palavras escaparam dos lábios de Carbo sem que pudesse impedi-las.

— Não está? — Spartacus apontou em direção ao peito de Carbo. — Suas malditas legiões fizeram coisas muito piores com o meu povo. Vi diversos vilarejos serem dizimados. Perdi a conta dos velhos e doentes mortos porque não serviam como escravos. Você já viu um bebê sendo degolado? Ou uma mulher que foi violentada tantas vezes a ponto de enlouquecer?

Carbo corou e teve o bom senso de não responder. "Ele provavelmente tem razão."

— Se não quiser participar, pode cair fora.

Carbo hesitou.

Fez-se um longo silêncio.

— E então? — perguntou Spartacus.

— Vou com vocês.

— E quando chegar o momento da luta? — perguntou Spartacus com um tom incisivo. — Os próximos a nos atacar serão os legionários. Você vai fugir em vez de matar seus compatriotas?

— Não. — "Para onde eu iria? Para Roma, para me tornar advogado? Prefiro ser um bandido."

— Como poderei ter certeza? — Os olhos acinzentados de Spartacus eram ameaçadores. — Não preciso de um homem em quem não possa confiar.

— Você cuidou de mim no ludo. Ninguém mais fez isso, por isso sou leal a você — disse Carbo, de modo impulsivo. — Mesmo que, por isso, tenha que lutar contra meu povo.

A raiva de Spartacus diminuiu um pouco.

— Ficarei de olho em você — avisou.

Carbo assentiu. "Não é diferente na arena. Matar ou ser morto. É a minha única escolha."

Uma hora depois, Spartacus se sentiu um bandido. A propriedade que tinham encontrado parecia perfeita. Era um típico latifúndio da região. Campos amplos repletos de plantações e aves cercavam um jardim, as construções da fazenda e um vilarejo enorme. Os gladiadores foram a esse vilarejo e só depois viram os carneiros e o gado. Era pouco provável que alguém ajudasse o dono da fazenda, mas era bom ser cauteloso. Eles tinham cercado todos os escravos que viram. Spartacus não entendia o motivo, mas alguns escravos se sentiam fiéis aos donos. Ele não queria que ninguém saísse correndo para espalhar a notícia antes que eles partissem.

A matança começara logo depois de eles chegarem às construções. Ao escutar a comoção, o proprietário surgiu na porta. Um homem atarracado de meia-idade, com cabelos curtos, parecendo um veterano do exército. Ao ver os gladiadores gritando e seus escravos assustados e berrando, voltou para o vilarejo. Alguns instantes depois, reapareceu diante de um grupo de homens armados. Balançando um gládio velho, mas ainda útil, o romano partiu em direção a Crixus. Surpresos, os gauleses receberam seus atacantes como uma matilha de lobos famintos.

Agora coberto por ferimentos de punhaladas e com a cabeça quase deformada, o homem estava sobre uma enorme poça de sangue. Da mesma forma os corpos de seus escravos se espalhavam ao redor dele. Sua esposa e as duas filhas adolescentes estavam ali perto, deitadas, gritando a plenos pulmões. Sobre cada uma delas, havia um gladiador de nádegas de fora, movimentando-se entre suas pernas. Rindo e brincando uns com os outros, uma dúzia de homens aguardavam sua vez. Spartacus, sentado à beira de uma fonte na entrada do pátio, desviou o olhar. Esperava que os homens mais disciplinados — os citas e os dois trácios — voltassem e contassem o que tinham encontrado de armas, grãos e outros suprimentos.

— Você não pode fazê-los parar? — Carbo apontou para o grupo de guerreiros. — É nojento.

— É, sim — concordou Spartacus. — Mas também é inevitável. Além disso, se tentasse impedi-los, aqueles homens me matariam sem hesitar. Então permito que continuem.

— Eles são animais! — disse Carbo.

— Não. Eles são guerreiros que estão sem mulheres há meses, até anos. Seus legionários agem diferente quando saqueiam uma cidade? Duvido muito.

— Os legionários nunca agiriam de modo tão nojento. — Carbo sabia que não estava dizendo a verdade assim que as palavras foram ditas.

— Pode acreditar nisso, se quiser.

Carbo corou e ficou calado.

— Por que não faz alguma coisa útil? Entre na casa e procure as armas.

Com um olhar aliviado, Carbo desapareceu.

Spartacus ouviu outros gritos estridentes. Vinham dos quartos dos escravos. Era onde os outros guerreiros estavam. "Idiotas", pensou. "Carbo tinha razão. Nós precisamos de mais recrutas, não de mais inimigos. Quem desejará se unir a nós se nossos homens tiverem estuprado suas mulheres?" Chamando Atheas e Taxacis, marchou em direção aos gritos.

Era preciso impor certa disciplina.

Duas semanas se passaram sem qualquer sinal dos soldados romanos. A cada dia que terminava, no entanto, a tensão de Spartacus aumentava. Seria inevitável que o Senado enviasse uma força para coibi-los. Só não se sabia quando ela chegaria. O tempo passava e, enquanto isso, os outros gladiadores não faziam nada para se preparar. Com seus líderes, eles observavam e zombavam enquanto Spartacus treinava seus homens sem cessar, além de alguns escravos que tinham se unido a eles. A maioria de seus seguidores de então estava mais armada do que seus antigos companheiros. Isso se devia a Carbo. Ele encontrara um monte de armas — espadas, lanças, dardos e adagas — no vilarejo. As armas eram algo muito importante para a causa trácia, mas ainda faltavam escudos e protetores de cabeça. Isso interferia pouco no resultado, mas aborrecia Spartacus. Seus homens mereciam mais.

Spartacus havia se dedicado a instruir Carbo. Era um prazer ter um aluno tão disposto a aprender. O jovem romano parecia ter assimilado sua lição no *latifundium* e não voltou a tocar no assunto. "É melhor", pensou Spartacus, "porque os estupros acontecerão de qualquer modo. Por mais horrendos que sejam, fazem parte da guerra." A atitude bem-disposta de Carbo também o ajudara a parar de remoer suas preocupações. Durante esse período, ele não perguntou a Ariadne sobre seu sonho. Não havia sentido para isso. Chegara à conclusão de que a serpente simbolizava Roma e suas legiões, e que era seu destino morrer em batalha contra elas. Ele pensava nisso todos os dias enquanto passava o tempo observando os campos abaixo. Não era o pior destino que um homem podia ter. Era melhor do que morrer na arena enquanto milhares de romanos vibravam pelo seu fim. Sua decisão de ficar havia sido a correta. Retribuia a lealdade de seus seguidores guiando-os, sem abandoná-los. Seus homens também eram o motivo pelo qual fora melhor não ir à Trácia. "Não posso deixá-los. Mas e Ariadne?" Para essa questão, não teve resposta.

Certa manhã, Spartacus estava no lugar onde sempre ficava, quando viu Atheas se aproximando, pelo canto do olho. Não virou a cabeça.

— O que foi?

— Visita... importante.

Spartacus desviou o olhar dos campos.

— Fale logo, então.

— Um escravo da fazenda veio... se unir a nós.

— E?

— Ele viu soldados... marchando na direção... da montanha.

Spartacus virou-se por completo.

— A que distância daqui?

— A um dia, segundo ele.

"Muito perto."

— Traga-o aqui de uma vez!

Atheas saiu correndo e logo voltou com um homem forte. Curioso, Spartacus observou o recém-chegado desarmado, vestido com uma túnica grossa que não passava de um trapo. Ele era jovem, tinha ombros largos e a pele bronzeada devido a uma vida inteira de trabalho ao ar livre. Seu rosto redondo e simpático era marcado por uma feia cicatriz roxa que cruzava a face esquerda.

— Pare — ordenou Atheas quando estavam a dez passos de Spartacus.

Olhando para Spartacus com curiosidade, o escravo obedeceu.

— Qual é o seu nome?

— Aventianus, senhor.

— Não existem senhores neste campo, Aventianus. Aqui, somos todos iguais. Homens livres.

— Disseram que você trata a todos dessa maneira, mas pensei que não fosse verdade. Agora, vejo que é.

— É verdade. Você traz notícias, creio eu?

— Sim. Ontem, um grupo grande de soldados...

— Quantos? — interrompeu Spartacus.

— Cerca de três mil.

Spartacus blasfemou baixinho. "Onde eu estava com a cabeça? Oitenta homens contra tudo isso? Pode ser até que sejam cem mil."

— Continue.

— Eles chegaram à terra de meu senhor no meio do dia. O comandante, um pretor, pediu permissão para passar a noite ali; meu senhor aceitou de bom grado. Convidou os oficiais superiores para jantarem com ele. Durante a noite, foi revelado que as tropas tinham sido enviadas pelo próprio Senado. A missão deles é vir para o Vesúvio... e acabar com vocês.

Spartacus levantou a mão, interrompendo Aventianus de novo.

— Alguns homens precisam ouvir isso. — Olhou para Atheas. — Procure os outros líderes. Diga a eles que é urgente.

Spartacus ficou surpreso ao perceber que sua emoção mais forte era o alívio. "A espera acabou."

Não demorou muito para que Atheas voltasse com Oenomaus e os três gauleses. Os quatro homens demonstravam preocupação e raiva. "A notícia já se espalhou."

— O que, em nome de Teutates, está acontecendo? — quis saber Crixus.

— Sabemos o nome do comandante deles? — perguntou Spartacus.

— Caius Claudius Glaber — respondeu Aventianus. — É um pretor.

— Nunca ouvi falar dele — rosnou Castus.

"O nome dele é irrelevante." Spartacus passou o dedo pelos lábios, pensativo. — Ele tem alguma experiência militar?

— Não, mas parece bem confiante.

— Claro que sim, o maldito — rebateu Castus. — Afinal, ele tem quase quarenta homens para cada um dos nossos.

Aventianus pigarreou.

— Eles não são legionários comuns.

Os gauleses ficaram tão irados que não acreditaram nas palavras de Aventianus, mas Spartacus sim. Assim como Oenomaus.

— Repita isso — ordenou Spartacus.

— Glaber disse que o Senado se recusou a classificar isso como uma revolta, apenas chamou de emergência. Não foram reunidas tropas no Campus Martius. Glaber protestou, mas foi vencido; por isso, teve que recrutar seus soldados na marcha para o sul, partindo de Roma. Há alguns veteranos, a maioria, porém é, de agricultores ou moradores do vilarejo sem muita experiência militar.

— Boas notícias! — disse Spartacus. "Mas isso fará diferença?"

Castus emitiu um som de desdém.

— Imagino que haverá homens suficientes que saibam fazer o trabalho.

— Pelo menos, podemos ter um fim glorioso para nós. — Crixus fez um movimento como se empunhasse uma espada, e então mais um. — Que os deuses irão ver.

Castus e Gannicus fecharam a cara e nada disseram.

— Sinto muito — disse Aventianus.

— Não precisa se desculpar — respondeu Oenomaus. — Você veio aqui para nos alertar, arriscou sua vida. Nós temos é que agradecer.

— Tentei convencer mais homens na fazenda a se unirem a mim, mas nenhum quis. Disseram que os soldados eram muitos. — Aventianus abaixou a cabeça.

— Você é um homem corajoso. — Spartacus deu um passo à frente e pôs a mão sobre seu ombro. — Quanto tempo levou para chegar aqui?

— Corri por cerca de três horas.

— Então, eles chegarão aqui esta tarde — disse Spartacus, aproximando-se.

Aventianus assentiu.

— Era com isso que Glaber estava contando.

— É algo útil a saber. — Spartacus apontou para o norte. — Pode ser que eles não tenham notado sua presença.

— Não — protestou Aventianus. — Vim para cá para me unir a vocês!

— Todos vamos morrer — observou Spartacus.

— Não me importo! — Aventianus apontou para a cicatriz irregular em seu rosto. — Está vendo isto? Foi feito com um atiçador em brasa. Meu castigo por um erro bobo há dois anos. Morrer aqui com vocês, como homem livre, é muito mais interessante do que voltar a passar por isso.

Spartacus olhou para os três gauleses. "Por que vocês não podem ser como ele?"

— Nesse caso, ficaríamos honrados se você se unisse a nós.

— Obrigado.

— Deve estar cansado e faminto — disse Spartacus. Olhou para Atheas de novo. — Leve-o para a área da cozinha. Cuide para que receba comida e água. Depois, ele vai precisar de uma arma e de um lugar para dormir.

Quando os dois saíram, ele se virou para os outros líderes. A notícia fizera sua determinação voltar com força.

— O que vocês acham?

— Acho que estamos perdidos — respondeu Castus.

Spartacus controlou a raiva. "Se você e seus homens tivessem treinado, talvez não sentissem tanto pessimismo."

— Oenomaus?

— É difícil discordar de Castus. Mas, a menos que queiramos ficar sozinhos, devemos manter o sigilo. Não vou fugir e não vou me entregar. Estou aqui para lutar.

— Eu também! — completou Crixus.

— E eu também — disse logo Gannicus.

— Fico feliz em saber disso — respondeu Oenomaus. — A primeira coisa a fazer, então, é criar um plano de ação. Devemos decidir qual é a melhor maneira de atingir o máximo de malditos antes de eles nos derrotarem.

Castus abriu um sorriso cruel.

— Parece interessante.

— A mim também — disse Spartacus. "Muito bem, Oenomaus."

— Tenho pensado nisso. Com apenas um caminho decente até o topo, está claro o trajeto que farão. Marquei uma boa posição no ponto mais íngreme. Se juntarmos pedras grandes aqui, elas poderão ser roladas para atingir os homens que subirem.

— O caminho é muito estreito — disse Crixus. — Pelo que imagino, três homens com escudos poderiam atingir todos os que viessem.

— Escudos? — perguntou Spartacus.

— Eu sei, eu sei. Não temos nenhum. Mas depois que matarmos alguns dos cachorros, isso vai mudar. — Crixus encarou-os com os olhos arregalados, desafiando-os a encontrarem outra solução.

— Pensei a mesma coisa — disse Spartacus. Ele não disse em que mais estava pensando. "Quantos homens perderemos no caminho?"

— Os dois núbios têm bodoques. Podem lançar pedras nos romanos assim que aparecerem; podemos reunir pedras menores para lançarmos. Os escudos darão um pouco de proteção aos malditos, mas vamos ferir muitos deles. Não poderão fazer nada a respeito. — "Não se engane. Vai ser como tentar acabar com um formigueiro. Fácil pisar em algumas centenas, mas impossível matar todas."

Mas suas palavras tiveram o efeito desejado. Castus, em especial, parecia muito mais satisfeito.

— Mandarei meus homens catarem pedras. Quanto mais tivermos, melhor — disse ele, afastando-se. Gannicus saiu com Crixus, discutindo quem ficaria na linha de frente.

Oenomaus esperou até os gauleses se afstarem.

— E se eles não nos atacarem?

Spartacus já havia pensado nessa opção, no entanto, a deixou de lado. Afinal, os romanos gostavam de confrontos, de batalhas. "Mas nem sempre."

— Você acha que fariam isso?

— A menos que Glaber queira perder muitos soldados antes de sequer chegarem às nossas fronteiras, é a escolha mais sensata. Eu separaria algumas centenas de homens para observarem o caminho, à espreita.

— Até nos matarem de fome aqui, você quer dizer — resmungou Spartacus.

— Sim. É lento, mas eficiente, e bem menos caro do que perder vidas.

— Se descermos para atacá-los, perdemos nossa única vantagem: a da altura.

Eles se entreolharam sem nada dizer. A sensação boa de alguns momentos antes havia desaparecido. A causa deles, mais uma vez, parecia perdida.

Spartacus contraiu a mandíbula. "Não está na hora de desistir. Escolho ficar aqui."

— Vamos preparar tudo como dissemos. Não há motivo para nos preocuparmos com o que não podemos impedir.

— Concordo.

— Conversarei com Ariadne. Talvez o deus dela nos dê orientação.

Oenomaus sorriu.

— Seria muito bem-vinda.

"Se não acontecer em breve, será tarde demais."

CAPÍTULO XI

Era o meio da tarde quando Glaber e seus soldados foram vistos. Ao escutarem o grito de atenção, todos no campo pararam o que faziam e subiram até a beira da cratera. A meia distância, uma longa fila negra podia ser vista no caminho que partia de Cápua. As figuras estavam distantes demais para serem identificadas como homens ou animais, mas depois das notícias de Aventianus, ela só podia significar uma coisa: aquilo que causaria a destruição. Durante muito tempo, nenhum daqueles que observavam a cena falaram ou se entreolharam. Todos os olhos se voltaram para as tropas que se aproximavam. O silêncio nefasto foi interrompido apenas pelo uivo do vento.

Por fim, Spartacus se mexeu. Não era apenas inútil olhar para os romanos, era também perigoso. Conseguiu sentir a moral dos gladiadores diminuindo a cada instante.

— Voltem ao trabalho! Ainda temos muito o que fazer — gritou ele. — Quero centenas de pedras grandes prontas para serem roladas em direção ao inimigo. Milhares de pedras para jogar e para os bodoques. Cada espada e adaga precisa ser afiada a ponto de cortar os pelos de seu braço. Aqueles malditos vão se arrepender de terem vindo aqui!

Todos os homens obedeceram, porém poucos sorriram. Menos ainda riram.

Spartacus lançou a Ariadne um olhar questionador. Ela balançou a cabeça devagar, uma reação que foi como um soco no estômago. "É isso, Grande Cavaleiro?" Ele balançou a cabeça, afastando sua preocupação.

— Atheas, Taxacis. Desçam o caminho até a montanha. Cheguem o mais próximo possível dos romanos sem serem vistos. Quero saber todos os movimentos deles. Como o campo deles foi organizado. O número de sentinelas. Voltem antes do pôr do sol.

Concentrados em sua nova tarefa, os citas se foram.

Spartacus foi orar para o Grande Cavaleiro.

E afiar a sica.

Graças às árvores que cobriam os montes superiores do Vesúvio, a coluna romana saiu de vista ao alcançar a base da montanha no fim daquela tarde. Seu desaparecimento aumentava a tensão. O clima ficou mais pesado, e os homens grunhiam uns para os outros rispidamente. A alguma distância do campo, um gladiador alemão que recolhia pedras fugiu quando os companheiros estavam de costas. Gritos de raiva foram ouvidos quando perceberam a fuga, mas Oenomaus ordenou que o fugitivo não fosse perseguido.

— Quem quer um homem assim ao seu lado quando a luta começar? — gritou ele.

O sol estava baixo no céu quando Atheas e Taxacis voltaram. Spartacus conversava com Oenomaus e os três gauleses, mas o assunto entre eles morreu assim que os guerreiros se aproximaram.

— E então? — perguntou Spartacus.

— Eles armaram... acampamento. Um acampamento comum — começou Atheas.

Spartacus viu a confusão dos outros. Por terem nascido na escravidão, eles nunca tinham visto as fortificações temporárias montadas todas as noites pelos romanos em marcha.

— É retangular, com uma entrada em cada lado — explicou ele. — A coisa toda é cercada por uma muralha da altura de um homem, e há estacas na parte de cima. Do lado de fora, eles têm uma vala protetora que da altura da cintura.

Atheas assentiu, concordando.

— Contamos... um piquete na frente... de cada parede. Centenas de passos para fora.

— Só isso mesmo? Malditos arrogantes — rosnou Crixus.

— Alguma atividade no caminho até o pico? — perguntou Spartacus, com o estômago roncando.

— Sim. Trezentos legionários... espalhados. E diversos grupos pequenos marcharam... boa distância para o alto... montanha. Eles se esconderam... dois lados do caminho. Sem tendas.

— Sentinelas, então — disse Gannicus.

Spartacus blasfemou. "Oenomaus estava certo."

— Esses homens servem apenas para nos impedir de fugir hoje à noite! Os desgraçados atacarão pela manhã, certo? — perguntou Crixus. Ele olhou para cada um dos homens. Algo na expressão de Spartacus e de Oenomaus fez com que os rostos deles se enrijecessem. — Nenhum de nós acredita nisso.

— Faz mais sentido montar vigilância — admitiu Spartacus. — Eles podem esperar ali embaixo com certo conforto até simplesmente ficarmos sem comida.

— Filhos da puta, desgraçados de merda que vestem togas! — vociferou Crixus. Ele andou de um lado para o outro, falando mais palavrões. Quando retomou certo controle, encarou os outros. — Como eu disse, vamos escolher a morte de um herói. Vamos descer esta manhã e tomar as linhas deles. Criar um fim que será lembrado pelos escravos para sempre.

Cerrando o cenho, Castus e Gannicus baixaram a cabeça.

— Podemos fazer melhor do que isso — disse Oenomaus.

— Como? — perguntou Crixus.

Oenomaus não teve uma resposta imediata.

Spartacus pensou. Eles não tinham escudo nem armaduras. Estavam em menor número. Seus alimentos durariam três dias, no máximo. A única opção seria um ataque suicida? Ele olhou para o céu. "Muito bem. Eu me submeto ao seu desejo, Grande Cavaleiro."

— Gannicus, você está acompanhando o que estou dizendo? — perguntou Crixus.

— Não tenho nada melhor a fazer.

— Ótimo. E você, Castus?

— Que se dane. Por que não? — Foi a resposta.

— Pode contar comigo também — disse Oenomaus.

— Spartacus?

Ele não respondeu. "Que maneira idiota de morrer."

— Spartacus? — A impaciência se misturou à raiva no tom de voz de Crixus.

Spartacus desviou o olhar para as vinhas que cobriam os montes íngremes da cratera. De repente, uma ideia surgiu em sua mente.

— Você vai responder à minha maldita pergunta?

— Não agora. — Spartacus se afastou, deixando os outros chocados atrás dele.

— Ele está enlouquecendo — declarou Crixus. — Eu sabia que isso iria acontecer.

— Que diabos ele está fazendo? — perguntou Castus. — Não está na hora de passear!

Spartacus ficou satisfeito ao ouvir Oenomaus grunhir:

— Ele vai voltar.

A voltar para junto dos outros líderes um tempo depois, Spartacus estendeu as mãos.

— Estava na nossa cara o tempo todo.

— Isso é uma vinha — disse Gannicus, com uma voz incrédula.

O desdém de Crixus ficou claro.

— O que devemos fazer com isso? Estrangular os soldados romanos?

Castus riu.

— Pode explicar o que está acontecendo? — pediu Oenomaus, aparentando surpresa. — O local é repleto de vinhas. E daí?

— É claro como o sol no céu.

Crixus curvou os lábios.

— Tire-nos desse desespero.

— Estas vinhas são excelentes para tecer cestos, não são?

— Sim — respondeu Oenomaus, tentando controlar a irritação.

— Em vez de cestos, podemos fazer cordas. Cordas fortes o suficiente para aguentar o peso de um homem. Quando escurecer, podemos descer por um dos lados do penhasco. Acho que os romanos não esperam ser atacados por outro local que não o caminho. — O sorriso confiante de Spartacus disfarçava o seu receio. "As chances são muito pequenas, mas será melhor do que cometermos suicídio de manhã."

— Que ideia fantástica! — Oenomaus deu um tapa no braço dele.

— Teríamos uma chance de lutar — disse Gannicus.

Spartacus olhou para Castus e a expressão azeda deste se suavizou.

— Pensei que você tivesse enlouquecido. Mas não enlouqueceu — admitiu ele. — É um bom plano.

— Pode ser que funcione — disse Crixus, balançando a cabeça em dúvida. — Ou podemos quebrar nossos pescoços.

— Vale a pena tentar — afirmou Oenomaus.

Para surpresa de Spartacus, Castus e Gannicus resmungaram, concordando.

Crixus fez uma careta.

— Muito bem.

"Obrigado, Grande Cavaleiro. Será mais fácil com ele ao nosso lado." Spartacus fez uma avaliação rápida.

— A altura é de pelo menos cem passos a partir da parte mais baixa dos penhascos até o chão. Precisaremos de, no mínimo, duas cordas. De mais, se puderem ser feitas a tempo.

— E depois? — perguntou Oenomaus.

Spartacus ficou feliz ao ver que, dessa vez, os quatro esperavam a sua resposta. Ele agradeceu mais vezes em silêncio.

— Espere até ser quase meia-noite. Reze para que fique nublado. Vamos escurecer nossos rostos e membros com as cinzas das fogueiras. Desçam até o acampamento deles. Matem os sentinelas nos piquetes. Ataquem as tendas sem fazer barulho.

— Os malditos não saberão o que aconteceu! — interrompeu Gannicus.

— Não. Vamos matar o máximo que pudermos antes de os outros se darem conta — explicou Spartacus.

Oenomaus franziu o cenho.

— E depois?

— Quem sabe? Talvez escapemos! — Ele não falou sobre o outro resultado mais provável. No entanto, ninguém se mostrou desanimado, o que o deixou contente. — Precisamos agradecer a Dionísio agora. Estas vinhas são dele.

Ninguém se opôs.

Quando escureceu, os gladiadores tinham três cordas, cada uma com 120 passos de comprimento. Todos os homens e mulheres presentes tinham ajudado a fazê-las. Alguns tinham arrancado vinhas das paredes da cratera enquanto os outros as trançavam. Trançadas em três partes e amarradas em quatro partes, as cordas foram testadas com dois homens fortes fazendo cabo de guerra. Para satisfação de Spartacus, nenhuma se rompeu. Ele ordenou que os guerreiros se preparassem, mas eles teriam que esperar sua ordem para entrarem em ação.

Enquanto os outros líderes bebiam vinho com seus seguidores, Spartacus sentou-se perto da fogueira com Ariadne. Não conversaram muito, mas havia um clima novo de intimidade entre eles. Infelizmente, aquela podia ser a última vez em que ele a veria. Do outro lado da fogueira, diante dele, Ariadne não parava de pensar. "Essas vinhas pertencem a Dionísio. Será que ele fez Spartacus percebê-las? Parece uma coincidência forte demais para ser gratuita."

Apesar do cobertor que mantinha ao redor dos ombros, Spartacus sentiu frio. Olhou para cima. A lua no céu tinha sido coberta por nuvens. Ventava pouco.

— Hora de irmos.

— Pedi a Dionísio para cobrir o acampamento com um manto de sono.

— Obrigado. — Ele passou um pouco mais de cinzas nos braços e levantou. — Tudo estará terminado até o amanhecer. Até lá. — Ele afastou uma pontada de incerteza. "Grande Cavaleiro, permita que seja assim."

— Sim. — Ariadne não quis falar mais nada por não confiar na firmeza de sua voz. "Volte para mim em segurança."

Sem dizer mais nada, ele mergulhou na escuridão.

— Há um piquete — sussurrou Spartacus, apontando para várias sombras a uma distância que uma lança poderia alcançar. Ele se sentiu muito satisfeito com o que tinham conseguido até então. Haviam descido pela encosta do abismo com pouca dificuldade. Um homem quebrara o tornozelo e ficara para trás, mas os outros se movimentaram com destreza, silenciosos, andando pela escuridão. A centenas de passos além dos sentinelas romanos ficava a muralha ao sul do acampamento de Glaber. Spartacus estava deitado de bruços no mato, os citas à sua direita, e Getas e mais um trácio à sua esquerda. O restante, incluindo os novos recrutas, esperava um pouco atrás. Por estarem em pequeno número, Spartacus havia decidido não atacar pelos lados. Sua melhor chance seria um ataque frontal com toda a força. Os outros líderes também se mostraram contentes com essa ideia.

— Vamos — murmurou Atheas, erguendo a adaga.

Taxacis grunhiu em aprovação.

— Vamos depressa. Em silêncio — alertou Spartacus. — O menor som pode estragar tudo.

— Você esqueceu? — sussurrou Getas. — Tenho feito isso desde que tinha idade suficiente para levantar uma faca. Os citas também.

— Eu sei. — Spartacus tentou relaxar. Contudo, não conseguiu afastar o nó que sentia na garganta, enquanto os quatro avançavam e desapareciam na escuridão. Esperou, contando as batidas do coração e tentando calcular quanto tempo demoraria para chegarem aos sentinelas romanos. Já dera quase quinhentas quando ouviu um barulho de movimento. Spartacus ficou paralisado. O som do confronto logo terminou com alguns gritos curtos e engasgados. "Já acabaram. Será que alguém escutou?" O suor frio cobriu a sua testa, mas o silêncio que veio em seguida não foi rompido.

Seus homens voltaram pouco tempo depois, sorrindo. Logo chegaram também os três líderes gauleses e Oenomaus.

— Está na hora de irmos — disse Spartacus.

— Vamos agradecer a Dionísio de novo — sussurrou Oenomaus. — Que ele continue nos protegendo. O que se encontra mais à frente pode custar nossas vidas.

"Oitenta de nossos homens estão prestes a atacar um acampamento com três mil legionários. É uma loucura total."

— Eu não iria a nenhum outro lugar — disse Spartacus. — Nem por todo o ouro de Crassus. Qualquer que seja o resultado, isso vai mostrar aos malditos que não somos um tipo de bandoleiro qualquer.

Em vez de discutir, Crixus soltou um som de ronco. Os dentes de Castus apareceram na escuridão, como sinal de que ele concordava.

— Vai mostrar que não somos pecinhas para os joguinhos deles — disse Gannicus.

Com isso, eles retomaram a ação em direção aos gladiadores.

Spartacus fez os homens o seguirem em uma fila comprida que levava ao acampamento romano. Nenhum protestou. Uma satisfação tomou conta dele ao perceber que todos estavam preparados para deixá-lo tomar a dianteira. Ele parou diante dos sentinelas mortos, permitindo que alguns dos guerreiros com menos armas pegassem as dos cadáveres. Em seguida, caminhou com calma, satisfeito por ver que aqueles que o seguiam quase não faziam barulho.

Chegaram à vala sem enfrentar problemas, e o coração de Spartacus começou a bater forte a ponto de ele achar que pudesse ser ouvido. "Respire."

Ele olhou para as muralhas. Sem dúvida, haveria sentinelas de patrulha. Spartacus não sabia quantos, entretanto, não seriam menos de dois de cada lado. Os mais próximos teriam de ser neutralizados assim como os piquetes. Ao sair do outro lado da trincheira, ele se deitou.

— Fiquem onde estão — sussurrou aos homens da retaguarda. Quando sua ordem se espalhou, os gladiadores pararam de avançar.

Não estavam longe dos fortes, que não passavam de um monte comprido que se estendia da esquerda para a direita diante deles. Spartacus observou o topo da parede, percebendo a sombra de dois capacetes à sua esquerda. Ao apurar os ouvidos, só conseguiu escutar um burburinho de vozes.

— Vocês os veem?

— Sim — murmurou Atheas.

— Quero que sejam silenciados como os piquetes foram. Acham que podem fazer isso?

— Claro.

— Façam um som parecido com um uivo quando terminarem. — Quando os guerreiros se afastaram, Spartacus respirou fundo e soltou o ar devagar. A tensão era tão grande quanto às dos minutos de expectativa antes de qualquer batalha da qual havia participado. "Acalme-se, fique calmo." Concentrado em sua respiração, ele fechou os olhos.

Quando o som chegou aos seus ouvidos, Spartacus sentiu uma onda de alívio. Os romanos podiam considerar o pio de uma coruja um sinal de azar, mas ele não compartilhava essa opinião. Mais um obstáculo fora superado.

Eles foram até a entrada — um pouco mais do que um fosso entre as duas partes sobrepostas da muralha — sem dificuldade. Spartacus imediatamente conversou com os outros líderes.

— Os homens devem ir para um espaço aberto que fica atrás da proteção quando entrarem. Devem permanecer calados. Esperem meu sinal. Quanto mais tendas forem atacadas ao mesmo tempo, melhor, não é?

— Tudo bem — respondeu Oenomaus. — Vou pelo flanco esquerdo.

— Vocês três, para a direita — instruiu Spartacus. — E eu irei pelo meio.

Os gauleses assentiram.

— Procurem não deixar seus homens se espalharem. Se atacarmos em grupos, pareceremos uma força maior. — Ele esperou, mas ninguém disse nada. "Excelente." — Esperem pelo meu sinal: uma espada erguida ou um pio de coruja.

Spartacus observou os quatro se afastarem para explicar o plano aos seus. De repente, foi tomado pela dúvida. "O que estamos fazendo? Isso é loucura." Então, segurou com mais força o cabo da sica. "Bem melhor morrer assim do que ser vencido por milhares de legionários pela manhã." Ele começou a caminhar em direção às tendas.

As filas comuns que apareceram eram estranhamente familiares a ele. Durante o tempo que passou com as legiões, Spartacus havia dormido em muitos acampamentos como aquele. Sentara-se ao redor de fogueiras, cantando e bebendo vinho com homens como aqueles que estava prestes a atacar. "Tudo faz parte do passado. Estou aqui para matar. Estamos aqui para matar." Spartacus murmurou instruções aos trácios. Em silêncio, eles se espalharam pelos dois lados. Viu atrás dele figuras de homens — gauleses e alemães — trotando para a esquerda e para a direita.

E então todos ficaram prontos.

Spartacus ergueu a sica e olhou para os lados. Ao ver espadas erguidas, levou a mão à boca e emitiu um uivo que praticava quando garoto. As figuras ao longe começaram a se mover, e Spartacus fez um gesto para os homens atrás dele, a quem ordenara que trabalhassem em pares, permanecendo na mesma fila de tendas. Percebeu Aventianus por perto, empunhando uma chave com força. Carbo estava atrás deles, com o rosto tenso. Ao ver o olhar de Spartacus, ele assentiu de modo decidido. "Ele ficará bem."

Eles se aproximaram cada vez mais. Ainda assim não houve qualquer alarme, nenhum barulho, a não ser um legionário tossindo enquanto dormia ou roncando no meio de um sonho. A dez passos da tenda mais próxima, Spartacus não aguentou mais esperar. Acelerou o passo e começou a trotar. Getas estava logo atrás. Assim que se aproximou mais, Spartacus atacou, cortando facilmente a proteção de couro. A trajetória da lâmina parou de repente ao atingir o corpo de alguém. Um instante depois, o silêncio foi cortado por um grito alto. Getas atacou a vários passos dali e também foi bem-sucedido.

— Depressa — sussurrou Spartacus, erguendo o braço para atacar em uma direção diferente. Mais um som quando a sica cortou outra pessoa. Mais um urro de dor. "Tome isso, seu romano maldito!"

Ariadne estava sentada sozinha diante da fogueira, olhando para as brasas brilhantes, pensativa. Será que o sonho de Spartacus indicava sua morte nas mãos dos soldados romanos? Aconteceria naquela noite? Não se sentiu surpresa, apenas insatisfeita, por não encontrar nada que a inspirasse nas chamas vermelho-alaranjadas. As faíscas que subiam lentamente para o céu naquela noite não eram diferentes. Dionísio nunca havia revelado nada a ela por meio de uma imagem de fogo antes. "E não será agora que revelará", pensou ela. Então tentou, sem sucesso, não se sentir amargurada. Só se lembrava de ter precisado de ajuda uma vez — na Trácia, quando Kotys a ameaçava.

"Não perca a fé." O deus havia agido, em dado momento, colocando Spartacus em sua vida.

Ela pensou nele. Era fácil fazer isso — afinal, não o observava sempre que podia? Principalmente quando ele estava se despindo. Ariadne ficou contente por não ter ninguém ali para ver seu rosto corar de repente. No entanto, há muito tempo deixara de negar a si mesma que Spartacus era muito atraente. Pelos deuses, ela era apenas um ser humano! Ele era belo, tinha um físico forte. Era difícil de se irritar, ria com facilidade e sabia usar uma espada ou as próprias mãos. Era um líder nato. O mais importante é que ele tinha cuidado dela mesmo quando não havia qualquer vantagem para ele. Não reclamara quando ela o rejeitou. Acima de tudo, não tentara de novo.

"Agora quero que ele tente." Chocada com sua ousadia, Ariadne se levantou. Sentou-se de novo, com o coração batendo acelerado. "Diabos, por que não? Com a bênção de Dionísio, isso acabará com as lembranças que tenho de sexo. Meu pai. Phortis." O medo se sobrepôs à animação. "Para que algo aconteça entre nós, Spartacus tem que sobreviver esta noite. E se o sonho dele..."

— Pare! — disse Ariadne em voz alta. Viu quando as outras mulheres desviaram o olhar das fogueiras, e logo retomou o controle. "Ele vai sobreviver", pensou, determinada. Contudo, sem um sinal dos deuses mostrando o contrário, era possível que a serpente vista por Spartacus fosse um prenúncio de algo terrível.

Ariadne decidiu fazer o máximo para conseguir orientação de Dionísio. A divindade já havia mostrado sua boa vontade ao fazer Spartacus perceber que podia usar as vinhas. Será que poderia ser convencido a ajudar mais? Com mais empenho, Ariadne buscou suas duas estátuas de Dionísio. Spartacus, seu marido, estava lutando pela vida na planície lá embaixo. O mínimo que ela podia fazer era passar o resto da noite de joelhos em busca de inspiração divina.

Spartacus deu quatro golpes de espada e então percebeu o efeito do que ele e Getas haviam feito. Os homens sobreviventes ali dentro — alguns dos quais estavam feridos — gritavam e se debatiam tentando sair da tenda que os cobria. "Mesmo que os filhos da puta saiam, não vão querer lutar. Estão morrendo de medo!"

— Não podemos matar todos. Não é preciso — sussurrou ele a Getas. — Diga aos outros: "Ataque e siga em frente. Ataque e siga em frente."

Passar entre os gladiadores foi muito difícil. As únicas coisas visíveis na escuridão eram os contornos das tendas e as sombras entre elas, que eram seus homens. Os gritos agora aumentavam a confusão. Spartacus desistiu de manter o silêncio.

— Sou eu, Spartacus — gritou. — Ataquem 12 vezes cada tenda e sigam adiante. A velocidade é essencial!

Spartacus se virou.

— Getas?

— Estou aqui.

— Você se lembra do grito de guerra dos medos?

— Claro!

— Grite-o agora! Por Seuthes! — Jogando a cabeça para trás, Spartacus urrou. Getas o imitou. Era o mesmo som que todos os guerreiros trácios berravam ao irem para a guerra. Chamado de "titanismo" pelos gregos, fazia o sangue nas veias de um covarde gelar. "Três mil dos malditos acordaram com esse grito", pensou. "Não consigo imaginar um modo melhor de morrer." Ele atacou mais uma tenda com uma série de golpes. Um, dois, três, quatro. Cada golpe acertava um alvo, fazia uma nova vítima gritar a plenos pulmões. Spartacus sentiu, mas não viu, Getas ao lado dele, com a espada brilhando como a dele.

Eles passaram para a próxima estrutura. E depois para a seguinte.

Só quando Spartacus chegou à quinta tenda, viu o primeiro legionário. O homem tropeçava. Vestido apenas com as roupas de baixo, estava desarmado.

— O que está havendo? — gritou ele em latim.

— Hades chegou, é isso! — Spartacus moveu a espada num golpe que arrancou a cabeça do romano. Um jato escuro de sangue espirrou do corpo do homem, que deu mais um passo com a perna direita e, então, como uma marionete cujas linhas foram cortadas, seu corpo sem cabeça caiu no chão.

— Gaius? — Ouviu-se uma voz. Mais uma figura saiu da tenda. Esta levava uma espada. Antes que Spartacus pudesse reagir, Getas se adiantou e enfiou a lâmina no fundo do peito do homem. O soldado morreu antes de Getas retirar a espada para atacar a tenda. Uma inspiração tomou conta de Spartacus e ele cortou as cordas da estrutura. A parte da frente caiu, prendendo quem estava ali dentro. De pé sobre a cobertura de couro, ele apunhalou diversas vezes. Os gritos confusos dos romanos logo se transformaram em gemidos de dor e agonia.

— Já basta! — disse Spartacus. Viu Atheas e Taxacis ali perto. — Avancem! Avancem!

Como loucos, eles avançaram ainda mais para dentro do acampamento romano, atacando tendas e derrubando legionários que entrassem no caminho. "Isso não pode continuar", pensou Spartacus. "Eles só precisam de um oficial experiente que reúna vinte ou trinta homens. Irão revidar e nosso ataque perderá força."

Foi como se os deuses o tivessem escutado.

Spartacus ouviu o grito característico e sentiu a bile no fundo da garganta.

— Onde ele está?

— Ali! — Getas apontou para a esquerda.

Spartacus viu um grupo de homens a cerca de vinte passos. "Cinco, seis homens?" No meio, havia uma pessoa gesticulando, com um capacete de crista transversal. — É um maldito centurião! — Ele estava descontrolado como um cão atrás de uma lebre.

— Somos só você e eu — gritou Getas.

— E daí? Se não silenciarmos o imbecil, eles virão para cima de nós! — Spartacus não ficou surpreso ao ver que Getas não havia desanimado. "Se eu tiver que morrer, fico feliz por ele estar ao meu lado."

— Grande Cavaleiro, proteja-nos com sua espada e seu escudo — pediu Getas.

Eles não sabiam, mas Carbo estava atrás deles. "Não posso permitir que Spartacus seja morto. Não depois de tudo o que fez por mim."

"Os perigos são grandes", pensou Spartacus. Mais dois soldados tinham se unido ao centurião. Havia sete ou até oito deles. A maioria também tinha escudos. Spartacus pensou em seus homens, os gladiadores que tiveram a coragem de segui-lo para fora do ludo. Imaginou Ariadne no acampamento no topo da montanha. Se ele e Getas fracassassem, seus homens seriam assassinados. As mulheres sofreriam um destino terrível. Uma fúria fria e calculada tomou conta dele. "Terei sucesso aqui ou morrerei tentando."

— Vamos, rapazes! — vociferou ele para seus companheiros. — Prontos para mandar os malditos romanos para Hades? — Gritou e urrou em reação ao que dissera, e ao compreendê-lo, Getas fez a mesma coisa.

Spartacus imaginou ter escutado uma terceira voz, mas não teve certeza. Na loucura do momento, não se importou. Só queria abrir um buraco na garganta do centurião e deixá-lo sangrando. Silenciá-lo para sempre.

Eles se aproximaram do grupo de legionários. "Por que diabos eles não estão formando uma parede de proteção?", pensou. "Se fizessem isso, estaríamos perdidos." A fé cega o tomou. "Será que estão em pânico?"

— Pela Trácia! — gritou ele. — Pela Trácia!

Ele alcançou o primeiro soldado, que o atacou com um gládio. Spartacus revidou, abaixou o escudo do homem com uma das mãos e o acertou no pescoço. Um som horrível de bolhas saiu dos lábios do outro quando suas vias aéreas se encheram de sangue. Spartacus tirou a espada e arrancou o escudo da mão do soldado que morria. Deixou o objeto cair e o pegou pelo cabo horizontal. Puxando-o para proteger seu corpo, avançou em direção ao legionário seguinte, que já havia perdido a chance de derrubá-lo.

— Mate o maldito! — ordenou o centurião. — Mate-o, porra!

Um segundo soldado se uniu ao primeiro, mas Spartacus não hesitou. Escutou Getas dando um grito de guerra atrás dele. Ouvira também uma terceira voz? Spartacus ainda não tivera tempo de pensar. Correu em direção aos dois legionários como um touro ensandecido, e eles deram um passo para trás. Ele ficou animado. Protegendo os ombros atrás do escudo, bateu no primeiro homem, desequilibrando--o. Spartacus não se preocupou em matá-lo. Simplesmente se afastou do soldado aos berros e lançou-se ao centurião.

— Bandidos malditos! — O centurião ergueu seu escudo e deu um passo à frente. — Vocês se aproximaram de nós na surdina, como animais!

Spartacus não se deu o trabalho de responder. Bateu seu escudo no do outro, mas dessa vez não foi tão fácil quanto com o legionário. A espada do centurião passou pela lateral de seu escudo como a língua de uma serpente. Spartacus ergueu o escudo com o máximo de força que conseguiu, levantando a lâmina e tirando-a do caminho. Continuou o trajeto da arma até acertar um golpe brutal no rosto do outro. No entanto, o centurião desviou, e o ferro afiado fez um corte na parte do capacete que protegia seu rosto.

— Você terá que se esforçar mais! — Ele atacou na direção dos pés de Spartacus, que precisou se afastar para evitar perder vários dedos.

— Lixo! — Gritando com satisfação, o centurião avançou. Sua lâmina passou sobre o escudo de Spartacus. Este se abaixou para que o rosto não fosse fatiado. Levantando-se, ele se protegeu do golpe que viria em seguida.

O centurião atacou, mas Spartacus se manteve firme. Com o rosto perto do dele, os dois se entreolharam com ódio. Juntos, ergueram as espadas. "Acabou", pensou Spartacus. "Vou matá-lo, mas ele fará o mesmo comigo." Tudo aconteceu muito depressa. Ele tinha que atacar primeiro e torcer para que o golpe do centurião não o acertasse ou, pelo menos, para que apenas o ferisse.

— Pela Trácia! — Getas apareceu correndo pela lateral, balançando a arma.

Spartacus só conseguiu observar, horrorizado, quando o centurião moveu o braço com destreza, deixando Getas enfiar-se na lâmina, que perfurou sua barriga, um golpe mortal. Getas gritou de dor e largou a espada.

Lágrimas quentes de pesar e ira cegaram Spartacus, mas ele as afastou. Antes que o centurião pudesse reagir ou puxar o gládio do estômago de Getas, Spartacus acertou o joelho esquerdo do homem com uma punhalada profunda. Agonizando, o centurião caiu no chão como um saco de areia. Spartacus pulou em cima dele, babando.

— Animal? Quem é o maldito animal? — Passou a sica pela base do pescoço do inimigo, rindo enquanto as veias rompidas deixavam vazar muito sangue escuro. Não parou por aí. Com uma série de entalhes, desfigurou o oficial. Tirando o escudo do oponente do caminho, puxou o capacete e levantou a cabeça do homem pelos cabelos. No rosto do centurião, ainda permanecia a expressão de susto.

Quando se aprumou, Spartacus viu que o comportamento dos três legionários à sua frente mudara. O medo se transformou em terror total, e depois em pânico.

— Peguem isso, seus canalhas miseráveis! — gritou ele em latim, e jogou a cabeça ensanguentada na direção deles. — Vocês são os próximos!

Juntos, eles se viraram e correram.

De olhos arregalados, Spartacus olhou para os lados. Havia corpos de legionários por toda a parte. Viu Carbo de pé ali perto, com a espada empunhada. "A terceira voz." Mais à frente, chamas claras laranja-avermelhadas iluminaram o céu da noite. Silhuetas dos homens passavam de um lado para o outro, acompanhadas por gritos e pelo barulho de armas.

— Alguém incendiou uma tenda. Boa ideia. É a melhor maneira de matar — disse ele. Spartacus voltou sua atenção para um gemido que ouvira perto dali.

Getas estava deitado a vários passos de distância, com as mãos sobre a ferida na barriga. Spartacus caiu de joelhos. Mesmo com pouca luz, podia ver o sangue correndo entre os dedos do companheiro.

— Você é maluco — disse ele.

— Ele ia matar você. — Getas tossiu fraco, e o fluxo de sangue do ferimento aumentou muito. — Antes eu do que você.

Spartacus sentiu um nó na garganta.

— Ah, meu irmão — sussurrou ele. — Você não devia ter feito aquilo.

— Sim, devia. Você é o líder. Sou apenas um guerreiro.

— O melhor guerreiro que a Trácia já teve.

Getas esboçou um sorriso.

— Não diga bobagem.

— Não estou dizendo — protestou Spartacus. — O Grande Cavaleiro vai recebê-lo no paraíso.

— O Grande... — Getas parou. Seus olhos se arregalaram e ele suspirou com dificuldade.

— Ele está à sua espera. Vá bem, meu amigo.

Os lábios de Getas ficaram entreabertos, permitindo que o último suspiro saísse. E então seu corpo ficou imóvel.

"Aceite este homem corajoso em sua presença, Grande Cavaleiro. Se existe um guerreiro digno de servi-lo, este guerreiro é Getas." Spartacus fechou os olhos do amigo. Com o coração pesaroso, ele se levantou. Ao ver o que estava acontecendo, o pesar se transformou em certa alegria. Para todos os lados que olhava, os legionários corriam. Corriam!

— Os malditos estão fugindo!

— Sim — disse Carbo, com surpresa na voz. — Foi depois que você matou aquele centurião. Todos os homens que presenciaram se viraram e fugiram. Gritaram que havia malucos e demônios à solta. E que não restava esperança.

— Malucos e demônios, é? — Spartacus riu. — Bem, não gostaria de decepcioná-los. Vamos reunir os homens e aterrorizá-los um pouco mais. Vamos tirar os malditos do acampamento!

"Ele não tem medo de nada?", perguntou-se Carbo ao seguir Spartacus.

Parecia que não.

Logo ficou claro que a empreitada dos gladiadores havia sido um sucesso. Perseguidos por um grupo disciplinado, os legionários fugiram pela noite. Deixaram tudo para trás: roupas, armas, comida e suprimentos. As mulas que tinham trazido seus equipamentos pesados ainda estavam paradas em fila em uma das entradas. Além disso, os vários estandartes dourados das unidades e os *fasces lictoris* foram encontrados em uma tenda ao lado de onde Glaber ficara. A armadura brilhante encontrada ali dentro provava que Glaber também escapara às pressas. Ao ver os objetos mais preciosos dos romanos, Spartacus percebeu a grandiosidade do que tinham feito. Enquanto os gladiadores vitoriosos saqueavam, ele ficou no espaço luxuoso de Glaber, pensando: "Se isso não é o sinal de minha morte, o que, em nome do Cavaleiro, meu sonho pode significar?"

— Spartacus! Onde está Spartacus?

Do lado de fora, ele encontrou Carbo confrontando um alemão de barba preta. Era o mesmo que o havia impedido de falar com Oenomaus.

— Estou aqui. O que foi?

O alemão passou por Carbo.

— Venha comigo.

Spartacus sentiu uma pontada de desconfiança.

— Por quê?

— É Oenomaus. — O rosto do alemão, sujo de sangue, se retorceu com uma expressão indecifrável. — Ele foi ferido.

— Qual é a gravidade?

— Ele está morrendo. Pediu para chamarmos você.

— Leve-me até ele. — Spartacus olhou para Carbo. — Você vem também.

Sem dizer mais nada, eles correram pelos caminhos retos do acampamento. O alemão os levou a um grupo de homens calados de pé em círculo ao lado do contorno irregular de uma tenda caída. Os corpos de pelo menos 12 legionários tomavam a área. Blasfemando, o homem barbado passou pela horda. Spartacus e Carbo o seguiram.

Oenomaus estava deitado de costas dentro do círculo. Estava pálido, com os olhos fechados. Alguém havia estendido uma capa sobre ele, mas a grande mancha vermelha no tecido indicava uma história sombria. "Ninguém consegue perder tanto sangue e permanecer vivo", pensou Carbo.

Spartacus olhou para o alemão de barba preta, que fez um gesto para que ele se aproximasse. Ele se ajoelhou e segurou a mão de Oenomaus, que estava fria. "Será que já está morto?"

— Sou eu, Spartacus.

Oenomaus não respondeu.

— Spartacus está aqui — disse o homem de barba preta, em voz alta.

As pálpebras de Oenomaus se mexeram por um momento, e então se abriram. Ele tentou se concentrar em Spartacus, que se aproximou.

— Você queria me ver?

— Seu plano... funcionou.

Spartacus apertou a mão de Oenomaus.

— Sim, graças a você e aos seus homens corajosos.

Oenomaus tentou esboçar um sorriso. Spartacus sabia que a vida do alemão estava se esvaindo depressa.

— O que você quer me dizer?

A boca de Oenomaus se abriu, porém, em vez de palavras, saiu uma torrente de sangue que cobriu a mão de Spartacus e pingou no chão quando Oenomaus relaxou o corpo pela última vez. Spartacus olhou para o punho vermelho antes de cerrá-lo e erguê-lo.

— Oenomaus derramou seu sangue por nós! Ele foi um bom homem e um líder forte. Vamos honrar sua morte!

Um forte brado foi dado pelos gladiadores alemães. Carbo se uniu a eles, sentindo-se estranhamente mais à vontade com aqueles bárbaros cabeludos do que já havia se sentido com seus companheiros em Cápua.

Spartacus sentiu o baque. "Getas morreu. Oenomaus, meu único aliado entre os outros líderes, também. É um preço caro a se pagar pela vitória." Uma mão pesada surgiu à sua frente, e Spartacus a olhou, surpreso. Por fim, aceitou o apoio, deixando o homem de barba preta levantá-lo.

— Meu nome é Alaric.

— Vocês perderam um grande homem esta noite.

Alaric assentiu.

— Ele teve um bom fim. Eu o vi liquidar pelo menos seis romanos antes de ser ferido mortalmente.

Spartacus trocou de assunto.

— Quem irá liderar vocês agora?

Franzindo a testa, Alaric se voltou para os homens organizados e berrou algumas frases com sua voz gutural.

Spartacus contraiu a mandíbula. "Provavelmente Alaric. Em pouco tempo, nenhum dos outros líderes me dará atenção."

Ouviu-se resmungos que mostravam que os alemães concordavam com a decisão. Alaric sorriu.

Spartacus preparou-se para o inevitável.

— Todos concordamos que você deve nos liderar.

Spartacus hesitou.

— Eu?

— Isso mesmo. Somos guerreiros, não táticos nem generais. Nenhum de nós pensaria em usar as vinhas, nem mesmo Oenomaus. Foi uma ideia genial.

Spartacus olhou para todos aqueles rostos sérios. Viu a mesma certeza em cada um deles.

— Muito bem. Eu me sentirei honrado em liderá-los.

"Obrigado, Grande Cavaleiro! Agora, tenho a maioria dos gladiadores. Crixus e os outros estarão mais propensos a seguirem minhas decisões."

Naquele momento, a perda de Getas e de Oenomaus pareceu um pouco menos pesada.

As perdas dos gladiadores foram leves, levando-se tudo em conta: oito homens haviam morrido, e mais uma dúzia fora ferida. Destes, quatro nunca mais lutariam. Os mortos foram enterrados onde caíram. "É o lugar mais adequado", pensou Spartacus sombriamente ao parar diante da cova de Getas. Ser enterrado em solo trácio teria sido melhor, mas era impossível. "Descanse em paz, meu irmão."

Depois de prestar seu respeito, ele voltou a atenção para assuntos mais práticos. Todas as armas e alimentos deixados para trás pelos romanos tinham que ser levados do acampamento. Crixus e seus homens haviam encontrado o estoque de vinho e já estavam se aproveitando da situação. Spartacus nem sequer tentou falar com ele. Precisou de todo o seu poder de persuasão para fazer Castus e Gannicus impedirem seus seguidores de fazerem o mesmo. Levar as provisões pela escuridão já era bem difícil com todos os homens sóbrios. Esperar até o amanhecer seria correr o risco de os legionários voltarem, mas Spartacus não acreditava que isso aconteceria. Mesmo assim, colocou homens para observarem. Depois da incrível vitória, seria estupidez permitir que a mesa se virasse contra eles.

Os gladiadores que não estavam embriagados foram organizados. Com tochas que tinham encontrado, eles iluminaram o local e conferiram todos os romanos mortos. Não era de surpreender, mas muitos legionários ainda estavam vivos: feridos, inconscientes ou simplesmente fingindo-se de mortos na esperança de escaparem mais tarde. Sob as ordens de Spartacus, todos os homens foram executados. Berros foram dados quando foi feito o anúncio.

— É um tratamento melhor do que o que esses bastardos reservariam para nós — disse ele, ao ver a angústia nos olhos de Carbo. — Seríamos pregados numa cruz. As mulheres também. Já viu alguém morrer numa cruz?

— Sim. Meu pai me levou, quando eu era menino, para ver um criminoso da região ser crucificado. — Se se concentrasse, Carbo ainda conseguiria escutar os gritos agudos do homem enquanto seus tornozelos eram pregados à cruz de madeira. Em pouco tempo, os sons haviam diminuído e se tornado um gemido animalesco. Só aumentavam quando ele tentava diminuir a pressão de seus braços amarrados apoiando-se nos pés feridos e presos. O criminoso morrera apenas na tarde do dia seguinte, mas seu corpo permaneceu ali por semanas. Passar pelo cadáver escuro e fétido, ver todos os estágios da decomposição até se tornar um esqueleto, tinha sido quase pior do que assistir à crucificação em si. Quase. — Foi terrível.

— Exatamente. É muito melhor levar a lâmina de uma espada entre as costelas e tudo acabar em um piscar de olhos.

— Acredito que sim — admitiu Carbo. Ele havia matado pelo menos dois legionários naquela noite. Não tinha mais nenhuma intenção de assassinar outros a sangue-frio. Contudo, surpreendeu-se com o que pensou em seguida: "Eu mataria, se precisasse."

"Deve ter sido difícil para ele", pensou Spartacus. "Porém, ele havia lutado bem durante o ataque. É evidência suficiente de sua lealdade."

Ariadne tentou lançar suas pedras várias vezes, mas não viu nada relevante em como elas caíam. Assim, ficou aliviada quando sua meditação a levou muito além dos níveis que havia alcançado nas últimas semanas. Apesar de estar acostumada com longos períodos em que Dionísio não dava qualquer indício de suas intenções, nunca tinha sido tão frustrante. O sonho de Spartacus com a serpente era muito importante. Afinal, era um bom ou mau presságio? Como Spartacus, Ariadne queria muito saber. Sua preocupação em relação a isso consumia seus pensamentos, mas, ainda assim, ela sabia que eles não se comparavam à intranquilidade que Spartacus deveria estar sentindo. Ele escondia tudo muito bem, mas ela percebia mesmo assim. Até onde sabia, a questão tinha chegado a um ponto em que seria melhor saber — ainda que os indícios fossem ruins. Um inimigo conhecido era um inimigo que podia ser combatido. Já um desconhecido era como uma doença, consumindo a carne por dentro.

Da mesma forma, foi terrível quando uma imagem de Spartacus com a serpente ao redor do pescoço surgiu em sua mente. "Não é à toa que ele estava *assustado*." Ariadne sentiu seu coração acelerar. Esperou. A serpente se desenrolou e colocou-se diante do rosto de Spartacus, e, apavorada, Ariadne preparou-se para o pior. O desenho característico de sua pele era o mesmo de sua serpente venenosa. Se ele fosse mordido, morreria tão rápido quanto Phortis.

Ariadne não conseguiu acreditar quando Spartacus levantou o braço esquerdo. A serpente não o atacou. Em vez isso, desenrolou-se de seu pescoço e rastejou, enrolando-se no braço dele, como a serpente de Ariadne fazia. Spartacus levantou o braço direito e, ansiosa, Ariadne viu a sica na mão dele. Armado com uma espada e a serpente, ele se virou para o leste, na direção da Trácia e gritou, mas ela não conseguiu entender as palavras. Em seguida, ele desapareceu.

"Isso só pode significar uma coisa: ele foi marcado por Dionísio. Uma grande e temerosa força o cerca."

Entretanto, a visão de Ariadne não tinha terminado. O topo da montanha na qual ele estava era o topo do Vesúvio. E a cratera estava repleta de tendas. Centenas delas.

"Elas pertencem aos seguidores dele?"

Ariadne esperou por muito tempo, mas nada aconteceu. Rezou mais uma vez pela segurança de Spartacus e então se cobriu com o cobertor e se deitou. Se o deus quisesse mandar mais alguma visão, poderia fazê-lo em sonho. Ariadne, porém, não adormeceu tão facilmente quanto imaginou. Sua mente estava tomada por pensamentos. O que estaria acontecendo no acampamento romano? O plano de Spartacus dera certo ou os gladiadores tinham sido massacrados? Ela pensou nos diversos resultados possíveis até se sentir exausta. Só por que Dionísio o havia marcado não significava que Spartacus não podia ter sido ferido por uma espada que poria fim ao sonho antes mesmo deste começar. "Não permita que tenha sido assim." Quando enfim conseguiu adormecer, os primeiros feixes de luz rosada tingiam o horizonte.

CAPÍTULO XII

Uma hora depois do nascer do sol, Spartacus subiu o caminho para a cratera. Não vira nenhum sinal de romanos na planície e ficou tranquilo ao deixar os gladiadores reunirem as armas e equipamentos e colocá-los sobre as mulas. Eles podiam segui-lo mais tarde. Crixus havia sugerido que se aproximassem do acampamento romano, mas Spartacus não concordou.

— Somos muito poucos para defender o local. Melhor ficarmos no topo. É mais fácil se preparar e, de lá, poderemos ver qualquer um que se aproxime a quilômetros. — Surpreso, Crixus resmungou, mas deixou de protestar. Castus e Gannicus pareciam satisfeitos com a decisão, por isso Spartacus não esperou mais. Levar a notícia a Ariadne era agora sua prioridade.

Ele a encontrou dormindo ao lado da fogueira que eles tinham compartilhado. Ao ver as pedras, ele controlou o cumprimento preso em sua garganta. "Deve ter passado metade da noite acordada, rezando." Agachou-se ao se aproximar dela em silêncio. Mechas dos cabelos pretos cobriam o rosto dela, que parecia muito tranquila. "E linda também." Spartacus se sentiu tomado pelo orgulho de tê-la como esposa. Ela era forte e resistente, além de corajosa. Ariadne não transava com ele, mas por enquanto ele conseguia aguentar a frustração sexual, já que ela era um bom partido.

Ele mudou de posição, mexendo em algumas pedras com os pés.

Os olhos de Ariadne se remexeram e abriram. A confusão tomou seu rosto, e então ela ficou de pé. E o abraçou.

— Você está vivo! Ah, graças aos deuses!

— Sim, estou aqui. — Ele a abraçou um pouco sem jeito, porque eles nunca tinham estado tão próximos. — Estou coberto de sangue.

— Não me importo. — Ela encostou o rosto no pescoço dele. — Você está aqui. Está vivo.

Spartacus estava duplamente feliz por Getas ter salvado sua vida.

Eles permaneceram daquela maneira por muito tempo até Ariadne se afastar.

— Conte-me tudo — pediu.

Respirando profundamente, Spartacus começou. Ariadne não desviou o olhar enquanto ele falava.

— Getas morreu para que eu vivesse — concluiu ele. — Foi um grande presente, devo honrá-lo por isso.

— Ele foi um ótimo guerreiro — disse Ariadne com tristeza. Por dentro, sentia-se muito feliz. "Obrigada, Dionísio, por ter levado Getas no lugar dele."

— Oenomaus também morreu.

Ela levou a mão aos lábios.

— Não!

— Sim. Mas não morreu em vão. Os alemães me elegeram como líder deles. — Ele sorriu com dificuldade. — Agora, tenho mais homens do que qualquer outro gaulês. É uma posição forte para mim.

O júbilo tomou Ariadne. Os elementos de sua visão agora faziam mais sentido.

— O deus me visitou ontem à noite — contou.

Ele a encarou fixamente.

— O que você viu?

— Vi você aqui, no topo da montanha. Uma serpente estava enrolada em seu pescoço. Na mão direita, você levava uma sica.

— Continue. — "Aceitarei o que ela tiver que dizer. O que os deuses mandaram para mim."

— A serpente ficou diante de seu rosto, mas não o picou — revelou ela, sorrindo. — Na verdade, ela se enrolou em seu braço esquerdo. Você se virou para leste e ergueu sua espada. Gritou, como se estivesse honrando alguém. E então desapareceu.

— O que...

Ela tocou os lábios dele com um dedo, silenciando-o.

— Não terminei. Quando olhei para a cratera, estava repleta de tendas. — Ela fez um gesto indicando o espaço ao seu redor. — Havia centenas de homens aqui. Eram seus seguidores.

— O que está me dizendo?

— Estou dizendo que Dionísio favoreceu você. Era a serpente dele ao redor de seu pescoço. Você está cercado por uma força grande e temerosa. Os homens verão isso. Virão para lhe oferecer lealdade.

— Você tem certeza de tudo isso? — perguntou ele suavemente.

— Sim. — A voz de Ariadne estava confiante. — Sim, já que sou uma sacerdotisa de Dionísio.

— Pensei que talvez isso acontecesse na Trácia, se eu conseguisse derrubar Kotys — disse Spartacus, pensativo. — Mas meu caminho não se abriu dessa maneira. Na verdade, estou na Itália, na terra do pior inimigo de nosso povo. Mas que seja. É a vontade de Dionísio que eu lidere os homens contra os romanos. Quem sou eu para discutir com um deus?

— Ficarei ao seu lado.

Ele sorriu e sentiu um frio na barriga.

— Ótimo. É onde quero que você esteja.

— É onde uma esposa deve estar. — Antes de conseguir se controlar, Ariadne forçou os pés a se moverem. Aproximou-se de Spartacus. Inclinando-se, ela o beijou.

Ele retribuiu com grande entusiasmo.

Pela primeira vez na vida, Ariadne sentiu uma onda de desejo sexual. Não lutou contra a sensação.

Com muita dificuldade, Spartacus se afastou.

Ariadne foi logo tomada pelo pânico. "Ele não gosta de mim."

— Qual é o problema?

— Nenhum. Porém, por mais que eu queira ficar aqui, há muito a ser feito. — Ele sorriu. — Mais tarde, podemos retomar de onde paramos.

Tranquilizada, ela deu a ele um último beijo, um beijo tímido.

— Ótimo. — Ariadne sentiu um frio na barriga ao pensar que se deitaria com ele, mas tentou ignorar a reação. — O que pretende fazer?

— Quero reunir todos os equipamentos que temos. Para armar cada homem de modo apropriado. Depois, vou explicar aos outros líderes que nossa vitória ontem à noite foi um acontecimento raro.

Os romanos não cometerão o mesmo erro de novo. Se não quisermos ser massacrados pela próxima força enviada contra nós, os gladiadores precisam treinar. Como soldados. Os trácios farão o que eu disser. Assim como os alemães, mas também preciso dos gauleses.

— Eles ouvirão o que você disser a partir de agora.

— É melhor que façam isso mesmo. Lutar como uma unidade disciplinada é nossa única esperança — respondeu Spartacus, com severidade. — Pode cuidar das mulheres? Uma lista dos alimentos e do vinho que temos seria útil.

— Claro que sim.

— Eu agradeço. — Apesar da preocupação que tinha com o futuro, Spartacus se afastou animado. "Pelos deuses, mal posso esperar até a noite."

Por saber que a maioria dos gladiadores só queria beber o vinho romano — a grande quantidade do que restara —, Spartacus colocou Atheas, Taxacis e seis trácios de guarda para proteger a maior parte dos galões. Desafiando os guerreiros a organizarem o espólio do acampamento romano o máximo que conseguissem naquela noite, ele ajudou a carregar muitas mulas com montes de armas, guiando-as até a cratera. Quando voltou, Spartacus repetiu a operação. Sua tática funcionou. Apesar de os homens continuarem resmungando, seguiram suas ordens. Já era o suficiente. "Um pouco de reclamação é saudável. Significa que estão se desfazendo da mentalidade de escravos." Ele havia tomado a decisão de só falar sobre o treinamento no dia seguinte. Esse assunto provavelmente era muito mais delicado do que negar vinho aos guerreiros e seria mais fácil de propor quando todos estivessem de ressaca.

Eles demoraram o dia todo para levar a parafernália e os suprimentos militares para o acampamento. O período entre a partida de uma coluna de mulas e a chegada de outra oferecia intervalo suficiente para que uma nova carga fosse contada e organizada em pilhas. Entregando um *stylus* e um pergaminho a Carbo, Spartacus pediu que ele registrasse os objetos. As pilhas de *pilos* — lanças —, gládios e escudos logo ficaram mais altas do que um homem e atingiram mais de duas vezes sua altura em comprimento e largura. Eles tinham armas suficientes para milhares de homens. Essa percepção acabou com o bom humor de Spartacus de novo. "Ainda temos menos de cem homens."

No entanto, não se sentiu mal por muito tempo. "Sim, e veja o que *alcançamos.*"

Spartacus deixou as ânforas para serem levadas por último de propósito. Gritos animados foram ouvidos quando as mulas e a preciosa carga chegaram à beira da cratera. Sem esperar até que os animais chegassem às tendas, os guerreiros mais afoitos correram e descarregaram um dos maiores jarros. Todos observaram quando um homem o colocou sobre o ombro. Ele o manteve no lugar enquanto os companheiros se revezavam posicionados de boca aberta embaixo do jato de líquido vermelho que saía. Aplausos e risos tomaram a noite enquanto os guerreiros erguiam os braços em triunfo.

— Pronto, rapazes! — gritou Spartacus. — Mais vinho do que vocês conseguem beber!

— Quer apostar? — vociferou um gaulês de ombros largos. — Acho que não haverá mais nenhuma gota pela manhã.

O comentário dele foi recebido com gritos e risadas.

Spartacus sorriu.

— É todo para vocês. Depois da noite passada, vocês merecem.

Os gladiadores gritaram animados.

Spartacus esperou a bebeira transcorrer por um tempo e então se aproximou de Castus e Gannicus. Unidos pela conquista, os dois estavam sentados perto de uma fogueira na qual pedaços de porcos selvagens eram assados. Não havia sinal de Crixus e seus homens.

— Esse cheiro me atrai — brincou Gannicus.

— É bom para despertar os mortos — disse Spartacus.

— Puxa! Existem poucas coisas mais atraentes do que o cheiro de porco assado. — Castus indicou uma pedra diante dele. — Sente-se. Quer vinho?

Spartacus aceitou a taça prateada e assentiu em agradecimento.

— Um belo recipiente.

— São da mesa de Glaber — vangloriou-se Castus, erguendo a dele. — Ele não se incomodou quando as peguei.

Spartacus riu.

— A uma bela noite de trabalho. A Getas, Oenomaus e todos os outros que caíram. — Ergueu a taça de vinho.

Os dois gauleses o saudaram com suas taças, e todos beberam bastante.

Conversaram um pouco sobre o que acontecera durante o ataque. Ainda que provavelmente soubessem, nenhum dos gauleses mencionou o fato de Spartacus ter ganhado poder sobre os alemães. Ele não se surpreendeu. Sem dúvida, os dois se ressentiam por isso. Tentou avaliar quando seria o melhor momento de falar sobre o treinamento. Se tocasse no assunto cedo demais, os dois poderiam se ofender, achando que aquele tinha sido o único motivo para ele vir conversar com eles. Queria esperar até que o vinho começasse a atrapalhar os sentidos deles, mas não tarde demais a ponto de eles argumentarem além da conta ou estarem muito embriagados para compreender sua proposta.

Uma voz familiar interrompeu a conversa.

— Muito bem. O que temos aqui? Uma reunião dos líderes e não me convidaram?

— Não é nada disso. — Spartacus viu o rosto corado de Crixus. Ele devia ter esperado o efeito do álcool passar para subir a montanha, no entanto, não estava muito controlado. "Inferno. Por que ele tinha que aparecer?" Spartacus deu um tapinha no chão ao seu lado. — Junte-se a nós.

— Farei isso. — Rindo, Crixus se sentou. — O que vocês têm feito? Gabando-se sobre como cada um venceu a batalha ontem à noite?

— Não, deixamos isso com você — respondeu Castus prontamente.

Crixus fez uma carranca quando Gannicus riu alto.

— Você é um homem engraçado, não é?

— Algumas pessoas dizem que sim. — As palavras de Castus estavam tomadas de bom humor, seus olhos, porém, eram frios e controlados como os de uma serpente.

— Um homem sabe quando não é bem-vindo. Vou beber em outro lugar — disse Crixus. Ele fez um movimento para se levantar.

— Espere — disse Spartacus. — "Posso falar com todos eles agora. Talvez a inimizade entre eles os impeça de se unirem contra mim." — Tenho algo a dizer.

— Por que isso não me surpreende? — provocou Crixus.

Castus mostrou-se desconfiado, como sempre.

— Diga logo! — disse Gannicus.

"Pelo menos um deles parece afável", pensou Spartacus.

— O que conquistamos ontem à noite foi incrível.

— Com certeza! — gritou Crixus decidido, como se tudo tivesse sido sua ideia desde o início.

Ele mencionou a interpretação que Ariadne fez de seu sonho, e os três gauleses concordaram.

— Mas não podemos depender só disso. A sorte que tivemos contra Glaber não se repetirá tão facilmente.

Os três homens o olharam como se fossem três gaviões sobre um rato.

— Por que não? — perguntou Castus.

— Porque muitos legionários escaparam. Eles contarão sobre nosso ataque-surpresa. O próximo comandante que enfrentarmos terá muitos sentinelas à noite.

— E você tem certeza de que mandarão mais homens? — Gannicus viu a expressão incrédula de seus companheiros e suspirou. — Certo. Estou apenas sonhando.

— Está, sim — disse Spartacus. — E haverá mais de três mil malditos, podem apostar.

— Esse vinho está amargo — disse Castus, virando o conteúdo de sua taça no chão. Serviu-se de mais uma dose generosa e o experimentou de novo. Fez uma careta.

Spartacus ergueu uma sobrancelha.

— Não está mais tão doce, não é?

Castus resmungou, irritado.

Gannicus se inclinou para a frente.

— No que está pensando?

— Se quisermos sobreviver — Spartacus deixou as palavras no ar por um momento —, então, teremos que aprender a lutar como os romanos. Uma infantaria disciplinada.

— Ah, voltamos a isso, então? — perguntou Crixus. — Você quer que os homens treinem.

"Idiota. Será que não percebe?" Spartacus começou a se irritar, contudo forçou-se a manter a calma.

— Sim, quero. Todos os dias, com escudo e espada, até conseguirem formar uma fila como legionários e obedecer a ordens em vez de partirem como malucos. — "Como gauleses", ele sentiu vontade de acrescentar.

Os olhos de Crixus brilharam.

— Posso garantir que os meus homens não vão aceitar.

— Meus rapazes também não gostarão da ideia — disse Castus, aparentemente aborrecido por estar concordando com Crixus.

Spartacus virou a cabeça.

— Não sei... — disse Gannicus.

— Pelo Cavaleiro, vocês não conseguem perceber o que acontecerá se não fizermos isso? Em um campo de batalha aberto, as legiões são invencíveis! Sem treinamento adequado, seremos destruídos como insetos.

Ele olhou para cada um dos homens.

— Por quê? Seremos aniquilados em algum momento, independentemente do que fizermos — murmurou Crixus. — Então, podemos viver como senhores até esse dia.

— Quem disse que seremos aniquilados? — perguntou Spartacus. — Somos muito mais hábeis do que os romanos. Emboscar e seguir em frente é a minha ideia. Permanecer nas montanhas quando possível. Se fizermos isso, será preciso muito mais do que soldados para nos encontrar.

Ele não ficou contente com a imagem que viu, mas sua posição no momento era muito melhor do que tinha sido um pouco antes. Bastaria por enquanto. Spartacus os encarou, esperando.

Crixus fez um bico.

"Pena que não arranquei o nariz dele."

— Castus?

O olhar de Castus era de incerteza, e ele não respondeu.

Gannicus pigarreou e então falou:

— Não há nada de errado com a ideia do treinamento, acredito. Um pouco de rotina faria com que os rapazes se mexessem. E eles ficariam em forma.

— Ótimo. — Incentivado, Spartacus se virou para Castus.

— Não escute o que ele está dizendo, Castus! — gritou Crixus. — O imbecil está louco pelo poder. Não está vendo?

— Não é nada disso — defendeu-se Spartacus.

— Não é? — rebateu Crixus.

— Você gostaria de liderar todos nós? — perguntou Castus.

— Spartacus.

Ao reconhecer a voz de Aventianus, ele virou a cabeça.

— O que foi?

— Você precisa ver uma coisa. — Aventianus apontou para o ponto onde o caminho lá embaixo encontrava a beira da cratera.

Spartacus se levantou. Iluminado pelos raios do sol que se punha, ele viu silhuetas de homens. Dezenas de outros estavam se aproximando pela beira do campo.

— Quem são eles?

— Escravos — disse Aventianus. — Em sua maioria, pastores, vaqueiros e trabalhadores do campo. Ficaram sabendo sobre o que você fez contra Glaber e os homens dele e vieram se unir a nós.

"O que eu fiz." Spartacus sentiu um forte orgulho correr por suas veias.

— Quantos são?

— Os sentinelas perderam a conta.

— Excelente! — Spartacus se virou para os gauleses. — Temos alimentos e armas para equipar um exército. Esses homens só precisam de treinamento, e podemos dar isso a eles. Não podemos?

— Parece bom — disse Gannicus.

Castus hesitou por um instante, e então assentiu.

— Que seja.

— Você se unirá a nós, Crixus? — perguntou Spartacus amigavelmente.

— Creio que sim — respondeu ele de má vontade. — Alguém vai precisar cuidar desses tolos ou eles sairão correndo assim que virem um legionário.

— Você seria excelente para colocá-los em forma.

Pela primeira vez, Crixus sorriu.

— Tudo bem.

— Podemos começar amanhã. Começarei a instrução dos gladiadores. — Agora, o olhar deles era mais de questionamento do que de revolta. "Obrigado, Grande Cavaleiro." — Passei anos lutando com os romanos, então tenho uma boa ideia de como eles têm treinado para lutar.

Ninguém discutiu e, mais uma vez, Spartacus agradeceu em silêncio. Pelo menos por enquanto, os outros o seguiriam.

— Obrigado pelo vinho. — Tomando o líquido que restava, ele colocou a taça ao lado de Castus. — Até amanhã.

— Aonde vai? — perguntou Castus. — Ainda temos a noite toda para beber.

— Para vocês, talvez. Eu vou conversar com os recém-chegados. — "E Ariadne está à minha espera." Ignorando os protestos, Spartacus se afastou. Ficou feliz por nenhum gaulês o seguir. Se estavam mais interessados em beber do que em causar uma boa primeira impressão nos escravos que tinham fugido de seus senhores para chegarem ali, azar o deles.

Os quatro sentinelas ficaram aliviados por vê-lo. Apesar de tentarem impedir que os escravos se afastassem, a tarefa era impossível. "É como tentar controlar a maré", pensou Spartacus, olhando para os homens malvestidos e nervosos à sua frente. Em uma rápida contagem, contabilizou cem homens, e outros se espalhavam pela beira da cratera a cada segundo. Também viu algumas mulheres.

— Bem-vindos! — gritou ele em latim.

De repente, tornou-se o centro das atenções.

— Quem é você? — A pergunta foi feita por um homem robusto com marcas de queimadura em todo o braço.

"Um ferreiro. O tipo de homem de que precisamos."

— Sou Spartacus.

— Você é Spartacus? — O homem parecia incrédulo.

— Isso mesmo.

— Mas...

— O quê?

— Pensei que...

— Que eu fosse enorme e soltasse fogo pelo nariz? É isso?

Todos riram e o ferreiro corou.

Aproximando-se, Spartacus olhou fixamente para o homem.

— Sou Spartacus, o trácio, que lutou como gladiador no ludo de Cápua. Ontem à noite, liderei oitenta homens até um acampamento onde mais de três mil legionários dormiam. Matamos centenas de filhos das putas e mandamos os outros correndo de volta para casa. Se acha que estou mentindo, talvez queira me enfrentar. De mãos vazias ou com armas. Você decide.

O ferreiro olhou nos olhos de Spartacus e viu a morte ali. Sua confiança desapareceu como a névoa da manhã.

— Não quis ofender.

— Não me ofendeu — respondeu Spartacus amigavelmente. — Por que está aqui?

— Vim me unir a vocês... se me aceitarem.

— Você é ferreiro?

— Sim. Tenho trabalhado com isso desde que era garoto.

— Quer combater os romanos? Matá-los?

— Sim!

— E os outros? — perguntou Spartacus. — Vocês vieram aqui para isso? Para se tornarem guerreiros?

Os gritos em resposta tomaram a cratera.

Spartacus esperou o barulho diminuir.

— Ótimo. Alimentarei vocês e lhes darei tendas onde possam dormir. Darei armas e treinamento. E liderarei vocês contra os romanos. — Pegou a sica e a empunhou. — É o que querem?

— SIM! — gritaram eles.

Spartacus sorriu. As palavras de Ariadne já estavam se tornando verdade.

"A partir de uma pequena semente, um grande carvalho pode nascer."

Era um começo.

Ariadne havia se mantido ocupada o dia todo, mas sua mente não sossegou. Enquanto contava os sacos de trigo, os pedaços de carne-seca, os barris de sal, pimenta e outros alimentos, só conseguia pensar no beijo que dera em Spartacus. E no que inevitavelmente aconteceria quando eles fossem para a cama à noite. Pensar na *possibilidade* a deixava ansiosa e aterrorizada. "Ainda posso dizer 'não'." Ariadne afastou a ideia de uma vez. Não havia passado por tudo aquilo com Spartacus, toda a ajuda, o desenvolvimento dos sentimentos, para simplesmente desistir no último instante. No fundo, ela sabia que, se não fizesse sexo com Spartacus logo, nunca faria com ninguém. Pelo menos não de livre vontade.

Depois de se decidir, sentiu-se irritada por ainda estar nervosa. Era uma mulher adulta, não era? Sem querer, descontou um pouco de sua irritação em Chloris e nas outras mulheres, respondendo com grosseria desnecessária quando perguntavam alguma coisa, ou quando não passavam depressa para a tarefa seguinte. Elas já estavam ficando preocupadas, afinal, Ariadne era sacerdotisa de Dionísio, então, em vez de devolver a grosseria, se afastavam, tentando evitar seu olhar e não cometer mais erros.

"Estou agindo como uma estúpida." Ao se dar conta disso, Ariadne suavizou o tom de voz. Em vez de criticar as mulheres quando cada tarefa era finalizada, passou a elogiá-las. A atmosfera ficou mais leve, e o trabalho fluiu melhor. Quando o sol se aproximou da beira da cratera, quase todos os alimentos tinham sido verificados e seus detalhes, registrados.

— Parece que você está ocupada.

Ariadne se sobressaltou ao ouvir a voz de Spartacus. De repente, ao perceber as marcas de suor em seu vestido e os cabelos desgrenhados, ela se virou.

— Trabalhamos o dia todo.

— Eu também. Mas não parei de pensar em você.

Ela corou.

— Tenho feito o mesmo.

Ele apontou para trás.

— Centenas de escravos chegaram com a intenção de se unirem a nós.

— Como em meu sonho?

Ele a encarou, assentindo com satisfação.

— Louvado seja Dionísio. São ótimas notícias!

— Sim. E não me pergunte como, mas consegui fazer com que os gauleses concordassem com o treinamento para os homens. Vai começar pela manhã.

Ela já estava se movendo.

— Os recém-chegados precisarão de alimento e bebida.

Surpreso, Spartacus observou quando ela deu a ordem às mulheres para que se preparassem para a chegada de homens famintos.

Ela voltou a se aproximar dele.

— Isso basta por enquanto.

— Acredito que eles ficarão felizes com o vinho que ofereceremos.

— Vai ajudar — concordou ela. — Mas acabei me esquecendo: você está com fome?

— Não de comida. E você?

— Nã-não — disse Ariadne, percebendo o tom mais suave.

— Devemos voltar para a tenda?

Em resposta, ela segurou a mão de Spartacus e o levou dali.

Ariadne ficou deitada de lado observando Spartacus dormir. À luz acinzentada da alvorada, era difícil ver os traços dele em detalhes. Com o cuidado de se mexer devagar, ela mudou de posição sob o cobertor até ficar deitada bem ao lado dele. Ali estava ela, na cama com um homem com quem havia escolhido transar. A sensação era boa, assim como tinha sido a da noite anterior. Ariadne se surpreendeu com isso. Sentira-se disposta, até ansiosa, para se envolver fisicamente com Spartacus, certa de que o ato os deixaria mais próximos, fortaleceria o elo entre eles. Contudo, não pensou que sentiria prazer.

Spartacus tinha sido delicado, porém, firme e muito atencioso. Muitas vezes, ao sentir que ela estava tensa, ele parava. Olhava para ela com dúvida e, em cada ocasião, Ariadne assentia decidida para indicar que ele deveria continuar. Aos poucos, seu desejo apareceu e, apesar de não ter se igualado ao dele, tinha sido grande o suficiente para tirá-la, pela primeira vez, da dor que a envolveu por tanto tempo. A experiência toda havia sido curativa. Ariadne esboçou um sorriso breve e consciente. No fim, ela se sentiu muito excitada.

— Você está me observando. Encarando, na verdade.

Ariadne se surpreendeu com sua resposta.

— Talvez esteja — disse ela. — Uma mulher pode admirar seu homem, não pode?

— Claro. Desde que eu possa fazer o mesmo com você — murmurou ele, acariciando-a.

Ela se remexeu entre os braços dele.

— Não espero nada menos do que isso. — Surpreendendo-se de novo com sua ousadia, Ariadne passou a mão direita no pulso dele e além.

— Preciso me levantar — protestou ele, desanimado.

— Preciso mais de você — respondeu ela. — Esperei durante muito tempo por momentos como este. Meia hora não fará nenhuma diferença ao treinamento dos homens.

Ele sorriu e a puxou para si.

— É verdade.

Dois dias depois, em Roma...

Quando Saenius levou o último cliente embora de seu pátio simples, porém elegante, Crassus estalou os dedos para os escravos atrás de sua cadeira.

— Leve embora essa urina de mula — disse ele, apontando para a vinha sobre a mesa pesada à sua frente. — Traga-me um mais antigo. Lembre-se de diluí-lo.

— Sim, senhor. — O escravo estava acostumado com a rotina de Crassus. Quem pedia favores a ele recebia muita bebida, mas não da cara. Quando os trabalhos da manhã terminavam, seu senhor gostava de relaxar com uma taça de um bom vinho.

— Pão e queijo também.

— Sim, senhor. — O escravo tomou o cuidado de esconder seu meio-sorriso. Ele teria trazido aqueles itens de qualquer modo. Em muitos aspectos, Crassus era previsível como a maré. Ele próprio treinava seus escravos para que soubessem do que ele gostava ou não.

Saenius voltou pelo *tablinum*, passou pelas máscaras da morte dos ancestrais de Crassus e pelo *lararium*, o templo dos deuses da casa. Encontrou Crassus passando a mão pelo canal de alvenaria que levava água para os limoeiros e as vinhas do pátio.

— Aquele último estava morrendo de medo quando saiu — observou Saenius.

— Só lembrei a ele que sua dívida vence em um mês — disse Crassus suavemente.

— É o suficiente. — O sorriso de Saenius era ácido. — Ele sabe que você é um touro selvagem.

Crassus assentiu com satisfação. Nunca se cansava de escutar aquele comentário sobre si mesmo. Todos os romanos dignos conheciam a força de um touro selvagem. Tal fera devia ser evitada a todo custo. Era uma boa — ou melhor, excelente — reputação a se ter, pensou.

O escravo doméstico voltou com uma bandeja de bronze com um jarro, dois copos azuis e um prato com pão e queijo. Ele a pousou com cuidado antes de servir vinho ao mestre.

— Quer beber comigo, Saenius? — perguntou Crassus.

— Quero, obrigado.

Como era o costume, senhor e servo bebiam juntos em silêncio. Acima deles, o sol brilhava em um céu sem nuvens. Apesar da sombra fornecida pelas plantas e árvores, a temperatura no pátio subia sem parar. Crassus sentiu as primeiras gotas de suor descendo pela testa.

— Graças aos deuses não há sessão no Senado hoje. Não quero sair.

Saenius murmurou concordando. Caminhar por Roma ao meio-dia, no ápice do sol, era como ficar dentro de uma sauna por muito tempo: quente, abafado e desconfortável.

Crassus fechou os olhos, deliciando-se com uma leve brisa que bateu em seu rosto. Um instante depois, franziu o nariz. O calor forte exacerbava o fedor dos dejetos humanos. Apesar de ele — naturalmente — ter os confortos de um sistema de saneamento com canos, a maioria dos residentes de Roma não os tinha. Não havia banheiros públicos suficientes. O labirinto de passagens que corria pela cidade era, então, o lar de grandes montes de dejetos, e o cheiro de amônia adentrava as narinas de Crassus. Ele franziu o cenho. Podia pedir para que queimassem um pouco de olíbano, mas isso só iria mascarar o cheiro e deixar um gosto desagradável no fundo da garganta.

— Talvez esteja na hora de descansar — disse ele. — Um mês na costa seria muito agradável.

— Sua casa lá está sempre pronta — disse Saenius, claramente contente com a perspectiva de sair da capital. — E a brisa do mar faz com que o calor seja mais tolerável.

Crassus estava prestes a concordar quando um cheiro totalmente diferente o alcançou. "Fumaça." Virou a cabeça, procurando a direção de onde vinha.

— Está sentindo esse cheiro?

Saenius se inclinou para a frente, fungando.

— Ah, sim. — "Disfarçou bem sua decepção", pensou Crassus, divertindo-se. — Algo está queimando — disse ele.

— Sem dúvida é o clima certo para isso — respondeu Saenius. — Não cai uma gota de chuva há semanas, e alguns tolos sempre esquecem um braseiro aceso.

Crassus bebeu o resto do vinho e se levantou.

— A costa pode esperar. Vamos dar uma olhada por aqui.

Saenius sabia que não devia discordar.

— Buscarei os escravos. — Chamando os escravos de Crassus, ele entrou na casa.

Crassus respirou fundo, enchendo os pulmões com o cheiro de madeira queimada. "É muito útil para camuflar o fedor de merda", pensou ironicamente.

Em seguida, sentiu-se ansioso. O cheiro forte era sinal de que, em algum lugar não muito longe, havia uma oportunidade de fazer dinheiro.

* * *

Não foi difícil encontrar o foco do incêndio. A casa grande, porém plana de Crassus ficava nos montes mais baixos do monte Palatino. Ao caminhar até um cruzamento mais próximo, ele conseguia ter uma vista parcial do centro de Roma. Isso indicava que a conflagração era no monte Aventino. Os escravos que seguiam Crassus — uma mistura de guarda-costas, operários e arquitetos — também viram a fumaça. Gritos distantes foram ouvidos em meio ao burburinho comum do dia a dia. Os homens começaram a discutir sobre a extensão do incêndio, o que o havia causado e quantas pessoas morreriam até que as chamas fossem apagadas.

Crassus ignorou o falatório. Tudo ficaria claro quando eles chegassem lá. Ele desceu a rua, fazendo um gesto para que seus escravos o seguissem.

— É má sorte viver no Aventino — disse ele em voz baixa, repetindo um velho ditado.

Seus guarda-costas se movimentaram depressa diante dele. Armados com bordunas e facas, gritaram e usaram os punhos para abrir caminho nas ruas lotadas e estreitas.

— Abram caminho para Marcus Licinius Crassus, pretor e o homem mais generoso de Roma! — gritaram eles. — Descendente de uma das famílias mais antigas da República, filho e neto de cônsules, ele sempre dá um décimo de tudo o que possui a Hércules.

Crassus sorriu com benevolência.

— Que se dane! E daí? Crassus é tão rico que poderia oferecer cinco vezes essa quantia e ainda assim não perceberia a diferença! — gritou alguém em meio à multidão.

Os guarda-costas se viraram irritados, à procura do culpado.

— Deixe. Não temos tempo a perder — disse Crassus. "Além disso, é bem verdade." Comentários parecidos eram feitos em todos os lugares pelos quais ele passava. Como as pixações políticas e obscenas que decoravam as paredes de casas pela cidade, era um incômodo que tinha de ser tolerado, assim como um cão tolerava suas pulgas. Puxou uma bolsa pesada de dentro da túnica e a entregou a Saenius.
— Ofereça isto à multidão — ordenou, bem alto.

Uma onda de animação tomou conta dos que estavam por perto. Muitos rostos famintos e sujos se viraram para ele.

— Tudo isso? — gritou Saenius, encenando o ritual que tinham ensaiado várias vezes.

— Por que não? Os cidadãos dignos de Roma merecem — respondeu Crassus. E acrescentou: — Vou ganhar mil vezes mais no lugar aonde estamos indo.

O sorriso de resposta de Saenius parecia o de um lobo. Com as mãos cheias de moedas, ele se afastou o suficiente para poder jogar os *asses*, *sestércios* e *dinários* de bronze para cima. Crassus olhou para a multidão, que ficou enlouquecida. "Excelente." Para aumentar a animação, ele colocava um *áureo* entre as moedas da bolsa. Um *áureo* era uma gota no oceano para ele, contudo, para o morador pobre de Roma, a moeda rara representava comida por semanas ou meses.

Eles demoraram cerca de 15 minutos para chegar ao Aventino. As construções de vários andares estavam dispostas dos dois lados, criando um mundo escuro e claustrofóbico e impedindo a vista da localização exata do fogo. No entanto, o problema foi facilmente resolvido. Hordas de olhos arregalados fugiam dali. Crassus só precisou dar a ordem para que seus guarda-costas caminhassem contra o fluxo de pessoas. Pegando as bordunas de seus cintos, três deles formaram uma barreira e seguiram em frente. A partir de então, quem entrasse no caminho era atingido na cabeça. Como mágica, o centro da rua se abriu. Em um novo caminho, as pessoas passavam dos lados de Crassus.

Alguns cidadãos levavam seus pertences nas costas, enrolados em lençóis. Outros não tinham nada além das roupas no corpo. As crianças que tinham sido separadas de seus pais choravam. Os maridos gritavam carregando o peso que suas mulheres haviam determinado. Irritados com o barulho, os bebês gemiam e aumentavam a desordem. Crassus ignorou as massas tomadas pelo medo, concentrando-se nos rostos dos comerciantes na entrada dos estabelecimentos que tomavam os dois lados da rua. Seus preciosos produtos, fossem carne, aves, objetos de metal ou ânfras de vinho, significavam que todos eles tinham muito mais a perder do que as pessoas comuns se o fogo se espalhasse. Também era sinal de que os comerciantes não entravam em pânico sem necessidade. As expressões dos homens que ele viu ali não eram de preocupação. Ainda.

— Continue — disse Crassus aos guarda-costas. — O incêndio ainda está longe.

Eles o encontraram a dezenas de ruas monte acima.

Uma densa fumaça marrom tomou o ar ao redor, e a temperatura aumentou muito. A área já estava quase totalmente evacuada, e as únicas pessoas visíveis corriam na direção oposta. Crassus não ficou surpreso. Além dos donos das construções afetadas, não havia ninguém para apagar incêndios em Roma. Os andares de baixo da maioria das construções eram feitos de alvenaria, mas sobre muitas havia construções altas de madeira da insula, três, quatro e até cinco andares de casas pequenas. Era ali onde a maioria das pessoas morava. "Ou sobrevivia, numa descrição mais adequada", pensou Crassus, sentindo-se grato por sua situação na vida. Construída sem qualquer atenção à segurança ou ao design arquitetônico, as insulas eram armadilhas prestes cair ou se incendiar. O fogo era o mais comum dos desastres. E, quando ele tomava uma construção, era praticamente impossível apagá-lo. Por tudo ser construído ao lado ou, de fato, tocando as estruturas ao redor, era normal que as chamas se espalhassem depressa e de modo letal. Quem ficasse por perto corria o risco de ser queimado. Conflagrações nas quais vizinhanças inteiras eram destruídas, matando centenas de pessoas, eram comuns nos meses de verão.

Ele viu duas figuras angustiadas à frente: um homem de meia-idade vestindo um avental surrado e uma mulher atraente quase da mesma idade. Crassus sorriu. Eram o dono e sua esposa. Aqueles que tinham a subsistência em risco só partiam no último instante.

Agora, o crepitar das chamas podia ser ouvido. Olhando para cima em meio à fumaça, Crassus viu as labaredas amarelo-alaranjadas tomando o terceiro andar de uma construção de madeira.

— Começou em um cenáculo. Já está fora de controle.

— Acontece de alguma outra forma? — perguntou Saenius.

— Raramente — admitiu Crassus. Deixou os guarda-costas de lado. — Meus cumprimentos, amigo!

O homem que ele havia espiado não escutou a saudação. Ignorando os pedidos da esposa, ele entrou na loja de porta aberta que formava a base da estrutura. Saiu logo em seguida, carregando um grande vaso de cerâmica. Colocando-o ao lado de seis outros, preparou-se para entrar correndo de novo.

— Você se arrisca demais, amigo — gritou Crassus. — Muitos homens já foram enterrados vivos quando uma construção ruiu.

O dono da loja olhou para ele com surpresa.

— Não tenho escolha — disse ele, de um jeito monótono. — As economias de toda a minha vida foram investidas na construção deste prédio. Estou arruinado, eu sei, mas sem minhas coisas, vamos morrer de fome. — Ele se virou, distraído pelos soluços da esposa.

— Isso não precisa acontecer — disse Crassus. — Acredite ou não, os deuses estão olhando por você hoje.

— Está maluco? — berrou o homem. — Se estiverem olhando, estarão rindo.

— Vou comprar seu prédio e tudo o que há dentro dele, amigo.

— Como?

— Você entendeu.

O rosto do comerciante se contorceu ao perceber o que estava acontecendo.

— Você deve ser Marcus Licinius Crassus — disse ele, com a voz rouca.

— Isso mesmo. — Ele olhou para Saenius. — Minha fama fala por mim.

— Como sempre.

— Não quero o seu dinheiro — resmungou o comerciante. — Você veio aqui com seus homens para ver minha vida toda se incendiar! — Ele correu em direção à loja quando um som ensurdecedor tomou o local. Blasfemando, parou na entrada.

Crassus observou com certa satisfação quando o teto da loja ruiu, enterrando tudo dentro dele em um monte de madeira em chamas.

— Você terá que se virar com essas poucas peças — disse ele em voz baixa, apontando para a pilha de peças de cerâmica. — Elas não valem muito, creio.

O comerciante cerrou os punhos com ódio. Deu um passo em direção a Crassus, cujos guarda-costas trocaram sorrisos maquiavélicos.

— Não! — gritou a esposa do homem. — Não posso perder você também.

O homem encolheu os ombros, derrotado.

— Quanto? — Sua voz quase não podia ser ouvida entre os barulhos e o crepitar da madeira.

— Eu ia ser generoso — disse Crassus, com frieza—, mas a sua agressão me fez mudar de ideia. Quinhentos dinários por tudo.

— Precisei de vinte vezes isso para construir — disse o lojista, incrédulo. — E meu estoque, ele...

— É a minha primeira e última oferta — avisou Crassus. — É pegar ou largar.

O homem olhou para a esposa, que deu de ombros, impotente.

— Não vou esperar — alertou Crassus. Ele se virou como se fosse embora.

— Eu aceito! Eu aceito... — A voz do homem falhou, e ele soltou um suspiro engasgado.

— Sábia decisão. Você assinará o documento passando a posse para mim até a noite, e receberá o dinheiro amanhã. Agora, se me dá licença, tenho trabalho a fazer. — Crassus se virou para seus homens. — Vamos! É melhor vocês agirem depressa ou as chamas podem se espalhar para os prédios vizinhos.

— Isso não seria tão ruim, seria? — perguntou Saenius.

Crassus fez sinal negativo com o dedo, porém, sorriu, concordando.

— Melhor saírem do caminho — avisou Saenius, guiando o comerciante e sua esposa para a rua. — Quando a estrutura começar a cair, pode ser muito perigoso.

Crassus acompanhou tudo com calma.

— Tem alguém aí dentro ainda?

— Acho que não, senhor — respondeu o comerciante.

— Ótimo. — Crassus fez um gesto com o braço. Os escravos estavam esperando seu comando. Movendo-se com a facilidade trazida pela longa experiência, começaram a desfazer o primeiro andar da construção em chamas com longos ganchos de ferro. A estrutura estava fraca, e não demorou muito para que surgissem buracos na madeira. Os homens de Crassus redobraram os esforços, arrancando a frente do primeiro andar e empurrando os restos para a rua. De repente, as madeiras da construção começaram a fazer um barulho alto, como um rosnado.

Foi então que os gritos começaram.

— Socorro! Por favor!

Crassus olhou para cima, em direção à fumaça densa. Durante alguns instantes, não viu nada, mas seus olhos, por fim, se fixaram em um rosto pálido e assustado que espiava de uma abertura na janela do primeiro andar.

— Pelos deuses! — gritou a esposa do comerciante. — Acho que é a filha de Octavia. Ela só tem oito anos. A mãe trabalha em outra parte da cidade e costuma deixar a menina em casa. A coitadinha deve ter adormecido.

Saenius não foi muito convincente ao demonstrar solidariedade.

Crassus também não se importou muito, mas era bom manter as aparências.

— Examine a escada! — disse ele.

Saenius saiu correndo em direção às escadas de madeira que corriam ao longo da lateral da construção. Em cada andar, uma porta dava acesso ao cenáculo. Ele voltou, balançando a cabeça e fingindo compadecer-se.

— Está em chamas.

— O que podemos fazer? — gritou a mulher, com lágrimas correndo pelo rosto.

Ele fizera um gesto simbólico. Qualquer outra coisa seria extremamente prejudicial. Crassus não estava preparado para arriscar a vida de um de seus homens por uma menina de oito anos. Deu de ombros.

— Rezem para que ela faça uma boa passagem para o outro lado.

A mulher começou a gritar, e o marido a abraçou.

— Shhhiiiii... não podemos fazer nada.

Crassus não queria escutar os gritos nem da criança fadada à morte nem da mulher desesperada, por isso continuou subindo a rua. Observou as lojas dos dois lados com seu olhar treinado. A surpresa, e então o prazer, tomaram conta dele. Não eram estabelecimentos comuns, como tendas que vendiam pedaços de carne, ferramentas ou roupas malfeitas. Na verdade, eram os estabelecimentos de um ferreiro, de um agiota e de um cirurgião grego. "É um local com um bom futuro", pensou. Era um lugar que traria lucros se fosse reconstruído.

Seu sorriso se alargou. Apesar do calor, aquele tinha sido um bom dia.

O bom humor de Crassus não durou muito. Quando chegou em casa, cansado e fedendo a fumaça, estava ansioso para tomar um banho frio e refrescante e trocar de roupa. Então ficou muito irritado quando viu um mensageiro do Senado à sua espera no pátio. Um mensageiro que não podia perder tempo.

Crassus olhou para o homem, mantendo o longo nariz empinado.

— O que, em nome de Júpiter, você quer?

— Haverá uma reunião de emergência do Senado esta tarde, senhor.

— Por qual motivo?

O mensageiro se mexeu.

— Caius Claudius Glaber voltou.

Crassus ainda estava pensando na aquisição feita no Aventino e também em tomar um banho.

— Quem?

— Um pretor que foi enviado a Cápua.

— Ah, sim. O trabalho dele era encontrar e matar os gladiadores fugidios. Ele tinha três mil homens, se me lembro. Era um assunto simples. Ir até lá, resolver as coisas e voltar para Roma. — Crassus viu o olhar de medo do outro homem. Suas sobrancelhas formaram um arco. — Está claro que não é isso o que você veio me contar.

— Não, senhor. Os gladiadores atacaram o acampamento de Glaber à noite. Mataram os sentinelas e atacaram os legionários enquanto estes dormiam... — O mensageiro hesitou.

— Continue — pediu Crassus, incrédulo.

— De acordo com Glaber, foi uma grande confusão, um caos. Os homens dele entraram em pânico e fugiram.

— Três mil homens fugiram de setenta e poucos gladiadores idiotas?

— Si-sim, senhor.

— Muitos soldados de Glaber foram mortos?

— Quatrocentos ou quinhentos, senhor. O resto conseguiu escapar.

— Escapar? Eles nem sequer foram derrotados em uma batalha! Covardes de merda — disse Crassus. — E esse fiasco é o que Glaber quer nos contar?

— Sim, senhor — sussurrou o mensageiro. O terror tomou seus olhos. Não era incomum que os homens com más notícias fossem punidos ou até mortos.

Crassus mordeu o lábio, concentrado. "Spartacus não é só um lutador bravo. Ele é, claramente, um homem de habilidade. Um estrategista." Seu orgulho romano se fez forte. "E se ele puder reunir alguns homens para atacarem à noite?", perguntou-se ele. "Essa humilhação não pode ser tolerada. Não será!"

— A próxima força a ser enviada terá o dobro do tamanho. — Nem mesmo esse prospecto diminuiu a sua raiva, e ele caminhou de um lado para o outro meditando sobre como poderia lidar com tal situação.

O mensageiro esperou, tremendo.

Depois de um instante, Crassus voltou a prestar atenção nele de novo.

— O que você ainda está fazendo aqui? Saia. Diga a quem quer que o tenha enviado que participarei do debate no Senado.

— Sim, senhor. O-obrigado, senhor — o mensageiro gaguejou, afastando-se.

Crassus caminhou até a área dos banheiros, que ficava além do pátio. Poderia pensar nisso enquanto relaxasse no frescor do frigidário. Mas uma coisa era certa: Glaber tinha que pagar por seu erro.

Mais tarde, Ariadne pensaria nos dias e semanas que se seguiram como uma época tranquila. A primavera se transformou em verão, e ela se permitiu esquecer sua infância problemática, Kotys e a ida deles à Itália e ao ludo. Até tirou Phortis da cabeça. Não pensou no futuro nem na ideia de voltar para a Trácia. Para quê? Estava mais feliz do que nunca. E tudo se devia a um homem: Spartacus. Não se cansava da companhia dele. Queria saber tudo sobre ele, e ele parecia sentir o mesmo. "Realmente, os deuses devem ter nos unido", pensou Ariadne. Ela estava ali, livre como um pássaro, vivendo no topo do Vesúvio com o seu homem e seu grupo cada vez maior de seguidores.

Dentro de um mês, ficou claro que não ocorreria uma vingança imediata pela humilhação causada a Glaber e seus soldados. Em primeiro lugar, não havia tropas na área. Em segundo, como Spartacus disse, o Senado levaria tempo para escolher um novo comandante e o melhor plano para atacar, além de ter que reunir um novo grupo de legionários. A menos que houvesse grande necessidade, Roma não mantinha legiões em seu território. Em terceiro lugar, não poderia ser feito um ataque-surpresa aos gladiadores. A posição do acampamento deles oferecia uma ótima vista de todos os lados, e em todas as propriedades, por mais de oitenta quilômetros, havia escravos que morreriam para levar a Spartacus a notícia sobre uma aproximação romana.

Spartacus foi disciplinado. Esse período de descanso tinha que ser usado com sabedoria. Era tempo de treinar os gladiadores sem misericórdia, tornando-os cavaleiros de infantaria. Transformar as muitas centenas de recrutas crus — a maioria dos quais nunca tinha segurado uma arma antes — em soldados. Organizar grupos de caça e outros que pudessem se afastar do Vesúvio, à procura de grãos e peças de ferro e bronze. Normalmente guiados por Crixus e Castus, que usavam as oportunidades para fugir do treinamento, os saqueadores espalharam a notícia de que qualquer homem acostumado a trabalhar nos campos ou a cuidar dos animais seria bem-vindo no Vesúvio — já os escravos domésticos não. Precisavam de homens que estivessem acostumados à dura vida ao ar livre. Homens que soubessem lutar.

Contudo, para Ariadne, foi uma época de alegria pura e constante. Apesar de a ameaça de vingança sempre se fazer presente. Era bem fácil, nos dias quentes, esquecer Roma e suas legiões. Alegrar-se com o fato de que, pela primeira vez na vida, ela estava apaixonada.

Não era de se espantar que suas horas durante o dia fossem repletas de trabalho. A organização das tarefas das mulheres, que agora eram mais de duzentas, era algo natural para ela, assim como atuar como supervisora do acampamento. Ela também gostava de ser a rebelde. Desde o começo, Ariadne havia cuidado para que Spartacus falasse com frequência de seu sonho e que ele soubesse a interpretação dela para a visão. Os gladiadores e escravos se animavam. Ao fugirem de seus senhores, tinham encontrado liberdade e um líder carismático, mas também a intercessora de sua divindade mais respeitada, que havia sido retirada de Roma mais de um século antes. Para eles, Ariadne era uma sacerdotisa de Dionísio e Spartacus, o escolhidodo deus. Tratavam os dois com respeito, e as notícias a respeito do casal se espalhavam por toda parte.

O tempo de Spartacus também era tomado pelo treinamento dos gladiadores e dos novos recrutas ou pelas consultas a Pulcher, o ferreiro que o havia desafiado. Pulcher era, agora, um de seus homens de confiança e armeiro dos rebeldes. Com diversos outros ferreiros, era seu trabalho abrir correntes de escravos e confeccionar lanças e espadas. Preparar estacas afiadas até suas pontas duras abrirem um homem com facilidade. Moldar placas de bronze em capacetes. Um grupo heterogêneo de escravos trabalhava com ele, confeccionando escudos.

Periodicamente, Spartacus liderava um grupo para buscar informações, entretanto, durante a maior parte do tempo, permanecia no acampamento. Todos os dias, ao entardecer, bronzeado e coberto de suor, ele voltava para a tenda. Seu sorriso iluminava o coração de Ariadne. Assim como as palavras que ele murmurava no ouvido dela quando se sentavam lado a lado observando a planície campaniana e o modo com que ele a fazia se sentir quando iam para a cama. Adormecer nos braços dele sob um céu repleto de estrelas brilhantes era tudo o que ela sempre quisera.

Não surpreendia o fato de Ariadne esperar ansiosamente pela chegada de todas as noites. Ela se prendia às horas como se fossem suas últimas. O amanhecer se tornou seu inimigo, porque sua chegada significava o término do tempo com Spartacus. Até o pôr do sol seguinte.

Ela queria que aquele verão — e o sonho — durassem para sempre.

Mas é claro que não durou.

CAPÍTULO XIII

Certa manhã, pouco tempo depois da colheita, Ariadne acordou sentindo calafrios. Durante os meses de calor, ela havia se habituado a dormir ao ar livre, com poucos lençóis. "Isso tem que mudar", pensou, tremendo. A grama ao seu redor estava coberta por uma fina camada de orvalho, e o vento frio parecia bem diferente daquele do dia anterior. Uma tristeza inexplicável tomou conta dela. De certa forma, a queda na temperatura parecia o esfriamento de um corpo após a morte. Ela quase conseguia sentir a lenta decomposição.

— O outono está chegando — disse Spartacus de sua pilha de cobertores.

— Sim. — Ela abriu um luminoso sorriso amarelo.

Ele percebeu o humor dela no mesmo instante.

— O que foi?

— Não sei. Algo mudou. O clima está diferente.

Ele ficou sério.

— Devem ser os romanos, então. Um dia, eles chegariam.

— Tem certeza? — Ariadne sentia a verdade em seu âmago, porém não queria admiti-la.

Ele deu de ombros.

— Se não for hoje, será amanhã ou depois de amanhã. Talvez eles até nos deem uma semana de tranquilidade. Não importa.

— Por que não? — "Não queria que nosso tempo juntos terminasse!"

— Teremos que encarar nosso destino, Ariadne — disse ele com delicadeza, sentando-se. — Você sabe disso tão bem quanto eu.

— Se esperarmos demais, os homens relaxarão.

— Pior do que isso. Vão começar a não querer treinar. Passarão a ser verdadeiros bandidos. Podem até se virar contra mim.

Ela olhou para ele aterrorizada.

— Eles não ousariam!

— Você acha isso. Crixus só está satisfeito porque tem percorrido a área como um pirata ciliciano no Adriático, atacando quem bem entende. Castus está da mesma maneira, e alguns alemães começaram a olhar diferente para mim quando lhes dou ordens. Aqueles que eram escravos estão aprendendo a amar sua liberdade, o que é bom, mas... — Spartacus bateu um punho no outro. — Está na hora de levá-los à batalha. Isso acalmará as coisas, depurará um pouco o sangue deles.

Ela não conseguiu se controlar.

— Você pode ser morto!

— Posso mesmo, meu amor.

Era a primeira vez que ele usava tais palavras, e Ariadne sentiu o coração acelerar.

— Mas não vou fugir dessa luta. Não sou esse tipo de homem. Não se esqueça de que Dionísio me concedeu sua bênção.

— Eu sei — disse ela, tentando mostrar mais orgulho do que preocupação.

Ele se aproximou e beijou-a.

— Não vou jogar a minha vida fora como um tolo. Os homens têm treinado bastante, porém, ainda não estão prontos para encarar milhares de legionários. E por mais que achem o contrário, os seguidores de Crixus e de Castus também não estão. Não vamos lutar contra os malditos em uma batalha aberta.

O nervosismo de Ariadne diminuiu um pouco.

— O que você vai fazer?

— Vou armar uma emboscada. Chegar à coluna pelas matas ou pela floresta, se possível. Desfazer seus elos. Causar pânico, como fizemos no acampamento de Glaber. É assim que se deve lutar contra eles.

— Lutar — repetiu lentamente.

— Sim — gritou Spartacus. — É isso mesmo. Mas será na Itália, não na Trácia.

Ariadne voltou a sentir medo. "Era isso o que você pretendia, Dionísio?" Ao ver a determinação ardendo nos olhos dele, ela respirou fundo e soltou o ar.

— Esse é o seu caminho.

— Por enquanto, é. — Ele bateu no peito. — Consigo sentir aqui dentro.

— Consequentemente, também é o meu. — "Não importa o que aconteça."

— Isso alegra meu coração. — Ele a abraçou com força. — Preciso ir. Preciso mandar homens para encontrarem essa nova força romana.

Quando os homens voltaram, não contaram nada de anormal além do trânsito nas estradas da região. Tinham visto comerciantes de mulas, agricultores com carrinhos lotados e pequenos grupos de viajantes. Um mensageiro, um profeta ambulante e um grupo de leprosos foram vistos. Encontraram até um homem rico acompanhado por um séquito de guarda-costas e escravos.

Contudo, nenhum soldado.

Sem se alterar, Spartacus chamou Carbo, Aventianus e outros dois escravos. Os quatro trocaram olhares curiosos quando se reuniram diante dele. Não se conheciam muito bem.

— Querem saber por que estão aqui? — perguntou Spartacus.

Todos murmuraram uma resposta afirmativa. Carbo não havia encontrado Spartacus muitas vezes nos meses anteriores. Tudo bem. Sentia-se privilegiado por ter sido instruído por ele. Na verdade, ele vinha realizando treinamento extra. Subia e descia a montanha duas vezes por dia. Carregava peso e discutia com qualquer um que o enfrentasse. Ainda não se aproximava de Amatokos, porém, acreditava que os olhares que Chloris vinha lançando em sua direção eram de aprovação. Pelo menos, era o que esperava. No entanto, os esforços de Carbo tinham sido compensados de outra maneira, porque Spartacus o havia elogiado um dia antes, quando derrubou um alemão com o dobro de seu tamanho. O pequeno gesto deixara Carbo muito confiante. Aceitaria qualquer tarefa que lhe fosse oferecida a partir de então. Pensou em como sua vida tinha mudado. Agora vivia e lutava com escravos. Era de fato um pária, mas não se importava. Carbo sentia orgulho do que tinha se tornado. Do que havia feito consigo mesmo.

— Ariadne, a sacerdotisa que revelou que fui abençoado por Dionísio — acrescentou Spartacus para dar ênfase —, acordou com uma sensação estranha hoje de manhã. Aprendi a prestar atenção quando ela me conta coisas assim. Como vocês sabem, os recrutas têm vasculhado toda a região rural, mas não vemos nem sinal dos romanos há meses. O fato de não os vermos não quer dizer que nada esteja acontecendo. Quero que sigam em direção às cidades próximas e vejam se conseguem alguma informação. É possível descobrir bastante coisa ao permanecer em um mercado durante um ou dois dias. — Ele percebeu o olhar confuso de Carbo. — Vocês todos falam o idioma, são nativos. São muito mais adequados para a tarefa do que eu, com meu sotaque trácio, ou Atheas e Taxacis, que mal conseguem pedir uma taça de vinho em latim. Ninguém vai desconfiar de vocês.

— E se alguém perguntar o que fazemos? — questionou Aventianus.

Spartacus se abaixou e pegou quatro sacos que estavam aos seus pés. Jogou um para cada homem.

— Você é um trabalhador contratado que concluiu o trabalho do verão e está a caminho de casa para rever a esposa ou sua família. Este é o dinheiro que recebeu.

Aventianus sorriu. Era uma história bem plausível.

— Aonde devemos ir? — perguntou Carbo. "Por favor, não me mande para Cápua."

Foi quase como se Spartacus percebesse sua relutância.

— Você vai para Neapolis, na costa. O resto pode decidir aonde ir: para o norte; para Nola e Cápua, na Via Appia; e Nocera, ao sul. Se houver algum boato, vocês o ouvirão nessas cidades. — Ele ergueu um dedo para alertá-los. — Não me importa se gastarem todo o dinheiro antes de voltarem, mas tomem cuidado! Não fiquem muito embriagados. O vinho solta a língua de um homem. Se forem descobertos, acabarão seus dias pregados a uma cruz.

Eles assentiram com tristeza.

— Mais uma coisa: deixem suas espadas aqui. Levem apenas uma adaga e um cajado. — Ele sorriu para Carbo. — Sei que você se acostumou a estar sempre armado, porém, nada chama mais a atenção do que um camponês com um gládio. — Spartacus acenou, dispensando-os. — Voltem o mais depressa possível. Que Dionísio e o Grande Cavaleiro cuidem de vocês.

Carbo pegou o colchão em que dormia e o cantil. Se partisse naquele instante, chegaria a Neapolis antes do anoitecer. "Como eu mudei." Antes, ele se ofenderia se fosse chamado de camponês e recebesse a bênção de deuses desconhecidos. Agora, sentia-se mais incomodado por não poder levar uma arma.

Carbo sabia qual pessoa preferia ser.

A noite caía quando Carbo se aproximou de Neapolis. Correra 16 quilômetros para garantir que chegaria a tempo. No entanto, foi por pouco. Os três guardas já tinham fechado um enorme portão, e empurravam o segundo. Ele começou a correr.

— Esperem!

Os sentinelas se viraram. Eram guardas comuns: dois deles eram de meia-idade, barrigudos, e o outro era um jovem rapaz com bochechas delicadas como as de um bebê.

— O que temos aqui? — Um deles gritou. A *falera* de prata presa à sua túnica mostrava a Carbo que ele já tinha sido um legionário. "Ele é o líder." Apenas homens valentes recebiam tais condecorações. — Para estar com tanta pressa, você só pode estar à procura de uma coisa ou outra: vinho ou prostituta?

— Ou as duas? — perguntou o segundo senhor de olhar malicioso.

— Vocês estão certos, amigos. As duas coisas — mentiu Carbo, parando. — Estou trabalhando em um latifúndio há seis semanas, sobrevivendo com pouco mais do que vinagre e pão duro. Sem mulher por perto. Ao menos sem uma de quem fosse seguro chegar perto.

— Os *vílicos* ficaram de olho em você, não é? É assim que costuma ser. Você deve estar sempre duro como o Príapo! — O veterano lhe deu uma piscadela. — Eu era assim na sua idade. Neules também gostaria de ser assim, mas é tão tímido que não consegue nem se aproximar das prostitutas perto do mercado. E elas subiriam até em um cadáver em troca de uma moeda! — Ele riu, enquanto o jovem envergonhado abaixava a cabeça.

"Pelos deuses", pensou Carbo, animado. "Eles nem sequer olharam para as minhas cicatrizes. E acreditaram em mim." Ele se sentiu orgulhoso. "Sou um homem agora."

— Passe, amigo. — Com um gesto expansivo, o veterano indicou que Carbo podia entrar. — Independentemente de quem escolher, dê uma por mim.

— Pode deixar. — Carbo riu. — Tem uma hospedaria onde eu possa encontrar um canto para dormir?

— Várias. A Touro é onde você corre menos risco de ser comido vivo por pulgas e percevejos. Correrá menos risco de ser roubado também. Fica no fim da rua que parte daqui. Terceira rua à direita. Não é muito cara.

— Eu agradeço.

Em seguida, ele passou por baixo de um grande arco de pedra e entrou na cidade. Carbo nunca tinha ido a Neapolis. Olhou com curiosidade para as belas construções enquanto elas logo desapareciam em meio à escuridão. A maioria era recém-construída. Depois de séculos de lealdade a Roma, Neapolis havia sido elevado a um *municipum* quase duas décadas antes, contudo, suas fortunas tinham sofrido muito durante a brutal guerra civil alguns anos depois. Carbo se lembrava de, na infância, seu pai contar à mãe, sussurrando, sobre os saques à cidade. Sob o comando de Sulla, um exército incendiara sua grande frota, matando centenas de civis. E, para terminar, incendiaram Neapolis. O crime dos residentes tinha sido se opor a Sulla. "E eles chamam Spartacus de bandido?"

Carbo se apressou para encontrar a Touro. O caminho estreito se esvaziava à frente dele; ele não tinha a menor vontade de permanecer do lado de fora mais tempo do que o necessário. Não havia iluminação na rua. Tinha lamparinas do lado de fora de uma grande casa, mas o brilho delas não se estendia muito. As sombras ficavam mais longas a cada instante. Ao adentrar por um caminho, uma sombra se mexeu na escuridão. Carbo segurou com mais força o cabo da adaga. Se Neapolis fosse como Cápua, só um tolo sairia à noite depois de escurecer. Um tolo ou um homem cruel.

Ficou aliviado ao encontrar a hospedaria logo depois. O burburinho das conversas, os gritos e cantoria o guiaram. O fedor de estrume, urina e suor humanos tomaram suas narinas quando se aproximou do estabelecimento de portas abertas. Uma escada de madeira na lateral da construção levava aos quartos no andar de cima. Lamparinas a óleo decoravam os muros cobertos por pichações, nos lados de dentro e de fora. A luz amarelo-alaranjada iluminava mesas e bancos que saíam do interior escuro e tomavam o caminho. Havia palha espalhada por todos os cantos — pela aparência úmida, ela parecia ter absorvido mais do que seria normal de vinho. Ou sangue.

O lugar estava lotado. "Não sou o único aqui com a garganta seca." Não era surpresa. A colheita fora feita recentemente e, apesar de a Vinália Rústica ter terminado, as temperaturas continuavam agradavelmente quentes. Um homem conseguia fazer pior do que beber algumas taças de vinho com os amigos à noite. Carbo observou os clientes, uma mistura de mercadores, viajantes e moradores da região. Havia muitas prostitutas também, sentadas no colo dos homens, mostrando os peitos a quem se interessava, aproximando-se das mesas. Estavam presentes inúmeras pessoas de pouco valor: homens malvestidos, sozinhos ou em duplas, observando, como lobos famintos, um rebanho de carneiros. "Amigos? Não tenho nenhum. Não aqui, pelo menos."

Seguindo em direção ao bar, Carbo conversou com o proprietário, um homem sério com uma barba cheia cobrindo o rosto comprido. Conforme prometido pelo guarda no portão, uma moeda de bronze lhe garantiu um canto em um dos estábulos. Ao deixar seu colchão ali, ele voltou para comprar um jarro de vinho, um pouco de pão e queijo. Com as mãos cheias, Carbo caminhou em direção a uma mesa próxima a uma parede. O melhor lugar — e o mais seguro — para observar a movimentação era onde ele pudesse se sentar encostado na parede fria. Sua barriga roncou alto quando ele se sentou, e ele se lembrou de que não comia desde o meio-dia. Carbo se esqueceu de todos os outros clientes e começou a comer com vontade.

Não demorou muito para limpar o prato e virar duas taças de vinho diluído. Sentindo-se bem melhor, arrotou. Encheu a taça de novo e olhou casualmente a sala. A algumas mesas dali, quatro comerciantes jogavam dados e faziam barulho. Ignorando os pedidos de quem estava ao redor para que se calassem, um homem com manchas de vinho em toda a túnica entoou uma cantiga desafinada a respeito da viagem de Odisseu. Dois idosos discutiam por causa das peças de um tabuleiro. Ao lado deles, um mercador de rosto corado tocava sem parar a genitália de uma prostituta. Três veteranos que observavam começaram a rir e a conjecturar a respeito do que os dois poderiam estar fazendo.

Carbo pensou em Chloris e sentiu seu pênis pulsar. Levou a mão à bolsa que pendurada em seu pescoço e pensou em levar uma das prostitutas para cima. Era comum que mulheres como aquelas usassem um quarto no andar de cima das tavernas. Ele as observou uma por uma, e decidiu não fazer isso. "Elas são baratas e sujas. Vou acabar pegando uma doença." Um estabelecimento de classe mais alta seria bem melhor. Nele, pelo menos, as moças provavelmente se lavavam entre um cliente e outro. "Mantenha o controle. Não é para isso que estou aqui." Decidiu acabar de beber o vinho e ir para a cama. Os mercados abriam quando amanhecia, e ele queria estar lá desde o começo.

— Veio de longe?

À sua direita, havia um homem sentado de costas para a parede, como Carbo estava. Tinha cabelos castanhos, com corte militar, olhos de cores diferentes e maçãs do rosto protuberantes. Devia ter dez anos a mais que Carbo.

— Falou comigo?

— Sim. Vi você entrar. Parecia que vinha da estrada. Deve ter chegado um pouco antes de os portões serem fechados. — Seu sotaque era bem educado, diferente do de outros clientes.

"Ele só está sendo simpático."

— Você acertou. Se tivesse chegado alguns minutos depois, dormiria na rua. Estou bem feliz por isso não ter acontecido.

O outro apontou para sua jarra.

— Não estaria tomando isso, pra começo de conversa!

Carbo riu.

— Não.

— Está com vontade de experimentar uma das prostitutas também?

— Não as daqui. Devem estar cheias de doenças.

— Você tem razão. Sou Navio. — Ele se inclinou para a frente e bateu a taça na de Carbo. O movimento revelou seu pulso, no qual havia uma pulseira dourada. Navio viu que Carbo a tinha percebido. — Sim, sou um soldado. — Sua expressão ficou mais séria. — Ou era.

— Meu nome é Carbo. — Ele esperou, mas não recebeu mais nenhuma informação.

— Você deve ser filho de um agricultor, não? Veio conhecer os pontos interessantes da cidade? — Carbo olhou para Navio com surpresa. — Pare com isso. Sua túnica pode ter sido feita em casa e sua lâmina é simples, mas seu sotaque não é de um trabalhador. Você é de uma boa família, como eu.

Carbo se assustou. "Pelos deuses, não tinha pensado no modo como falo." Olhou para o rosto bronzeado de Navio, mas não viu sinal de suspeita. "Qualquer história serve."

— Está tão óbvio?

— Sim. — Navio bebeu um gole grande de vinho.

Desejando encaixar-se melhor nesse novo papel, Carbo começou a falar com um tom mais soturno.

— Tenho trabalhado no campo o verão todo sem pausa. Não graças ao meu pai, claro. Decidi tirar uns dias para descansar. Um descanso merecido.

— Você só tem essa reclamação? Imagina a sorte que tem? — perguntou Navio com amargura.

— Tenho muito mais coisas com que me preocupar — respondeu ele, ao pensar na missão. — Assim como você sem dúvida.

— Sinto muito — desculpou-se Navio, com um olhar envergonhado. — As coisas não andam muito boas para mim ultimamente.

— Você foi dispensado?

Navio contraiu os lábios.

— Foi um pouco mais permanente do que isso. — Ao perceber o interesse de Carbo, ele se fechou. — Mas não é da sua conta.

— Não — disse Carbo, rigidamente. "Deve ter sido expulso do exército." — Como preferir.

— Perdoe a minha grosseria. Tome um pouco do meu vinho. — Navio encheu a taça de Carbo até a boca, e então ergueu a dele. — Aos novos amigos e à boa companhia!

Cedendo, Carbo repetiu o brinde.

— O senhorio me contou sobre um prostíbulo na rua de cima — disse Navio com uma piscadela. — As mulheres de lá são verdadeiras Vênus comparadas com as daqui. Além de serem limpas. Quer tentar?

Carbo, de repente, imaginou uma mulher diferente de Chloris, com aparência grega. Uma beldade de seios grandes e pele clara, deitada de costas, implorando para que ele a fodesse. "O que há de mal nisso?"

— Parece uma boa ideia.

— Vamos beber a isso!

Os dois beberam tudo. Carbo serviu mais um pouco de vinho para os dois, que passaram para uma conversa mais neutra, falando sobre os outros clientes da taverna. Sobre qual dos quatro comerciantes ganharia o jogo de dados. Se alguém calaria a boca do cantor desafinado. Qual prostituta conseguiria um cliente primeiro. Se a discussão entre dois homens se tornaria uma briga. Isso fez o tempo passar depressa.

Duas jarras de vinho depois, Carbo via o mundo com muito mais alegria. Uma sensação quente e boa tomava sua cabeça. As prostitutas até pareceriam interessantes. Navio o pegou olhando para a mais jovem, e riu.

— Está na hora de encontrarmos aquele bordel. Vamos!

Eles passaram pelas mesas. Carbo aproveitou a oportunidade para apertar as nádegas de uma prostituta quando passou, sorrindo quando ela gritou, fingindo estar horrorizada. Logo, ela se virou e ergueu a saia, mostrando os pelos pubianos.

— Quer um pouco disto? Dois sestércios e será sua por uma hora.

— Uma hora? Ele só precisaria de duas ou três bombadas para terminar! — gritou Navio. Já estava quase na rua. — Vamos, Carbo. Venha.

Com relutância, Carbo desviou o olhar da genitália da prostituta e caminhou em direção à saída.

Satisfeito, Navio continuou andando.

— Espere, preciso mijar. — Navio, porém, não escutou o resmungo. Quando Carbo apareceu, o soldado já estava a vinte passos dele. — Que se dane, não posso esperar. — Carbo se aproximou do muro mais próximo e levantou a túnica. Depois de enfrentar certa dificuldade com a roupa, conseguiu se livrar dela. Com um suspiro de alívio, observou a urina batendo nos tijolos.

Quando se virou, o caminho que levava de volta à via principal estava vazio. Blasfemando em voz baixa, saiu correndo atrás de Navio. Estava prestes a gritar para que o amigo o esperasse quando escutou o ruído baixo de um baque, o mesmo barulho de quando um corpo bate no chão. As palavras de Carbo se secaram em sua garganta. "Foi assim que fui atacado ao sair da taverna em Cápua." Levou a mão à adaga e sentiu o frio do cabo. Depois de parar por alguns instantes para que seus olhos se ajustassem à escuridão, Carbo avançou em silêncio pelo chão de terra.

Alguns passos mais à frente, contra a luz fraca de uma lamparina na parede de uma casa, viu um homem agachado perto de um corpo sem forma. "Navio!" A raiva tomou a cabeça de Carbo. Nem sequer pensou em voltar à segurança da hospedaria. Pegou a adaga, empunhando-a com a lâmina em direção ao chão. Era o método ensinado por Spartacus. "Assim, nenhum idiota poderá derrubar a arma de sua mão, e você poderá usá-la como quiser."

O homem rolou o corpo de Navio e começou a passar a mão por suas roupas.

— Onde está a maldita bolsa?

Navio resmungou e o coração de Carbo se acelerou. "Então, não está morto." Estreitando os olhos, calculou que a distância entre eles era de 15 passos. Não havia sinais de que o bandido estava acompanhado, no entanto, Carbo ainda não estava perto o bastante.

Moedas tilintaram dentro do bolso de Navio e o bandido emitiu um som de satisfação.

— Mais alguma coisa? — murmurou ele, remexendo Navio de novo.

Agradecendo aos deuses pela ganância do bandido, Carbo avançou.

Dez passos. Oito. Seis. Quatro.

Depois de abrir o cinto dourado de Navio, o bandido o puxou da cintura.

— Isto vai render uma boa quantia. — Alcançou uma clava e se endireitou.

Ouviu-se um clique quando as sandálias de Carbo fizeram uma pedra rolar.

O bandido se virou surpreso.

— O que...

Foi a última coisa que disse. Carbo cravou a adaga na lateral do pescoço do bandido. A força foi tamanha, que ela entrou até o cabo. Carbo a puxou de novo, e um esguicho de sangue molhou seu rosto. Sem se importar, golpeou o bandido uma, duas, três vezes no peito. A lâmina acertou costelas e entrou na cavidade do peito do homem, rasgando tecidos vitais. Carbo girou a arma para garantir. Foi quando o bandido tombou para cima dele, sem se mexer, e a clava caiu de seus dedos fracos, que Carbo percebeu que ele estava morto ou prestes a morrer. "Bem o que você merece, seu maldito." Com um gemido satisfeito, jogou o ladrão para o lado.

Ele se agachou na escuridão, com a adaga preparada, prestando atenção a outras presenças.

O único som era a respiração ofegante de Navio.

Carbo caiu de joelhos.

— Navio! Está me ouvindo?

Não obteve resposta. "Será que o desgraçado o atingiu com muita força?" Carbo esticou o braço, tocando o rosto e a cabeça de Navio à procura de ferimentos. Ao encontrar mechas úmidas de cabelo, ergueu a mão e a olhou sob a pouca iluminação. O líquido de seus dedos era escuro. "Sangue." Carbo voltou ao ponto, apertando com delicadeza, como já vira o médico do ludo fazer.

— Por Hades, isso dói! — resmungou Navio. — Está tentando me matar.

Carbo respirou aliviado.

— Desculpe.

— Como se aquele rato nojento já não tivesse me machucado — reclamou Navio.

— Consegue se sentar?

— Acho que sim. Pode me ajudar?

Carbo segurou os ombros de Navio e o ergueu.

— Por que diabos você não me esperou? Fui mijar.

— Pensei que você quisesse gastar dinheiro com aquela prostituta horrível.

— Não, não queria.

— Ficarei mais atento da próxima vez. — Navio olhou para ele. — Devo essa a você. Obrigado.

— De nada — respondeu Carbo, tocado.

— Onde fica o bordel? Não deve estar muito longe. — Navio virou a cabeça para olhar e gemeu.

— Não acho que seja uma boa ideia — retrucou Carbo. — Você não consegue nem ficar de pé, muito menos colocar o seu pau de pé.

Navio riu.

— Talvez você tenha razão.

— Vamos voltar para a hospedaria.

— Meu cinto. Onde está?

Carbo procurou até seus dedos tocarem a peça de metal e couro.

— Aqui. Vou levá-lo para você. — Com a ajuda dele, Navio se levantou. Empurrou o corpo do ladrão com o pé.

— Você acabou com esse imbecil. Já treinou para usar armas?

Carbo pensou depressa.

— Nós tínhamos um escravo, um samnita que lutou na Guerra Social. Ele me ensinou muita coisa.

— A Guerra Social, hein? — Havia um pouco de amargura no riso fraco de Navio.

— O que foi? — Carbo se adiantou, apoiando Navio.

— Nada.

Carbo não insistiu. Ajudou Navio a voltar para a hospedaria. Poucas pessoas prestaram atenção quando eles entraram, o que Carbo achou bom. Ainda que ninguém se importasse com o fato de ele ter matado um bandido, ele não queria ter que explicar nada.

— Vou levá-lo para a cama — disse ele a Navio. — Você precisa dormir.

— De jeito nenhum. Devo uma bebida a você. É o mínimo que posso fazer.

— Mas tem sangue em sua cabeça...

— Foda-se. Já passei por coisas bem piores. Quero vinho. Muito vinho, na verdade.

A determinação na voz de Navio estava clara.

— Tudo bem. — Carbo o levou de volta à mesa que tinham ocupado. Pediram mais uma jarra. Quando chegou, Navio serviu os dois com o braço trêmulo.

— À amizade! — brindou, erguendo a taça. Carbo repetiu o brinde sorrindo, e eles viraram a primeira taça de uma vez. Navio fez as honras de novo, derramando um pouco sobre a mesa. — Que o filho da puta que tentou me roubar seja bem-recebido por Hades!

Carbo assentiu e bebeu a segunda taça. O vinho acalmaria seus nervos. "O ladrão teria me matado num piscar de olhos. Ele não foi uma grande perda."

Sem hesitação, Navio encheu as taças de novo.

— À coragem e à lealdade!

— Beberei por isso — disse Carbo, decidido.

— Eu sabia — disse Navio, olhando de soslaio. — Você é um bom homem. — Pensativo, Carbo observou a mesa. — A maioria dos homens não teria arriscado a pele para me salvar como você fez.

— Talvez não. — Carbo começou a se sentir muito orgulhoso.

— Posso garantir que não. — Navio se inclinou sobre a mesa, com bafo de vinho. — Aposto que você também consegue guardar segredo.

— Se for preciso — respondeu Carbo com cuidado.

— Voltei da Ibéria recentemente.

— E... — disse Carbo, sem entender.

— Fui um soldado lá.

— O que você fez? Lutou contra Sertorius e os homens dele?

— Não foi bem isso. — Navio hesitou.

O vinho corria pelas veias de Carbo, enchendo-o de confiança.

— Fale logo, homem.

Navio suspirou. Olhou casualmente para os lados e passou a sussurrar.

— Foi o contrário, na verdade. Eu era um dos oficiais de Sertorius.

Carbo não esperava aquilo. Quase largou a taça.

— Como?

— Não é tão surpreendente assim — disse Navio, na defensiva. — Sou de Neapolis, e foi natural para meu pai apoiar Marius contra Sulla. Depois da morte de Marius, Sertorius, seu braço-direito, fugiu para a Ibéria. Meu pai também foi para lá, levando a família toda. Minha mãe morreu logo depois de nossa chegada, e cresci em um mundo no qual tudo girava em torno de lutar contra o que Roma havia se tornado. Só vi guerra. — Navio tossiu e cuspiu. — Nós nos demos bem por muito tempo.

Como qualquer pessoa, Carbo sabia o que havia acontecido na Ibéria nos sete anos anteriores. Que Sertorius vencera muitos grupos da península e se tornara um mestre da guerra, derrotando todos os homens enviados para detê-lo. Tivera a ousadia de fazer contato com outro inimigo de Roma, Mitrídates do Ponto. Em troca de dinheiro e navios, Sertorius havia enviado oficiais militares para treinar o exército de Mitrídates. Contudo, as coisas acabaram dando errado. No ano anterior, Carbo sabia que as coisas tinham piorado para Sertorius, quando Pompei Magnus e seus generais enfim se viraram contra ele.

— A situação piorou? — perguntou ele vagamente.

Navio franziu o cenho.

— Você não soube?

— Nossa propriedade é afastada — mentiu Carbo.

— Sim, eu me esqueci. Bem, Sertorius morreu.

— Morto em batalha?

— Quem me dera — respondeu Navio com amargura. — Não, foi apunhalado e morto por Perperna três meses atrás. O cachorro traidor.

— Perperna?

— Você se lembra da rebelião fracassada de Aemilius Lepidus há quatro anos?

— Sim. Ele tentou tomar Roma, mas o procônsul Catulus o derrotou na ponte Mílvia. Fugiu para a Sardenha, não foi?

— Isso mesmo. Quando Lepidus morreu logo depois, seus principais seguidores, e Perperna era um deles, navegaram para a Ibéria com o restante do exército. Sertorius os recebeu com braços abertos. Ele até criou um Senado contrário com eles.

— Eu me lembro de meu pai tentando entender por que o Senado em Roma não ofereceu perdão a Sertorius quando Sulla morreu — contou Carbo. — Não havia motivo real para continuar a guerra na Ibéria, e Sertorius era um general muito talentoso. Por que eles não o receberam de volta?

— Por causa de sua arrogância e de seu orgulho — gritou Navio. E fez uma careta de dor.

— Calma.

— Posso ficar calmo quando estiver morto. — A raiva era perceptível na voz de Navio. — Sertorius era um homem melhor do que qualquer seguidor de Marius. Sempre defendia os extremistas do grupo e não participava dos massacres sancionados por Marius. Eles deveriam ter lhe dado uma chance de voltar com sua honra. Mas ele sangrou até morrer em um banquete em algum buraco ibérico.

— Perperna assumiu o comando das forças de Sertorius?

— Sim.

— E você ficou com ele?

Navio arregalou os olhos.

— Eu era um tolo, entende? Meu pai disse que devíamos esperar até que Perperna derrotasse Pompei antes de tomarmos uma atitude contra ele. Eu segui o conselho dele. — Navio engoliu em seco. — Vou me arrepender disso até o dia de minha morte.

— O que aconteceu?

— Foi simples. Perperna não era nem de longe o líder que Sertorius foi, então Pompei acabou conosco em menos de dois meses. Meu pai e meu irmão mais novo foram mortos na batalha final. Consegui escapar, mas a maioria dos sobreviventes foi feita prisioneira. Acredito que deveria ser grato por uma coisa. Pompei deu perdão a todos os homens que ofereceram lealdade a Roma, exceto Perperna. Ele o executou.

— Parece que sabia o que aconteceria — disse Carbo emocionado. — Então, você aceitou a oferta de Pompei e voltou para casa?

— Como? — perguntou Navio, irritado. — Aceitar perdão depois do modo como o Senado tratou Sertorius? Eu preferia estar preso em um saco com um cachorro, um galo, um macaco e uma víbora e ser jogado no Tibre.

— Por que você não tentou lutar na Espanha?

— Pompei estabeleceu termos generosos para os grupos ibéricos não terem vontade de continuar lutando. Sertorius foi um orador e pode ter mudado de ideia, mas sou apenas um soldado comum. Não sabia o que fazer, por isso peguei o caminho de volta a Neapolis. *Para casa*. — Navio disse as palavras com raiva. — Para onde todo mundo agora sai correndo para lamber o traseiro de homens como Pompei e Crassus.

— O que você planeja fazer?

— Vou travar uma guerra contra o Senado. Contra Roma. Quero vingar Sertorius. Pela minha família.

— Você vai fazer isso sozinho?

Navio riu.

— Acha que sou louco, não é?

— Não louco. — "Maluco por tanto pesar e culpa, talvez?" — Sua causa é perdida, você sabe. Ninguém pode assumir a República em uma batalha aberta e vencer.

— E daí? Prefiro manter meu orgulho a me curvar aos gostos do maldito Pompei. Ele foi, supostamente, o melhor general da República, mas ainda assim Sertorius o derrotou, não uma vez, mas duas! — Navio se inclinou para a frente para segurar o ombro de Carbo. — Pronto. Aposto que você não achou que escutaria uma história assim quando entrou na hospedaria. E, se quiser uma bela quantia, só precisa me entregar às autoridades de manhã. Acredito que a recompensa atual para os oficiais rebeldes que não se entregaram é de duzentos denários. Nada mal, não é?

— Não vou fazer isso.

— Por que não?

— Não preciso de dinheiro! — brincou Carbo. — Não, é por mais do que isso.

— Você também detesta Roma? — perguntou Navio com animação. — Ainda há quem apoie Marius.

— Também não é isso. — Carbo observou o rosto de Navio e percebeu sua sinceridade. "Ele colocou sua confiança e sua vida em minhas mãos. E poderíamos usá-lo." Respirou fundo. — Mas eu sigo um homem que detesta.

— Você está caçoando de mim.

— Não. — Carbo olhou nos olhos de Navio. — Dou a minha palavra.

— Ele deve ser leal a Marius.

— Não, ele não apoia Marius.

— Não entendi.

— Jure que não vai contar a ninguém.

— Juro pela minha vida.

— Ele é um gladiador — disse Carbo.

— Um gladiador?

— Sim, da Trácia. Há cerca de seis meses, liderou uma fuga do ludo em Cápua. Havia apenas 73 homens no começo, mas milhares de escravos se uniram a nós desde então. Spartacus os está treinando para lutar.

— Você é tão maluco quanto eu! — Ao ver o orgulho nos olhos de Carbo, a expressão de Navio mudou. — Não, você está falando sério.

— Nunca falei tão sério.

— Como, pelos deuses, você passou a seguir um gladiador fugidio?

— É uma longa história — respondeu Carbo. — Entrei no ludo como um auctorato. Lá dentro é um mundo diferente. Não existe diferença entre um cidadão e um homem que se tornou escravo. Por ser jovem e inexperiente, a vida era difícil para mim. Spartacus me ofereceu proteção, então me tornei um de seus seguidores. Fugi junto com ele.

— Uma bela história, mas gladiadores não são como soldados treinados. Você será derrotado na primeira batalha.

Em voz baixa, Carbo contou a Navio a história do ataque ao acampamento de Glaber.

— Oitenta homens derrotaram três mil legionários? É um feito incrível. — Navio assoviou em respeito. Em seguida, franziu o cenho. — Não é a primeira vez, pensando bem. Os escravos que se rebelaram contra Sicília conquistaram algumas vitórias até serem derrotados.

Carbo lançou os dados de novo.

— Por que não se une a nós? Spartacus é o único entre nós com experiência no treinamento do exército de Roma. Mas há escravos demais para ele instruir.

— Você está me oferecendo um emprego?

— Não posso fazer isso. Mas o levarei a Spartacus. Pode pedir a ele.

— Você tem que recrutar homens?

— Não. — Carbo explicou sua missão. — Claro que não posso contar a ninguém.

Navio entortou os lábios.

— Nesse caso, ele não vai nos crucificar?

— Acho que não.

— Você *acha que não*? — Navio riu baixinho. — Hum. Eu arriscaria a minha vida só para perguntar a um escravo fugidio se posso lutar para ele?

O coração de Carbo se acelerou. Se Navio dissesse não, ele provavelmente teria que matá-lo. Caso contrário, sua história poderia se espalhar por Cápua no dia seguinte.

— Por que não? — respondeu Navio. — Parece mais interessante do que lutar em uma guerra sozinho.

Carbo se sentiu aliviado.

— Ótimo. Vamos beber a isso — disse ele. Seu alívio durou poucos instantes. Em meio ao estupor causado pelo álcool, ele teve um pensamento bem claro. "Pelos deuses, e se eu tiver cometido o maior erro de minha vida?" Apesar de sua atitude, era bem possível que Spartacus matasse os dois. Bebeu mais vinho.

Em vez de fazer a coisa mais sensata e ir para a cama, Carbo e Navio continuaram bebendo. Em meio a isso, firmaram a amizade, jurando lealdade um ao outro a cada taça de vinho. Quando se deitaram, os primeiro feixes de luz surgiam no horizonte. Em pouco tempo, foram despertados pelo forcado do funcionário da hospedaria. Assim que acordaram, ele os mandou para o pátio. Com os olhos vermelhos e a cabeça latejando, os dois se entreolharam.

— Estou me sentindo péssimo — disse Carbo.

— Só existe uma cura para isso — disse Navio. Tirando a túnica, foi até o cocho das mulas, que tinha sido enchido por um escravo. Pegou um balde, encheu de água e jogou sobre a cabeça. — Pelos deuses, como está gelada! — Repetiu o procedimento diversas vezes, e então entregou o balde a Carbo. — Agora você.

Tremendo, Carbo passou pelo menos processo.

— Está se sentindo melhor? — perguntou Navio, com água escorrendo pelo corpo.

— Um pouco.

— É a vingança de Dionísio, como meu pai costumava dizer.

— É melhor eu ir para o mercado para ver o que consigo descobrir. — Tentando ignorar a cabeça que latejava, Carbo se secou com um monte de palha e vestiu a túnica.

Navio ficou animado.

— Podemos conseguir pão e queijo lá. Nada como um pouco de comida para acalmar o estômago, não é?

— Talvez. — À luz fria do dia, o plano de Carbo de levar Navio ao acampamento de Spartacus parecia menos interessante. Entretanto, não podia voltar atrás. Tinha dado sua palavra ao homem. Diversas vezes.

O mercado de Neapolis ficava no fórum principal, uma grande área aberta no centro da cidade. As inúmeras barracas, tendas e redis móveis eram cercados por templos, construções do governo e as mansões dos ricos. Apesar de ainda ser cedo, estava lotado.

Havia tendas repletas de repolho, cebolas, cenouras, chicória e pepinos. Enormes montes de sálvia, coentro, erva-doce e salsinha estavam organizados com cuidado sobre as mesas baixas. Várias moscas sobrevoavam as peras, maçãs e ameixas maduras. Tinha até alguns pêssegos. Os insetos eram atraídos por eles quase tanto quanto pelos potes de mel ali perto. Queijos redondos, cobertos com tecido para se manterem frescos, eram empilhados uns sobre os outros. Os padeiros tiravam pães ainda quentes de dentro do forno. Crianças pequenas observavam gananciosamente doces oferecidos. Açougueiros se mantinham diante dos grandes blocos de madeira, empunhando cutelos e anunciando a qualidade das carnes frescas. Gado, carneiros e porcos gemiam infelizes nos redis ao redor.

Atraídos pelo cheiro, Carbo e Navio foram a uma barraca onde uma mulher corpulenta fritava linguiças. Cada um comprou duas. Carbo permaneceu ali, conversando com a mulher enquanto comia. Quando foi anunciado que os homens de Spartacus estavam invadindo as terras de um vizinho, muitos palavrões foram ditos, mas ninguém falou sobre os soldados.

A mesma história se espalhou por todo o mercado. Ao comprar vários pães e frutas, Carbo conversava com os vendedores, mencionando Spartacus aos quatro ventos. Não era de se espantar que ninguém tivesse nada de bom a dizer sobre o líder, mas, para satisfação de Carbo, nada foi dito sobre forças de Roma.

Depois de uma hora, ele se deu por satisfeito e partiu. Havia bebido muitos copos de suco de fruta e a dor na cabeça tinha diminuído bastante. Navio também parecia mais alegre.

— Ainda quer ir comigo? — perguntou Carbo.

— É claro — respondeu Navio, com um sorriso torto. — Como disse, sou apenas um mero soldado. Sozinho não chegarei a lugar algum. Então, se seu líder me guiar contra Roma, vou segui-lo até Hades.

Carbo sorriu de modo confiante. Com falsidade. Não tinha dúvidas de que, se Spartacus não gostasse do que ele havia feito, os dois seriam crucificados no mesmo dia. "Vamos torcer para que ele veja a mesma coisa que vi em Navio."

CAPÍTULO XIV

Virando-se levemente para que os senadores não percebessem, Crassus levantou a toga, tomando cuidado para que ela ficasse por cima de seu braço esquerdo. Quando chegou a hora de falar ele teve que se recompor, e, no Senado, estar com a toga bem asseada era imperativo. Ali, todos tinham que ser a incorporação do *virtus* romano. Crassus estava sentado com outros seiscentos e poucos senadores na Cúria, a construção oblonga que havia abrigado o governo da República por meio milênio. Com cerca de sessenta passos de largura por oitenta de comprimento, era uma construção simples de alvenaria com frente de cimento. Na parte superior das paredes, janelas de vidro — algo raro — deixavam muita luz entrar. Uma fachada triangular mostrava uma obra de arte de madeira pintada da tríade de Júpiter, Minerva e Juno. Dos dois lados, havia imagens de Rômulo e Remo, os fundadores de Roma, e de Marte, o deus da guerra.

No interior da Cúria, a única mobília eram os três bancos de mármore que se estendiam pela sala e as duas cadeiras de pau-rosa em um estrado baixo na ponta. Ali, protegidos por seus lictores, estavam dois cônsules — os homens eleitos para governar Roma a cada 12 meses. Crassus observou Marcus Terentius Varro e Gaius Cassius Longinus de soslaio. Apesar de suas posições importantes, era difícil não se referir a eles com desdém. Os dois eram homens que sempre diziam "sim", figuras fáceis de manipular e que tinham sido escolhidas por um político mais poderoso. Pompei Magnus colocara Varro à frente e Marcus Tullius Cicero era o principal banqueiro de Longinus. Crassus contraiu os lábios. "Poderia ter sido eu. E, para dizer a verdade, os dois são apenas um sinal dos tempos."

A República era então uma fera enfraquecida em comparação com seus dias de glória de séculos atrás. A lei antiga que postulava que nenhum homem deveria ser cônsul mais de uma vez em dez anos tinha sido descartada por líderes como Marius, Cinna e Sulla. Não voltaria em breve. Os desejos expressados por Sulla ao abrir mão do poder tinham sido totalmente ignorados. "O plano dele nunca teria dado certo", pensou Crassus. Não quando jurados do Senado costumam ser culpados por corrupção explícita. Não quando presunçosos como Pompei se recusam a desfazer seus exércitos e os usam para se oporem ao Senado. "Roma precisa de homens como eu, fortes o suficiente para se defender de caloteiros e agressores."

O bater de fasces no chão de mosaico pôs fim ao murmúrio das conversas e atraiu a atenção de Crassus. "Vamos à questão urgente: Spartacus e seu bando de degoladores, e os pretores que estão sendo enviados para acabar com eles. No processo, eles apagarão dos livros de registro a humilhação sofrida por Glaber." Claro, Glaber, o tolo, já estava morto havia muito tempo, condenado a morrer com a própria espada em castigo por seu enorme fracasso. Sua propriedade fora tomada pelo Estado e sua família, exilada. Os oficiais que serviam abaixo dele tinham sido rebaixados. Contudo, isso não significava que o assunto poderia ser esquecido. Longe disso.

— Silêncio! — disse o lictor, uma figura imponente com uma dúzia de condecorações no peito. — Levantem-se todos para receber o cônsul Marcus Terentius Varro.

Seiscentos senadores se levantaram.

Varro, um homem baixo com barba quadrada, assentiu para Longinus, seu vice-cônsul, antes de olhar para os homens da sala, para as fileiras de senadores.

— Respeitosos amigos, todos vocês sabem por que estamos aqui hoje. Não preciso lembrá-los dos acontecimentos infelizes em Vesúvio há alguns meses. Eles já foram discutidos em detalhes, e os responsáveis punidos.

Houve uma comoção que reverberou pelo teto abobadado.

— Dois dos pretores mais valiosos do Senado foram apontados para varrer o renegado Spartacus e seus seguidores da face da Terra. Publius Varinius vai comandar a missão. Ele será auxiliado por seu colega Lucius Cossinius e pelo legado Lucius Furius. — Varro parou por tempo suficiente para que os senadores assentissem em aprovação para os três homens uniformizados perto das cadeiras dos cônsules. — Foram feitos sacrifícios, e os presságios são favoráveis. A força deve sair amanhã. Varinius levará com ele seis mil legionários...

— Veteranos? — perguntou Crassus.

Quando Varro arregalou os olhos, surpreso, sussurros chocados foram ouvidos.

"A Hades com os bons modos", pensou Crassus com impaciência. "Todo mundo sabe a resposta, mas a pergunta precisa ser feita. Precisa ser registrada."

— Eles são veteranos, cônsul? — perguntou.

— Nã-não. Não sei o que isso tem a ver, pretor — respondeu Varro, com um tom intrigado.

— Nem mesmo o mais novo recruta para as legiões vale dez gladiadores fugidios.

— Isso mesmo! — gritou alguém.

— Os malditos vão morrer de medo quando virem nossos soldados chegando — gritou outro.

Varro parecia satisfeito.

— Exatamente.

— De acordo com essas figuras, Spartacus deve ter atacado o acampamento de Glaber com, deixe-me ver... três mil legionários — disse Crassus em voz alta.

Um silêncio estranho se fez.

— Mas, ainda assim, soubemos que ele não tem seis legiões de seguidores, mas, sim, uma reles centena de homens.

— Vamos, Crassus — disse Varro, tentando assumir o controle. — Glaber foi atacado de modo covarde, no meio da noite. Isso não vai acontecer de novo, pode ter certeza. — Olhou para Varinius, que assentiu com vigor. — Dessa vez, enviaremos seis mil legionários. Que grupo de escravos vai se opor a uma legião assim, não é? Será um massacre!

Os senadores começaram a rir, e o rosto de Varro se relaxou.

Crassus esperou com cautela até o barulho acabar.

— O que você diz provavelmente está correto. Deixe-me ser claro: não estou duvidando da qualidade dos soldados que serão mandados a Vesúvio, nem da habilidade de Varinius e de seus colegas.

— O que, em nome de Júpiter, você está dizendo? — perguntou Varro.

— O que estou dizendo é que esse Spartacus não é um escravo burro, que não faz ideia de como lutar. Ele não deve ser subestimado. Eu já o vi em ação.

Fez-se silêncio causado pelo choque.

— Onde? — quis saber Varro.

— No ludo em Cápua. Paguei por um combate mortal lá. Spartacus foi um dos dois homens selecionados pelo lanista. Ele venceu, obviamente. Falei com ele depois. O homem é um selvagem, mas é inteligente.

— Obrigado pelo seu conselho — disse Varro. — Mas Publius Varinius não é um tolo. Ele é mais do que capaz de lidar com um gladiador qualquer. Sua tarefa é simples e direta. Imagino que ele voltará aqui dentro de um mês, com a missão cumprida.

Varinius piscou para os colegas, que riram como crianças felizes. Lucius Cossinius, um homem de ombros largos, estufou o peito.

— Se eu tiver a oportunidade, vou lutar e matar Spartacus eu mesmo.

Riso e gritos de aprovação foram sua resposta.

— Estou ansioso para saber de tudo isso — disse Crassus, dando um passo para trás em meio à multidão. — Não digam que não os alertei.

Cossinius riu.

"Idiota", pensou Crassus. "É melhor torcer para que seus homens acabem com Spartacus, porque você não teria a menor chance contra ele."

Carbo ficou feliz por não encontrar patrulhas de rebeldes até eles chegarem ao Vesúvio e passou pelos campos que cobriam os montes mais baixos. Quando enfim chegaram a um grupo de dez homens, Carbo foi reconhecido. O líder da patrulha aceitou sua palavra quando ele disse que Navio era outro escravo que havia se unido a Spartacus, e eles subiram em direção à cratera.

— Agora você entende por que pedi para você tirar o cinto?

— Caso contrário, eles saberiam que sou um soldado.

— Exatamente. E você se tornaria comida para eles. — Carbo apontou para dois urubus que sobrevoavam a área.

— Justo. Seria estupidez ser morto antes de sequer tentar explicar minha situação — admitiu Navio. — Ele olhou para o pico acima deles. — É um bom lugar para escolher um acampamento. Difícil de nos aproximarmos. Fácil de defender.

— Não podemos ficar ali para sempre, no entanto. O próximo comandante a chegar não vai cair na mentira que contamos a Glaber. Ele acabaria conosco.

— Para onde Spartacus vai agora?

— Para o sul, eu diria. Para longe de Roma.

— Isso faz sentido. Ele falou da Sicília?

— Por quê? Por causa das revoltas dos escravos lá? — Ele não havia pensado na Sicília antes, mas não era um soldado, como Navio.

— Sim, eu diria que duas rebeliões de larga escala dentro de trinta anos torna o solo fértil para recrutas, não acha?

Carbo corou.

— Onde conseguiríamos navios para transportar milhares de homens?

— Os piratas cilicianos navegam nessas águas. Tenho certeza de que alguns de seus capitães aceitariam ofertas.

— Os piratas venderiam as próprias mães como meretrizes se conseguissem um bom preço.

— Não estamos em condições de exigir nada. Não haverá muitos candidatos dispostos a carregar um exército de escravos.

Irritado e, ao mesmo tempo, impressionado, Carbo não respondeu. Estavam se aproximando da cratera, e ele ficou nervoso. "Pare com isso! Navio seria valioso a qualquer líder."

Eles encontraram Spartacus orientando um grupo grande de escravos. Ele os havia separado em pares, armados com escudos e espadas, lutando uns contra os outros, e corria entre eles, gritando ordens e reprimendas. Atheas e Taxacis estavam ali perto, sob a sombra de uma árvore. Olharam para Navio com clara desconfiança. Ao perceber isso, a pele de Carbo se arrepiou de medo. Ele parou.

Navio olhou para ele, preocupado.

Carbo reuniu coragem.

— Spartacus!

Spartacus virou-se. Olhou para Navio e, então, para Carbo.

— Você voltou. — Parando para corrigir o modo como um escravo de pele escura segurava o escudo, ele se aproximou. Como sombras, os citas também se aproximaram. — Quais são as notícias?

— Não soube de nada a respeito das tropas de Neapolis.

— Isso era de se esperar, acho. Eles provavelmente não veem a necessidade de virem de mais de uma direção. — Spartacus percebeu a surpresa de Carbo. — Você não foi o primeiro a voltar. Aventianus retornou ontem à noite. Parece que um grupo grande está prestes a sair de Roma. Dois pretores, um legado e seis mil legionários. O pretor responsável é Publius Varinius. Eles chegarão aqui em menos de uma semana.

— Merda. — "Qual é a utilidade de Navio agora?"

— Pode repetir isso. — Spartacus sorriu, seus olhos, porém, brilhavam. Fez um meneio de cabeça para Navio. — Este homem é alguém que você pegou no caminho de volta?

— Pensei que ele nos seria útil.

— Claro que será. Toda espada a mais conta... mesmo que os homens que a usarem estiverem mais acostumados a segurar uma enxada ou uma pá. — Spartacus observou Navio. Demorou-se nos cabelos, e Carbo ficou ainda mais preocupado. — Você já segurou um gládio?

— Muitas vezes — respondeu Navio com coragem.

— É mesmo? — Spartacus olhou para os citas.

Sem uma palavra, Atheas e Taxacis se colocaram ao lado dele.

Spartacus voltou a olhar para Carbo.

— Pode explicar?

Carbo não conseguiu pensar em nada para dizer além da simples verdade.

— Ele é um soldado romano.

Ele não teve tempo de acrescentar que Navio queria se unir a eles. Atheas e Taxacis deram um passo à frente ao mesmo tempo, empunhando as espadas. No instante seguinte, os dois estavam com a lâmina da espada encostada nos dois lados do pescoço dele. Navio teve o cuidado de não mover um músculo, mas olhou para Carbo.

— Conte a minha história!

Os citas olharam para Spartacus.

— Devemos matá-lo? — perguntou Atheas.

— Daqui a pouco — disse Spartacus. Seu rosto ficou tomado pela raiva, como Carbo nunca vira. — Você vai com esse imundo para

Hades, Carbo, se não conseguir me convencer do contrário. Não aceito de bom grado que soldados romanos entrem em meu acampamento, principalmente quando convidados por um de meus homens.

— Não é o que parece — disse Carbo em desespero. — Navio não é a favor do Senado! Tem lutado contra Roma há anos. Era um dos homens de Sertorius.

— Sertorius?

— Já ouviu falar de Marius?

— Claro.

— Sertorius era um de seus homens.

Spartacus demonstrou ainda mais ódio.

— É melhor se esforçar mais. Lembro-me de quando Sulla passou pela Trácia a caminho de Pontus. O maldito deixou um rastro de destruição por muitos quilômetros. Não acredito que Marius teria feito diferente se chegasse a esse ponto.

— Sertorius não foi assim — protestou Carbo. A expressão de Spartacus não mudou, então, ele continuou: — Depois da morte de Marius, as coisas se viraram contra os incentivadores dele na Itália, por isso Sertorius fugiu para a Ibéria. Assim como Navio e sua família. Sertorius logo reuniu um exército dos grupos ibéricos. Conseguiu um amplo território para si e derrotou as legiões enviadas contra ele pelo Senado em diversas ocasiões. Ele se manteve firme durante boa parte de uma década, mas foi assassinado por um traidor há alguns meses. O general Pompei Magnus teve pouca dificuldade em acabar com seus incentivadores depois disso. Navio sobreviveu à batalha final e voltou para Neapolis, sua cidade-natal.

— Por que você não morreu com sua própria espada? — perguntou Spartacus a Navio. — Pensei que os romanos fizessem isso depois da derrota.

— E fazem — disse Navio, acrescentando com firmeza: — mas isso poria fim à luta. Ainda quero me vingar de Roma. As mortes de meu pai, de meu irmão e de Sertorius não foram pagas com sangue.

— Ainda que o que você diz seja verdade, você é só um homem. Uma espada. Por que me arriscaria em aceitá-lo? — Spartacus passou um dedo pelo pescoço. — Se meus homens matarem você, poderão apenas jogá-lo do penhasco. Assim, eu teria algo a menos com que me preocupar.

— Porque ele pode ajudá-lo a treinar nossos homens! — gritou Carbo, consciente de que se Navio fosse condenado à morte, os dois seriam executados. Atheas e Taxacis o matariam sem pestanejar. "Júpiter, cuide de mim agora." — Navio é um oficial e um soldado veterano. Tem anos de experiência orientando os homens a lutarem como legionários.

Spartacus rodeou Navio como uma serpente prestes a dar o bote.

— É verdade?

— Sim. Quase todos os nossos soldados eram ibérios. Eram guerreiros e corajosos também, mas não tinham a menor noção de disciplina ou de luta como unidade. As ordens de Sertorius eram para que todos os novos recrutas aprendessem a lutar do modo romano. Já fiz isso com centenas de homens.

A expressão de Spartacus se tornou calculada, e Carbo prendeu a respiração.

— O que você faria com estes homens aqui? — Apontou para os escravos atrás dele.

— Quanto eles treinaram? — A voz de Navio era firme.

— Depende. Alguns estão aqui há semanas, então treinaram muito, mas novos homens chegam todos os dias. A maioria teve instruções com gládio e espada durante uma ou duas semanas. Alguns tiveram apenas alguns dias.

— Quantos homens são?

— Um pouco mais de três mil no total. Cerca de cem deles são gladiadores ou guerreiros.

Navio afastou com firmeza a espada de Atheas e, em seguida, a de Taxacis. Os citas olharam para Spartacus; este, no entanto, não disse nada.

— Devo dizer o que eu faria? — perguntou Navio.

Spartacus assentiu, tenso.

— Organizaria suas tropas em grupos romanos. Seis unidades com cerca de quinhentos homens, divididos em seis séculos. Eles precisarão de oficiais, pelo menos dois para cada século.

— Continue — disse Spartacus.

Preparado para esse assunto, Navio falou por algum tempo, descrevendo como instruiria os escravos para lutar em unidades, mantendo os escudos próximos uns dos outros e usando as espadas apenas como armas de ataque. Para reagir a comandos básicos feitos com instrumentos, como trombeta ou apito. Para avançar apenas quando recebessem o comando, e se retirar em ordem. Depois de um tempo, ele parou.

— Se houvesse mais tempo, subiríamos e desceríamos a montanha com eles todos os dias, e também os treinaria contra o *palus*. O básico pode vir mais tarde, se nós vencermos.

"Ele poderia formar um exército." Spartacus sorriu.

— Nós?

Navio corou.

— Quis dizer "vocês".

— Hum. — Spartacus olhou para Carbo com frieza. — Pensei que você fosse leal.

— Eu sou!

— Mas, ainda assim, achou que deveria desobedecer às minhas ordens.

— Eu...

— Você contou a outra pessoa quem era e o que estava fazendo em Neapolis — repreendeu Spartacus. — Como se não bastasse tamanha tolice, teve a ousadia de trazer um soldado romano para o meu acampamento!

— Porque imaginei que ele pudesse nos ajudar — explicou Carbo, pensando na injustiça da situação. — Está claro que ele não pode. Nem eu. — Olhou para Taxacis e para Atheas. — Por que não continuam? Matem nós dois e pronto.

Erguendo as armas, os citas olharam ansiosos para Spartacus.

O coração de Carbo se acelerou e ele se preparou para o pior.

Navio ergueu o queixo.

— Então, você aprova esse romano... Navio? — perguntou Spartacus.

— Sim — respondeu Carbo, olhando para Navio. "Não me traia."

— E garante a permanência dele com sua vida?

— Sim.

— Certo. Nesse caso, Navio pode começar a treinar os homens comigo. Você também pode ajudar. Por enquanto, Atheas e Taxacis serão seus sentinelas. Ao menor sinal de traição, têm minha permissão para matar vocês dois. Da maneira que preferirem. — Com isso, os citas lançaram um olhar maldoso, e Carbo sentiu uma onda de náusea. — Ficou claro?

Os dois assentiram, concordando.

— Se provarem sua lealdade, eu os recompensarei bem.

Carbo sentiu a língua mais grossa dentro da boca.

— Obrigado — agradeceu.

— Não vai se arrepender, senhor — acrescentou Navio.

— Fico feliz em ouvir isso. — Spartacus deu um passo à frente e tocou o rosto do homem. — Também não precisa me chamar de "senhor". Não estamos nas malditas legiões!

— Como devo chamá-lo?

— Como todos me chamam: Spartacus. — Com isso, ele se afastou, fazendo um gesto para que o seguissem. — Vamos. Todos contam!

— Julguei você certo, não é? — murmurou Carbo para Navio.

— Sim — respondeu ele, sério. — Juro por todos os deuses que não sou espião. Detesto Roma do fundo do coração e farei tudo o que puder para ajudar Spartacus. Isso basta?

— Basta. Obrigado.

— Eu deveria agradecê-lo. Você, além de salvar minha vida, me deu um novo propósito. — Navio deu-lhe um empurrão no peito. — Vamos nos mexer. Spartacus está esperando.

Enquanto se afastavam, perceberam os dois citas observando seus passos.

Isso teve menos importância para Carbo do que achou que teria alguns minutos antes.

Seis dias depois...

Alertado pelo aviso, Spartacus se aproximou do carvalho, subindo de galho em galho. No meio do caminho, encontrou o sentinela, um pastor jovem que havia se unido a eles recentemente.

— Firmus? É este o seu nome?

Firmus sorriu por ele ter se lembrado.

— Sim, senhor.

Spartacus já havia desistido de pedir a seus homens que não o chamassem de "senhor", pois era inútil.

— O que você viu?

— Uma coluna romana, senhor.

Spartacus espiou pelo espaço entre as folhas verdes e grossas. A árvore na qual estavam ficava na beira de uma área ampla a mais de seis quilômetros da base do Vesúvio. O caminho que levava da Via Appia ao latifúndio na área ao redor passava por ela, tornando o ponto perfeito para uma emboscada. "Se valesse a pena", pensou Spartacus, ao ver a poeira erguida pelo grupo a quase um quilômetro. Eles poderiam ser derrotados.

Quando a notícia de que o inimigo se aproximava chegou, na tarde anterior, ele se reuniu com os três líderes gauleses. Em apenas cinco dias, a ajuda de Navio havia feito uma diferença notável no ânimo dos novos recrutas, mas isso não significava que a maioria não desertaria assim que visse os romanos. Spartacus dissera que usar os recrutas mais bem-treinados — incluindo os gladiadores, cerca de 1.300 homens — em outro ataque-surpresa era a sua melhor chance. O resto seria desnecessariamente mais arriscado. É claro que Crixus não tinha concordado com o plano, preferindo um ataque em ampla escala. Felizmente, os outros deram razão a Spartacus. Parecia que sua ideia de usar cordas feitas com vinha e o sucesso obtido com o ataque ao acampamento de Glaber ainda tinham certo peso.

Os escravos recém-chegados disseram que o comandante romano havia dividido a força em três. Se essa informação estivesse incorreta e a força total de Varinius de seis mil legionários estivesse se aproximando, eles simplesmente fugiriam. Abandonariam Vesúvio naquela noite e iriam em direção às montanhas ao leste. Na segurança do terreno escarpado, Spartacus sabia que eles poderiam ser uma pedra no sapato dos romanos durante meses, se não anos. Exatamente como ele queria fazer na Trácia. A animação — e o orgulho — tomaram conta dele ao analisar o que havia conseguido até aquele momento. Mesmo quando o desânimo de Crixus e de Castus no treinamento era levado em conta, os gladiadores estavam em uma posição muito melhor do que quando Glaber chegara. "Que os relatos dos escravos sejam verdadeiros", pensou Spartacus. "Enfrentamos nada menos do que dois mil soldados sob o comando do legado Lucius Furius."

Eles estavam de prontidão desde bem antes do amanhecer. A espera tinha sido longa. Agora, Spartacus estava aliviado por saber que, de um jeito ou de outro, algo aconteceria logo. Observou atentamente quando as primeiras tropas apareceram. Era a infantaria. Os legionários marchavam de seis em seis, com os escudos nas costas e um jugo com o equipamento que sobrava em um dos ombros. Cada um levava duas peças na outra mão, que serviam como peça de equilíbrio na marcha.

— Eles não têm cavalos. Por todos os deuses, por quê? — Spartacus viu o olhar confuso de Firmus. — Glaber também não tinha, é o erro mais básico que um comandante pode cometer. Poucos soldados enfrentam a cavalaria, muito menos os nossos homens, que quase não têm experiência militar. A presença de cavaleiros aumentaria muito as chances de sucesso dos romanos, mas os filhos da puta são tão arrogantes que não se importam.

Firmus deu de ombros.

— Somos apenas escravos, senhor.

— É?

— Somos apenas escravos. Por que eles precisariam de cavalos?

— Você tem razão, rapaz. — Spartacus riu da ingenuidade da pergunta. — É exatamente o que eles devem pensar. "Que pensem assim!" Olhou para os soldados em marcha de novo. Ainda nenhum sinal da cavalaria. Também conseguia ver o fim da nuvem de poeira. Teve a sensação de que havia menos homens do que cinco mil em uma legião marchando em direção a eles. Bem menos, na verdade. "Obrigado, Grande Cavaleiro." — Saia o mais tarde possível. Tome muito cuidado para não ser visto. Retorne à sua posição.

— Sim, senhor.

Spartacus desceu o caminho, que não passava de uma trilha ampla de terra em meio a árvores e arbustos. Olhou para trás na direção dos romanos e trotou para o Vesúvio, que podia ser visto acima das árvores.

Cerca de mil passos adiante, Spartacus viu os rostos de guerreiros dispostos entre os arbustos de cila e junípero.

— Abaixem-se, seus tolos — ordenou. — Isto não é brincadeira!

As cabeças desapareceram de vista.

Spartacus parou perto de uma murta retorcida. Flores brancas, parecidas com estrelas, cobriam a superfície. Ele fez uma careta ao pensar na ironia. As flores eram utilizadas para fins medicinais; assim como as folhas verdes-escuras. Talvez, mais tarde, eles tivessem tempo para usá-las nos feridos. "Se sobrevivermos." Ele havia escondido seus homens e também os de Gannicus — metade da força — à sua esquerda, e o resto à direita. Eles foram organizados em grupos de cem homens. Quando Navio começou o treinamento, parecia o mais lógico a se fazer. Os líderes gauleses reclamaram, porém, o fato de seus seguidores terem sido indicados como oficiais os tranquilizou. Todos os gladiadores que podiam lutar estavam ali, misturados aos novos recrutas. Clareiras tinham sido abertas na mata densa, amplas o bastante para que quatro homens atacassem por vez. Os espaços tinham sido preenchidos com galhos cortados, que poderiam ser removidos em um piscar de olhos.

— Gannicus! Castus! Crixus!

Os gauleses se aproximaram dele em um piscar de olhos. Todos usavam proteção no peito e capacetes de bronze com crina branca ou vermelha, e levavam escudos e gládios romanos. Spartacus sorriu. Pelos cabelos compridos e bigodes, eles pareciam legionários.

— Eles virão? — perguntou Crixus.

— Sim.

— Quantos são? — Gannicus estava sério.

— Não são os seis mil homens, nem mesmo cinco mil. Sei disso. Metade desse número, até menos. Também não vi cavalaria.

Gannicus cerrou os punhos.

— Vamos atacar?

— O que disse? — Crixus lhe lançou um olhar hostil. — Claro que sim!

Castus não se pronunciou.

— Perguntei a Spartacus, não a você, Crixus — retrucou Gannicus.

— Seu cachorro... — xingou Crixus.

— O que você disse? — Gannicus ficou irado, e levou a mão à espada.

Crixus ergueu as sobrancelhas.

— Quer brigar comigo? Venha!

— Não vamos discutir agora — disse Spartacus com firmeza. — Temos coisas mais importantes a tratar.

Como crianças repreendidas pelos pais, os gauleses se calaram, trocando olhares contrariados.

— Vamos lutar se eu mandar. Tomarei essa decisão no último minuto. Se acreditar que nosso ataque fracassará, não usarei isto. — Spartacus levantou o apito de osso do centurião pendurado em um barbante no pescoço. A pedido de Navio, o antigo acampamento de Glaber havia sido saqueado para que fossem retirados objetos. Cada gaulês tinha um.

— Todos vocês conhecem o som dele. A menos que me escutem apitar, deem a ordem para que seus homens fiquem abaixados. Vamos ficar abaixados, escondidos, até que os romanos saiam. É preciso que nossos homens entendam isso! Se um desses romanos bastardos nos virem de relance, estaremos fodidos. Entendem?

Todos assentiram, embora o rosto de Castus revelasse uma expressão duvidosa.

— Mas se escutarem o apito, apitem também e ataquem imediatamente com as armas.

— Quando você vai apitar? — perguntou Gannicus.

Spartacus apontou para a curva na estrada, cerca de trezentos passos em direção a Vesúvio.

— Quando a vanguarda desaparecer. — Encarou Crixus. — Sua posição é a mais próxima da curva. Sabe que não deve deixar ninguém se adiantar?

Crixus resmungou concordando.

"Ótimo. Ele acha que tem o trabalho mais importante. Tolo." Spartacus estava completamente errado.

— Não se esqueça de apitar assim que puder. Caso contrário, posso não conseguir segurar meus homens — alertou Crixus.

Spartacus rangeu os dentes, com raiva.

— Se eles aparecerem depressa demais, minha emboscada falhará.

— Depende de você não apitar depressa demais — retrucou Crixus, com um olhar malicioso.

Spartacus foi tomado pela fúria. "É uma péssima hora para discutir", concluiu. Não conseguiu pensar em nada além de chamar a atenção de Crixus.

— O que foi? — perguntou ele, tirando o barbante do pescoço para entregá-lo ao gaulês. — É isso o que você quer? Se for, é melhor remanejarmos os homens depressa.

Imediatamente, os outros se mostraram desanimados.

— É tarde demais para isso — disse Gannicus. — Os malditos romanos chegarão a qualquer momento. Deixe assim, Crixus — aconselhou ele. — Não importa muito quem vai soar o maldito apito. E Spartacus escolherá o momento certo. Não acha, Castus?

Spartacus prendeu a respiração.

— Ele fará isso — resmungou Castus.

Crixus contraiu a mandíbula com raiva.

— Faça isso, então — ordenou ele a Spartacus. — Não me importo.

Spartacus assentiu brevemente.

— Lancem apenas uma leva de dardos. Mirem baixo. — A maioria dos homens nunca tinha atirado lanças; contudo, ele insistiu para que todos se armassem com algumas das centenas de armas deixadas no acampamento de Glaber. Mesmo que fossem lançadas por novatos, elas causariam confusão a uma distância tão curta e gerariam muitas perdas. Assim como os núbios e seus bodoques. — Quando eu der o segundo apito, comecem.

Castus ainda não estava satisfeito.

— E se eles fizerem a formação e a mantiverem? Nossos homens nunca ultrapassarão a parede de proteção romana.

— Tem razão — respondeu Spartacus, dando de ombros. — Vamos recuar e fugir pela mata. Mas só façam isso se escutarem três apitos seguidos. Caso contrário, ataquem.

— Ainda parece uma loucura enorme — protestou Castus.

— Como assim? — perguntou Crixus.

— Temos menos homens. A maioria é de escravos, com pouco treinamento, mas, ainda assim, estamos prestes a atacar milhares de legionários. Em plena luz do dia.

"Grande Cavaleiro, não permita que ele desista agora."

— É ótimo, não? — Spartacus sorriu, confiante. — Bem melhor do que lutar em uma arena ridícula para alegrar uma multidão romana.

Castus permaneceu olhando para ele, e então sorriu.

— Verdade.

— Vamos ensinar a esses filhos da puta uma lição da qual nunca se esquecerão — prometeu Crixus, voltando a relaxar.

Spartacus percebeu a incerteza no olhar de Gannicus. "Mesmo se Crixus for muito tolo para ver e Castus for convencido, Gannicus sabe que nosso destino está por um fio. Pelos deuses, como eu gostaria que Getas e Seuthes estivessem aqui com duzentos guerreiros do nosso grupo. Mas eles não estão."

— Lembrem-se: Ariadne disse, hoje pela manhã, que os presságios são bons.

Gannicus pareceu mais contente.

— E ela sabe das coisas.

— Exatamente! — Spartacus agradeceu a Dionísio. Desde que revelara o que Ariadne dissera sobre seu sonho, ela passou a ser mais respeitada. Ele pôs a mão no ombro de Gannicus. — Está pronto para repetir o que fizemos com Glaber?

— Sim!

— Em posição, então. Lembre-se: esperem pelo meu apito.

Esperou todos se afastarem e conferiu a estrada pela última vez. Nada. Desembainhando sua sica, Spartacus foi para trás da murta. Ali encontrou Carbo, que estava assustado. Navio estava ao lado dele, animado. Atheas e Taxacis estavam mais para trás. "Eles não serão necessários", pensou Spartacus. Se Navio é um traidor, não posso julgá-lo. Nem Carbo pode.

— Pronto?

— Sim — respondeu Carbo. — Eles estão vindo?

— Estarão aqui em breve.

Carbo endireitou os ombros.

— Estou pronto.

— Que Marte nos guie com sua lança e seu escudo — rezou Navio, muito entusiasmado.

— E também o Grande Cavaleiro — acrescentou Spartacus. "Permaneça ao meu lado, como tem feito até agora."

Spartacus andou de um lado para o outro, parando em alguns momentos para murmurar palavras de incentivo no ouvido de seus homens e lhes dar tapinhas nas costas. Disse que eram soldados corajosos, e que seus atos daquele dia seriam lembrados por cem anos. Mentindo, disse que os legionários que estavam se aproximando eram covardes que fugiam ao ver escravos com espadas. A maioria riu ao escutar isso, mas foi um riso nervoso, e Spartacus sabia que suas palavras seriam esquecidas assim que a batalha começasse. Então, como sempre, cada homem teria que agir sozinho, assim como cada um dos camaradas. O impacto das lanças. A surpresa e o medo que o ataque deles causaria nos romanos. O número de legionários que matariam nos primeiros minutos. Se todos esses fatores estivessem a favor deles, talvez houvesse uma chance.

Spartacus segurou a sica com mais força. "Se as coisas virarem contra nós..."

Ele tinha sido o lado vitorioso de combates vezes o suficiente para saber o que acontecia com os derrotados. Seria uma turba. Soldados que se desgarrassem seriam a presa mais fácil de matar. O medo tomaria conta deles, e eles perderiam a razão e abandonariam a disciplina. Os escudos seriam as primeiras coisas que largariam. Em seguida, as espadas. Camaradas que tropeçassem ou caíssem seriam ignorados ou até pisoteados. Muito poucos tentariam se defender. Simplesmente fugiriam. E os legionários eram mestres na caça a homens assim. Era comum que dez combatentes inimigos fossem mortos em cada investida romana. Se os escravos fugissem, o terror se tornaria ainda mais proeminente.

"Pare. Tenho pedido isso há anos: a chance de liderar um exército contra Roma mais uma vez. A oportunidade de vingar a derrota de meu vilarejo e a morte de Maron."

Ao escutar o som de homens correndo, Spartacus se aprumou.

Firmus apareceu na clareira no minuto seguinte.

— Eles estão vindo!

— A que distância estão?

— Eu os observei pelo arbusto. Não mais do que meio quilômetro, senhor.

Spartacus apurou os ouvidos. Só conseguia escutar o som de milhares de sandálias pisando o chão em uníssono.

— Viu algum cavaleiro?

— Não, senhor.

— Quantos você acha que são?

Firmus se retraiu.

— Não sei bem, senhor. Mais do que consigo contar.

Spartacus se controlou para não demonstrar irritação. "Ele é só um pastor, assim como os outros novatos. Não estão acostumados a estimar a quantidade de inimigos."

— Tudo bem. Atravesse a estrada e diga a Castus e a Crixus que os homens deles devem preparar as lanças. Mas que só devem atacar quando eu apitar!

Firmus assentiu e partiu. Logo, o espaço foi preenchido com galhos.

— Lanças preparadas! — gritou Spartacus. — Espalhem a notícia.

Os murmúrios começaram quando a ordem foi repassada aos homens em posição.

— Vamos lutar? — perguntou Carbo. Este ficou aliviado por saber que não era possível escutar seu estômago revirar.

— Ainda não sei — admitiu Spartacus com uma piscadela. — Depende de quantos malditos houver.

— Entendo. — Carbo sorriu do modo mais confiante que pôde.

— É normal se sentir nervoso — disse Spartacus, baixinho. — Será a nossa primeira batalha. A maioria dos homens está tremendo como vara verde ou rezando loucamente para todos os deuses. É normal que os soldados vomitem ou urinem nas roupas. Você não está fazendo nada disso. Está firme, pronto para lutar. — Agradecido, Carbo sentiu sua determinação aumentar. — Bom rapaz. Sei que você vai se sair bem. — Spartacus virou-se para espiar entre os galhos do caminho.

— Ele sabe o que dizer — sussurrou Navio no ouvido de Carbo. Carbo se virou e ficou feliz por não ver nenhum sinal de crítica nos olhos de Navio. — É uma das características de um grande líder.

— Eu o seguiria a todas as partes — disse Carbo com intensidade.

— Silêncio! — gritou Spartacus.

Eles se agacharam e ficaram em posição.

Em pouco tempo, só se ouvia o som dos passos dos legionários que se aproximavam.

Apesar de Spartacus tê-lo tranquilizado, o estômago de Carbo continuava embrulhado. "Podemos ser mortos." Ele sentiu a saliva acumulando-se ao redor da língua, e precisou se esforçar muito para não vomitar. Um pio estridente o distraiu, e ele olhou para cima e viu um pássaro preto na árvore. A ave inclinou a cabeça, e, com os olhos marejados, observou com desconfiança as fileiras de homens escondidos. A ave piou de novo. E mais uma vez.

"Devemos estar no território dele. O maldito vai nos entregar."

Spartacus levantou o braço e chacoalhou a mão. Para alívio de Carbo, o pássaro preto voou para longe, ainda piando. Se algum dos legionários percebesse, pensaria que tinha sido a presença deles o motivo pelo qual a ave voara. Ele secou as palmas das mãos, uma por vez, na barra da túnica e dobrou o braço direito de novo. Ainda não havia se acostumado com o peso da lança, mas Carbo vinha treinando com ela todos os dias. Agora, na maioria das vezes, conseguia acertar um alvo. Tentou não pensar no fato de que aquele objeto entraria na carne de romanos.

"Este é o caminho que escolhi. As legiões não me aceitaram. Estou com Spartacus agora."

CAPÍTULO XV

O tempo se arrastou. O coração de Carbo batia disparado. "Onde eles estão?" Viu, pelo canto do olho, certa movimentação e olhou para a direita. Por entre os galhos, enxergou as túnicas vermelhas e a malha prateada dos legionários que passavam. Sentiu-se nauseado de novo, porém com mais intensidade. Carbo mordeu o lábio inferior até sentir gosto de sangue. Para seu alívio, a dor foi maior do que o enjoo. Focou no inimigo. "Inimigo, é isso o que eles são." Dez fileiras passaram, e então vinte. Trinta. Cinquenta. E eles continuavam avançando, olhando para os dois lados. Estavam tão próximos que o barulho era ouvido claramente. Alguns cantavam hinos de guerra; outros reclamavam da distância percorrida; e haviam aqueles que ainda amaldiçoavam Spartacus e seus escravos covardes, que eles matariam. Gritavam.

A tensão se tornava insuportável. Carbo olhou para Spartacus, cujo apito estava preso entre os lábios. E então, para Navio, cujo rosto também estava tenso. Até mesmo Atheas e Taxacis estavam inclinados para a frente como cães prontos para atacar. Depois deles, os escravos pareciam ainda mais nervosos. Carbo sentiu vontade de gritar com Spartacus: "Você vai nos dar o maldito sinal?"

Spartacus estava alheio à ansiedade de seus homens. Ainda não sabia o que fazer. A decisão errada faria com que seus homens fossem massacrados. O que ele mais queria saber — quantos romanos havia — só ficaria claro depois que todos tivessem passado. Até lá, seria tarde demais. Mais uma fileira de legionários apareceu. Nenhum deles tinha mais de 22 anos. "Por mais numerosos que sejam, eles não parecem veteranos experientes." Ao perceber isso, a incerteza de Spartacus desapareceu. Ele respirou fundo e soltou o ar com toda a força no apito.

O som subiu ao céu. Todos escutariam.

Spartacus impulsionou o braço para trás e atirou sua lança, num movimento baixo e curto.

Os gauleses soaram seus apitos em seguida.

O instinto de Carbo tomou as rédeas da situação e ele lançou seu *pilum*. Ao seu lado, sentiu Navio e os dois citas empunhando os deles. Centenas de outras lanças apareceram dos dois lados e, rapidamente, a parte de cima dos arbustos tinha uma camada bizarra de madeira e de metal. E então as armas desapareceram, caindo entre os legionários despreparados como uma chuva mortal.

Piiiiiiii!!!

Spartacus afastou os galhos da frente do caminho. Carbo e Navio se apressaram para se postar ao lado dele.

Os gritos de confusão chegaram aos ouvidos deles em cacofonia.

— Mexam-se! Mexam-se! — gritou Spartacus. — A velocidade é tudo!

Dois minutos depois, o espaço foi aberto. Carbo observou a confusão de olhos arregalados. A formação organizada havia se desfeito. Em vez de fileiras precisas de legionários, ele só via uma massa de homens atordoados gritando. Havia soldados caídos por toda a parte. Muitos estavam mortos, mas a maioria estava ferida, gemendo de agonia e segurando as lanças que os haviam ferido. Carbo não encontrou nenhum oficial ao redor.

Spartacus bateu a sica no escudo uma, duas, três vezes.

— ATACAR! — Com isso, ele partiu em disparada.

Gritando como malucos, Atheas e Taxacis foram os seguintes.

"Não posso deixar Navio sair antes de mim", pensou Carbo. Sentiu seus pés se mexerem sozinhos. "Júpiter, o maior e melhor, proteja-me." Ele já havia empunhado o gládio, mantendo-o junto ao lado direito do corpo. Com apenas os olhos visíveis sobre a borda de metal de seu escudo, ele se lançou à frente. Outros homens fizeram o mesmo. Os legionários estavam de dez a 15 passos de distância. Carbo se surpreendeu com os olhares chocados. "Eles não sabem o que os atingiu!"

Abismado, ele observou Spartacus.

— Pela Trácia! — gritou Spartacus, batendo o escudo no de um soldado que parecia ainda mais novo do que Carbo. O impacto fez o oponente recuar vários passos e perder o equilíbrio. Spartacus partiu para cima dele como um raio. Sua sica brilhou à luz do sol, um esguicho de sangue subiu. As pernas do jovem legionário sofreram espasmos e relaxaram.

— Cuidado! — alertou Navio.

Tarde demais, Carbo virou a cabeça para Spartacus. Mal teve tempo de ver o rosto irado de um legionário cuja cabeça não estava raspada, a menos de três passos, com o gládio em direção aos olhos dele, que se abaixou atrás da curva do escudo e ouviu a lâmina passar acima de sua cabeça. Escutou-se um baque quando o escudo do legionário bateu no dele, e Carbo hesitou. Rapidamente, deu um passo para trás e conseguiu se preparar quando o legionário avançou de novo. A espada do homem passou por cima do escudo e acertou a proteção de seu peito. Carbo levantou a cabeça, ciente de que, se não acertasse logo um golpe, seria o seu fim. Conseguiu ver a espada de Navio passar pela armadura do legionário e adentrar a lateral de seu corpo. O homem caiu no chão. Com um urro, Navio puxou a arma. A ira substituiu o pânico em Carbo, e ele se aproximou e enfiou o gládio na boca aberta do legionário, que gritava. Seu braço sofreu um impacto quando o cabo da arma bateu nos poucos dentes que restavam do homem.

Gemendo, Carbo puxou o gládio. Viu, de relance, uma bocarra vermelha e dilacerada e dois olhos arregalados e sem vida antes de Navio bater em seu capacete.

— Siga em frente! Fique perto de Spartacus!

Em seguida, tudo se tornou um borrão, uma sucessão de cenas desconexas que Carbo teve dificuldade para lembrar depois. Atravessou o caminho com Navio para ficar ao lado de Spartacus. Viu Atheas e Taxacis ao lado de seu líder. O bater de armas e os gritos dos homens eram tão altos que ele mal conseguia ouvir os próprios pensamentos. Teve que empurrar corpos, alguns com vida, outros aos berros. Formou um paredão de proteção com os outros homens. A voz grave de Spartacus incentivando-os a avançar. Os gritos de Atheas e Taxacis, que para Carbo mais pareciam gritos de demônios de Hades. O bater repetitivo com seu gládio. Viu os legionários caírem, um atrás do outro, com as lâminas enterradas em seus rostos, barrigas e virilhas. Riu como um louco. Avançou. Voltou a matar. Viu que o sangue dos homens que matava cobria não só toda a sua lâmina como também o seu braço direito. Esquecera-se por completo de que os homens contra os quais combatia eram seus próprios compatriotas.

— Pronto! Pronto! — gritou Spartacus.

Carbo observou o brasão vermelho na proteção de cabeça de um centurião descer e subir atrás dos legionários mais próximos. Ao lado do oficial, havia um homem com um protetor feito de pele de leão portando um estandarte brilhante. Ouviu os gritos desesperados do centurião perto do homem que levava o estandarte. Spartacus apontou para a mão prateada cercada por uma guirlanda.

— Peguem isso e eles estarão perdidos! — Ele se lançou sobre os romanos, sem olhar para ver se alguém vinha atrás.

Spartacus não fazia ideia de como a batalha se desenrolava em outras partes, mas na área em que ele lutava, seus homens estavam se dando muito bem. Não seria preciso muito esforço para tornar a batalha a favor deles. Já tinha visto antes o efeito causado quando um estandarte era tomado. A coragem se esvaía das veias dos legionários com a mesma rapidez com que eles eram degolados. Suas pernas se enfraqueciam e eles fugiam como covardes. Claro que não era tão simples. Para defender um estandarte, eles tomavam atitudes suicidas de coragem. Porém, no calor da batalha, Spartacus sabia que aquela seria sua próxima tarefa. Torcia para que os gauleses também estivessem se saindo bem.

Exatamente naquele momento, um legionário que empunhava um gládio com a lâmina quebrada partiu para cima de Spartacus. O trácio derrubou facilmente a arma com um movimento do escudo e deu um golpe com a sica na virilha do soldado, abaixo da proteção do tronco. Ela escorregou como faca em um queijo. Spartacus não se deu o trabalho de repetir o golpe. Acertara uma artéria importante na virilha do romano.

O escudo de Atheas bateu no lado esquerdo do dele. Ele abriu a boca deixando à mostra dentes manchados.

— Pegamos... o estandarte?

— Sim!

Unidos, eles derrubaram dois legionários e mais outro, sozinho. E então, entre eles e o homem que segurava o estandarte não havia ninguém além do centurião, um homem baixo com nariz aquilino. Vestia uma proteção de couro por cima da armadura coberta pela fálera e uma pulseira de ouro envolvia seu braço direito.

— Combaterei vocês, um por vez! — gritou o centurião.

Spartacus percebeu que Atheas olhava para ele e começava a se afastar. Uma ira profunda tomou conta dele.

— O que você acha que é isto? O maldito ludo? — berrou para o centurião. — Você é só mais um romano de merda. Comigo, Atheas.

Eles trocaram de lado, movendo-se com cuidado pelo chão coberto de sangue.

O centurião era um homem corajoso. Não recuou. Não podia avançar sem colocar em risco o homem que segurava o estandarte, por isso levantou o escudo e se preparou para o ataque.

— Vamos, desgraçados — provocou. — Já matei homens melhores que vocês!

Spartacus não estava interessado em mostrar suas habilidades com a espada.

— Pronto?

O cita assentiu.

— Agora! — gritou Spartacus. "Ele vai tentar me matar primeiro. Sabe que sou o líder."

Conforme o esperado, o centurião partiu em direção a ele. O romano usou o movimento clássico de ataque duplo, seguido de um forte golpe do gládio. Mas Spartacus estava preparado para tal movimento e se virou, recebendo o escudo do romano pela lateral, desviando da lâmina mortal do outro e esperando que o centurião fosse para a esquerda. Onde Atheas o esperava. Sem equilíbrio, o oficial não teve tempo para reagir e se defender corretamente. A arma do cita avançou, penetrando a proteção de face do capacete e rasgando um de seus olhos até se alojar no fundo do crânio. Pedaços de massa encefálica se espalharam quando Atheas puxou o gládio e o centurião caiu como uma pedra dentro de um poço.

Spartacus partiu em direção ao homem com o estandarte, que tinha apenas um pequeno escudo redondo para se defender. O guerreiro sabia que a morte estava bem à sua frente, porém, não fugiu. Afastou-se com cuidado, gritando para chamar seus companheiros. De soslaio, Spartacus viu vários legionários se virarem na direção deles. Sentiu a adrenalina correr por suas veias. Se não pegasse o estandarte naquele instante, nunca o faria. Também estaria morto. Com uma careta, Spartacus se movimentou com o escudo. Então balançou a espada e a empunhou na direção oposta da que seria a esperada: da esquerda para a direita. O soldado percebeu, e apesar disso não teve o que fazer além de erguer o estandarte. Se não tivesse feito isso, teria perdido a cabeça. No entanto, a sica de Spartacus passou pela superfície de madeira do estandarte e abriu um corte profundo no pescoço do homem.

Um grito fino e agudo foi emitido, mas Spartacus não estava interessado nisso. Exultou quando a mão dourada, arrancada do resto da placa, caiu para um lado. Ouviu lamentos de desespero no mesmo instante. Pegou o pedaço de madeira com a mão presa e jogou a peça para Atheas.

— Cuide disso como cuidaria de mim!

Taxacis, Carbo e Navio chegaram logo depois.

— Formem um círculo ao redor do estandarte! — ordenou Spartacus.

Rapidamente, os quatro cercaram Atheas e se prepararam para defendê-lo a qualquer custo.

Pelo menos dez legionários já se aproximavam deles, e Carbo se preparou para morrer.

Foi então que um urro assustador ressoou.

Carbo se assustou; Castus havia chegado à cena. Tinha quatro gauleses ao seu lado, todos berravam gritos de guerra a plenos pulmões. Os cinco homens estavam cobertos, da cabeça aos pés, de sangue vermelho vivo. Os capacetes, rostos, braços e armaduras estavam tomados por sangue. Era impossível dizer se o sangue era dos romanos ou deles, mas o efeito era o mesmo. A aparência dos cinco era chocante, pareciam demônios do submundo. Os legionários estancaram. Rindo, Castus e seus homens se lançaram aos romanos, cujos rostos estavam tomados pelo terror. Sem hesitar, os legionários se viraram e correram.

— Atrás deles! — gritou Spartacus. — Não deem tempo a esses merdas para pensar!

Uivando como lobos, Carbo e os outros o seguiram.

Cerca de uma hora depois, tudo terminou. Spartacus andava de um lado para o outro, olhando para centenas de legionários que fugiam para o norte. Quase não restara espaço para que eles se movimentassem.

Havia corpos por todos os lados: cobertos por manchas vermelhas, desmembrados e com lâminas na barriga. Armas romanas inutilizadas podiam ser vistas espalhadas pelo chão.

— Conseguimos. — A palavra de Carbo denotava grande surpresa e choque.

— Isso mesmo — retrucou Spartacus, sorrindo de satisfação. — Normalmente, só uma coisa pequena já basta para criar pânico. Mas quando começa, parece uma praga. Não tem como parar.

— O ponto-chave foi quando você pegou o estandarte.

— E o ataque maluco de Castus. É uma pena não termos matado mais homens. Ainda assim, foi o esperado. — Spartacus apontou para os escravos mais próximos. Eles gritaram em meio aos romanos feridos, matando qualquer um que encontrassem e saqueando partes de armas. — Eles ainda não são soldados. Nessas circunstâncias, nós nos saímos bem.

"Puxa!", pensou Carbo. "Foi incrível!"

— Quantos acha que escaparam?

— Difícil dizer. Metade deles, talvez mais. Não importa muito. O que importa é que vencemos! — Os dentes de Spartacus pareciam mais brancos em contraste com o sangue em seu rosto. — Vencemos, Carbo, e é disso que os homens se lembrarão. É isso o que os escravos num raio de 160 quilômetros ouvirão. Guarde o que direi: a nossa quantidade de homens dobrará de novo na próxima semana.

O entusiasmo de Spartacus foi contagioso, e Carbo se sentiu ainda mais animado.

— O que faremos agora?

— Vamos continuar treinando os homens. — Spartacus hesitou, e então olhou para Carbo com seus olhos acinzentados. — Não me esqueci de quando você trouxe Navio para o acampamento, sabe? Em outra época, eu mataria quem cometesse tamanha transgressão.

Carbo sentiu o suor se acumular na sobrancelha.

O rosto de Spartacus se suavizou um pouco.

— Fico feliz por não ter feito isso. Eu o observei lutar hoje. Navio não é amigo de Roma. Também é excelente militar.

— Eu...

Spartacus ergueu a mão.

— Estou convencido de que os homens lutaram melhor hoje devido ao que Navio ensinou a eles. Agradeço a você. E também a ele.

Carbo sorriu como um tolo.

— Não podemos nos manter complacentes. Na atual conjuntura, hoje tivemos uma pequena vitória. Os outros seis mil legionários precisam ser encontrados. Quero saber o que estão fazendo.

— Você vai combatê-los?

— Em uma batalha aberta? Não, se puder evitar. Vamos tentar surpreendê-los como fizemos aqui. — "Como eu teria feito na Trácia, se tivesse oportunidade."

A ideia de criar uma emboscada para mais compatriotas deixou Carbo muito animado. "Por que não me sinto um traidor?", perguntou-se. Seu coração respondeu no mesmo instante. Spartacus acreditava nele. Confiava nele.

À exceção de Paccius, ninguém mais havia feito isso.

Ao voltarem para o acampamento, Carbo foi conversar com Egbeo, um gladiador trácio grandalhão que era um dos seguidores mais leais de Spartacus. Ficou abismado ao saber, por Egbeo, que Amatokos, o homem de Chloris, fora morto durante a luta contra os soldados de Furius.

— Ao que parece, ele matou mais de seis legionários até sua espada falhar — contou Egbeo com amargura. — Foi isso. O coitado não teve a menor chance depois disso. — Carbo sentiu uma forte onda de alegria ao receber a notícia, mas logo fingiu lamentar.

— Ele vai direto para Elísio.

A carranca de Egbeo se suavizou um pouco.

— O paraíso dos guerreiros? Ah, sem dúvida. Acredito que o próprio Cavaleiro vai receber Amatokos.

Carbo murmurou concordando, porém, já pensava em quando poderia falar com Chloris. Se não agisse depressa, outro guerreiro poderia se aproximar dela. Em contrapartida, não queria parecer mórbido. O corpo de Amatokos nem sequer havia sido enterrado. Então, decidiu esperar. Provavelmente, o enterro seria feito naquela noite, e as chances de alguém se aproximar de Chloris antes do dia seguinte eram pequenas.

Carbo não teve a oportunidade de conversar com ela na manhã seguinte. Muitos romanos mortos tinham sido despojados de suas armas e armaduras, mas ainda havia muito equipamento espalhado pelo campo. Spartacus ordenou que cada homem fizesse sua parte, mantendo guarda, ficando atento a Varinius ou recolhendo gládios, escudos e espadas. Carbo atuou com suas tropas, carregando as mulas tiradas do acampamento de Glaber, que tinham sido muito úteis. Ficou feliz quando o trabalho terminou, principalmente porque ficaria livre das moscas que tomavam o local e do fedor de morte que invadia suas narinas: uma mistura forte de cheiro de sangue, fezes, vômito e urina.

A primeira coisa que fez quando voltou para o acampamento foi despir-se e tirar a crosta de sangue de seu corpo. Em seguida, depois de vestir sua única túnica limpa, ele seguiu na direção da tenda que Chloris dividira com Amatokos. Ao escutar um som de vozes, Carbo acelerou o passo.

Escutou a voz de Chloris primeiro.

— Deixe-me em paz!

— Pensei que você gostaria de ter companhia. — Carbo não reconheceu a voz grave.

— Não, não quero. Saia e deixe-me em paz.

No mesmo instante, a atitude do homem mudou.

— Aja dessa maneira, se quiser, bonita. Gosto de mulheres duronas.

Chloris gritou e Carbo passou a correr. "Graças aos deuses estou com minha espada." Logo em seguida, entrou em cena. Chloris estava encurralada na entrada de sua tenda, com as mãos empurrando defensivamente um homem que vestia uma cota de malha.

— Vai resistir? Prefiro assim.

— Ei! Desgraçado! — Carbo desembainhou a espada sem sequer perceber. — Lutarei contra você!

Lentamente, o homem se virou. Seu rosto era estreito como o de uma fuinha, e Carbo o reconheceu como um dos poucos samnitas que tinham fugido do ludo. Seus lábios se entortaram, e ele levou a mão em direção ao cabo da arma.

— Quer lutar?

— Fique longe dela! — ordenou Carbo. — Ela não quer saber de um monte de merda como você.

Ele riu.

— Ela não estava protestando muito.

— Seu imundo! Estuprar lhe causa satisfação?

A fúria de Carbo aumentou, e ele se lançou à frente, movendo o gládio em direção à barriga do samnita. Assustado, o homem tropeçou para o lado.

— Está maluco, porra?! Vai me matar por causa dessa puta?

— Ela não é puta — vociferou Carbo, avançando mais duas vezes, sem que o homem tivesse qualquer chance de empunhar a espada.

— Certo, certo, já entendi. Não vou discutir com um dos bajuladores de Spartacus.

Erguendo as mãos, o samnita assustado se retirou.

Carbo cuspiu quando o homem saiu. Só relaxou quando ele saiu de seu campo de visão. Chloris o observava com os olhos escuros marejados quando Carbo voltou.

— Sinto muito por não ter chegado aqui antes.

Ela deu um passo na direção dele.

— Você veio em boa hora. Obrigada.

— Não foi nada.

— Muito pelo contrário. Ele ia me estuprar.

— O imbecil não vai voltar se der valor às próprias bolas.

Ela sorriu.

— Por que ele não vai voltar?

Carbo corou, percebendo que, ao afastar o samnita, havia deixado algo bem claro. Estranhamente, sentiu-se mais assustado com isso do que com qualquer outra coisa. Chloris se aproximou, olhando-o com os olhos escuros e profundos. "Maldição! Diga logo!"

— Você quer...? — hesitou.

— Ser sua mulher? Sim, quero. — Ela se aproximou e recostou a cabeça no peito dele.

— Certo. — Sem jeito, já que segurava a espada na mão direita, ele a abraçou. Seus dedos percorreram a pele de suas costas, e ela se aconchegou nele. Permaneceram assim por alguns minutos. Carbo não sabia o que fazer em seguida. Sentiu-se tímido como um virgem. Quando Chloris olhou para ele e o beijou, ele sentiu uma onda de alívio. O arrepio percorreu todo o seu corpo. Nunca imaginara que beijar podia ser tão prazeroso. Abrindo os lábios, Carbo sentiu a língua dela resvalar na dele suavemente. Reagiu sem jeito, assustado por nunca ter feito aquilo antes. Chloris não pareceu notar, e aos poucos ele ganhou mais confiança. Levou a mão ao seio dela, envolvendo-o. Era muito macio. Encontrou o mamilo e apertou com delicadeza. Chloris gemeu baixinho, um gemido de prazer, então Carbo repetiu o movimento. A mão esquerda desceu pelo corpo dela, em direção à sua genitália, e ela se afastou.

— Venha comigo. — Ela segurou a mão dele e o levou para dentro de sua tenda.

Ali, com a porta de couro fechada, Carbo ficou sem palavras quando Chloris se abaixou e segurou a barra do vestido com as duas mãos. Levantando a peça e tirando-a pela cabeça, jogou-a no chão. Estava nua por baixo do vestido, exceto por uma faixa de tecido ao redor do quadril.

Ele manteve o olhar fixo nos seios firmes, com os mamilos marrons. Quando desceu os olhos para apreciar o corpo, abriu a boca, horrorizado, pois percebeu as pontas de várias cicatrizes na barriga, no peito e na área abaixo dos braços.

— Pelos deuses do céu.

Como se ele tivesse pedido, Chloris se virou, revelando seus ferimentos. Suas costas eram totalmente marcadas. Carbo observou a pior delas, uma cicatriz comprida e roxa que mais parecia uma queimadura.

— Quem fez isso com você?

— O pirata capitão que me sequestrou da Grécia — sussurrou.

— Ele devia ser um animal — disse Carbo. — Por que fez isso?

— Isso lhe dava prazer. Só conseguia ficar excitado quando me batia. Então, ele... — hesitou.

Carbo se sentiu nauseado. "O samnita não foi diferente. E aqui estou eu, querendo sexo também."

Ela pegou o vestido e se cobriu.

— Você me considera asquerosa. Todo mundo acha isso.

— Não! Eu, não! Acho você linda. Parece uma estátua de Diana ou de Juno com vida.

— É mesmo?

— Sim — disse Carbo, apaixonado.

Chloris soltou o vestido de novo. Esticou o braço para tocar o braço dele, causando um forte arrepio em Carbo. Ela riu ao ver a reação dele.

— Você é tão romântico quanto corajoso. Gosto disso.

— Gosta?

— Claro. Gostei de você desde a primeira vez em que o vi no ludo. Eu estava com Amatokos, então...

— Infelizmente ele foi morto — mentiu Carbo.

— Os deuses têm seus motivos. E agora, você entrou na minha vida. — Ela estava tão perto que Carbo podia sentir a respiração dela em seus lábios. Nenhuma moça, exceto as prostitutas, já havia se aproximado tanto dele, e ele estremeceu de tensão e de desejo.

— Então, você me considera atraente?

Ele sentiu a língua grossa e paralisada, como uma prancha de madeira dentro da boca seca.

— Sim.

— Tem certeza?

Ele olhou nos olhos dela.

— Pelos deuses, sim!

— Então, beije-me.

Carbo obedeceu. O fato de Chloris querer que ele a protegesse de outros guerreiros, de ela possivelmente ter se aproximado de outros homens e ter sido rejeitada devido às cicatrizes era inacreditável. Ela parecia gostar dele, e era o que importava. Ele não protestaria, pois isso colocaria em risco a magia do momento. Era com *aquilo* que ele sonhava havia muito tempo. Ela começou a alisar o pênis dele e, depois de alguns minutos, Carbo perdeu a capacidade de raciocinar.

Lucius Cossinius suspirou satisfeito e se recostou, fechando os olhos e deliciando-se na água quente. Depois do calor e da poeira no caminho de Roma, aquilo era puro prazer. A visão de uma piscina a céu aberto nos campos de um bom vilarejo enquanto seus homens procuravam um lugar para acampar tinha sido uma tentação grande demais para evitar. Naturalmente, o dono da propriedade ficou muito contente em receber um dos oficiais enviados pelo Senado para ajudar os moradores da região que estavam sob a ameaça de Spartacus. "Não mereço menos do que isso", pensou Cossinius. Tinha queimaduras do sol pelo corpo, as costas doíam e havia marcas da sela na parte interna das coxas. Claro que ele havia seguido a cavalo enquanto seus dois mil legionários marchavam, no entanto, Pompei estava a mais de 160 quilômetros da capital. Seria consideravelmente muito mais cansativo do que ele estava acostumado a aguentar. Sair à caça com os amigos, vez ou outra, era diferente de ficar em cima de um cavalo, do nascer ao pôr do sol, durante cinco dias seguidos. E, apesar de aquele ser seu primeiro ano como pretor, vivia em Roma havia muito mais tempo, viajando para todos os lados de padiola. "Como é meu direito."

Ciente da necessidade de mostrar disposição em liderar as tropas para a batalha, Cossinius agarrou com unhas e dentes a chance de se unir a Publius Variunius, seu amigo, como conselheiro. A missão deles era encontrar o grupo que, meses antes, de algum modo, fizera com que as tropas de Glaber fugissem. Cossinius escutara o relato de Glaber com os próprios ouvidos, mas ainda era difícil acreditar. Chegava a ser risível. Três mil legionários tinham sido derrotados por um pequeno número de gladiadores fugidios e escravos. Outra derrota-surpresa havia ocorrido na semana anterior, contudo, Cossinius deixou o assunto de lado. Lucius Furius, o legado que havia comandado um terço da força de Varinius, também era um tolo. Ter sido emboscado perto de Vesúvio, perdendo centenas de homens, só podia significar que ele era um incompetente de marca maior. Depois de ouvir seu relato e absorver o resto dos homens de Furius em sua força Varinius o enviou para Roma. "Paciência. Os cinco mil legionários restantes são mais do que suficientes para separar algumas centenas de escravos. Haverá mais glória para mim e para Varinius."

Cossinius abriu os olhos. Excelente. A escrava, uma garota atraente de cabelos pretos em um vestido revelador, ainda estava ali. Ele a fizera tirar sua capa e armadura empoeiradas, o que tinha sido muito excitante. Ele levantou o braço.

— Mais.

Engoliu o vinho em dois goles. O dono da propriedade — qual era mesmo o nome dele? — dissera ter o seu melhor vinho antigo e, por todos os deuses, ele não estava mentindo. Tinha gosto de ambrosia, o vinho dos deuses. Cossinius entregou a taça a ela de novo.

— Mais.

Ao se inclinar para servir o vinho, ele teve uma visão excelente dos seios da escrava. Foi muito gratificante. De repente, ele a segurou pelo pulso.

— Talvez queira beber comigo?

— Sim, senhor.

A voz dela era monótona, mas Cossinius não se importou. O dia tinha sido longo. Ele estava excitado. Ela era uma escrava. O senhor dela não se importaria se ele transasse com ela. E mesmo que se importasse, o gordo não ousaria dizer nada. Quando percebessem, os soldados que estavam de guarda a vinte passos dali saberiam que o melhor a fazer seria desviar o olhar. Ele, Lucius Cossinius, era um pretor, abaixo apenas dos cônsules, e o escolhido para ocupar essa posição. Ele podia fazer o que bem entendesse. Pousando a taça, Cossinius se afastou da beira da piscina para ver melhor.

— Tire a roupa. Devagar.

Colocando a jarra sobre a mesa, a garota se levantou. Seu olhar era de resignação. Alheio a isso, Cossinius estreitou os olhos para observá-la. Não gostava muito das romanas de pele clara. Graças ao sol do fim da tarde, a pele da escrava era de um belo tom moreno. Ele via os mamilos pelo tecido fino do vestido dela. Sentiu seu pênis pulsar. O inferno que ele havia enfrentado nos últimos cinco dias começava suas recompensas, mesmo antes de eles terem derrotado Spartacus e seu bando de párias.

Ela levantou a barra do vestido devagar, como ele ordenara, parando um pouco antes da genitália. Cossinius prendeu a respiração quando ela o levantou ainda mais, revelando uma roupa íntima de linho. "Maravilha." Ele não gostava de mulheres sem roupa de baixo. A espera um pouco maior aumentava ainda mais seu desejo.

A barriga dela apareceu em seguida. Era magra, e a pele macia era apenas um pouco mais clara do que a dos braços e das pernas. Os ossos do quadril apareciam protuberantes dos dois lados, causando nele vontade de segurá-los por trás. Cossinius lambeu os lábios quando a parte inferior dos seios surgiu.

— Espere. Fique assim.

Calada, a escrava obedeceu.

Cossinius observou a beleza dela por mais alguns segundos.

— Tire.

Ela puxou o vestido por cima. Largou a peça no chão e olhou a distância.

— Olhe para mim. — Sem vontade, ela olhou para ele. Os olhos eram de um tom azul-claro, ele percebeu sem se surpreender. Os olhos a tornavam ainda mais desejável. — Agora, a roupa de baixo.

Os dedos magros dela chegaram à peça e empurraram o tecido para baixo.

Cossinius sentiu sua excitação aumentar.

Ela voltou a olhar além, para o espaço atrás dele. Suas mãos pararam.

Ele franziu o cenho.

— Bem, continue!

Ela pareceu levemente receosa.

Cossinius começou a ficar impaciente.

— Pelo amor de Júpiter, não vou bater em você. Tire a peça e entre na água.

Em vez de obedecer, a escrava abriu a boca e gritou.

Por fim, Cossinius percebeu quanto medo ela tinha e que ela não estava gritando para ele. Ele virou a cabeça, para os gramados que se estendiam paralelamente à extensão da piscina, dos dois lados. O que viu foi surreal. Cerca de vinte homens — armados — corriam pela grama em direção a ele. Mais homens apareciam de trás das árvores à beira do jardim da propriedade. Os líderes não estavam a mais de trinta passos de distância. A maioria dos invasores usava capacetes de bronze com brasão e carregavam escudos, porém, não eram legionários, isso estava claro. Os soldados romanos não tinham bigode nem cabelos compridos. Nenhum soldado romano seguia para a batalha com o peito à mostra nem gritava tão alto. O sangue de Cossinius correu gelado por suas veias. "Os homens de Spartacus."

Ainda gritando, a escrava se virou e fugiu de volta à propriedade.

Sua ereção murchou, e Cossinius saiu depressa da piscina. Só conseguiu pegar a capa vermelha do banco onde havia deixado as roupas e correu para se salvar. Todo o resto, desde a proteção para peito, o gládio de cabo de marfim, o capacete com brasão e a túnica de tecido fino, além do subarmal com forro, foi abandonado. Sem dúvida não havia tempo para calçar e amarrar as botas de dedos à mostra.

Cossinius viu seu medo refletido no rosto dos dez soldados que levara para lá para protegê-lo durante seu banho. O comandante deles, um homem de queixo pequeno, observou surpreso seu superior correndo na direção dele, nu. Cossinius não se importou com isso.

— Coloque os homens em formação! — gritou ele. — Prepare-se para uma ação de retaguarda enquanto dou o alarme!

A ordem era uma sentença de morte, e o comandante sabia disso. Hesitou e então retomou o autocontrole.

— Sim, senhor! — Ele olhou para os dez legionários, e alguns deles tinham começado a se afastar. — Vocês escutaram o pretor! Formem uma fila! Dupla!

Cossinius diminuiu o ritmo por tempo suficiente para ver que os legionários estavam obedecendo à ordem. Suspirando aliviado, ele correu em direção aos estábulos, onde seu cavalo havia sido deixado. Que os deuses permitissem que os selvagens não estivessem atacando de mais de um lado da propriedade. Ele só precisava de um momento de calma e poderia fugir. O acampamento estava a quinhentos passos. Rezou, com toda a força, para que Spartacus não o tivesse atacado ao mesmo tempo.

O curto percurso até o acampamento foi o mais longo de sua vida. Quando olhava rapidamente para trás, via que estava sendo perseguido. Dezenas de homens armados tinham se espalhado pela estrada, e havia outros surgindo da propriedade. Ciente de que não vestia nada além de sua capa, Cossinius incentivava o cavalo já cansado a seguir em frente, com movimentos desesperados dos pés. Em pouco tempo, viu, de lado, centenas de legionários de pé em um semicírculo ao redor de uma área retangular de terra — a muralha do acampamento temporário. Nunca ficou tão contente com a rotina de exército. Metade de seus homens — mil soldados — estava de guarda, enquanto os outros montavam um abrigo para a noite. O número seria mais do que suficiente para derrotar os escravos.

— Toque o alarme! — ordenou. — Toque o alarme!

Ninguém o escutou. Cossinius blasfemou e prendeu a respiração. Estava longe demais, e os desgraçados provavelmente fofocavam em vez de ficarem atentos a sinais de perigo. "O fato de estarmos em território seguro, a poucos quilômetros de Pompei, é irrelevante", pensou, furioso. Depois que os escravos fossem aniquilados, ele mataria o oficial responsável. Talvez até o torturasse.

— Inimigo à vista! Toque o alarme! — gritou de novo.

Por fim, os homens se viraram. Cossinius viu os rostos dos legionários se retorcerem quando perceberam que ele estava nu, e então, a expressão de choque e de hilaridade. Começaram a rir. Até mesmo os oficiais se esforçavam para não sorrir. Cossinius corou. Só conseguia imaginar como estava ridículo, um pretor nu sobre um cavalo, com a capa vermelha ao vento. No entanto, não havia nada a ser feito além de seguir na direção de seus homens.

— Estão surdos? — perguntou ao se aproximar. — Toquem o alarme!

O sorriso do centurião mais próximo desapareceu de repente.

— O alarme, senhor?

— Sim, tolo! A propriedade foi tomada! Meus guardas estão mortos, e a estrada atrás de mim está tomada por homens de Spartacus. Prepare as tropas!

O centurião era um veterano, ainda que seus soldados não fossem.

— Você escutou o pretor! — vociferou ao homem que tocava a trombeta. — Toque o maldito alarme! Agora! Quanto ao resto de vocês, adotem a formação. Vinte homens na frente, quatro filas atrás. Depressa! — Ele se virou para Cossinius. — Vá para dentro da muralha, senhor. Sua bagagem já está lá. Vamos conter os malditos até o seu retorno.

Assentindo levemente ao centurião, Cossinius seguiu com o cavalo. Quando a trombeta emitiu uma série de sons curtos e fortes, ele ficou satisfeito ao ver todos os legionários sendo colocados em formação por seus oficiais. Ninguém mais estava rindo de sua nudez. "Não vou demorar para me trocar. Então, podemos acabar com os idiotas." Conseguiu esboçar um sorriso. "Vou mandar levarem aquela escrava aos meus aposentos hoje à noite. Posso fodê-la para me confortar."

Pouco tempo depois, Cossinius se esqueceu totalmente do sexo. Vestiu um dos uniformes extras e um par de sandálias, passou uma faixa de couro sobre o peito para pendurar sua segunda melhor espada no ombro direito e enfiou um capacete na cabeça. Quando estava totalmente vestido, o terror que sentira na piscina desapareceu e deu lugar a uma fúria intensa. "Como eles ousam?", perguntou-se. "Escravos nojentos. Farei com que paguem." Acompanhado por alguns oficiais confusos que estavam perto de sua tenda, Cossinius seguiu diretamente para a entrada. Graças ao muro de proteção, que já era mais alto do que um homem, ele não podia ver o chão para além dele. Contudo, os sons da batalha, desconhecidos para seus ouvidos, formavam um barulho ensurdecedor enquanto eles passavam. Espada batia em espada; trombetas ressoavam sem parar. Gritos incompreensíveis ecoavam. Misturado a essa cacofonia, havia o som inconfundível de homens gritando.

Cossinius não gostou daquilo.

— O que está acontecendo?

— Não sei ao certo, senhor — respondeu o mais jovem dos dois oficiais, um jovem arrogante que tinha sido indicado para a posição graças apenas à fortuna de seu pai. Apesar de a formação de Cossinius ser parecida, este o odiava.

— Por que, em nome de Hades, você não sabe? É o seu maldito trabalho me informar a respeito do que está acontecendo!

— Sinto muito, senhor — desculpou-se o segundo oficial. — Da última vez que vimos, nossos rapazes estavam firmes.

— Firmes? — questionou Cossinius, sem acreditar.

— Sim, senhor. Tenho certeza de que quando o senhor aparecer, logo os derrotaremos.

— Isso! — Cossinius empunhou a espada e foi em direção à entrada, uma passagem estreita de dez passos de comprimento, formada no espaço construído entre duas partes da muralha. Deu um passo para trás, surpreso, quando um legionário de olhos arregalados entrou correndo. Cossinius viu que o soldado não tinha escudo nem espada. — O que isso significa?

O legionário se recompôs, observando a armadura enfeitada de Cossinius e os dois oficiais ao seu lado.

— Eu... nós... eles estão por toda parte, senhor. Há centenas deles... centenas.

— Então, o que você faz? Sai correndo? — Cossinius o acusou.

O legionário olhou de um lado para o outro, como um rato encurralado.

— Eu...

Fazendo uma careta, Cossinius mirou a espada abaixo da ponta da armadura do soldado e o acertou na genitália. Deixou o homem que gritava livrar-se da lâmina, e olhou para os oficiais, cujos rostos expressavam terror.

— Isto é o que o imundo merece! Agora, sigam-me.

Saiu, determinado a acabar com aquilo de uma vez. Como cãezinhos adestrados, os oficiais o seguiram de perto.

Cossinius não esperava encontrar o cenário de caos total que viu. Em vez de filas de legionários controlando o ataque sob a direção calma de seus oficiais, viu grupos isolados de homens lutando desesperadamente contra bandos de escravos que gritavam. No tempo que ele levou para observar o campo da esquerda à direita, viu pelo menos seis soldados arrasados. Lenta, mas inevitavelmente, suas tropas estavam sendo empurradas para trás ou, com mais frequência, arrasadas. Grupos de homens em ataque já estavam avançando pelos espaços entre os romanos em direção ao acampamento. Não havia ninguém para impedir o progresso deles.

O chão estava tomado por mortos e feridos, mutilados e cegos. Em grupos de três ou quatro homens, os legionários se retiravam ou até fugiam da luta. Indo de um lado para o outro, um centurião corajosamente tentava retomar o controle, mas não havia ordem, não havia padrão para a luta ferrenha. Das tropas espalhadas pelo acampamento, Cossinius não viu nenhum sinal. Olhou para a vala, onde ele os vira trabalhando. Estava repleta de ferramentas abandonadas. Ao longo da trincheira, havia tendas de abrigo e pirâmides de lanças. Ao perceber o que estava acontecendo, ele ficou ainda mais alerta. "Os malditos deixaram suas armas e correram." De repente, a boca de Cossinius ficou tão seca quanto a areia de um deserto. Esse tipo de azar não acontecia com ele. Metade dos homens sob seu comando não saiu correndo. Escravos não dominavam legionários comuns. "O mundo enlouqueceu."

— Senhor?

Cossinius teve a leve impressão de que alguém puxava seu braço.

— Quais são as ordens, senhor?

Ele olhou estupidamente para um oficial mais importante.

— Como?

O oficial fez um gesto para a matança com um braço trêmulo.

— O que devemos fazer, senhor?

Na mente de Cossinius, surgiu a imagem de Glaber caindo sobre sua espada. Ele não teria a infâmia daquele fim. Não deixaria uma mancha vergonhosa no bom nome da família. Seriam muito melhor morrer em batalha, enfrentando o inimigo com espada em punho. Ele sentiu um leve arrependimento. Não conseguiria transar com a escrava atraente.

— Vamos avançar — ordenou Cossinius com calma.

— A-avançar, senhor?

— Você entendeu. Os senadores e nobres romanos não fogem de escravos! — Ele se abaixou e pegou um escudo largado, cuja parte de trás estava manchada de sangue. "O sangue de seu ex-dono", pensou Cossinius, vagamente. — Peguem escudos, vocês dois. Vamos mostrar a esses filhos da puta como os romanos podem morrer.

— Sim, senhor!

O oficial pegou um escudo. Com vergonha, seu companheiro fez a mesma coisa. Empunharam seus gládios.

— Em posição, ao meu lado — ordenou Cossinius. — Fiquem próximos.

Quando os oficiais obedeceram, um grupo de escravos próximos viu o muro patético de proteção. Sem hesitar, eles partiram em massa, aos gritos. Espadas e lanças eram balançadas, prometendo a morte de todas as maneiras.

— Preparem-se para enfrentar um ataque inimigo! — berrou Cossinius. "Crassus estava certo", pensou amargamente. "Spartacus é um homem a ser respeitado."

CAPÍTULO XVI

O sol estava se pondo quando Spartacus passou pelo acampamento, que agora se espalhava por uma área enorme, muito além das proteções erguidas pelos homens de Glaber. Todos que o viam o cumprimentavam, e ele sorriu em resposta ou disse algumas palavras de incentivo antes de seguir em frente. Por dentro, Spartacus se incomodou com o número de rostos macilentos que via.

Após a derrota e morte de Cossinius, a onda de novos recrutas que o procuravam para se unir a ele — homens, mulheres e crianças —, havia se tornado uma verdadeira enxurrada. O acampamento no topo do Vesúvio lotara rapidamente. Com a vinda de um clima mais frio, ele tinha tomado a decisão de levar todo mundo aos restos do acampamento de Glaber na base da montanha. Apesar de isso garantir a proteção contra o frio extremo, não lhes dava a garantia de obterem alimentos.

Isso também os deixava livres para atacar Varinius, que havia reagrupado suas forças e acampava a cerca de oito quilômetros. Apesar do aumento das forças, Spartacus ainda não queria lutar contra os romanos em uma batalha aberta. Talvez cinco mil dos seus homens estivessem treinados de acordo com o padrão desejada por ele, porém, o resto não estava nem de longe preparado para um combate homem a homem; tampouco tinham equipamento suficiente. As correntes dos escravos davam a Pulcher e aos outros ferreiros grande quantidade de ferro para fazer espadas e lanças, e estacas afiadas só eram usadas na luta contra legionários totalmente cobertos por armadura. Às vezes,

Spartacus desejava estar na Trácia, com tantos guerreiros fortes quanto seguidores que tinha ali. Não pensou muito nisso, porque ter tantos trácios sob seu comando não passava de sonho. Sua luta para unificar os grupos contra Roma podia ter sido bem-sucedida, mas era possível que ele fosse morto durante a tentativa. Os homens dele ali eram reais. Ele só precisava treiná-los e impedir que o exército se dividisse. "Maldito Crixus!"

Pensativo, ele se aproximou da fogueira ao lado de sua tenda, onde Ariadne estava. Ela mexia o conteúdo de uma panela escura sobre as chamas. O ar expelido por Spartacus saía branco no ar frio. Ele esfregou as mãos e as estendeu em direção ao calor.

— Que cheiro bom. O que é?

Ariadne olhou para a frente.

— É o que sobrou do ensopado de ontem, só acrescentei água.

Ele deu de ombros.

— Os homens estão invadindo todas as fazendas, matando todas as presas que encontram. Mas os romanos estão por toda parte. É difícil caçar enquanto se mantém alerta à procura de uma patrulha inimiga. Pelo menos, temos algo para comer. Há outros homens no acampamento passando fome.

Ela suspirou.

— Sinto muito. Você já tem muito com o que se preocupar sem minhas reclamações.

— Tudo bem. — Ele envolveu a cintura dela com um braço. — Mas precisamos sair daqui. E logo.

Ela inclinou a cabeça para ele.

— Por que agora?

— Pode ser que tenhamos derrotado Varinius e seus homens duas vezes, e pode ser que tenhamos invadido o acampamento deles também, mas ele aprendeu com seus erros, e com os erros dos oficiais. As fortificações ao redor de seu novo acampamento são as mais altas que já vi, e a vala de defesa é profunda o bastante para abrigar um maldito navio. Seria mais fácil invadir Hades do que ela. — Ele franziu o cenho. — O inverno também se aproxima. Vai ser mais difícil encontrar suprimentos. A melhor maneira de evitar que as pessoas passem fome é encontrar um lugar mais seguro para acampar.

— Você está certo de que é tão simples assim? — Ela olhou para o rosto dele e usou a intuição. O mesmo pensamento a havia preocupado desde que tinham saído do ludo. — Deixe-me adivinhar: Crixus não vai concordar com sua ideia.

— Claro que não. Ele quer lutar com Varinius. Diz que apenas covardes fogem de um inimigo. Castus concorda com ele.

— Mas não estaríamos fugindo! Apenas nos mudando para uma base mais segura. — Havia outra opção, Ariadne pensou com culpa. Ela, Spartacus e mais alguns outros, os citas, os trácios e talvez Carbo, podiam partir. Deixar a Itália. Pensar nisso parecia covarde, então ela fez o melhor que pôde para tirar a ideia da cabeça.

— Eu disse isso a ele — contou Spartacus. — Não é como se não tivéssemos que lutar contra os romanos de novo! O teimoso não concordou. Está falando sobre ir embora, sobre levar os homens com ele. Pode ser que Castus também vá.

Os líderes gauleses logo perceberam que os recrutas que se reuniam eram uma fonte de soldados para os seus próprios grupos. Os três tinham ganhado grande popularidade entre incontáveis centenas de escravos. Se Crixus e Castus fossem embora, isso reduziria consideravelmente a força de Spartacus. Preocupada, Ariadne o encarou.

— O que você vai fazer?

— Vou comer meu ensopado, depois vou levar minha esposa para a cama. Talvez ela consiga espantar o frio de meus ossos. — Ele apertou o quadril dela.

Ariadne também queria a mesma coisa, mas forçou uma carranca.

— Estou falando sério.

O sorriso dele desapareceu.

— Sei que está. Já convoquei uma reunião para falarmos sobre o confronto de manhã.

— E?

— Com a bênção do Grande Cavaleiro, convencerei ambos a ficarem conosco. — Ele contraiu a mandíbula. — Se eles tiverem bom senso, também chegarão à mesma conclusão.

Ela se afastou dos braços dele.

— Coma — disse, pegando a capa. — Volto daqui a pouco.

Spartacus ergueu a sobrancelha.

— Aonde vai?

— Vou pedir o apoio de Dionísio. Precisamos de toda a ajuda que conseguirmos.

Os pensamentos de Spartacus a respeito de sexo desapareceram. Ele olhou seriamente para Ariadne desapareceu na escuridão. "Ela tem razão."

Sem querer se deitar antes de saber se Ariadne tinha novidades, Spartacus permaneceu diante da fogueira. Envolvendo-se com dois cobertores para afastar o frio, ele se serviu de uma tigela de ensopado e se sentou para comer. Comeu tudo em pouco tempo, mas seu estômago, que ainda roncava, era a menor de suas preocupações. Crixus. Tudo voltava ao arrogante e provocador Crixus. "Eu poderia lutar com ele de novo." Spartacus afastou a ideia de uma vez. Depois do primeiro confronto, o gaulês insistiria em lutar com armas. Mesmo que derrotasse Crixus, provavelmente teria que matá-lo, o que seria contraproducente. Não havia garantia de que Castus o apoiaria. "Enfrentá-lo também? Não, não posso lutar com todos no maldito exército. Deve haver uma maneira de convencê-los a ficar."

Mais de duas horas se passaram. A noite havia chegado, e a lua subia no horizonte distante. Esfriava cada vez mais, e o acampamento tinha se silenciado. À exceção dos sentinelas, todos haviam procurado o conforto de seus abrigos. Graças ao equipamento reunido depois de suas vitórias sobre Furius e Cossinius, um número considerável tinha tendas de couro. Encolhendo os ombros, Spartacus aproximou os pés do fogo. "Pode gear esta noite."

— Ainda está acordado — disse Ariadne, aparecendo da escuridão.

— Claro. — Ele observou o rosto dela à procura de pistas, mas ela se manteve inexpressiva.

— Sobrou ensopado?

— Sim, deixei metade para você.

Ela olhou para ele.

— Você precisa de mais comida do que eu.

— Já comi bastante — mentiu Spartacus, sabendo que ela costumava deixar a maior parte da comida para ele. Observou em silêncio quando Ariadne raspou a panela e se sentou para comer.

— Você não vai me perguntar se vi alguma coisa?

— Você viu?

— Sim.

Como sempre, ele sentiu um frio na barriga.

— O que foi?

Ela respondeu com uma pergunta.

— Quais são seus planos a longo prazo?

— Não tenho nenhum — respondeu ele, com honestidade. — No meu trabalho, é melhor não ter. Um guerreiro nunca sabe quando sua vida acabará.

— Você deve ter pensado nisso.

Ele refletiu sobre as palavras dela.

— Gostaria de reunir um exército, um exército adequado. Derrotar os romanos em uma batalha.

— Para quê? Isso não bastaria — retrucou ela. — Os malditos nunca desistem.

"Esse é meu plano desde que saí de meu vilarejo tantos anos atrás", pensou Spartacus. Depois disse:

— Eu sei. Mesmo depois que Hannibal acabou com o exército deles em Canas, eles não se desesperaram. Precisaram de quase vinte anos, mas o derrotaram no fim. E Hannibal tinha um exército adequado. O que eu tenho? Alguns milhares de escravos!

Ariadne nunca o havia escutado falar daquele jeito antes.

— Não desista — pediu ela.

— Você não entendeu — disse ele. — Tenho mais homens aqui do que os guerreiros de diversos grupos na Trácia. Não precisei lutar para unificá-los. Enquanto eles me seguirem, nunca vou desistir! Tampouco voltarei a ser escravo. Mas também conheço a realidade que enfrentamos. A República não se tornou a força que é sem motivo. Seu povo é orgulhoso, disposto a lutar e corajoso, mas, acima de tudo, é teimoso. A maioria das raças acaba por aceitar a derrota, incluindo os trácios — disse ele amargamente. — Mas não os romanos. Prefeririam ser derrotados a se entregarem. É esse simples fato que alguém como Crixus nunca vai entender. Varinius pode ser tudo, menos comandante de um grupo imprescindível ao Senado. As tropas dele são uma pequena parte da força de Roma. Sempre que os derrotamos, tornamos mais inevitável que números cada vez maiores de soldados sejam enviados contra nós. Por isso é tão importante não sair lutando contra Varinius como uma fera defendendo seu território, e sim fazer com que cada ataque aconteça no horário e local escolhidos por nós. Essa é outra verdade que Crixus não vê.

— Existe outra opção — ponderou Ariadne, com delicadeza.

Ele olhou para ela no mesmo instante.

— Qual? Deixar a Itália?

— Sim. Seria fácil fazer isso. Um grupo pequeno, viajando depressa, conseguiria evitar as tropas que estão à nossa procura. Carbo diz que estamos a cerca de quinhentos quilômetros dos Alpes.

— O inverno está chegando. Não se deve ir para as montanhas quando a neve está para cair.

— Hannibal as atravessou neste período do ano — afirmou ela.

— Mas ele estava *entrando* na Itália para lutar contra os malditos romanos. Não para fugir deles.

— Não é isso o que você faria — protestou Ariadne.

— Não? Supondo que voltássemos para a Trácia e derrotássemos Kotys, eu simplesmente me esqueceria de tudo o que estamos fazendo aqui? — Ariadne sentiu o rosto arder. — Foi isso o que você viu?

— Não.

— Ótimo. Posso escutar os murmúrios em meu vilarejo neste exato momento. "Spartacus conseguiu formar um exército de escravos, e quando eles mais precisaram dele, ele os abandonou à própria sorte." — Ele franziu o cenho. — Porque é isso o que eu estaria fazendo. Se eu partisse, o que acha que aconteceria com as pessoas deste acampamento?

— Eles se dividiriam em grupos pequenos. Seriam interceptados pelos romanos, provavelmente.

— Isso mesmo. Os sortudos seriam escravizados de novo. O resto morreria de fome ou seria vítimas dos lobos. — Ele a encarou. — Não posso deixá-los, não posso.

Ariadne não se surpreendeu com a resposta dele.

— Minha consciência também não me permitiria fazer isso. — "Mentirosa. Se os outros fatos que vi acontecerem, eu tentaria escapar num piscar de olhos. Mas não posso dizer isso a ele."

— Sou um guerreiro que se prontifica e luta, não um covarde pálido que foge quando as coisas ficam difíceis, deixando os fracos sem amparo.

— Eu sei — disse ela delicadamente. — E se pudesse levar o exército todo aos Alpes?

Ele estreitou os olhos.

— É uma proposta totalmente diferente. No entanto, é mais fácil o Grande Cavaleiro aparecer diante de mim neste momento do que eu convencer os gauleses a concordarem com essa ideia. Eles nasceram na escravidão. Assim como a maioria dos alemães. Detestam Roma e o que ela representa, mas a Itália é um mundo completamente diferente. É uma terra rica, com oportunidades fáceis para homens como nós. Por que eles cogitariam a possibilidade de partir? — Ele a encarou, pensativo. — Foi o que você viu? O exército atravessando os Alpes?

— Foi uma das coisas que vi, sim.

— E o que mais? — Ele assentiu. — Conte.

— Vai achar que estou inventando, tentando fazer com que deixe a Itália.

— Não acharei isso. O que você vê é sagrado, enviado por Dionísio.

Ela olhou para o rosto dele por um momento.

— Muito bem. Vou ter um filho seu.

— Um filho? — Spartacus abriu um enorme sorriso. — Que maravilha!

— Pode ser que não aconteça — disse ela rapidamente. — Nada a respeito das visões é certo.

— Eu sei, eu sei. Mas um filho! — Ele esticou o braço e apertou o joelho dela. — Você será uma bela mãe.

— E você, um pai forte. — "Talvez isso faça com que ele mude de ideia?"

— Se o que você viu é verdade, é mais um motivo para eu permanecer com os homens — argumentou Spartacus. — Digamos que partíssemos agora e viajássemos para a Trácia e nosso filho crescesse lá, em segurança. Imagine o que ele pensaria de mim quando descobrisse o que fiz. Ele me consideraria um maldito covarde, e estaria certo.

Ariadne ficou surpresa por sentir uma leve decepção. Sentiu um pouco de vergonha apenas por ter pensado, contudo, a emoção dominante era o orgulho. Orgulho de Spartacus. Sim, o ego dele sem dúvida era alimentado pela posição exaltada, porém, aquela não era a principal razão para ficar. Garantir o cuidado com seus homens, sim. Entretanto, uma pequena parte dela ainda desejava fugir daquela vida.

— Ele não pensaria isso se você tivesse derrotado os romanos e os deixado apodrecer enquanto levava todo o exército para fora da Itália.

— Boa ideia! — disse ele, sorrindo. — Só preciso convencer Crixus e Castus. Mas primeiro vamos ao mais importante: para que você engravide, precisamos fazer uma coisa. — Ele puxou Ariadne pela mão e a levantou. — Vamos para a cama, sim?

Dessa vez, Ariadne não resistiu.

Carbo saiu à procura de Spartacus antes do amanhecer. Nas semanas anteriores, tinha visto seu líder poucas vezes. Estivera muito ocupado. Quando não estava ajudando Navio a treinar os homens, ou quando não estava na tenda transando com Chloris, saía à procura de alimentos. Na última expedição, da qual retornara tarde na noite anterior, Carbo e seus camaradas tinham visto a cidade de Nola, que ficava a quase 13 quilômetros a nordeste do Vesúvio. Ela, até então, tinha conseguido passar despercebida pelos escravos. A riqueza das propriedades perto de Nola, e a visível falta de tropas romanas, fora aparente para todos no grupo de Carbo. Ali, em uma área muito bem-delimitada, havia galpões repletos de grãos, adegas, carne-seca e outros alimentos, prontos para serem consumidos. Era um tesouro que não podia permanecer intocado. Recaiu sobre Carbo a responsabilidade de chamar a atenção de Spartacus.

Encontrou-o caminhando de maneira decidida em direção aos antigos aposentos de Glaber, que haviam se tornado o local de reunião habitual dos líderes. Não tinha como não reconhecer seu líder. Spartacus vestia uma malha de metal que fora polida até brilhar. Sua sica embainhada estava pendurada em um cinto militar romano dourado, e ele usava um capacete frígio muito belo. Até mesmo suas sandálias de couro tinham sido polidas. Carbo o olhou com admiração.

— O que você quer? — perguntou Spartacus.

Assustado, Carbo começou a falar sobre Nola.

— Conte-me enquanto caminho — ordenou Spartacus. — Não posso ficar parado para escutar.

Carbo precisou trotar para manter o ritmo de Spartacus enquanto atravessavam a estrada principal do acampamento.

Spartacus não disse nada até eles chegarem aos aposentos, onde parou.

— Boa ideia.

Carbo identificou Crixus, Castus e Gannicus, que esperavam. "Eles não parecem contentes."

— Vamos organizar um grupo de invasão?

Spartacus o encarou. Pela primeira vez, Carbo notou linhas de exaustão sob os olhos acinzentados dele.

— Veremos. Vai depender do que acontecer aqui.

— Tudo bem. — Carbo esperou para ser dispensado.

Spartacus olhou para ele por um instante, e então riu.

— Fique comigo. Pode ficar. É o seu destino e o meu que vamos decidir. — Carbo se sentiu mais confuso. — Logo vai descobrir o que está acontecendo. Lembre-se de manter a boca fechada e os ouvidos abertos.

Ele assentiu.

Spartacus se aproximou dos gauleses, que vestiam suas melhores roupas.

Carbo caminhava alguns passos atrás de Spartacus. "Deve ser uma reunião importante."

— Que diabos ele está fazendo aqui? — Crixus apontou o dedo de modo exagerado para Carbo. — Você não é bem-vindo.

Crixus nunca havia conversado com Carbo, porém, já tinha lançado olhares suficientes na direção do rapaz, indicando o que achava dele. Com dificuldade, Carbo manteve o rosto inexpressivo. "Bastardo arrogante."

— Carbo me deu a boa notícia a respeito de uma cidade chamada Nola, que fica a nordeste — explicou Spartacus, com calma. — Ele a atravessou em missão de busca. Parece ser boa demais para deixarmos de lado. Encontraremos alimentos para semanas ali.

Com isso, Gannicus sorriu. Castus resmungou sem nada dizer de concreto. Crixus, no entanto, riu com ironia.

— Bela porcaria.

— Encontrar novas fontes de alimentos é importante — retrucou Spartacus.

— Não estamos aqui para falar disso. — Crixus olhou para Carbo. — Caia fora.

Apesar de querer, Carbo não encarou Crixus. A atitude lhe custaria a vida. Ressentido, virou-se para sair.

— Ele fica — ordenou Spartacus, determinado.

Feliz, Carbo parou.

— Por quê? — O tom de voz de Crixus estava tomado de valentia.

— Alguns de seus homens estão aqui. — Spartacus apontou para seis gladiadores ali perto.

— Eu confio neles — afirmou Crixus. — Mas o seu cachorrinho é um maldito romano.

Carbo corou de ódio, contudo, Spartacus falou antes que ele pudesse reagir.

— Carbo provou sua lealdade diversas vezes desde que saímos do ludo. Se por acaso você esqueceu, ele também trouxe Navio. Não tente negar que o treinamento daquele homem fez uma enorme diferença à nossa capacidade de luta.

— Carbo é bom — intrometeu-se Gannicus, de modo apaziguador. — Certo, Castus?

— Acho que sim — foi a resposta relutante.

Crixus ficou sério.

— Fique à vontade — resmungou ele. — Não vai alterar os meus planos.

— O que fará? — perguntou Spartacus. "Como se eu não soubesse."

— Atacar o acampamento de Varinius de novo! Emboscar os homens dele em todas as oportunidades. Acabar com o maldito o mais rápido possível.

— Vai se unir a ele, Castus?

— Estou pensando em fazer isso, sim.

"Como as coisas mudaram. Alguns meses atrás, não havia qualquer confiança em Crixus." Spartacus olhou para Gannicus, que mexia no bigode.

— E você?

— Ainda não sei — respondeu Gannicus, sem jeito.

"É como eu pensei. Um contra mim, um provavelmente contra mim e um em cima do muro." Spartacus pensou em ir embora, deixando que eles dividissem o exército em pequenos grupos, mas seu orgulho não permitiu. "Dionísio revelou que posso criar meu exército, um exército que pode lutar contra Roma e suas legiões. A chance de fazer isso é boa demais para ser desperdiçada."

— Você ainda planeja fugir? — perguntou Crixus.

"Se ele agisse desse modo no ludo, nunca teria conseguido fazer com que concordasse em se unir a nós", pensou Spartacus, forçando-se a permanecer calmo. Só precisava da chance de provar sua capacidade em batalha. Agora que tinha feito isso, os homens estavam preparados para segui-lo. "Mas a coragem leva um soldado apenas até certo ponto. Pelo que tenho visto, Crixus não tem noção tática." Em voz alta, ele disse:

— Quero derrotar Varinius também.

Crixus abaixou a sobrancelha.

— Então, você recuperou o juízo?

— Esse sempre foi meu objetivo — respondeu Spartacus. — Mas não agora.

— Você quer esperar. Passar para outro acampamento.

— Sim.

— E isso não é fugir? — gritou Crixus. E partiu, dizendo que ele e seus homens acabariam com os campos da região; que aniquilariam Varinius e suas tropas covardes; que eles não precisavam de Spartacus e de seus amigos romanos que se fingiam de aliados. Logo depois, Castus também se uniu a ele. Os dois foram incentivados pelos gritos de aprovação dos gladiadores gauleses que assistiam. Gannicus ficou observando a performance com os olhos marejados como os de um abutre.

Carbo se desanimou. Sabia algo sobre a rivalidade entre os vários líderes, mas nunca imaginara que as coisas eram tão graves daquele jeito. Para sua surpresa e decepção, Spartacus não disse nada. Apenas escutou.

Por fim, a explosão de Crixus parou.

— O gato comeu a sua língua? — perguntou ele a Spartacus.

Castus riu.

"Pronto", pensou. "Acabou. Eles vão embora. O exército será fragmentado. Varinius não terá dificuldade para nos matar."

Estranhamente, Spartacus sorriu.

— Tenho uma pergunta simples a fazer, Crixus.

Crixus fez cara de desdém.

— Que pergunta?

— Quantos legionários você acha que Varinius deixou?

— Quem se importa?

— Quantos? — insistiu Spartacus.

— Não sei. — Crixus deu de ombros. — Três mil? Três mil e quinhentos?

— Um homem chegou ontem, e ele já foi escravo de um dos oficiais de Varinius. — Spartacus ficou satisfeito ao ver Gannicus e Castus tensos. Até mesmo o rosto de Crixus mudou de expressão. "Não sabiam disso, não é?" — Ele tem cerca de quatro mil legionários.

— Mil tropas a mais não farão diferença. Nem mil e quinhentas — retrucou Crixus. — Elas correrão tão depressa quanto o resto.

"Hora de dar o bote."

— Se vocês partirem, quantos homens seguirão?

— Dois mil e quinhentos, mais ou menos — respondeu Crixus, orgulhoso.

— E você, Castus?

— Quase o mesmo número.

— Sei que cerca de dois mil lhe seguem, Gannicus. — Ele se virou para Crixus. — Quantos de seu grupo já estão prontos para enfrentar legionários em conflito aberto? — A expressão de Crixus foi de raiva. — Vamos, vocês devem ter uma noção. Todo bom general conhece a disposição de suas forças — provocou Spartacus.

— Menos da metade — murmurou Crixus.

— Talvez ainda menos — disse Spartacus, decidido. — O mesmo se aplica a seus seguidores, Castus, ou não conheço um soldado.

Castus permaneceu olhando para ele sem dizer nada.

Carbo ficou animado. "Spartacus é um gênio!"

Spartacus olhou primeiro para Crixus, depois para Castus. Ignorou Gannicus. "Vou fingir que ele está do meu lado, apesar de não estar."

— Então, vocês enfrentarão Varinius e a legião com menos de três mil combatentes?

— E se eu fizer isso? — questionou Crixus, corando.

— É justo. — O tom de voz de Spartacus era tranquilo. Carbo inclinou a cabeça para esconder o sorriso. Crixus era, na melhor das hipóteses, um bravateador e, na pior, um tolo. — Já pensou que Varinius pode atacar o acampamento? — prosseguiu Spartacus.

Crixus riu, confiante.

— Depois de tudo o que fizemos contra eles, eles estão com medo demais para tentar.

— Talvez sim — admitiu Spartacus. — Acredito que Varinius pode pensar diferente, no entanto, quando souber que mais de dez mil homens foram embora comigo e com Gannicus. — "Grande Cavaleiro, ajude-me agora. Permita que ele escute as minhas palavras."

— Gannicus? — O tom de Crixus era de fúria. — Você vai conosco, não vai?

Gannicus puxou seu bigode, mas quando voltou a falar, o tom de voz era frio.

— Não sei se é uma boa ideia separar o exército neste momento.

"Vou acertar Crixus agora", pensou Spartacus.

— Imagine 4.500 legionários correndo pelo acampamento. Eles terão catapultas e lançadores para preparar o terreno um pouco antes. Seus homens conseguem enfrentar isso?

O rosto de Crixus foi tomado pela raiva. Olhou para Castus, que agora não parecia nada satisfeito, e voltou a encarar Spartacus.

— Não vou fugir!

— Ninguém falou em fugir. Vejam, sei que vocês são muito corajosos. A menos que sejam surdos, burros e cegos, todos no acampamento sabem. — Com isso, Gannicus e Castus sorriram; Crixus ainda estava carrancudo, porém, não interrompeu. "Agradeço ao Cavaleiro por isso." — Lembrem-se de que também quero derrotar Varinius. Nossos seguidores são corajosos, mas eles são *escravos*, não soldados. Mesmo o recruta legionário mais inexperiente de todos é mais bem-preparado do que a maioria de nossos homens. Nosso sucesso, até agora, se deveu ao elemento-surpresa. Varinius não é tolo. Não vai cair na mesma armadilha de novo. Isso não quer dizer que não podemos derrotá-lo. Mas precisamos de mais tempo para treinar os homens. Mais armas ou ferro para que os ferreiros trabalhem. Mais alimentos. Vocês viram como temos pouco no que diz respeito a mantimentos. Se não quisermos ser derrotados por Varinius ou se não quisermos morrer de fome, precisamos agir.

Gannicus falou primeiro.

— O que você sugere?

— Escapamos de Varinius. Seguimos em direção ao sul, onde é mais quente. Encontramos um acampamento seguro, em um lugar onde possamos encontrar mantimentos suficientes.

— Precisaremos de vinho e de mulheres também.

— Sim — concordou Spartacus, sabendo que aquela era uma realidade com a qual tinha que conviver. — Vamos passar o inverno treinando e nos preparando para a batalha. Na primavera, vamos procurar Varinius e seus homens e os enfrentaremos. — Ele olhou casualmente para Gannicus.

— Estou com você!

Castus não disse nada. Olhou para Crixus, que roía a unha.

— Você me dá sua palavra de que mataremos Varinius? — perguntou Crixus.

— Dou.

— Certo. Então, ficarei até lá — disse Crixus, resmungando.

— Castus? — perguntou Spartacus.

— Eu também. Mas é melhor que haja muitas mulheres.

"Será que você consegue pensar com a cabeça de cima?", pensou Spartacus. Em voz alta, disse:

— Tenho certeza de que haverá.

Eles apertaram as mãos uns dos outros para fechar o acordo. Ao fundo, Carbo sorria de orelha a orelha.

Spartacus esboçou um sorriso. Havia se saído melhor do que o esperado. O exército permaneceria unido por enquanto.

Contudo, mais cedo ou mais tarde, uma separação seria inevitável.

Naquela noite, no que havia se tornado uma rotina, Carbo e Chloris foram para sua tenda quando escureceu. O desejo sexual entre eles ainda era forte. Carbo não tinha certeza se ela fingia seu desejo por ele, mas ele, sem dúvida, não o fazia. Não se cansava dela. Depois, eles conversavam por muito tempo. Deitados sob uma camada grossa de cobertores, com os corpos entrelaçados, Carbo sentia grande alívio. Estar com Chloris fazia com que ele se tornasse menos contido. Desde que adoecera, havia perdido toda a confiança em conversar com alguém do sexo oposto. Agora, não conseguia se calar. Queria que Chloris soubesse tudo sobre ele. Contou o que havia acontecido com sua família e a respeito do envolvimento de Crassus. Contou que não via Paccius e seus pais havia meses. Ao falar deles de novo, ele olhou nos olhos escuros de Chloris e viu uma dor que não havia percebido antes. Ficou tomado pela culpa.

— Sinto muito. Pelo menos, tenho alguma chance de vê-los de novo, sendo que seu pai e sua mãe...

— Sim... não posso fazer nada a esse respeito.

— Mas você deve querer voltar para a Grécia. Para encontrar seu irmão mais novo.

Ela ignorou o que ele disse.

— Gosto de escutar o que você diz. Sua voz me acalma. — Ela contornou os traços dele com o dedo.

Totalmente consciente das marcas em seu rosto, ele desviou o olhar.

— Você é muito bonito — murmurou ela, levantando a mão e virando o rosto dele para si novamente.

Carbo ainda não conseguia encará-la.

— Pensei naquela primeira vez em que vi você tirar as roupas no ludo. Bonito, com um belo corpo. — Ela desceu a mão até o pênis dele e riu. — Mas achei que esta era a melhor parte.

O toque dela fez com que ele ficasse tenso, mas não totalmente convencido.

— E minhas cicatrizes?

— Elas lhe dão personalidade. — Ela beijou o rosto dele. — São parte de você e você é um bom homem.

"Ela está escondendo algo de mim", pensou Carbo. Mas não sabia o quê, e quando ela montou em cima dele, todos os pensamentos coerentes desapareceram.

Três semanas se passaram, e Spartacus tinha deixado de pensar tanto no confronto com os gauleses. A lembrança permanecia enterrada em sua memória como o fedor de uma vala aberta. No entanto, de modo geral, as coisas tinham corrido bem. Varinius havia sido enganado na noite em que ele e o exército se retiraram do velho acampamento de Glaber. Spartacus insistira para que um planejamento cuidadoso fosse feito com antecedência. Grupos de patrulha enviados no fim da tarde haviam percorrido a área para ter certeza de que não havia legionários à espreita. E então, na escuridão, os sentinelas no portão da frente tinham sido substituídos por cadáveres vestidos com malhas e armados com espadas entortadas ou inúteis. À luz de dezenas de fogueiras, todas as tendas tinham sido derrubadas e guardadas, juntamente com outros equipamentos pesados, como as bigornas de Pulcher, nas centenas de mulas. Antes da madrugada, todos os homens, mulheres e crianças tinham sido colocados no caminho para o leste, em direção aos altos montes Picentini.

Todos, menos Carbo, que levava um trompete romano que fora encontrado entre os espólios de Glauber.

A tarefa tinha sido perigosa, mas Carbo insistira em ajudar. Ao ver o desejo intenso em seus olhos, Spartacus concordou. O jovem romano precisou passar a noite acordado, atento à chegada do inimigo. Durante a madrugada, precisava tocar o instrumento, como o costume romano de acordar seus soldados, e esperar o que aconteceria depois.

Spartacus sorriu ao se lembrar do relato de Carbo. Foi muito bom para o moral saber que depois de cerca de duas horas, quando Varinius percebeu que o acampamento dos rebeldes estava mais silencioso do que o normal, ele não ousara enviar uma patrulha para verificar. Em vez disso, uma das unidades de cavalaria recém-chegadas subira ao topo de um monte próximo para olhar de cima. Desconcertado com o desaparecimento dos escravos, Varinius havia direcionado suas forças para nordeste. Em vez de ter que escapar do acampamento, Carbo simplesmente correu atrás do grupo de escravos. Feliz com seu relato, Spartacus convocara uma reunião naquela noite.

— Os malditos nos respeitam — gritou para os milhares que haviam se unido para ouvi-lo. — Estão morrendo de medo de sequer vir atrás de nós! — Sob as comemorações feitas após suas palavras, não ficou surpreso ao ser desafiado por Crixus novamente.

— Se os merdas estão com tanto medo assim, por que diabos não os estamos perseguindo? — rosnou ele.

— O fato de Varinius nos temer é bom — respondeu Spartacus, determinado. — Mas não quer dizer que venceríamos uma batalha aberta contra ele. Além dos legionários, ele tem quatrocentos cavaleiros. Nós não temos nenhum. Nenhum! Imagine o que aqueles cavaleiros fariam se viessem atrás de nós no meio de uma batalha. Já viu uma cavalaria atacar um inimigo desprevenido? — Crixus manteve o olhar fixo, porque todos os presentes sabiam que apenas Spartacus havia testemunhado aquilo. E havia calado o gaulês. — Eles acabariam com a formação! É como ver uma rajada de vento espalhar um monte de folhas pelos quatro cantos do mundo. A batalha terminaria com um único golpe. — Ninguém havia reclamado mais, e, com isso, Spartacus ficou satisfeito. Claro, sua abordagem não funcionaria para sempre, mas sua previsão havia, pelo menos, garantido que suas forças não fossem prejudicadas. A cavalaria de Varinius seria inútil em montes íngremes.

Além disso, ele tinha partido para a segurança de Cumas, uma cidade a cerca de quarenta quilômetros de Vesúvio. Os rebeldes tinham, assim, chegado aos montes Picentini sem qualquer contratempo, e tinham montado um acampamento temporário para várias noites. Enquanto isso, guiados por Carbo, quinhentos homens escolhidos sob o comando de Gannicus tinham invadido a cidade de Nola. Voltaram triunfantes com os elogios de seus companheiros, com alimentos suficientes para manter a todos por duas semanas, além de grande quantidade de roupas e sapatos quentes e cerca de mil novos recrutas. Um ataque na cidade de Nuceria havia conseguido resultado parecido. Carbo fora elogiado pelo sucesso deles. "É memorável", pensou, "que minha nova atribuição me incomode cada vez menos." E a ideia de se tornar um advogado se tornava cada vez mais risível. A vida com Spartacus era perigosa, mas Carbo tinha autoridade, o respeito de seus companheiros e, não menos importante, também tinha Chloris.

Com suprimentos suficientes para um mês ou mais, todo o exército seguiu para o sul, guiado por escravos que haviam trabalhado como pastores na região. Esses homens mantiveram o grupo no topo dos montes, porque enfrentar as duras condições climáticas do outono era preferível a encontrar uma tropa romana. Contudo, ainda assim, diferentemente dos habitantes dos pequenos vilarejos de Abella, que tinham sido surpreendidos em seus campos, a única companhia que os escravos tinham tido desde então era a das criaturas que viviam nas montanhas tomadas pelas matas. Águias e urubus sobrevoavam a área, observando com desdém a longa coluna. Pequenos pássaros piavam irritados da segurança das árvores para os invasores de seu território. Lobos uivavam pesarosamente todas as noites, aumentando a sensação de isolamento e liberdade. Veados e porcos selvagens se escondiam, deixando como prova de sua existência apenas suas pegadas. Ursos e linces viviam ali também, mas poucas vezes eram vistos.

Spartacus considerou-se sortudo por ter visto o lince com os próprios olhos. Era um belo macho, que permaneceu parado ao ver o homem, observando-o com os olhos amarelos e estreitos. O movimento leve dos pelos de suas orelhas indicou que ele não era uma estátua entalhada por um gênio ou por um deus. E então o animal desapareceu, sumiu na vegetação rasteira.

"É assim que devemos agir com os romanos", pensou Spartacus, satisfeito. "Nunca saberão que estamos ali, a menos que queiramos."

Dois dias antes, eles tinham atravessado o rio Silarus através de um vau pouco conhecido e não a ponte em Via Annia, a estrada principal ao sul de Rhegium. Como ficava perto do caminho pavimentado com tráfego intenso, Spartacus mandara os dois citas na frente para observar dia e noite. Quando ele chegou, eles estavam monitorando o local havia uma semana. Não tinham visto nem sinal de soldados inimigos. Spartacus havia se reunido depressa com os outros líderes. De repente, chegaram a uma decisão unânime: viajar pela Via Annia. Movimentando-se muito mais depressa do que antes, eles passaram pela longíqua e estreita planície que era o Campus Atinas, um vale fértil alimentado pelo rio Tanager. Todos os viajantes na estrada e os habitantes do grande latifúndio dos dois lados tinham sido libertados, presos ou mortos. Ninguém em Forum Annii, a cidade que pretendiam atingir, sabia da presença deles.

"Até entrarmos em suas casas, esvaziarmos as despensas, libertarmos seus escravos. E matá-los."

Spartacus quis deixar tudo aquilo para trás quando abandonou o exército romano. Porém, não foi o que aconteceu. O destino interveio quando Kotys o capturou, e Phortis o levou para a Itália e para o ludo em Cápua. Então, um deus havia mandado a ele um sonho com uma serpente. Quem era ele para ignorar tal oportunidade em seu caminho? E ainda assim — como na vida — as coisas não eram tão simples. Inocentes sempre morriam.

Spartacus olhou ao redor. As fileiras de árvores dos dois lados dele estavam repletas de centenas, não, milhares de figuras escuras. Todos que eram capazes de carregar armas estavam ali. Até algumas das mulheres participaram. A disposição dos escravos era algo palpável. Os rostos atentos, as armas em suas mãos, os sussurros determinados faziam com que ele se lembrasse de emboscadas parecidas das quais havia participado, havia muito tempo, na Trácia. Os homens eram como lobos famintos, prestes a atacar um rebanho de cordeiros distraídos. A diferença era que a presa não era um animal, e sim pessoas.

Spartacus olhou para a Via Annia vazia, coberta por uma camada fina de névoa da manhã. Levava através de campos recentemente arados por uma distância de quase meio quilômetro para os vários telhados vermelhos de Forum Annii. Ele observou os vestígios de fumaça que subiam das fogueiras mantidas de um dia para o outro. Escutou o cantar de galos rivalizando de modo petulante um com o outro e o latido intenso de cães que sabem que nunca precisarão se submeter uns aos outros. Ninguém se movia nos campos abaixo de Spartacus, nem nas ruas da cidade. Não se ouvia nenhuma voz. Tudo estava incrivelmente tranquilo. Pacífico, belo até. E muito similar ao vilarejo na Trácia que ele já havia chamado de lar.

Contraiu a mandíbula. "Isso vai mudar em breve."

De manhã, Spartacus havia conversado com os outros líderes a respeito da necessidade de contenção. Sobre a necessidade de limitar a incidência de estupros e mortos que ocorreriam quando o ataque a Forum Annii começasse. Se suas palavras não tinham sido ignoradas, então, tinham entrado por um ouvido e saído por outro.

— Meus homens estão marchando há mais de três malditas semanas — disse Crixus. — Está frio, úmido e cansativo. Só conseguiram comer mingau e pão esquentado na fogueira. Agora, chegamos a um local totalmente desprotegido. Não se vê nenhum legionário em oitenta quilômetros. Meus rapazes querem carne e vinho. Querem cama e mulheres que possam foder. Todas essas coisas podem ser encontradas aqui em Forum Annii, e não vou negar a eles o prazer de tudo isso. Ninguém vai. — Crixus esboçou um leve sorriso ameaçador.

Castus comemorou, animado. Até mesmo Gannicus parecia contente com a ideia de uma invasão sem limites.

"Tive que morder minha língua ou o exército teria se separado ali." Spartacus fechou os olhos por um momento. "Que os deuses tenham piedade do povo daqui. Que seja uma morte fácil."

Ele sabia que sua oração era em vão.

O inferno estava prestes a cair sobre Forum Annii.

CAPÍTULO XVII

Carbo acordou muito antes do amanhecer e abandonou os lençóis tomado por uma grande animação. A invasão ocorrida em Nola fora um grande sucesso, reunindo grande quantidade de alimentos e de roupas. Em Nuceria, acontecera algo parecido. Sem dúvida, em Forum Annii seria a mesma coisa. Bebeu um pouco de água, devorou um pedaço do pão do dia anterior com mel e olhou para as armas. Agora, checar se a lâmina da espada estava afiada, se as pontas das lanças estavam finas e se a faixa de seu capacete de bronze que passava pelo queixo estava no lugar certo havia se tornado um hábito. Navio, cuja tenda ficava ao lado da de Carbo, fazia o mesmo.

Carbo sentiu certa ansiedade quando escutou um grupo de ex-escravos da fazenda se gabando a respeito de quem mataria o maior número de cidadãos em Forum Annii. Quando os repreendeu, eles riram dele. Carbo havia confiado em Navio, cuja resposta foi um simples erguer de ombros.

— Uma parte disso continuará. Sempre acontece quando uma cidade é saqueada. Não quer dizer que você precisa fazer parte dela, mas não há nada a ser feito quanto a isso. Essas coisas acontecem na guerra.

"Guerra", pensou Carbo, intranquilo. Parecia surreal, mas era o que a revolta de Spartacus se transformara agora. "É inevitável que sangue de inocentes seja derramado." Estava duplamente feliz porque Chloris ficaria no acampamento.

Carbo teria preferido ir com Spartacus, mas isso não aconteceria. Durante a marcha em direção ao sul, ele e Navio tinham sido apontados para servir com um dos grupos recém-formados. Naturalmente, Navio era responsável por um deles, enquanto Carbo era o segundo em comando. Seu oficial superior era Egbeo, um homem que obedecia à ordem de Spartacus para não permitir uma matança desenfreada.

Inocentemente, Carbo concluíra que a mesma ordem seria dada a todos no exército. Os escravos da fazenda se vangloriaram e deixaram muito claro que não era o caso, e quando ele caminhou ao lado das árvores acima de Forum Annii, ouviu muitas ameaças sendo feitas. Esforçou-se para aceitar o tamanho do ódio que alguns escravos sentiam em relação a seus antigos senhores e a todos os romanos, de modo geral. Paccius havia alimentado tal emoção? Certamente não. E os outros escravos domésticos com os quais ele crescera? Carbo não conseguia acreditar que eles também tinham sentido tamanho ódio. Apesar de todos os erros de seu pai, ele não fora um mestre cruel. Chloris parecia tranquila a respeito do que havia acontecido com ela.

Mas se ele fosse sincero, não seria difícil perceber por que alguns escravos se sentiam amargurados. Carbo pensou nos ex-escravos de seus antigos amigos em Cápua. Para eles, a vida fora totalmente diferente. Surras eram parte da rotina, os estupros, recorrentes. Quando um escravo era julgado por ter roubado ou por ter cometido outro crime grave, a tortura também era comum. Carbo já tinha visto a letra "F" — de *fugitivo* — marcada na testa de mais de um homem. Era o castigo aplicado àqueles que tinham fugido. Por mais rara que fosse, a execução também não lhe era desconhecida.

"Se eu tivesse vivido de acordo com essas regras, como me sentiria se o jogo tivesse virado?"

O estômago de Carbo se revirou de modo desconfortável. Ele tinha apenas uma resposta, mas não queria admitir. Para algumas pessoas, a vida como escravo era um tormento, e qualquer oportunidade de vingança seria agarrada com unhas e dentes. O que aconteceria inevitavelmente quando eles chegassem à cidade era aterrorizante. Carbo não queria fazer parte daquilo, mas tinha que fazer. Era o homem de Spartacus para qualquer situação, independentemente de estarem lutando contra uma legião ou prestes a saquear uma cidade.

— Avancem! — ordenou Spartacus em voz baixa. — Mas fiquem juntos. Quero uma fila firme conforme nos aproximarmos.

Carbo lambeu os lábios secos.

— Vocês escutaram o que ele disse — sussurrou aos homens dos dois lados. — Adiante, em marcha lenta.

Conforme a ordem se espalhou, milhares de homens saíram das árvores. Estavam armados com espadas e lanças afiadas. Spartacus viu algumas foices e uma enxada. Um até segurava um martelo de ferreiro. Seria Pulcher? Não tinha certeza. A névoa sobre os campos dava aos escravos certa cobertura enquanto seus líderes os forçavam a entrar em formação. "A disciplina está mantida por enquanto. Que continue assim."

Era uma esperança fraca.

Eles não tinham avançado mais do que algumas centenas de passos quando um monte de gauleses de Crixus desfez suas filas. Erguendo as armas, eles partiram em direção a Forum Annii como um bando de lobos em caça. "Que sejam amaldiçoados", pensou Spartacus. Ele levantou a mão, fazendo os homens pararem. — Calma. Calma. Deixem os tolos irem.

Mas Crixus já estava atrás de seus seguidores, rindo como um louco.

O que aconteceu em seguida foi como se uma barragem tivesse se rompido e deixado correr livres as águas de um rio. Em uma massa bem grande, quase todo o exército seguiu em frente pela terra arada. Gritos tomavam o ar em uma cacofonia ensurdecedora e de arrepiar. Os homens que seguiam Spartacus, Navio e Egbeo foram os únicos a se manterem firmes.

Apesar de a surpresa ser pouco ou nada importante, Spartacus não gostou da indisciplina dos homens. No entanto, não queria ficar de fora da ação. Poderia haver muito dinheiro em algumas casas. Talvez até cartas de Roma nos escritórios dos políticos da região.

— Atrás deles — vociferou ele. — Não queremos ser os últimos a chegar à festa.

Foi a permissão que o resto dos escravos aguardava.

Com brados fortes, eles correram.

Depois de 15 minutos. Carbo desistiu de tentar controlar suas tropas. Era como tentar afastar uma matilha de cães depois de pegarem uma lebre. Eles só escutariam quando a presa estivesse morta. Perdera a conta do número de vezes que havia gritado com um homem para não cortar o membro de um idoso em pânico, nem para rasgarem as roupas de uma mulher antes de jogá-la no chão. Quando o ato havia terminado, eles enfim pareceram ouvi-lo, virando-se para encará-lo com surpresa, com rostos tomados pela adrenalina. Ao continuar andando, Carbo sabia que repetiria os pedidos sem ser ouvido.

Forum Annii havia se tornado como Carbo imaginava Hades. As ruas estavam tomadas de homens rindo como loucos, de olhos semicerrados, com espadas ensanguentadas, corpos mutilados e mulheres e crianças gritando. Aqui ou ali, havia o dono de uma propriedade sendo aniquilado. Algumas casas estavam em chamas; o telhado de uma já tinha desmoronado. O ar estava tomado por um cheiro forte e sufocante de queimado, além do fedor de sangue e de fezes. Carbo não soube o que fazer. Frustrado, chegou a atacar um de seus homens com um porrete e deixá-lo inconsciente. Apesar de ter evitado o assassinato de uma menina de menos de dez anos, os companheiros do escravo se viraram contra ele, brandindo as armas ameaçadoramente. Ao ver que morreria nas mãos deles, Carbo simplesmente largou o escudo e afastou a menina dali. Não era o momento certo de impor autoridade. Se conseguisse salvar a vida de uma criança, pelo menos já seria alguma coisa.

Depois de dar cerca de cinquenta passos estrada abaixo, os escravos passaram a prestar atenção a outra coisa. Carbo se virou para a menina, uma criatura de cabelos loiros vestida com uma túnica fina.

— Onde seria um lugar seguro para se esconder? — perguntou ele.

Ela olhou para ele com os olhos escuros aterrorizados.

Carbo pareceu mais calmo.

— Não vou matar você.

— Mã-mã-mãe! — começou a soluçar, e Carbo olhou para trás. A vinte passos dali, uma mulher estava estendida no chão. Havia homens de pé sobre seus braços e pernas para mantê-la imóvel enquanto era estuprada por um gladiador suado. Bebendo de uma ânfora rachada de vinho e gritando incentivos, mais de dez escravos esperavam pela sua vez. "Pelos deuses!"

— Olhe para o outro lado — ordenou Carbo. — Ninguém vai ferir você daquele jeito. Eu juro!

A menina começou a chorar.

Ele se abaixou diante dela.

— Procure ficar calma — pediu ele delicadamente. — Onde posso esconder você? Onde seria seguro? Há algum templo por perto?

Ela apontou para a rua.

— Qual deus?

— Júpiter.

"Nada bom. Júpiter é o maior símbolo de Roma. Nenhum escravo vai respeitar o lugar." De repente, ele teve uma ideia.

— Que tal Dionísio? Você conhece escravos que o adorem?

Ela o olhou com surpresa e assentiu.

— O pai deixa nossos escravos adorarem Baco. Diz que isso dá esperança a eles. Uma razão para viver.

— Ele é um homem sábio. Então, depressa. Leve-me para lá.

Dando as costas para a triste situação da mãe, a menina subiu a rua. Com a espada empunhada, Carbo a seguiu. Gritava ofensas aos homens que se aproximavam, ameaçando cortar as bolas deles e jogá-las aos porcos. Com várias opções com as quais se satisfazer, os homens que passavam se contentavam em gritar comentários obscenos a respeito da menina e os deixavam passar. Ela passou com ele por dois cavalos mortos, montes de roupas, louças quebradas e inúmeros cadáveres, em direção a uma casa à beira da cidade. Carbo sentiu uma onda de alívio ao observar a área. Não havia sinal de nenhum escravo nem de gladiadores. Possivelmente, eles a tinham vasculhado até o centro de Forum Annii.

— É a sua casa?

— Sim.

Como muitas moradias romanas, a construção era retangular, com um muro alto sem aberturas, exceto por algumas janelas de vidro. A única entrada que Carbo via eram duas portas amplas de madeira em uma parede. Elas davam vista para a rua. De modo incomum, uma delas estava escancarada. Era possível escutar vozes e risos ali dentro.

"Pelos deuses! Os filhos da puta ainda estão aqui." Levando um dedo aos lábios, ele parou.

— Ela foi atacada? E sua mãe tentou tirar você daqui? — perguntou ele, sussurrando.

Mais uma vez, ela assentiu chorando.

— Seu pai?

— E-ele ficou para trás com meu irmão. Para que minha mãe e eu pudéssemos escapar — sussurrou sem olhar para ele.

"Eles morreram, com certeza. Ela também sabe disso. E, se entrarmos, o mesmo pode acontecer conosco." O sangue ressoou nos ouvidos de Carbo. "Tenha fé no deus. Ariadne é serva dele, e Spartacus foi escolhido por ele. Ninguém vai nos prejudicar na presença dele."

— Onde fica o santuário de Dionísio?

— Fica no quintal atrás da casa, que se abre para os campos.

— Podemos chegar lá sem passar pela entrada principal?

— Sim. Há um pequeno portão nos fundos do jardim. Sempre fica destrancado. — O rosto dela se contorceu de pesar. — Foi assim que eles entraram.

— Não pense nisso — pediu ele. — Leve-me até lá.

Enxugando as lágrimas, ela atravessou o portão aberto em direção ao fim da rua. Carbo a seguiu, aproveitando a oportunidade para olhar para dentro. Não viu nada além das paredes vazias do corredor de entrada. No entanto, os gritos que ouvia eram sinal de que pelo menos dois escravos estavam ali dentro. "Cuide disso no momento certo. Primeiro, afaste a menina do perigo."

Eles deram a volta na casa, saíram pela rua pavimentada e depois pela terra escura dos campos. Carbo via a fileira de árvores onde eles tinham se escondido um pouco antes. Algumas pessoas se movimentavam ali — retardatários, sem dúvida —, porém, estavam afastados o bastante para que fosse improvável que ele e a menina fossem vistos. Mesmo assim, ele sentiu uma onda de alívio quando viu a porta. Estava entreaberta. A menina se virou para ele, com o rosto pálido de terror novamente.

— Não se mexa. Vou entrar primeiro. — Carbo respirou fundo. Caminhou na ponta dos pés até a porta e espiou. Não havia ninguém à vista. O que viu foi um jardim romano grande, mas comum. Preenchendo metade do espaço havia fileiras organizadas de vinhas, limoeiros, figueiras e macieiras. O resto do chão era tomado por uma combinação de legumes e de ervas. Um muro de tijolos aparentes cercava o espaço nos três lados, com a parte de trás da casa na quarta parede. Outra porta pequena naquela parede dava acesso ao jardim, que, felizmente, era cercado.

Carbo olhou de um lado para o outro. Havia ali o que parecia um depósito de ferramentas e um poço, mas nenhum santuário.

— Onde fica?

— Não dá para ver. Fica nesta parede. — A menina bateu nos tijolos.

Ele compreendeu o que ela dissera e entrou. O espaço dedicado a Dionísio apareceu no mesmo instante. Duas fileiras de pilares tinham sido derrubadas a cerca de dez metros da parede dos fundos do jardim. Eles mantinham o telhado baixo de madeira. Não era nada em comparação ao templo romano mais básico, porém, era, sem dúvida, um local de adoração. O chão, que tinha sido coberto com lajotas, estava repleto de oferendas. Havia dezenas de pequenas lamparinas a óleo, como também pequenas estátuas de Dionísio e suas mênades, jarros de vinho, montes de azeitonas e pequenos ramos de trigo. Havia moedas de bronze espalhadas e até alguns denários aqui e acolá.

Apenas quando se abaixou para entrar no santuário Carbo viu as imagens sob as quais as oferendas tinham sido colocadas. Arregalou os olhos. No espaço sob o telhado, o muro do jardim tinha sido coberto por gesso e pintado. Tomados por hera verde, um dos principais emblemas de Dionísio, havia três painéis grandes. À esquerda, era representada uma cena bucólica da colheita de uva. Nos fundos, homens trabalhavam, colocando as frutas colhidas em cestos. Outros trabalhadores levavam carregamentos de frutas roxas para uma pessoa ao fundo, que estava recostada em um sofá, com ajudantes dos dois lados segurando cachos de uva. Jovem e sem barba, Dionísio estava deitado, segurando um cântaro ou jarra grande para rituais. Carbo intuitivamente abaixou a cabeça. "Peço a sua proteção, ó Grande. Para nós dois."

O painel do meio mostrava Dionísio já bem mais velho, com barba e usando um *chiton* grego. Sobre os ombros, havia a pele de um cervo. Ao redor dele, grupos de mulheres, algumas bajulando, obedecendo, outras dançando extasiadas, mais algumas mantendo relações sexuais com homens no chão. Contudo, foi da última imagem que Carbo não gostou. Ali estava Dionísio, jovem mais uma vez, vestido com roupas íntimas, descendo ao submundo para dar as mãos a seu deus, Hades. "É isso o que vai fazer hoje? Um pacto com Hades? É o que parece, com certeza."

Ele levantou o queixo. Fossem quais fossem as intenções de Dionísio, a menina ficaria segura ali. Ele se virou e a viu olhando para ele.

— Pensei que fossem apenas escravos e mulheres que rezavam para Baco. Ou estrangeiros.

— A esposa de meu líder é uma sacerdotisa de Dionísio. Aprendi a reverenciá-lo.

— Você é um romano — observou ela, num tom acusador. — O que está fazendo com escravos que matam?

— Não é da sua conta — rebateu ele. E apontou. — Aquela porta. Está trancada deste lado?

— Não. Só por dentro da cozinha.

"Droga!" Se ele permanecesse ali, não haveria chance de resgatar outras crianças.

— Fique embaixo do telhado do santuário. Ninguém vai se dar ao trabalho de entrar no jardim. Mesmo se o fizerem, você não será vista — orientou ele, blefando.

— Você vai me deixar? — Ela começou a chorar de novo.

— Preciso fazer isso — murmurou ele, sem jeito. Tentando acalmá-la, disse: — Vou dar uma olhada na casa. Ver o que está acontecendo. Para ter certeza de que ela é segura para você. — "Segura?"

Ela não pareceu contente, no entanto, Carbo não sabia mais o que dizer ou fazer. Empunhando a espada, ele caminhou em direção à pequena porta de madeira. Ao se aproximar, encostou a cabeça com cuidado contra a madeira e apurou os ouvidos. As vozes que ouvira ainda eram audíveis, mas baixas. Carbo esperou durante cinquenta batidas de seu coração, mas o nível do barulho permanecia o mesmo. "Ótimo. Não tem ninguém na cozinha." Enfiou o polegar no trinco. Com um clique, este se levantou. Ele encostou o ouvido na porta de novo. Nada. O estômago de Carbo começou a se agitar, porém, ele empurrou a porta e olhou do lado de dentro.

A cozinha tinha sido toda revirada. Havia louça quebrada por todos os lados. As portas dos armários haviam sido arrancadas. Sacos de farinha foram rasgados, réstias de cebolas e ramos de ervas, derrubados dos ganchos. Uma poça amarela de azeite de oliva cercava uma ânfora quebrada. Não havia sinal de vida, por isso Carbo entrou. Ao ver a mancha vermelha de sangue no piso, ficou tenso. Caminhou com ainda mais com cuidado e encontrou um senhor caído na porta da cozinha. O escravo — era o que parecia — tinha sido quase decapitado. Sua cabeça estava posicionada num ângulo estranho e não natural em relação ao corpo. Carbo nunca tinha visto tanto sangue ao redor de um homem. "Ele deve ter morrido devido à perda de sangue."

O grito de uma mulher fez com que ele ficasse paralisado. Em seguida, ouviu-se mais um grito de desespero, também de mulher, e então, uma risada de homem.

— Vamos fodê-las aqui no pátio — vociferou alguém.

— Boa ideia — concordou outro.

— Serei o primeiro — disse um terceiro homem com voz forte. — Não vou foder nenhuma destas putas depois de vocês, seus imundos. Meu pau provavelmente cairia com a doença de vocês.

Houve alguns resmungos nervosos, mas ninguém se opôs.

"Crixus! O que ele está fazendo aqui?" Carbo caminhou de volta até a porta. Já tinha quase chegado quando escutou o grito da primeira mulher de novo.

— Não! Por favor! Não!

"Chloris? Pelos deuses, como? Por quê?" Carbo estava chocado. Ela voltou a implorar, e qualquer dúvida que ele tinha desapareceu. Era mesmo ela. "Deuses, o que posso fazer? Se eu for lá, Crixus vai me matar." Contudo, tinha que fazer algo, ou nunca conseguiria superar a vergonha.

Rangendo os dentes, ele se virou. Não havia como passar pelo senhor sem pisar em seu sangue. Carbo hesitou por um instante antes de enfiar os dedos da mão esquerda no líquido pegajoso, passando-o pelo rosto. Para ter alguma chance de enfrentar Crixus, ele precisava dar a impressão de que havia acabado de matar metade da cidade sozinho.

Segurando a espada com força, ele foi para o pátio. Assim como o jardim, este estava repleto de árvores frutíferas, mas uma fonte, arbustos ornamentais e estátuas gregas dos deuses também serviam de decoração. Aquilo fazia Carbo se lembrar da casa de sua família. Pela vegetação, viu Crixus e dois outros homens com cabelos compridos a cerca de vinte passos dali. Aos pés deles, viu a parte inferior dos corpos de duas mulheres nuas. Chloris e mais alguém. O forte trio vestia malhas de ferro e empunhava espadas sujas de sangue. Eram todos gauleses. "Crixus anda com seus compatriotas." A coragem de Carbo começou a diminuir. Sentiu-se como Iolaus, sobrinho de Hercules, deve ter se sentido quando teve que enfrentar a Hidra sozinho. "Como fazer isso? Ameaçá-los não vai adiantar." Estava pensando em algo quando os pensamentos ganharam vida própria.

— Temos companhia — gritou um dos homens, posicionando-se para lutar.

Os outros se viraram, irados.

— Está tudo bem. Sou um de vocês! — Carbo fez o melhor que pôde para se aproximar do trio.

— Está tentando me distrair de minha foda? — gritou Crixus. Ele franziu as sobrancelhas grossas e então disse: — Ora, ora, ora, é o bajulador de Spartacus. Pelo menos, parece que você matou alguém. O que está fazendo aqui?

— Procurando peças de valor, como todos — mentiu Carbo.

— Bem, vai encontrar um pouco aqui. As economias da família são suas. Estavam embaixo de uma pedra no átrio. — Crixus fez um meneio de cabeça na direção das duas mulheres. — Estas duas putas bonitas estavam se escondendo em um armário em um dos quartos. Encontrá-las foi um bônus. Os deuses deixaram o melhor para nós por último, não é? — Ele passou a mão no próprio pênis e os homens riram.

Carbo deu mais um passo à frente, como se admirasse os corpos das mulheres. "É Chloris mesmo?" Seu coração se apertou de horror. Era. Não havia como confundir seu rosto delicado e a covinha na bochecha esquerda, molhada pelas lágrimas. Nem suas cicatrizes. Ao ver o rosto coberto de sangue de Carbo, ela gritou.

— Ela não gostou de você — provocou Crixus com uma risada cruel. — Mas como eu estou de bom humor, vou deixar que a use mesmo assim, depois que acabarmos. O que acha?

— Ótimo, obrigado. — Carbo fingiu surpresa. — Pelos deuses! — Ele tocou Chloris com a sandália. — Chloris, é você?

Ela não respondeu, então Carbo a sacudiu com mais força.

— Responda!

— Si-sim. — Em seus olhos assustados não havia sinal de que ela o havia reconhecido.

— Ah! Eu sabia! — Ele abriu um sorriso amplo ao gaulês. — Quem imaginaria?

Crixus franziu o cenho.

— A vaca inútil gritou que era um de nós. Pensei que estivesse mentindo.

Carbo forçou-se a falar antes que o medo o impedisse.

— Ela não estava mentindo. Chloris é minha mulher. — Pelo canto dos olhos, ele percebeu que ela esticava a mão. — A tola deve ter entrado na cidade atrás de nós. Deixe-me ficar com ela. Encontrarei uma substituta para você. Ou duas! Mais bonitas também.

Crixus cerrou o punho e apontou o gládio para o rosto de Carbo, forçando-o a dar um passo para trás.

— Maldito engraçadinho. Você acha mesmo que pode brincar comigo assim tão fácil? Não me importo nem um pouco se ela é sua ou não.

Carbo corou.

— Eu...

— Saia daqui! — Crixus olhou para Chloris. — Então, você é desse merda, não é? Preciso me lembrar de cortar seu pescoço quando terminarmos.

— Não! — gritou Carbo e empenhou a espada.

A ponta da espada de Crixus foi parar embaixo do queixo dele.

— Está testando a minha paciência, romano. Quer morrer agora?

"Se eu morrer, Chloris morre também."

— Não.

— Então, pense um pouco. Vou contar até três. Se ainda estiver aqui quando eu terminar, vou deixar meus amigos aqui acabarem com você. Um...

Carbo lançou a Chloris o que esperava ser um olhar encorajador, antes de se virar e fugir. Enquanto corria, em seus ouvidos ressoavam as risadas dos gauleses. Pensou que Chloris gritaria, implorando para que ele não a abandonasse, porém, ela não gritou.

Isso doeu muito mais.

Carbo passou pelo cadáver na porta da cozinha com um salto. Abrindo a porta, correu para o jardim. Vagamente, percebeu que a menina saía do santuário, com a boca entreaberta, confusa.

— Volte para lá! — sussurrou ele. — Os desgraçados não têm motivos para vir aqui fora.

— Aonde você vai? — perguntou ela, chorosa.

— Buscar ajuda. — Tentando não pensar que estava abandonando uma criança indefesa, Carbo correu em direção ao portão dos fundos.

Spartacus. Precisava encontrar Spartacus.

Se não conseguisse encontrá-lo, e depressa, Chloris morreria.

O período que se seguiu foi o mais longo de toda a vida de Carbo. Nunca tivera uma missão mais urgente e jamais enfrentara tantas frustrações pelo caminho. Em todas as ruas, não encontrava nada além de morte, destruição e os homens que as causavam. Não havia sinal de Spartacus em parte alguma. Carbo teve dificuldade até para reconhecer muitos dos homens armados que encontrava. Felizmente, para ele, o contrário não acontecia, e foi pouco agredido no caminho. Os homens até obedeciam aos seus comandos como líder. Carbo não sabia o motivo, mas a matança parecia ter diminuído e, com isso, a sede por sangue. Agora, escravos e gladiadores estavam à procura de vinho, alimentos e mulheres — não necessariamente nessa ordem.

Havia homens sobre as ânforas, inclinando-se para beber o vinho que vazava livremente no chão de pedra. Eles passavam uns para os outros pedaços de carne que rasgavam com os dentes. Pedaços de queijo eram fatiados com facas ainda cobertas de sangue. Aos pés de alguns soldados, Carbo viu bolsas de couro abertas, expondo moedas. Era tudo que ele esperava. O que o surpreendeu, e quase o irritou, foram os gritos das mulheres. Eles ressoavam com terror e dor. Para onde olhava, Carbo via mulheres sendo estupradas. Em geral, por homens, muitos deles, mas às vezes a violência era ainda pior. Carbo não sabia como alguém podia enfiar uma lança ou espada dentro de uma mulher. Em pouco tempo, acabou vomitando os restos do mirrado café da manhã. Assustado, aterrorizado pela violência, ele caminhou da casa para o templo, à procura de Spartacus.

Quando o encontrou, foi totalmente por acaso. Olhando ao redor, viu um dos citas olhando para ele da porta de uma casa comum.

— Você viu Spartacus?

— Aqui dentro — foi a resposta resmungada. — Por quê?

Carbo já estava passando, sentindo o desespero maior do que o medo de Atheas.

— Onde ele está?

— No escritório... no pátio.

Carbo trotou. Passou pela távola e viu várias máscaras de morte dos ancestrais dos donos antes de chegar ao amplo quadrado central. Spartacus estava sentado em um banco de pedra, cercado por montes de pergaminhos. Taxacis estava sentado no chão perto dele, bebendo vinho de uma taça delicada de vidro. Os dois olharam para frente quando Carbo entrou. Taxacis franziu o cenho.

— Pelo Cavaleiro, o que aconteceu com você? — perguntou Spartacus.

Carbo passou a mão, distraidamente, no sangue que manchava seu rosto.

— Não é meu sangue.

— Fico feliz em saber. — Spartacus inclinou a cabeça com os olhos curiosos. — Você parece assustado. O que foi?

Carbo contou a história em uma confusão de palavras, quase sem parar para respirar.

Spartacus ficou de pé, amaldiçoando seu azar em voz baixa. Para evitar problemas com Crixus, ele poderia — deveria — ter se recusado se intrometer. Porém, depois de toda a lealdade de Carbo, aquilo pareceria uma traição enorme. Crixus estava errado e ponto final. "O maldito teimoso não vê as coisas dessa maneira, é claro." Seria ruim intervir? Spartacus fez uma careta. "Veremos em breve."

— Vamos correr antes que seja tarde demais.

Carbo sentiu um peso no estômago. "Provavelmente já é tarde."

— Taxacis! Atheas! — Spartacus virou-se para Carbo. — Qual é o caminho?

Entorpecido, ele seguiu na direção da porta. Os três homens o acompanharam.

"Que ela ainda esteja viva, Dionísio. Sua amiga e a menina também."

Eles não demoraram muito para chegar à casa. Carbo tentou entrar, mas Spartacus o puxou para trás.

— Deixe-nos entrar primeiro.

Ressentido, Carbo deu um passo para o lado.

— Onde eles estão?

— No pátio.

— E são três?

— Só vi três.

Spartacus desembainhou a sica. A lâmina comprida e curva estava coberta por manchas vermelhas secas. "Independentemente do que muitos outros fizeram, não matei nenhuma mulher hoje." Ele olhou para os citas, que seguravam suas armas.

— Não quero que sangue seja derramado a não ser que seja absolutamente necessário.

Eles sorriram maldosamente para ele.

— Vamos. — Spartacus deu um passo cuidadoso para dentro do átrio, depois mais um. Os citas entraram em seguida, com passos leves. Carbo foi o último. Atravessou a porta, vendo, pela primeira vez, a imagem de um cão preto nervoso no chão de mosaico. Parecia real.

Uma corrente ao redor de seu pescoço parecia impedi-lo de atacar Carbo. Embaixo dele, estavam as palavras "*Cave Canem*". "Cuidado com o cão", pensou ele. "Não o escutei quando estava no pátio. Por que não?"

O motivo ficou claro depois de alguns passos. O corpo de um cachorro grande e preto estava estendido no corredor. A boca ainda estava torta em um rosnado, os olhos, no entanto, tinham o brilho vidrado que apenas a morte traz. Seu cadáver estava coberto de feridas, e tripas roxas do intestino saíam de sua barriga. Repousavam sobre o sangue do animal como linguiças frescas em um molho de vinho tinto.

— Não foi páreo para Crixus — sussurrou Spartacus. — Poucas coisas são.

Carbo sentiu uma nova onda de medo. Não escutava som algum. Seria tarde demais?

O gemido baixo — de mulher — que chegou aos ouvidos dele logo depois nunca foi tão bem-vindo. O som foi acompanhado pelo gemido alto de um homem. "Permita que Chloris esteja viva."

Spartacus fez um gesto rápido e um dos citas se colocou do lado esquerdo dele e o outro, do direito. Suando em bicas, Carbo tomou a posição da retaguarda. Outro sinal, e eles entrariam. Dando a volta pelo implúvio, uma espécie de tanque que armazenava a água da chuva caída do telhado, eles chegaram à porta que dava acesso ao pátio.

Temendo o que veria, Carbo espiou por cima do ombro de Spartacus. Apenas um gaulês estava de pé. Cutucava nas unhas com uma adaga e observava Crixus e um terceiro homem estuprando as duas mulheres. Carbo afastou as lágrimas de fúria que encheram seus olhos. Não era hora de ser fraco.

Os lábios de Spartacus formaram a palavra "Perfeito" para os dois. Então, ergueu a mão esquerda em um comando claro para que a ação começasse. Ele e os citas partiram como flechas lançadas pelos arcos de caçadores. Carbo se esforçou para acompanhá-los.

Em silêncio, cobriram a distância de vinte passos em cerca de quatro batidas do coração. Quando o gaulês que estava de pé percebeu que havia algo errado, a espada de Atheas já estava em seu pescoço. Soltou a adaga com um baque suave em um canteiro. Spartacus levou um dedo aos lábios, e o guerreiro assustado assentiu. Crixus e seu companheiro não perceberam nada, ainda violentando as vítimas sem qualquer preocupação. Não surpreendeu o fato de as mulheres estarem com os olhos fechados. Chloris mordia o próprio punho.

A ira de Carbo começou a consumi-lo. O importante não era apenas resgatar Chloris. Também queria matar os gauleses. "Foi por isso que Spartacus me colocou atrás", percebeu. "Sabia como eu reagiria."

— Crixus! — gritou Spartacus.

O grande gaulês virou a cabeça. Seu rosto foi tomado pelo choque. Disse uma blasfêmia, saiu de perto da amiga de Chloris e ficou de pé. Seu companheiro se apressou a fazer o mesmo. Os dois homens ainda estavam com as malhas de ferro, mas nus da cintura para baixo. Carbo viu sangue em seus pênis, e sua raiva aumentou.

— Seus animais de merda! — gritou ele. Tentou passar por Spartacus, mas o braço forte do trácio o impediu.

— Pensei que você sairia correndo à procura de seu senhor. Covarde maldito — disse Crixus a Carbo. Olhou para Spartacus. Diferentemente de seus companheiros, não havia medo no rosto dele. No entanto, teve o bom senso de não levar a mão à arma. — O que vocês querem aqui?

— Carbo me pediu para vir — explicou Spartacus. — Uma delas é mulher dele.

— Duvido que ele a queira agora — disse Crixus, rindo. — Ela recebeu minha semente e Lugurix já a usou. Segomaros também estava se divertindo muito. — O homem ao lado dele sorriu, e Carbo fez força, furioso, para se livrar do braço de Spartacus.

— Pode ser — disse Spartacus. — Mas termina aqui. A garota vem conosco. Assim como a outra.

— Sou um dos líderes desta maldita rebelião — rebateu Crixus, com as veias do pescoço inchadas. — Posso fazer o que quiser.

— Não aqui, não pode. Chloris é a mulher de Carbo desde que Amatokos foi morto. Você sabe disso.

Crixus deu um passo na direção de Spartacus.

— O que você vai fazer? Vai me matar se eu tentar impedi-lo?

— Se for preciso, sim — respondeu ele, com calma. A sica de Spartacus estava novamente embainhada na cintura dele, mas Carbo sabia que, se Crixus se movesse em direção à espada, que estava a cinco passos, seria um homem morto. Os outros teriam o mesmo fim nas mãos dos citas.

Os gauleses também estavam cientes disso.

Crixus olhou para Spartacus com ódio por um momento, e então rosnou:

— Como quiser. Não gostaria de estragar minhas lâminas nessas putas mesmo. — Ele olhou para seus homens. — Depois de todo esse ramerrão, fiquei com sede. Vamos procurar um pouco de vinho, se é que restou algum. — Rindo, ele se vestiu.

Com esforço, Chloris se sentou. Desejando ajudá-la, Carbo empurrou o braço de Spartacus.

— Espere — disse o trácio. — Espere até que eles saiam.

Irritado, Carbo obedeceu. Olhou para os companheiros de Crixus. "Se os deuses me ajudarem, matarei vocês dois se tiver a oportunidade. E Crixus também."

Ninguém poderia imaginar o que aconteceu depois.

Girando o corpo, Chloris ficou de pé.

Carbo se entristeceu ao ver o que havia acontecido com ela. Mesmo com cortes no rosto e sangue escorrendo pelas coxas, ela continuava bela.

Chloris deu um passo à frente, e segurou as plantas que decoravam o espaço ao seu lado. E então, de repente, pegou uma adaga. Segomaros, o homem mais próximo dela, estava ocupado enfiando uma das pernas em sua roupa de baixo. Não viu Chloris avançar nele. Tarde demais, sentiu a lâmina correr por sua malha e perfurar suas costas. Soltou um grito animalesco e cambaleou. Rosnando como um cão, Chloris o apunhalou diversas outras vezes, penetrando facilmente a proteção da malha. Gemendo alto, Segomaros caiu de joelhos.

— A vaca me matou, Crixus — disse ele surpreso, antes de cair de cara no chão. Debateu-se uma ou duas vezes, e então ficou imóvel.

Um instante depois, Chloris caiu sobre ele, desmaiada.

— Sua puta! — gritou Crixus, pegando a espada. — Vou matar você!

— Comigo, Taxacis! — avançou Spartacus, com a sica empunhada.

O cita foi pela lateral. Assim como Carbo. Juntos, eles se colocaram entre Crixus e Chloris. Mais para o lado, Atheas ameaçou Lugurix.

— Saia da minha frente — berrou Crixus.

— Saia agora — ordenou Spartacus. — Você não vai pegá-la.

O rosto de Crixus ficou vermelho de ódio.

— A vida de uma maldita escrava vale mais do que a de meus guerreiros?

— Nesta situação, sim.

— A puta sabe lutar como Segomaros sabia?

— Não.

— Então, para que ela serve? Eu exijo que seja morta! É o que ela merece por apunhalar um homem pelas costas.

— Um homem que acabara de estuprá-la — respondeu Spartacus, em tom ácido.

— Quero vê-la morta mesmo assim.

— Carbo quer que ela viva.

— Quem se importa com ele? É um romano nojento! O que importa é o que eu quero — gritou Crixus.

— Carbo é um dos meus homens. Também é leal, o que é muito mais do que posso dizer a seu respeito.

— Então, será assim. — Os olhos de Crixus pareciam duas pedras de gelo.

— Isso mesmo — retrucou Spartacus, com frieza. "Precisaria ser dito mais cedo ou mais tarde."

Crixus pigarreou e cuspiu aos pés de Spartacus.

— Não somos bem-quistos aqui, Lugurix — resmungou ele. — Vamos.

O silêncio reinou quando Crixus e Lugurix caminharam em direção à porta.

— Ainda não terminou, Spartacus. Não esquecerei que você favorece outros e não a mim — gritou o enorme gaulês. — Essa puta precisa ficar atenta a partir de agora. Seu amiguinho também.

Só quando Crixus foi embora, Carbo percebeu que estava prendendo a respiração. Depois de soltar a espada, ele correu até Chloris e rolou seu corpo com delicadeza.

— Chloris? Está segura agora. Está me ouvindo? Sou eu, Carbo.

Ela gemeu, e suas pálpebras tremeram.

— Você voltou. Obrigada.

— Claro que voltei.

— Estou muito cansada. Acho que vou dormir agora. — Ela fechou os olhos.

— Vou encontrar uma cama para você — disse Carbo, determinado. Ele olhou para os cômodos ao redor do pátio. Então, lembrou-se de Spartacus. Corado de vergonha, ele se virou. — Não tenho como agradecer. Você salvou a vida dela.

— Fico feliz por termos chegado a tempo. Você entende por que não permiti que matasse Crixus?

— Porque ele lidera muitos homens. Você ainda precisa dele.

— Isso mesmo. Por enquanto, preciso dele, assim como preciso de Castus, de Gannicus e dos homens deles. — Esboçou um sorriso. — Mas aqueles dois são um pouco mais fáceis de manter sob controle.

— São sim. — "Que Crixus seja amaldiçoado e vá para Hades", pensou Carbo.

— Felizmente, o maldito precisa de mim. Por isso, para ele, é vantajoso ficar. — Spartacus olhou ao redor. — Consegue resolver as coisas agora? Deixarei Atheas para lhe ajudar. — *E para protegê-lo,* foi a mensagem subentendida. — Ariadne virá assim que eu encontrá-la.

— Sim. Obrigado. — "O jogo de Spartacus foi perigoso", pensou Carbo, observando-o se afastar. Sentiu grande gratidão por ver o que o trácio era capaz de fazer por ele. Enquanto Atheas protegia a casa, Carbo saiu para procurar a menina. Ela poderia lhe mostrar onde ficava o melhor quarto e um local para banho. Ele também esperava que Ariadne chegasse logo. Chloris precisava de todos os cuidados que ele pudesse proporcionar.

Spartacus estava muito mais sério do que Carbo ao se afastar da casa. Apesar de todas as demais ameaças, Crixus ainda não havia falado em partir. Ainda.

"Mas o filho da puta vai partir. Aposto a minha vida que vai."

Spartacus chegou à conclusão de que precisava de alguma forma prender Castus e Gannicus a ele. Para que quando a separação ocorresse, estes permanecessem com ele.

Carbo teve o cuidado de cobrir os cadáveres do pai e do irmão da menina antes que ela os visse. Ficou aliviado ao perceber que, ao ocupá-la, conseguia distraí-la e fazer com que se esquecesse do que havia acontecido. Ela andava de um lado para o outro, pegando água do poço, rasgando faixas de tecido para fazer bandagens e ajudar a levar a segunda mulher a um quarto. O mesmo não podia ser dito a respeito de Chloris. Ela sorriu vagamente para Carbo quando ele a levou para um quarto, mas assim que a deitou na cama, ela começou a chorar de novo.

— Está doendo. Está doendo muito.

Carbo olhou para baixo e precisou se controlar para não blasfemar. Havia manchas vermelhas na parte de baixo do vestido dela. Ainda sangrava. Sentindo-se totalmente inútil, ele se sentou na beira da cama, afastando as mechas de cabelo que tinham caído sobre o rosto dela.

— Calma. Ariadne chegará logo. Dará a você algo para diminuir a dor. — "Ela vai saber o que fazer."

Os lábios dela tremeram, porém, em vez de sorrir, fez uma careta. "Esculápio, por favor, ajude-a", implorou Carbo em silêncio. Ele não costumava rezar ao deus da saúde, mas aquela era uma ocasião excepcional.

Ele tentou fazê-la beber um pouco de vinho, mas ela não quis. Até mesmo convencê-la a engolir um pouco de água foi um esforço. Na maior parte do tempo, ela parecia não perceber a presença dele. No entanto, se sentiu bem ao ver que, ao parar de acariciar sua cabeça, seus olhos se abriram.

— Isso é bom. Por favor, continue.

— Pode deixar. — Ele sentiu a garganta apertar de emoção ao obedecer ao pedido dela. — O que você estava fazendo aqui, Chloris?

A vergonha tomou seu rosto.

Ele esperou.

— Eu estava procurando dinheiro. Nós duas estávamos.

— Por quê? Eu lhe daria dinheiro, se você quisesse.

Silêncio.

Carbo se deu conta logo em seguida e ficou estarrecido.

— Era para você fugir, não era, Chloris? — Sem abrir os olhos, ela assentiu. — Você poderia ter dito — disse ele. — Eu teria lhe dado.

— Mesmo? Eu queria voltar para a Grécia.

— Eu não a teria impedido.

— Sinto muito. Eu o julguei mal. — Ela entortou os lábios. — Conte-me algumas histórias, por favor. Assim, vou me esquecer da dor.

Engolindo o pesar e o choque diante da revelação feita por ela, Carbo começou. Na esperança de melhorar o ânimo de Chloris, relatou todos os acontecimentos engraçados de que se lembrava. De uma vez, quando ele caiu em cima de um monte de estrume na fazenda da família. De quando tentou pegar mel de uma colmeia e foi perseguido por abelhas iradas por um quilômetro e meio até chegar ao rio. Para evitar as picadas, ele teve que largar os favos e pular na água. Até chegou a lhe contar sobre quando foi flagrado por Paccius espiando as escravas enquanto elas se vestiam de manhã.

Ela sorriu ao ouvir tudo aquilo.

— Rapazes são rapazes... Você não tem nada do que se envergonhar, principalmente depois de ter salvado a minha vida.

— Não salvei você — disse ele amargamente. — Spartacus a salvou.

— O que você ia fazer?... Enfrentar três guerreiros? Eles o cortariam em pedacinhos. O que seria de mim se isso acontecesse?

Carbo não respondeu. Sentiu o coração tomado por uma mistura de emoções quando olhou para ela. Impulsivamente, ele se inclinou para a frente e beijou sua testa suada. Mais um sorrisinho. Voltou a acariciar seus cabelos e a observar seu rosto. O rosto do qual aprendera a gostar. Ele ainda gostava dela, apesar de ela querer deixá-lo.

Carbo estava na mesma posição quando Ariadne chegou. Assustado, ele se levantou.

— Você veio.

— Claro. Assim que Spartacus me encontrou. — Ariadne olhou para baixo e viu a enorme mancha vermelha no vestido de Chloris. Ela respirou fundo. — Pelos deuses do céu. Ela foi estuprada, não foi?

— Sim, por Crixus e dois de seus homens — respondeu ele.

— Cachorros imundos. Há quanto tempo?

— E-eu não sei.

— Ela perdeu muito sangue durante o ato? — Ariadne colocou os dedos no pulso esquerdo de Chloris. Seus lábios se moveram em silêncio enquanto ela contava as pulsações.

Ao perceber o tom de urgência de Ariadne, Carbo voltou a pensar no pátio.

— Não, acho que não.

Franzindo a testa, Ariadne levantou o tecido sujo do vestido de Chloris.

Carbo desviou o olhar, porém, voltou a observar quando Ariadne se sobressaltou.

— O que foi?

— Isto — apontou ela.

Carbo forçou-se a olhar. Entre as coxas de Chloris, havia um coágulo gelatinoso vermelho-escuro. Era do tamanho de dois punhos unidos. A roupa de cama embaixo dela estava repleta de sangue. Ele se sentiu tomado pelo medo.

— O que isso significa?

O rosto de Ariadne estava cheio de tristeza.

— Ela perdeu muito sangue — disse ela. — Não posso fazer mais nada.

— Ela vai morrer?

— Ela está muito próxima da morte — respondeu Ariadne em voz baixa, tirando as roupas de Chloris.

Carbo observou os traços de Chloris, seu rosto mais pálido do que antes.

— Não — sussurrou ele, colocando o dedo embaixo da narina dela. Muito tempo se passou até que sentisse sua respiração fraca. Sentiu náusea e sabia que Ariadne tinha razão. Quem podia perder tanto sangue e sobreviver? Sentiu o enjoo tomar todo o seu corpo. — Como os deuses podem ser tão cruéis?

— É muito difícil, eu sei.

Carbo encolheu os ombros.

— Quanto tempo ela ainda tem?

Ariadne encostou os lábios no ouvido dele.

— Ela provavelmente terá falecido ao pôr do sol. Sinto muito.

Carbo lhe agradeceu, e ela assentiu e se retirou. Assim que voltou a ficar a sós com Chloris, foi tomado por um desespero selvagem. Nos meses anteriores, ela havia se tornado cada vez mais importante para ele. Num piscar de olhos, toda a sua felicidade virara cinzas. Carbo pensou em Crixus e em seus amigos sorridentes. Procurou esquecer aquilo. "Que se fodam. O tempo que me resta com Chloris é muito precioso."

Acariciou os cabelos dela de novo. Sem saber o que fazer, ele falou sobre os momentos que passaram juntos e de como se sentira bem com ela. Que guardaria as lembranças para sempre. Então, começou a falar de Atenas, mencionando todos os detalhes do que ela havia lhe contado. A quadra rica, repleta de árvores, com vista para o lindo Parthenon, onde ela cresceu. Os sons feitos pelos sacerdotes enquanto rezavam. Chloris brincando com Alexander, seu irmão mais novo. As idas até a cidade, para ajudar os escravos da cozinha a comprarem alimentos e para visitar parentes com a mãe. As vezes em que ia ao ginásio para ver os atletas lutarem e lançarem discos.

Carbo não parava de falar, enchendo o ambiente de palavras carinhosas. Por fim, quando a garganta já estava seca e ele não conseguia mais continuar, calou-se. Observou o rosto de Chloris. Estava mais relaxado, e ele percebeu que não a via respirar havia muito tempo. "Ela morreu", pensou calmamente. De certo modo, sentiu-se aliviado. Pelo menos, sua morte tinha sido pacífica. Carbo lhe deu um último beijo nos lábios, pegou um lençol limpo do chão e cobriu seu corpo.

Uma fúria glacial tomou conta dele. Tudo o que queria agora era matar Crixus e Lugurix. Era uma tarefa hercúlea. Mesmo que conseguisse matar Lugurix, o grande líder gaulês era um assunto totalmente diferente. Carbo sabia que, na verdade, não tinha chance alguma. Não se importou. A morte seria melhor do que a dor que sentia naquele momento. Claro que não era simples. Poucas pessoas se importariam se Lugurix morresse, mas a rebelião toda seria prejudicada se, por uma intervenção maluca dos deuses, ele matasse Crixus. Poderia fazer isso com Spartacus?

Carbo não sabia ao certo.

Spartacus teria preferido dormir no acampamento, mas a situação calma em Forum Annii o convenceu a passar a noite na cidade. Estando presente, ele poderia impedir que grandes atrocidades acontecessem. Pelo menos, em teoria. Na verdade, ele não podia estar em todos os lugares ao mesmo tempo. Porém, sua presença no fórum central, onde milhares de escravos haviam se reunido para comemorar, moderaria os ânimos. "E isso", pensou ele, levando-se a comoção geral, "só pode ser algo bom."

Havia enormes fogueiras acesas ao redor dele, alimentadas por um fluxo constante de mobília das casas próximas. Dezenas de carneiros e gado tinham sido tirados de seus cercados e mortos ali mesmo, cortadas em pedaços dispostos em espetos de madeira e assados sobre as chamas. Vários músicos — homens que tinham sido libertados durante o ataque? — tocavam tambores e liras, lembrando Spartacus da Trácia. O ritmo forte atraiu muitos gladiadores e escravos animados, que dançaram, rodopiaram e se mexiam de um lado para o outro. Bebendo vinho, eles entoavam canções a plenos pulmões. Os tons diferentes se misturavam e causavam uma estranha cacofonia, mas eles não conseguiam disfarçar os ruídos feitos por animais vindos da escuridão, de todas as direções.

Spartacus bebeu um pouco de vinho. Por mais que quisesse se embebedar para não se incomodar com o barulho, não se entregou a tal desejo. "Preciso me manter alerta. O estupro faz parte da guerra, e estou em uma. Não teria como impedir tudo isso, nem se tentasse."

— Aqui está você — disse alguém.

— Gannicus. — Spartacus sorriu quando o gaulês de rosto redondo se aproximou. Em uma das mãos, ele levava uma pequena ânfora; na outra, um pedaço de carne mordido. — Está se divertindo?

— Sim, por Belenos! Isto é muito melhor do que congelar o traseiro em uma tenda no meio do nada. — Gannicus arrotou. — E você?

— É bom ficar diante de uma fogueira bebendo vinho — respondeu Spartacus de modo evasivo.

Gannicus não percebeu. Sentou-se ao lado dele suspirando alto.

— Os homens precisavam disto. Se continuassem marchando daquele jeito sem comida, começariam a desertar, não acha?

— Sim, é verdade — admitiu Spartacus, um pouco contrariado.

Gannicus o cutucou com força.

— Mas agora mais homens se unirão a nós!

— O que quer dizer que precisamos continuar avançando. Mais homens significam que precisaremos de mais provisões.

— Para onde? Para o sul de novo?

— Sim. A costa ao longo do mar Jônico é tida como incrivelmente fértil. É repleta de pequenas cidades que poderemos atacar. A região foi muito boa para Hannibal por cerca de uma década, então deve nos servir também.

— Isso me parece excelente. — disse Gannicus, mordendo um pedaço de carne e mastigando, satisfeito.

— Pensei que encontraria vocês dois juntos — reverberou a voz de Castus, vinda das sombras. Ele surgiu à luz, afivelando o cinto. "Maldito. Sei o que estava fazendo."

— Bem-vindo! — cumprimentou Spartacus.

Sem nada dizer, Gannicus ofereceu sua ânfora. Castus a levou à boca, deixando o líquido vermelho descer por sua garganta. Grande parte dele escorregou por seu rosto e pescoço, mas ele só parou depois de engolir uma boa quantidade.

— Pelos deuses, isso é bom — disse ele, tirando as gotas do bigode. — Estou com uma sede que jamais senti.

— Procure uma bebida para você, então — resmungou Gannicus, esticando o braço longo. — Não vai acabar com a minha.

Com um olhar de desagrado, Castus devolveu a jarra.

— Pegue esta. — Spartacus entregou a ele sua ânfora.

Castus a pegou sorrindo.

— Onde vocês acham que Varinius está? — perguntou Gannicus de repente.

Castus franziu o cenho.

— Quem se importa? Ele não está por aqui.

— Ele virá atrás de nós. Tenham certeza disso — alertou Spartacus.

Os gauleses ficaram pensativos, o que agradou Spartacus. "Eles precisam saber que os romanos não nos esquecerão."

— Mais uma reunião secreta sem mim? Isso está se tornando um hábito — disse Crixus, cambaleando ao se aproximar.

Castus e Gannicus riram.

— Venha beber um pouco.

Resmungando e olhando feio para Spartacus, Crixus se aproximou ainda mais.

— Se eu não conhecesse vocês, diria que preferem se reunir sem mim.

Spartacus queria estourar sua ânfora na cabeça do gaulês grande, mas se controlou.

— Cale-se! — gritou Castus. — É você quem evita a nossa companhia.

— Ai, ai — resmungou Crixus. — Bem, você sabe o motivo disso.

— Paz — disse Gannicus, mas Crixus não aceitou.

— Além de nos dar ordens o tempo todo, ele interfere em assuntos nos quais não foi chamado. Não é mesmo, trácio?

Spartacus sentiu a raiva ferver em seu peito. Percebeu que o tom de Crixus estava mais prepotente do que nunca. "O imbecil não se esqueceu do que aconteceu hoje. Não é uma boa hora para ficar sentado." Ele se levantou com cuidado, fingindo alisar a túnica.

— Todos concordamos com a estratégia e para onde devemos seguir. Certo? — Gannicus assentiu, Castus fez uma careta e Crixus cuspiu com desdém. "Como eu esperava."

— Você fala coisas que não entendo. Pode me explicar?

— Sabe exatamente do que estou falando!

— Mas os outros não sabem.

Crixus resmungou com raiva.

— Eu e alguns amigos estávamos procurando uma casa hoje, mais cedo, e por acaso encontramos duas coisinhas bonitas. Duas escravas.

Estávamos começando a nos divertir com elas quando aquele ratinho do mato chegou... como ele se chama?

— Você sabe como ele se chama — respondeu Spartacus, com frieza.

— *Carbo*. Carbo chegou dizendo umas bobagens; disse que uma das vacas era a mulher dele. Eu lhe disse para sair dali, então, ele correu à procura de seu senhor. Spartacus. Com os dois cães de caça, os citas, ao lado. Eles nos pegaram no ato, com as roupas arriadas, e nos forçaram a nos afastar das mulheres. — Crixus observava enquanto Castus ria. — Depois, a puta do Carbo conseguiu pegar a adaga do Segomaros. Ela o apunhalou e o matou! Eu quis vingança, mas Spartacus me impediu. Tudo isso apesar de eu ser um dos malditos líderes deste maldito exército!

A expressão de Castus e de Gannicus mudou.

— É verdade? — perguntou Castus.

— É jeito de falar — respondeu Spartacus, com calma. — Mas Carbo não estava mentindo. Uma das mulheres era a esposa dele. Chamava-se Chloris. Era mulher de Amatokos, antes de ele morrer. Desde então, estava com Carbo. E isso quer dizer que, depois de Carbo ter pedido ajuda, o assunto passou a ser problema *meu*. — Ele olhou para todos. Crixus era o único que mantinha um olhar desafiador. "Desgraçado."

Gannicus franziu o cenho.

— Ela se *chamava* Chloris?

— Sim. Ela morreu. A pobre criatura morreu de tanto perder sangue pelo que fizeram com ela.

Crixus riu, e Spartacus sentiu sua ira aumentar.

Gannicus hesitou.

— Bem, então acabou, certo? A mulher que matou seu homem morreu. Esqueça isso. Beba mais um pouco — disse ele, para apaziguar, entregando sua ânfora a Crixus.

O grande gaulês a arrancou de sua mão.

— E daí se a puta realmente era de Carbo? Eu tinha todo o direito de fodê-la se quisesse! Carbo é um nada. Um pedaço de merda na sola de minha sandália!

— Carbo é um de meus homens, e é leal.

— É mais do que você diz sobre mim — retrucou Crixus.

— Exatamente — respondeu Spartacus.

— Vá se foder! — vociferou Crixus, pegando a adaga da bainha.

Soltando o vinho, Spartacus empunhou a sica. "Então é assim que as coisas terminam", pensou. "Ótimo. O bastardo estava procurando isso. De qualquer forma, ele se separaria do exército."

Os outros dois saíram do caminho.

— Não há necessidade disso — gritou Gannicus.

— Dê o fora daqui! — berrou Crixus, avançando com a arma para cima de Spartacus, que impediu o golpe.

O gaulês girou, carregado pela força do movimento, e Spartacus abaixou a espada. Sua intenção era cortar o braço de Crixus que empunhava a adaga, mas a sica não encontrou o alvo.

— Você acha que pode me acertar com um golpe tão simples? — Crixus se afastou. No instante seguinte, voltou à ofensiva, com o gládio em movimento como a língua de uma serpente de metal. Eles trocaram diversos golpes agressivos, e Spartacus se enfureceu. A lâmina de ferro do gaulês era mais grossa do que sua arma, e, se ele não tomasse cuidado, a sica poderia se quebrar. Se isso acontecesse, ele estaria morto. Moveu o pé para trás, forçando Crixus a ir em direção a ele.

— Está com medo?

— De você? — devolveu Spartacus, com desdém.

A provocação funcionou. Crixus rosnou furioso e avançou, balançando o gládio como se fosse uma espada gaulesa. Se tivesse um escudo com o qual se defender do ataque, Spartacus teria tentado acertar a axila do outro, mas fazê-lo sem proteção seria arriscado demais. Ele retrocedeu alguns passos e Crixus o acompanhou, sorrindo prazerosamente.

— Está pronto para morrer?

A resposta de Spartacus foi pegar sua ânfora e lançá-la em Crixus. Quando o gaulês se abaixou, Spartacus avançou, movendo-se de lado com a sica. Sorriu satisfeito quando a lâmina cortou o braço de Crixus.

— Bastardo! — Afastando-se, Crixus olhou para o ferimento com desprezo. — Acha que isso vai me deter?

— É só o começo — respondeu Spartacus, com frieza.

— É mesmo? Então, o que acha disto? — Movendo-se depressa para um homem de seu tamanho, Crixus avançou. Spartacus atacou com a sica, que o gaulês tirou do caminho. Em vez de se afastar, Crixus seguiu em frente, batendo em Spartacus e aplicando uma forte cabeçada. A reação rápida de Spartacus de virar a cabeça impediu que seu nariz fosse quebrado. A testa de Crixus bateu no rosto dele, lançando-o para trás. Em seguida, Crixus o acertou na lateral da cabeça, e seus ouvidos soaram. O gaulês gritou triunfante e ergueu o gládio. "Grande Cavaleiro, ajude-me", pediu Spartacus. "O próximo golpe não será com a mão, mas com a lâmina."

De repente, teve uma ideia. Pigarreou e cuspiu no rosto de Crixus com muita intensidade.

— Foda-se! — gritou ele.

O choque e a incredulidade tomaram o rosto do gaulês, e Spartacus apontou a sica para ele, forçando-o a se defender. Retomando a iniciativa, Spartacus atacou. Estava na hora de matá-lo. "Minha lâmina não vai se quebrar. O Cavaleiro não permitirá."

— Um, dois, três! — vociferou Gannicus. Juntos, ele e Castus derramaram o conteúdo de duas ânforas sobre Spartacus e Crixus.

Assustados, os dois se separaram.

— O que, em nome de Hades, significa isso? — gritou Crixus.

Os dois gauleses avançaram com as espadas empunhadas.

— Isso já foi longe demais — disse Gannicus. — Vocês vão se matar.

— Eu vou matá-lo, é isso o que você quis dizer! — gritou Crixus.

Spartacus riu com ironia.

— Nem sonhando.

— Parem com essa merda! — berrou Castus. — Se começarem de novo, vamos apunhalar os dois pelas costas.

Spartacus voltou à razão, e se sentiu melhor. "O Cavaleiro está agindo aqui."

— Por quê?

— Por quê? Porque vocês dois são valiosos demais, não podemos perdê-los — explicou Gannicus. — O exército precisa de vocês. Não de um dos dois morto e o outro tão ferido a ponto de não poder lutar. E é isso o que provavelmente aconteceria se deixássemos essa briga continuar.

Crixus estreitou os olhos.

"Gannicus tem razão", pensou Spartacus. "E só os deuses sabem quem de nós dois acabaria morto no chão no fim."

— Bebam um pouco e esqueçam tudo isso! — Castus pegou outra ânfora e a entregou a Crixus. O gaulês a segurou. Olhou para ela por um minuto, e Spartacus se preparou para se abaixar. No entanto, em vez de lançar o objeto, Crixus riu. Olhou para Spartacus com arrependimento.

— Podemos fazer isso depois, certo? — E bebeu vários goles do vinho.

Castus e Gannicus trocaram um olhar de alívio.

"Gauleses! Eles são totalmente malucos." Sem baixar a guarda, Spartacus pegou a ânfora e bebeu.

— Vamos encontrar Varinius e varrê-lo da face da Terra! — vociferou ele.

Notadamente, até mesmo Crixus gritou aprovando a decisão.

Contudo, todos que tinham testemunhado o confronto sabiam que o assunto não havia sido resolvido.

Apenas adiado.

CAPÍTULO XVIII

Nos dias que se seguiram, Carbo fez o melhor que pôde para evitar a companhia de pessoas. Cumpriu suas obrigações como o segundo em comando de seu grupo, reunindo os homens e cuidando para que todos estivessem prontos para deixar as ruínas de Forum Annii. Seguiu as ordens de Egbeo, manteve os escravos em fila enquanto marchavam e os supervisionou todas as noites enquanto montavam acampamento. Até persistiu com o treinamento dos novos recrutas, centenas de homens que se uniam a eles todos os dias. Porém, fazia tudo isso de modo automático, porque tinha de fazer. Dentro dele, sua raiva e seu pesar não tinham limites. Navio era a única pessoa com quem ele se abriu, e apenas uma vez, no dia em que Chloris morreu.

Navio segurou seu ombro de modo solidário.

— Sei como é difícil — disse ele.

Sabendo que pessoas de quem o amigo gostava tinham sofrido coisas terríveis, Carbo assentiu e guardou ainda mais a raiva que sentia. Trancá-la dentro dele era o que podia fazer para seguir em frente. Apenas quando via Crixus ou Lugurix, as emoções fortes voltavam. Por sorte, Navio estivera presente em todas essas ocasiões. Assim, pôde contê-lo.

— Você vai acabar morrendo.

— E daí? — respondeu Carbo. Desde que se vingasse, não se importava com o resto. Pensava em morte o tempo todo. Todas as noites, seus sonhos eram os mesmos. Mas, ainda assim, uma parte dele havia mantido a sanidade, porque tinha permitido que Navio o detivesse, apesar de ranger os dentes, frustrado. Sentia-se melhor com o fato de o grande número de homens do grupo tornar raros os encontros com os gauleses. Ainda assim, saber que eles estavam vivos e impunes corroía sua alma.

Certa noite, cerca de três semanas depois do saque a Forum Annii, ele se assustou ao ver Spartacus se aproximando de sua tenda. Carbo se lembrou do confronto com Crixus e abaixou a cabeça, esperando que o trácio estivesse à procura de outra pessoa.

— Carbo.

Indisposto, ele olhou para a frente.

— Spartacus.

— Posso me sentar?

— Claro — respondeu ele, sentindo-se culpado. Fez um gesto para a pedra onde estivera Navio, que supervisionava seus homens. — Eu ofereceria um pouco de vinho, mas não tenho nada. Quer um pedaço de pão?

— Já comi, obrigado. — Spartacus observou Carbo com seus olhos acinzentados. — Não vejo você há algum tempo.

— Ando ocupado. — Carbo se arrependeu da resposta maldada assim que a disse.

Spartacus sorriu.

— Sei como é.

Corando, Carbo abaixou a cabeça.

— Tenho algo para lhe contar.

Carbo encarou Spartacus.

— Lugurix sofreu um acidente grave.

Carbo se alegrou.

— É mesmo?

— Sim. Hoje de manhã, ele escorregou em um caminho estreito. Caiu cerca de duzentos passos e foi parar em uma área logo acima do rio, na base do desfiladeiro. Não morreu na queda. Ao que parece, quebrou a coluna, porque gritava como um homem atingido por uma flecha nas entranhas. Resgatá-lo estava fora de questão, por isso tivemos que deixá-lo lá. Se ainda não estiver morto, estará até amanhã cedo. Uma maneira terrível de morrer — disse Spartacus casualmente.

A cabeça de Carbo latejava de ira e felicidade.

— Ele caiu?

Spartacus piscou.

— Bem, ele teve uma pequena ajuda de Atheas. Ninguém mais viu, naturalmente. Crixus não suspeita de nada. — Carbo permaneceu olhando para Spartacus, sem entender. — Compreendo o que Chloris significava para você. Também queria que soubesse que não me esqueci de Lugurix nem do que ele fez. Ele seria punido. Mas tínhamos que esperar o momento certo, só isso.

Carbo sentiu a própria pulsação no pescoço.

— E Crixus?

— Já lhe disse: ele é importante demais para a rebelião. Por enquanto, pelo menos. Consegue lidar com isso?

Carbo hesitou. Sentia-se extremamente feliz pelo fato de Lugurix ter sofrido uma morte lenta, mas a alegria foi estragada pelo que Spartacus lhe pedia.

— Você quer que eu não o mate?

— Isso mesmo — respondeu Spartacus, sério. Ele sabia muito bem que, apesar de Carbo ter pouca chance de atingir seu objetivo, as pessoas desesperadas, ou sem vontade de viver, às vezes são mais bem-sucedidas onde as outras falham.

Carbo, alheio à atenção do líder, ficou contente com a consideração que lhe era dada. Permaneceu sentado por alguns minutos, pensando. Sabia que Spartacus não podia esperar, contudo, não concordaria se não julgasse correto.

— Você disse "por enquanto" ao falar sobre a minha vingança em relação a Crixus. O que quis dizer com isso?

"O garoto é mesmo corajoso", pensou Spartacus. Não toleraria aquilo de mais ninguém, porém, Carbo trouxera Navio para o grupo, e os esforços deste faziam maravilhas em seus homens. Graças a isso, daquela vez, ele poderia ser menos duro com o rapaz.

— Se chegar o dia em que Crixus decidir se afastar do grupo, você poderá fazer o que quiser. — "Quando chegar", acrescentou Spartacus para si mesmo.

— Muito bem — disse Carbo, aparentando satisfação. — Prometo que cumprirei minhas tarefas até lá.

— Ótimo. — Spartacus se levantou.

— Obrigado por ter matado Lugurix — agradeceu Carbo, levantando-se também.

— Agradeça a Atheas.

— Você entendeu o que quis dizer — protestou Carbo. — Isso é extremamente importante para mim.

— Eu sei. — Spartacus deu um tapa em seu braço. — A dor diminui com o tempo. Você vai ver.

Carbo se surpreendeu quando o trácio se afastou. "Ele sabe exatamente o que dizer." De certo modo, a ideia de não prejudicar Crixus começou a ter menos importância. Carbo se sentiu muito melhor em relação a tudo. Sentando-se à frente da fogueira, ele começou a assoviar uma canção alegre da qual ele e Paccius gostavam.

Spartacus se sentou em uma área livre entre as árvores na encosta da montanha, observando as águas azuis e brilhantes do mar Jônico. Ariadne estava ao lado dele. Em uma planície um pouco abaixo, perto da costa, ficava o acampamento. Era enorme, estendendo-se por uma área maior do que a ocupada por oito legiões, ou até dez. "Também é ordenada", pensou Spartacus, orgulhoso. As tendas eram dispostas em fileiras razoavelmente retas. Uma muralha grande de barro e uma vala profunda circundavam o perímetro; sentinelas caminhavam de um lado para o outro, patrulhando a fortificação. Do lado de fora, milhares de homens eram treinados por seus oficiais: marchavam de um lado para o outro em formação, como paredes de proteção, e discutiam entre si. Havia atiradores em posição, lançando pedras em alvos de palha a centenas de passos. Esquadrões de cavaleiros em cavalos da montanha, de crina desgrenhada, galopavam e se viravam juntos, com as lanças brilhando ao sol forte.

— É um exército agora — disse ele, satisfeito. — Bem grande. — "E quase tão bom quanto os outros que formei na Trácia."

— É — respondeu Ariadne. — E graças a você.

Ele a puxou para si.

— Você teve participação nisso também. Os homens se reúnem para ouvir a sacerdotisa de Dionísio falar. Desejam escutar as palavras do deus.

Ela sorriu para ele, agradecida.

— Talvez. Mas os quarenta mil homens que se uniram a nós nos meses desde o Forum Annii não vieram me escutar. Vieram para segui-lo. Spartacus, o gladiador. O homem que ousa desafiar Roma. O homem que dá esperança aos escravos.

— A esperança pode ser algo perigoso — retrucou Spartacus, franzindo o cenho.

Estava claro que ele andava pensando em algo desde o amanhecer. "Ele está pronto para falar."

— Por que diz isso?

— Por fora, as coisas não podiam estar melhores. Nosso contingente quadriplicou. Despistamos Varinius e encontramos um lugar afastado para passar o inverno. O solo é fértil aqui, na "arca do tesouro da Itália", e as terras e vilarejos que invadimos são ricos. Só em Metapontum conseguimos o suficiente para dois meses de alimentos. Heracleia foi igualmente próspera. Thurii é nossa, se quisermos. Centenas de cavalos selvagens foram capturados e domados para serem usados como cavalaria. Pulcher tem muitos ferreiros fabricando armas do amanhecer até a noite. Centenas de escravos se unem a nós. — Ele sorriu para ela. — Até mesmo Crixus tem se mantido calado ultimamente.

— Desde a luta em Forum Annii ele tem se mantido discreto, não?

— O desgraçado provavelmente está recrutando aliados para que, no momento certo, muitos homens o sigam, mas pelo menos não tem procurado briga. Apesar dessa vantagem, ainda estamos vivendo em um mundo de sonhos.

Ariadne sentiu-se menos animada.

— Roma não nos esqueceu, é isso?

— Isso mesmo — disse ele seriamente. — Este lugar pode parecer o paraíso, mas não vai durar muito mais do que a neve nas montanhas ao norte. Quando o gelo começar a derreter na primavera, as legiões virão à nossa procura. — Ele retorceu os lábios com ironia. — Hannibal sobreviveu nesta área por mais de uma década. Talvez ele tenha sido o melhor general da história, e ele sempre venceu Roma em todos os planos. Mas os malditos teimosos nunca admitiram que tinham sido derrotados por ele, mesmo depois de Canas. Simplesmente recrutaram mais homens e continuaram lutando. Demorou quase uma geração, mas, ainda assim, Hannibal foi derrotado no fim. — Spartacus suspirou. — E ele tinha soldados profissionais. Eu tenho escravos.

— Eles não são mais escravos — argumentou Ariadne. — São homens livres. Todos eles.

— É verdade — admitiu ele. — Mas não são legionários.

— Eles foram treinados incansavelmente por meses... como os recrutas nas legiões — disse ela.

— Talvez. Mas a maioria não veio ao mundo com a atitude de guerreiro que todo romano tem. Tampouco são veteranos de combate. Quando Roma enviar seus melhores homens contra nós, como deve ocorrer inevitavelmente, meus soldados lutarão ou fugirão? — Estranhamente, ele se sentiu aliviado por ter expressado sua maior preocupação.

Ariadne apontou para as pessoas na planície abaixo.

— Aqueles homens amam você! — gritou ela. — Seguiriam você até o fim do mundo.

O orgulho brilhou nos olhos de Spartacus.

— Você tem razão. Faço a eles um desserviço. Mas o resultado será o mesmo. Ainda que derrotemos os romanos em outra batalha, e de novo, eles não serão derrotados. Um homem não pode matar todas as formigas de um formigueiro. Não é possível. — Ele pareceu pensativo. "Ainda assim, esse é o caminho difícil que eu teria escolhido na Trácia."

Ariadne sentiu o coração começar a bater forte de novo. Eles não tinham falado sobre sair da Itália desde aquela conversa há meses, mas o assunto ocupava sua mente agora. Aparentemente, a dele também. No entanto, ela não queria ser a primeira a falar. Spartacus ainda não sabia que ela estava grávida. Não podia achar que ela queria influenciá-lo.

Ele inclinou a cabeça para ela.

— O que você está pensando?

— Eu também estava me perguntando em que você estava pensando — disse ela de modo evasivo.

— Não temo morrer em batalha — disse ele, pensativo. — Mas se houver outro caminho a tomar... um caminho que não evite confronto com nossos inimigos, eu o seguiria com certeza.

Ariadne esperou.

"Por favor, guie-o, Dionísio."

— Os romanos não ficarão à espera e não nos deixarão marchar pelos Alpes — disse Spartacus, rindo. — Colocarão todas as malditas legiões que têm em nosso caminho. — O pensamento deixou Ariadne enjoada. — Se nosso exército conseguir passar por esses testes, bem... — Spartacus hesitou antes de dizer: — Fora da Itália, podemos ser livres. — Ariadne sentiu vontade de festejar. — Crixus não vai me seguir, claro. Isso nunca aconteceria. Mas quando eles escutarem o que tenho a dizer, acho que Castus e Gannicus vão me seguir. Eles já perceberam que sou um general melhor do que o compatriota deles.

— Depois da maneira com que você organizou o exército, só um tolo pensaria de modo diferente.

Ele a encarou com ar questionador.

— Você disse pouco sobre a minha sugestão, mas foi você quem a mencionou há algum tempo. Você ainda a considera boa?

Ela sorriu.

— Sim. Roma é grande demais para nós a derrubarmos. Também acho que você deve voltar para a Trácia. É por isso que estava apontando para o leste em seu sonho. — "Isso é o que você quer interpretar", interferiu sua consciência. — E tem outra coisa. — Ele ergueu uma sobrancelha. — Minha menstruação está atrasada há dois meses. — Ela se mostrou impaciente diante da incompreensão de Spartacus. — Estou grávida.

Seu rosto se iluminou em um sorriso.

— Grávida?

Ariadne sorriu ao se inclinar para a frente para beijá-lo.

— Foi o que eu disse.

— Que notícia maravilhosa. Graças ao Cavaleiro!

— Acho que é mais graças ao fato de você me prender na cama todas as manhãs — brincou Ariadne. Os olhos simpáticos contrariavam o tom de repreensão.

— Um homem tem certas necessidades — disse ele, com um sorriso torto. — Será um menino, como você disse?

Ela passou a mão na barriga.

— Sim, acho que sim. Seu primogênito teria que ser homem, não?

— Gostaria que fosse. — Spartacus fez um rápido cálculo mental. — Ele vai nascer na época da colheita.

— É o que acho.

— Ótimo. Estará quente e ensolarado, e ele estará forte no inverno — disse Spartacus, satisfeito. — Assim, teremos tempo para seguir para o norte também.

— Quando você vai falar com os outros líderes? — "Quanto antes, melhor."

— Agora — disse ele, levantando-se. — Já é quase primavera. Quero estar pronto para me mudar quando for a hora.

Ariadne percebeu um leve movimento. Olhou para baixo, viu um cavalo e um cavaleiro galopando em direção ao campo pelo oeste. As chibatadas dadas pelo cavaleiro contavam uma história. "Os deuses sempre colocam algo no caminho." Ela tentou não se preocupar.

— Pode ser que sua conversa tenha que esperar.

O olhar de Spartacus seguiu o dela. Ele contraiu a mandíbula diante do que viu.

— Talvez. Mas ainda precisarei falar com os outros.

— O que você acha que é? — perguntou ela delicadamente, já suspeitando qual seria a resposta.

— Varinius — disse Spartacus. — Ele nos encontrou.

— O imbecil teve alguns meses para lamber as feridas e recrutar mais homens — disse Spartacus. O cavaleiro trouxera as notícias que ele esperava. O homem estava de pé mais para o lado, suado e cansado, observando Spartacus falar com Castus, Gannicus e Crixus. — Não surpreende que Varinius estivesse à nossa procura. Ele não pode voltar ao Senado sem relatar algum sucesso. Seria pendurado pelas bolas.

— Até agora, ele só teve derrotas — disse Gannicus, com um sorriso de predador.

— Logo, terá mais uma — resmungou Crixus.

— O mensageiro contou que Varinius tem mais de seis mil homens agora — alertou-o Castus. — Tem andado ocupado, recrutando em Cumas.

— Só isso? É uma gota no oceano em comparação com nossas forças! — exclamou Crixus.

— Mesmo assim, não podemos subestimá-lo — argumentou Spartacus. — É mais do que uma legião.

— Perdeu a vontade de lutar por causa dessa vida fácil? — perguntou Crixus.

Os olhos de Spartacus ficaram sérios e frios.

— O que você acha?

— Eu... — começou Crixus.

Spartacus o interrompeu.

— Eu já tinha concordado que lutaríamos contra Varinius, e sou um homem de palavra. Mas precisamos estar atentos a tantos legionários. Podemos superar os filhos da puta com oito ou nove homens para cada um, porém, em mais de uma ocasião, vi exércitos romanos enfrentarem possibilidades piores do que essa, e ainda assim, saírem vitoriosos.

Castus ficou atento. Gannicus esfregou o nariz e não disse nada.

— Isso não vai acontecer conosco! — respondeu Crixus furiosamente.

— Com certeza não vai! — Spartacus olhou para o mensageiro. — A que distância de Thurii você disse que eles estavam?

— A cerca de dois dias de marcha, senhor.

— Dois dias...

Gannicus percebeu a expressão pensativa de Spartacus.

— O que você tem em mente?

— Acho que deveríamos fazer uma armadilha para Varinius. Algo que ele não esperaria de escravos.

— Parece interessante — disse Castus, parecendo mais animado.

— Fale logo, então — pediu Crixus.

— Carbo fez amizade com um dos guardas no portão principal em Thurii — revelou Spartacus. — Ele traz carne de veado e de porco selvagem de vez em quando. Se Carbo pedir para ele abrir o portão à noite em troca de mais dinheiro, o tolo aceita.

Castus ergueu a sobrancelha.

— Você está pensando em tomar a cidade?

— Por que não? Só deve haver algumas centenas de defensores. A maioria estará velha ou fora de forma. Se agirmos esta noite, o local será nosso até amanhã de manhã.

— Por que faríamos isso? — perguntou Crixus.

— Aproxime-se um pouco e vou contar — disse Spartacus, com um sorriso maldoso.

Publius Varinius estremeceu e ajeitou a capa ao redor dos ombros esquálidos. Aproximou-se do braseiro no centro do cômodo onde dormia. A madeira úmida estalou, liberando um pouco de calor. Com os olhos atentos, Varinius disse uma blasfêmia. Desde que deixara o conforto de Cumas, parecia que sentia frio o tempo todo. Nada que ele fizesse ou vestisse afastava o frio de seus ossos. O que não o surpreendia. Cada dia era uma repetição do anterior. Acordar em uma tenda fria. Comer um café da manhã frio. Levantar acampamento.

Dar ordens aos sentinelas. Segui-los, caminhando sob a chuva de inverno e a neve em terrenos íngremes, lamacentos e inóspitos. Não encontrar nada. Armar novo acampamento. Comer carne malpassada ou meio queimada e mingau no jantar. Dormir o sono dos exaustos — ou dos mortos. Despertar no dia seguinte e fazer tudo de novo. Mais um acesso de tosse tomou conta dele.

"Maldito Spartacus." Ele e seus homens passaram semanas seguindo rumores aqui e ali. Para grande frustração de Varinius, toda pista se tornara um beco sem saída. Apesar de o nome Spartacus estar na boca de todos, não havia sinal do gladiador fugidio em nenhuma parte de Campânia. Até aquele momento, em Lucânia, não tinha sido diferente. "É mais difícil do que encontrar uma agulha em um palheiro", pensou Varinius, irritado. Pelo menos, eles chegariam à cidade de Thurii no dia seguinte. Ali, ele poderia encontrar um cavalo. Deitar sob lençóis quentes e secos com um teto sobre sua cabeça. Em breve nunca mais teria que dormir em uma tenda.

Olhou para o pergaminho sobre a mesa com um olhar desconfiado. Havia chegado pelo mensageiro no dia anterior. Sem dúvida, Marcus Licinius Crassus, o homem que o escrevera, estava, naquele momento, deitado no conforto de sua cama. "Se o maldito pudesse me ver agora, provavelmente riria até chorar." Varinius não se sentia bem por receber uma carta pessoal de um dos homens que guiavam o caminho da República. Se ele já tivesse obtido um pouco de sucesso, teria se apressado a abri-la, mas desde que deixara a capital, a maldita missão parecia fadada ao fracasso. Varinius não gostava de ficar preso a esse assunto, mas se obrigou a isso, porque Crassus já devia ter tomado conhecimento de seus contratempos a essa altura. Seus relatos vagos e dúbios até agora não convenceriam nem mesmo um imbecil, muito menos o político mais rico e um dos mais astutos de Roma. De maneira preocupante, suas dificuldades não podiam ser atribuídas somente ao azar da parte dele e de seus oficiais. "Pensando bem", refletiu Variunius, "separar as forças foi uma má ideia."

Depois da surpreendente vitória contra Lucius Furius e depois contra, Lucius Cossinius, os homens de Spartacus fizeram a afronta de invadir dois dos acampamentos de Varinius, causando várias mortes, afundando ainda mais o moral enfraquecido dos soldados na lama de Campânia. A doença havia prejudicado ainda mais o contingente das tropas. "É um milagre que mais homens não tenham desertado", pensou Varinius. Quando a notícia de que os escravos tinham deixado o antigo acampamento de Glaber, não houve dúvida acerca de liderar uma invasão a ele ou de perseguir Spartacus pelo interior. Pode ter parecido covardia, mas ir para Cumas a fim de se reagrupar e aumentar sua força com os novos recrutas tinha sido a única opção sensata. Do contrário, ele teria enfrentado um motim.

É claro que Crassus ou o Senado não encarariam a situação desse jeito. Os comandantes romanos não se retiravam a ponto de ficarem fora do alcance dos inimigos. Principalmente quando o inimigo não passava de um grupo de gladiadores e de escravos fugidios.

Blasfemando em voz baixa, Varinius pegou a carta. Rompeu o selo de cera com o polegar e desenrolou o pergaminho.

> "A Publius Varinius, pretor da República de Roma: saudações. Espero que esta carta o encontre saudável e calmo, e que os deuses continuem a favorecê-lo. (Varinius franziu o cenho. "O sarcasmo já começou", pensou. Observou as palavras muito bem-escritas: a marca de um escriba profissional.) Faz quatro meses desde que você e seus oficiais partiram de Roma nessa missão gloriosa a qual foram responsabilizados pelo Senado. ("Isso mesmo, relembre isso.") As notícias que chegaram a mim na capital têm sido alarmantes, no mínimo. Foi surpreendente o bastante saber da emboscada calamitosa a Lucius Furius, mas a morte trágica de Lucius Cossinius e de muitos de seus homens foi ainda mais chocante. Acredito que os escravos também terão mais sucesso com ataques aos acampamentos romanos. Além dos incidentes durante a guerra civil, atitudes ousadas assim não são testemunhadas na Itália há gerações. Não podem continuar. Apesar de eu, pessoalmente, não ter dúvida de que sua retirada para Cumas foi realizada pelo melhor dos motivos, outros em Roma não veem seus atos de modo tão positivo. Tamanho cuidado não causará a destruição daqueles que ousaram desafiar a República de forma tão flagrante. Isso não pode acontecer novamente. É doloroso para mim, porém, sinto que devo lembrá-lo do destino de Caius Claudius Glaber, seu antecessor. Acredito, no entanto, que seu futuro será melhor que o dele. (A ideia de ter que cair sobre a própria espada fez Varinius suar frio. Forçou-se a continuar lendo.) Que sua determinação siga firme. Rogo a Diana, a caçadora, que o guie para encontrar Spartacus. Que Marte mantenha seu escudo sobre você e seus homens! O sucesso

logo será seu, e a paz voltará mais uma vez a Campânia. Estou ansioso para recebê-lo quando voltar vitorioso a Roma. Com preocupação fraternal, sigo sendo seu amigo pretor,

Marcus Licinius Crassus."

E foi só... como se ele já não soubesse. Varinius encolheu os ombros sentindo-se pressionado. "Seja bem-sucedido, morra tentando ou cometa suicídio a pedido do Senado", era isso o que as palavras de Crassus deixavam subentendido. "O que fiz para merecer tal destino? Como esta tarefa tão simples se tornou tão problemática?" Amassando o pergaminho, ele o jogou no braseiro, observando com satisfação quando ele escureceu e começou a queimar.

A mensagem, contudo, ficou gravada em sua mente.

Uma tosse discreta o distraiu de sua tristeza.

— Senhor?

Varinius se virou.

— Ah, Galba! — Ele se esforçou para parecer contente ao ver seu centurião mais velho, um veterano calvo com pernas arqueadas e expressão malvada.

— O que foi?

— Boas notícias, senhor.

Varinius prestou atenção a ele.

— É mesmo? Bem, entre, entre. Está ventando muito aí fora.

Galba entrou, deixando a faixa que servia de porta da tenda solta.

— Mandei um cavaleiro à frente para Thurii hoje de manhã como o senhor pediu. Ele acabou de voltar.

Desapontado, Varinius franziu o cenho. Sabia que haveria uma boa recepção a ele e a seus homens na cidade. Para que lembrá-lo agora, quando estava com frio e arrasado?

— Você só veio me contar isso?

— O senhor não entende. Ele não conseguiu entrar no vilarejo. Está sitiado pelos homens de Spartacus.

Varinius não conseguiu acreditar no que ouvira.

— Então eles são fortes?

— Pelo que ele disse, sim, senhor. Ele é um bom rapaz, serviu o exército por mais de cinco anos.

— Thurii ainda é nossa?

— Aparentemente, senhor. Há muitos defensores nos muros.

— Rá! Um monte de ratos nojentos não poderia tomar uma cidade. O que os tolos estão pensando? — gritou Varinius, confiante. — Quantos havia?

— Difícil dizer, senhor. Ele não pôde passar muito tempo ali. Disse que seria mais de uma legião. Seis, sete mil, talvez mais.

— Então Spartacus tem andando ocupado — concluiu Varinius, estreitando os olhos. — Mas são apenas escravos, não são?

— Eles não serão páreo para nossos rapazes, senhor — respondeu Galba corajosamente.

— Há catapultas ou armas de cerco?

— Não, senhor.

— Claro que não — disse Varinius. — Como é o terreno próximo a Thurii?

— Em sua maior parte, plano, senhor. Como o senhor sabe, o mar fica a alguns quilômetros a leste da cidade. Uma grande área de árvores fica ao norte, que é de onde Spartacus provavelmente atacou. A estrada principal vem do leste, por uma área com muitas árvores, e a maioria delas fica ao sul.

— Então, eles só podem se retirar por onde vieram?

— Isso mesmo, senhor.

— Excelente! — Varinius socou a mão direita na esquerda. — Se partimos de madrugada, quando chegaremos lá?

— O mensageiro diz que fica a cerca de 24 quilômetros, senhor.

— No início da tarde, então. Tempo suficiente para uma batalha. Guiarei as tropas em um ataque frontal para abrir passagem, e nossa cavalaria pode bloquear a rota de fuga deles. Vamos matar os filhos da puta.

— Eles não saberão o que os atingiu, senhor — concordou Galba, animado.

— As trombetas devem ser tocadas uma hora antes do amanhecer. Quero todos os homens prontos para partir quando o sol surgir no horizonte. Armas e apenas o suficiente para alimentar homens durante um dia — ordenou Varinius rapidamente.

— Usaremos as catapultas e as balistas, senhor?

— Deixe uma coorte como proteção. Deve nos seguir por trás. E mais uma coisa, Galba: espalhe a notícia de que a batalha de amanhã será muito fácil.

— Muito bem, senhor. — Sorrindo, Galba fez uma mesura e se virou.

O ânimo de Varinius não se elevava tanto havia semanas. Ele pegou o jarro de água e serviu-se de um copo grande. O vinho tinha um gosto muito melhor agora. "Aquele maldito Crassus será convencido em grande estilo. Vai se esforçar para ser meu amigo." Varinius começou a imaginar como escreveria a carta ao Senado informando sobre sua vitória.

— "Spartacus morreu"? — refletiu ele. — Seria um bom começo.

Varinius dormiu como um bebê. Seu dia também começou bem. Quando o horizonte ficou rosado, seu adivinho, um idoso dentuço de Larium, havia degolado uma galinha e lido suas entranhas. Para alegria de Varinius, os presságios foram muito favoráveis. O dia terminaria com uma vitória estrondosa para Roma. Os escravos seriam derrotados, haveria muitas mortes. O próprio Spartacus seria capturado ou morto, e os cidadãos de Thurii cobririam Varinius e seus homens de louros. Mais importante: seu caminho pelo *cursus honorum* estaria garantido.

Para Varinius, agora bem-disposto, os 24 quilômetros até Thurii não pareciam mais do que oito. O humor entre seus homens também estava bom, felizmente. Nos meses anteriores de problemas, ele havia se acostumado com as expressões chateadas deles, além das blasfêmias que lhe eram dirigidas. As deserções aumentaram muito, assim como o número de homens que fingiam estar doentes. Agora, pela primeira vez depois de muito tempo, Varinius escutou os legionários cantando e não reclamando. "Não pode ser só porque o jugo deles foi aliviado", pensou. Eles estavam marchando com muito entusiasmo. Pareciam homens que de fato queriam lutar. Varinius achou que devia agradecer a Galba. Aquele foi o maior exemplo de todos. O veterano havia se tornado indispensável desde o início da campanha.

Varinius queria tanto chegar a Thurii que deixou o protocolo de lado e cavalgava diante de suas tropas e não na posição normal dos comandantes, um pouco atrás. Apenas sua cavalaria, quatrocentos auxiliares alemães experientes estavam na frente dele e de seus oficiais seniores. Os alemães seguiam na frente desde a partida da coluna, sondando o terreno e reportando-se a Varinius a intervalos regulares.

Felizmente, não havia sinal de inimigo algum. "Os tolos distraídos. Nem sequer perceberão que estamos chegando."

O campo fértil a oeste de Thurii era típico do sul da Itália. Campos grandes cercados por árvores e arbustos tinham sido separados para o cultivo de trigo ou de vinhas. As plantações de ambos tinham sido colhidas havia muito tempo, e agora os campos estavam arados e vazios. Gralhas piavam irritadas ao serem perturbadas dos galhos vazios das árvores pelos soldados que avançavam em marcha. Dos dois lados da estrada havia inúmeras filas de vinhas desfolhadas, despojadas de sua glória outonal. Varinius, um grande enófilo, havia conhecido o suficiente das vindimas para pensar em comprar terras no local. Os preços altos o haviam impedido até então. "Isso não será mais um problema depois de hoje", pensou, triunfante.

Uma dúzia de alemães apareceu na estrada, e Varinius sentiu o estômago revirar. Fingiu não notar os cavaleiros que se aproximavam, conversando distraidamente com Toranius, um dos questores. No entanto, logo o barulho dos cascos dos cavalos não pôde mais ser ignorado.

— Ah. Alguma notícia, talvez — disse Varinius casualmente.

Ao ver a capa vermelha e o capacete de crina de cavalo, os alemães pararam diante dele. O cavaleiro da frente fez uma saudação exagerada.

— Pretor — cumprimentou-o com um forte sotaque latino. — Vimos o exército de escravos.

— Eles não são um maldito exército! — gritou Varinius. — Podemos dizer que são um bando.

O alemão inclinou a cabeça concordando.

— De fato, senhor.

— Onde estão?

— Reunidos ao redor dos muros da cidade. Não vi tropas na retaguarda deles, senhor.

— Você foi visto?

— Havia alguns sentinelas, senhor, mas nós os matamos. — O alemão correu um dedo pelo pescoço. — Até onde sei, o resto não tomou conhecimento de nossa presença.

Varinius podia sentir o gosto do sucesso. Era mais doce do que havia imaginado. Não mais atravessariam o caminho pela lama, enfrentando o clima ruim. Apenas uma batalha curta e certeira, com desfecho garantido.

— Muito bem — disse ele. — Você sabe o que fazer.

— Circundamos ao norte e esperamos perto da linha de árvores até que os escravos comecem a se retirar. Então, caímos sobre eles como loucos — respondeu o alemão.

— Sem trégua. Nenhuma trégua! Quero que seus homens matem até seus braços não mais conseguirem erguer uma espada — instruiu Varinius.

— Sim, senhor. — O alemão sorriu animado. Repetindo as palavras de Varinius, ele deu a volta com o cavalo na direção de Thurii. Seus homens o seguiram.

— Quais são as suas ordens, senhor? — perguntou Toranius.

— Quero uma formação tripla assim que os muros da cidade aparecerem. — Varinius não via motivos para não usar o método de ataque que fora testado por gerações de generais romanos. — Vamos avançar nos cães em ritmo de caminhada e atacá-los a centenas de passos.

— Eles lutarão, senhor?

— Duvido muito! Em solo plano, ninguém consegue dominar o legionário romano. Muito menos um bando de malditos escravos. — Varinius sorriu, satisfeito. — Escreva o que digo, Toranius: eles fugirão assim que nos virem. Provavelmente não receberemos nem lanças.

Meia hora depois, Varinius estava ansioso. Enfim havia se retirado e se colocado atrás de seus homens — afinal, não havia necessidade de ser tolo —, porém, em cima do cavalo, tinha uma visão central e excelente do campo de batalha. Toranius e as quatro tribunas permaneceram próximas, prontas para dar ordens durante a batalha. À esquerda e à direita de Varinius estavam os escalões de 12 coortes completas — cinco na primeira linha, quatro na segunda e três atrás. Espaços curtos separavam as três fileiras. Trombetas foram ouvidas quando os homens assumiram a posição final. Varinius se encheu de orgulho. "Pelos deuses, como eles estão bem." Os centuriões tocavam seus apitos e gritavam ordens da linha frente de cada coorte; perto de cada oficial, o estandarte dourado da unidade era levado para que todos o vissem. Os *optiones* ficavam atrás das últimas fileiras de soldados, com as lanças prontas. O trabalho deles era matar qualquer homem que tentasse se afastar ou fugir. "Isso não vai acontecer hoje."

Satisfeito ao ver que as forças estavam prontas, Varinius olhou na direção de Thurii, a menos de um quilômetro dele. O mensageiro acertara a estimativa. A mancha negra ao redor dos muros indicava que os escravos tinham cercado toda a cidade, o que significava que eram muito mais numerosos do que seus legionários. "E daí?", pensou, sarcástico. Não havia ordem clara na massa de homens à frente dele. Bem longe disso. Em vez de gritos de guerra, o som de berros assustados era ouvido. "Excelente."

— Eles nos viram. Acelerem o ritmo! — ordenou Varinius.

O músico ao lado dele levou o instrumento aos lábios e soprou uma série de notas, que foi repetida pelos outros tocadores. E então, em ordem, as filas dos legionários começaram a marchar adiante. *Trum, trum, trum.*

Cada vez mais animado, Varinius recuou com o cavalo cerca de vinte passos.

— Mantenham a ordem, homens — gritou um centurião. — Mantenham o primeiro pilo pronto!

— Firmes — disse Galba. — Queremos atacar os malditos ao mesmo tempo.

— Vingança a Lucius Furius e seus homens! — gritou alguém.

— E a Lucius Cossinius — ouviu-se outro grito.

— VINGANÇA!

A gritaria começou a ecoar para todos os lados, abafando a movimentação dos escravos.

— SI-LÊN-CIO! — berrou Galba, batendo a lâmina nos capacetes dos homens ao redor dele. — Vamos nos aproximar dos malditos em silêncio!

Demorou um pouco, mas os centuriões e os oficiais menores retomaram o controle. Um silêncio estranho se abateu sobre os legionários. Varinius não havia lutado muitas batalhas, mas reconhecia bem a atmosfera. O ar estava tomado pelo cheiro de couro e de suor. O barulho dominante foi, mais uma vez, o bater de cáligas no chão lamoso. Ao mesmo tempo, ouvia-se também o bater de pilos na lateral dos escudos e o barulho metálico das malhas. Por todos os lados, os homens tossiam e cuspiam. Murmuravam orações aos seus deuses de devoção e sorrateiramente tocavam os amuletos pendurados no pescoço. Varinius sentiu o estômago apertar de ansiedade. Respirou profundamente e soltou o ar de novo. "Pense no efeito que isso terá. É totalmente assustadora a aproximação do inimigo em silêncio total. É por isso que fazemos assim."

A distância entre os romanos e os escravos diminuiu para cerca de 250 passos. A ansiedade de Varinius aumentou. Ainda estavam bem além do alcance das lanças do inimigo, mas próximos o bastante para denunciar que haveria batalha. Sentindo o medo dos escravos, seus homens se tornavam cada vez mais dispostos. Contudo, os centuriões experientes permaneciam calmos, cuidando para que ninguém se adiantasse.

A duzentos passos, os legionários receberam a ordem de bater os pilos com ritmo na borda de metal da parte superior dos escudos.

Clac. Clac. Clac.

O som era irritante. Ele tinha a intenção de causar medo no coração dos homens. A promessa do beijo da morte da ponta de uma lança ou da lâmina de um gládio. Para garantir a ida ao outro lado.

Poucos inimigos conseguiam enfrentar o terror dessa aproximação.

Gritos incoerentes eram ouvidos de onde os homens de Spartacus estavam, e então, diante dos olhos de Varinius, a massa de escravos se dividiu em duas partes. Metade correu para o sul, enquanto a outra foi em direção às árvores ao norte.

Varinius conteve um grito.

— Duas coortes sigam para a esquerda, três para a direita! — Ele esperou o rapaz da trombeta passar os comandos, e então ordenou que as quatro coortes na segunda fileira se dividissem por igual e seguissem seus camaradas, e pediu para a última fila de três parar e se manter no centro. — Toranius, quero que você lidere o ataque ao sul. É um campo aberto, por isso os filhos da puta não terão como não cair de cara na lama. Persiga-os com vontade. Mate todos eles, se puder!

— Sim, senhor. — Os dentes de Toranius estavam muito brancos em contraste com o rosto sujo.

— Vocês ficam aqui — ordenou Varinius, olhando para duas de suas tribunas. — O resto deve seguir as coortes para a esquerda. Quero que os levem diretamente aos alemães. Eles atacarão quando for a hora e acabarão com os bastardos com sua muralha de escudos. — Para o trompetista: — Anuncie o ataque. Lanças a postos.

Observou a grande satisfação quando suas ordens logo foram acatadas. Os legionários em ataque deram início aos gritos de guerra, e dessa vez os centuriões não os impediriam.

— Matem! Matem! Matem!

O espaço à esquerda de Varinius ficou escuro quando centenas de pilos foram lançados em direção aos escravos, que recuavam. As armas avançavam em arcos graciosos e letais e Varinius contou sua pulsação. Uma. Duas. Três. Quatro. Cinco. A ponta das lanças estava virada em direção à terra. Seis. Sete. Oito. Os gritos começaram, e ele parou sua contagem com um sorriso. "Não há nada como lanças para causar pânico em uma multidão em polvorosa."

Olhou para a direita, observando o desenrolar da cena. Toranius faria um bom trabalho. Era jovem, porém, firme.

Olhou para a frente. O portão principal da cidade se abria. "Os defensores estão fazendo uma investida", pensou, divertindo-se. "É melhor os idiotas se apressarem se quiserem um pouco de ação. Ou talvez eles estejam vindo me agradecer por livrar o traseiro deles."

Centenas de homens armados saíram. Vestidos com malhas romanas e os típicos capacetes de bronze, eles corriam com os escudos unidos. Em silêncio total. Diretamente para as três coortes de Varinius.

Varinius hesitou.

— O que, em nome de Júpiter, eles estão fazendo?

Olhou ao redor, contudo, Toranius e suas tribunas já não estavam ali.

Quando se virou, os homens estavam vinte passos mais próximos. Varinius se assustou ao ver que alguns deles tinham cabelos e bigodes compridos. Olhou para as filas e seu coração quase parou. Havia um núbio na linha de frente. E um homem com o rosto tatuado que só podia ser um cita ou algo do gênero.

— E-eles não são romanos! É uma armadilha! — gritou ele.

Ansiosamente, o trompetista ergueu o instrumento.

— Quais são suas ordens, senhor?

— Reagrupar — gritou Varinius. — Ataque de lanças a cinquenta passos.

Tam-taram. Tam-taram-taram.

Os escudos dos legionários se uniram quase de uma vez.

— Braços direitos para trás — gritavam os centuriões. — Pilos prontos!

Varinius apeou do cavalo e entregou as rédeas a seu assistente, que tirou o animal do meio da confusão para que fosse poupado. Ergueu o escudo e empunhou a espada. Varinius havia usado a arma em batalha apenas uma vez, mas acalmou-se ao segurar o cabo firme de marfim entalhado.

— Certo, homens. Vamos mostrar aos desgraçados o que é coragem. POR ROMA!

— POR ROMA! — gritaram eles. — POR ROMA!

A coragem de Varinius ganhou força.

— É só o que consegue fazer, Spartacus?

Não era.

Ele arregalou os olhos horrorizado. A onda de homens partindo do portão da cidade não havia cessado. Na verdade, aumentara. Agora, suas três coortes tinham sido ultrapassadas em número, e a situação logo pendeu para o lado dos escravos. Além disso, os homens que corriam em direção aos legionários pareciam determinados como os veteranos romanos mais dispostos. Eles ainda não tinham dito nenhuma palavra. Cinquenta passos separavam os dois lados agora, não mais que isso. Naquele instante, os centuriões deram a ordem e uma onda de lanças romanas voou. Os escravos demoraram um pouco a reagir, e enviaram uma torrente de lanças na direção oposta. E então, para surpresa completa de Varinius, eles ergueram os escudos para se protegerem.

— Ergam os escudos! — ordenaram os centuriões.

Como um tolo, Varinius olhou para cima. Ao ver algo brilhando na direção dele, abaixou-se atrás do escudo. O movimento salvou sua vida. Ouviu-se um som alto, como um assovio, e um pilo voou para onde a cabeça dele estivera. Acabou fincado na terra. Mais dois voaram a sua esquerda, e um grito tenebroso atrás dele indicou que o assistente fora atingido. Varinius balançou a cabeça como um homem embriagado tentando encontrar o caminho de casa.

— Isso não pode estar acontecendo.

Mas estava.

CAPÍTULO XIX

Mais uma onda de lanças foi atirada, e então os dois lados se chocaram, emitindo um som parecido com um trovão gigante. Os legionários de Varinius recuaram com o impacto e a fúria do inimigo. Pelo menos dois soldados caíram ou foram derrubados. Não conseguiram se levantar. Os gládios foram lançados, fincando-se no corpo deles com força. Os espaços deixados por tais casualidades em geral eram preenchidos imediatamente. Mas não foi o caso. Espumando de raiva, os gauleses que Varinius vira se lançaram berrando nos espaços que se abriam. Batendo com os escudos e atacando com as espadas como homens possuídos, eles levaram os legionários da segunda fila a retrocederem vários passos. Um centurião que atravessou o caminho deles foi atingido por muitas apunhaladas. Um signífer foi morto e seu estandarte erguido por um cita triunfante.

As tropas de Varinius, alguns minutos antes tão certas de que venceriam, submeteram-se à ferocidade dos inimigos. Aquilo era totalmente diferente do que achavam que encontrariam. Aqueles escravos não eram aterrorizados e fáceis de matar. Mais pareciam animais irados e indestrutíveis.

Os legionários recuaram ainda mais.

Loucos para lutar, os homens de Spartacus avançaram com força renovada.

— Mantenham a formação — gritou Galba. — Mantenham a formação, cães malditos! — Facilmente, o centurião veterano arrancou a espada de um escravo baixo com capacete enferrujado. Afastando-o com o escudo, Galba acertou outro homem no peito. Puxou a espada e riu quando o sangue espirrou em seu rosto. — É só o que consegue fazer, seu monte de merda miserável?

Fez-se uma breve pausa, e os legionários mais próximos se entreolharam.

"Ouçam o que ele diz", rezou Varinius. "Ouçam o que ele diz!"

— Vamos, seus lixos — ordenou Galba. Ele se inclinou para a frente, usando o escudo para jogar um gaulês grande para trás, para os braços de seus companheiros. Galba passou o gládio ao redor do escudo e o enfiou fundo na barriga do homem. Um grito alto foi ouvido, e os legionários se prepararam. Batendo os escudos, eles avançaram em direção a Galba, cujo heroico ataque o deixara sozinho.

— AVANCEM! — gritou Varinius. — AVANCEM!

Porém, outra pessoa também percebera que a posição de Galba era vulnerável.

Uma figura apareceu entre os inimigos. Os homens ao redor dele se contiveram e Varinius prendeu a respiração. O homem era de estatura mediana, entretanto, seu belo capacete frígio o destacava como alguém que devia ser reconhecido. Estava vestido de modo parecido ao de seus companheiros, com malha de ferro, e empunhava um escudo. Mas em vez de um gládio, levava uma sica. "Um trácio. Tem que ser." Sem nada dizer, o homem apontou a arma ensanguentada para o centurião velho.

Galba entortou os lábios.

— Acha que pode me enfrentar? Venha, então! — Ele olhou por cima do ombro. — Fiquem onde estão, rapazes. Vou abrir novos buracos nesse imbecil.

Sorrindo com confiança, os legionários obedeceram.

Snap! A espada do trácio bateu em sua bainha. Ele estendeu o braço direito.

— Lança!

Dando um passo à frente, um cita bateu uma lança na palma de sua mão.

— Tem medo de espada? — Galba riu. — Escravo nojento!

— Nem um pouco — respondeu o trácio com um forte sotaque latino. Afastando a arma, ele se retraiu e avançou com toda a força. Cobriu a distância até Galba em menos de um minuto. Passando pelo escudo, o pilo abriu um furo na malha de ferro e se afundou no peito do romano. Galba arregalou os olhos por causa da dor; abriu a boca, chocado. A espumava em seus lábios. Ele tombou e caiu de costas, com o escudo ainda próximo do corpo.

— É que sou melhor com uma lança — disse o trácio.

Varinius estava surpreso. Nunca tinha visto um lance como aquele. Tampouco os legionários que observavam. O medo e o desespero tomaram o rosto deles, como quando uma pedra cai em um lago.

Com um sorriso alterado, o trácio pegou a sica e a direcionou aos romanos.

— SPAR-TA-CUS! — gritaram os homens. — SPAR-TA-CUS! SPAR-TA-CUS!

Varinius sentiu pontadas de medo. "Pelos deuses. Isto não é nada bom."

Agora, os legionários mais próximos pareciam aterrorizados. Olharam para os lados, procurando uma maneira de se afastarem. Os homens da frente se aproximaram dos que estavam trás. Houve pouca resistência.

Gritando como louco, Spartacus avançou.

Os escravos o seguiram.

Varinius ficou chocado. Assustado, observou a estrutura de sua coorte principal se desfazer diante de seus olhos. Alguns legionários lutaram desesperadamente contra a onda de atacantes, porém, a causa deles era perdida. Quando a linha de escudos foi desfeita e os homens deram as costas para o inimigo, não havia como voltar. Os soldados da frente — os primeiros que se viraram para correr — também foram os que morreram primeiro. Foram derrubados como galhos podres que caem das árvores ao serem cortados por um machado. No tempo que Varinius demorou para soltar o escudo, pegar as rédeas do cavalo e subir nele, grupos de homens tinham sido assassinados. O chão estava repleto de corpos ensanguentados e deformados. Sem se importar, os escravos pisaram nos cadáveres para chegarem às próximas vítimas. As espadas dos escravos subiam e desciam em um ritmo assustador e hipnótico. O trabalho deles não podia ter sido mais fácil. Tomados de medo, os legionários lutavam uns contra os outros para fugirem. Os gritos eram ensurdecedores.

Por isso tudo, Varinius se retraiu. "Esta coorte está acabada."

Então, olhou para os lados, e seu desespero alcançou novos níveis. Ao ver, ouvir e perceber que seus camaradas tinham desfeito a formação, os legionários das duas coortes também estavam recuando.

Alguém puxou sua perna, e Varinius olhou para baixo aterrorizado e viu um legionário ensanguentado. Este não tinha nem espada nem escudo.

— Ajude-me, senhor!

Sem pensar, Varinius bateu o cabo da espada no rosto do homem. Escutou o barulho do nariz sendo quebrado, e então direcionou o cavalo e bateu os calcanhares em suas ancas. O animal obedeceu para fugir do caos.

"E as outras coortes?", perguntou-se Varinius. Ao sul, viu as unidades de Toranius cercadas pelos escravos, que pareciam ter se virado e entrado em formação. Toranius não voltaria para ajudá-lo tão cedo. "Que tudo acabe em Hades!" Os piores medos de Varinius se confirmaram quando ele olhou em direção à terra ao norte. Centenas de cavaleiros — homens demais para serem seus alemães — trotavam graciosamente ao redor de um grupo de homens de armadura. Varinius se esforçou para entender. Como Spartacus poderia ter cavalaria? Não era possível que seus cavaleiros tivessem sido treinados. Ou era?

Ele ouviu um *tum* quando sentiu que algo atingira sua montaria. Olhou para trás. "Uma lança!" Quando Varinius percebeu o que estava acontecendo, o cavalo se ergueu com dor, derrubando-o. Caiu de costas. Perdeu o fôlego e, por um momento, Varinius permaneceu ali, olhando para o céu, que continuava limpo como antes.

— Está ferido, senhor?

Varinius estreitou os olhos. Um *optio* a quem Galba elogiara estava diante dele.

— Como?

— Se quiser viver, senhor, levante-se! — Uma mão imunda surgiu diante de seu rosto.

Varinius segurou a mão, e o *optio* o ergueu. Tiveram que se proteger da horda que passava por eles, alheia à presença do comandante.

— Tudo bem, senhor?

— Si-sim — murmurou Varinius.

— Vá na frente, senhor. Guardarei sua retaguarda.

— Para onde?

— Qualquer lugar, senhor. — O *optio* acabou por empurrá-lo. — Depressa!

Normalmente, Varinius teria se irritado com tamanha audácia e teria punido o *optio* ali mesmo. No entanto, ficou feliz por poder se virar e correr como todo mundo. Era aquilo ou morrer. Contudo, Varinius sabia muito bem que a fuga não garantiria sua sobrevivência.

"Marte, Protetor da Guerra, perdoe minha falta de bom senso. Permita que eu viva."

A batalha terminou no meio da tarde. Foi uma vitória espetacular para os escravos. Os romanos tinham sido totalmente derrotados, sofreram grandes perdas. Spartacus estimou, pelos corpos espalhados no campo, que mais de dois terços da força de Varinius fora assassinada. Diversos oficiais superiores estavam entre os cadáveres. Sem dúvida, centenas de outros soldados inimigos morreriam antes do anoitecer. Crixus e seus homens os estavam perseguindo em direção ao norte na Via Annia. Além disso, havia aqueles que morreriam em decorrência dos ferimentos. "Bem feito aos bastardos." Spartacus se sentiu satisfeito ao observar o campo de uma das torres.

Sorrindo animados, seus homens desceram à cidade como uma nuvem de gafanhotos. Para eles, agora era hora de realizar o saque que não puderam fazer na noite anterior, durante o ataque bem-sucedido a Thurii. Os defensores tinham sido derrotados, mas Spartacus havia impedido as mortes dos moradores da cidade, que estiveram escondidos em suas casas desde então.

Ele aguardava suas tropas no portão principal. Seis trácios o cercavam, carregando as armas deixadas pelos lictores de Varinius em fuga.

Os escravos saudaram Spartacus como se fosse um herói, dando gritos de aprovação até ficarem roucos.

— Vocês se saíram muito bem — gritou ele quando os primeiros chegaram. — Estou muito orgulhoso de vocês. Os senadores importantes de Roma temerão quando souberem de seus feitos.

— SPAR-TA-CUS! — gritaram eles, animados.

Ele ergueu uma das mãos e o silêncio se fez aos poucos.

— Mas tenho duas coisas a dizer antes que vocês entrem na cidade e peguem suas recompensas.

— O que são, Spartacus? — perguntou Pulcher, o ferreiro.

— Não quero que crianças e bebês sejam mortos. Um grande número deles foi morto em Forum Annii. — Spartacus olhou para os rostos suados. Muitos não conseguiram encará-lo. — Qualquer homem que for visto machucando uma criança ou um bebê será executado na hora. Não haverá exceção. Está claro?

Um silêncio desconfortável se fez.

— Está, nós entendemos — disse Pulcher, olhando ao redor. — Não é mesmo, rapazes?

Homens grunhiram concordando e balançaram a cabeça.

Spartacus assentiu, satisfeito.

— A segunda coisa é lembrar que Roma não verá a derrota de hoje como algo além de um agito para reunir novos exércitos. Não vencemos uma guerra hoje. Não vencemos nem mesmo uma campanha. Para aqueles parasitas no Senado, isto não passará de um choque. Eles enviarão muito mais soldados da próxima vez, e não sob o comando de um mero pretor. Acho que podemos esperar um cônsul liderando um exército inteiro.

— O que está dizendo? — perguntou Pulcher, franzindo o cenho.

— Não podemos ficar nesta área para sempre. Pensem nisso quando forem comemorar hoje à noite.

Spartacus estava feliz ao ver que muitos homens demonstravam seriedade enquanto entravam em Thurii. Talvez eles se esquecessem da promessa com todo o vinho que beberiam, mas a semente parecia ter sido plantada.

Ele permaneceu perto do portão, recebendo a adulação de seus homens e repetindo as palavras até o cair da noite, e até Crixus voltar. Como os homens dele, o gaulês estava coberto de sangue da cabeça aos pés. Ao ver Spartacus, ele ergueu o punho.

— Vocês deveriam ter vindo conosco. A caça foi boa, não foi?

Muitos de seus homens uivaram como cães.

— Os romanos não se esquecerão de Crixus tão cedo.

— Por quê? — perguntou Spartacus.

— Os últimos vinte legionários que capturamos tiveram os olhos arrancados e as mãos direitas amputadas — revelou Crixus, com um sorriso cruel. — Mandei que eles levassem meu nome a Roma, para alertarem o Senado de que o mesmo destino recairia sobre todos os soldados enviados contra nós.

Um grito alto foi dado por seus homens, e Crixus olhou para Spartacus.

"Então, agora, ele procura assumir o controle." Spartacus ficou ainda mais feliz por ter falado com os escravos quando entraram na cidade.

— Uma mensagem importante — disse ele. Crixus sorriu triunfante. — Eu mesmo já fiz coisas parecidas na Trácia. O que acontece é que os romanos voltam em número ainda maior.

Crixus franziu a testa.

— É mesmo? Você sempre sabe de tudo, não é?

"Ele nunca vai concordar com o meu plano." Essa percepção fez com que Spartacus se irritasse.

— Nem sempre — rebateu ele. — Mas quando o assunto é lutar contra os romanos, sei de mais coisas do que você é capaz de aprender.

— Veremos — gritou Crixus, com as veias do pescoço inchadas. — Não veremos, rapazes?

A voz dele se perdeu no meio dos gritos que vieram sem seguida. Spartacus esperou que o barulho diminuísse.

— Vou montar o exército amanhã. Faça o anúncio.

— Qual será o anúncio? — perguntou Crixus.

— Vou seguir em direção ao norte, para os Alpes. Vou deixar a Itália.

Crixus arregalou os olhos.

— Castus e Gannicus sabem disso?

— Ainda não. — "Acho que irão comigo em vez de seguirem você, cabeça de vento."

— Então você vai perguntar aos homens quem querem seguir: eu ou você?

— Isso mesmo — respondeu Spartacus. — A menos, claro, que você queira vir comigo.

— Como? — Crixus lhe lançou um olhar incrédulo. — Por que eu desejaria deixar para trás as riquezas que podem ser encontradas aqui? Ou por que qualquer pessoa faria isso? Tudo neste lugar está pronto para ser tomado.

— Nem tudo — avisou Spartacus. — Dois exércitos de cônsules impedirão vocês.

Contudo, as palavras dele foram abafadas pelos gritos dos homens de Crixus.

Spartacus deu de ombros e deu um passo para o lado. Observou quando o gaulês liderou seus seguidores para dentro de Thurii. "Cada homem busca seu próprio destino. Não devo tentar mudar o destino deles." Mas, ainda assim, um rastro de intranquilidade tomou sua mente. Quem escutaria o que ele teria a dizer no dia seguinte? Quantos se apegariam a Crixus? O que Castus e Gannicus fariam? Talvez tivesse sido prematuro abordar o assunto.

Spartacus contraiu a mandíbula. Suas palavras não podiam ser retiradas. "Agora é um bom momento." Olhou para a frente, para o céu escuro. "Grande Cavaleiro, tem minha gratidão pelo que aconteceu aqui hoje. Peço sua ajuda mais uma vez para amanhã."

Spartacus esperou até a manhã do dia seguinte para passar a ordem de armar acampamento perto de Thurii. Graças à quantidade de vinho consumida durante a noite, foram necessárias várias horas para acordar todos do estupor e forçá-los a sair. Egbeo, Carbo e suas tropas foram os azarados encarregados dessa tarefa, e eles não receberam apoio enquanto percorriam as casas e os caminhos para chamar os companheiros que dormiam. Ganharam blasfêmias, além de capacetes, copos e pratos jogados. Até uma ânfora foi lançada neles. "Os ex-escravos mudaram muito nos últimos meses", analisou Carbo. Tinham descoberto o próprio rosnado e, com ele, a mordida. Antes, ele teria sentido medo diante de uma mudança tão grande. Agora, sentia-se motivado. Spartacus havia mesmo formado um exército.

No entanto, ninguém causou problemas sérios e, aos poucos, os homens sujos e de olhos avermelhados foram levados até a área aberta diante do portão principal. Poucos tinham se dado ao trabalho de lavar o sangue do dia anterior que ainda cobria seus braços e rostos. O fedor de suor e de vinho era sentido em todos os lugares. Misturado a ele, havia o cheiro fraco dos corpos em decomposição de centenas de romanos entranhados. Acima das muralhas, Spartacus sentiu o miasma repugnante. Refletiu o quanto era bom a primavera estar apenas começando. Se fosse verão, o fedor já estaria insuportável.

Ele assumira aquela posição porque, assim, todos poderiam vê-lo. Crixus também estava ali, claro, irritado como um touro indomado. Castus e Gannicus estavam mais ao lado, contrariados. Spartacus blasfemou baixo. Tinha saído dali para lhes contar seu plano na noite anterior, mas Crixus chegara antes dele. "Eu poderia ter agido melhor e contado antes a eles", pensou, sorrindo de maneira confiante para eles. Ele se sentiu um pouco encorajado pelo meneio de cabeça de Gannicus, porém Castus desviou o olhar em vez de responder. A desconfiança de Spartacus aumentou. "Grande Cavaleiro, ajude-me. Não permita que eles se afastem de mim agora."

Carbo se aproximou subindo pela escada mais próxima.

— Estão todos aqui. Provavelmente há alguns desgarrados dormindo em outros lugares, mas não os encontramos. — Ele lançou um olhar repleto de ódio na direção de Crixus, mas o gaulês não percebeu. Muito bem.

Fazendo um sinal para o trompetista ao lado dele, Spartacus virou-se para ver os milhares de homens abaixo. Sentiu orgulho pelo que viu. "Que os deuses façam com que eles me sigam", rezou.

Tam-taram-taram-taram.

As tropas organizadas ficaram em silêncio.

— Amigos! Camaradas! Eu os cumprimento! — gritou Spartacus. Esperou até que suas palavras se espalhassem.

— SPAR-TA-CUS! — O grito começou baixo e ressoante, mas logo aumentou até as muralhas da cidade tremerem. — SPAR-TA-CUS!

Spartacus ignorou Crixus, que o olhava fixamente. Começou a falar e os homens logo se calaram.

— Ontem, tivemos uma grande vitória. A nossa primeira batalha aberta contra os romanos! Grande parte dela se deveu a Castus, Gannicus e Crixus. — Ele apontou para os gauleses atrás dele. Castus e Gannicus ergueram os braços, agradecendo. Crixus parecia furioso.

Mesmo assim, os escravos festejaram ruidosamente.

Logo abaixo dos líderes, Pulcher deu um passo à frente.

— Mas devemos a maior parte de nossos agradecimentos a você, Spartacus — gritou ele.

— SPAR-TA-CUS! SPAR-TA-CUS! — Um mar de armas foi erguido. Os homens batiam as espadas nos escudos, fazendo um barulho ensurdecedor. O rosto de Crixus ficou ainda mais sério, e o sorriso de Gannicus, um pouco mais tenso. Castus não se deu ao trabalho de esconder a carranca. Spartacus assentiu e sorriu, acenando. "Isso é um bom presságio." Por fim, os gritos cessaram.

— Pedi a vocês que viessem aqui hoje porque temos uma decisão a tomar. Permanecer aqui não é uma opção.

— Por que não? — perguntou alguém. — Veja as cidades que invadimos. Metapontum, Heracleia e, agora, Thurii. Por que abrir mão de algo bom?

Muitos homens gritaram concordando.

— Tem razão — gritou Crixus.

— Por três motivos — respondeu Spartacus. — O primeiro é que aqui nós estamos de costas para o mar. Se os romanos bloquearem a passagem ao norte, ficaríamos presos.

Em seguida, foram ouvidos resmungos.

— Presos? Ora! — resmungou Crixus.

— E o segundo? — perguntou Pulcher.

— Na última contagem, o nosso exército tinha mais de cinquenta mil homens. Depois da vitória de ontem milhares de outros escravos se unirão a nós. Em breve, não haverá comida suficiente para todos. Isso é muito sério, mas o terceiro motivo é o mais importante. — Spartacus fez uma pausa. — Roma não costuma deixar uma derrota por isso mesmo. Quando aqueles que governam Roma souberem o que aconteceu com Varinius e seus homens, ficarão furiosos.

— E daí? — vociferou Crixus. — Isso não é bom?

Seus homens assoviaram animados.

— Os soldados que foram enviados contra nós são uma gota no mar na força humana de Roma. Quando os cônsules forem para o campo, como sem dúvida acontecerá agora, liderarão quatro legiões. São vinte mil legionários. As melhores unidades da República podem estar no exterior, mas os vários homens de armadura e armados não podem ser desconsiderados. Apenas algumas centenas de vocês são tão bem-equipados.

— Está dizendo que seremos derrotados? — perguntou Crixus agressivamente, balançando os braços para incentivar os gritos que surgiam.

— Não. O que estou dizendo é que depois desses soldados, outros virão. Os veteranos na Ibéria e na Ásia Menor serão chamados de novo. Seis, oito, dez legiões de homens fortes que lutam juntos há anos. Seremos capazes de derrotá-los também? — A comoção diminuiu, e Spartacus conseguiu ver a dúvida nos rostos de todos. "Ótimo."

O coração de Carbo estava pesaroso. Ele já tinha escutado aquilo dezenas de vezes. Tinha sido o assunto preferido de Navio enquanto bebia.

— Quem pode dizer que não venceremos? — perguntou Crixus. — E mesmo se fracassarmos, será em batalha. Então teremos uma morte gloriosa.

Seus homens comemoraram de forma contida, porém muitos soldados pareciam contrariados.

— Todos os homens que já me viram lutando sabem que não tenho medo de morrer — respondeu Spartacus. — Mas existe outra opção. Uma opção honrosa!

Carbo sentiu uma ponta de esperança.

— O que está sugerindo? — perguntou Pulcher.

— Que marchemos em direção ao norte. Os romanos tentarão de tudo para bloquear a passagem, mas acredito que, se nos mantivermos nas montanhas, chegaremos aos Alpes no fim da primavera. Não temam: se tivermos que lutar, lutaremos. Depois das batalhas, eu levaria vocês para fora da Itália, para longe da terra que os escravizou. Para uma liberdade que *nunca* poderá ser tomada!

Um burburinho de aprovação foi ouvido. Os rostos estavam tomados pela expectativa.

— Onde seria? Na Gália? — perguntou Gannicus.

— Se quiser ir para lá, sim. Tenho certeza de que seus ancestrais o receberiam muito bem — respondeu Spartacus, sorrindo. — Todos serão livres para fazer o que quiserem. Alguns desejarão viajar para a Germânia, para a Ibéria ou para a Cítia. Eu voltarei para a Trácia. — "Onde darei a Kotys o maior choque de sua vida, antes de matá-lo."

— E os Alpes? Eles são perigosos de atravessar — alertou um homem.

— Mas Hannibal fez a travessia com mais de vinte mil homens e seus elefantes. Assim como Brennus, o gaulês, com seus exércitos... duas vezes. Simples montanhas não nos deterão! Além disso, se partirmos agora, as alcançaremos ainda no verão.

Um clamor confuso foi ouvido quando suas palavras se espalharam. "O que farei se esse dia chegar?", perguntou-se Carbo, intranquilo. Ele nunca tinha pensado em deixar sua terra natal.

— Acho que você é um tolo e um covarde, Spartacus! — gritou Crixus, furioso. — A Itália tem tudo de que precisamos. Comida, dinheiro e incontáveis escravos. Por que, em nome de todos os deuses, nós a deixaríamos? Por que fugiríamos?

— CRI-XUS! — gritou um gaulês. Ele logo recebeu o incentivo dos outros.

Mais homens começaram a gritar.

"Maldito", pensou Carbo, irritado. Queria empunhar a espada e atacar Crixus, mas não podia. Dera sua palavra.

Os incentivadores de Spartacus começaram a gritar o nome deste em resposta.

"Eu sabia que isso aconteceria." Spartacus pareceu triste ao ver o número de homens que parecia apoiar Crixus. Era mais de um terço do exército. "Será que eles não conseguem ver além dos benefícios que ele oferece? Está claro que não." Olhou para o gaulês de novo. Crixus caminhava na direção dele, tenso. Castus e Gannicus deram um passo para trás, saindo do caminho. Spartacus ficou apreensivo e deixou os dedos correrem pela extensão da sica. "Então, voltamos a isso. Grande Cavaleiro, permaneça comigo agora, como sempre fez."

— Estou cansado desta merda. Preciso parar de reclamar e matar você agora — disse Crixus. — Isso resolveria o problema de uma vez.

— CRI-XUS! CRI-XUS! — gritaram seus homens.

— Você tentou me derrotar antes, e fracassou. Se quiser tentar de novo, vá em frente — desafiou Spartacus, erguendo a voz de modo que todos pudessem escutar. — Sua última lembrança deste mundo será de minha lâmina abrindo sua garganta e mandando você para Hades.

— Não acho — disse Crixus, que segurou com mais força o cabo de seu gládio.

— Não? Vamos, então. — Spartacus se abaixou para lutar. Seria uma luta difícil. O topo das muralhas tinha apenas seis passos de largura. Um passo em falso e eles acabariam com as cabeças esmagadas no chão. Ficou contente pela vantagem de ter o braço direito apoiado no muro. A cada ataque, ele tinha a chance de desequilibrar Crixus, que acabaria caindo.

— Você ousa falar dos deuses, Crixus, mas ainda não foi escolhido por um deles! — O tom de Ariadne era exigente. Ela estava na base da escada desde o começo, esperando o momento oportuno para aparecer e falar em favor de Spartacus. Uma luta não era o que ela tinha em mente. Seu coração ressoava contra as costelas com o medo. "Dionísio, não permita que eles comecem a lutar. Por favor!"

Spartacus observou surpreso quando Ariadne passou e se colocou entre ele e Crixus, que estava chocado e calado. Castus, Gannicus e Carbo agiram de um modo um pouco diferente. Uma grande alegria tomou Spartacus ao vê-la.

Ariadne estava linda. Vestia suas roupas mais bonitas, os cabelos pretos estavam presos com uma filigrana dourada com contas azuis, e ao redor do braço direito, ela levava a serpente, que havia incitado comentários dos homens diante deles.

— Eu... — começou Crixus, mas Ariadne o interrompeu.

— Sou uma sacerdotisa de Dionísio. Você... você não é nada!

Crixus a encarou e deu um passo na direção dela.

— Cuidado com a serpente de Dionísio! Uma picada e você morrerá gritando de dor. — Ela avançou com a criatura e o gaulês caiu para trás.

Spartacus festejou por dentro, assim como Carbo. Crixus pareceu um menino repreendido.

Ariadne caminhou para perto do muro, e ergueu o braço de modo que todos vissem a serpente.

— Essa serpente é a prova de que fui escolhida pelo deus.

— Dionísio! Dionísio! Dionísio!

Ariadne sorriu.

— Ele agradece por sua devoção.

— O que Dionísio desejaria que fizéssemos? — perguntaram os homens das filas.

— Conte-nos! — exigiu outro.

— Tive um sonho ontem à noite — revelou Ariadne.

Os homens gritaram pedindo silêncio, e todos se calaram. Spartacus permaneceu olhando para Crixus, porém o gaulês não parecia mais querer lutar.

— Dionísio quer que todos sejam livres! Livres de verdade! Atravessar os Alpes não é algo que devemos temer. Como muitos de vocês sabem, o deus nasceu em uma cadeia de montanha ao leste. Vai cuidar de todos nós enquanto deixamos a Itália, para terras não conquistadas por Roma. Já vi isso. O deus me disse isso! — gritou Ariadne. Ela ergueu o braço, e a serpente se desenrolou um pouco, levantando a cabeça para olhar com desdém para os escravos.

Um "Ahhh" alto foi ouvido.

Carbo também tremia, tomado pela surpresa.

Ariadne lançou um olhar para Spartacus e se aproximou dele.

— Vocês se lembram da visão que Spartacus teve da serpente?

Todos gritaram: "SIM!"

— Ele também foi marcado por Dionísio. Também é um escolhido.

— SPAR-TA-CUS! — gritaram mais uma vez os escravos.

Ela deu um passo para trás, permitindo que Spartacus tomasse a posição central.

Ele fechou a mão ao redor dos lábios, e os escravos se calaram de novo.

— Quem vai me seguir para o norte, para a liberdade?

— Eu vou! — gritou Pulcher.

— Eu também! — exclamou Carbo, determinado. Suas dúvidas haviam desaparecido. Afinal, o futuro deles acabara de ser decidido por um deus.

O local foi tomado pelo som dos gritos de apoio a ele, e Spartacus se sentiu motivado. A grande maioria dos homens que ele via bradava aprovação ao seu plano. Olhou para Ariadne com gratidão e, então, para os outros.

— E vocês?

— Você nos guiou bem até agora — respondeu Gannicus. — Continuarei com você nessa.

Spartacus assentiu agradecendo.

— Castus?

— Você tem razão a respeito de os romanos não nos deixarem livres. — Ele deu de ombros. — Por que não sair da Itália? Sempre quis saber como é a Gália.

— Excelente — disse Spartacus. Olhou para Crixus. — E você?

— Não vou a lugar algum com você — vociferou o grande gaulês. — Milhares de homens estão dispostos a me seguir também. Você sabe disso.

A tensão de Spartacus diminuiu enquanto Crixus falava. Finalmente, não havia mais a necessidade de se esforçar para mantê-lo com eles. Também não haveria uma luta entre eles. "Por que não agradecer a ele?"

— É natural que eles o sigam. Apesar de não termos a mesma opinião, você é um grande guerreiro. — Ele olhou para Carbo e assentiu discretamente, que significava "ele é todo seu".

Carbo ficou tenso. Perto de Crixus, a força e o poder deste ficavam claros. Se ele atacasse o gaulês, seria suicídio. "É isso o que quer? É isso o que Chloris desejaria?" Não, seu coração respondeu. "Ela desejaria que eu permanecesse vivo. Eu quero viver."

Spartacus percebeu a indecisão dele. "Dei a ele sua chance."

— Que os deuses tornem seu caminho fácil — disse ele a Crixus —, e permitam sua vitória a todo o exército romano que encontrar pelo caminho.

Os olhos de Crixus se arregalaram de surpresa. Esboçou um meio-sorriso.

— Nunca pensei que diria algo assim, mas que eles permitam o mesmo a você.

"Que eles permitam, mesmo", rezou Ariadne, tentando ignorar a preocupação que lhe afligia. Não vira nenhum mau presságio, no entanto, nenhum dos detalhes de seu "sonho" era real. Ela havia deixado por conta de Spartacus impedir uma luta contra Crixus, e convencer os escravos. "Perdoe-me, Dionísio. Não pretendia desrespeitá-lo. Não existe ninguém mais dedicada a ti do que eu."

Quando Spartacus e Crixus assentiram com seriedade um para o outro, ela reforçou as orações.

Mas só o tempo diria se o deus havia se irritado com o que ela fizera.

Crassus estava comendo pão e azeitonas quando Saenius apareceu no pátio. Secando os lábios, Crassus esperou que o outro se aproximasse de sua mesa.

— O que foi?

— Publius Varinius está aqui.

"Antes de sequer se explicar ao Senado? Eu não esperava por isso." Crassus escondeu sua surpresa secando os lábios de novo.

— O que ele quer? — perguntou ele.

Ao entender a intenção de seu senhor, Saenius riu.

— Ele está aqui para ver se o senhor pode salvá-lo!

— O homem precisa de ajuda, certo. — As notícias a respeito do desastre que se abatera sobre as tropas de Varinius levaram apenas três dias para chegar à capital. "Varinius agora está atento... como um cão perdido que encontra o caminho de casa, esperando apanhar."

— Devo mandá-lo embora?

— Não. Quero escutar o que houve dos lábios dele.

Saenius saiu correndo. Logo voltou com Varinius aparentando timidez.

— O pretor Publius Varinius — anunciou ele.

Crassus esperou vários minutos até reconhecer a presença de Varinius. Quando fez isso, foi com surpresa.

— Ah, pretor. Você voltou a nós.

— Sim.

— Graças aos deuses. É uma pena que muitos de seus homens não tenham sobrevivido — acrescentou Crassus, com um tom de pesar.

— A morte deles pesa em minhas costas — afirmou Varinius, com tristeza.

— E deve ser assim! Assim como a perda dos homens de Furius e Cossinius — disse Crassus. — Quase tudo que soube a respeito de suas atitudes contra Spartacus envolve incompetência extrema! — Varinius não ousou responder. Abaixou a cabeça, envergonhado. — Conte-me o que aconteceu em Thurii. Quero entender.

Varinius falou sem parar. Sua retirada para Cumas depois da surpresa do desaparecimento de Spartacus. A longa busca por novos recrutas. Problemas com fugas, quase motim, doenças e a busca por equipamentos para seus homens. A busca por Spartacus durante o tempo ruim do outono e do inverno. Após semanas de marcha infrutífera, as boas e inesperadas notícias de que o trácio havia tomado Thurii. O plano de Varinius de acabar com os escravos entre sua infantaria e a cavalaria. O susto com a emboscada. Os escravos em número alarmante. O ataque de Galba e sua morte nas mãos de Spartacus. A luta que veio em seguida. A aparição inacreditável da cavalaria inimiga. As tentativas de Varinius de colocar seus homens em contra-ataque, e a recusa de todos eles. Reunir os sobreviventes. Organizar tratamento para os feridos e os aleijados e, então, o retorno para Roma. Varinius aparentou exaustão quando terminou.

"Ele não é um idiota completo", pensou Crassus. "Quem poderia prever que a cidade já estava nas mãos de Spartacus?" Naturalmente, não admitiria isso a Varinius.

— Claramente, você está aqui para fazer esse triste relato ao Senado. Espero encontrá-lo lá mais tarde — disse Crassus, suavizando um pouco o tom de voz. — Por que me procurou antes de cumprir sua obrigação?

Varinius olhou para cima. Sua expressão era de desespero e tristeza.

— Sou um servo leal da República. Aceitarei qualquer castigo que me for imposto.

— Fico feliz em ouvir isso — respondeu Crassus asperamente.

— Eu pensei... imaginei, depois de ler sua carta, se poderia encontrar uma maneira de me apoiar.

— Apoiar? — A voz de Crassus soou suave.

— Os senadores desejarão o meu sangue. Se interceder por mim, pode ser que eles sejam demovidos... — Varinius pretendia dizer mais, porém, se controlou.

Crassus pensou em suas opções. Ele precisava da lealdade de um pretor fracassado? Não. Seria bom apoiar um homem que tinha sido várias vezes derrotado por um gladiador fugidio? Com certeza não. Olhou para Varinius de soslaio, sentindo um pouco de pena do coitado. Havia alguma vantagem em defendê-lo? Ele só precisou de um instante para decidir.

— Você fracassou completamente na missão que lhe foi dada pelo Senado. Por que, por Hades, eu diria uma palavra que fosse a seu favor?

— Eu...

— Mas tenho coração. Se, após o seu falecimento, sua família precisar de um empréstimo para atravessar o período difícil, poderei ajudar. Cobro juros baixos.

Uma veia saltou no rosto de Varinius, que engoliu em seco. Com esforço, ele se recompôs.

— Obrigado, mas isso não será necessário.

— Muito bem. Se for só isso, então... — Crassus pegou uma azeitona e a observou com atenção antes de enfiá-la na boca. Não voltou a olhar para Varinius.

Saenius apareceu ao seu lado.

— Pode me acompanhar, senhor?

— Sim, eu... — A voz de Varinius falhou. — Claro. — Com os ombros encolhidos, ele seguiu Saenius pelo pátio.

Crassus observou enquanto ele se afastava. "Quando terminar seu relato, o Senado oferecerá a ele apenas uma opção", pensou. "Varinius é um morto ambulante." Isso não o preocupava muito. O que deixava Crassus mais inquieto era o fato de Spartacus — o gladiador que ele vira lutar e com quem falara — ter se tornado um inimigo incrível. Os sucessos de Spartacus não podiam mais ser atribuídos ao acaso, ao azar ou à má avaliação por parte dos comandantes romanos. Muitos legionários tinham sido derrotados.

"Spartacus não estava mentindo quando falei com ele", refletiu Crassus. "Ele é um homem a ser considerado. Pena não ter sido derrotado naquele dia em Cápua. Seria só história agora, e não uma pedra na sandália de Roma."

Crassus esperava que seus companheiros do Senado reconhecessem o perigo que Spartacus representava. Faria o máximo que pudesse para que isso acontecesse. O insulto à honra da República não podia mais ser tolerado. Os dois cônsules teriam de ir para a guerra.

"Spartacus tem que morrer. E logo."

CAPÍTULO XX

Montes Apeninos, nordeste de Pisa, primavera de 72 a.C.

Normalmente, era Atheas que percebia quando havia algo errado. Levantou a mão e parou. Acostumado com a rotina, Carbo parou também. Ele estava a cerca de vinte passos atrás do cita barbado em um caminho estreito que levava para o norte entre os contrafortes dos Apeninos, as montanhas que formavam a coluna da Itália. Desde que o exército havia deixado para trás a cidade arruinada de Thurii, eles tinham seguido caminhos parecidos. Carbo logo se cansara da rotina de marchar todos os dias. Pensamentos sombrios a respeito de Crixus e o fato de ele não ter tentado se matar também tomaram todos os seus passos. Desesperado para afastar a tristeza que havia tomado conta dele, Carbo implorou a Spartacus para que o deixasse se unir a um dos patrulheiros nas missões solitárias.

— Por que você quer fazer isso? — perguntou o trácio.

— Para aprender uma nova habilidade — respondeu Carbo, evasivo. "Para poder encontrar Crixus um dia." Pode ter sido pura ilusão, porém, ele ainda desejava matar o grande gaulês. Em sua mente atormentada, para que ele tivesse paz, Chloris tinha que ser vingada.

— Não há localizadores melhores do que Atheas e Taxacis — dissera Spartacus. — Mas eles não ficarão interessados em permitir que você os acompanhe. — Ao ver a ira nos olhos de Carbo, ele foi menos incisivo. — Farei o pedido por você.

Para surpresa de Carbo, Atheas concordou. Não sabia se isso se devia à insistência de Spartacus. Tampouco importava. Naturalmente, ele estava muito atento na primeira vez em que o cita o levou do acampamento. Desde a época do confronto por Navio, a relação deles tinha sido de extrema suspeita. Apesar de Atheas ter matado Lugurix, Carbo ainda temia sua lâmina, e parecia que, apesar de tudo o que Carbo havia feito por Spartacus, o cita ainda não confiava nele. Não surpreendia o fato de a convivência entre eles ter sido difícil no começo.

Desejando aproveitar a oportunidade ao máximo, Carbo seguiu todos os movimentos de Atheas e obedeceu a todas as suas ordens sem questionar. E foi reconhecido por isso; de fato, Atheas o havia esgotado, em geral percorrendo mais de quarenta quilômetros por dia. O cita comia e bebia com pouca frequência, e Carbo tentava entender como ele conseguia manter tamanho vigor. Controlando-se, ele aprendeu a se manter com uma quantidade igualmente pequena de comida e de água. Eles viviam em total silêncio, falando apenas quando era absolutamente necessário.

O tempo passou e Carbo se tornou habilidoso em acender fogueiras e em matar animais para comer. Conseguiu até aprender a matar um veado com uma flecha, e acertava mais do que errava. Para sua surpresa, melhorara até na difícil arte de localizar. Carbo não sabia como ou por que, mas conseguiu a aprovação de Atheas. Um meneio de cabeça aqui, um pedaço de carne ali eram os pequenos sinais que ele recebia, entretanto esses gestos eram extremamente valiosos para ele. O breve sorriso de Atheas quando Carbo lhe agradeceu por ter matado Lugurix teve ainda mais importância. Felizmente, a vida dura de exploração também ajudara a diminuir o pesar por Chloris. Agora, era apenas uma dor comum, e não mais a pontada constante de antes.

— Psssiiiiii!

Ele hesitou e voltou à realidade.

Atheas lhe pedia que se aproximasse.

Deslizando os pés pelo chão como aprendera, Carbo avançou até se posicionar ao lado do cita.

Atheas apontou para um espaço entre as árvores que pontuavam a lateral do caminho. Carbo espiou entre as folhas, pela ladeira íngreme que levava ao fim do vale, que se estendia na direção norte-sul. Ao fundo, havia uma pequena estrada que levava a Mutina, a 32 quilômetros dali. Foi o reluzir da luz do sol no metal que chamou sua atenção. A adrenalina correu pelas veias de Carbo quando ele viu um grupo grande de cavaleiros com capacetes de bronze, quase encobertos pelas copas das árvores.

— Cavalaria — sussurrou ele.

— Sim — disse Atheas. — À nossa procura.

Desde que a notícia, passada um mês antes, de que G. Cornelius Lentulus Clodianus, um dos cônsules, os perseguia com suas legiões, Carbo temia por aquele momento. Mesmo assim, a bile subiu por sua garganta. Ele esperava que Spartacus os levasse diretamente aos Alpes sem encontrar outro exército romano. "É claro que esse sonho foi uma tolice", pensou. A presença dos cavaleiros era prova de que os legionários de Lentulus iriam alcançá-los e superá-los. Não teria sido difícil. O progresso dos cinquenta mil escravos tinha sido dolorosamente lento.

— O que faremos?

— Não podemos... lutar. — Atheas olhou para Carbo com malícia. — A menos... que você queira... morrer.

Então, ele não havia escondido sua tristeza tão bem. Carbo fez uma careta.

— Não. Seria um desperdício completo. Mas Spartacus precisa saber o que está acontecendo.

— Precisa. Mas primeiro... vamos ao norte. Procurar... a força principal.

— Pode haver patrulheiros inimigos no caminho.

— Sim. Devemos ser... fantasmas. Ou acabamos... — Emitindo um som baixo e gutural, Atheas correu um dedo diante do pescoço.

Carbo olhou na direção do acampamento deles.

Atheas percebeu sua reação.

— Você quer... voltar? Contar a Spartacus sobre... cavalaria?

— Não. — Eles não tinham visto nada por semanas. Não perderia aquilo.

— Certeza? — A voz de Atheas soou grave.

— Sim — respondeu Carbo com firmeza.

Com um rápido meneio de cabeça, o cita tirou o arco das costas. Flexionando o joelho, posicionou a corda. Carbo o imitou. Depois de colocar a flecha na corda, ele olhou para a frente.

— Siga-me — sussurrou Atheas. — Vamos depressa.

E então, eles partiram, trotando pelo caminho, passando pela luz do sol como duas sombras. O caminho serpenteava pela lateral do vale por sete quilômetros, e eles seguiram as ondulações com o máximo de rapidez. Os dois fizeram o percurso em silêncio, atentos a patrulheiros inimigos. Por sorte, não encontraram nada durante uma hora. Quando enfim encontraram não era uma pessoa, mas, sim, um porco selvagem. Assustado com a aproximação dos dois, a criatura guinchou e fugiu na direção oposta, com o rabo levantado de susto.

Carbo sorriu com a reação do animal, porém, Atheas franziu o cenho e parou.

— Vamos nos movimentar devagar agora.

Carbo ia perguntar o motivo quando percebeu.

— Se alguém estiver no caminho, vai tentar descobrir o que pode ter assustado o porco?

— Sim. — Atheas recolheu o arco e a flecha. — Olhe para todos os lados. Se vir algo... não pergunte. Só atire.

— Tudo bem. — De repente, a boca de Carbo ficou seca. No entanto, não iria a lugar nenhum, apenas avançaria. Spartacus havia confiado nele, e ele não podia traí-lo.

Eles percorreram o caminho, passaram por uma curva e então por outra, sem ver nada. Atheas parou e Carbo se preparou para gritar. Mas o cita indicou um caminho em meio à vegetação densa.

— O porco foi... por aqui. Ótimo.

Carbo assentiu.

Alguns minutos depois, Atheas parou de repente. Diante deles, o caminho avançava além das copas das árvores, para uma área enorme cheia de tocos escuros e galhos queimados. Aquilo em si não era incomum. Incêndios costumavam ocorrer nas florestas no verão. O resultado marcava a paisagem por um ano, até a vegetação voltar a crescer e esconder as evidências. Eles se movimentaram com cuidado até a beira das árvores vivas. Não foi a vista na clareira da floresta que assustou Carbo, mas o que ele conseguiu ver por causa dela.

O vale tornou-se mais amplo no lado norte, revelando uma área de campos mais planos que se estendia em direção a Mutina. O caminho ali era mais amplo, e estava tomado até onde a vista alcançava. De legionários — milhares deles, marchando em fila como muitas formigas. Em alguns pontos da coluna, Carbo via grupos de cavaleiros.

— O exército consular. Não pode ser outra coisa. — Carbo sentiu certo enjoo. — Eles nos cercaram.

— Quantos homens? — O olhar de Atheas estava inquieto como o de um gavião sobre sua presa.

— Dez mil legionários. Seiscentos da cavalaria, talvez mais.

— Tem certeza?

— Sim. Cada cônsul comanda duas legiões. Aquela força não é grande o bastante para Gellius, o segundo cônsul deve estar aqui também. — Carbo se sentiu pressionado. — Ele provavelmente está na nossa retaguarda.

Atheas olhou para ele.

— Taxacis viu... nada. Com a ajuda dos deuses... outros bastardos... caçando Crixus.

— Que assim seja — disse Carbo. "Que Gellius o encontre e o deixe em pedacinhos." "E quanto ao resto?", questionou sua consciência. "Que se danem", gritou sua ira em resposta. "O destino é deles. Eles escolheram Crixus, não Spartacus."

Atheas tocou o braço de Carbo, trazendo-o de volta ao presente.

— Não precisa... ver mais. Voltamos. Depressa. — Com isso, ele seguiu em frente e desceu o caminho como se o Cérbero estivesse atrás dele.

Carbo o acompanhou, e uma onda de adrenalina aumentava sua velocidade. Quanto antes Spartacus tomasse conhecimento a respeito disso, melhor. "O que ele vai fazer?" Carbo não sabia ao certo. Mas de uma coisa ele tinha certeza. Eles não podiam marchar por Lentulus e fugir. As legiões eram capazes de cobrir até 32 quilômetros por dia. Uma batalha era inevitável e, quando acontecesse, ofuscaria todas as outras lutas.

Carbo se sentiu um traidor de novo ao pedir a ajuda de Júpiter contra seu próprio povo, mas fez isso mesmo assim. Embora tivessem mais homens, eles precisariam de toda a ajuda que conseguissem. Enfrentar um exército consular completo era algo muito diferente do que as forças que já tinham enfrentado. Apesar de as tropas terem sido formadas recentemente, elas representavam o lado mais mortal de Roma.

Carbo se sentiu inquieto ao pensar nisso. "Tenha fé em Spartacus", disse a si mesmo. "Teremos um plano. Mas qual? A maioria de nossos homens não enfrentará uma fila de soldados de armadura pela extensão de duas legiões. Eles fugirão." Rangendo os dentes, Carbo se concentrou em acompanhar Atheas.

No entanto, o terror do que podia facilmente acontecer não saía de sua cabeça.

Quando chegaram ao acampamento dos rebeldes, que se espalhava por diversas clareiras na floresta, o sol descia no céu. Quando foram vistos, perguntas começaram a ser feitas. Atheas fingiu não entender. Carbo simplesmente abaixou a cabeça e continuou caminhando. Ele não diria nada a ninguém além de Spartacus. Notícias como aquela podiam causar pânico.

Encontraram o líder sentado com Ariadne e Taxacis à frente de uma pequena fogueira diante de sua tenta. Um tripé de ferro mantinha uma panela sobre as chamas, e um cheiro delicioso tomou o ar. O estômago de Carbo roncou. Ele não comia nada desde a manhã. "Esqueça isso. Haverá tempo para comer depois."

Spartacus sorriu ao vê-los se aproximar.

— Na hora certa. O ensopado está pronto.

— Trazemos... notícias urgentes — começou Atheas.

— Que podem esperar, certo?

— Eu... — protestou Carbo.

— Quando foi a última vez que vocês comeram? — perguntou Spartacus.

— De manhã — admitiu Carbo.

— Então seu estômago deve estar grudado nas costas — disse Ariadne. — Venham. Sentem-se.

Dando de ombros, Atheas se sentou à frente de Spartacus. Ainda preocupado, mas calado diante da insistência de Spartacus, Carbo se uniu a eles. Colheres, tigelas de ensopado fumegante e pedaços de pão foram entregues, e fez-se um silêncio que foi interrompido apenas pelo som da mastigação e dos grunhidos dos homens.

Ariadne observou Carbo e Atheas com atenção e se esforçou para não permitir que suas preocupações a consumissem. "Deve ser uma má notícia. Por qual outro motivo Carbo se mostraria tão preocupado?" Foi mais difícil determinar o que Atheas sentia, porém, a tensão em seus ombros era perceptível. Ariadne sentiu vontade de chacoalhar Spartacus e lhe pedir para perguntar o que eles tinham visto, mas se controlou, sorrindo e oferecendo mais ensopado. "Ele tem os motivos dele."

Quando Carbo e Atheas terminaram de comer, Spartacus pegou uma pequena ânfora que estava ao seu lado.

— Querem vinho?

Carbo assentiu. Estava ansioso para revelar a notícia, mas teve que esperar até Spartacus permitir que falassem. Apreciou o vinho dentro da boca, deliciando-se, apesar da situação.

— Então, é verdade! Eles voltaram — gritou Gannicus, aproximando-se do fogo. Castus estava dois passos atrás dele. O rosto deles estava tomado pela preocupação. — Qual é a novidade? — Ele fez a pergunta a Spartacus, não a Carbo nem a Atheas.

— Ainda não sei — foi a resposta.

— Ainda não? — resmungou Castus.

— Olhe para eles. Estão imundos. Cansados. Não comem há 12 horas ou mais. Eu os alimentei primeiro. Cuidar de meus homens é prioridade.

Respeito e surpresa brilharam nos olhos dos dois gauleses.

— Claro — murmurou Castus.

Ariadne quase riu diante da beleza e da simplicidade daquilo. Spartacus soube, desde o começo, que os outros líderes tomariam conhecimento do retorno dos patrulheiros e voltariam para saber o que eles tinham encontrado. Sem dúvida, ele queria saber o que tinham a contar, mas esperar era mesmo uma prova de que ele se mantinha calmo sob pressão. Não temia o que estava por vir. Ela olhou para Carbo, e percebeu que ele chegou à mesma conclusão.

Spartacus cuidadosamente serviu vinho para Castus e Gannicus, e voltou a encher os copos de Carbo e de Atheas, o de Ariadne e o próprio. Ele o levantou, e esperou todos fazerem o mesmo.

— Às vitórias que já tivemos! Aos laços de camaradagem que formamos! A Dionísio e ao Grande Cavaleiro!

— A Dionísio e ao Grande Cavaleiro! — Todos beberam.

Fez-se um silêncio respeitoso quando o cita começou a falar. Ele olhava para Carbo de vez em quando em busca de confirmação, o que agradava ao jovem romano. Apesar das palavras carregadas e do latim ruim de Atheas, ele deu uma clara descrição das legiões que bloqueavam o caminho. Quando terminou, cruzou os braços e esperou Spartacus falar.

— Então, não resta dúvida — disse o trácio, levantando uma sobrancelha para Carbo.

— Não.

— E quanto ao outro exército consular? — perguntou Gannicus.

Atheas deu de ombros.

— Não o vimos.

— Talvez já esteja atrás de nós — disse Castus, inseguro —, e eles estejam planejando nos prender entre eles.

— Não. Nossos patrulheiros estão sempre a 32 quilômetros atrás da força principal. Taxacis também tem andado ocupado. Se estivéssemos sendo seguidos, já saberíamos. Não sabemos onde Gellius está, mas ele não está logo ao sul. — Spartacus olhou para Carbo de novo. — A que distância as legiões estão de nós?

— É como Atheas disse. Por volta de sete quilômetros.

— Vamos encontrá-los amanhã, então — disse Castus, blasfemando. — Eu sabia que não chegaríamos aos Alpes!

— Seria bem difícil fazermos isso — disse Spartacus, em tom de reprovação. — Fizemos bem por chegarmos aqui sem termos que lutar. — Ele não falou sobre a satisfação que o tomava. Durante toda a vida, quis tomar um exército consular. Quis vingar o irmão morto e, ao mesmo tempo, ensinar uma lição a Roma. Agora, os deuses haviam lhe dado a oportunidade.

— Tão perto e, ainda assim, tão longe! — resmungou Castus. — As malditas montanhas podem estar a milhares de quilômetros.

— Calma — pediu Gannicus. — As coisas não são tão ruins. Temos quase cinco homens para cada romano, e essas legiões são novas. Nunca foram testadas em batalha.

— Sim, mas nossos soldados não são cidadãos romanos, criados com histórias de guerra e conquista. Não têm armadura. Nem metade deles sabe falar direito, e menos ainda têm um escudo. — Notou-se um tom de medo na voz de Castus. — Você acha mesmo que eles enfrentarão um muro de legionários com escudos?

— Claro que sim — murmurou Gannicus, sem conseguir esconder sua incerteza.

Ariadne queria falar, mas se controlou. Aquilo era assunto para os homens. Para Spartacus.

Carbo tentou ignorar as palavras de Castus. Contudo, o gaulês tinha razão. Ele temia que a confiança recém-adquirida dos escravos não fosse suficiente. "Não podemos fugir e não podemos lutar contra eles em uma batalha aberta." Olhou para Atheas, mas não encontrou conforto no companheiro. O rosto do cita estava frio e indecifrável. Assim como o de Taxacis. Carbo gostaria de ser tão inescrutável.

— Os homens podem não ter o histórico de luta que você descreve, Castus. Tampouco são tão preparados quanto os romanos. Mas o que eles têm — Spartacus olhou para cada um deles — é o forte desejo de liberdade! Não sofrerão a desonra de serem escravizados de novo. Estou certo?

— Está — respondeu Gannicus.

— Sim! — gritou Taxacis.

— Qualquer coisa... melhor do que o ludo — resmungou Atheas. — Eu... morrer se voltar... aquele buraco de merda.

— Acho que você está certo — admitiu Castus.

— Esta é nossa arma secreta — disse Spartacus, sentindo-se incentivado. — Isso será a nossa vitória.

— Mas não podemos enfrentar duas legiões em uma batalha aberta. Podemos? — perguntou Carbo, desesperado por acreditar.

— Ninguém pediu para você falar. — O tom de Spartacus foi sério. Carbo corou. — De minha parte, acredito que *podemos* lutar com os filhos da puta cara a cara. No entanto, tenho uma ideia melhor.

— Conte — pediu Gannicus.

— Você quer escutá-la, Castus?

— Por Taranis, claro que sim.

— Enquanto Atheas e Carbo voltavam, eu observava a terra ao redor do campo. — Spartacus deu uma piscadela. — É um pequeno hábito que meu pai me ensinou.

— O que você encontrou? — perguntou Carbo, interessado.

— Um ponto no qual a estrada se torna mais estreita ao passar entre duas faces de rocha. No ponto sul há uma área plana grande o suficiente para abrigar pelo menos dez mil tropas. Vou posicionar nossos melhores homens ali. Mais 15 mil, sob o comando de Egbeo e de Pulcher, estarão escondidos em dois vales. Quando as patrulhas inimigas chegarem de manhã, como sem dúvida chegarão, elas voltarão para contar a Lentulus a notícia de que as forças deles são "iguais" as nossas. Quando os romanos voltarem, deixaremos que a cavalaria e uma legião passe, mas, então, os homens que estão esperando à beira do abismo rolarão várias rochas, matando o máximo de inúteis que puderem. O propósito principal, porém, será dividir as forças de Lentulus em duas. Quando isso acontecer, o restante do exército e toda a nossa cavalaria atacará a segunda legião pela retaguarda. — Um sorriso feroz surgiu no rosto de Spartacus.

— Onde eles se esconderão? — perguntou Gannicus.

— No terreno dos dois lados da estrada. Há centenas de lugares para se manterem fora de vista.

— Por todos os deuses, isso parece bom! — exclamou Gannicus. — Vamos dar a esses bastardos uma surpresa da qual nunca se esquecerão.

Carbo ficou animado. "Spartacus sempre tem um plano!"

Até mesmo Castus mostrou-se convencido.

O sorriso de Ariadne era animado, mas seus nervos estavam em ruínas. A armadilha era arriscada. E se a cavalaria romana ficasse sabendo a respeito dos escravos escondidos ou visse os que estavam à espreita? Mesmo que a emboscada desse certo, a luta dos dois lados do bloqueio seria selvagem. Milhares de homens morreriam. Ela fechou os olhos, pedindo a proteção de Dionísio, e esperou que suas transgressões anteriores permanecessem impunes. Não percebidas. "Permita que pelo menos Spartacus sobreviva."

— Onde você vai ficar? — perguntou Gannicus.

— Devo guiar os homens que servem de isca para Lentulus — respondeu Spartacus. Os gauleses não se mostraram surpresos, porém, um pouco decepcionados. — Destruir a segunda legião é tão importante quanto tomar a primeira. Vocês me dariam essa honra?

Com o orgulho inflado, eles sorriram em agradecimento.

Spartacus olhou de relance para Carbo.

— Preciso de um homem de confiança que se encarregue de rolar as pedras.

Carbo não conseguiu esconder a frustração por não ser escolhido para lutar.

— Se está certo disso...

— Estou — afirmou Spartacus com firmeza. — É necessário que toda a passagem seja obstruída. Consegue fazer isso?

— Sim, consigo. — respondeu Carbo. — Mesmo que eu tenha que morrer para isso. — Ele sentiu um pouco de pânico. — Quando devo começar?

— Assim que metade da força romana passar.

— Como vou saber disso?

— Faça uma contagem aproximada quando eles passarem por você.

— Certo. — Carbo sentiu o estômago embrulhado. A tarefa que lhe esperava era enorme.

Spartacus pareceu não notar. Ele sorriu de modo encorajador a todos os homens.

— Então, temos um plano. Que o Grande Cavaleiro garanta o nosso sucesso.

Enquanto os homens faziam um brinde, Ariadne fez uma oração forte, pois um deus só não bastava. "Que Dionísio também ajude." Ao terminar, ela se sentiu um pouco melhor. A divindade que ela seguia era conhecida por sua natureza caprichosa. Um pequeno deslize e o plano todo poderia fracassar.

Por algum motivo, não conseguia tirar essa possibilidade de sua mente.

Quando Carbo se recolheu naquela noite, mal conseguiu pregar o olho. Ao ingressar no ludo, nunca imaginara que seu destino envolveria a perseguição a um gladiador fugidio. Contudo, ainda assim, o destino havia levado àquilo. Desde a fuga, os acontecimentos ganharam vida própria. A confiança cada vez maior que Spartacus sentia por ele fizera com que Carbo lhe fosse leal. Ela havia permitido que ele vencesse suas preocupações a respeito de lutar contra seus compatriotas. Mesmo assim, a ideia de emboscar um cônsul — um dos dois homens mais poderosos da República — ainda era chocante. Carbo se revirou na cama, tentando reconciliar o irreconciliável, e fracassou. Antes do amanhecer, ele finalmente se abriu com Navio, com quem voltara a dividir a tenda.

— Se eu fizer isso, nunca voltarei a ter uma vida normal, simplesmente ser um romano.

— É mesmo? — Navio o olhou como se ele fosse maluco. — Não pode fazer isso. Assim como eu não posso!

— Por que não? — Carbo não queria admitir que já tinha ido longe demais.

— Pense bem.

Ele sabia que Navio estava certo. Nada seria igual. Mesmo a ideia de viajar para Roma em busca de sua família havia se tornado menos importante. Seus pais ficariam muito felizes, porém, ele nunca conseguiria lhes revelar o que tinha feito. Como poderia se tornar um advogado tão importante como seu tio? Voltar para a vida de civil em qualquer lugar da Itália, o que não era muito atraente, envolveria muito perigo. Se alguém sequer sonhasse com as coisas que fizera ao lado de Spartacus, ele seria exilado ou algo pior. Carbo franziu o cenho. Aonde mais ele poderia ir, se não fosse com Spartacus? Olhou para Navio em meio à escuridão.

— O que faríamos na Trácia?

— Quem sabe? Servir Spartacus. Não demoraria para que ele construísse um reino. Consigo pensar em coisas piores do que fazer parte de algo assim. Pior seria ser derrotado por aqueles filhos da puta em Roma.

— Deixar a Itália? — Era estranho fazer tal pergunta, já que aquele tinha sido o objetivo deles por meses. Entretanto, tudo só começara a parecer real naquele momento.

— Por que eu faria qualquer outra coisa? — sussurrou Navio. — Não há mais nada para mim!

— Nunca poderei me vingar de Crixus.

— Seja honesto, você sabia disso quando não o atacou em Thurii.

Carbo tentou pensar em outro argumento para justificar a permanência em Roma, mas não conseguiu.

— Você tem razão. Vou com Spartacus para onde ele nos levar.

— Não conte com a vitória antes da batalha — alertou Navio, tocando seu ombro. — Temos que vencer primeiro! Então, enquanto temos tempo, durma um pouco. — Puxando o cobertor, ele rolou para o lado e começou a roncar logo depois.

Carbo invejou a capacidade de Navio de adormecer mesmo com tudo o que estava acontecendo. Viu um pouco de luz pelo couro, no entanto, sabia que não conseguiria descansar mais. Só que ele não era o único. Ouviu barulhos vindos de outras tendas: homens tossindo, virando-se, sussurrando uns com os outros. Carbo afastou os cobertores. Resolveu que checaria seu equipamento mais uma vez. Sem dúvida, sua espada podia ficar muito mais afiada. Levantando a aba da tenda, ele se assustou ao ver uma pessoa de pé perto da fogueira quase extinta. Hesitou, surpreso. Era Spartacus. Ele levou um dedo aos lábios, e Carbo se aproximou sem nada dizer.

— Não consegue dormir? Nem eu — disse Spartacus em voz baixa.

— O que traz você aqui?

— Eu queria falar com você.

Carbo sorriu como se fosse a coisa mais normal do mundo seu líder ir à sua tenda em segredo.

— A respeito do quê?

— Preciso pedir um favor. — "Um favor?" O coração de Carbo se acelerou. — Houve um motivo para eu escolher você como responsável pelas pedras.

— Você me considera um covarde — acusou-o Carbo. — Acha que não vou lutar.

— Não! — Spartacus o segurou pelo ombro. — Você está *muito* errado. Já vi sua coragem muitas vezes para não duvidar dela. Confio em você como confio em poucos homens. — "Sim, ele é um romano." Spartacus percebeu a ironia da situação.

— É mesmo? — Carbo olhou nos olhos de seu líder.

— Sim. Quero que você faça algo por mim. Algo que eu não pediria a mais ninguém. Pode fazer?

— Claro que sim — respondeu ele no mesmo instante.

— Se perdermos hoje...

— Não vamos perder — retrucou Carbo.

— Sua fé em mim é incentivadora, mas meu plano é arriscado. Muitas coisas precisam se encaixar. Se apenas um detalhe der errado, tudo estará perdido. Se isso acontecer, a derrota será certa. Eu sei disso.

A verdade nas palavras de Spartacus permearam o ambiente como o fedor de um corpo em decomposição.

Carbo não conseguiu contra-argumentar. Apenas assentiu.

— Se o pior acontecer, será muito claro. Assim que você tiver certeza de que a batalha está perdida, quero que deixe seus homens e volte ao campo. Vá à minha tenda e encontre Ariadne. Atheas estará lá, protegendo-a. Ele sabe que você tomará as rédeas. Você deve tirá-la dali. E levá-la para um local seguro.

Carbo ficou surpreso com a responsabilidade que lhe estava sendo investida. Sentiu o pesar apertar sua garganta ao pensar na situação. Se tal tarefa se fizesse necessária, seria porque Spartacus estaria morto. "Morto. Assim como Chloris."

— Fique com isto. — Apático, Carbo aceitou o saco pesado de couro que Spartacus lhe deu. — Tem dinheiro suficiente para que você se mantenha por um ano, talvez mais.

— Aonde quer que eu vá?

Spartacus sorriu.

— Para qualquer lugar, desde que seja seguro. Encontre uma cidadezinha na costa da Ilíria ou talvez na Grécia. Leve uma vida tranquila. Quero ter certeza de que meu filho cresceu sob sua orientação e a proteção de Atheas.

— Seu filho? Ariadne está...

— Sim, está esperando um bebê. Consegue entender agora por que sua tarefa é tão importante?

— Sim — sussurrou Carbo.

— E, então, vai aceitá-la?

Carbo ficou tocado pelo tom de humildade na voz de Spartacus. Não se tratava de uma ordem, mas de um pedido do fundo do coração de um homem a outro.

— Claro! Se o pior acontecer, Ariadne será salva. Eu juro!

— Obrigado. Isso torna minha carga menos pesada. — Spartacus apertou o ombro dele com força. — Não conte sobre isso a ninguém.

— Não contarei.

— Ótimo. — Os dentes dele apareceram em meio à escuridão. — Bem, agora, devemos nos preparar, certo? Temos milhares de romanos para matar. Encontro você quando tudo terminar.

— Sim.

Com isso, Spartacus se foi, embrenhando-se na escuridão.

"Deuses, permitam que nos encontremos de novo."

— Quem era? — Navio espiou para fora da tenda.

— Egbeo — mentiu Carbo. — Ele queria saber quantos homens levarei ao penhasco.

— Antes você do que eu — resmungou Navio. — É mais sangrento, mas prefiro enfiar uma espada na barriga de um homem a pisar nele como se fosse um inseto.

Carbo sorriu, porém, sua mente estava voltada para a missão secreta. Ao escolhê-lo, Spartacus demonstrara grande honra. No entanto, ainda assim era uma tarefa que ele não queria executar, porque se tudo se concretizasse o homem que ele idolatrava estaria morto. "Júpiter, Maior e Melhor", rezou em desespero. Independentemente do que acontecer, permita que vençamos. Conceda-nos a vitória!

Carbo estava acostumado com o silêncio que vinha após os pedidos que fazia aos deuses, contudo, dessa vez, ouviu um eco em sua mente como uma pedra que cai dentro de um poço vazio.

* * *

Eles partiram logo depois, antes do nascer do sol. Nuvens do ar expelido tomavam o ar frio enquanto as tropas de Carbo atravessavam a escuridão. O ponto onde Spartacus queria que eles se encontrassem ficava a menos de dois quilômetros dali, o que aumentava a ansiedade na marcha. Apesar de não haver a necessidade de se fazer silêncio, os homens conversavam aos sussurros. Agindo com a descrição que lhe haviam pedido, Carbo guiou seu grupo, cerca de duzentos homens fortes, em direção ao norte, subindo um monte entre aglomerados de juníperos retorcidos e olmos resistentes. A vegetação aos poucos diminuía, deixando expostas grandes rochas cobertas com líquen verde-acinzentado.

Eles tinham subido uma curta distância quando a rocha deu espaço a um enorme abismo. Estendeu-se da esquerda para a direita por certa distância e tinha cerca de vinte passos de largura. Carbo se aproximou da beira e olhou para baixo. A descida era escarpada. Blasfemando, ele deu um passo para trás. O vento que soprava de um lado para o outro poderia derrubar um homem ali. Abaixando-se, ele se aproximou da beira com muito mais cuidado. A vista era arrebatadora. Pelo menos a quinhentos passos abaixo, havia uma faixa estreita: a estrada que serpenteava pelo vale. O único sinal de vida eram dois corvos piando ruidosamente na direção do vento da manhã.

Carbo olhou de um lado para o outro, avaliando qual seria o melhor ponto para a emboscada. Não surpreendeu que seus olhos tenham se concentrado na parte mais estreita do desfiladeiro. Ali, os dois lados eram separados um pouco além da distância que uma lança percorreria. Ele logo se decidiu. Qualquer coisa que fosse solta daquele ponto acertaria quem passasse na estrada. Um brilho rosado a leste indicava que o alvorecer se aproximava. O tempo era muito importante. Carbo começou a dar ordens.

O trabalho braçal que se seguiu o deixou aliviado. Finalmente, ele conseguiu tirar da mente o pedido que recebera. Até mesmo a ideia de matar centenas de seus compatriotas era melhor do que pensar em Spartacus morto e ensanguentado no campo lá embaixo. Se ele morresse, Carbo não sabia como iria suportar.

CAPÍTULO XXI

Spartacus olhou para o céu, que estava tomado por nuvens escuras e baixas. Não demoraria muito para que o tempo se abrisse. Àquela altitude, não surpreenderia se a chuva caísse pesada ou até mesmo se nevasse. Não foi o único a notar. Os homens olhavam com nervosismo para cima e sussurravam uns com os outros. "Maldição. O clima estava bom há semanas. Por que tem que mudar agora?" Spartacus recusou-se a concordar com o que suas tropas estavam pensando: que os deuses estavam irados. "O plano é bom. Vai dar certo." Essas eram as palavras que Ariadne havia sussurrado no ouvido dele quando ele a deixara no campo.

O destino de todos estava por um fio. Ele teria que se movimentar entre os homens ou o pânico se espalharia. E a maldita chuva assim como o clima, não poderia cair ou talvez não houvesse batalha. Os patrulheiros inimigos tinham se aproximado e se afastado algum tempo antes. Lentulus sabia onde estavam. Se o chão fosse reduzido a um pântano tomado pela lama, ele provavelmente não avançaria. Apenas um tolo decidia lutar em condições tão ruins, e Spartacus duvidava que um homem que havia se tornado cônsul se encaixasse em tal categoria. "Vamos esperar que Lentulus seja tomado pela mesma arrogância que vi em Crassus." Spartacus estava contando com aquele grande senso de superioridade dos romanos: que apesar de tomar conhecimento do sucesso dele, Lentulus se recusasse a sequer pensar que ele, um gladiador fugidio, seria capaz de arquitetar um plano de batalha fora do comum. Com seus homens à mostra, o que mais ele poderia estar tramando ali além de uma batalha total?

"Vai dar certo", disse Spartacus a si mesmo. "Carbo conseguirá bloquear o acesso." Seus homens aguentariam o ataque romano. Pulcher e Egbeo atacariam os romanos como loucos. As forças de Gannicus e de Castus também prevaleceriam. Ajeitando os ombros, Spartacus caminhou diante das tropas. Elas gritavam seu amor por ele, e ele levantou os braços para agradecer. Conforme o barulho diminuiu, ele falou sobre a coragem que eles demonstravam ao segui-lo do ludo ou ao fugirem de seus senhores. Elogiou os esforços durante o árduo treinamento, a dedicação e as dificuldades enfrentadas sob a rígida disciplina de Navio.

— Para um romano, até que ele não é nada mau — gritou Spartacus, e todos riram.

A tensão diminuiu um pouco, e ele caminhou de um lado para o outro, fazendo com que se lembrassem de cada vitória incrível conquistada. De que, apesar de terem sido traídos, ele e setenta e poucos homens tinham saído do ludo. Da tarefa impossível de derrotar três mil soldados, que fora conquistada quando eles desceram um precipício e causaram pânico no acampamento de Glaber. Falou também sobre como eles tinham repetido o primeiro sucesso contra Furius e, então, contra Cossinius. Como se não bastasse, eles tinham enganado Varinius, e quando enfim este os encontrou em Thurii, eles praticamente aniquilaram todo o comando. Apesar de o tolo ter sobrevivido, o Senado dera a ordem para que caísse sobre a própria espada quando ele comunicara o fracasso para Roma.

Os gritos de alegria ficavam mais altos a cada detalhe.

Spartacus incentivou seus homens com movimentos fortes dos braços. Eles precisariam de toda a confiança para a batalha que se aproximava.

O clamor diminuiu aos poucos, e ele olhou para cima. Milagrosamente, as nuvens negras tinham ido embora sem causar chuva. "A chuva ou a neve cairão agora nos picos ao sul", pensou. "Obrigado, Grande Cavaleiro." Empunhou a espada e apontou para o céu.

— Vejam! Os deuses continuam conosco! A tempestade está indo embora.

— Existe algo que você não possa fazer? — gritou alguém.

— Eu faço o que posso, Aventianus — respondeu Spartacus, dando uma piscadela. Os homens gritaram animados. "Que momento perfeito. Preciso agradecer a Aventianus depois." Na mesma hora, ele foi tomado pela dúvida. "Não brinque com o destino. Direi a ele se ele sobreviver. Se eu sobreviver."

Um homem que estava próximo deles levou a mão ao ouvido.

— O que é isso?

Um murmúrio foi ouvido entre os escravos.

Por um instante, fez-se silêncio. E, então, o toque inconfundível de trombetas foi trazido pelo vento.

— Eles estão aqui!

Houve uma agitação entre os homens.

Contudo, os receios de Spartacus desapareceram como o orvalho sob o sol quente. Aquele era seu propósito. Lutar contra Roma. Não seria em sua terra natal, como ele desejara, mas não importava. Ganhara a chance de vencer um exército romano comandado por um de seus cônsules. O que mais poderia querer? "A vitória", pensou. "É isso o que quero. Nada mais é suficiente."

Spartacus encheu os pulmões. Jogando a cabeça para trás, gritou:

— Há apenas dez mil bastardos. Quantos somos?

— Cinquenta mil! — gritou Aventianus.

— Isso mesmo! CINQUENTA MIL! — vociferou Spartacus. — Cinco de nós para cada romano nojento! Teremos VITÓRIA... OU MORTE!

Houve uma leve demora, porém seus homens repetiram aquela frase até suas vozes ecoarem.

— VITÓRIA OU MORTE! VITÓRIA OU MORTE!

Spartacus pegou o escudo e começou a bater a lâmina na borda de ferro.

— Vamos! — chamou ele. — Façam o mesmo. Os romanos devem morder nossa isca, e devem entrar no precipício sem pensar.

Aqueles que escutaram, gritaram animados. De uma vez, começaram a imitar Spartacus. Mais escravos se uniram. O barulho se espalhou pelo exército como um incêndio. Pelo menos durante aquele momento, o medo causado pelas nuvens carregadas desapareceu. Assim como o receio de enfrentar uma legião romana completa. A ira tomou conta de alguns homens, que gritaram até ficarem vermelhos. Uma sensação de euforia desmedida dominou os outros. Ouviam-se risadas altas, e as primeiras fileiras deram alguns passos adiante, no entanto, seus oficiais rapidamente as colocaram no lugar.

Spartacus não via tamanha comoção desde que partira com seu grupo para a guerra contra Roma, muito tempo atrás, na Trácia, quando os medos perderam. Porém, agora sentia orgulho. Apesar de aqueles homens serem escravos, tinham a coragem de verdadeiros guerreiros. Se uma batalha tivesse início, eles lutariam. Spartacus sentia essa certeza no coração. Naquele dia, talvez a vergonha pela derrota passada fosse apagada de uma vez por todas.

Uma série de toques de trombetas ressoou.

Spartacus sorriu, satisfeito. Lentulus *queria* brigar.

Agora, dependia de Carbo acabar com a festa do cônsul.

No topo do penhasco, Carbo escutou as *bucinae* romanas. Estava deitado de bruços na ponta norte, observando a primeira legião surgir de uma curva na estrada. Diante deles, estavam os diversos esquadrões de cavalaria, os patrulheiros que tinham levado a notícia do exército de escravos a Lentulus. Enquanto ele observava, um grande grupo de cavaleiros se afastou e avançou para dentro do desfiladeiro. Carbo olhou para eles assustado. "O que, por Hades, eles estão fazendo?" Ficou contente por manter o bom senso. Eles verificarão se Spartacus não bloqueou a saída. "É isso. Então, Lentulus não é um tolo", pensou Carbo, olhando ao redor, inquieto. "Talvez não seja só isso que ele queira conferir."

Pedras rolaram, e Carbo esticou o pescoço para olhar além da beirada. Sentiu-se contente por estar deitado. Subindo a ladeira, vindos das legiões, estavam seis homens barbados e de pele escura. Descalços, eles vestiam túnicas de mangas curtas. Sua única arma eram os bodoques pendurados no pescoço. Carbo já tinha visto atiradores baleares em Cápua. Eram escaramuçadores rápidos que atuavam como patrulheiros. Claramente, aqueles homens tinham sido enviados para inspecionar o topo do desfiladeiro. A boca de Carbo secou de medo.

Eles tinham que ser mortos, e depressa, ou o plano todo de Spartacus seria comprometido, e a tarefa de Carbo de salvar Ariadne se tornaria uma realidade temerosa.

Carbo rolou para o lado, para fora do campo de visão deles, e ficou de pé. Aproximando-se de alguns soldados, ele explicou o que estava acontecendo. Eles se assustaram e Carbo ficou ansioso.

— Ninguém pode escapar ou estaremos perdidos. Entenderam?

Eles assentiram, sérios.

— Os cachorros verão o que está acontecendo assim que chegarem ao topo, por isso precisam ser derrubados no mesmo instante. Sem serem vistos pelas legiões.

Um homem pegou um arco.

— Posso lidar com dois ou três deles.

— Ótimo — disse Carbo. "Gostaria de ter mais arqueiros!" — Acerte dois, para não errar. E os últimos a subirem. — Ele apontou os outros três escravos. — Vamos nos esconder atrás das últimas pilhas de pedras. Você pega o primeiro homem; você, o segundo; e você, o terceiro. Eu pegarei o quarto. Nenhum de vocês deve se mexer antes de mim. Está claro?

— Sim — murmuraram eles.

Dando ordens rápidas para que todos se escondessem e se mantivessem calados, Carbo correu de volta até as pilhas de pedras próximas de onde ele acreditava que os lançadores surgiriam. Havia pouca proteção para todos eles. Carbo torceu para que fosse suficiente. Logo depois, o primeiro possível imprevisto de seu plano o deixou assustado. E se o primeiro homem que chegasse ao topo percebesse para que serviam os montes de pedras e fugisse? Eles teriam que perseguir os lançadores ladeira abaixo à vista do exército de Lentulus. Toda a esperança de surpreender os romanos seria perdida. Carbo sentiu uma queimação na garganta e teve que engolir em seco para não vomitar. A emboscada improvisada só seria bem-sucedida se as patrulhas inimigas decidissem observar o topo do despenhadeiro de perto.

Suas promessas a Júpiter foram aumentando. "Construirei um altar em sua homenagem. Diante dele, sacrificarei um touro — o melhor que conseguir encontrar. Farei a mesma coisa todos os anos, enquanto for capaz."

Sussurros guturais fizeram a pulsação de Carbo aumentar muito. Controlando-se, apertou o cabo da espada com o máximo de força. Com cuidado, espiou pelo canto da pilha. Nada. "Onde diabos eles estão?" Carbo esperou. E esperou. Cada minuto durava uma eternidade, mas ele não podia se mover nem um passo de onde estava. O menor som chamaria a atenção dos patrulheiros.

Quando enfim viu uma cabeleira preta e encaracolada surgindo a menos de 15 passos de onde estava, Carbo ficou chocado. Observou, ofegante, quando um rosto apareceu e olhou com cautela para os dois lados. Demorou um pouco, porém, o lançador subiu na beira do desfiladeiro. Logo foi seguido por mais dois. Abaixados, eles começaram a avançar na direção do esconderijo de Carbo.

"Onde está o restante? Esperando seus companheiros dizerem que está tudo limpo?"

Carbo não teve a chance de agradecer por os outros patrulheiros aparecerem. Os três primeiros estavam quase em cima dele.

— AGORA! — gritou ele, e lançou-se de trás do monte de pedras. Viu, depressa, os rostos assustados e ouviu as blasfêmias proferidas por eles antes de, milagrosamente, ele passar em direção ao topo do monte e ao trio de lançadores que estava ali. Eles o viram e se viraram para fugir. *Zip!* Uma flecha passou por Carbo, enterrando-se nas costas de um dos homens, que caiu gritando.

— Peguem o da direita! — ordenou Carbo. Torcendo para que o arqueiro o tivesse escutado, mirou no lançador à esquerda, um homem baixo com maçãs do rosto salientes.

A sorte estava com ele. O atirador estava tão desesperado para fugir que, ao virar, tropeçou e caiu no chão. Carbo o atacou como se fosse um porco selvagem sobre a presa. Golpeou-o com o gládio, rasgando as costas do homem, do ombro à cintura. O sangue jorrou em abundância, e a vítima gritou de dor. O grito foi brutalmente interrompido quando Carbo enfiou a lâmina entre as costelas do homem, perfurando um dos pulmões e acertando seu coração. No mesmo instante, os braços e as pernas do homem se debateram, e então relaxaram.

Puxando a espada, Carbo se virou para ver o que estava acontecendo. O arqueiro não tinha exagerado a respeito de sua habilidade. Havia mais um corpo deitado de barriga para cima ao lado do primeiro, com uma lança fincada dentro da boca. Carbo olhou para as montanhas onde havia se escondido. Dois lançadores estavam mortos, mas o último havia matado um de seus homens e estava armado com uma espada. Virando-se, ele caminhou na direção de Carbo, gritando a plenos pulmões.

Carbo estreitou os olhos. Se não detivesse aquele homem, seria o responsável por todo o fracasso.

Zip!

Uma lança passou por cima do ombro do patrulheiro e quase arrancou o olho de Carbo.

— Pare de lançar! — gritou ele, entrando no caminho do outro. Ergueu sua espada.

Mas o patrulheiro não tinha nenhum interesse em lutar contra ele. Deslizando para o lado, passou por Carbo, mirando o topo do monte.

"Ele calculou mal", pensou Carbo, blasfemando baixo.

— Derrube-o! Depressa! — Abaixando-se, e rezando para que o arqueiro não o acertasse, ele correu. Sentiu uma rajada de ar sobre o ombro, e um arqueiro acertou o lançador nas costas. Este hesitou, mas se endireitou. Largando a espada, o homem soltou uma das tiras de tecido que levava ao redor do pescoço. Ele se aproximou da beirada, balançando o tecido preto acima da cabeça.

Carbo percebeu o que o patrulheiro estava tentando fazer. O pano significava "Inimigo à vista", e, se alguém do exército de Lentulus o visse, ele teria fracassado.

Carbo atravessou os últimos passos a toda velocidade. Enfiando o gládio nas costas do homem, pegou o pano com a mão esquerda. Passou o braço ao redor do pescoço da vítima, que gemia, e a arrastou para trás enquanto enfiava a lâmina ainda mais fundo. Os gritos do homem logo se transformaram em gemidos baixos. No minuto seguinte, ele se tornou um peso morto, então Carbo deixou que caísse. Puxando a espada, ele aplicou mais dois golpes, deixando mais um corpo ensanguentado ao lado dos outros próximos dali.

Carbo observou a área. Todos os patrulheiros estavam caídos, mortos ou agonizando. Seus homens lhe lançaram sorrisos vitoriosos, que ele não retribuiu. Eles não tinham sido bem-sucedidos. Alguém devia ter visto a luta. Ele se deitou de bruços e se arrastou até a beirada. Com o estômago revirado, observou a coluna romana, olhando de um lado para o outro à procura de indícios de inquietação. Para seu enorme alívio, não percebeu nada.

— Fomos vistos? — perguntou o arqueiro.

Carbo se afastou um pouco.

— Não, acho que não. — "Obrigado, Júpiter."

O arqueiro soltou um longo suspiro.

— Bom trabalho — elogiou Carbo.

— Eu deveria ter derrubado o último desgraçado com uma lança.

— Ele era forte e estava desesperado — respondeu Carbo. — De qualquer modo, agora ele está morto. — Olhou para o corpo do lançador e viu o segundo tecido ao redor de seu pescoço. Era vermelho, da mesma cor dos vexilos usados pelas legiões. Uma nova onda de pânico o tomou. A bandeira só podia ter um propósito: sinalizar que não havia perigo no topo dos desfiladeiros. Se não fosse visto, mais tropas romanas seriam enviadas para vasculhar. Carbo olhou para baixo e blasfemou. Sua túnica estava ensopada de sangue. Desafivelando o cinto, ele puxou o tecido molhado sobre a cabeça e o jogou no chão.

— Depressa! Preciso da túnica com menos sangue.

O arqueiro o encarou sem entender.

— Para eu poder balançar o tecido vermelho para os romanos e não levantar suspeitas.

Finalmente, o arqueiro compreendeu. Eles olharam para os mortos. Não demorou muito para que vissem que a túnica mais limpa era a que pertencia ao lançador atingido na boca. Despiram o cadáver e Carbo vestiu a roupa suada. Então, pegando o tecido vermelho do pescoço do último homem, caminhou até o topo da montanha. Com o coração batendo forte, ergueu-o acima da cabeça e o balançou de um lado para o outro.

— Nada aqui! — gritou ele em latim com forte sotaque. — Nem uma alma à vista!

Não obteve resposta.

Carbo ficou satisfeito. Era bem provável que a luta pela sobrevivência dos lançadores não tivesse sido vista. Redobrou os esforços, envolvendo os lábios com a mão para que sua voz se tornasse mais alta. Enfim, seus esforços foram recompensados. Seguido por um sígnifer, um oficial em uma coorte perto da parte dianteira do exército romano se afastou das fileiras. Logo depois, o estandarte foi erguido e abaixado diversas vezes. Sem esperar para ver como ele reagia, o oficial voltou para sua posição. Carbo exultou.

— Conseguimos! — gritou ele para o arqueiro.

— Muito bem, senhor.

Não acostumado a ser chamado daquela maneira, Carbo hesitou. Então, endireitou os ombros com orgulho.

— É melhor ficarmos de olho para que nenhum outro bastardo venha. Você deve ficar aqui com os outros. Se vir uma pedra cair, quero ser informado.

Ele recebeu um sorriso de agradecimento.

Carbo começou a reunir os homens. Eles precisavam de ordens rígidas para não agirem sem uma ordem sua.

* * *

As duas maiores preocupações de Spartacus quando as forças de Lentulus surgiram era de que Egbeo e Pulcher atacassem logo e quanto estrago a cavalaria romana poderia causar. Os cavaleiros inimigos foram para um canto, permitindo que seus soldados sem cavalos se colocassem em posição, um processo que levou um tempo considerável. Sentados calmamente nos cavalos a cerca de trezentos passos dali, eles pareciam muito inofensivos. Por experiência, Spartacus sabia que a verdade era bem o contrário. Tinha sido uma decisão calculada não escolher cavaleiros. Decidira deixá-los com Castus e Gannicus. Eles vinham treinando com afinco desde que seus cavalos foram capturados nas montanhas perto de Thurii, mas diferentemente dos escravos que lutavam como infantaria, os cavaleiros de Spartacus nunca tinham sido testados em batalha. Como um grande bloco, eles ficariam mais confiantes e teriam mais chances de vencer.

Além disso, ele queria que seus homens — os mais próximos dele — conhecessem o gosto de uma vitória conquistada contra o mais invencível dos inimigos: o legionário. Ficou satisfeito com os insultos que eles já estavam fazendo aos romanos. Naturalmente, um ou dois tolos tinham lançado suas lanças, mas o restante ainda se mantinha em boa ordem. Era prova de que o treinamento iniciado por ele e continuado por Navio, tinha valido a pena. Prova de que tinham abandonado a mentalidade de escravos.

Ele confiava que Carbo desempenharia bem seu papel. O jovem romano era tão leal quanto qualquer um de seus homens — até mesmo quanto Atheas e Taxacis. "Grande Cavaleiro, peço que Carbo nunca tenha que fazer o que lhe pedi." Com essa oração, Spartacus fechou o coração. Estava na hora de se preparar para a batalha. Encheu a mente com imagens dos vilarejos trácios tomados pelos romanos. Os montes de corpos mutilados. A camada de sangue e de membros decepados que cobriam o chão. As cabeças sem olhos enfiadas na lama. Idosos crucificados em suas casas. Inúmeras mulheres jogadas no chão, como bonecas largadas por crianças. As poças de sangue originadas entre suas pernas, revelando atitudes nada inocentes. Os pequenos corpos que o deixavam enjoado: bebês cujas cabeças tinham sido chocadas contra muros. E seu irmão Maron, praticamente um esqueleto, morrendo de dor.

Uma ira enorme começou a pulsar dentro de Spartacus. Seus olhos latejavam, em seu peito parecia haver um grande peso. Ele se sentia irado como não ficava havia muito tempo. Aquele era o momento com o qual tinha sonhado. Desejado. "A vingança será minha." Ele só queria matar. Cortar, fatiar, separar em pedaços todos os filhos da puta romanos que se aproximavam de sua espada.

Chamou os trompetistas.

— Lembrem-se do sinal combinado. Entrem em ação assim que eu der o comando. Se errarem, cortarei suas bolas fora. Entenderam?

O trio assentiu, com medo.

Spartacus fez um sinal para que eles se afastassem, para que fossem para o solo seguro atrás de seus homens. Observou as tropas uma última vez. Ele havia ordenado três fileiras e as organizou em coortes, como os romanos faziam. Quase todos os soldados empunhavam pilos. A maioria tinha um gládio e um escudo e usava um capacete de bronze, como os legionários. Era bonito de se ver.

— Vejo vocês! — gritou Spartacus. — Vejo vocês, meus soldados, e meu coração se enche de orgulho! Vocês estão me ouvindo? ORGULHO!

Eles gritaram até ficarem roucos.

— Hoje, vocês vão enfrentar uma legião romana completa pela primeira vez. É uma ocasião pela qual devemos nos sentir gratos. Alegres! Agradecer aos deuses! "Por quê?", vocês me perguntam. Porque vamos pegar os legionários e acabar com eles! — Spartacus riu alto. — Assim que Carbo bloquear o caminho, a batalha começará. Quando os malditos chegarem às nossas linhas, nossas trombetas reunirão dez mil de nossos companheiros, tirando-os de seus esconderijos. Eles atacarão o lado esquerdo e destruirão tudo. Devemos fazer o mesmo em nossa posição. No fim do dia, juro que este campo estará tomado por cadáveres de nossos inimigos! Todos os seus homens matarão até ficarem com os braços cansados. Todos vocês estarão bem-equipados. Haverá mais alimento e vinho do campo romano do que conseguiremos comer, prata suficiente para encher nossas bolsas, mas o melhor de tudo — e Spartacus apontou sua sica para a águia de prata que ficava acima do centro da linha romana —, teremos duas dessas em nosso poder. Que prova maior pode haver de que os deuses estão do nosso lado?

— SPAR-TA-CUS! — gritaram eles. — SPAR-TA-CUS!

Mantendo o ritmo, Spartacus começou a bater a espada no escudo.

Clash! Clash! Clash!

Os soldados romanos avançaram em total silêncio, uma tática que intimidava a maioria dos oponentes. "Que se dane", pensou Spartacus, e redobrou os esforços. "Que Lentulus ouça meu nome, e o som da ira de meus homens, e que sinta medo. Que as tropas dele sejam tomadas pelo medo."

— SPAR-TA-CUS! SPAR-TA-CUS! SPAR-TA-CUS!

Spartacus sorriu e voltou para seu lugar entre os homens.

O som ensurdecedor persistiu por muito tempo.

Spartacus estreitou os olhos ao observar as linhas inimigas. "Ótimo. Deve haver quase cinco mil romanos à vista. Carbo agirá a qualquer momento."

A espera que Carbo tivera de enfrentar durante emboscadas anteriores eram nada comparadas a daquela manhã. Todas as fibras de seu ser gritavam para que ele empurrasse a primeira rocha. Para aumentar sua preocupação, seus homens estavam nervosos. A importância da tarefa e o efeito assustador que ela teria eram óbvios. Eles estavam desesperados para lutar, e o papel de Carbo era manter a disciplina.

— Spartacus me disse quando atacar, entendem? — Ele gritava sem parar. — *Precisamos* dividir as legiões em duas. Em pouco tempo, Castus e Gannicus terão que fazer todo o trabalho. Depende de nós, e precisamos fazer certo.

Por fim, sua mensagem pareceu ter sido entendida, e os homens relaxaram um pouco. No entanto, o frio na barriga de Carbo não passou. Durante mais de meia hora, observou os legionários marchando de modo constante. Apesar de serem o inimigo, era uma imagem muito bonita, e, por um lado, ele se sentiu triste por nunca ter podido fazer parte das legiões. "Os malditos não me aceitaram", pensou. "Apenas Spartacus conseguiu ver algo em mim." Ele olhou para os montes de pedra, alguns dos quais eram maiores do que carros de boi. "Este será o castigo deles."

Carbo ouviu o som de gritos e de batidas de objetos metálicos e levantou a cabeça. Não compreendia as palavras, mas só podiam ser os homens de Spartacus fazendo tanto barulho. "Que os deuses estejam com eles."

Quando olhou para baixo de novo, Carbo viu uma brecha na coluna romana. No meio das fileiras das unidades seguintes, percebeu o brilho de um estandarte de águia. Aquela era a segunda legião de Lentulus e estava prestes a passar abaixo de onde ele estava.

— Certo — disse ele em voz baixa. De repente, sorriu. Não era mais necessário fazer silêncio. — Quando eu contar até três — gritou ele. — Espalhem a ordem. — Esperou sua ordem ser passada às fileiras de homens. Logo em seguida, os homens da ponta ergueram as mãos para sinalizar que tinham compreendido. Carbo lambeu os lábios e colocou as mãos contra uma rocha quase do tamanho dele. E então, contou:

— UM! DOIS! TRÊÊÊSSS!!!

Com um forte impulso, empurrou a pedra. Assustado com a velocidade que ela ganhou, ele olhou para os lados, observando os homens fazerem o mesmo com mais rochas e pedras. A poeira subiu quando as pedras rolaram pela face dos desfiladeiros, causando pequenos deslizamentos de terra. O solo tremeu.

Carbo não olhou para ver o efeito causado. Não precisou. Só poderia resultar em total destruição. Grandes grupos de legionários estavam prestes a ser mortos. Não era de se espantar que seus homens olhassem para baixo com interesse macabro.

— Não parem! — ordenou ele. — Mais! Quero ver mais rochas rolando! Precisamos bloquear o acesso.

— Matem todos eles! — vociferou o arqueiro. — Cada maldito desgraçado!

— Matar! Matar! Matar! — responderam os escravos, renovando o ataque com disposição.

Carbo fechou os olhos brevemente. “Que os deuses tenham piedade dos pobres malditos ali embaixo. Que eles morram depressa.”

E, então, voltou a empurrar mais rochas.

Quando as rochas rolaram, quase todos os sons vindos de baixo foram abafados. Os escravos abriam e fechavam a boca, e lanças e espadas se movimentavam em silêncio para cima e para baixo contra seus escudos. “Mas o que acontecerá em seguida”, pensou Spartacus, “está longe de ser inocente.”

Uma enorme nuvem de poeira subiu. Os romanos e os escravos observavam boquiabertos, horrorizados ou felizes. Spartacus se sentiu alegre. O estrépito era sinal de que Carbo cumprira sua tarefa.

— Calma! — pediu ele. — Deixe o medo tomar o inimigo! Os cachorros agora sabem que estão sozinhos. — Olhou para a boca do vale onde Egbeo e Pulcher estavam à espera das tropas, mas não conseguiu ver nada. "Ótimo. A disciplina deles está dando conta."

O barulho das rochas diminuiu. Foi substituído por um novo som: o dos homens prensados ou presos sob as pedras, mas não mortos. Ouviam-se seus gritos e gemidos. A maioria implorava pela morte, um fim para a dor de membros, pelve e coluna quebrados. Os soldados de Spartacus comemoraram e bateram as armas nos escudos com vigor renovado.

Lentulus agiu depressa. Ciente de que o som logo espalharia o pânico entre seus legionários, soprou a *bucinae*. Seus soldados marcharam em boa ordem, e a cavalaria seguiu pela direita, sem dúvida pretendendo atingir a retaguarda dos escravos.

Apesar de esperar por aquilo, Spartacus blasfemou em voz baixa. Esperava que os homens na retaguarda se lembrassem das ordens. Eles tinham sido treinados para atirar as lanças juntos, formando uma rede de pontos de ferro da qual a maioria dos cavalos não se aproximaria. Claro que ver como fazer e ter de fazer ao serem atacados pelo inimigo eram coisas diferentes. Confiando nos deuses, Spartacus ordenou que os trompetistas sinalizassem o avanço.

— Mantenham-se em fila! Movimentem-se juntos! — Suas palavras eram repetidas pelas fileiras da frente, e os escravos começaram a avançar em uma grande massa.

— SPAR-TA-CUS! SPAR-TA-CUS! SPAR-TA-CUS! — gritavam eles.

Ele estava longe demais para ver a expressão no rosto dos romanos, mas Spartacus imaginou que já se abatia sobre os inimigos certo desânimo. Em comparação com a ordem de seus homens, ele percebeu brechas entre os legionários. "Podemos vencer! Grande Cavaleiro, conceda-me o poder de seu braço direito para acabar com os bastardos e para jogá-los na lama, onde merecem ficar."

Eles se aproximaram algumas centenas de passos. O clima era de tensão, com uma pitada de medo. Apesar de toda a bravata que havia tomado conta deles momentos antes, aquela era a hora em que estavam prestes a morrer. Os rostos dos escravos estavam sérios, as mandíbulas contraídas; murmuravam orações ou resmungavam incentivos uns aos outros. No entanto, os gritos não diminuíram. Na verdade, aumentaram.

— SPAR-TA-CUS! SPAR-TA-CUS! SPAR-TA-CUS!

Spartacus estava satisfeito. "Eles querem lutar. Querem o sangue dos romanos, assim como eu."

— As três primeiras fileiras, lanças preparadas! — gritou ele.

Ao redor dele, milhares de braços foram impulsionados para trás, e um monte de pontas de metal apontava para o sol.

— Preparados! Preparados! — Ele contou os passos conforme eles se aproximavam dos romanos. Dez. Vinte. Quarenta. Por fim, Spartacus viu os legionários. Como os homens dele, os rostos romanos estavam tomados de emoção. Mas em vez de tensão, pareciam ter medo. As únicas exceções eram os legionários ao redor da águia prateada, que pareciam preparados. Ao longe, ele escutou os oficiais inimigos gritando incentivos, ordenando mais uma saraivada de lanças. "Agora!"

— Um! Dois! Três! JÁ! — gritou em resposta.

Ouviu-se um murmúrio quando sua ordem foi acatada.

A mesma ordem foi ouvida das linhas romanas.

Em arcos graciosos, duas nuvens separadas de pilos foram lançadas. Por vários minutos, elas escureceram o céu entre os dois exércitos. "É uma imagem bonita, porém, assustadora", pensou Spartacus. Era ali que o treinamento dos homens se tornaria evidente.

— Escudos para cima! — vociferou ele, erguendo o braço esquerdo. — Escudos para cima!

Clac, clac, clac. Um muro de escudos surgiu.

Com grande pressão, as lanças romanas aterrissaram numa torrente mortal de ferro. Inevitavelmente, algumas passavam por pequenas brechas entre os escudos dos escravos e pela camada de madeira, ferindo o braço de alguns escravos. Aqueles que tinham se ferido gritavam de dor, alguns riam como loucos e outros ilesos gritavam agradecimentos aos deuses.

Spartacus não se ferira. Ao olhar para trás, percebeu que os danos causados à sua tropa tinham sido leves. Observou os romanos e chegou à mesma conclusão a respeito deles. Como sempre, o efeito principal das lanças tinha sido atingir os escudos dos homens para inutilizá-los.

— Se alguém nas duas primeiras fileiras precisar de um escudo, peça aos homens de trás que os passem à frente — gritou ele. — Avancem!

Enquanto marchavam, aqueles sem proteção se apressavam em pedir os escudos dos companheiros.

Houve mais uma saraivada de lanças, causando mais algumas mortes, e então os dois lados ficaram a apenas trinta passos de distância um do outro. Spartacus levou o apito aos lábios e viu um centurião do outro lado fazer o mesmo. Contudo, em vez de apitar, Spartacus soprou uma série incomum de notas que deixou seus homens surpresos, mas não os trompetistas. Estes tocaram os instrumentos com toda a força, um *taram-taram-taram* agudo. Repetiram a sequência duas vezes, e, conforme o som foi diminuindo, foi substituído por um apito estridente e longo de Spartacus, que foi ecoado pelos apitos de seus oficiais.

O chamado deles foi respondido com o som alto dos apitos dos romanos.

— Escudos unidos! — vociferou Spartacus. — À frente agora! — Começou a trotar em direção ao inimigo, olhando para os legionários com quem tinha mais chances de se chocar. Um deles era um jovem de cerca de 19 anos, cujos olhos já estavam arregalados de medo. O outro era um homem na casa dos vinte, de expressão séria, mandíbula tensa, provavelmente um veterano. Instantaneamente, Spartacus mirou o segundo soldado. Este era o mais perigoso, matá-lo primeiro era essencial.

Um rugido — o som de milhares de gritos de guerra misturados em um só — cortou o barulho da batalha, chamando a atenção dos homens. Vinha do lado direito de Spartacus, à esquerda dos romanos. "Obrigado, Grande Cavaleiro."

Egbeo, Pulcher e seus homens estavam atacando.

Compreendo o que o barulho significava, os escravos comemoraram gritando a plenos pulmões.

— SPAR-TA-CUS! SPAR-TA-CUS!

— Permaneçam próximos uns dos outros! — ordenou Spartacus. — Cuidem uns dos outros! — Estes foram os últimos comandos que deu. A partir de então, ninguém mais conseguiria escutar. O mundo se fechou ao redor dele quando Spartacus se apressou em direção à primeira fileira de romanos. Ele tomou consciência da proximidade dos homens que estavam ao seu lado, e dos olhos arregalados dos soldados sobre seu escudo. O coração batia forte: o suor escorreu em seus olhos e ele piscou.

Urrando, bateu o escudo no de um legionário de expressão séria. A força do impacto fez o homem tombar para trás, e antes que este pudesse contra-atacar, a sica de Spartacus passou por cima do escudo para acertá-lo no pescoço. O ferro dilacerou músculos e cartilagens e se alojou na espinha do romano. Spartacus a puxou, e a boca do outro se abriu em um urro assustador. O som foi interrompido pelo jato de sangue arterial que espirrou do fundo de sua garganta.

Spartacus viu um breve movimento pelo canto do olho. No reflexo, abaixou a cabeça. Em vez de acertar seu olho, o gládio do jovem legionário atravessou a parte de cima de seu capacete de bronze e ficou preso. Spartacus se lançou para trás, momentaneamente assustado. A lâmina de ferro bateu no metal, e a cabeça de Spartacus foi balançada de um lado para o outro enquanto o romano tentava livrá-la. Não havia como soltar a faixa de couro sob o queixo, que prendia o capacete. Com um barulho de metal, o legionário tirou metade do gládio. Seus lábios se abriram em um sorriso de satisfação. Um desespero total tomou conta de Spartacus. Seu oponente puxou o braço para trás de novo, e ele foi para a frente em vez de se defender. O romano hesitou, e soltou um pouco o cabo. Spartacus gritou como um louco, e o jovem legionário assustado soltou a arma.

Spartacus levantou a sica e a enfiou na órbita do olho esquerdo do homem. Ouviu-se um *pop*, e um líquido espirrou no seu escudo. O legionário se debateu de dor quando a lâmina atravessou o osso e perfurou seu cérebro. Ele se remexeu, soltando o corpo da ponta da arma. Spartacus puxou a lâmina, deixando-o cair no chão. O homem logo foi pisoteado.

Houve uma breve pausa na luta. Rapidamente, Spartacus soltou a fivela e se livrou do capacete.

— Venham! — vociferou ele para os legionários na fileira seguinte. — Hades está à espera de vocês!

— SPAR-TA-CUS! SPAR-TA-CUS! — gritaram os homens ao redor dele.

Arrastando os pés, os romanos se aproximaram. Algumas fileiras para trás, Spartacus viu um oficial usando sua vinha para afastar os homens. Exultou ao ver aquilo, era um mau sinal para os romanos tão cedo em uma batalha.

— Os filhos da puta estão assustados para caralho! — exclamou ele. — Estão morrendo de medo!

Então, olhou para o estandarte a cerca de trinta passos à sua esquerda. Apontou a sica para ele.

— Peguem a águia!

Com berros, os escravos mais próximos avançaram, batendo os escudos nos dos legionários e fazendo-os recuar. Atacaram e lâminas de gládios cortavam a carne de vários inimigos. Os escravos se aproximaram o bastante para dar cabeçadas em seus inimigos e enfiarem uma adaga no pescoço deles. Cuspiram no rosto dos romanos, gritaram insultos e pediam a fúria dos deuses. Assustados com o ódio dos escravos, os legionários recuaram mais um passo.

Naquele instante, o mundo mudou.

Ouviu-se um barulho como o de um trovão, e as fileiras de romanos se abalaram com um forte impacto. "São Egbeo e Pulcher", pensou Spartacus.

— AGORA! AVANCEM! — vociferou ele. Sem capacete, espirrando perdigotos ao falar, ele se lançou aos romanos mais próximos. Como uma matilha de cães leais, seus homens o seguiram.

— SPAR-TA-CUS! SPAR-TA-CUS!

Os legionários não puderam suportar mais, estavam aterrorizados. Desesperados para fugir dos loucos que os atacavam, eles bateram uns nos outros como animais encurralados. No intervalo de alguns minutos, o centro da fileira de Lentulus se virou e começou a voltar. Escudos e armas foram tirados de posição. Os feridos e aqueles que simplesmente não tinham mais forças foram derrubados no chão, onde foram mortos.

Os escravos avançaram, matando todos pelo caminho, sem demonstrar misericórdia por ninguém.

O aquilífero, o soldado que levava a águia da legião, e os homens cuja tarefa era protegê-lo, foram os únicos que mantiveram posição. Um bloco coeso de escudos e espadas, eles gritaram e blasfemaram aos companheiros, conclamando-os a ficar de pé e lutar.

Não fez diferença. Como uma onda vinda do mar, os legionários foram derrubados.

E então Spartacus se lançou à frente, urrando como um touro.

Tarde demais, o aquilífero percebeu que aquele seria seu destino. Tarde demais, ele viu que a valiosa águia estava prestes a cair em mãos inimigas.

— Afastem-se — gritou ele. Mas Spartacus e um grupo de escravos avançaram, e eles tiveram que lutar. O homem que segurava o estandarte e seus companheiros atacaram. O estandarte caiu de seus dedos fracos, porém, Spartacus o pegou antes que chegasse ao chão.

— Vejam, seus merdas — berrou ele em latim.

Na confusão, alguns romanos assustados se viraram.

— A águia é nossa. Os deuses estão do nosso lado! — Spartacus balançou o estandarte de modo desafiador para eles. — Covardes!

Ninguém respondeu, e seus homens gritaram felizes.

Ele deu uma rápida olhada ao redor. Os legionários do lado esquerdo também fugiam. Aqueles da direita, que até então tinham mantido sua posição, hesitavam. Spartacus achou que não demoraria muito para que eles se rendessem. Não fazia ideia de onde estava a cavalaria romana, mas esta não deveria ter obtido muito sucesso, porque as fileiras na retaguarda se mantinham firmes. A batalha no local em que ele estava já era praticamente vencida. Ele tinha a sensação de que com a ajuda de todos os escravos, Castus e Gannicus também venciam do outro lado.

"Que assim seja, Grande Cavaleiro."

As preocupações com Spartacus consumiam Ariadne desde que ele partira. Ela passou horas rezando e fazendo oferendas a Dionísio, porém, como sempre, não viu nada que a confortasse. Sabia que não deveria se irritar com o caprichoso deus, por isso canalizou a frustração na organização das mulheres do acampamento e na preparação delas para a inevitável chegada de feridos depois da luta. Até mesmo essa suposição era inquietante. Se os escravos perdessem a batalha, não haveria a necessidade de curativos e de bandagens, mas nisso, assim como na morte de Spartacus, ela não tolerava pensar. E havia Atheas, que vinha acompanhando todos os seus movimentos. Ariadne considerava tal atitude irritante. Antes da partida de Spartacus, ela perguntou o que aconteceria se as coisas acabassem mal. Ele tocou os lábios dela com o dedo, dizendo: "Isso não vai acontecer." No entanto, Ariadne insistiu e ele disse que o cita e Carbo a levariam para um lugar seguro.

Ela olhou para Atheas. Sua tentativa de acalmá-la com um sorriso repleto de dentes marrons a fazia se sentir pior. Contudo, interagir com o cita era melhor do que conversar com as outras mulheres — todos os sons que chegavam a eles vindos do campo de batalha eram recebidos com lágrimas ou com gemidos lamentosos. Mesmo quando os barulhos diminuíam, como acontecia naquele momento, os lamentos persistiam. Ariadne olhou para o céu. Havia quanto tempo Spartacus tinha partido com o exército? Quatro horas? Cinco?

— O que você acha que aconteceu? — sussurou ela para Atheas. — Terminou?

Ele inclinou a cabeça em dúvida.

— Impossível... digamos. Talvez eles... descansar... antes de lutar de novo.

A agonia de não saber de repente se tornou insuportável.

— Vou até o penhasco para ver o que está acontecendo.

Atheas se levantou antes de ela sequer acabar de falar.

— Isso... ideia muito ruim.

Ariadne olhou para ele, com frieza.

— Você vai me impedir?

— Sim — respondeu ele, com um olhar de quem se desculpa.

Ela não se surpreendeu com a resposta, porém, sentiu a necessidade de discutir mesmo assim.

— Farei o que eu quiser.

— Não. — O tom de Atheas foi firme. — Perigoso demais. Você... fica aqui.

— Suas mulheres lutam, não é?

Ele sorriu timidamente.

— Sim.

— Então, por que não posso nem observar a batalha?

— Porque Spartacus... disse que não. — Atheas hesitou por um instante. — Por causa... da criança.

— Ele lhe contou.

— Sim — respondeu o cita sem jeito.

Uma imagem forte de Spartacus passando a Atheas as instruções finais tomou a mente de Ariadne, e ela perdeu o fôlego. "Que os deuses os guardem e os mantenham seguros para sempre."

— Vamos torcer para que você e Carbo nunca tenham que cumprir a tarefa que ele lhes designou.

— Eu também pedir... meus deuses... isso. — A voz dele estava estranhamente grave.

Os olhos de Ariadne ficaram marejados. Nos meses de caos depois da fuga do ludo, a devoção sem fim que ele e Taxacis demonstraram a

Spartacus havia passado despercebida, pelo menos para ela. Até aquele momento, ela não tinha percebido quanto o ignorara, e como o guerreiro sério e tatuado havia se tornado importante para ela.

— Por que você o segue?

Ele ergueu as sobrancelhas grossas.

— Spartacus?

Ela assentiu.

Atheas sorriu.

— Ninguém... me pergunta.

— Eu gostaria de saber.

— Quando Taxacis e eu... capturados... outros escravos não queriam... falar conosco. Achavam todos os citas... selvagens. — Atheas cuspiu com nojo no chão. — Mas Spartacus... diferente.

— Continue — incentivou-o Ariadne.

— No ludo... ele agir como... líder. — Ele deu de ombros. — Sem chance... voltar... cita, então decidimos... segui-lo.

— Ele é grato pela lealdade demonstrada por vocês. Quero que saiba que eu também sou. — Atheas abaixou a cabeça em agradecimento. — Vocês escolheram bem — disse Ariadne. — Quando atravessarmos os Alpes, serão livres para voltar para a Cítia.

Ele sorriu.

— Espero... ansioso... esse dia.

— E eu também. — "Que Dionísio permita que isso aconteça", pediu Ariadne, fazendo o melhor que podia para ignorar a preocupação que tomava seu coração.

Trotando de uma ponta do penhasco até a outra, Carbo monitorou a luta nas duas frentes. Teve uma visão geral da batalha, e assim ficou muito claro quando a maré mudou não apenas para Spartacus, como também para os líderes gauleses. Isolada com a cavalaria dos escravos, a segunda legião de Lentulus foi derrubada pelos homens de Castus e Gannicus. Pelo menos um terço de seus legionários caiu no campo, e o resto fugiu, provocando uma perda incalculável de mais homens. A história foi um pouco diferente do lado de Spartacus.

À medida que a vitória se tornava cada vez mais clara, os homens de Carbo ficavam cada vez mais extáticos. Dançavam e cantavam, exaltando todos os deuses do panteão pela ajuda. Ele, apesar de feliz com a vitória, foi tomado pela vergonha da derrota romana. Sentiu-se furioso consigo mesmo por ter essa sensação, porém, não podia negá-la. "Quanto antes atravessarmos as montanhas e sairmos da Itália, melhor", pensou Carbo. Ali, pelo menos, ele não saberia dos inimigos. Seria capaz de seguir Spartacus sem se sentir, de certo modo, desleal à sua origem. Talvez também se esquecesse de Crixus e do que ele fizera a Chloris.

No entanto, ainda assim, Carbo sabia que se fosse preciso, ele acompanharia o trácio em outra batalha contra as legiões. Muita coisa mudara desde que ele saíra de casa. Muito sangue tinha sido derramado e não havia volta.

Ele era seguidor de Spartacus, independentemente do que o futuro reservava.

E isso, apesar de toda a incerteza, era uma boa sensação.

Mais de duas horas se passaram. Por fim, o barulho de gritos chegou ao acampamento. O coração de Ariadne se acelerou. Ela correu, com todas as pessoas, para o caminho que levava ao norte, e então esperou. Seu corpo estava tomado por calafrios, contudo, estes não eram causados pelo ar frio da montanha. O fato de os escravos terem vencido não significava que Spartacus sobrevivera. Ela viu o mesmo medo no rosto de todas as mulheres. Todas tinham entes queridos no exército, mas era provável que muitos deles nunca retornassem. Ariadne se sentiu culpada ao pensar que torcia para que outros tivessem morrido, e não Spartacus, para que ela não se tornasse uma eterna solitária. Olhou rapidamente para os rostos contraídos ao seu redor. Até Atheas parecia preocupado. "Todos estão pensando a mesma coisa." Pensar isso fez com que ela se sentisse um pouco melhor.

— SPAR-TA-CUS! SPAR-TA-CUS! SPAR-TA-CUS!

O grito encheu Ariadne de alegria. Quando se deu conta, estava correndo. Uma massa desorganizada de escravos dobrou uma esquina, e ela os observou em desespero. Era impossível não perceber os 12 estandartes sendo levados. Apesar da preocupação que sentia, Ariadne arregalou os olhos ao ver duas águias prateadas entre eles. E então, ao reconhecer Spartacus, ensanguentado da cabeça aos pés, sem capacete, porém, caminhando sem auxílio, soltou um grito de felicidade. Logo o alcançou e se lançou em seus braços.

Os gritos dos homens se tornaram ainda mais fortes.

— SPAR-TA-CUS!

— Você está vivo, você está vivo — murmurou ela.

— Claro que estou — respondeu ele, apertando-a. — Você estava preocupada comigo?

Chocada, Ariadne se afastou para encará-lo, e viu que ele estava brincando. Não sabia se devia rir, chorar ou beijá-lo. Fez as três coisas, nessa ordem. Não se importou com o fato de ele estar fedido, sujo com sangue de outros homens, de todos estarem vendo e de que uma sacerdotisa de Dionísio não devesse se comportar daquele jeito. Ariadne só conseguia pensar que o homem que amava não tinha sido morto no campo de batalha aquele dia. Que a criança dentro de seu ventre ainda tinha pai. Essas duas verdades bastavam.

Mais gritos de alegria foram dados conforme as outras mulheres chegavam e eram vistas por seus homens. Os escravos seguiam em frente para se reunirem com seus entes queridos, deixando Spartacus e Ariadne como uma ilha em um rio, alheios, presos nos braços um do outro.

— Você venceu — disse ela, por fim.

— Nós ganhamos — declarou ele. — Tudo saiu de acordo com o planejado, graças aos deuses. Lentulus mordeu a isca e avançou. Carbo separou as legiões, e isso abalou a confiança deles. Assim que a batalha começou, Egbeo e Pulcher chegaram com seus homens para pegá-los no lado esquerdo. Os tolos nem sequer perceberam o que aconteceu. Eles se separaram e correram como uma matilha de cordeiros com um lobo entre eles.

— E Castus e Gannicus?

— Eles também se saíram bem.

— Onde estão?

— Perseguindo os romanos. Matando todos os homens que encontram, cuidando para que eles não possam se reagrupar. Não que exista grande chance de isso ocorrer. Os outros homens estão arrancando as armas e os equipamentos dos romanos ou saqueando o acampamento à procura de alimentos.

— Lentulus foi capturado ou morto?

— Infelizmente nenhum dos dois. Quando viu que a batalha seria perdida, fugiu montado em um cavalo. Não que isso importe! — Sua carranca foi substituída por um sorriso. — Ele próprio pode levar a notícia da derrota ao Senado. Você viu as águias que pegamos. A vergonha dessa desgraça será uma dor maior para o orgulho romano do que os homens que foram mortos hoje. Lentulus terá sorte se não for decapitado.

Ela o beijou nos lábios, com alegria.

— Você é um ótimo general. Realmente, Dionísio está do seu lado.

— O Grande Cavaleiro também esteve conosco hoje. Ele me emprestou sua força — disse ele respeitosamente. Sentiu alegria. "Enfim, Maron foi vingado."

Eles se calaram enquanto agradeciam aos deuses.

— E agora? — perguntou Ariadne. Seu coração se acelerou de medo. — Você não quer sair em busca do segundo exército consular?

— Se quero? Claro que quero! Crixus pode até agradecer a ajuda! — Ele viu a preocupação dela, e aliviou a expressão séria. — Não, os romanos são como gafanhotos. Nunca param de formar exércitos. Se Gellius aparecer, lutaremos contra ele, mas meu plano ainda é seguir em direção ao norte, para os Alpes.

— Eles não estão longe. — Ariadne permitiu que seus pensamentos vagassem. — Nosso filho pode nascer gaulês.

— Talvez — disse Spartacus, tomando o cuidado de não irritar os deuses, porque afinal a vida já dera a eles grandes e duras lições. — Vamos chegar às montanhas primeiro e atravessá-las antes de tirar qualquer conclusão. — Ele sorriu para ela, desejando afastar seus temores. — Mas hoje vamos comemorar nossa vitória e reconhecer que Roma aprendeu uma lição.

— E qual foi? — perguntou ela, sorrindo.

— Que escravos também podem ser soldados. Que podem ter a força de um exército consular e vencer. Eu sabia que seria possível, e hoje provei.

"Um homem poderia morrer feliz sabendo que obteve essa conquista."

NOTA DO AUTOR

Sei que não sou o único a achar a vida de Spartacus interessante. Juntamente com Hannibal Barca, ele é uma das figuras mais icônicas nas quais consigo pensar. O que não amar nele? A história dele é a de um homem injustiçado e que foi vendido como escravo, forçado a lutar pela vida para divertir multidões. Ao escapar do cativeiro com alguns aliados, ele obteve vitórias incríveis nas quais tinha poucas chances de sucesso, ganhou o apoio de milhares de escravos fugidios, venceu grandes batalhas e planejou escapar da Itália. Como a maioria de vocês sabe, as coisas para Spartacus começaram a dar errado depois disso, mas a desgraça de sua história só aumenta o drama.

Incentivando a imaginação das pessoas nos anos 1950, o livro de Howard Fast, *Spartacus*, vendeu cinco milhões de exemplares. Com base nele, foi filmado um *blockbuster* com Kirk Douglas, assistido por todos aqueles que tinham uma televisão. Como resultado, Spartacus se tornou um nome reconhecido por todos. A fama do homem pode ter diminuído, mas recentemente ele voltou à cena. Fiquei encantado quando o seriado *Spartacus: Sangue e areia* estreou na TV no Reino Unido. Pelos dois episódios que pude assistir, parece ser mais compacto e ter menos detalhes históricos, no entanto, poucos podem negar que é recheado de drama e de cenas emocionantes. Em setembro de 2011, poucas pessoas não se comoveram com a morte trágica, causada por um câncer, de Andy Whitfield, que deu vida a Spartacus no seriado, sendo substituído por Liam McIntyre na temporada seguinte. Surgiram boatos de que será feita uma nova versão hollywoodiana da história. Só espero que satisfaça as expectativas. Naturalmente, espero o mesmo deste livro. Dei o meu melhor para fazer jus à incrível história de um homem que venceu o domínio da República Romana e quase a derrubou. Espero sinceramente que vejam Spartacus, o trácio, vivo nesta obra.

É muito triste que pouco mais de quatro mil palavras a respeito de Spartacus tenham sobrevivido em textos antigos. Ninguém sabe o porquê. Gosto de pensar que os romanos não queriam que um homem que derrotou seus exércitos tantas vezes fosse lembrado e glorificado. Afinal, são os vitoriosos que escrevem a história. Os perdedores costumam ser demonizados ou esquecidos. Mas não Spartacus, felizmente. Talvez isso se deva ao fato de os romanos terem certa consideração por ele — sabemos que "ele era dono de um grande espírito e força corporal"; ele também era "mais inteligente e nobre do que seu destino". Apesar de a escassez de informação indicar que muitos detalhes sobre Spartacus e sua rebelião foram perdidos para sempre, ela também oferece aos escritores um grande presente: poder preencher as lacunas. Também permite menos espaço para as críticas — assim espero! Muito conhecimento sobreviveu a respeito da República Romana no século I a.C., possibilitando que o passado seja descrito e que a rede da história seja muito bem-tecida no que diz respeito a Spartacus. Como sempre, me apeguei aos detalhes históricos sempre que possível neste texto. Nos pontos em que desviei deles, explicarei o motivo.

Spartacus (forma latina de *Sparadakos*, que pode ser interpretado como "famoso por sua lança") costuma ser descrito como nascido na Trácia, uma região que atualmente cobre grande parte da Bulgária e redondezas. No entanto, este não é um fato estabelecido. Ele é descrito, em um texto antigo, como um "trácio" nômade do povo medo, mas isso não comprova suas origens raciais, já que outros textos se referem a ele apenas como um "trácio". Em outras palavras, ele pode ter sido forçado a lutar como um gladiador trácio na arena. Além disso, os trácios eram descritos como um povo violento e aguerrido. Muitos deles também atuaram como mercenários nas legiões romanas, então, na minha opinião, faz sentido Spartacus ser da Trácia.

Sabemos que, por um tempo, ele lutou por Roma (por não ser um cidadão, ele teria atuado como um auxiliar). Era comum que auxiliares trácios lutassem na cavalaria, e costuma-se pensar que Spartacus também o fez. Não sabemos por que ele foi escravizado, por isso meu relato sobre o seu retorno à Trácia, sua interação com Ariadne e o traiçoeiro Kotys, e o fato de ter sido comprado por Phortis foi inventado, mas sua inocência, não. Ele de fato foi um gladiador no ludo em Cápua. Apesar de Phortis e Kotys serem personagens fictícios, Lentulus Batiatus existiu. Assim como a mulher/esposa de Spartacus, que é descrita como tendo sido uma sacerdotisa de Dionísio. A história não nos dá seu nome, por isso escolhi Ariadne, que, na lenda, casou-se com ninguém menos do que o deus Dionísio.

O sonho que Spartacus teve com a serpente e seu presságio está registrado. Naquele tempo secular, é difícil imaginar o peso dos detalhes de sua visão para seus seguidores. Há dois mil anos, as pessoas acreditavam em uma grande variedade de deuses todo-poderosos. Elas eram supersticiosas ao extremo e não tinham nossa compreensão acerca da ciência e da natureza. Fatos aleatórios, como o modo como os bandos de aves voavam, se aves sagradas comiam ou não e onde raios caíam podiam ter imenso sentido e determinar as atitudes e os feitos das pessoas. Na minha opinião, o fato de Spartacus ter uma sacerdotisa de Dionísio — um deus reverenciado pelos escravos — como esposa poderia ter aumentado sua importância.

Foi minha decisão não permitir que Spartacus lutasse como gladiador trácio. Senti que seria uma maneira de fazê-lo ter ainda mais ressentimento. Na antiga República, havia apenas três classes de gladiadores, que detalhei. A vida em um ludo era muito parecida com a que descrevi, mas a ida de Crassus à escola é fictícia, assim como as cenas em Roma, apesar de o costume de Crassus de comprar prédios incendiados estar registrado, assim como sua fortuna, habilidade política e rivalidade com Pompei. Restio é fruto da minha imaginação, no entanto a tentativa de fuga do ludo *foi* delatada, o que provavelmente foi o motivo pelo qual apenas 72 gladiadores terem escapado. Ele não tinha um seguidor romano chamado Carbo, mas Crixus e Oenomaus existiram de verdade e fugiram com ele. Castus e Gannicus são mencionados posteriormente em relatos sobre a vida de Spartacus, mas achei que eles enriqueceriam a história se estivessem presentes desde o começo.

Os guerreiros marcharam para Vesúvio, onde foram cercados por Glaber e seus homens. O incrível relato a respeito de como eles desceram encostas com cordas feitas de vinhas e colocaram três mil soldados para correr é verdadeiro. O destino de Glaber é desconhecido, contudo sabemos que Varinius, Furius e Cossinius estiveram perto de lidarem com a insurreição. Enquanto isso, Spartacus recrutava escravos fortes e resistentes para sua causa — agricultores e pastores eram candidatos naturais para seu exército. Sabe-se que o rebelde Sertorius mandou conselheiros militares para outro inimigo de Roma, Mitrídates do Ponto. Então, cabe supor que homens como Navio se envolveram com Spartacus.

Há poucos detalhes das batalhas ocorridas no outono de 73 a.C. além daquela que os escravos venceram, e de que Cossinius foi perturbado em uma piscina, perseguido e morto em seu campo — os pormenores precisos dessa cena impagável são meus. Até onde sei, não existe evidência de que os oficiais romanos usavam apitos para dar comandos, trombetas e outros instrumentos eram usados para esse fim. No entanto, apitos foram encontrados em todos os pontos do Império, inclusive perto das fortalezas dos legionários em Chester, no Reino Unido, e em Regensburg, na Alemanha. Não é muito difícil supor que eles tenham ido parar nas mãos dos centuriões durante uma batalha. Um apito poderia ter sido muito útil para chamar a atenção de homens dispostos a poucos metros uns dos outros.

A ideia de Spartacus de se afastar das forças de Varinius na calada da noite é como os textos descrevem. Neles é mencionado seu desejo de ir para o norte para os Alpes, mas, ao que parece, seus homens não queriam nada além de "sangue e butim". Não se sabe se Crixus e outros gauleses discutiam acerca do que os escravos deveriam fazer naquele momento, mas dada a divisão no exército parece possível que sim. Pouca informação sobreviveu sobre o que os escravos fizeram em seguida, no entanto os detalhes das atrocidades do ataque a Forum Annii permanecem. Outras cidades e vilarejos tiveram o mesmo destino. Curiosamente, algumas descobertas arqueológicas no "calcanhar" da Itália podem datar da época de Spartacus. Um pórtico descoberto nas ruínas de Metapontum foi destruído durante esse período. Um pequeno vaso cinza foi encontrado enterrado embaixo de uma casa em Heracleia e data da mesma época. Continha mais de quinhentas moedas de prata e um colar de ouro. É provável que a maioria das moedas seja de 100 e 80 a.C., e muitas são de pouco valor — o que é incomum em tais descobertas —, o que indicaria que o vaso foi enterrado às pressas.

A localização da derrota de Varinius em Thurii é fictícia, mas ele foi espancado, perdeu o cavalo e muitos de seus estandartes para as forças de Spartacus. Seu destino é desconhecido. Crixus acabou se separando do exército principal de Spartacus — situei essa separação depois da luta contra Varinius. De vinte a trinta mil homens o seguiram. Como disse antes, não sabemos quando Castus e Gannicus se uniram à rebelião. Na minha versão da história, eles estavam ali na época do ludo e permaneceram com Spartacus na época em que Crixus partiu. A ida dos escravos para o norte pela Itália é tomada de mistério, porém sabe-se que eles marcharam pelos montes Apeninos e o caminho foi bloqueado pelo cônsul Lentulus — restaram poucos detalhes da batalha ocorrida em seguida. Lentulus foi derrotado; seus homens fugiram do campo, deixando para trás armas e equipamentos; muitos estandartes se perderam.

Quando cheguei a esse ponto, ficou claro que a história de Spartacus não caberia em um único livro. Falei sobre a ideia de uma sequência com meu editor, que reagiu com grande entusiasmo. Será editado logo depois desta obra. Minha cabeça está a mil pensando no que escreverei.

A lista de referências acerca de Spartacus é mais curta do que o normal, devido à falta de material, já mencionada. Além de meus textos sobre a história romana, os principais livros usados foram uma obra excelente a respeito de toda a rebelião intutulado *The Spartacus War*, do professor Barry Strauss; *Spartacus and the Slave Wars: A Brief History with Documents*, de Brent D. Shaw, que detalha todo o texto antigo sobre o guerreiro; *Spartacus and the Slave War 73-71 a.C.*, um livro da Osprey escrito por Nic Fields; outro título da Osprey, *The Thracians*, de Chris Webber, foi complementado recentemente, de modo fantástico, por seu livro *The Gods of Battle*, que recomendo muito. O ótimo site www.RomanArmyTalk.com também deve ser citado — é uma ótima fonte sobre tudo relativo ao exército romano, e seus membros sempre respondem rápido às perguntas enviadas. Ir à conferência RAT em York foi muito agradável; as palestras foram excelentes, e foi ótimo conhecer pessoas que eu só sabia o nome.

Como sempre, sou extremamente grato a um grande número de pessoas. Rosie de Courcy, minha editora, e Charli Viney, meu agente, são fantásticos de se trabalhar, e valorizo muito o que vocês fazem por mim. Muito obrigado a todos da Preface, Cornerstone e outros departamentos da Random House; é o trabalho árduo de vocês que ajuda meus livros a se saírem tão bem. Sou grato a Leslie Jones, leitor de meus livros, por suas informações sobre Sertorius e seus oficiais. Claire Weller, você é uma ótima fisioterapeuta, e obrigado por manter minha LER (lesão por esforço repetitivo) sob controle. Arthur O'Connor, um velho amigo veterinário, também precisa ser citado. Ele é o "muro" no qual lancei minhas ideias e os textos finalizados, sempre tem ideias maravilhosas e muita "lição de casa". Eu sempre as aprecio imensamente. Obrigado, Arthur!

Agradecimentos e votos de felicidade a todos vocês, leitores fantásticos. É por causa de vocês que sigo escrevendo. Por favor, visitem meu site www.benkane.net quando quiserem. Também podem me procurar no Facebook ou no Twitter: @benkaneauthor. Por fim, mas de extrema importância: obrigado a Sair, minha linda esposa, e Ferdia e Pippa, minhas filhas maravilhosas. Amo muito vocês.

GLOSSÁRIO

Abella: atual Avella.

Acetum: vinho azedo, bebida popular servida aos soldados romanos. Também significa vinagre, o desinfetante mais comum usado pelos médicos romanos. O vinagre é excelente para matar bactérias e seu uso difundido na medicina ocidental perdurou até o fim do século XIX.

Alopekis: chapéu típico trácio feito de pele de raposa. Havia dois modelos, pontudo ou com o topo chato.

Ânfora (*amphora, amphorae*): um grande jarro de barro, com duas alças para as mãos e um pescoço estreito, usado para guardar vinho, azeite de oliva e outros líquidos.

Aquilífero (*aquiliferi*): o porta-estandarte da *aquila*, ou águia, de uma legião.

As (também. *Asses*): uma pequena moeda de bronze, que originalmente valia dois quintos de um sertércio.

Ásia Menor: termo geográfico usado para descrever a porção oeste do continente da Ásia, a atual Turquia.

Atrium: uma ampla câmara que vem logo depois do hall de entrada em uma casa romana. Era o centro social e devocional da casa. Tinha uma abertura no teto e uma piscina, o *impluvium*, para represar a água da chuva.

Auctorato (pl. *Auctorati*): um cidadão romano livre que se oferece para se tornar um gladiador.

Áureo (pl. *Aurei*): uma pequena moeda dourada que valia 25 denários. Até a época do Primeiro Império, era cunhado de modo descontinuado.

Auxiliares: Roma gostava de usar soldados aliados de diferentes origens para aumentar a eficiência de seus exércitos. Durante a maior parte do século I a.C., não havia cavalaria de cidadãos romanos. Tornou-se regra recrutar cavaleiros de outras regiões, como alemães, gauleses e espanhóis.

Ballista (pl. *Ballistae*): uma catapulta romana de duas alças que parecia uma balestra sobre um cavalete e lançava cargas ou pedras com grande exatidão e força.

Belenus: o deus gaulês da luz. Também era o deus do gado e dos rebanhos.

Bitínia: um território no nordeste da Ásia Menor que foi legado a Roma por seu rei em 75-74 a.C.

Brennus: o líder gaulês que ficou conhecido por ter saqueado Roma em 387 a.C. (Um personagem de meu livro *The Forgotten Legion*!)

Bucina (pl. *Bucinae*): uma trombeta militar. Os romanos usavam diversos instrumentos, entre eles a *tuba*, o *cornu* e a *bucina*. Para simplificar as coisas, usei apenas um deles: a *bucina*.

Caldário: uma sala muito quente nos complexos de banho romanos. Usada como uma sauna dos tempos modernos, a maioria também tinha uma piscina quente. O caldário era aquecido pelo ar quente que fluía de uma fornalha por meio de canos para dentro de blocos ocos nas paredes e por baixo do piso elevado.

Cáligas: sandálias de couro grosso usadas pelos soldados romanos. Feitas em três camadas resistentes — a sola, a palmilha e a camada superior — as cáligas lembram botas com as pontas dos dedos para fora. Dezenas de fechos de metal na sola dão às sandálias boa aderência.

Campânia: uma região fértil do oeste da Itália.

Campus Atinas: onde hoje está Vallo di Diano.

Campus Martius: trecho da planície do Tiber a nordeste de Roma. Era ali que os homens se exercitavam, os exércitos se reuniam e os votos eram reunidos.

Capacete ático: um tipo de capacete originado na Grécia, também muito usado em todo o mundo antigo.

Capacete frígio: originados na Frígia, uma região da Ásia Menor, tinham uma crina curvada.

Cenacula: (pl. *Cenaculae*): ver *insula*.

Censor: um dos dois magistrados romanos cuja principal função era manter a lista oficial de todos os cidadãos.

Centurião (em latim, *centurio*): os oficiais disciplinados que formavam a exponha dorsal do exército romano. No século I a.C., havia seis centuriões em uma coorte e sessenta em uma legião. Veja também o verbete coorte.

Cérbero: o cão enorme de três cabeças que guardava a entrada de Hades.

Cinna, Lucius Cornelius (*c*. 84 a.C.): pouco se sabe sobre o começo da vida desse cônsul que ocupou o cargo quatro vezes. Aliado de Marius e inimigo de Sulla, ele foi morto em um motim por suas próprias tropas.

Citas: um povo nômade e feroz que vivia ao norte do mar Negro. Eram tatuados, aguerridos e ótimos cavaleiros, muito temidos. Suas mulheres eram conhecidas por terem dado origem à lenda de Amazona. No século I a.C., no entanto, os dias de glória deles já tinham passado.

Cônsul: um de dois chefes de magistrados eleitos todos os anos, nomeado pelas pessoas e ratificado pelo Senado. Comandante efetivo de Roma, era responsável pelos assuntos civis e militares e por liderar os exércitos da República durante a guerra. Um podia mandar no outro e os dois tinham que aceitar as ordens do Senado. Os cônsules só podiam exercer um mandato. Nas primeiras décadas do século I a.C., nobres poderosos, como Marius, Cinna e Sulla, ficaram na posição por anos sem fim, o que enfraqueceu perigosamente a democracia de Roma.

Coorte: uma unidade da legião romana. Havia dez coortes em uma legião nos anos 70 a.C., com seis séculos de oitenta legionários em cada unidade. Cada século ficava sob o comando de um centurião.

Crassus, Marcus Licinius (*c.* 115-53 a.C.): um importante político e general romano que se uniu a Sulla depois da morte de Cinna e cujas atitudes de Silla em Porta Colina ajudaram a tomar Roma. Viveu de modo modesto, apesar de ser o homem mais rico de Roma, ganhando muito dinheiro ao comprar e tomar as propriedades daqueles afetados pelas proscrições de Sulla. Revelar mais sobre ele estragaria a diversão de alguns leitores no próximo livro. Por isso paro por aqui.

Cumas: atual Cuma.

Curia: a construção em Roma na qual o Senado se reunia.

Dinário (pl. *Denarii*): a moeda da República Romana. Feita com prata, valia quatro sestércios ou dez asses (mais tarde, 16).

Dionísio: o filho de Zeus e Semele, filha do fundador de Tebas. Reconhecido como homem e animal, jovem e idoso, viril e afeminado, ele um dos mais versáteis e indefinidos deuses gregos. Essencialmente, era o deus do vinho e da intoxicação, porém, também estava associado à loucura, *mania*, e abençoado por suas alegrias. Chamado de Baco pelos romanos, seus cultos eram misteriosos, violentos e estranhos.

Editor: o patrocinador de um *munus*, uma competição entre gladiadores.

Escudo (*scutum*): uma arma oval alongada usado pelo exército romano, com cerca de 1,20m de altura e 0,75m de largura. Era feita com três camadas de madeira, que eram dispostas em ângulos determinados; em seguida, era coberto com linho ou lona, e couro. Pesava algo entre seis e dez quilos.

Fálera: peça decorativa esculpida em forma de disco, usada como proteção para o peito por cima das armaduras dos soldados romanos. Eram feitas de bronze, mas também podiam ser feitas de um metal mais precioso.

Família: ao fazer o juramento dos gladiadores, o guerreiro se tornava parte da *família gladiatória*, o grupo coeso que se tornaria sua única família, normalmente até o fim da vida.

Fortuna: a deusa da sorte. Como todas as entidades, era volúvel.

Forum Annii: um vilarejo em Campus Atinas que se perdeu na história.

Frigidário: uma sala nos banhos romanos com uma piscina de água fria.

Fugidio: um escravo em fuga, um fugitivo.

Gaulês: basicamente, um francês dos dias de hoje.

Getai: uma tribo trácia.

Gládio: pouca informação é dada a respeito da longa espada "espanhola" do exército republicano, a *gladius hispaniensis*. Não está claro quando ela passou a ser usada pelos romanos, mas provavelmente foi depois de a arma ser encontrada durante a Primeira Guerra Púnica, quando foi usada por tropas celtibéricas. O cabo moldado era feito de osso e protegido por um cabeçote de madeira. O gládio era usado na mão direita, exceto pelos centuriões e outros oficiais importantes, que a usavam na esquerda.

Grande Cavaleiro: não se sabe quase nada sobre a religião trácia. No entanto, mais de três mil representações de uma figura misteriosa dessa região sobreviveu. Elas mostram uma divindade sobre um cavalo acompanhada por um cão ou um leão. Ela em geral aparece direcionando a lança a um porco selvagem escondido atrás de um altar. Invariavelmente, há uma árvore por perto com uma serpente enrolada nela, além de mulheres. Outros entalhes mostram o deus "herói" voltando de uma caçada bem-sucedida com seus cães ou leões ou se aproximando do altar com triunfo, com uma tigela na mão. Essa divindade heroica não foi nomeada, mas sua importância para os trácios não pode ser subestimada. Assim, dei a ela um nome que julguei adequado.

Guerra Social: conflito ocorrido entre 91 e 87 a.C., realizado por aliados italianos de Roma contra a supremacia desta. Muitos samnitas participaram dela. A guerra terminou devido à concessão política de cidadania romana ao inimigo.

Hades: o inferno do submundo, cujo deus tinha o mesmo nome.

Heracleia: atual Policoro.

Hércules (ou, mais corretamente, Heracles): o maior dos heróis gregos, que completou 12 trabalhos muito difíceis.

Ibéria: a Península Ibérica. No século I a.C., era dividida em duas províncias romanas: Hispania Citerior e Hispania Ulterior.

Ilíria (ou Illyricum): o nome romano para as terras que se espalham pelo mar Adriático a partir da Itália, incluindo partes das atuais Eslovênia, Sérvia, Croácia, Bósvia e Montenegro.

Implúvio: veja *atrium*.

Insula: construções de três, quatro ou até cinco andares, ou *cenaculae*, na qual a maioria dos cidadãos romanos vivia.

Iugula: "Mate-o", em latim.

Juno: irmã e esposa de Júpiter, ela era a deusa romana do casamento e das mulheres.

Júpiter: em geral, citado como *Optimus Maximus* — o "Maior e Melhor". É o mais poderoso dos deuses romanos, responsável pelo clima, em especial pelas tempestades.

Kabyle: os trácios não viviam em agrupamentos urbanos grandes, Kabyle foi o único vilarejo mais próximo do que designamos como cidade.

Kopis: uma espada grega longa de lâmina curva. Costumava ser levada em uma bainha de couro de um báldrico. Muitos antigos usavam o *kopis*, dos etruscos aos persas.

Lanista: um treinador de gladiadores, em geral o proprietário de um ludo, a escola de gladiadores.

Larário: um templo encontrado em lares romanos, onde os deuses domésticos eram adorados.

Latim: antigamente, não era apenas um idioma. Os latins eram os habitantes de Lácio, uma área próxima a Roma. Em cerca de 300 a.C., foi conquistada pelos romanos.

Latifúndio: uma grande propriedade, normalmente da nobreza romana, que utilizava uma grande quantidade de escravos como mão de obra. O latifúndio vem do século II a.C., quando amplas áreas de terra foram confiscadas de italianos derrotados por Roma, como os samnitas.

Latro: ladrão ou bandido. No entanto, a palavra também significava "insurgente".

Legado: o oficial no comando de uma legião e um homem de classe senatorial.

Lício: roupas de baixo de linho usadas por nobres. É possível que todas as classes usassem uma variante dela.

Litor: um assistente do magistrado. Os litores são basicamente os guarda-costas dos cônsules, dos pretores e de outros magistrados romanos. Tais oficiais eram acompanhados, o tempo todo, em público, por determinado número de litores (que dependia de sua classificação). Cada litor levava *fasces*, o símbolo da justiça: um monte de varas ao redor de um machado.

Lucânia: atual Basilicata, uma região montanhosa do sul da Itália.
Ludo: uma escola de gladiadores.
Machaira: outra palavra para *kopis*.
Medo (também maidi): uma tribo trácia da qual Spartacus pode ter pertencido.
Mênades: mulheres inspiradas à *mania*, ou ritual extático, por Dionísio. Eurípides disse que elas comiam carne crua, lidavam com serpentes e rasgavam o corpo de animais vivos.
Manica: uma arma usada por gladiadores. Normalmente, era feita de materiais em camadas, como linho, couro ou metal.
Marius, Gaius (*c.* 157-86 a.C.): outro político romano importante do fim do século II a.C. e início do século I a.C. Atuou como cônsul sete vezes, um recorde, e foi um general muito bem-sucedido, porém, foi derrubado pela marcha de Sulla por Roma em 87 a.C. Marius também foi responsável pela reestruturação no exército romano. Era casado com Julia, a tia de Julius Cesar.
Marte: o deus romano da guerra.
Metapontum: atual Metaponto.
Minerva: a deusa romana da guerra e também da sabedoria.
Mitte: "Deixe-no", em latim.
Munu: um combate entre gladiadores, realizado originalmente durante celebrações à morte de alguém. A popularidade deles era sinal de que na antiga República Romana eram usados por políticos rivais para ganhar o público e ofuscar uns aos outros.
Mutina: atual Modena.
Neapolis: atual Nápoles.
Nubiano: Uma pessoa natural de Núbia, uma região do vale do Nilo.
Nuceria: região da Nucéria.
Odrysai: a mais forte das tribos trácias e a única a unir, brevemente, todas as outras.
Olíbano: uma resina aromática usada em incensos e também como perfume. Muito valorizado no passado, o melhor olíbano era cultivado em Omã, no Iêmen e na Somália.
Optio: o oficial logo abaixo de um centurião, o segundo em comando de um século.
Palus: um poste de madeira de 1,80m enterrado no chão. Os gladiadores e os legionários aprendiam a arte da espada acertando golpes nele.
Peltasta: um soldado de infantaria de origem grega e anatoliana. Os peltastas trácios eram temidos por serem guerreiros fortes. À exceção do escudo, eles em geral lutavam desarmados, mas quando usavam armas, escolhiam lanças e, às vezes, facas. O uso principal delas era em escaramuças.
Pelte: a característica mais forte do peltasta, um escudo em forma crescente que provavelmente foi inventado pelos trácios.
Pilo: a lança romana. Era feita de um cabo de madeira de cerca de 1,20m de comprimento, unida a uma haste de cerca de sessenta centímetros de comprimento com uma ponta piramidal pequena. A abrangência do pilo era de cerca de trinta metros, mas para um lançamento mais preciso, cobria-se metade dessa distância.
Piratas cilícios: ladrões do mar de uma região ao sul da Ásia Menor que, nos séculos I e II a.C., prejudicaram a navegação no Mediterrâneo.
Pisae: atual Pisa.

Pompei Magnus, Gnaeus (106-48 a.C.): filho de um político no auge, ele lutou na Guerra Social quando jovem. Liderou três legiões particulares para auxiliar Sulla na guerra civil, ajudando-o a ganhar poder. Em 77 a.C., foi mandado para a Ibéria como procônsul, e sua tarefa era derrotar o rebelde Sertorius.

Pontifex Maximus: o membro-líder e porta-voz de quatro colégios do sacerdócio romano.

Pretores: magistrados seniores que aplicavam a justiça em Roma e em suas possessões, como a Sardenha, a Sicília e a Espanha. Também mantiveram comandos militares e criaram legislação. Principal substituto dos cônsules, o pretor convocava o Senado na ausência destes.

Priapus: o deus romano dos jardins e dos campos, um símbolo de fertilidade. Em geral representado com um enorme pênis ereto.

Rhegium: a área onde atualmente fica Régio da Calábria.

Rio Styx: o rio do submundo, Hades.

Rudis: um gládio de madeira que simboliza a liberdade dada a um gladiador que agradasse a um patrocinador ou que obtivesse vitórias suficientes na arena para se qualificar para isso. Nem todos os gladiadores eram condenados a morrer em combate, longe disso. Os prisioneiros de guerra e os criminosos costumavam ser sentenciados à morte, mas os escravos que tinham cometido um crime recebiam o *rudis* se sobrevivessem por cinco anos como gladiadores.

Sacramentum gladiatorum: o juramento solene feito pelos gladiadores novatos, que era mais forte do que qualquer outro juramento no mundo romano. Minha versão é muito próxima daquela registrada em textos históricos.

Samnitas: o povo de uma área na região ao sul dos Apeninos. Povo aguerrido, os samnitas lutaram três guerras contra Roma nos séculos IV e III a.C. Também ajudaram Pyrrhus de Epirus e Hannibal contra a República. A luta deles contra Sulla na guerra civil foi seu último sucesso. Acredita-se que o grande número de prisioneiros samnitas de guerra deu origem à classe de gladiadores.

Senado: um grupo de seiscentos senadores (historicamente, eram trezentos, mas Sulla dobrou o número), que eram nobres romanos. O Senado se reunia na Curia, e sua função era orientar os magistrados — cônsules, pretores, questores etc. — em questões de política doméstica e internacional, religião e finanças. No século I a.C., sua posição estava muito mais fraca do que antes.

Sertorius, Quintus (*c*. 126-73 a.C.): um nobre proeminente que se aliou a Cinna. Foi encarregado de controlar a Espanha em 83 a.C., mas proscreveu por volta de um ano depois. Sua campanha contra Roma foi muito bem-sucedida no início, contudo, suas derrotas e as de seus oficiais em 76 a.C. tiveram um preço alto, reduzindo suas atividades a partir de então.

Sestércio: uma moeda de prata que valia dois asses e meio, ou um quarto de um denário, ou ainda um centésimo de um áureo. Na época da antiga República Romana, seu uso se difundiu.

Sica: uma espada comprida e curva usada pela cavalaria trácia no século I a.C. Infelizmente, pouco se sabe sobre ela, que pode ter sido parecida com o *kopis* ou a espada curva tradicional trácia.

Sígnifer: um porta-estandarte e oficial júnior. Era uma posição de alto status, e havia um deles para cada centurião em uma legião. Normalmente, o sígnifer usava uma armadura de escamas e uma pele de animal por cima do capacete, que em geral tinha uma peça decorativa no rosto, e levava um escudo pequeno e redondo em vez de um *scutum*. Seu *signum*, ou estandarte, era formado por uma haste de madeira com uma mão erguida, ou uma ponta de lança cercada por folhas de palmeira. Na parte inferior, havia uma barra da qual pendiam decorações de metal ou um pedaço de tecido colorido. O cabo do estandarte era decorado com discos, meias-luas e peças de navio — registros das conquistas da unidade que distinguiam um século de outro.

Subarmalis: uma peça vestida por baixo da armadura para proteger o corpo. O termo no singular pode ser *subarmale*, mas há controvérsias a esse respeito.

Sulla Felix, Lucius Cornelius (*c*. 138-78 a.C.): um dos generais romanos mais famosos. Foi um homem impiedoso que se tornou ditador, causou guerras civis e ajudou a enfraquecer a República, mas por fim também fortaleceu a posição do Senado e se afastou da vida pública em vez de permanecer no poder.

Summa rudis: o oficial que mantinha a ordem na arena dos gladiadores.

Tablinum: escritório ou recepção além do átrio, que costumava dar acesso a um jardim fechado.

Thurii: atual Sibari.

Tiro: um recruta gladiador.

Titanismos: o nome dado pelos gregos ao grito de guerra trácio. Este supostamente imitava um grito aos titãs, os deuses que precederam os olímpios: Zeus, Artemis etc.

Toutatis: um deus gaulês que se acredita ter sido adorado como o protetor das tribos.

Trácia: área do mundo antigo que se espalha por Bulgária, Romênia, norte da Grécia e sudeste da Turquia. Era ocupada por mais de quarenta tribos aguerridas.

Triballi: uma tribo trácia conhecida por sua selvageria.

Tribuna: um oficial sênior dentro de uma legião, além de uma das dez posições políticas de Roma, na qual os homens serviam como "tribunas do povo", defendendo os direitos dos plebeus.

Trirremo: a nave de guerra romana clássica, que era acionada por uma única vela e três conjuntos de remos. Cada um era remado por um homem livre, não escravo. Excepcionalmente direcionável e capaz de alcançar até oito nós, ele também tinha um bate-estacas de bronze na proa. Trirremos tinham tripulações muito grandes em relação ao seu tamanho, o que limitava o seu alcance; por isso eram usados para transporte de tropas e para proteger a costa.

Triunfo: a procissão ao templo de Júpiter de um general romano que havia alcançado uma vitória militar importante.

Vênus: a deusa romana da maternidade e da domesticidade.

Via Annia: uma estrada romana no norte da Itália, extensão de Via Appia, que ia de Cápua a Rhegium.

Via Appia: a estrada principal de Roma, ao sul da Itália.

Vilicus: líder dos escravos ou administrador de terras. Normalmente, ele era escravo e tinha que cuidar para que os lucros da terra fossem altos — para tal, tratava os escravos com brutalidade.

Vinalia Rustica: festival romano do vinho realizado em 19 de agosto.

Virtus: uma virtude romana muito respeitada, associada à coragem, honra e hombridade.

Vulcão (ou *Vulcanus*): deus romano do fogo destruidor, que costumava ser adorado para impedir... incêndios!

PUBLISHER
Kaike Nanne

EDITORA EXECUTIVA
Carolina Chagas

EDITORA DE AQUISIÇÃO
Renata Sturm

PRODUÇÃO
Thalita Aragão Ramalho

PRODUÇÃO EDITORIAL
Anna Beatriz Seilhe

REVISÃO DE TRADUÇÃO
Mônica Surrage

REVISÃO
Juliana Pitanga
Luana Luz de Freitas

DIAGRAMAÇÃO
DTPhoenix Editorial

Este livro foi impresso no Rio de Janeiro, em 2014, pela Edigráfica para a Agir.
O papel do miolo é avena 80g/m² e o da capa é cartão 250g/m².